¿Sabes que te quiero?

Bestseller Internacional

Blue Jeans

¿Sabes que te quiero?

Planeta

El papel utilizado para la impresión de este libro es cien por cien libre de cloro y está calificado como **papel ecológico**.

Avinguda Diagonal, 662, 6.ª planta. 08034 Barcelona (España)
www.planetadelibros.com

Adaptación de la cubierta: Booket / Área Editorial Grupo Planeta
Ilustración de la cubierta: © Francisco A. Morais
Primera edición en Colección Booket: mayo de 2017
Segunda impresión: octubre de 2017

Depósito legal: B. 7.238-2017
ISBN: 978-84-08-17173-7
Impresión y encuadernación: CPI (Barcelona)
Printed in Spain - Impreso en España

Biografía

Blue Jeans, seudónimo de Francisco de Paula Fernández, nació en Sevilla y vivió hasta los dieciocho años en Carmona. Es uno de los autores españoles con más seguidores en las redes sociales. Licenciado en Periodismo, actualmente reside en Madrid. El éxito de su primera novela, *Canciones para Paula*, le convirtió en un referente de la literatura juvenil. Posteriormente, le siguieron dos novelas más: *¿Sabes que te quiero?* y *Cállame con un beso* para conformar su primera trilogía. Su serie sobre *El Club de los Incomprendidos*, formada por *¡Buenos días, princesa!*, *No sonrías, que me enamoro*, *¿Puedo soñar contigo?* y *Tengo un secreto: el diario de Meri* se ha convertido en uno de los mayores fenómenos editoriales españoles de literatura juvenil. Traducidas a varios idiomas, sus novelas cuentan ya con más de un millón de seguidores y su adaptación cinematográfica, *El Club de los Incomprendidos*, tuvo un gran éxito de público que llenó las salas. Con su trilogía *Algo tan sencillo* Blue Jeans ha repetido el éxito de sus historias anteriores. Su trayectoria ha sido reconocida con el prestigioso Premio Cervantes Chico 2013 y el Premio de la Feria del libro de Sevilla 2015, entre otros.

www.lawebdebluejeans.com
@FranciscodPaula
www.facebook.com/BlueJeans7

Nota de autor a la edición de 2016

Si has llegado hasta aquí, es señal de que has leído *Canciones para Paula*, así que me puedo permitir la licencia de soltar algún que otro *spoiler* de la primera parte. Fui yo quien le propuso a Everest escribir este segundo libro. Dejé el final de *CPP* abierto, con la presencia de aquel misterioso ratón Mickey en el epílogo, con esa intención. Es cierto que al escribirlo no tenía ni idea de si nos iba a ir tan bien como para poder publicar una continuación, pero me arriesgué y la editorial aceptó seguir con la serie.

En las Navidades del 2009, se agotó rápidamente en las librerías la primera edición de *Canciones para Paula*. Aquello creo que nos sorprendió a todos. Sabíamos que la comunidad que tenía en Internet era muy numerosa, pero no sospechábamos que tanta gente compraría la novela. Por aquel entonces estaba de moda la saga *Crepúsculo* y libros de ese estilo, por lo que hacerse un hueco en las estanterías, con nuestros corazoncitos rojos en la portada y una historia realista, no era sencillo. Sin embargo, lo conseguimos, con la única cubierta blanca de toda la literatura juvenil de la época.

Aunque suena a tópico, unas veces real y otros no, siempre se dice que las segundas partes nunca fueron buenas. El reto con *¿Sabes que te quiero?* consistía en que no se cumpliera el refrán y continuar creciendo en todos los aspectos: como autor, como marca, como persona...

No fue sencillo. Lo reconozco.

Por primera vez sentía la presión editorial detrás y también la del lector que ya me conocía y comenzaba a pedir más. No es lo mismo escribir para mí mismo, o para tratar de enganchar a la gente que me seguía en Internet, que hacerlo sabiendo que el libro iba a llegar directamente a las librerías con ciertas expectativas.

Pero en estos años he aprendido a recibir esa presión como una motivación, no como un lastre. Cada proyecto, cada novela, cada experiencia es un reto y de esa forma lo afronto. Hay que ponerle intensidad a todo lo que uno hace y quedarse satisfecho del trabajo realizado. Luego, que guste más, o menos, va a depender de cada persona. Eso es algo que también he tenido que aceptar. Lo que le encanta a alguien, otro lo puede odiar. Y si te expones al público, debes aceptar todo tipo de opiniones. Sabía que compararían esta novela con la primera y por eso me preparé bien mentalmente para cuando saliera a la venta.

Afortunadamente, todo fue bien. Quizá mejor de lo esperado.

Os voy a confesar un secreto: Álex no iba a aparecer en *¿Sabes que te quiero?* De hecho, iba a desaparecer para siempre. Sin embargo, fuisteis tantos los que me comentasteis que era vuestro personaje favorito que le reservé un papel en esta segunda parte. Por eso digo que esta aventura no es solo de Blue Jeans. Es una aventura de los lectores. Sois tan importantes que incluso en vuestras manos ha estado el destino de algunos de los protagonistas.

En este libro tomé una de las decisiones más importantes para el futuro de la trilogía: darles más importancia a los personajes secundarios que aparecían en la primera parte. Paula seguía siendo en torno a quien giraba la trama, pero creía que debía buscar historias paralelas, más determinantes, al resto de las Sugus. Sobre todo porque vosotros os sentíais identificados no solo con ella, sino también con Cris, Miriam y Diana.

Fueron los propios personajes los que me guiaron y mostraron el camino correcto, aunque suene extraño. Cuando empiezo un libro, no sé cómo va a terminar. Tampoco cómo se van a desarrollar los acontecimientos. Soy de dejarme llevar por lo que vaya sintiendo, por lo que los personajes vayan aportando a la historia. Así he funcionado hasta el momento y con el tiempo se ha convertido en mi método de trabajo. No es que me obligue a hacerlo de esta forma, sino que me sale natural. Soy consciente de que llegará el día en que deba buscar otros métodos y mezclarlos con el que utilizo. Es totalmente necesario para proseguir con mi evolución como autor.

No me enrollo más. Espero que os guste *¿Sabes que te quiero?* y que cuando lo terminéis necesitéis inmediatamente el final de la trilogía. Si consigo sacaros una sonrisa cuando cerréis el libro, me daré por satisfecho.

Capítulo 1

Un día de finales de junio, en un lugar de la ciudad.

¡Riiiiiiiiiiing!

El ruido de la última campana es atronador, molesto, pero dulce. Muy dulce. Para algunos es el momento más esperado de todo el año. Es el sonido que llevan deseando escuchar tanto tiempo y por el que han suspirado durante meses. Sirena de libertad. De verano. De playa o de piscina para los más afortunados. Calor, bronceados, noches de estrellas y luna sin fin. ¡Vacaciones!

Tres chicas y un chico caminan tranquilamente, sonrientes, entre la jauría estudiantil que corre a coger sitio en el último autobús hasta septiembre.

—¡Qué curso más largo! Se me ha hecho eterno. Pensaba que nunca se acabaría. Tenía muchas ganas de terminar para pasar más tiempo contigo —señala la mayor del grupo mientras agarra de la cintura al joven que va a su lado. Luego acerca sus labios a los de él y se besan.

Sus amigas los observan y sonríen. Quién iba a decir que Miriam se echaría novio. Y aunque son bastante diferentes, no hacen mala pareja.

—¡Hey! Córtate un poco, ¿no? —protesta Cris, aunque sin dejar de sonreír.

El beso termina y los chicos separan sus bocas.

—Envidiosa... —responde la aludida.

—¿Envidiosa, yo? Para nada.

—¿No? Yo creo que sí. Que tienes un poquito de envidia.

—¿Envidia de ti? ¡Pero si te han quedado seis! ¡Te vas a pasar el verano estudiando! Créeme que no te tengo ni una gota de envidia.

—¡Bah! A ti también te han quedado tres. Además, no solo voy a estudiar. ¿A que no, Armando?

El chico sonríe, niega con la cabeza y se inclina de nuevo para besar a su novia. Miriam vuelve a unir sus labios con los de él, pero lo hace con los ojos abiertos, desafiante y levantando el dedo corazón a su amiga. Cristina resopla y mira hacia otro lado. Quizá sí que tiene una pizca de envidia. Armando es un cielo. Alto, guapo, amable, sensible, aunque no demasiado listo. Pero qué importa eso. Ella también le había echado el ojo hacía tiempo, aunque nunca se atrevió a decirle nada, tal vez porque realmente nunca sintió nada verdaderamente intenso por él, o porque pensó que él jamás se fijaría en ella. El caso es que desde hace cinco semanas Miriam y Armando salen juntos. Y se alegra por su amiga, claro, pero quizá no todo lo que debería.

Paula se da cuenta de la reacción de Cris y la abraza por detrás. Luego la besa cariñosamente en la mejilla.

—¿Pero de quién va a tener envidia esta niña tan guapa? Si mi Cris es la tía más buena de todo el instituto... —Y la vuelve a achuchar como si fuese una de las muñecas con las que jugaban de pequeñas.

La chica se deja hacer. Luego la mira a sus preciosos ojos color miel y sonríe. Vuelven a brillar. Esa es la Paula de siempre, la Sugus de piña. Ahora, rubia. Muy rubia. Pero divertida, espontánea, despampanante. Feliz.

Después de tres meses difíciles, por fin todo parece volver a la normalidad.

Hace calor. El sol aprieta y el verano camina deprisa. Los amigos se despiden y se citan para encuentros que nunca llegarán. Son promesas que luego no tendrán ocasión de cumplir. Parejas que se toman un tiempo, idilios que nacen, sonrisas que tropiezan con otras sonrisas y que, tal y como aparecieron, desaparecerán. Amores y engaños. Verano adolescente.

Un *bip* surge de uno de los bolsillos de la mochila fucsia de las Supernenas de Paula. Un mensaje. La chica abre la cremallera y saca el teléfono.

—Vaya, no me deja recibir el SMS. Tengo la memoria llena.

—Es que, con lo popular que eres, no me extraña. Los tíos te mandan mensajitos a todas horas —indica Miriam, que no suelta a Armando ni un instante.

—¡Si la mayoría son vuestros! —responde Paula.

—¡Y ni se te ocurra borrarlos!

Paula chasquea la lengua y busca un SMS viejo para eliminarlo. Qué fastidio. No se decide. Rastrea toda la memoria del móvil, hasta que lee uno que le vuelca el corazón:

¿Sabes que te quiero?

Un nudo se le forma en la garganta. Le cuesta tragar. Suspira. Quizá ese es el mensaje que tiene que eliminar. Suspira otra vez. Se siente mal. Pero ¿por qué? ¿No se supone que ya lo ha superado?

—¿Qué te pasa? ¿Quién te ha mandado el mensaje? —pregunta Cristina, que es ahora la que se da cuenta de que algo le sucede a su amiga.

—No lo sé, aún no he borrado ninguno. Me da pena eliminar mensajes antiguos.

Capítulo 2

Ese día de finales de junio, en un lugar de la ciudad.

No es muy alto. Apenas llega al metro setenta y cinco, pero las facciones de su rostro son prácticamente perfectas. Es como el *David* de Miguel Ángel. Aniñado, limpio. Su pelo rizado y rubio se agita gracioso mientras camina. El sol se refleja en su blanca piel ligeramente bronceada. Y luce una pequeña cicatriz en su ceja izquierda: una cicatriz con historia, una historia reciente.

Sin duda, aquel chico es una tentación para cualquier adolescente. Paula continúa observándole. También el resto del grupo. Las chicas al menos, ya que Armando se ha quedado boquiabierto con el majestuoso deportivo amarillo. ¿Qué marca será? ¿Un Ferrari? No, no puede ser. Nunca ha visto uno tan de cerca.

—Buenas tardes, chicos. ¿Cómo estáis? —saluda sonriente el recién llegado mientras estrecha la mano de Armando. Luego besa a Miriam y a Cris en la mejilla—. Hola, Paula.

El joven le coge la mano derecha y se la besa. La chica mira al cielo con expresión de fastidio.

—Hola, Alan. Con dos besos en la mejilla bastaba.

—Ah. Pues te beso también en la mejilla.

El chico sujeta dulcemente la barbilla de Paula con una

mano y le da dos besos en la cara. Pese a que esta hace el amago de apartarse, termina aceptando; aunque no de muy buen grado.

—Tío, ¿eso es un Ferrari? —le pregunta Armando, que no ha perdido de vista ni un momento el coche con el que Alan ha aparecido.

—Sí. Es de mi tío. Se lo compró el lunes. ¿Te gusta?

—¡Joder! ¡Es impresionante!

—Si quieres, un día te doy una vuelta.

Al novio de Miriam se le iluminan los ojos.

—¡Pues claro! ¡Me encantará!

Una tos se oye al lado de Armando. El chico entonces se da cuenta de que ha soltado a Miriam. Sonríe a su novia y la envuelve otra vez con su brazo por la cintura.

—Espero que ese coche no te guste más que yo —protesta la mayor de las Sugus.

—Nada me gusta más que tú. —Y la besa en los labios.

Todos sonríen menos Cris, que empieza a estar cansada de tanto besuqueo.

—Bueno, ¿y qué haces aquí? —pregunta Paula.

—He venido por ti. A llevarte a casa.

—No era necesario.

—Lo sé, pero me apetecía. Además, hacía tres días que no te veía y tampoco has contestado mis mensajes.

—No tenía saldo —miente ella con frialdad.

—¿Quieres que te recargue el móvil?

—No, Alan. No quiero que me recargues el móvil.

El chico se encoge de hombros y sonríe. Paula suspira.

—Si quieres, puedes recargármelo a mí —propone una voz femenina a su espalda.

Los cinco se vuelven y ven llegar de la mano a Diana y a Mario. Aunque llevan ya seis semanas juntos, aquella pareja aún se les hace rara a todos. Especialmente a Miriam, que no termina de aceptar la relación de su hermano con su amiga.

—Dime tu número y lo haré —comenta Alan mientras besa a Diana.

—¡Ah, qué bien! Da gusto que tus amigas tengan amigos ricos.

A continuación, es al chico a quien saluda.

—No te molestes, no hace falta que le recargues el móvil —añade muy serio Mario mientras le estrecha la mano mirándole directamente a los ojos. Son verdes, pero de un verde distinto. Son unos ojos muy claros, casi transparentes, hipnotizantes.

—Si no es molestia, hombre...

—Venga, Mario, no seas aguafiestas. Si también es bueno para ti. Así yo podré llamarte más veces y tú ahorrarás dinero —añade Diana, y a continuación le da su número de móvil a Alan.

Este lo anota en su teléfono y después lo guarda en la carpeta de contactos. Luego sonríe como si nada hubiese pasado.

Mario contempla con indignación la escena. No le cae bien aquel tipo. Ni le agrada que se tome esas confianzas con Diana. ¿Quién es él para pagar el saldo del móvil de su novia? Seguro que lo único que quería era su número. Ahora ya lo tiene. ¡Qué cara más dura!

A Paula tampoco le ha gustado nada la intromisión de Alan ni que su amiga haya aceptado la recarga.

—Bueno, ¿de qué hablabais? —pregunta Diana, que ha logrado lo que pretendía. No está mal de vez en cuando poner celoso a tu chico—. ¿Hay plan para el *finde*? ¡Hay que celebrar que se ha terminado el curso!

—¡Sí! ¡Y por todo lo alto! —exclama Miriam.

—Podemos... Si queréis, podéis pasar el fin de semana

en la casa de mis tíos. Ellos se van mañana por la mañana con mi primo pequeño y nos quedamos mi prima y yo solos hasta el lunes.

Sorprendidos, ninguno dice nada.

—¡Es una gran idea! —grita Diana, rompiendo el silencio—. Puede ser divertido. Mario y yo nos apuntamos.

Los ojos de Mario atraviesan a su chica, pero no dice nada. Es mejor que esto lo hablen a solas.

—No es un mal plan. A mí también me gustaría ir. ¿Qué te parece, Armando?

Miriam enseguida obtiene la aprobación de su novio, que sonríe. Ha oído que aquel tipo vive con sus tíos en una casa enorme con piscina, pista de tenis y... quizá le deje montar en el Ferrari.

—Si vais todos, yo me apunto —susurra Cris, no demasiado convencida.

Sin querer, sus ojos tropiezan con los de Armando, que le sonríe. Tímida, le devuelve la sonrisa. Siente calor en los pómulos y el estómago le hace cosquillas. Uf.

—Bien. Y tú, ¿qué dices? ¿Vendrás? —pregunta Alan dirigiéndose a Paula.

—No. Yo no voy.

—Vamos, Paula..., lo pasaremos bien —dice Miriam.

—No. No me apetece.

—¡Hay que celebrar el final de curso! —insiste la mayor de las Sugus—. No puedes faltar. Además, te vendrá muy bien.

—Pero si yo estoy bien.

—Venga..., no seas así. Si vamos a ir todos...

Paula resopla.

—¿Es por mí? ¿Tienes miedo de algo? —pregunta Alan, que ahora ya no sonríe.

—No. No tengo miedo de nada.

—¿Seguro que no?

—Seguro —contesta con frialdad—. Mirad, pasadlo bien. Es tarde. Me tengo que ir.

Y, sin decir nada más, corre hacia el autobús que en esos instantes aparca delante de ellos. Entra a trompicones y chequea su bonobús. Camina deprisa por el estrecho pasillo hacia el final del vehículo. Escoge un asiento libre en la penúltima fila, junto a una señora que lleva un ramo de rosas rojas. Se sienta a su lado y suspira.

¿Por qué no quiere ir con sus amigos? Un nuevo suspiro. Lo sabe. Sabe que la tentación puede apoderarse de ella. Perder el control. Lo sabe. Y no quiere volver a cometer el mismo error que cometió en París aquella noche de abril.

Capítulo 3

Hace casi tres meses. Una mañana de abril, en un hotel de París.

Mastica despacio. Desganada. Apenas ha probado el cruasán relleno de mermelada de melocotón que tiene delante. Un sorbo de café y vuelve a masticar. Suspira. Qué distinto está siendo el viaje a Disneyland París a como lo había soñado. Cuando era una niña, era su gran ilusión: conocer un mundo de princesas y hadas, lleno de magia y fantasía. ¡Cuántas veces se lo pidió a sus padres! Y ahora que está allí, solo le apetece llorar. Pero a Paula le toca sacar fuerzas de donde no las tiene. Por su familia. No deben verla mal, no sería justo para ellos.

Erica, en cambio, está muy sonriente. La pequeña sí que se lo está pasando bien. Qué sencillo es ser un niño sin preocupaciones. No tiene que tomar decisiones importantes y su mayor responsabilidad es elegir el color de la plastilina con la que jugar en el recreo.

Paula ya no es una cría. Acaba de cumplir los diecisiete. Y ya ha tenido que tomar decisiones importantes. Una difícil elección: estar sola.

—¿Te lo vas a comer? —pregunta Erica, señalando el cruasán que su hermana no tiene intención de terminarse.

—No. ¿Lo quieres?

La pequeña asiente feliz con la cabeza. Pincha con el

—No está mal —responde Sandra sin levantar la mirada del folio.

Ángel arquea una ceja. Parece que no la ha impresionado demasiado. Sin embargo, don Anselmo sonríe y le comenta en voz baja:

—Eso en su idioma quiere decir que le ha encantado. Pero ella es así.

El chico no está muy convencido de lo que el director del periódico le dice, pero sonríe.

—Vale. Por mí, sí —termina diciendo la periodista. Y deja la hoja sobre la mesa.

—Perfecto. No tenía ninguna duda. Entonces, Ángel, estás contratado. Serás el encargado de todo lo que tenga que ver con la música en *La Palabra.* Y Sandra será tu jefa.

El hombre, desde su butacón, le da la mano.

—Mil gracias, don Anselmo. Intentaré estar a la altura.

—Estoy seguro de que lo estarás. Tienes mucho talento. Y mucho futuro en nuestra empresa.

El joven se incorpora de su asiento y mira a la chica. A continuación, le sonríe.

—Gracias. Será un placer estar a tu... su disposición para lo que necesite.

Sandra se sonroja cuando Ángel le habla de usted.

—Háblame de «tú», por favor. Somos de la misma generación, ¿no?

—Más o menos. Eres tres años mayor que yo.

—De la misma generación.

—De los ochenta.

—Sí.

Los dos permanecen un momento en silencio, sin saber qué decir, hasta que el hombre del bigote cano interviene.

—Ángel, por favor, ¿esperas a Sandra fuera para que te

explique cómo funciona todo? Tengo que hablar un minuto con ella.

—Claro, don Anselmo.

El periodista se despide dándole la mano a su nuevo jefe y sale del despacho cerrando la puerta tras de sí.

—¿Entonces te gusta? —pregunta el director de *La Palabra* cuando están a solas.

—Parece un chico muy competente. La entrevista a Katia es buena y...

—No me refería a eso.

—¿Y a qué te referías exactamente?

El hombre se levanta y se sitúa detrás de la chica. Pone las dos manos en los hombros de Sandra y los aprieta suavemente.

—Ya sabes lo que quiero decir.

—No sé nada.

—Pues a que puede que te enamores de él.

—Eso no pasará. Me voy, que tengo mucho trabajo.

La chica aparta las manos de don Anselmo de sus hombros y se levanta de la silla.

—Ya lo veremos. Pero ya sabes que no es bueno mezclar el trabajo con el placer.

—Lo tendré en cuenta. Pero no tengo intención de mezclar nada. Además, ni siquiera lo conozco.

La periodista agarra el pomo de la puerta y la abre.

—Bueno. El tiempo me dará o no la razón. Adiós, Sandra.

—Adiós, papá.

Y, sin decir nada más, abandona la habitación.

Capítulo 5

Un día de finales de junio, en un lugar de la ciudad.

—Espera aquí un momento.

Y le besa en los labios. Un suave, cariñoso y tierno beso de enamorada. Pero Mario apenas le corresponde. Se limita a unir su boca con la de ella. Diana nota que su chico no está receptivo. Y sabe el motivo. Pero todo a su tiempo.

Entra en la casa y cierra la puerta sin llave. Camina deprisa por el pasillo de la entrada. Mira en una habitación. En otra. Parece que está sola.

—¿Mamá? —pregunta alzando la voz—. ¿Hay alguien?

Nadie responde. Perfecto. Pero tiene que asegurarse completamente y continúa inspeccionando la casa. Entra en la cocina y observa que encima de la mesa hay un recipiente tapado con una nota escrita a mano al lado:

> Diana, he salido a comer con Diego. Te he dejado la comida preparada. Solo tienes que ponerla en el microondas y calentarla. Nos vemos a la noche.
>
> Besos,
>
> Mamá

Bien. Como pensaba. Sola. Aunque el mensaje le ha provocado cierto fastidio. Ese Diego, el novio de su madre, no la convence demasiado. Al menos, la casa está vacía.

Hace una pelotita con el papel y la tira a la basura. Luego vuelve sobre sus pasos hasta la puerta principal y la abre. Mario sigue allí, esperándola con rostro serio.

—No hay moros en la costa. Mi madre no volverá hasta la noche. Puedes pasar —dice sonriéndole.

El chico obedece y entra detrás de ella. El silencio es total en el interior.

—¿Subimos a mi cuarto o te apetece comer algo?

—Me da igual. Lo que tú quieras.

Su respuesta no ha sido del todo sincera. En realidad, tiene hambre y no estaría mal comer un poco antes de... cualquier cosa. Pero sigue enfadado y su orgullo le impide decir lo que piensa.

—Subamos entonces.

Diana sabe perfectamente que su novio habría preferido la otra opción, pero no le va a dar ningún tipo de ventaja.

Los dos suben la escalera hacia el dormitorio. Mario lo conoce bien, se han enrollado allí siete veces. Sí, aunque parezca mentira, lleva contadas todas las veces que Diana y él se han liado. Son sus primeros encuentros carnales con una chica y, sin pretenderlo, se le graban en la mente. Sin embargo, aún le falta dar un paso más. Ese paso que todo adolescente desea dar. Él también ha soñado con él, pero no tiene prisa.

—¿Quieres que ponga música?

—Vale. Como tú quieras. Tú mandas —responde Mario con seriedad.

—OK.

La chica no se deja intimidar por su comportamiento y actúa como si nada pasase. Es un orgulloso. Se acerca a una pequeña minicadena y enciende la radio. Suena *Speed of sound*, de Coldplay. Sube el volumen y se sienta en la cama.

Mario ya está allí, reclinado, apoyando la mano izquierda en su barbilla.

—¿Te gusta?

—Sí, es una buena canción.

Diana intenta buscar sus ojos, pero está distante. La esquiva. Es hora de actuar.

—¿Qué te pasa?

—No me pasa nada.

—Claro. Y por eso estás así de serio.

—Soy un tío serio.

La chica sonríe. Es cierto que la primera impresión que transmite su novio es la de una persona muy seria. Sin embargo, nunca se ha reído más en su vida que con él.

—Es por la recarga, ¿me equivoco?

—No. No es por nada.

—¿Seguro?

—Seguro.

Diana empieza a cansarse del orgullo de Mario. Se pone de pie y se sienta en una de las sillas de su habitación.

—Venga ya, Mario. Te ha molestado que le dijera a Alan que me podía recargar el móvil a mí si Paula no quería el dinero.

Los ojos del chico entonces se fijan por primera vez en ella desde hace mucho rato.

—Sí, me ha molestado.

—¿Te has puesto celoso?

—Claro que no.

—¿No? Pues lo pretendía.

—¿Querías darme celos con ese tío?

—Sí.

—¿Por qué? No lo entiendo.

Diana se levanta de nuevo de la silla. Está nerviosa. Camina hacia la puerta y se apoya en ella.

—Normal que no lo entiendas. Hay tantas cosas que no comprendes...

Mario la observa confuso. ¿Le está llamando tonto? ¿Qué es lo que tiene que comprender?

—No solo ha sido lo de la recarga. ¿Por qué has dicho que vamos a ir este fin de semana a la casa de los tíos de Alan?

—Porque me apetece ir.

—¿Y yo qué? ¿Por qué no cuentas conmigo para tomar la decisión?

—Porque seguro que hubieras dicho que no.

La chica regresa a la cama. Vuelve a sentarse junto a su novio y luego se deja caer hacia atrás. Tiene los pies en el suelo y la espalda y la cabeza apoyadas en el colchón.

—En eso tienes razón. No me gusta nada ese tipo.

—¿Y por qué no te gusta? ¿Es por...? Ya sabes... Por lo de Paula. Lo que pasó.

—No lo sé. Solo sé que me cae mal.

Diana resopla. Ambos permanecen unos segundos en silencio.

—Mario, ¿tú realmente qué sientes por mí?

—¿Por qué me preguntas eso ahora?

—¿Me quieres?

—Claro. Si no, no estaría contigo en esta cama ahora.

Una lágrima resbala por la mejilla de Diana. Le duele el pecho. ¿Está mintiendo? ¿La quiere? Uf. ¿Qué le pasa? ¿Por qué tiene esa sensación tan extraña? Todo era más sencillo cuando iba de flor en flor, con tíos de quita y pon. Qué fáciles eran las cosas cuando no estaba enamorada.

—Dime la verdad: ¿me quieres tanto como quisiste a Paula?

Aquello Mario no lo esperaba. ¿Qué puede responder? ¿La verdad? Pero ¿cuál es la verdad? Está en blanco. ¿Qué dice? ¿Qué demonios le dice?

—¿Por qué no me respondes? ¿Tienes dudas? Si dudas es porque realmente no me quieres como la quisiste a ella. ¿Qué pasa, Mario? ¿Sigues queriéndola a ella? ¡Dios!

Diana se da la vuelta. Su cabeza choca contra la almohada y sus rodillas se clavan en la manta que cubre la cama.

—Solo sé que te quiero, Diana. Y que me encanta estar contigo.

Y de repente, sin que Mario lo espere, la chica se incorpora de un brinco y lo mira directamente a los ojos. Se inclina sobre él. Sus bocas se acercan y lo besa. Esta vez, aunque sorprendido, el chico sí acepta el beso, que es apasionado y ardiente. Enseguida, Diana alcanza con sus labios su cuello. Sus manos se introducen por la camiseta.

—Hazme el amor —le susurra al oído.

Millones de escalofríos invaden ambos cuerpos. Los besos de Diana hacen que el chico jadee. Está confuso. ¿Ahora?

—Pero...

—Por favor, cariño. Quiero ser tuya. Por favor.

El rostro de Diana se inunda de lágrimas. Sus labios se han desplazado hasta su abdomen. Y los besos son cortitos, intensos, constantes.

—No sé si puedo hacerlo.

—Por favor, amor.

—Diana...

—Shhh. Por favor.

Traga saliva. ¿Es el momento? ¿Va a llegar? La cabeza le da vueltas. Siente los labios de Diana por todas partes. El botón de su pantalón se desabrocha. Escucha como la cremallera se abre. Más besos. Millones de ellos por todo su cuerpo. Tiene calor, mucho calor.

Es el día.

Se deja llevar.

Cierra los ojos y también comienza a besarla. Caen rendidos uno sobre el otro.

Se entrelazan tumbados en la cama del dormitorio. Dos en uno solo. Se pierden juntos. Y suspiran. Suspiran como amantes.

Es la primera vez de Mario. La primera vez con la que había soñado. Aunque en sus sueños el rostro que aparecía no era precisamente el de aquella chica. Y eso ella, con todo el dolor de su corazón, lo sabe.

Capítulo 6

Ese día de finales de junio, en un lugar de la ciudad.

Apenas ha comido. No tenía hambre. Y ha subido a su habitación ante las protestas de Erica, que no consideraba justo que Paula pudiera dejarse la mitad del plato de alcachofas con jamón y ella no.

Tumbada en su cama, escucha el último *single* de Paula Dalli. Mira a su alrededor y hace un ruido con la boca, uniendo los labios. «Brrrrr». Luego resopla.

Su habitación necesita un cambio. Quizá la pinte de otro color, cambie los muebles de sitio o ponga unas cortinas nuevas. Sí, su dormitorio exige un cambio drástico. Como el que ha sufrido su pelo. Aquel rubio, rubísimo, no la convence del todo. Pero lo hecho, hecho está. La próxima vez quizá se transforme en morena, morenísima. ¿Y de cobrizo? ¿Un tinte caoba? ¿Pelirroja? Rosa. Sí, se teñirá el pelo de rosa. Como Katia.

Delira. ¿Cómo va a ir por la calle con el pelo rosa? Le quedaría fatal. ¡Fatal es poco!

«Brrrrr».

De pronto le apetece. Sí, ¿por qué no? Se incorpora y se dirige a la ventana. La abre despacio, aunque no del todo, y corre la cortina. A continuación, se agacha y busca algo debajo de la cama. Allí está, dentro de unos zapatos de tacón que hace siglos que no se pone. Le gustaban; ¿por qué ya no los usa? Ni idea. La cuestión es que al menos aquellos zapatos aún le sirven para algo. Allí es donde esconde el tabaco y el mechero.

Saca un cigarrillo del paquete y se lo pone en la boca. Clic. Clic. Mierda, no enciende. Un tercer y cuarto intento. Nada. Debe de haberse quedado sin gas. Lo agita y prueba de nuevo. Es inútil. ¡Joder! ¡Con lo que le apetece fumar...! ¿Y ahora? En la cocina hay cerillas.

Abre la puerta con mucho cuidado de no hacerla chirriar. Sale y baja sigilosa por la escalera. En la casa reina el silencio. Cuando llega abajo, ve a su madre dormida en el sofá. La tele está puesta. Sé lo que hicisteis.

—Hola, Paula, ¿dónde vas? —pregunta Mercedes por sorpresa.

Pues no estaba dormida. Qué bien fingen las madres.

—A la cocina, me he quedado con hambre.

—Normal. Casi no has comido.

—Es que las alcachofas...

—Antes te encantaban.

—Antes era antes y ahora es ahora, mamá. Las cosas cambian.

Ella lo sabe bien. Quién le iba a decir hace unas semanas que intentaría coger cerillas a escondidas de la cocina para encender un cigarro. Con lo que odiaba el tabaco. Sí, las cosas cambian. Todo es distinto desde su cumpleaños y el viaje posterior a Francia. Muy distinto.

Hace casi tres meses, un día de abril, en un hotel de París.

—¡Erica, date prisa! Mamá y papá nos están esperando.

—¡Voy, pesada! —grita la niña, al otro lado de la puerta del cuarto de baño.

Es su tercer día en Francia. Van a ir a dar una vuelta por la ciudad. Ayer no estuvo mal, aunque no está disfrutando lo que se supone que debería en un viaje a Disneyland. Su cabeza está demasiado revuelta para divertirse.

Toc, toc. Llaman a la puerta de la habitación.

—¡Erica! ¡Corre, que ya están aquí!

—¡Yaaaaa!

Paula abre la puerta, pero no se encuentra con sus padres.

—Hola —saluda alguien cortésmente.

La chica se queda boquiabierta. ¿¡Qué hace Mickey Mouse allí!?

—Eh... ¿Qué quieres?

—Pero ¿cómo? ¿Aún no me recuerdas?

Esa voz...

—¡Tú! ¿¡Eres tú!?

El ratón se quita la cabeza del disfraz y mueve la cabeza para peinarse un poco.

—¡Por fin! Te ha costado, ¿eh?

—¿Qué haces aquí? ¿Cómo me has encontrado? ¿Nos persigues o algo?

—Más o menos.

—¿Qué?

Paula intenta cerrar la puerta, pero el chico pone el pie para evitarlo. Está realmente enfadada.

—Perdona. Debo tener cuidado con lo que digo. Eres muy susceptible.

—¡Y tú un descarado!

—En eso quizá tengas razón —responde el muchacho, haciendo una mueca con la boca y mirando hacia arriba. Pero enseguida vuelve a sonreír—. Y ahora voy a quitar despacito el pie de la puerta. Prométeme que no me vas a cerrar.

La chica resopla. ¡Qué cara más dura!

—¿Por qué? ¿Qué pretendes?

—Ya te lo dije ayer. Me gustaría cenar contigo.

—¿Qué?

—¿No lo recuerdas? Ayer le dije a tu hermana que quería cenar contigo.

¡Fue él! No se lo puede creer. Ese tipo vestido de Mickey Mouse es el mismo que ayer se encontró en el parque de atracciones y habló con Erica.

En ese instante, la niña sale del cuarto de baño. Y su sorpresa es mayúscula cuando contempla al chico del desayuno, con la cabeza de Mickey en las manos.

—Hola.

—Ho... la —responde la pequeña, que no comprende nada de lo que está pasando.

—Erica, ve a la habitación de papá y mamá. Ahora iré yo. Diles que me estoy peinando.

La niña se ha quedado sin palabras. No puede apartar sus ojitos de la cabeza del ratón.

—Pero...

—Anda, pequeña, ve. Enseguida voy yo.

Paula se inclina y le da un beso en la frente a su hermana. Esta, sin dejar de mirar al chico disfrazado, sale de la habitación y toca en la puerta de al lado.

—Pasa, rápido —le dice Paula al desconocido. Lo coge de un brazo y lo arrastra hacia el interior. Luego cierra la puerta.

—Gracias.

—Tienes un minuto. ¿Qué quieres?

Los dos permanecen de pie. Él no es muy alto, aunque sí algo más que Paula.

—Ya te lo he dicho. Cenar contigo.

—No. ¿Cómo me has encontrado?

—Te lo diré en la mesa de un restaurante. ¿Hago reserva para esta noche?

—No voy a cenar contigo y me vas a decir ahora mismo cómo me has encontrado.

—Vale. Mi padre es el dueño del hotel.

—No te creo.

—Entonces, ¿cómo explicas que me haya metido en los ordenadores y sepa que tu padre se llama Francisco García, que tu madre es Mercedes y que vosotras dos estáis en la habitación 601?

Mmm. Eso. ¿Cómo puede explicarlo?

—Vale. Tu padre es el dueño de esto. ¿Y tú qué haces vestido así?

—Sustituir al verdadero Mickey Mouse. Está enfermo. Es una medida de urgencia. Me obligan; si no, me quedo sin paga.

—¿Sin paga?

—Claro. No iba a hacerlo gratis. Aunque, mira, gracias a esto nos hemos conocido.

¡Menudo capullo! ¡Tiene un morro que se lo pisa!

—¿Y cómo sabes hablar tan bien español?

—Viví ocho años en Madrid y cada verano voy a casa de mis tíos. Me agobia esto.

—Ah.

—La chica y el niño pequeño que viste esta mañana son mis primos españoles. Davi es un poco..., pero no es mala chica. Y Aarón es un crack.

Paula se queda un instante pensativa.

—Entonces, ¿cenarás conmigo? —pregunta él rompiendo el silencio.

—No. No voy a cenar contigo.

—Bueno, ya lo volveré a intentar, todavía pasarás unos días más aquí. Lo he visto en las reservas de habitaciones. Tengo tiempo.

El muchacho, sonriente, se da la vuelta y abre la puerta ante la mirada atónita de Paula. Aquella conversación ha sido completamente surrealista.

—Oye, ¿cómo te llamas? —pregunta cuando él está de espaldas.

El joven, sin volverse, responde:

—Alan. Ya nos veremos, Paula.

Y, sin dar más explicaciones ni esperar una contestación, cierra la puerta de la habitación 601.

Capítulo 7

Una tarde de finales de junio, en un lugar de la ciudad.

—¿Quieres comer algo? —pregunta Diana mientras se ajusta los pantalones. Abrocha el botón y sube la cremallera. Se le caen un poco, pero está acostumbrada.

—Vale —contesta Mario, que aún continúa tumbado en la cama—. Espera, me visto y bajo contigo.

—No, no. Quédate ahí. Solo es calentar la comida que ha dejado mi madre preparada.

—Que no, que te acompaño.

El chico hace ademán de levantarse, pero ella se lo impide.

—Aquí quieto. Yo te subo la comida.

—¿Y si no me gusta?

—Te aguantas.

La chica sonríe, se inclina sobre su novio y lo besa en los labios cariñosamente. Luego le acaricia la mejilla y sale del dormitorio. Mario la observa algo confuso. ¿De verdad ha pasado lo que cree que ha pasado? ¿No es un sueño?

No. Acaba de tener su primera relación sexual. ¡Dios! ¡Lo acaba de hacer por primera vez! ¡Ahora es consciente! Ya no es virgen.

¿Y qué siente? No lo sabe. ¿Cómo no puede saber qué

es lo que siente? ¿Está feliz? Tiene que estarlo. ¡Se ha estrenado! Tendría que desbordar alegría por todas partes.

Pero no, no siente nada especial. ¿Por qué? ¿Qué es lo que ocurre? Qué lío.

Decide no darle más vueltas. Se levanta de la cama, se pone la camiseta y los bóxers y sale de la habitación. Entra en el cuarto de baño y cierra la puerta con cerrojo.

Diana contempla cómo la ruedecita del crono del microondas se mueve lentamente. Tres minutos y la lasaña estará lista. ¿Ha hecho bien? ¿Era el momento? Tiene muchas dudas. Ella le quiere, lo sabe. Pero, sobre todo, lo siente. Siente que realmente está enamorada. Y él, ¿la quiere? ¿La quiere de verdad?

Ahora no es como otras veces, como en otras ocasiones en las que se acostó con otros chicos. A algunos apenas los conocía. Se lo pasaba bien. Lo hacía por diversión, por placer. Por disfrutar de un rato de sexo. Aunque algunas veces ni se enteraba. Y otras se sentía mal. Realmente mal. Pero continuaba haciéndolo.

Ahora la sensación es diferente.

El grosero timbre del microondas la asusta. La lasaña está lista. Con mucho cuidado saca el recipiente humeante ayudándose de dos trapos, lo coloca sobre la mesa y sirve dos platos. En el suyo, poca cantidad. Piensa que Mario quizá necesite comer más y se lo llena. El sexo da hambre.

Prepara la bandeja: vasos llenos de agua, cubiertos, servilletas y un poco de pan, que ella no comerá, pero que es posible que a él sí le apetezca. Listo.

Cuando regresa al dormitorio, Mario ya está vestido y sentado en una silla.

—¿Por qué te has levantado? —le pregunta mientras deja la bandeja con la comida en su escritorio.

—¿Querías que comiera tumbado en la cama?

—Claro. Y yo a tu lado.

—Si quieres..., aún podemos.

—No, déjalo.

Diana coge uno de los platos y se lo entrega.

—¿Lasaña?

—Sí, ¿no te gusta?

—Sí, me encanta. Gracias.

Mario corta con el tenedor un trozo y se lo lleva a la boca. Diana lo imita. Ninguno habla. Ninguno sabe qué decir. Ninguno se atreve a romper el hielo. Un minuto. Dos.

¿Se supone que deben hablar de lo que ha pasado hace un rato? Sí, los dos lo creen.

—Está muy bueno.

—Sí. A mi madre se le dan fenomenal los precocinados.

Una leve sonrisa aparece en el rostro de Mario. Diana se da cuenta y también sonríe. Quizá es el momento.

—¿Cómo te sientes? —pregunta ella.

El chico deja a un lado el tenedor y mira a su novia.

—¿Lo dices por...?

—Claro. ¿Por qué si no?

—Pues bien. Supongo que bien.

—¿Supones?

—Sí. No sé. Es mi primera vez... Estoy feliz, pero me siento raro. Es normal, ¿no?

—Supongo.

—¿Y tú cómo estás?

Diana no responde inmediatamente. Mastica y bebe un poco de agua. ¿Cómo está? Enamorada. Terriblemente enamorada. Aunque no es su primera vez, sí es la primera vez que lo hace con alguien a quien quiere. Pero tiene dudas. Duda de Mario. De sus sentimientos.

—Muy bien. Feliz de que tu primera vez haya sido conmigo.

—¿Y con quién iba a ser si no?

Ambos saben la respuesta. Continúan comiendo. Y vuelven a guardar silencio.

—¿Te ha gustado? —pregunta por fin Diana.

—Si me ha gustado... —dice desconcertado, aunque evidentemente sabe a lo que se refiere.

—Sí. ¿Te ha gustado? ¿Has quedado satisfecho?

—Claro, claro.

—La primera vez siempre es la más recordada, pero la más difícil.

—Bueno.

—Ya verás como la segunda te sale mejor.

Mario se queda petrificado. También avergonzado. No sabe qué decir. ¿Ha estado fatal? ¡Seguro que ella es la que no se ha quedado satisfecha! Diana entonces suelta una carcajada.

—No te preocupes, cariño. Estaba de broma. Para ser tu primera vez, has estado genial.

Rojo como un tomate, Mario se bebe de un trago el agua que le queda en el vaso.

—Gracias.

—¿Y yo? ¿Cómo he estado? ¿Crees que puedo mejorar? —pregunta, pícara, deslizando un dedo por su brazo.

—Todo es mejorable, ¿no?

—Por supuesto. Y practicando es como se mejora.

Diana se levanta de su silla y le da un beso en el cuello. Luego otro en la boca y un tercero en la nariz.

—Quieres... otra vez... ¿Ya? —tartamudea Mario nervioso.

—Tranquilo. Recupera fuerzas primero. Mi madre no vendrá hasta dentro de unas horas. Tenemos tiempo de sobra. Ahora espérame, voy al baño.

Un último beso en los labios.

Diana sale de la habitación y entra en el cuarto de baño. Cierra la puerta y abre el grifo de agua fría casi al máximo. Se mira al espejo y suspira. ¿Por qué se ha tenido que enamorar de él? ¿Por qué Mario no la ama?

Lo sabe, sabe que no la quiere. Sabe que él no está enamorado de ella. Sí, con ella ha sido su primera vez, pero su corazón no le pertenece. Está segura de ello. Está convencida de que Mario a la que realmente quiere es a Paula. Uf.

Tiene ganas de llorar. Se levanta la camiseta y acaricia su vientre. Luego se inclina sujetándose con fuerza contra la pared. Sus manos quedan impresas en los brillantes azulejos. El agua cae con fuerza, la suficiente para ocultar el sonido de su esfuerzo. El ruido de sus arcadas. Su estómago se vacía poco a poco, a medida que su garganta se desgarra en aquella tarde calurosa de junio.

Capítulo 8

Esa tarde de finales de junio, en un lugar de la ciudad.

Enciende el ordenador y se pone los auriculares. Rápidamente acude a la carpeta donde tiene la música. Duda entre «canciones en italiano» o «canciones en inglés». Paula elige la segunda opción: «temas 2008». Ya está. Chris Brown, *Forever. Play.*

Sobre la silla se contonea y mueve la cabeza al ritmo de la música. Intenta cantarla, pero su inglés no es muy bueno. La ventana sigue abierta, aunque no entra nada de aire. Hace el calor típico de comienzos de verano, tal vez un poco más. Inspira fuerte para comprobar que su habitación no huele a humo. Bien, todo correcto.

Entra en su Tuenti. La han etiquetado en dos fotos nuevas. Son de esta mañana, en clase. En una sale con el profesor de Matemáticas. Ella sonríe, pero él no: ni una sola mueca, ni de agrado, ni de fastidio. Impasible, como si no tuviera sentimientos. «Sois como los Sugus, porque vais cada día de un color diferente y a veces me cuesta tragaros». ¡Qué hombre tan particular!

En la otra imagen aparece con el resto de sus amigas. Foto de fin de curso. Las cuatro juntas. Quizá por última vez. El año que viene posiblemente Miriam repita primero y Cristina cambie de instituto. Diana no sabe lo que va a hacer. Las cosas le han ido mejor que de costumbre y pasará a segundo. Sin duda, Mario ha tenido mucho que ver en que su amiga lo haya aprobado todo. Cuántos cambios en tan poco tiempo.

Y ella, Paula, ¿es la misma?

Un ruidito la avisa de que alguien le escribe en el Messenger. Una lucecita naranja indica que es Cris la que está hablando.

—Hola, Paula.

—Hola.

—¿Has visto ya las fotos? Sales muy bien.

—¡Qué va...! Salgo fatal. No me termino de acostumbrar a verme tan rubia.

—Tú nunca sales mal en las fotos. No como yo. ¡Qué envidia me das!

—No seas tonta. Si estás genial...

Es cierto. Cristina está más guapa que nunca. Además, su relación en los últimos meses ha crecido. Siempre han sido muy amigas, pero, desde que pasó todo, la confianza de la una con la otra ha aumentado. Cris ha sido la que más cerca ha estado. Su apoyo en estos meses ha sido fundamental. Y es la única que sabe que fuma.

—Si tú lo dices...

—Claro, tonta. Estás buenísima.

—Ya, claro. Por eso estoy sola.

—Estás sola porque tú quieres, Cris. Ya hemos hablado mucho de eso. Y no estás sola, me tienes a mí.

Un icono amarillo que guiña el ojo completa la frase.

—Bueno. Cambiemos de tema, que me deprimo. ¿Quieres que quedemos para ir al Starbucks?

—No tengo muchas ganas de salir.

—Venga. No te puedes quedar en casa un viernes por la tarde.

—No sería el primero.

—Pues eso no puede ser. Va, que me apetece dar una vuelta.

—Llama a una de estas.

—Están «ocupadas» con sus respectivos.

Paula resopla. No le apetece salir de casa. Pero tampoco quiere dejar a su amiga sola.

—No sé, Cris.

—Invito yo. A uno de esos *frappucchinos* enormes.

—¿Invitas tú?

—Sí.

Pensándolo bien, no estaría mal salir un rato y desconectar. Hace tiempo que no va al Starbucks. ¿Cuándo fue la última vez? Piensa un instante y lo recuerda. Suspira. Aquel día de marzo. Hace ya tres meses. Fue con Álex, el sábado que repartieron los cuadernillos de su libro por toda la ciudad.

—Está bien. ¿A qué hora quedamos? —responde por fin.

—¡Genial! Sabía que no te resistirías a un *frappucchino*. ¿Te parece bien dentro de una hora en el centro? —pregunta Cris.

—OK.

—Vale. ¿En la esquina de siempre? Como en los viejos tiempos.

—Muy bien. Pues dentro de una hora nos vemos.

—Perfecto. Hasta entonces.

Las dos se despiden con un beso.

Mira instintivamente su reloj. Una hora. Debe darse prisa. Está a punto de cerrar la sesión, pero antes actualiza su Tuenti. Tiene un mensaje privado nuevo. ¿Quién será?

Uf. Alan. ¿Qué querrá ahora? Lo abre y lee detenidamente.

Hola, Paula. Te pido disculpas si antes te ofendí con el tema de la recarga del móvil. No era mi intención. Sé que entre tú y yo las cosas están un poco... Pero espero que alguna vez me des una oportunidad. Al menos, de ser tu amigo.

¿Por qué no te animas y te vienes con tus amigos este fin de semana a la casa de mis tíos? Lo pasaremos bien. Piénsatelo.

Nada más. Espero que leas este mensaje y no te lo tomes a mal.

Un beso.

Termina de leerlo, cierra la página y apaga el ordenador. Mueve la cabeza de un lado para otro. Luego suspira. ¿Qué tiene ese chico que tanto le gusta pero que al mismo tiempo la enfada?

De nuevo mira el reloj. Tiene que darse prisa para no llegar tarde.

¡Y por supuesto que no irá a la casa de los tíos de Alan!

Un día del pasado abril, en un lugar de París.

Abre un ojo. ¿Ya es de día? Mira hacia su derecha. Erica duerme, no se ha despertado. ¡Es como una marmota! Qué sueño tan profundo tiene la pequeña. Otra vez el ruido en la puerta. Alguien está llamando. Echa un vistazo al reloj y comprueba que todavía no son las ocho de la mañana.

Se pone de pie y, arrastrando sus calcetines de las Supernenas, se acerca hasta la entrada.

—¿Sí? ¿Quién es? —pregunta en voz baja.

—Servicio de habitaciones —responde un hombre en un mal español, pronunciando las «c» como «s» y cerrando mucho las vocales.

Pero la chica lo ha entendido. Lo que no comprende es

qué hace allí un camarero si no ha solicitado el servicio de habitaciones.

—Perdón, creo que se ha equivocado.

—No, no. Habitación 601.

—No hemos pedido nada, señor.

—Desayuno. Habitación seis, cero, uno.

Qué extraño. Aquel hombre no tiene intención de marcharse. Quizá es cosa de sus padres, que quieren que desayunen allí. Aunque no recuerda que anoche le dijeran nada.

Abre la puerta. Delante de ella se encuentra a un hombre alto, muy delgado y con poco pelo. Lleva un carrito con dos bandejas enormes repletas de comida: zumo de naranja, cruasanes, tostadas, cereales, fruta, una cafetera humeante. Incluso hay huevos revueltos y beicon. Todo para dos.

—¡Dios mío! ¡Cuánta comida!

El camarero no dice nada y entra empujando el carrito. Paula enciende la luz y despierta a su hermana.

—¿Qué pasa? —dice la pequeña mientras se despereza. Entonces ve al hombre que acaba de entrar y se sobresalta. Este se da cuenta y guiña un ojo a Erica.

—El desayuno, señorita.

La niña se incorpora. Se restriega los ojos con sus manitas y vuelve a mirar el carrito. ¿Está soñando todavía?

—Creo que tiene que haber un error, señor. Nosotras no hemos pedido que nos traigan el desayuno a la habitación. Además, todo esto es muchísimo.

El camarero sonríe y se encoge de hombros. Luego se mete una mano en el bolsillo y saca un papelito que entrega a Paula. La chica lo recibe extrañada. Lo desdobla y lee en voz baja:

Ya que no me dejas invitarte a cenar, por lo menos deja que te invite a desayunar. Pero no te lo comas todo, que también es para tu hermana.

Ya nos veremos. Aún te quedan tres días en mi país.

Alan

Ahora lo comprende todo. Es cosa de ese francesito descarado.

—Lo siento, señor, pero nosotras no...

Demasiado tarde. Erica está bebiéndose uno de los vasos de zumo de naranja y tiene un cruasán en la mano. El camarero le dice en francés que tenga buen provecho y abandona la habitación 601.

Paula resopla y se sienta al lado de su hermana pequeña. Coge una taza y se sirve café. No le queda otra. «Si no puedes con el enemigo, únete a él», piensa. Al menos, disfrutará de un gran desayuno.

Capítulo 9

Una tarde de finales de junio, en un lugar de la ciudad.

Un rayo de sol se refleja en la mesa donde Ángel está terminando su artículo. Es un reportaje a media página sobre un grupo gallego de rock que está siendo la revelación en las últimas semanas. Está un poco agobiado porque debe acabarlo para mañana. Trabajar en un periódico no es lo mismo que hacerlo en una revista. Todo funciona mucho más deprisa.

Teclea con rapidez y, cada vez que escribe una línea, la repasa. Tiene que estar perfecto. Se pone de pie y se inclina apoyando las manos en la mesa.

De pronto siente un golpecito por detrás, en los pantalones. Gira el cuello sorprendido y descubre a Sandra.

—¿Qué? ¿Cómo va? —pregunta ella sonriente.

—¿El artículo? Casi terminado.

—No, tonto. Tus pantalones. ¿Se ha quitado la mancha?

El periodista mira hacia abajo. Ya no lo recordaba. Y no, no ha desaparecido del todo. Señala con el dedo la mancha y resopla resignado. Sandra sonríe, comprueba a un lado y a otro que no hay nadie observando y le da un beso en los labios. Cortito, fugaz. Pero muy cariñoso.

—Aquí no —dice el chico en voz baja, apartándose.

—Lo sé, lo sé. Pero es que no he podido resistirme.

Ángel se sienta de nuevo frente al ordenador. Hace como si leyera algo en la pantalla y continúa hablando en un tono casi inaudible.

—Si se enteran de que estoy liado con la hija del jefe, los chicos me mirarán mal.

—Y si mi padre se entera de que estoy liada contigo, me dirá: «¿Ves?, ya te lo decía yo». Y luego añadirá: «Sandra, ya sabes que no es bueno mezclar el trabajo con el placer».

La chica alcanza una silla de la mesa de al lado y se sienta. Contempla a Ángel. Es guapísimo. A veces no puede evitar sentirse mal por no poder gritarles a todos que es su novio. ¡Que lo sepan! Ese chico es su chico. Y le quiere mucho. Muchísimo. Y sí, la dura y fría Sandra Mirasierra se derrite cada vez que él la mira con aquellos ojazos azules.

—¿Estás muy agobiado?

—Un poco, pero no más de lo habitual. Tengo que terminar esto ya.

—¿Te ayudo?

—No, no te preocupes. Está casi acabado.

—Hay que ver lo cabrona que es tu jefa, que te manda trabajos de un día para otro, ¿eh? Habría que tomar serias medidas. ¿No te parece?

Ángel la mira y sonríe. Esa misma mañana, Sandra fue a despertarlo a casa, hicieron el amor y, mientras desayunaban deprisa y corriendo, le preguntó si se veía capaz de entregar aquel artículo por la tarde. Después de un beso de mermelada de fresa, valiente, el periodista asintió.

—Tengo la mejor jefa del mundo —responde Ángel, centrándose de nuevo en el contenido de su informe.

—Eso se lo dirás a todas, muchachito. —La chica se levanta y le da una palmadita en el hombro—. Cuando termines, avísame y nos vamos a tomar un café. ¿Quieres?

—¿Y si nos ven juntos? ¿No sospecharán?

—Ya sospechan.

—¿Sí?

—Claro, cariño. Estamos rodeados de periodistas. Pero una cosa es la noticia y otra el rumor. Y no tengo ninguna intención de ser portada de la sección de Sociedad.

Sandra se inclina y le besa en la mejilla. Luego le limpia el carmín con el que lo ha marcado y se aleja rebosante de felicidad.

Ángel se pasa la mano por la mejilla besada y sonríe. Por fin parece que la tranquilidad y la alegría han vuelto a su vida. No sospecha entonces las pruebas que su corazón tendrá que pasar.

Esa misma tarde de finales de junio, en un lugar alejado de la ciudad.

—¿Has terminado ya? —pregunta la chica molesta.

—No. Espera.

El chico se echa hacia atrás y bosteza, lo que provoca que ella se desespere aún más.

—¡Alan! ¿Me devuelves ya el ordenador, por favor?

—Espera, Davi.

—Es mi ordenador. Creo que tengo derecho a usarlo cuando lo necesite.

—Espera. Ya termino. Un segundo solo.

—Llevas una hora con él.

—Paciencia.

Le encanta fastidiar a su prima. Vuelve a sentarse bien y revisa con atención la pantalla del PC. Actualiza. Nada, Paula no le responde el mensaje privado.

Davinia comienza a estar realmente enfadada. Mira por encima del hombro de su primo y observa lo que está haciendo.

—¿Otra vez le has escrito a Paula?

—Sí —responde con tranquilidad.

—¿No te estarás colando por ella?

—Quizá.

—¡Qué estúpido! Déjala ya. Si esa tía pasa de ti. Como todas.

—¿Eso crees?

—Claro, primo. Nadie te aguanta. Ese rollo del que vas ya no se lo traga nadie. ¿Quién iba a querer mantener una relación contigo?

Alan sonríe. Da gusto contar con el apoyo familiar.

Hace tiempo que no se llevan bien, desde que comenzó a salir con la mejor amiga de Davi y luego la engañó con otra amiga en común. Pero no contento con eso, emborrachó a una tercera a la que también consiguió llevarse a la cama. Fue un buen verano.

—Puedes preguntarle a alguna de tus amigas.

El enfado de la chica crece todavía más al oír su contestación. ¿Quién se ha creído que es?

—No me toques las narices.

—Has empezado tú.

Davinia no lo soporta más. Empuja a Alan y le arrebata el ordenador portátil.

—¡Y reza para que te lo vuelva a dejar alguna vez este verano!

—No soy creyente, pero seguiré tu consejo.

La chica eleva su dedo corazón y sale de la habitación con el ordenador bajo el brazo. Alan, sin embargo, está disfrutando. Escenas como aquella se dan varias veces al día desde que ha llegado a España. Y pensar que este verano no iba a ir... Tenía previsto un curso en Suiza. Allí le esperaba Monique, pero después de aquellos días de abril... su objetivo había cambiado.

—No, Moni, no voy a poder ir al final.

—¿Cómo? ¿Qué dices? ¿Por qué?

—Mi tío español está muy enfermo y quiere que pase el verano con ellos. Así animo a mis primos. Ya sabes lo que los quiero.

—Ya. Estáis muy unidos.

—Entonces lo comprendes, ¿verdad?

—Sí, Alan. Lo comprendo. ¡Pero es que lo tenía todo preparado! La casita en la montaña para los dos... Nosotros dos solos, juntos por fin.

—Lo siento, pero mi familia me necesita.

Un sollozo se oye al otro lado del teléfono, que termina en un sonoro llanto que dura varios minutos.

—Te quiero, Alan. ¡Te quiero! —consigue decir por fin la chica.

—Y yo, Monique. Te quiero mucho. Ya te llamaré.

Pero Alan nunca más llamó a su novia suiza. Ni ella supo más de él.

Le fastidiaba haber mentido sobre la salud de su tío, pero ¿qué podía decirle si no? Ya se le pasaría. Como a Claudia, la romana, o como a Mara, la mejor amiga de su prima. Al fin y al cabo, del amor al odio solo hay un paso.

Capítulo 10

Esa tarde de finales de junio, en un lugar de la ciudad.

Se baja del metro y sube por las escaleras mecánicas situándose a la derecha. Oye un silbido y unas risitas detrás. Gira la cabeza y observa como un grupo de chicos, de unos catorce años, intentan ver más allá de lo permitido. Inmaduros. Son los riesgos de llevar aquella falda vaquera tan corta. Paula no dice nada, se pasa a la fila de la izquierda y camina deprisa hacia arriba. Llega tarde. Hace quince minutos que Cristina la espera.

Sale de la estación jadeante por el esfuerzo. Mira a un lado y a otro, con la mano en la frente a modo de visera para protegerse del sol, que pega con fuerza. El verano se echa encima.

Allí está Cris, en la esquina habitual donde solían quedar antes las cuatro amigas para tomar café o irse de tiendas. Hace bastante tiempo que eso no pasa y lo echa de menos. Las circunstancias, los novios de una y otra, los exámenes... ¿Excusas o motivos?

Cristina también se ha puesto falda, aunque menos corta que la suya, y luce un escote bastante pronunciado. Lleva taconazos. Paula la contempla desde lejos y se da cuenta de lo cambiada que está. Este año la naturaleza ha hecho maravillas con la Sugus de limón. Es sorprendente. Un grupito de quinceañeros pasa por delante de ella y todos se la quedan mirando. Cris sonríe y saluda tímidamente.

Se ven. La chica sonríe y amaga con ir a su encuentro, pero Paula le hace un gesto con la mano para que espere. Cruza el paso de cebra cuando el semáforo cambia de color y llega al otro lado de la calle.

—¡Tía, estás impresionante! —exclama Cris antes de darle dos besos.

—¡Tú sí que estás buena! ¡Mira qué cuerpazo! —Y la hace girar sobre sí misma.

Una pareja de universitarios se detiene frente a ellas, comentan algo y siguen su camino entre risas.

—Y esos, ¿de qué van?

—Pues se habrán alterado cuando han visto lo buena que estás. Es que menudo escote te has puesto, niña...

—No me miraban a mí. Miraban tu minúscula minifalda. ¡Ya te vale!

—¡Qué va! No es tan corta...

—¿Que no? Desde lejos parecía un cinturón ancho.

Las dos ríen, cómplices y divertidas, sabiéndose algo más que amigas: es ese estado siguiente a la amistad que solo se consigue con contadas personas en toda la vida. Los tres últimos meses han calado profundamente en ambas.

—¿Vamos al Starbucks?

—Sí. Necesito un poco de azúcar —comenta Paula.

Caminan entre bromas y miradas. Sonrisas y carcajadas. Uno que va en moto, sin casco, frena junto a ellas y les grita que si alguna se quiere montar. Las chicas se niegan y huyen riendo hasta una calle peatonal. Los tacones suenan en la calzada con fuerza. Se paran y respiran ruidosamente cuando están a salvo del motorista. Cris se coloca bien el escote y Paula se ajusta la minifalda vaquera.

—Es culpa tuya —dice riendo Cristina.

—¿Mía? ¿De qué vas? Ese tío quería que tú te montaras en su moto.

—¡Estás de broma!

—Sí, sí..., de broma.

—Está muy claro que te habría elegido a ti.

—¡Ni de coña!

Las dos vuelven a caminar. El Starbucks está justo al final de la calle.

Un nuevo silbido y más comentarios en voz baja. Otros no disimulan y se giran cuando la pareja de chicas pasa junto a ellos.

—Cómo está el personal hoy, ¿no? —señala Paula, que coge del brazo a su amiga.

—Ya ves. Pero sigo pensando que es por tu minifalda.

—Podríamos preguntar.

—¿Que podríamos preguntar el qué?

—Si miran mi minifalda o tu escote.

Han llegado a la puerta de la cafetería. Cris se detiene y mira a Paula a los ojos. Luego ríe con fuerza.

—¡Estás loca! —exclama, y entra en el establecimiento.

La parte de abajo está llena. Además, hay mucho ruido.

—Ponte en la cola. Yo voy a mirar si hay mesas arriba —indica Paula.

—Vale. ¿*Frappucchino* grande de moca?

—Sí. Si no bajo es que he encontrado sitio.

—OK.

La chica abre su bolso con intención de sacar el dinero para pagar, pero Cristina se lo impide de un manotazo.

—Invito yo, ¿recuerdas?

—Pero...

—Que pago yo. Ese era el trato. Y corre, que nos quedamos sin sitio.

—Es que...

—¡Sube!

Paula acepta sin convencimiento, pero tiene que darse prisa para buscar una mesa libre antes de que otros se adelanten. Con las manos, se baja un poco la falda para evitar accidentes y sube hasta la planta de arriba.

Recorre con la mirada toda la sala. Parece que no hay nada libre. ¡Vaya...! Sin embargo, una pareja se levanta en el fondo. La chica se da cuenta y camina deprisa hasta allí. ¡Qué suerte! Ella es muy guapa y va elegantemente vestida. Él está de espaldas.

—¿Os vais?

—Sí —responde ella.

Paula sonríe y espera a que terminen de recoger para sentarse. Entonces lo reconoce. Son unas décimas de segundo muy extrañas. La sangre se le hiela y el cerebro se le bloquea por completo, como si le disparasen una bala en pleno corazón. Una sensación de ahogo y sentimientos contrapuestos la invade.

¡Ángel! ¿Qué hace él allí? ¡Dios! ¿Y quién es ella? ¿Es su... novia? Paula no sabe qué hacer ni qué decir. Él tampoco, aunque es finalmente quien da el paso adelante.

—Hola, Paula —dice en voz baja, tratando de disimular su sorpresa lo máximo posible.

—Hola, Ángel —susurra ella.

¿Y ahora? Le pide a Dios, ese en el que no termina de creer, que la saque de allí. Cómo desearía estar ahora en su casa, metida en la cama, bajo las sábanas, como cuando intentaba olvidarse de él. De aquel chico del que se enamoró y al que dejó escapar.

—Hola, soy Sandra, encantada —interviene la chica que va con Ángel, y le da dos besos.

Uf. Parece mucho más madura que ella. Más mujer. Qué decidida. Y es guapísima. Sin duda hacen buena pareja.

De nuevo silencio entre el ruido del Starbucks. Ni Ángel ni Paula parecen capaces de hablar. El pasado pesa para ambos.

—¿Sois amigos? —pregunta Sandra, que, aunque no comprende qué sucede, se da cuenta de la tensión existente entre ellos dos.

—Sí, aunque hace tiempo que no nos vemos —contesta Paula, que sospecha que Ángel nunca le ha hablado a aquella chica de lo que tuvieron.

—Tres meses —añade el periodista.

Tres meses que han transcurrido lentamente, aunque ambos tienen el recuerdo de aquellos días como si fuese ayer. Las experiencias nunca se olvidan, solo se sustituyen. Y la intensidad de un momento disminuye cuando se viven otros. Pero para Ángel y para Paula aquella intensidad aún está reciente.

Sandra mira el reloj y decide dar por concluido aquel inesperado encuentro. Se siente incómoda y tiene la sensación de que hay algo que se está perdiendo. Pero ya lo aclarará con Ángel en su debido momento.

—Nos tenemos que ir. Me alegro de haberte conocido, Paula.

—Sí —responde ella todavía confusa—. Yo también.

Sandra toca con la mano el hombro de Ángel y, sin más, se dirige hacia las escaleras.

Se quedan a solas. Un segundo. Dos. Tres largos segundos. En silencio.

¿Qué decir? «¿Ya nos llamamos?». ¿Para qué? «Si no te cogí el móvil... Si no respondí tus mensajes. Si aquel "sabes que te quiero" fue lo último que supe de ti, porque quise olvidarte para siempre...», piensa Paula.

El destino tiene estas cosas. En un Starbucks se vieron por primera vez y en un Starbucks han vuelto a encontrarse después de tanto tiempo.

Aquel día de marzo, cuando Ángel tropezó con ella, aquel maravilloso día en el que Paula dio su primer beso de amor. Aquel día en el que era feliz, el día más feliz de su vida.

El ahogo en la chica aumenta. Le cuesta respirar. Tiene ganas de lanzarse a su pecho y ponerse a llorar como una niña pequeña. Pedirle perdón. Contarle todo. Toda la verdad.

Pero es tarde. Tarde para todo. Incluso para decirle adiós.

Ángel se da la vuelta y, sin una palabra de despedida, se aleja hasta las escaleras de la cafetería y desaparece. Paula no le sigue. Lo deja marchar. Tampoco dice nada. Porque, realmente, no tiene derecho a decir nada.

Se sienta en la mesa que Sandra y Ángel han dejado libre. Hundida. Los ojos vidriosos. Apoya los codos en la mesa y se tapa la cara con las manos.

En ese instante llega Cristina. La ve sentada en el fondo de la sala, camina hasta ella y se sienta enfrente. Cuando ha visto a Ángel, se ha salido de la cola y ha corrido hasta donde estaba su amiga.

—¡No me lo puedo creer!

—Ni yo.

—¿Qué te ha dicho?

—Nada. Apenas hemos hablado.

—Qué fuerte.

—Ya.

—¿Y ella? ¿Era su novia?

—Eso parecía.

—Vaya.

—No pasa nada.

Paula la mira y sonríe. Suspira. Sus ojos enrojecen. Cristina también suspira, se levanta y se coloca a su lado. Con un dedo acaricia su mejilla e intercepta una lágrima que resbala por su rostro.

—No llores. Él ya no está en tu vida.

—Lo sé, pero no puedo evitarlo.

—Ha sido mala suerte.

—Ha sido... No sé lo que ha sido. Pero creía que esto ya no me podía afectar.

—Y no te va a afectar.

—Cris, ¿no me ves?

Las lágrimas son más abundantes. El rímel empieza a correrse por su cara.

—Claro que sí, te veo. Y eres la Paula de siempre. Una chica preciosa, inteligente, capaz de todo. Alguien que...

—¡No! ¡No soy la de siempre! Estoy rubia. Ni siquiera me gusta ser tan rubia. Y fumo. Algo que jamás habría imaginado. Y...

—Shhhh. Ya vale. Tranquilízate.

Cristina abraza a su amiga ante las miradas de varios curiosos que llevan un rato observando. Ellas no prestan atención. No les importa. Ahora no.

Le da un beso y le acaricia el pelo. Ambas sonríen.

—Debo de estar feísima.

—Eso nunca. Eres preciosa. —Y la vuelve a besar en la mejilla—. Espera.

Cris abre su bolso y saca un paquete de pañuelos de papel. Le entrega uno a Paula para que se limpie la cara.

—Gracias. Voy al baño a arreglar esto.

—Te acompaño. Y nos largamos.

—Vale.

Se levantan y caminan hasta el cuarto de baño. Es pequeñito, pero caben las dos. Ambas, delante del espejo, se observan y sonríen.

—¿Por qué ha tenido que aparecer otra vez?

—La vida es así.

—Uf.

Paula abre el grifo del agua fría y se lava las manos. Luego, suavemente, pasa el pañuelo por debajo de sus ojos.

—¿Sabes qué vas a hacer? —comenta Cristina, a la que se le ha ocurrido algo.

—¿Qué?

—Te vas a venir conmigo mañana a la casa de los tíos del francés.

—¿Quéééé?

—Eso.

—Ni loca. No recuerdas que...

—Claro que lo recuerdo. Sé lo que pasó —la interrumpe Cris—. Pero estarás un par de días entretenida y te olvidarás de esto.

—No creo.

—Si no vas, nunca lo sabrás. ¿O acaso prefieres pasarte el fin de semana encerrada en tu casa, compadeciéndote de ti misma y pensando en Ángel y en su posible novia? Además, un clavo saca otro clavo.

—¡Qué dices! ¡Yo no quiero nada con Alan!

Las dos se miran serias.

—Paula, debes pasar página. Ángel se acabó. Y Alan...

—¿Alan, qué?

—Alan se nota desde lejos que te gusta. Te gusta mucho.

Capítulo 11

Un día de abril, en un lugar de Disneyland París.

—¡Vamos allí, vamos allí! —grita Erica, agarrando de la mano a su hermana.

Paula protesta en voz baja y camina hasta la enésima tienda a la que la pequeña quiere entrar. No le apetece dar más vueltas por el parque, lo que desea es irse al hotel a comer y descansar en la habitación. Además, se ha levantado un viento bastante desagradable que anuncia lluvia.

—¡La última! Luego nos vamos al hotel con papá y mamá, ¿vale?

La niña asiente con la cabeza y abre la puerta de la tienda.

Allí hay de todo. Cientos de camisetas, juegos, globos, almohadones, golosinas, gorras; todo con el dibujo de alguno de los personajes de Disney.

Erica se separa de Paula y corre hacia el fondo, donde están los pósteres. Paula resopla, pero esta vez la deja que vaya sola. Desde allí la tiene vigilada. Solo espera que no rompa nada.

—Hola. —Le sorprende una voz a su espalda.

Da un pequeño gritito y se encuentra con Alan. Va vestido de Mickey Mouse, pero no lleva la cabeza puesta.

—¿Otra vez tú? ¿Qué pasa, es que me sigues? —pregunta molesta.

—¿No hemos tenido esta conversación antes? —contesta él mirando hacia arriba, haciendo como que piensa.

—No empecemos...

—¿Siempre estás a la defensiva? ¿No te gustó el desayuno? Churros. Querías churros. Debí imaginarlo.

Paula se cruza de brazos. No tiene ganas de hablar con aquel caradura. Pero, sin saber por qué, se le escapa media sonrisa. Cuando se da cuenta, enseguida vuelve a ponerse seria.

—No quería churros. Estaba todo muy rico, gracias. Pero no deberías haberte molestado.

—No es molestia. Ni siquiera pago yo —responde sonriente.

—Aun así, no tendrías que habernos enviado el desayuno a la habitación. Tenemos pensión completa.

—Lo sé. He visto las reservas —señala Alan alegre—. Bueno, ¿cenas conmigo esta noche?

«¡Qué tío más fresco!», es lo primero que se le ocurre a Paula. Nunca se había encontrado a alguien con tanto morro.

—Ni en sueños.

—Pues es curioso, pero anoche soñé que cenábamos juntos.

—¿Sí? ¿Era yo o era otra?

—Eras tú. ¿Cómo voy a pensar en otra después de haberte conocido?

«¡Bah! No se lo cree ni él... Esa táctica de ligar no le va a funcionar conmigo. Este francesito no sabe con quién está hablando», piensa Paula.

—Mira, Alan...

En ese instante, Erica llega corriendo con un póster gigante de Peter Pan y Wendy.

—¡Quiero este! —grita, y luego saluda con la mano al chico, que le corresponde de la misma forma.

—Erica, cuesta veinticinco euros. Y solo tengo treinta.

—¡Lo quiero! ¡Es precioso!

La niña intenta desplegarlo para que su hermana lo vea. Pero no le resulta nada sencillo y dobla las puntas.

—Vale, vale... No sigas desenrollándolo, que al final lo vas a romper y lo vamos a tener que pagar igual.

Satisfecha, Erica corre hasta la caja y le pide a Paula que se apresure.

—¿Entonces no cenamos? —insiste Alan, que camina a su lado.

—No.

—Bueno.

El chico se separa de Paula y desaparece por un pasillo de la izquierda.

«Menudo personaje», piensa. ¿Por qué insistirá tanto? ¿Es que no sabe aceptar una negativa por respuesta? Físicamente, no está mal. Pero ella no está ahora para otras historias. Y llega a la caja registradora donde paga el póster de Peter Pan y Wendy. Se despiden de la dependienta y abren la puerta de la tienda. ¿Dónde está Alan? ¿Por fin se ha dado por vencido?

Un trueno sacude el cielo de Disneyland París.

—¡Cómo llueve! —exclama la pequeña.

Paula mira el móvil para ver la hora que es, pero no tiene batería. Mierda. Sus padres empezarán a preocuparse si no llegan pronto. Pero con esa lluvia es imposible salir de allí.

—¡Vayámonos! ¡No me gustan las tormentas! ¡Me quiero ir con mamá!

—Espera, Erica. No podemos irnos con esta lluvia.

—¡Me quiero ir ya!

—¡Espera a que pare un poco!

Pero la lluvia sigue arreciando y no parece que vaya a amainar.

—¿Quieres que te lo deje?

Es Alan. Sostiene en las manos un paraguas de la Cenicienta. Lo acaba de comprar en la tienda.

—¡Sí! ¡Qué bonito! —grita Erica cuando lo ve.

—Gracias, es un detalle.

—Pero antes... —El chico se esconde el paraguas detrás de la espalda—. Promete que cenarás conmigo esta noche.

—¿Qué? ¡Ni hablar!

Otro trueno. La lluvia cae con más fuerza sobre Disneyland.

—Vale. Pues me voy.

Alan abre el paraguas y se aleja silbando.

Erica lo ve y se pone a llorar.

—¡Me quiero ir! ¡Quiero ir con papá y con mamá! ¡Yaaaa!

La niña está muy alterada. Paula suspira. No le queda más remedio.

—¡Espera! —grita Paula—. ¡Alan, espera!

El chico se da la vuelta y sonríe.

—¡¿Qué?! —pregunta desde lejos.

—Está bien, cenaré contigo esta noche...

—¡¿Quéééé?! ¡No te oigo!

—¡¡¡Que cenaré contigo esta noche!!!

Alan sonríe y regresa.

—¿Lo prometes?

—Lo prometo.

—Bien, pasaré por tu habitación a las nueve. —Y le entrega el paraguas a Erica, que se pone muy contenta.

—¿Y qué les digo a mis padres?

—Pues diles la verdad: que has quedado con el hijo del dueño del hotel para dar una vuelta.

—Claro. Y me van a dejar que salga de noche contigo.

—Diles que va también mi prima. Así no habrá problemas.

Paula resopla. ¿Lo tenía todo planeado?

—Vale.

—Bien. Entonces hasta la noche.

Se acerca para darle un beso en la mejilla, pero Paula retira la cara. Alan se encoge de hombros. Luego se agacha y le habla en voz muy bajita a Erica.

—Gracias —dice guiñándole un ojo. La niña intenta imitarlo, pero cierra los dos a la vez.

Y Alan se marcha.

Paula no comprende nada, mientras que la pequeña sonríe satisfecha. ¡Le encanta Mickey! ¡Qué simpático! Además, luego le dará esa gran bolsa de golosinas que hace un rato le prometió en la casa de los espejos. Ha hecho todo lo que él le pidió. Se siente importante. Pero ¿cómo sabía que iba a llover? Ni idea. Si va siempre disfrazado de ratón Mickey, seguro que sabe hacer magia. ¡Su hermana es muy afortunada de que a él le guste!

Ese mismo día de abril, por la noche, en un lugar de Francia.

Toc, toc.

Paula abre la puerta. Lleva unos vaqueros gastados y una camiseta blanca en la que pone «I love Paris» que compró ayer. Alan, sin embargo, se ha vestido con una bonita chaqueta gris, una camisa azul y unos pantalones casi del mismo color que la chaqueta. Mocasines. No lleva corbata, pero está muy guapo.

—¿Vas a venir así a cenar? —pregunta él, mirando a la chica de arriba abajo.

—Claro, ¿qué creías? Estamos en Disneyland, ¿no?

—Sí. Si me parece bien... —responde con una sonrisa.

—Pues vamos.

La chica coge el bolso y la tarjeta-llave de la habitación, y cierra la puerta.

—De todas formas, no iremos muy lejos.

—No pensaba ir contigo muy lejos. De hecho, creía que tomaríamos cualquier cosa en alguna cafetería de por aquí.

—Está claro que no me conoces.

—Por eso mismo.

Los chicos caminan por una alfombra roja hasta llegar al ascensor. Paula se sorprende cuando Alan pulsa el botón para subir. Se habrá confundido. La puerta se abre y entran. Están solos, acompañados de una molesta musiquilla de fondo.

—¿Adónde vamos?

—A la última planta —dice él, y pulsa en el número nueve.

No se ha equivocado. Van hacia arriba. Paula no comprende nada.

—¿Y para qué subimos allí?

—Ahora lo verás, impaciente.

—No soy impaciente. Es que no me fío de ti.

—Pues estamos solos, encerrados en un ascensor. Es tarde para desconfiar de mí, ¿no crees?

La chica no responde y observa como los números de los pisos se van iluminando conforme van subiendo. Un timbre anuncia que el ascensor ha llegado a su destino. Novena planta. La puerta se abre y la pareja sale, él delante. Ella, expectante, detrás.

—Sígueme, por favor.

La chica obedece sin decir nada. No está segura de lo que pretende, pero ha despertado su curiosidad. Caminan por el pasillo de la planta. Todo está muy tranquilo. No se escucha nada. Y llegan a la habitación 916, donde se detienen. Alan saca una tarjeta de su bolsillo y la pasa por el sensor. La puerta se abre. Sonríe e invita a Paula a que pase primero.

—Adelante —dice haciendo un gesto con la mano para que entre.

La chica lo mira a los ojos, llena de dudas, pero está intrigada. Y entra en la habitación.

Aquello es enorme. No es una habitación cualquiera, parece una de las *suites* del hotel. Lo primero que se encuentra es un pequeño salón, con un sofá y una mesita de cristal, antesala de otro salón mucho más grande, repleto de muebles de época. Incluso hay un piano. Paula camina asombrada por la habitación. Está impresionada. Nunca había estado en un sitio así. El cuarto de baño también es gigantesco, con espejos por todas partes. Y un yacusi.

—Si quieres, luego nos damos un baño —sugiere Alan.

—¿También forma parte de tu sueño?

—No. Eso no lo he soñado todavía. Dame tiempo.

No tiene arreglo. Paula sonríe irónica y sigue caminando. Sale del baño y entra en el dormitorio. Es precioso. Está adornado con exquisito gusto. Cortinas de seda y alfombras indias. Dos lámparas de araña ocupan el techo abovedado. La cama de matrimonio parece sacada del libro *Las mil y una noches*.

—¿Cómo has conseguido que te dejen estar aquí? —pregunta la chica mientras roza con sus dedos uno de los velos que cubren la cama.

—Muy sencillo. No pidiendo permiso.

—¿Qué?

—Me metí en el ordenador y reservé la *suite* a nombre de Jacqueline Larsson.

—¿Y quién es esa?

—Nadie. No existe. Pero así tendremos la habitación para nosotros toda la noche.

—¿Estás loco? Además, no me voy a quedar aquí toda la noche. Solo voy a cenar contigo.

—¡Es cierto! ¡La cena! —exclama Alan, dándose una palmada en la frente—. Espera.

El chico se acerca a una de las mesitas de noche, donde hay un teléfono. Lo descuelga y marca un número. A continuación, mantiene una conversación con alguien en francés. Paula lo observa. No entiende nada de lo que está diciendo. Un minuto más tarde, Alan cuelga.

—¿A quién has llamado?

—A François.

—¿Quién es?

—Ahora lo verás. Ven.

Alan sale del dormitorio andando deprisa y entra de nuevo en el gran salón. Paula lo sigue de cerca. No para de mirar a su alrededor. Aquel sitio es increíble. Las paredes están llenas de cuadros y de objetos que parecen muy valiosos. ¿Cuánto podrá costar una noche allí?

Mientras, Alan se sienta en la banqueta del piano y estira los dedos.

—¿Alguna petición?

—¿Sabes tocar?

—Ya te dije que no me conocías —indica sonriente—. Bueno, a ver qué te parece esto.

Cierra los ojos, respira hondo, los vuelve a abrir y comienza a tocar. Es una canción francesa muy conocida, aunque Paula jamás la ha oído. Lo hace muy bien. Por un momento, a la chica le viene a la cabeza la exhibición que Álex hizo con el saxofón en su cumpleaños. Un extraño hormigueo le agujerea el estómago. ¿Qué habrá sido del escritor? No ha vuelto a saber nada de él. Se lo dejó muy claro aquel día. Nunca más. Era lo mejor. El chico de la sonrisa perfecta la ayudó a comprender que sus sentimientos estaban confusos, que necesitaba tiempo para pensar, para entenderse a sí misma. Quería a Ángel, pero no estaba preparada para amarle. ¿O sí?

Al pensar en el periodista, la nostalgia es mayor. Estaba dispuesta a acostarse con él. A entregar su virginidad. Creía que él era el adecuado. Pero cuando estaban a punto de hacer el amor, comprendió que ni estaba preparada ni segura de que él fuese el hombre de su vida. Tantas dudas tenían que significar algo. Pero le seguía queriendo. Seguía pensando en él. Entonces, ¿por qué había decidido estar sola?

Alguien llama a la puerta. Alan deja de tocar y se acerca a abrir.

—*Bonsoir, François. Vous nous avez apporté tout?* —pregunta el chico, ayudando al camarero a meter un carrito en la habitación.

—*Oui, monsieur.*

—*Merci beaucoup.*

Paula se asoma y ve al hombre que esta mañana les llevó el desayuno. Este la saluda gentilmente, inclinándose, y la chica le corresponde con la mano. Luego, sin decir nada más, se marcha cerrando la puerta.

—Bien, aquí está nuestra cena.

Alan coge una bandeja del carrito y la lleva a la mesa central del gran salón. Luego enciende dos velas que ya tenía preparadas.

—¿Ese hombre trabaja solo para ti? ¿Tus padres saben algo de esto? —pregunta la chica, que acude junto a él y se sienta en una de las sillas de la mesa.

—François es un buen tipo. Le he contado lo que quería hacer y se ha ofrecido a ayudarme. Eso sí, a cambio tendré que hacerle algún que otro favorcillo.

—¿Qué favorcillo?

—Salir con su hijo —responde mientras saca de una cubitera una botella de champán.

—¿Es gay?

Alan suelta una carcajada cuando oye a Paula.

¡Flop! El corcho de la botella salta por los aires y la espuma del champán cae en cascada.

—No. Simplemente es un poco pardillo. No tiene muchos amigos. Para ser más exacto, no tiene ni un solo amigo. Y quiere que yo le saque un poco de casa.

El chico agarra dos copas y las llena de champán. Entrega una a Paula y se queda con la otra, que pone encima de la mesa.

—¿Vamos a beber champán para cenar?

—Sí. ¿No te parece bien?

—Preferiría no tomar alcohol.

—Como quieras. ¿Llamo a François y te pido una botella de agua o un refresco?

La chica duda un instante, pero finalmente coge la copa y la lleva hasta sus labios.

—¡Espera! ¡Para! —grita Alan.

—¿Qué pasa?

—Tenemos que brindar primero.

Paula resopla, pero acepta.

—¿Por qué quieres brindar?

El chico medita un instante, luego mira a su acompañante a los ojos y sonríe.

—Por la casa de los espejos y esta maravillosa cena.

Paula no entiende lo de los espejos, pero tampoco va a discutir. Chinchín. Y de un trago se toma la primera copa de champán de la noche.

Capítulo 12

Una tarde de finales de junio, en un lugar de la ciudad.

Llevan un rato en silencio. Ella conduce con la música de Fireflight de fondo. La guitarra del comienzo de *Unbreakable* la excita. Pero hace calor. Sube las ventanillas, baja el volumen y pone el aire acondicionado.

—No te importa, ¿verdad? —pregunta Sandra, que no espera una negativa por respuesta.

—No. Hace calor —contesta Ángel, que agradece que su novia haya bajado el volumen de la música.

La chica lo mira de reojo Está muy serio. Parece algo triste y no ha dicho casi nada desde que salieron del Starbucks. Ella tampoco se atreve a preguntar, pero la curiosidad la come por dentro.

—Muy simpática tu amiga —comenta sin darle demasiada importancia al asunto.

—¿Qué?

—La niña de antes, la del Starbucks, que es muy simpática.

Ángel tiene los ojos fijos en la carretera. Sabía que Sandra sacaría el tema tarde o temprano.

—Sí. Es una buena chica.

—Se llama Paula, ¿verdad? ¿Qué tiene, quince años?

—No. Diecisiete.

—Ah. No sé calcular la edad de estas adolescentes que van siempre tan pintadas y visten alegremente. Es imposible averiguar si tienen catorce o dieciocho.

El periodista entonces gira la cabeza y la observa. Pero Sandra hace como que no se entera y sigue pendiente de la carretera.

—Tú no hace mucho tiempo que dejaste de ser una adolescente —señala antes de volver a mirar hacia el frente.

—Lo sé. No me lo recuerdes. De todas formas, yo nunca se lo puse tan fácil a los tíos.

—¿A qué te refieres?

Entonces sus miradas se encuentran por primera vez desde que se subieron al coche.

—Vamos, Ángel, no me puedes negar que las chicas de hoy en día se visten de una forma demasiado provocativa y que están dispuestas a todo. Se emborrachan, fuman hasta colocarse y pierden la virginidad a los trece.

—Estás generalizando demasiado. No creo que todas las adolescentes sean así.

—Ah, ¿no? Pues preséntame a una que no haga esas cosas.

—La acabas de conocer.

Sandra suelta un «¡ja!» que no agrada demasiado a su chico.

—No me puedo creer que esa chica sea diferente a las demás. Y perdona que te lo diga, porque parecéis muy amigos, pero ¿has visto su minifalda?

—Tiene las piernas bonitas, ¿por qué no iba a ponerse una minifalda?

La chica no contesta. Por mucho que Ángel defienda a esa cría, ella va a continuar pensando de la misma manera. Ir vestida así es ir provocando. Pero tampoco quiere enfadar a su novio. Van a su casa, habrá cena romántica y harán el amor: no quiere que nada lo estropee. Sin embargo, sigue sintiendo curiosidad por esa Paula.

—¿Hace mucho que os conocéis? —pregunta volviendo a relajar su tono de voz.

—Unos meses. Salimos juntos.

¿Qué? ¡Juntos! No puede ser. Sandra frena bruscamente en un semáforo que casi se salta.

—¿Cómo que salisteis juntos? ¿De qué me hablas?

—Eso. Que fuimos novios durante un tiempo.

—¿Novios? ¡Pero si le sacas cinco años!

—¿Y qué? Tú me sacas a mí tres.

—Pero no es lo mismo. Tú y yo hacemos buena pareja.

Ángel sonríe. Quizá no tenía que haber dicho nada. Pero no le gustaban las insinuaciones que Sandra estaba haciendo. Ha sido un impulso.

—Paula es mucho más madura de lo que tú crees.

—No lo dudo. Pero no deja de ser una niña. Una menor de edad. ¿No te preocupaba lo que podrían pensar los demás?

—Sinceramente, no. La edad no es algo que condicione una relación. Normalmente, los chicos también son mayores que las chicas, y en nuestro caso es al contrario. ¿Y por eso no podemos gustarnos o salir juntos?

El claxon del coche de atrás apremia para que Sandra siga adelante. El semáforo está en verde. La chica acelera, derrapando.

—Te repito que no es lo mismo. Ella es una cría. No creo que tuvierais muchos gustos en común. Sois de generaciones diferentes. —Silencio. Otro semáforo en rojo. Esta vez sí se da cuenta y frena con tiempo—. ¿Y cómo os conocisteis? —insiste mirando hacia él.

Ángel resopla. Está empezando a cansarse del interrogatorio de Sandra. Paula pertenece al pasado y le ha costado mucho olvidarla. Demasiado. Verla hoy le ha afectado más de lo que podía imaginar. Y encima todas esas preguntas.

La chica se da cuenta de que su novio está molesto. Quiere saber más: ¿quién rompió?, ¿cuánto duró la relación?, ¿siente todavía algo por ella?... Pero quizá lo mejor ahora mismo sea parar.

—No te preocupes. No me contestes. Es tu vida pasada y yo solo pertenezco a ella desde hace dos meses —indica Sandra, volviendo a arrancar el coche, sonriendo y anticipándose a la respuesta de Ángel.

—No importa. Está bien que preguntes y que quieras saber cosas mías de antes de conocernos. Pero ahora estoy cansado. Ha sido un día estresante. Ya te hablaré tranquilamente de Paula y de otras cosas, ¿quieres?

—Claro, no te preocupes. Ya hablaremos.

Se deja caer hacia la derecha y le da un beso rápido en los labios, sin dejar de mirar la carretera ni quitar las manos del volante.

Ambos sonríen y continúan el camino hacia la casa del periodista. Regresa la normalidad. Aparentemente. Porque en la mente de Ángel se ha vuelto a despertar un sentimiento que creía completamente olvidado.

Hace unos meses, un día de abril, en un lugar de la ciudad.

Son días horribles. Ángel lleva dos semanas casi sin probar bocado y tres días sin ir a trabajar. Ha puesto como excusa que se encontraba enfermo. Y, en realidad, no se encuentra bien. Después de lo que pasó en el cumpleaños de Paula, nada ha sido igual.

¿Han roto? ¿Se acabó?

No lo entiende. No comprende cómo se puede pasar del todo a la nada en tan poco tiempo. ¿Es que ya no le quiere?

Ahora ella está en Francia, en Disneyland, con su familia. ¿Qué estará haciendo?

La última conversación por teléfono el viernes anterior fue tan fría como un témpano de hielo. Quería oírla. Lo necesitaba.

—Hola, Ángel —respondió Paula al tercer *bip*.

—Hola. ¿Cómo estás?

—No muy bien, ¿y tú?

—Fatal.

Un incómodo silencio en la línea. Ambos buscan qué decirse, pero ninguno se decide.

—He suspendido dos —dice por fin la chica.

—Vaya, lo siento.

—Bueno, solo han sido dos. Creía que podía caerme alguna más. Me ha costado mucho concentrarme estos días.

—Me pasa lo mismo. Mis artículos son cada día peores.

—Lo siento.

De nuevo silencio. Y suspiros. De un lado y de otro.

—Paula, ¿has pensado ya en lo nuestro?

—No dejo de hacerlo, Ángel. Y siempre llego a la misma conclusión.

—¿Cuál?

—Que tengo la cabeza hecha un lío. Y mi corazón está bloqueado.

—¿Eso significa que no me quieres ya?

—Claro que te quiero. Pero... es difícil, Ángel. Todo es muy complicado.

—¿Eso es que no quieres seguir conmigo?

La chica no responde inmediatamente. Aguarda unos segundos y por fin responde.

—No lo sé, Ángel. No sé nada. Solo sé que todo me cuesta muchísimo.

—¿Estamos rompiendo?

—No lo sé —dice en voz baja—. No lo sé.

De aquello hace casi una semana. Y desde entonces, impotencia. Impotencia por no poder escucharla, por no poder estar junto a ella. Por no saber realmente lo que pasa. ¿Qué puede hacer?

Tumbado en la cama, trata de serenarse, de respirar y buscar algo que le quite de la cabeza a la chica de la que continúa enamorado. Es imposible. ¡Qué agonía!

En ese instante, un pensamiento le cruza por la mente. ¿Y si va a por Paula a Francia? Sí. Podría decirle cuánto la quiere, cuánto le importa. Que la necesita y que no puede vivir sin ella. Mirarla de nuevo a los ojos y arreglar su relación. Insistirle en que no importa lo que le haya pasado, que se olvide de todo y que se vuelvan a amar.

Un brote de esperanza invade de repente a Ángel. Una posibilidad. Una pequeña luz en aquella oscuridad en la que está inmerso. ¿Es una locura? Sí, quizá. Pero el amor requiere esa clase de locuras.

Decidido: irá a París a por la chica de la que sigue enamorado.

Capítulo 13

Una tarde de finales de junio, en un lugar de la ciudad.

Abre los ojos. Lentamente. Como en el comienzo de uno de los capítulos de la serie *Perdidos.* Parpadea porque las pestañas se le enredan. Y lo ve a él. Está tumbado a su lado. Pero tiene los ojos abiertos. Parece pensativo. Diana se incorpora y se despereza. Mario la mira y sonríe.

—¿Qué? ¿Has dormido bien?

El chico se inclina sobre ella y la besa.

—Sí. Muy bien —responde después de saborear los labios de su novio—. ¿Qué hora es?

—Casi las ocho.

—Vaya, sí que he dormido. ¿Hace mucho que has despertado?

—No. Bueno, sí —contesta titubeante—. En realidad no he dormido nada.

—¿No? ¿Y qué has estado haciendo todo este tiempo? ¡Me tenías que haber despertado!

—¿Para qué? Estabas cansada y yo no podía pegar ojo —señala sonriente—. Verás, he estado pensando.

Diana lo mira fijamente. Tiene los ojos iluminados. Le brillan. Está más guapo que de costumbre. Más mayor. Como si hubiera crecido de golpe.

—¿No le habrás estado dando vueltas a...?

El chico sonríe tímidamente. Aparta la mirada y se tapa las piernas con la sábana.

—Sí. Le he estado dando vueltas a lo de antes. No puedo evitarlo. Ha sido mi primera vez. —Hace una pausa y, vergonzoso, añade—: Es normal que no se me vaya de la cabeza, ¿no?

—¿Y a qué conclusión has llegado?

—A que tengo mucho que aprender. Soy muy novato a tu lado.

Diana suelta una carcajada, se sienta en la cama y le revuelve el pelo como si se tratase de un niño pequeño que acaba de pedir perdón por una travesura.

—Tranquilo. Lo has hecho muy bien.

Mario no está demasiado conforme. Sin embargo, no quiere repetirse ni que la chica le compadezca.

Un teléfono suena en ese instante. Es un mensaje.

—Es el mío —señala Diana, que se levanta de la cama.

Pero, al ponerse de pie y caminar hasta la mesa en la que su móvil acaba de sonar, se marea. Incluso tiene que poner una mano sobre la pared para no caerse al suelo.

—¿Estás bien? —pregunta Mario, preocupado, levantándose también y acudiendo a ayudar a su chica.

—Sí, no te preocupes. Solamente ha sido un pequeño mareo al ponerme de pie.

Diana está blanca. Se siente bastante mareada, pero saca fuerzas de donde no las tiene y sonríe a Mario. Luego coge el teléfono y lee en voz alta el mensaje que acaba de recibir:

> Al final, ¿venís mañana a lo de Alan? Lo digo para organizarnos, quedar e irnos todos juntos en el bus. Contestad lo antes posible. Besos.

—¿Mi hermana?

—Sí, es Miriam —responde la chica, que poco a poco va encontrándose mejor—. ¿Qué le respondo?

Mario suspira. Si por él fuera, la decisión estaría clara. No soporta al francés. Pero cree que a Diana le hace ilusión ir y quizá deba ceder un poco. Al fin y al cabo, puede ser un fin de semana interesante.

—¿Sigues queriendo ir? —le pregunta mirándola a los ojos.

—Puede ser divertido. Tienen piscina, pistas de tenis... Sería un buen sitio para comenzar las vacaciones.

—Uf.

La chica se le acerca y lo abraza por la cintura. Pasa la otra mano por su pelo de nuevo, aunque ahora no lo revuelve, sino que lo peina delicadamente.

—¿Vamos? —dice con voz melosa.

Y lo besa en los labios. Pero él rápidamente se separa.

—Estás haciendo trampas. Utilizas tu...

Y lo vuelve a besar sin permitir que termine la frase. Ahora Mario se deja llevar y acaban dejándose caer en la cama. Ella se sienta entre sus piernas y sonríe.

—Entonces, ¿vamos?

El chico mira al techo y refunfuña.

—Está bien. Vamos.

—¡Genial! ¡Voy a escribirle a tu hermana!

Vuelve a besarlo y rápidamente agarra el móvil para mandarle un mensaje a Miriam confirmando que cuentan con ellos. Un plan perfecto para el sábado y el domingo. Pero ninguno de los dos sospecha todo lo que va a dar de sí aquel fin de semana.

En ese instante, aquel día de finales de junio, en otro lugar de la ciudad.

Cristina le lee a Paula el mensaje que Miriam le ha enviado. Le pregunta si va a ir mañana a la casa de los tíos de Alan para quedar todos juntos. Llevan un buen rato sentadas en el banquito de una plaza del centro hablando de ese tema.

—¿Qué le contesto? —pregunta Cris.

—Pues dile que vas. Te apetece mucho, ¿no?

—Sí. Pero ¿y tú? ¿Vienes?

Paula suspira. No lo tiene nada claro. Antes era un no rotundo. Ahora las cosas han cambiado. El encontrarse con Ángel la ha afectado más de lo que podría haber imaginado. Además no iba solo. Aquella chica parecía su novia. Qué pronto se ha olvidado de ella. Aunque no le culpa. No después de todo lo que ocurrió.

—No creo que sea buena idea que yo vaya, ya te lo he dicho.

—Ya. Y sigo sin comprenderlo. Por mucho que me repitas lo de Alan.

—Es que entre él y yo...

—Lo sé, lo sé... Pero tal vez le tendrías que dar una oportunidad.

El sol sigue iluminando la ciudad. Se refleja en sus piernas, que con la llegada del verano empiezan a broncearse. Los últimos recreos han servido para eso. Ponerse morenas era uno de los principales objetivos antes de la época de piscinas y bikinis.

—No es sencillo, Cris. No sé si ese chico me gusta.

—Te gusta. Y tú a él lo tienes loquito.

—No creo que sea para tanto. Tal vez solo soy una más. No lo conozco lo suficiente para empezar algo con él.

—Y si no le das una oportunidad, ¿cómo lo vas a conocer más?

No responde inmediatamente. Se queda pensativa. No

quiere volver a complicarse la vida. Es cierto, aquel chico la atrae más de lo que debería. Aunque por otro lado, si comienza algo con alguien, olvidará a Ángel para siempre.

Ángel. Siempre aparece él. Siempre. ¿No lo había dejado atrás? ¿No eligió estar sola? Sí. Lo decidió. Y sus amigas insistieron en que pasara página. Era lo mejor que podía hacer.

—Tienes razón. Pero no sé si quiero lanzarme a la piscina con Alan.

Cris sonríe y le coge una mano.

—Mira, no tienes que hacer nada con ese chico si no quieres. Ni siquiera este fin de semana. Pero no puedes estar toda tu vida lamentándote y llorando. Lo hecho hecho está. Ángel es pasado; Alan quizá es el presente y quién sabe si el futuro. A mí me parece un buen chico. Y aquella noche...

El teléfono de Paula suena. Es un SMS. Coge el teléfono y lee el mensaje en silencio.

—Hablando del rey de Roma —dice y suspira.

—¿Es Alan?

—Sí. Me pregunta que si voy a ir mañana. Que debería porque todos vais a ir. Y que seguro que lo pasaremos genial.

—No seas tonta. Ven.

—Es que...

—Así no estaré sola. Anda, ven.

—¿No me dejarás que haga ninguna tontería?

—Ni una.

—Prométeme que no vas a permitir que meta la pata.

—Lo prometo. Estaré vigilándote.

Paula se pasa las manos por la cara y luego las sube hasta la cabeza. Se agita el pelo y suspira.

—Está bien. Voy.

—¡Bien! Te has hecho de rogar, ¿eh?

—Lo siento.

—No te preocupes —responde Cris poniéndose de pie y ajustando su falda—. Ya verás como lo pasamos bien

—Eso espero. No quiero equivocarme... como me equivoqué en Francia.

Capítulo 14

Una noche de abril, en un hotel francés.

—¿No queda más? Tengo sed.

Paula coloca la botella de champán bocabajo y la agita con virulencia. Una escuálida gota cae sobre la mesa. Es la última.

—No, no queda más —responde Alan sonriente—. Trae, que la vas a romper.

Y le arrebata la botella para meterla en la cubitera.

—¡Jo! ¿Tanto hemos bebido?

—Bueno, casi todo te lo has bebido tú.

—¡Qué mentiroso!

La chica se levanta de su silla. Está mareada. La cabeza le da vueltas. ¿Qué le pasa? No recuerda haber tomado tanto champán. Cuatro, cinco, seis copas, como mucho. El mareo aumenta con cada paso que da. ¡Uf! Lo mejor es sentarse. Tambaleándose, llega hasta un sofá en el que se deja caer. Estúpido francés. Seguro que le ha echado algo en su copa.

—¿Te encuentras bien? —pregunta Alan, que también se ha puesto de pie y se dirige al sofá en el que Paula está sentada.

—Perfectamente. Nunca he estado mejor.

—Ya.

El chico se instala a su lado y se la queda mirando a los ojos. Luego sonríe.

—Y tú, ¿qué miras?

—A ti. Me gustas.

—¡Qué dices! ¡Estás fatal, muchacho!

—¿Qué pasa? Habrá millones de tíos a los que les gustas.

—Psss.

Paula comienza a sentirse peor. Cierra los ojos. Todo le da vueltas. Pero los vuelve a abrir de golpe cuando nota el aliento de Alan demasiado cerca.

—¡Hey, tú, franchute!, ¿qué haces?

—Nada —responde él con una sonrisa.

Sus bocas están muy cerca. Excesivamente cerca.

—Mira, tío... No... pienso hacer... nada contigo —tartamudea.

—¿No? ¿Ni un beso?

—¿Estás mal de la cabeza?

—¿Me creerías si te digo que me he enamorado de ti?

Paula suelta una carcajada. ¿Qué está diciéndole? ¿Habla de amor? Vuelve a cerrar los ojos. Y los abre otra vez repentinamente.

—¿Qué quieres, francesito?

—A ti. Pasar la noche contigo.

—¡Ja!

—¿No te apetece?

La chica no responde. ¿Por qué se siente cada vez más débil? Las piernas le flaquean y los párpados le pesan muchísimo. De nuevo cierra los ojos, pero esta vez no los abre a continuación.

—¿Paula?

—¿Qué?

—¿Puedo besarte?

Pero esta no responde. Se echa hacia atrás. Su cuello se vence hacia un lado. Alan recoge su cabeza con una mano y la besa. Al principio, ella no responde. Simplemente, se deja hacer. Nota los mojados labios del chico en su boca. Sabe a champán. Y decide inconscientemente seguir el juego. Nota su lengua dentro, cómo roza con la suya. Percibe sus manos, cálidas, explorando bajo su camiseta.

—¿Qué..., qué haces..., Alan? —pregunta sin abrir los ojos.

—Nada. —Y le da un beso en el escote—. No hago nada.

Los besos van y vienen por todas partes.

A Paula su cuerpo cada vez le pesa más. Y la cabeza no para de darle vueltas. No sabe muy bien qué está pasando. Cada vez le cuesta más permanecer consciente. Pero ¿lo está? ¿Está consciente?

Abre muy despacio su ojo derecho. Ve borroso. Alan está sobre ella, tumbado encima. Lleva el torso desnudo, aunque conserva los pantalones. Vuelve a cerrar el ojo entreabierto. ¿Es un sueño o es la realidad? El chico ayuda a que Paula se tumbe completamente en el sofá. Rendida. Luego desabrocha sus vaqueros y los baja poco a poco, deslizándolos por sus largas piernas. Alan besa sus muslos. Su cadera. El borde de sus braguitas celestes. Paula ya no siente nada. No sabe qué hace ni qué está haciendo él. El chico está excitado. Está a punto de quitarle la ropa interior.

—¿Quieres que pare? —pregunta mientras jadea.

Pero no obtiene ninguna respuesta. Paula gime y su respiración cada vez va más rápida. ¿Qué está pasando?

Una vez más, abre el ojo derecho. Alan sostiene en las manos su sujetador. ¿Por qué lo tiene él? ¿Qué demonios está pasando? ¿Eso quiere decir que está desnuda? ¿Por qué?

Sin saber de dónde, Paula saca fuerzas y abre los dos ojos al mismo tiempo. ¿Qué está haciendo? ¿Van a...?

No. No. No quiere, no puede hacerlo. Ahora no. Habla, pero sus palabras no tienen sonido. No.

—Soy...

Intenta decirle algo. Pero ¿por qué le cuesta tanto hablar? ¿Por qué está tan mareada?

Alan la besa en la boca y le muerde el labio. Está desatado. Va a acostarse con aquella preciosa chica española en la que se fijó hace unos días. Bonita presa para un depredador como él. Ninguna se le resiste. Sonríe y saca un preservativo de uno de los bolsillos de sus pantalones. Luego se los baja. Y, rápidamente, también desaparecen sus bóxers.

—Soy... virgen —suelta por fin Paula.

La luna se esconde detrás de una nube blanca que tapa su brillante aureola. Mañana volverá a llover en París.

Capítulo 15

Un día de finales de junio, por la noche, en un lugar de la ciudad.

Da una última calada y arroja el cigarro por la ventana. Luego agita ambas manos para que el humo salga de la habitación. Coge su frasquito de perfume de vainilla y esparce el aroma por todo el dormitorio. No hay que dejar rastro.

Paula mira el móvil una vez más. ¿Lo llama?

Habría muchas cosas que aclarar, que decirle, que preguntarle. Pero eso supondría reabrir la herida. Han pasado casi tres meses.

¿Quién sería esa chica con la que iba Ángel? ¡Qué más da! No es asunto suyo.

Enciende la radio. Suena una de Damien Rice, *Smile.* «Sonríe». A ella le cuesta reír ahora. El destino es demasiado caprichoso. Y cruel. Muy cruel. Ángel ya había desaparecido de su cabeza. Estaba olvidado. Prácticamente. Casi. O al menos había escondido su recuerdo en algún rincón de su corazón en el que no tenía intención de buscar.

¿A empezar de nuevo?

Una lágrima se derrama. ¡Joder, no! Prometió no llorar más por él. Inspira y suelta todo el aire de golpe. Con la mano se seca la gotita que moja su mejilla.

—Tranquila —susurra—. Tranquila, Paula. Ha sido mala suerte. No tienes que pensar en él.

Sus amigas le habían aconsejado que, cuando estuviera sola y se encontrase mal, hablara en voz alta. Contar el problema, aunque fuera a sí misma, podría ayudarla como terapia.

Mira de nuevo el teléfono. Todavía se sabe su número de memoria, es el único que recuerda de su amplia guía de contactos.

Esa chica era realmente guapa. Hacen una bonita pareja. Podría haber sido ella...

—No pienses más en él. Olvídate. Ya no está en tu vida.

De repente el móvil comienza a sonar. No es Ángel, es Alan. Vaya. Quizá no es un buen momento para discutir con el francés. Porque siempre terminan discutiendo. Hay mucha tensión entre ambos. Él la saca de sus casillas. Pero por otra parte...

—¿Sí? —responde mientras baja el volumen de la radio.

—Hola —contesta él. Parece alegre. Aunque Alan siempre da la sensación de estar alegre.

—Hola, ¿qué querías?

—He hablado con Cris. Me ha dicho que al final sí que vienes mañana con nosotros.

—¿Eso te ha dicho?

—Sí.

—Pues entonces será verdad.

—¡Genial! —exclama—. Me alegro mucho de que vengas. Lo pasaremos bien.

Paula resopla. Todavía está a tiempo de echarse atrás. No tiene muy claro que ir el fin de semana a la casa de los tíos de Alan sea una buena idea. ¿Cómo se ha podido dejar convencer por Cristina?

—Seguro que sí —señala con cierta ironía.

—Si te soy sincero, dudaba de que vinieras —reconoce el chico.

—Qué extraño: tú dudando de algo. No me lo creo.

Alan suelta una carcajada cuando escucha el recelo de Paula.

—Tienes razón. No dudaba. Estaba convencido de que vendrías.

—¿Por qué eres tan vanidoso?

—¿Lo soy?

—Mucho.

—¿Y no te gusta?

—No. No me gusta nada.

—No te creo.

—Pues créeme.

—Vaya. Intentaré moderarme entonces.

—Vuelves a mentir. No lo harás. Seguirás siendo un presumido y un vanidoso.

El chico vuelve a reír. Parece divertirse mucho con aquella conversación.

—Quién sabe. Por ti, a lo mejor cambio.

—Alan.

—¿Qué?

—No sigas por ahí. No hagas que me arrepienta definitivamente de haber decidido ir con vosotros mañana.

—Tranquila. No diré nada más.

—Gracias.

—Además, me tengo que ir ya. Mi prima está gritando como una loca. Creo que se ha dado cuenta de que le he cambiado la clave para entrar en el ordenador. Adiós, Paula.

Y, sin dejar que esta se despida, cuelga.

Incorregible. Es un tipo totalmente incorregible. No tiene remedio. ¿Cómo va a creerse algo de lo que le dice? ¡Es imposible!

Y, sin embargo, siente un cosquilleo cuando hablan. Cuando se ríe.

Suspira.

Quizá la que no tiene remedio sea ella.

Ese día de finales de junio, en el momento en que los dos chicos hablan por teléfono, en una emisora de radio de la ciudad, la misma que Paula escucha y que ahora suena con el volumen bajado.

—¡Y esto fue el estreno en exclusiva de *Amor sin edad*! ¡Un éxito asegurado! —grita el presentador del programa—. ¿No creéis?

—Eso esperamos. Los dos estamos muy expectantes e ilusionados con esta aventura —responde la invitada.

El otro invitado al programa va a contestar también, pero el locutor se anticipa.

—¡Seguro que sí! ¡Estamos convencidos de que *Amor sin edad* invadirá todas las listas de ventas! ¿De quién fue la idea?

Los dos invitados se miran el uno al otro. Sonríen y ella deja que sea él quien responda a la pregunta.

—La idea fue mía, pero la canción la escribió ella. —Piensa un segundo y continúa—: A decir verdad, este tema ya existía, pero lo hemos adaptado.

—¡Es genial! Y muy original —comenta el presentador, al que hacen una seña desde control indicando que le quedan dos minutos de entrevista—. ¿Cómo os conocisteis?

De nuevo se miran. Ríen y ahora es ella la que toma la palabra.

—Fue de casualidad, en una fiesta.

—Aunque yo ya me había intentado poner en contacto con ella —recalca el chico.

—Es verdad. Pero, si te soy sincera, no te hice demasiado caso.

—Yo tampoco me lo habría hecho.

Y los tres ríen.

—Para terminar, ¿os gustaría decirles algo a nuestros oyentes?

—Que gracias por todo el apoyo que estamos recibiendo —contesta ella al tiempo que se ajusta los cascos—. Y que esperamos que tanto sus seguidores como los míos disfruten de este precioso trabajo hecho en equipo.

—¡Seguro que sí! ¡Cuando hay talento y ganas, las cosas funcionan! —exclama el locutor, que le guiña un ojo al chico—. Mucha suerte a los dos. Katia, Álex, gracias por venir.

Capítulo 16

En ese instante, un día de finales de junio, en otro lugar de la ciudad.

Ambos están tumbados bocarriba en la cama. Acaban de hacer el amor.

Sandra, extendiendo una mano, le acaricia el pelo, algo más largo de lo que suele llevarlo normalmente. Pronto se lo cortará. Ángel no es de los que se permiten demasiadas licencias con su aspecto físico. El cabello es muy importante para él y lo prefiere más corto, pero a ella le gusta así. De momento, no le llevará la contraria.

—¿En qué piensas? —pregunta la chica, que se ha puesto de lado para mirarle a los ojos.

—En nada.

—Mientes. Siempre se piensa en algo. Nuestra mente no tiene la capacidad de quedarse completamente en blanco.

—¿Ah, no? ¿Y en qué estás pensando tú?

—En que quiero mucho a mi novio. En que soy muy afortunada de que el chico nuevo se fijara en mí. Y en que no sé en qué demonios puedes estar pensando para que estés tan ausente. ¿Satisfecho?

Ángel sonríe, la besa en la mano y se levanta de la cama.

—Pues piensas mucho. Quizá demasiado.

—¿Es un defecto? —pregunta ella.

—No, una característica —contesta él mientras se pone una camiseta gris de manga corta.

—¿Y te gusta esa característica?

—No está mal.

—Tú también piensas mucho. No lo niegues.

— Sí, tal vez también pienso demasiado.

—Si es en otra que no sea yo, estoy de acuerdo: piensas demasiado. Y tendrías que solucionarlo.

El chico se sorprende al oír la insinuación de Sandra, mitad en broma, mitad en serio. Pero no quiere alarmarla. Se acerca hasta ella, la mira fijamente a los ojos y la besa en los labios.

—¿Y esto? —dice la chica, que no lo esperaba.

—¿No te ha gustado?

—Mucho. Pero... —No sigue. Es mejor dejarlo ahí—. No pasa nada, olvídalo.

Sin embargo, Ángel no está dispuesto a quedarse a mitad de camino.

—Sí que pasa. ¿Pero... qué? Termina la frase.

—No.

—Sí.

—No.

—No me gusta nada que me dejen a medias...

—Tengo derecho a hacer y decir lo que quiera.

—Y yo derecho a saberlo si tiene que ver conmigo.

Con un movimiento rápido, Ángel la tumba otra vez bocarriba y se sienta sobre ella, sujetando sus manos, inmovilizándola.

—¡Hey! ¡Eso no vale! ¡Suéltame! —exclama Sandra al tiempo que ríe nerviosa.

—¿Qué decías?

—Nada.

El chico se inclina sobre ella y la besa, primero en el lóbulo de la oreja y luego en el cuello. Sensual.

—¿Decías?

—No decía nada. ¡Suéltame! —Y se le escapa un pequeño gemido.

Ángel continúa con el dulce castigo. Y la besa por todo el brazo que sigue sujetando, desde los dedos hasta el hombro, bajando luego por su pecho y finalmente subiendo hasta la boca. Le muerde el labio y la besa.

—¿Sigues sin querer decirme nada?

—No —murmura ella con los ojos cerrados.

—Vale. —El periodista libera a su chica y se pone de pie—. Me voy a la ducha solo.

Y, sin mirarla, sale de la habitación.

¡No! Sandra resopla, molesta. Ahora la que se ha quedado a medias ha sido ella. Y todo por no decirle lo que pensaba: que cuando alguien hace lo que Ángel ha hecho antes es porque se siente culpable de algo. Está segura de que todo está relacionado con aquella chica con la que se encontraron en el Starbucks. Y no le falta razón. Pero Ángel sería incapaz de hacerle daño a su novia de esa forma. Sería incapaz de contarle que, mientras hacían el amor, la imagen de Paula no paró de acudir una vez tras otra a su confusa mente.

Hace casi tres meses, un día de abril, por la noche, en un avión rumbo a Francia.

¿Y qué le dirá cuando la vea?

No lo sabe. Y es extraño. Ángel siempre sabe qué hacer y qué decir. Pero en este caso todo es diferente. Nunca había vivido una situación parecida. Incluso cuando se conocieron en persona, después de dos meses hablando por Internet, tenía un plan.

Ahora lo mejor es improvisar. Dejarse llevar por los sentimientos, por lo que en esos momentos le diga el corazón. Sí. Es el turno de su corazón.

Pero a Paula le tiene que quedar claro que la quiere. Que la ama, que lo suyo es sincero. Y que nada de lo que haya pasado, sea lo que sea, influirá en su relación. Lo importante es que estén juntos, que vuelvan a reírse el uno con el otro, a mirarse, a quererse. A ser Paula y Ángel, la pareja perfecta.

Mira por la ventanilla. Todo está oscuro.

El avión da un pequeño brinco. Hay turbulencias.

El chico que está en el asiento de al lado tose. Es grueso y con el pelo largo y rizado. Lee un cómic de zombis y escucha música en sus cascos. Parece tranquilo. Vuelve a toser, más escandalosamente. Ángel mete la mano en el bolsillo del pantalón y saca un paquete de caramelos que ha comprado en el aeropuerto.

—¿Quieres uno? —le pregunta.

El chico sonríe y coge uno.

—*Merci* —responde, y se mete el caramelo en la boca.

—De nada.

El periodista vuelve a guardar el paquete en el bolsillo y mira de nuevo por la ventanilla. Ve su rostro reflejado en el cristal y resopla. Piensa en ella. Tiene ganas de estar a su lado. Muchas ganas.

¿Qué estará haciendo ahora? Resopla otra vez. Quiere abrazarla y decirle que la quiere. Y que jamás querrá a otra.

Ángel no podía prever lo distinto que sería el futuro a lo que en esos momentos imaginaba.

Capítulo 17

Una noche de finales de junio, en un lugar de la ciudad.

Tiene calor. Abre la ventana y la ligera brisa de la noche la despeina. Se acaba de poner el pijama de verano y pronto se irá a dormir. Mañana toca madrugar. La espera un fin de semana movidito. Menos mal que también va Paula, porque si no, se hubiera encontrado incómoda. Diana con Mario, Miriam con Armando y Alan..., de estar con alguna, no sería con ella precisamente. A Cris no le desagrada el chico francés. Incluso cree que su amiga debería darle una oportunidad, olvidar a Ángel de una vez por todas e intentarlo con él. Pero las cosas del corazón no son sencillas. Al contrario: no hay nada más complicado que el amor. Ella lo sabe bien.

Coge su *netbook* y se sienta con él sobre las piernas en la cama.

¿Estará conectado al MSN?

Sí, ahí está. Suspira. Desde que Cristina le dio su Messenger, siempre es al primero que busca en la lista de contactos. Aunque no hablan demasiado; para ser exactos, apenas lo han hecho un par de veces o tres. Pero se siente bien cuando ve su *nick* entre los «disponibles». Le da seguridad y en su interior experimenta un extraño hormigueo.

Sin embargo, sabe que entre los dos todo es imposible. Armando es el novio de Miriam.

—¡Hola!

Precisamente es la Sugus de naranja la que la saluda, acompañando su frase con un icono sonriente.

—Hola, Miriam —responde Cris con otro alegre Lacasito amarillo.

—¿Preparada para mañana? ¡Lo vamos a pasar increíble!

—Sí. Ya me iba a la cama para no quedarme dormida.

—Yo también me acostaré prontito. ¡Tía, es que será genial! ¡Alan me ha pasado fotos de la casa de sus tíos y es flipante!

—¿Sí? No he visto nada.

—¡Joder! Pues es tremenda. La piscina es enorme... Oye, espera un momento.

Miriam deja de escribir durante unos segundos. Cristina, mientras, abre otras páginas en el navegador. Revisa su Tuenti. No tiene nada nuevo, solo una foto que Paula ha subido. «Guapísimas», se titula. Salen las dos juntas, en una de esas fotografías en primerísimo plano, hechas demasiado cerca. ¡Menuda cara! ¡Qué mal! Se ve una espinilla en la mejilla y un granito en la barbilla. Instintivamente, los busca en su rostro y protesta en voz baja. No creía que se apreciaran tanto.

La luz naranja del MSN se vuelve a encender. Miriam ha regresado. Pero no está sola. Ha agregado a la conversación a Armando. Uf.

—Hola, Cris —saluda el chico, sin más. Parece indiferente.

A la chica, sin embargo, se le acelera el corazón. ¿Por qué? Es el novio de una de sus mejores amigas, de una Sugus. No debe, no puede sentir esas emociones. Resopla y contesta.

—Hola, ¿cómo estás?

—Muy bien. Esperando con muchas ganas lo de mañana.

Cristina sonríe en su habitación. Siente un escalofrío y se estremece. Hace fresquito. Coge una sábana y se la coloca por encima de los hombros.

—¡Va a ser una pasada! ¡Ya lo veréis! —escribe Miriam, que de todos es la más entusiasmada con el plan del fin de semana.

—Seguro que sí, cariño —responde su novio.

—Espero que Alan nos reserve una habitación para nosotros dos solos.

—Yo también lo espero.

Cris se limita a poner iconos sonrientes entre frase y frase. Aunque no es reír lo que más le apetece en esos instantes. Aquella complicidad entre ambos, con ella de testigo, le hace daño.

—¿Te imaginas? Tú y yo en esa piscina enorme, tomando un mojito, y luego...

—Será divertido. Estoy deseándolo, cariño.

—¡Te quiero, amor! —escribe Miriam con muchos signos de admiración de gran tamaño y de color rosa. Aprieta el *enter* y continúa en otra línea—. Perdona, Cris. Es que me emociono.

Y un icono de un perrito que sonríe.

Cristina, por el contrario, esta vez no escribe nada. Siente una punzada en el corazón. Suspira. ¿Seguro que es una buena idea ir con ellos?

—Oye, Cris, ¿tú no llevas a nadie? —pregunta de repente Armando.

—No.

—Tenemos que buscarte un novio ya —indica la mayor de las Sugus.

—Déjalo. No te preocupes. ¿Quién me va a querer a mí?

—Pues cualquier tío —señala Armando.

—¡Qué va!

—Te lo aseguro —insiste el chico.

—¡Hey, tú! ¡Que me pongo celosa!

—Es que Cris está muy bien, Miriam. Hay que reconocerlo.

—¡Capullo! Que me enfado, ¿eh?

—¿Sí?

—¡Sí!

—¿Por decir que Cris está buena?

—¡Armando!

Cristina no puede parar de sonreír. Coloca el ordenador sobre el colchón y se tumba en la cama bocabajo, con la sábana por encima. Juguetea con los pies y lee una y otra vez lo que Armando acaba de escribir.

—Perdona, cariño. Aunque he dicho la verdad.

El chico se disculpa con su novia primero con un Lacasito guiñando un ojo y luego con la imagen de dos adolescentes dándose un beso.

A Cris le encantaría que aquel beso imaginario fuera para ella.

—Ya, ya...; ahora besitos.

—¿No te gusta? Si quieres, se lo doy a Cris...

Esta abre mucho los ojos y tiene ganas de gritar: «¡Sí!». ¡Ella estaría encantada de recibirlo! Risa tonta y nerviosa en el silencio de su dormitorio.

—Sí me gusta, tonto. Y acepto el beso. Aquí tienes otro mío —responde Miriam, que utiliza otro icono un poco más picante, de una pareja jugando con sus lenguas.

Pelear para reconciliarse. Es una de las mejores cosas en una relación. Cris lo echa de menos. ¿Cuánto hace que no tiene novio? Mucho. Está bien sola, pero añora el cariño de alguien que la quiera de verdad. Cada vez más. Discutir y hacer las paces con un beso. Aunque sea cibernético, como el que Armando le ha dado a Miriam.

—Chicos, me voy a dormir. No quiero llegar tarde mañana —escribe melancólica, resignada a su soledad.

—Sí, nosotros nos vamos también —contesta Miriam—. Cariño, ahora te llamo al móvil para darte las buenas noches. *Ciao*, Cris.

Y desaparece de la conversación. Armando y Cristina se quedan solos.

—Pues entonces me voy yo también —dice el chico.

—OK.

—Y que sepas que lo que decía antes era completamente cierto. Estás muy bien y puedes conseguir al chico que quieras.

Cris cierra los ojos y resopla. Luego mueve la cabeza de un lado a otro lentamente. ¿Por qué le dice eso? ¡No es justo! ¿Por qué tiene que ser un encanto con ella? ¿Por qué las cosas son siempre tan difíciles?

—Gracias. Buenas noches.

—Buenas noches.

Y ambos, cada uno en un lugar de la ciudad, apagan sus respectivos ordenadores. Aunque para los dos, el fin de semana traería acontecimientos que no olvidarían jamás.

Capítulo 18

Esa noche de finales de junio, en otro lugar de la ciudad.

No puede dormir. ¡Qué fastidio! Paula se acerca a la ventana y mira a través del cristal. La abre e inspira el aire de la noche. Luego lo expulsa con fuerza. Así, varias veces. Le apetece un cigarro, pero no es momento de fumar. Debería estar en la cama durmiendo para estar descansada mañana. Pero lleva dando vueltas más de media hora y es imposible conciliar el sueño.

¿Y si lee un rato? Tiene encima de la mesita de noche *El dador de recuerdos*, pero se nota los ojos irritados. Le pican. Además, le costaría un mundo concentrarse. No, leer tampoco es una buena idea.

¿Qué le pasa? ¿No será por Ángel? No. Está olvidado, ¿verdad? ¿Y por Alan? No lo cree. El francés le provoca dos sensaciones muy distintas. ¿Amor y odio al mismo tiempo? No. No llega a tanto ni de una cosa ni de la otra. Simplemente, la atrae y a la vez no se fía de él.

Nota como le cuesta respirar. ¿Qué está sintiendo? ¿Por qué vuelve a pasarlo mal? Buf. Tiene ganas de llorar. Muchas ganas. Antes consiguió frenarlas, pero ahora no. Y una lágrima va cayendo tras otra.

Se insulta a sí misma por el numerito, pero no logra calmarse. Solloza desconsolada en la oscuridad de su dormitorio.

Debe tranquilizarse. Es necesario que lo haga. Lo prometió. Prometió no llorar más. Poco a poco intenta serenarse. Ve en el cristal de la ventana su reflejo e intenta sonreír. Eso es. Poco a poco. Poco a poco.

¡Qué tonta está!

Un ruido la sorprende. Es como si estuvieran raspando la parte baja de la puerta de su habitación. Cree saber de qué se trata. La chica se aproxima hacia la entrada y abre.

—Waku, ¿qué haces tú aquí? —pregunta sonriente. Secándose las lágrimas, se agacha y coge en brazos a un cachorro de labrador negro.

Enseguida aparece Erica, con expresión de culpabilidad.

—Waku-Waku, ¿por qué has despertado a Paula? —regaña la niña al animal, que le lame la mano.

—¿Qué hace aquí, Erica? Debería estar durmiendo abajo, en su cestita —dice su hermana, muy seria.

—Se me ha escapado. Es que... quería estar con él. Es tan bonito. Y tan pequeñito. Me da pena que se quede solo de noche.

—No le pasará nada. Ayer durmió muy bien.

—Claro, porque yo lo visité muchas veces.

—Pues debes dejar que se acostumbre a dormir solo por las noches.

—Es muy pequeño. Míralo.

Paula observa los negrísimos ojos del perrito y no puede evitar sentir ternura hacia él. Apenas tiene dos meses. Ella no quería animales en casa, pero su hermana insistió tanto que sus padres no tuvieron más remedio que ceder. Y aunque Waku-Waku era una idea de Erica, sabía que terminaría cogiéndole cariño.

—Vamos. Lo voy a llevar otra vez abajo.

—¡Jo! ¿No puede quedarse a dormir en mi cuarto esta noche?

—No. Papá y mamá se enfadarían.

—¡Pues no se lo digas!

Pero Paula no escucha a su hermana y baja la escalera con el perrito entre sus brazos. La pequeña la sigue detrás protestando.

No hay nadie en el salón. Mercedes y Paco se han ido ya a dormir.

—Aquí estarás muy bien —dice la hermana mayor mientras acuesta a Waku entre las mantitas de su cesta.

El animal suelta un pequeño gemido.

—¿¡Lo ves!? ¡Le da miedo quedarse solo!

—No es eso. Es que tiene sueño.

—¡Qué va...! ¡No quiere estar aquí a oscuras!

Paula resopla y enciende una de las lamparitas del salón.

—Ya está. Vayámonos para que Waku pueda estar tranquilo.

—¡Jo! Pobrecito...

—Estará bien. No hay que maleducarlo desde pequeño.

—Me da mucha pena.

—No te preocupes.

La niña se agacha y acaricia la cabeza del perrito.

—Adiós, Waku-Waku. Sé bueno.

El labrador negro le chupa el brazo y luego vuelve a gemir cuando las hermanas suben la escalera. Erica lo mira desde arriba y casi se le saltan las lágrimas.

—Ya verás como se duerme enseguida —la consuela Paula, apoyando una mano en su hombro.

—Me da mucha pena.

—Esto me recuerda a cuando tú naciste.

—¿Qué?

—Sí. Cuando tú eras un bebé, yo quería quedarme a dormir contigo en la habitación donde tenías la cuna para cuidarte. Y mamá me regañaba para que me fuera a mi cuarto.

—¿Sí?

—Sí. Y yo me enfadaba. Pero era lo mejor. Tenía que dejarte dormir tranquila.

La niña suspira. Quizá su hermana lleva razón, aunque sigue sintiendo lástima por su perro.

—Bueno. Espero que sea pronto de día para volver a jugar con él. Ahora que ya no hay cole, tendré mucho tiempo libre.

—¡Muy bien! Y ahora, a dormir.

—Vale. ¿Nos llevarás mañana a Waku-Waku y a mí a jugar al parque?

Paula sonríe y, cuando está a punto de decir que sí, recuerda que mañana se va con sus amigos a pasar el fin de semana.

—Lo siento, pequeña. Mañana no estaré.

—¿No? ¿Adónde vas?

—A la casa de los tíos de Alan con mis amigas.

Erica parpadea dos veces muy rápido y tuerce el labio. A la casa de los tíos de Alan. Allí estará...

—¿Vas a la casa de Aarón?

—Sí. Aunque no sé si él estará. Se va con sus padres.

—Mmm.

—Si lo veo, ¿quieres que le diga algo de tu parte?

—Que es tonto.

Y sale corriendo hasta su habitación sin dar más explicaciones, cerrando con fuerza la puerta. Paula se encoge de hombros y también entra en la suya.

Está más tranquila. La conversación con su hermana le ha servido para relajarse. Se tumba en la cama con las manos en la nuca. Sonríe.

¿Le gustará a Erica el primo de Alan? Es muy pequeña todavía para eso. Y a ella, ¿cuánto le gusta realmente el primo de Aarón? De eso no está muy segura. De lo que sí está segura es de que lo que sucedió aquella noche en Francia nunca tuvo que pasar.

Capítulo 19

Un día de abril, en un hotel de Francia.

¿Qué es ese ruido? Parece un teléfono, pero no es el sonido de su móvil. Paula abre poco a poco los ojos y se incorpora. Ya es de día, ¡y menudo dolor de cabeza tiene! Lo que suena es el teléfono de la habitación. ¿Quién será? ¿Sus padres? Mira hacia la derecha: la otra cama está vacía. ¿Dónde está Erica?

Se inclina para responder la llamada, pero de repente siente unas ganas terribles de vomitar. No hay tiempo de contestar. Se levanta deprisa y corre hacia el cuarto de baño.

El teléfono deja de sonar.

No se encuentra nada bien. Se sienta en el suelo, junto al retrete, con la mano en el estómago, y vomita toda la cena del día anterior. Uf. Cuando termina, se lava la cara con agua fría y se moja los labios, que tiene completamente secos y cortados.

¿Qué hora es?

Sale del baño y comprueba en el reloj del móvil que son casi las doce de la mañana.

—¡Dios, no puede ser! —exclama en voz alta.

Además, tiene un SMS. Lo ha enviado su madre. Se sienta de nuevo en la cama. Le duele el estómago y la cabeza le va a estallar. Abre el mensaje y lee susurrando:

Paula, nos hemos ido a dar una vuelta. Te hemos intentado despertar, pero estabas muy dormida. Te recogemos a las dos para comer. Erica viene con nosotros.

Así que la han dejado sola en el hotel. Mejor. No está en condiciones de dar paseos. Pensándolo bien, no está en condiciones de nada. Vuelve a tumbarse en la cama y se tapa con las mantas. ¿Qué pasó anoche para que se encuentre de esa manera? Lo último que recuerda fue un brindis con Alan. El choque de las copas llenas de champán. ¿Bebió tanto como para tener ese resacón? La respuesta, visto lo visto, está muy clara. Pero ¿pasó algo más?

Todo está muy confuso en su mente. Y, si intenta recordar, siente insufribles punzadas en la sien. Hay algo extraño: no lleva la ropa de anoche, con la que se fue a cenar con el francés. Alguien la tuvo que desvestir y vestir con su pijama. ¿Alan? ¿Y cómo volvió a su habitación desde la *suite*? Necesita una explicación. Solo espera no haber hecho ninguna tontería.

Ha de reaccionar. Quizá una ducha le sirva para despejarse.

Se quita las mantas de encima y, muy despacio, se levanta de la cama entre quejidos, lamentándose de no haber sabido controlarse la noche anterior. Poco a poco se desnuda, doblando cada prenda y colocándola en la silla donde además están el vaquero y la camiseta que llevaba anoche. También están doblados. Todo es muy raro. Y lo peor es que no se acuerda de nada. Tal vez el agua de la ducha le aclare las ideas.

Ya completamente desnuda, se pone las zapatillas para no estar descalza en el cuarto de baño y camina por el parqué de la habitación hacia allí. Sin embargo, en ese instante, observa estupefacta como el pomo de la puerta de la entrada gira. No se lo puede creer: ¡están intentando entrar en la habitación! Sin perder un segundo, se mete en el baño mientras escucha como la puerta se abre. No comprende nada. ¿Sus padres no habían dicho que vendrían a la hora de comer? ¿Y si no son ellos? ¿Un ladrón? ¿Un violador?

Respira profundamente e intenta calmarse.

Quien ha entrado camina muy despacio, casi de puntillas. Parece que se trata de una sola persona. Paula está asustada, preparada para gritar muy fuerte si es necesario. Se envuelve con una toalla blanca y se esconde detrás de una de las paredes del cuarto de baño. De reojo, se asoma con sigilo para descubrir quién ha entrado en la habitación.

Y entonces lo ve.

Un chico con el pelo rubio ensortijado se acerca a su cama y se sorprende cuando comprueba que Paula no está allí.

—¡Alan! ¿Se puede saber qué estás haciendo aquí? —pregunta la chica, saliendo del cuarto de baño ataviada solo con la toalla y las zapatillas. Está realmente enfadada.

El francés se vuelve y la mira de arriba abajo con una sonrisa pícara. Paula se da cuenta de su aspecto y se sonroja.

—Quería saber cómo estabas. Como no me cogías el teléfono, he tenido que robarle a una limpiadora la llave para poder entrar en tu habitación —responde sin poder ocultar su satisfacción.

—¡Pues podías haber llamado a la puerta antes!

—Sí. Pero me arriesgaba a que no me abrieras. Y, además, le quitaba emoción —señala sonriente—. Por cierto, si quieres me ducho contigo.

—No, gracias. Ya lo hago yo solita —dice mientras estira la toalla, intentando taparse lo máximo posible.

—No te preocupes. Si ya he visto todo lo que tenía que ver.

—¿Qué?

¿De qué está hablando? ¿Qué ha querido decir con eso? Empieza a ponerse realmente nerviosa.

—Claro. Tú no te debes de acordar de nada, ¿me equivoco?

—¿De qué me tengo que acordar?

—De lo que pasó anoche.

—¿Anoche? Anoche no pasó nada.

Alan se encoge de hombros y se sienta en la cama sin dejar de sonreír ni un instante.

—Ay, Paula, Paula... Eso es lo que pasa por beber demasiado: que luego no nos acordamos de lo que hacemos.

El chico se cruza de piernas y hace una mueca con la boca. Sabe perfectamente adónde quiere llegar. Por el contrario, Paula se está hartando de su juego.

—Mira, no sé de qué me hablas. Vale, quizá bebí más de la cuenta y hay momentos que tengo un poco borrosos.

—¿Un poco borrosos? —pregunta él sonriendo maliciosamente.

—Sí. Pero estoy segura de que no hice nada que no quisiera hacer —responde tratando de mostrar firmeza en sus palabras.

—Yo también estoy seguro de eso. No hiciste nada que no quisieras hacer.

Los dos entonces se miran a los ojos. Enfrentan sus miradas, unos segundos, hasta que ella decide apartarla, incapaz de sostenerla por más tiempo. Aquellos ojos la intimidan.

¿Qué fue lo que pasó ayer por la noche? Por las palabras de Alan, pudo haber cometido algún error imperdonable. ¿Qué hizo? Se muere por saberlo, pero no le va a dar la satisfacción a ese descarado de reconocerlo.

—Oye, en serio: no me parece adecuado que entres en mi habitación sin mi permiso, conmigo medio desnuda, y encima insinúes ciertas cosas que no son verdad.

—No he insinuado nada.

—¿Ah, no? Yo creo que no has parado de hacerlo.

Alan se levanta de la cama y camina hacia Paula, que lo observa precavida. No sabe cuáles son sus intenciones. Estira un poco más la toalla, que está a punto de caer al suelo. El chico se coloca a su lado y comenta en voz baja:

—Me encantan los dos lunares juntitos que tienes en..., ya sabes —señala ante la incredulidad de la chica, que se ha quedado boquiabierta—. Estaré en el salón de abajo por si quieres hablar.

La vuelve a mirar a los ojos, sonríe y, sin más, sale de la habitación.

Paula no reacciona. Es un truco. Seguro que es un farol. Pero entonces... Si ha visto sus lunares más íntimos, ¿eso quiere decir que...?

No. No puede ser.

Nerviosa, regresa al cuarto de baño. Deja caer la toalla y se contempla en el espejo. Le tiemblan las piernas. Su respiración se entrecorta. Las punzadas en la sien son insoportables.

Cada vez está más nerviosa. ¿Qué ha querido decir? ¿Cómo es posible que sepa lo de sus lunares? ¿Ha tenido su primera vez con Alan? Imposible. Eso es imposible. ¡Pero no se acuerda de nada! ¡Qué irresponsable fue al beber tanto! ¿Y ahora qué?

No va a tener más remedio que hablar con el francés y aclarar de una vez por todas qué fue lo que pasó la noche anterior en la *suite* del hotel.

Capítulo 20

Una mañana de finales de junio, en un lugar de la ciudad, suena un teléfono.

—Buenos días.

—¡Buenos días, cariño! ¿Qué tal estás?

Mario termina de abrir los ojos con dificultad. Ya es de día y la claridad que entra por la ventana de su habitación le molesta. Aunque parece demasiado temprano. ¿Qué querrá Diana a esas horas?

—Bien, muy bien. ¿Y tú?

—Genial. ¿Ya estás preparado?

¿Preparado para qué? Piensa deprisa, todo lo deprisa que le es posible a alguien que se acaba de despertar. Pero enseguida recuerda. Uf. Sábado por la mañana: han quedado para ir a la casa de los tíos de Alan.

—Casi. Me faltan unos retoques.

—¿Unos retoques?

—Sí. Peinarme y esas cosas.

—¡Ah! Esas cosas... Mmmm... ¿Y qué llevas puesto?

Mario resopla. Mira hacia su armario y responde.

—Una camiseta amarilla y unos piratas negros.

—¿La camiseta amarilla de Bob Esponja?

¿Qué? ¿De qué le está hablando? No tiene ninguna camiseta de Bob Esponja. Entonces se oye una carcajada al otro lado de la línea.

—Me estás tomando el pelo, ¿verdad?

—Perdona, es que se te nota demasiado que te acabas de despertar.

—No me acabo de despertar —la contradice muy serio.

—Claro. Vamos, Mario, reconoce que no te acordabas de lo de hoy y te has dormido.

—Pues no.

—¿No?

—No.

—Vale.

—Vale.

Silencio.

No ha sido una buena manera de comenzar el día. ¿Por qué le está mintiendo? Es cierto, se acaba de despertar. ¿Por qué no lo reconoce? Es verdad que Diana también podría decir las cosas de otra manera, pero en esta ocasión es él quien ha empezado la discusión.

—Tienes razón. Me acabo de despertar —admite al fin.

—Da igual —dice ella sin demasiada fuerza.

Ella sí que lo tiene todo preparado para el fin de semana. Hace un rato que se ha levantado y estaba deseando escucharle. Él es lo primero en lo que ha pensado en cuanto ha abierto los ojos.

—Perdona, no sé por qué te he dicho que no. Soy tonto.

—Da igual —repite Diana, pero ahora su tono es diferente: tranquilizador, amable.

Sin embargo, le vienen a la mente los miedos que la persiguen en las últimas semanas. Si le miente en algo tan sencillo como esto, ¿en cuántas ocasiones más lo habrá hecho? Desde que comenzaron, ha desconfiado acerca de sus sentimientos reales hacia ella.

—Entonces, ¿me perdonas?

—No tengo nada que perdonar. De verdad. ¿Por qué no lo olvidamos?

—Está bien. Olvidado.

—Pues todo olvidado.

Los dos permanecen un instante en silencio.

Durante el tiempo que llevan juntos han discutido en numerosas oportunidades. Siempre pequeños conflictos que no han tardado mucho en solucionar. Para Mario es su primera relación y para Diana, su primer amor verdadero. Existe incertidumbre entre ambos. Desconocimiento. Y visiones diferentes de la vida, que provocan que en ocasiones choquen.

—Bueno, pues te dejo. Que si no, llegaré tarde y perderé el bus.

—Que no se te olvide la camiseta de Bob.

Sonrisas en ambos lados de la línea.

—Tranquila. No se me olvidará. Será lo primero que meta en la bolsa.

—Mejor tráela puesta.

—OK.

—Mario.

—¿Qué?

—No tienes ninguna camiseta de Bob Esponja. No vivas en tu propia fantasía —bromea Diana, que deja escapar una risita al final de la frase.

—¡Serás...!

—¿Guapa?

—Guapísima.

—¡Guapo tú! —exclama ella con una gran sonrisa en la cara—. Venga, no te lío más, que llegarás tarde y me echarás a mí la culpa. Nos vemos ahora.

—Sí, ahora nos vemos. Adiós.

El chico es el que cuelga.

Diana suspira y se le escapa un «te quiero» que Mario no puede oír. ¿Cómo le puede gustar tanto? Escalofríos.

Se deja caer en la cama, bocarriba, y suspira una vez más.

Le quiere. Tantísimo. Pero sabe que ese amor en cualquier momento podría hacer añicos su entregado corazón.

Esa misma mañana de finales de junio, en un lugar de la ciudad.

Desde una ventana contempla como desaparece el BMW gris con sus tíos y su primo pequeño dentro. Sonríe. Por fin solo. O casi.

—Y ahora que nada más quedamos tú y yo, ya sabes que esta es mi casa y que aquí las órdenes las doy yo —dice una voz femenina.

—¡Sí, señor!

—Así que espero que te portes bien y no me des mucho la lata. ¿Está claro?

—¡Todo claro, señor!

Alan se cuadra militarmente con una mano en la sien y la mirada al frente. Davinia lo observa con fastidio.

—Mira, no te hagas el tonto. Conmigo eso no funciona. A mí no me haces gracia.

—¿No?

—Para nada. No soy como una de esas estúpidas a las que te llevas a la cama.

—Nunca te llevaría a la cama, prima. Aunque parezca increíble, somos de la misma sangre. Sería incesto. Además, no eres mi tipo —indica con una amplia sonrisa mientras Davinia enrojece de ira.

—Ni tú el mío, imbécil. No te soporto. Te tengo muy calado. Sé muy bien cómo eres.

—¿Sí? ¿Cómo soy?

—Pues eres un egocéntrico que solo mira por sí mismo y que nunca piensa en los demás. Y te da igual hacer lo que sea para tu propio beneficio.

—Ah, entonces soy como tú.

El rojo en el rostro de la chica se intensifica. ¿Por qué tiene que aguantarlo? No entiende el motivo por el que sus padres insisten cada verano en que vaya a pasar las vacaciones con ellos. ¡Podría quedarse en su país!

—Mira, primo, este fin de semana es especial para mí. Así que no me toques las narices.

—Tranquila. He invitado a unos amigos y no te fastidiaré demasiado.

Davinia no puede creerse lo que acaba de oír. Abre mucho los ojos y pestañea nerviosa.

—¿Que has hecho qué?

—Eso. Como tus padres no estarán, es un buen fin de semana para celebrar una fiestecilla.

—¡Estás mal de la cabeza! ¿Con qué derecho te crees para hacer eso?

—Ahora yo también vivo aquí. Así que no veo la razón por la que no pueda hacerlo. Tengo el mismo derecho que tú.

El color de la cara de Davinia pasa de rojo a morado oscuro y la vena de la frente se le ha hinchado.

—¡Eres un capullo! Este fin de semana la casa era para Bruno y para mí. Llevaba un mes esperándolo.

—¿Bruno? ¿Es ese tío que parece un jugador de baloncesto con acné?

—¡Cállate! ¡Eres odioso!

—¿Te lo has tirado ya? —pregunta sonriente—. Ah, no. Que para eso querías estar a solas con él este fin de semana. ¿Me equivoco, prima?

—¡No es asunto tuyo!

—¿Y tus padres saben que Bruno viene a acostarse con su dulce hijita en su propia casa aprovechando que no están?

Davinia atraviesa a su primo con la mirada. Lo asesinaría ahora mismo con sus propias manos.

—Ni una... palabra... a mis padres.

—¡Anda! ¿Así que no lo saben? ¡Qué mal por tu parte!

—Alan, en serio, no sabes con quién estás hablando.

—Es decir, que si ellos se enteraran de que te traes al novio a casa cuando se van de viaje, podría suceder una catástrofe.

—Alan, te la estás jugando.

El chico ahora ya no sonríe. La mira fijamente a los ojos y luego se acaricia la barbilla con la mano derecha.

—Entonces, ¿no quieres que diga nada?

—Ni se te ocurra.

—Bien. Te diré qué vamos a hacer.

—¿De qué estás hablando?

—Para que yo no cuente nada, se me ocurre que deberíamos hacer un trato.

—¿Un trato? ¿Qué clase de trato?

—Uno muy sencillo. Mmmm. A ver... Yo no cuento nada de todo esto, pero tú tendrás que tratar bien a mis invitados, cuidarlos y darles todo lo que te pidan... Además te encargarás de tener todo limpio el lunes por la mañana para que cuando vuelvan tus padres no se den cuenta de que mis amigos y tu Bruno han estado aquí. Y, por supuesto, me dejarás tu portátil cada vez que lo necesite durante el verano. ¡Ah! Y quiero la mitad de tu paga semanal hasta que regrese a París. ¿Qué te parece?

—¡Estás loco! No pienso hacer nada de eso.

—¿No? Yo creo que es justo.

—¿Justo? Es de todo menos justo.

—¿No hay trato entonces?

—¡Ni en sueños!

Davinia tiene los ojos llorosos y está fuera de sí. Todo lo que había planeado con Bruno se puede ir al traste por culpa del chantajista de su primo.

—Vale. Pues veremos qué opinan tus padres del asunto.

—No te atreverás. No tienes...

—Ponme a prueba —dice desafiante, y vuelve a mostrar la mejor de sus sonrisas.

—Alan...

—Davi...

Los dos se miran a los ojos, como en un duelo. Hasta que finalmente la chica se derrumba.

—Eres un capullo. De verdad, no sé qué haces aquí y por qué tienes que amargarme la existencia.

—¿Eso es que aceptas el trato?

—Sí —contesta en voz baja—. Pero ten por seguro que te acordarás de esta.

—Vamos, Davi. No dramatices.

El chico estira el brazo e intenta acariciarle la mejilla, pero ella le rechaza de un manotazo.

—¡No me toques! —exclama con lágrimas en los ojos—. ¡Algún día pagarás todo lo que me has hecho! Ya lo verás.

—Esperaré ansioso —responde sonriente.

—¡Eres insoportable!

Y, repleta de furia, sale de la habitación prometiéndose a sí misma que alguna vez su primo lamentará haberla tratado de aquella manera.

Capítulo 21

Esa mañana de finales de junio, en un lugar de la ciudad.

En la última fila de asientos del autobús se oyen risas juguetonas, cómplices. Luego, silencio, y a continuación el sonido de un beso. Y después un segundo beso, más un tercero. Y más risas. Y más besos. Miriam y Armando no se cortan nada a la hora de demostrar lo unidos que están.

Sin embargo, para Cris aquel viaje está siendo un suplicio. Va en el asiento de delante de ellos, pegada a la ventanilla, y cada minuto que pasa su corazón se hace un poco más pequeño.

Cuando llegó a la parada, él ya estaba allí, sentado bajo la marquesina. Solo. Y la recibió con una gran sonrisa y dos besos en las mejillas. Y hablaron un poco, tímidos, del tiempo, de cómo habían dormido... Tonterías. Pero ¡qué importaba eso! Estaba con él. Solos. Sin embargo, Miriam llegó enseguida. Y tuvo que presenciar en primera fila cómo se besaban apasionadamente, cómo él introducía una mano en el bolsillo trasero de su *short* y cómo ella le acariciaba el pelo. Cómo se decían que se querían.

En los últimos asientos del bus, los besos y las risas siguen yendo y viniendo. Incluso se escucha algún que otro gemido. Cris no lo soporta más. No ha sido una buena idea acompañarlos.

—Chicos, dejad un poco para luego, ¿no? —les indica Paula, sonriente, volviéndose desde su asiento.

—Perdón. Ya paramos —se disculpa el chico.

Armando saca la mano de debajo de la camiseta de Miriam y le da un beso en la frente. Mira hacia delante y se sienta derecho. Pero la mayor de las Sugus no está de acuerdo y protesta. Él la calma con otro beso en los labios y una frase pícara al oído. Satisfecha, se conforma de momento y apoya la cabeza en el hombro izquierdo de su novio.

—Si por estos dos fuera, lo hacían aquí mismo —le comenta Paula a su compañera de viaje, que está recostada sobre el cristal de una de las ventanillas del autobús.

Cris resopla. No quiere saber nada de aquellos dos, pero agradece que su amiga les haya llamado la atención y que hayan parado. Paula la observa atentamente. Sus ojos la delatan. Le pasa algo.

—¿Te encuentras bien? —le pregunta.

—Sí —responde Cristina, que se vuelve hacia ella—. Solo estoy un poco cansada.

—¿No has dormido bien?

—No.

—¿Y eso? ¿Alguna pesadilla?

—No lo recuerdo. Pero anoche me costó dormir. Y hoy, como nos hemos despertado tan temprano...

—Si es que ya nos vale. El primer día que tenemos vacaciones, que no necesitamos madrugar, y nos levantamos superpronto.

Paula cabecea de un lado para otro y bosteza. Cris se contagia y la imita. Ambas sonríen cuando cierran la boca.

—Tienes razón. Me debería haber quedado en casa durmiendo.

—¿Ya se te han quitado las ganas de venir? Si eras tú la que me insististe a mí.

—Bueno...

—No es solo sueño lo que te pasa, ¿verdad?

La Sugus de limón duda un instante. ¿Se lo cuenta? Quizá hablar con ella la ayude a desahogarse. Pero Armando y Miriam están justo detrás. ¿Y si se enteran? No, no es el momento. Además, aquello no puede seguir así. Tiene que acabarse.

—Sí, es solo sueño. No te preocupes. Ya me animaré. —Le da un beso a Paula y esboza una forzada sonrisa.

Cristina introduce la mano en su bolso y saca unas gafas de sol. Se las pone y vuelve a mirar por la ventanilla. Sí, debe venirse arriba. Las lamentaciones no sirven para nada. Armando es el novio de Miriam y ella es una de sus mejores amigas. Lo que siente solo es un cuelgue. Ni eso. No llega ni a cuelgue, ¿verdad? Simplemente es un accidente del corazón. Una estúpida confusión de sentimientos. Eso es. Lo que siente por él solo es una inoportuna confusión.

—Ayer estuve a punto de llamarle —suelta de repente Paula.

—¿Qué? ¿A quién? —pregunta Cris, que ha dejado de mirar el paisaje y observa a su amiga a través de los cristales oscuros de sus gafas.

—A Ángel.

—Vaya... Pero no lo hiciste, ¿no?

La chica niega con la cabeza.

—No fui capaz. Imagino que hubiera sido como abrir de nuevo la herida.

—Sí. Yo también lo creo.

—Pero anoche volví a sentir esa angustia por dentro. Hasta se me saltaron las lágrimas. Tenía la necesidad de hablar con él. De escuchar su voz y de tratar de solucionar lo que rompimos. Al menos, de aclarar las cosas.

—Lo mejor es que lo olvides, Paula. Ya lo habías conseguido.

—Eso creía, pero vuelvo a estar algo confusa.

—Es normal. Te lo encontraste después de casi tres meses sin saber nada de él. Pero se te pasará enseguida —concluye Cristina con una sonrisa.

—Uf.

—¡Ánimo!

Paula suspira y luego sonríe. Extiende el brazo y le da la mano a su amiga, que se la coge y aprieta suavemente.

—Cómo es esto del amor, ¿eh? —comenta Paula.

—Ya ves. Nada es sencillo. Tú eres una tía con la que cualquier chico querría estar. Es cuestión de tiempo que encuentres al adecuado.

—No sé. Después de los últimos meses...

—No pienses más en eso. Lo que pasó, pasó.

—Tienes razón. Pero cómo cuesta —indica Paula, que también se pone sus gafas de sol—. Por lo menos, nos tenemos la una a la otra.

—¡Claro, eso siempre! ¡Las Sugus siempre estaremos unidas!

—¡Por supuesto! ¡Todos para una... o, mejor, uno para cada una!

Y, eufóricas, tras exclamar el lema del grupo, se abrazan.

Esa mañana de finales de junio, unos asientos más adelante, en el mismo autobús.

—¿Quieres un chicle? —le pregunta Mario a Diana, que en ese instante le está acariciando la pierna.

—Vale.

El chico busca dentro de uno de los bolsillos de su pantalón pirata negro y saca un paquete de chicles de menta. Le quita el papel a uno y se lo pone en la boca a su novia. Esta juguetea un poco con su lengua y finalmente lo atrapa exagerando el gesto del mordisco.

—¡Cuidado! ¡Que me dejas sin dedos! —exclama Mario retirando rápidamente la mano.

Ambos sonríen. Atrás queda la pequeña discusión de esa mañana y el enfado de ayer. Los dos miran ahora por la ventanilla. Él pasa un brazo por detrás de su espalda y ella continúa rozando suavemente sus piernas con los dedos. Ven pasar otros coches, casas, árboles, que también quedan atrás. Y comparten música. Cada uno con un auricular del MP4 de Diana. La misma canción: *Duele*, de Chenoa.

La chica cierra los ojos y se deja llevar. Imagina cómo sería toda su vida con él: una casa enorme con jardín, dos o tres niños, envejecer juntos. Y siempre a su lado. ¡Cómo cambian las cosas! ¿Quién le iba a decir hace unas semanas que se plantearía todo eso con alguien? Ella, especialista en tíos de quita y pon, inestable, vividora y caprichosa. ¡Se ha enamorado hasta el último hueso de su cuerpo! Pero ¿no se está precipitando? Acaban de comenzar a salir y quizá aquello no dé para más. Tal vez Mario no sienta lo mismo. No esté enamorado. Puede ser que ella solo sea una relación de transición. Ha oído hablar mucho de este tipo de parejas. Son personas que ocupan el puesto de alguien hasta que el otro consigue a quien realmente quiere. ¿Es ella la relación de transición de Mario hasta que Paula se enamore de él? No lo soportaría.

Diana vuelve a abrir los ojos, lo mira fijamente y le planta un gran beso en los labios. El chico responde, aunque extrañado por la pasión repentina de su novia. Unos segundos intensos. Emocionantes. Distintos.

—¡Hemos llegado! —grita Miriam, poniéndose de pie y

agarrando a Armando de la mano para ayudarle a levantarse—. ¡Esta es nuestra parada!

Diana y Mario terminan su beso y se miran de nuevo a los ojos. Los de ella brillan especiales. Enamorados.

—¿Vamos? —le pregunta.

—Sí —responde el chico, y sonríe. No comprende muy bien el motivo de aquel beso, pero tampoco va a preguntar. Es Diana, y de ella se puede esperar cualquier cosa en cualquier momento. Le gusta. Le gusta mucho.

Los seis se bajan del autobús. Miriam y Armando delante, Paula y Cris justo detrás, y Diana y Mario cerrando el grupo. Ante ellos tienen el sendero que lleva hasta la casa de los tíos de Alan.

El cielo está azul y hace calor. Un perfecto día de verano que no ha hecho nada más que empezar. Cómo terminará, no lo sabe ninguno de sus protagonistas.

Capítulo 22

Esa mañana de finales de junio, en un lugar de la ciudad.

Suena el teléfono de su mesa. Es una llamada interna. Ángel descuelga el auricular y contesta.

—¿Sí? —responde.

—¿Puedes venir?

Sandra lo está telefoneando desde el despacho de su padre, que se ha tomado la mañana libre. Los dos se han levantado temprano y han ido a la redacción del periódico, aunque cada uno por su lado. Apenas se han visto un minuto, y no a solas.

—¿Es muy urgente?

—Bueno... Me apetece darte un beso. ¿Consideras eso una urgencia?

—¿Solo es eso?

—¡Arisco! —gruñe—. Bueno, también hay un tema que me ha comentado mi padre del que te tenía que hablar.

—Espera.

El joven cuelga. Se levanta de su silla y se dirige por un pasillo hasta la puerta del fondo. Da dos golpecitos y entra. Allí está ella, sentada sobre la mesa del jefe. Lleva un vestido blanco corto, muy veraniego, en el que se aprecian estampadas dos grandes flores marrones. Sus piernas se balancean brillantes y morenas. Está realmente sexi. Ángel se acerca hasta Sandra, que lo examina de arriba abajo.

—Has venido muy deprisa.

—Claro. Es lo que me has pedido, ¿no?

—¡Qué obediente eres...!

La chica lo atrapa, agarrándose a su cuello con ambas manos y entrelazándose a su cintura con las piernas.

—No me queda más remedio. Eres mi jefa.

—Solo en el trabajo. Fuera, puedes hacer conmigo lo que quieras —dice mientras impulsa su cuerpo hacia delante apretándose contra él.

—Pero resulta que estamos en el trabajo. Y en la oficina de tu padre, que, además, es el director del periódico —replica él echándose un poco hacia atrás.

—¿Entonces no hay beso?

—No he dicho eso.

Ángel se inclina sobre Sandra y la besa, pero no en los labios como ella esperaba, sino en la frente. La chica intenta llegar a su boca, pero el periodista se aparta y vuelve a besarla, en esta ocasión en la mejilla.

—¡Qué aburrido eres a veces...! —protesta ella antes de soltarse para ponerse de pie. Camina hasta detrás de la mesa del despacho y se sienta en el sillón—. ¿Te pasa algo conmigo?

—No, pero no es el sitio ni el momento.

—¡Venga ya! ¿Cuántas veces nos hemos besado en el periódico?

—Quizá demasiadas. No está bien. Si nos descubren...

—¡Bah!

Sandra empieza a estar realmente molesta con la actitud de su novio. Cruza las piernas y mira distante hacia un lado. Pero Ángel no se inmuta y se sienta en la silla en la que don Anselmo le entrevistó el día que fue elegido para formar parte del equipo de redactores de *La Palabra*. También fue el día en que la conoció.

—¿Qué es eso de lo que me tienes que hablar?

—¿Y tú? ¿No tienes nada que contarme a mí? —pregunta Sandra, que no quiere cambiar de tema.

—¿Qué?

—Desde ayer todo ha cambiado. Estás diferente.

—No estoy diferente.

—Sí que lo estás. Estás muy frío conmigo. Ni siquiera me quieres besar.

—No me pasa nada. Simplemente, creo que el despacho de mi jefe, que además también es tu padre, no es el lugar adecuado para liarnos.

No le cree. Sandra resopla y mira al techo. ¿Piensa que es tonta?

—Claro. Ayer no estábamos en el despacho de mi padre y te mostraste de lo más distante.

—Me acosté contigo. ¿Es eso mostrarse distante?

—No. Aunque te noté raro. Puede que fueran imaginaciones mías y no quise darle más vueltas. Pero luego me dejaste a medias y, cuando me marché, nos despedimos como dos extraños.

—Exageras.

—No exagero. Me fui de tu casa con la sensación de que algo te pasaba. Y hoy me lo estás ratificando. Casi no he podido dormir pensando en ello.

Ángel se acaricia la barbilla y la mira fijamente. No le gusta verla así. Comienza a sentirse mal.

—Vamos, Sandra...

—¿Vamos, qué? ¿Acaso hice algo malo? —pregunta alzando más de la cuenta la voz. Sus ojos enrojecen. Y no lo soporta. Una mujer fuerte como ella no llora. Se muerde los labios y aguanta las lágrimas.

Silencio. La chica respira profundamente y trata de tranquilizarse lo antes posible. Ella no llora. No va a permitirlo.

—Empezaste una frase y no la terminaste —concluye Ángel por fin.

Sandra entonces suelta una carcajada nerviosa. Improvisada, irónica, espontánea. Exagerada.

—¿Todavía te dura eso? ¡Menuda tontería! —exclama moviendo la cabeza negativamente.

—Tal vez tú pienses que es una tontería, pero no me gusta que me hagan eso.

—Ya ni tan siquiera recuerdo qué fue lo que no te dije —miente—. De todas maneras, tú estabas raro antes de que pasara eso.

—Otra vez con que estoy raro.

—Es que lo estás, Ángel. No puedes negarlo... No puedes negar que...

Sandra duda un instante si contarle a su novio lo que piensa, lo que ayer no le dijo y que quizá debe decirle ahora para intentar solucionar el problema.

—Desde que nos encontramos con aquella chica no eres el mismo.

—¿Qué? ¿Qué chica?

—No te hagas el tonto, Ángel. Sabes de quién te estoy hablando. Tu ex, esa cría.

—¿Paula?

—Paula —repite—. ¿Qué te pasó con ella para que te haya afectado tanto verla?

El periodista mira hacia otro lado. No quiere hablar de eso. Desde que ayer por la tarde la vio en el Starbucks, algo se ha despertado dentro de él. ¿El qué? No lo sabe. No tiene ni idea de lo que le sucede. Y lo que menos necesita en esos momentos es recordarla. La había olvidado. O eso había intentado por todos los medios. Y creía que gracias a Sandra lo había logrado. ¿Estaba equivocado?

—Lo que pasó pertenece al pasado. Es historia.

—¿La quieres todavía? —pregunta la chica con la voz temblorosa.

Ángel sonríe. Se pone de pie y se dirige hasta detrás de la mesa. Se agacha y mira a su novia a los ojos.

—Te quiero a ti.

Y, sin dejar que ella diga nada, la besa en la boca. Sandra intenta zafarse, pero enseguida cede. Cierra los ojos y se abraza a Ángel mientras comparten sus labios. Son minutos de amor. Minutos de pasión. Minutos de desahogo. Y minutos de engaño. Ambos lo saben, pero cuando terminan los besos, los dos callan y se sonríen. Quizá el tiempo, con sus largos días de verano, devuelva todo adonde estaba hace unas horas.

Sin embargo, el pasado, ese del que Ángel intenta huir, le tiene preparada una sorpresa aún mayor e inesperada. Y el enlace... será la chica que ahora está abrazada a él.

Una mañana de abril, en un lugar de París.

El español de Eric no es demasiado bueno. Pero su novia, Véronique, es estudiante de Traducción e Interpretación y lo domina casi perfectamente. Ángel, además, dio cuatro años de francés en el instituto y más o menos lo entiende.

—Gracias a los dos. Habéis sido muy amables conmigo —dice el periodista mientras da tres besos a la chica, una graciosa pelirroja de ojos claros.

—¿De verdad no quieres que te llevemos? —pregunta Véronique; la historia de aquel chico español la ha conmovido.

Eric sonríe. Ha entendido lo que su novia le ha preguntado.

—No, muchas gracias. Cogeré el tren. Bastante habéis hecho ya por mí invitándome a pasar la noche en vuestra casa.

Eric no deja de sonreír. También ha comprendido eso. O casi. Aquel periodista español es muy simpático. Ya se lo pareció anoche cuando lo conoció en el avión. Todo empezó con el caramelo que Ángel le ofreció en pleno vuelo. Luego comenzaron a hablar y, con tristeza, le contó el motivo de su viaje, que más o menos entendió. ¡Qué romántico era eso de ir a buscar a Francia a su novia y pedirle que volvieran a estar juntos...! Después, él también le explicó las razones por las que había ido a España: quería la opinión de un médico español especialista en dietas de adelgazamiento. Hasta el momento, ningún doctor francés había conseguido que rebajara ni un solo kilo. Cuando desembarcaron juntos en el aeropuerto Charles de Gaulle, Eric le presentó a Véronique, que después de escuchar la historia de Ángel casi le suplicó que se quedara esa noche en su casa y cenara con ellos. Él, al principio, se negó, pero encontrar un hotel en París a aquellas horas podía resultar muy complicado y además muy caro. Así que finalmente aceptó la propuesta de aquella encantadora pareja.

—Espero que tengas mucha suerte.

—*Merci.* Ya os contaré.

—Seguro que Paula vuelve contigo. La quieres y tengo la intuición de que ella tampoco te ha olvidado a ti.

—No lo sé. Ojalá tengas razón.

—Tranquilo, amigo. Vencerá el amor —añade Eric abrazando a su novia.

—Claro que sí. El amor vencerá.

Capítulo 23

Un día de finales de junio, en un lugar apartado de la ciudad.

Decenas de árboles escoltan el camino que conduce hasta la casa de los tíos de Alan. El cielo está limpio de nubes, completamente azul. Y aunque todavía es temprano, el calor ya se empieza a notar.

Los seis chicos caminan de dos en dos, por parejas. Miriam y Armando van abrazados por la cintura. Paula y Cristina los siguen, las dos con gafas de sol, en silencio. Cuando se miran, sonríen, pero ambas saben que puede resultar un fin de semana complicado. Y Diana y Mario van de la mano charlando sobre alguna cosa que a ella le hace reír. Le brillan los ojos.

—Pues yo no le veo la gracia —dice el chico fingiendo que se molesta.

—Es gracioso que te pasara eso. Si es que...

—Que me dé en el pie con la pata de la cama y, de rebote, me golpee con el flexo en la cabeza, ¿tiene gracia?

—Mucha. Imagino la cara que pusiste.

Mario se suelta de su mano y la mira muy serio. Ella le aguanta la mirada, sonriente. Y entonces él ríe y la vuelve a coger de la mano.

—Lo peor de todo es que esto me pasó buscando la camiseta de Bob Esponja.

La chica suelta una carcajada y con la mano libre le da un golpecito en la espalda. Ese sentido del humor de su novio le encanta.

Pero, de pronto, los ojos se le nublan y sus piernas se tambalean. ¿Qué le ocurre? Diana se detiene. Todo le da vueltas.

—¿Qué te pasa? —se alarma Mario.

—No te preocupes. Estoy bien.

—¡Te has puesto blanca!

El resto se da cuenta de que algo está ocurriendo y retrocede junto a la chica, que se apoya en un árbol de la vereda.

—¿Qué es lo que pasa? —pregunta Paula, que es la primera en llegar.

—Nada. No os preocupéis. Me he mareado un poco.

Mario se quita la mochila y la pone en el suelo. La abre y saca una botella de agua.

—Toma. Bebe un poco.

—Gracias.

Diana le hace caso y bebe. Todos la miran preocupados.

—¿Has desayunado? —le pregunta Cristina.

—Sí. Me he tomado un café y una tostada.

—Será un golpe de calor, entonces.

—No creo, Cris. No hace aún tanto calor —interviene Miriam.

—Ya estoy mejor. No hay que darle importancia. Solo ha sido un pequeño mareo.

—Bebe un poco más —insiste Mario.

La chica obedece. Y luego le entrega otra vez la botella de agua a su novio, al que sonríe. Todos la observan.

—No os preocupéis. Ya estoy bien —indica mientras se balancea un poco al separarse del árbol en el que estaba apoyada.

Mario la agarra de una mano, pero la chica insiste en que todo va bien. No quiere ayuda y camina sola.

—¿Seguro que estás bien? No tienes buena cara —insiste Paula.

—Sí, sí, de verdad. Sigamos.

Los chicos retoman el camino, aunque ninguno está seguro de que Diana se encuentre bien. Y realmente no lo está. Se siente débil, pero no va a decir nada. No es la primera vez que le pasa. Lo tiene todo controlado, o eso es lo que cree ella.

En ese instante, esa mañana de finales de junio, cerca de allí.

Se quita la camiseta, la enrolla como si fuera una pelota y la lanza a un cesto de mimbre. Canasta. Tiene buena mano. De haber sido más alto, podría haber llegado a ser un buen jugador de baloncesto, como uno de sus ídolos, Tony Parker. Pero midiendo uno setenta y cinco, le habría sido muy difícil llegar a primer nivel. Y Alan nunca se hubiera conformado con ser un secundario.

Mira el reloj. Tienen que estar a punto de llegar. Antes debe cumplir con la rutina de cada mañana. Normalmente lo hace antes, pero hoy, entre unas cosas y otras, no ha tenido tiempo aún. Se tumba en la cama y apoya los pies con fuerza contra la pared. A continuación, coloca las manos detrás de la cabeza y comienza a subir y bajar, sintiendo como su vientre trabaja. Diez, veinte, treinta abdominales a toda velocidad. En apenas un minuto, ya ha hecho cincuenta. Cuando llega a cien, para. Respira hondo, cierra los ojos y suelta una palabra malsonante en francés. Un minuto de descanso y continúa hasta los doscientos. Trescientos. Y una última serie de cincuenta y cuatro, su número de la suerte. Resopla al finalizar. Tiene calor. Se pasa la mano por el abdomen y sonríe. Nota los músculos contraídos, duros. Le encanta esa sensación. Pero no tiene tiempo de recrearse en su esculpido cuerpo. De un salto, se reincorpora. Abre el armario de su habitación y coge una toalla verde que se pone en el hombro.

Alan se calza unas chanclas y abandona su dormitorio. Baja las escaleras silbando. Atraviesa el salón y sale de la casa por una de las siete puertas de cristal que dan al jardín principal. Allí están abrazados Davinia y un chico muy alto, que tiene una de sus enormes manos en el culo de su prima, a la que besa en el cuello.

—Siento interrumpir —dice después de toser para anunciar su presencia.

La pareja se separa y lo observan con fastidio.

—¿Ya empezamos? ¿Qué quieres? —protesta Davinia.

—¿No nos presentas?

La chica suspira. Aquel estúpido ya ha estropeado el primer momento pasional del fin de semana.

—Bruno, este es mi primo francés, Alan.

—Encantado —dice el chico estrechándole la mano.

—¡Uau! No me aprietes demasiado, porque con ese tamaño podrías destrozarme.

Bruno no acoge demasiado bien la broma y enseguida se separa de él para centrarse de nuevo en la parte trasera del *short* de Davinia, a la que rodea con su larguísimo brazo.

—Ya te he presentado. Y ahora, ¿puedes dejarnos solos, que vamos a tomar un rato el sol?

—Lo siento, prima. Tengo otros planes.

—¿Qué?

El chico se quita las chanclas, deja la toalla en una silla y, sin decir nada más, se lanza de cabeza a la piscina. Bucea hasta la mitad y saca la cabeza, apartando su rubio pelo de la cara.

—¡Está buenísima! —grita mientras nada hacia atrás—. ¿Por qué no os dais un baño?

—¡Eres odioso! Te he dicho que nos dejaras solos.

—Vamos, prima... No te enfades. El agua está genial. Daos un baño conmigo. Además, qué mejor sitio que una piscina para perder la virginidad.

Davinia enrojece de ira y de vergüenza. No puede creer lo que su primo acaba de decir. Se vuelve y contempla a Bruno, que se ha quedado perplejo.

—¡Capullo! ¡Eres un maldito capullo! —exclama enfurecida la chica desde el borde de la piscina.

Quiere matarlo. Y van dos veces en la misma mañana. Fuera de sí, alcanza las chanclas de Alan y se las tira, intentando darle sin éxito.

—¡Era una broma! No te preocupes, Bruno. Mi prima es toda una experta.

Davinia arroja también la toalla verde a la piscina. Y un cenicero de plástico. ¡Menudo fin de semana que le espera! ¡No es justo! Ella, que lo llevaba preparando todo desde hace un mes...

Entonces se enciende un piloto rojo situado en una de las paredes y suena un timbre. Es el sistema que los padres de Davinia han instalado para enterarse de que alguien está llamando a la puerta cuando se encuentran en el jardín.

—Son mis amigos. ¿Puedes abrir? —le indica Alan con una sonrisa antes de nadar hacia la escalera.

—¡Abre tú! ¡Imbécil!

Y agarrando a su novio de la mano, se mete dentro de la casa. Alan sonríe, le encanta hacerla rabiar.

Sale de la piscina, pero no tiene toalla con la que secarse. Así que, mojado y descalzo, atraviesa el salón y llega hasta el portero automático, donde por una pequeña pantallita ve a los recién llegados. Entre ellos está Paula. Preciosa, como siempre. Sonríe y la observa durante unos segundos hasta que el tipo que va junto a Miriam, que cree recordar que se llama Armando, toca otra vez el timbre. Alan entonces descuelga el telefonillo y les da la bienvenida.

—Hola, chicos. Me alegro mucho de que hayáis venido. Adelante.

Y pulsa el botoncito que abre la puerta.

Los seis entran de uno en uno en la casa en la que pasarán un fin de semana que nunca en sus vidas van a olvidar.

Capítulo 24

Esa mañana de finales de junio, en un lugar de la ciudad.

Le da un último beso, un pequeño pico en los labios, y sonríe. Escampa la tempestad, pero lejos está la calma. Es solo un respiro a la tensión que se había acumulado.

Ángel regresa a la silla de empleados, donde se sientan los que reciben órdenes, y contempla frente a frente a Sandra, que continúa en el sillón del jefe. Le sienta bien. Todos están seguros de que ella algún día ocupará el lugar de su padre, y será por méritos propios.

—Bueno, ¿y ahora sí me vas a decir qué era eso que tenías que contarme? —pregunta el periodista mientras alcanza un folio, que dobla por la mitad, y un bolígrafo.

—No hace falta que apuntes nada.

—Bien.

Sandra busca entre los documentos que hay encima de la mesa hasta que encuentra una carpeta azul. La abre, revisa rápidamente lo que contiene y se la entrega a Ángel. El chico comienza a examinar, curioso, el informe y no puede evitar sobresaltarse cuando ve su foto. No puede ser. ¡Es ella!

—Ahí tienes información sobre un reportaje que queremos que hagas. Dos páginas completas para el suplemento del domingo. Entrevista informal, directa y divertida. Como la que le hiciste para tu anterior revista.

—Pero...

—Es para dentro de dos semanas, así que tenla cuanto antes, por favor.

Ángel permanece en silencio. Pasa una hoja tras otra. Hay más fotos. En todas sale preciosa, misteriosa, como es ella. Con su pelo rosa, algo más largo de lo que lo tenía la última vez que la vio. Fue en el cumpleaños de Paula. Aquel extraño viernes en el que la rechazó. Y Katia, desde entonces, no rompió su promesa. Nunca más volvió a llamarle. Él tampoco la echó demasiado de menos. Tenía las cosas claras respecto a sus sentimientos hacia la cantante. En realidad, fue un alivio. Además, con lo de Paula apenas tuvo tiempo de pensar en ella. Sin embargo, ahora todos los recuerdos de aquella semana intensa le llegan de golpe. ¿Se tiene que enfrentar de nuevo a todo eso? Resopla. Pero en la carpeta hay algo más.

—¿Quién es este? —le pregunta, señalando en una foto a un chico sonriente que posa junto a Katia.

Sandra se pone de pie y observa la imagen más de cerca.

—Es Alejandro Oyola Azurmendi, un escritor.

—¿Un escritor?

Ángel examina la fotografía más detenidamente. Ese chico le resulta familiar. ¿Dónde lo ha visto? De repente, lo recuerda. Y si el sobresalto tras ver a Katia fue grande, la sorpresa al descubrir quién es aquel escritor se multiplica por cien.

—Te explico un poco la historia. Katia y Alejandro están trabajando en un proyecto en común. Ella le ha escrito una canción para promocionar su libro, *Tras la pared*, que aún no está a la venta.

—¿Una banda sonora para un libro? ¿Como si fuera una película?

—Sí. Esa canción que se llama... —Sandra le arrebata la carpeta y busca el nombre del tema—. Aquí está: *Amor sin edad.* Irá además incluida en una edición especial del disco de Katia. ¿Quieres oírla?

—Bueno...

La chica teclea en el ordenador portátil de su padre «www.traslapared.com» y pulsa *enter.* Enseguida, se abre una página con ilustraciones de varios de los personajes del libro y de fondo se oye la dulce voz de la cantante.

—Esta es la página oficial del libro. Por lo visto ha sido un fenómeno social en la Red, con cientos de seguidores. Por eso, y gracias a la ayuda de Katia, el libro dentro de poco estará publicado en papel por una editorial.

—Ajá.

Ángel escucha la canción. Habla de que para el amor no existen edades: cualquier persona puede querer a cualquier otra sin importar la fecha de nacimiento ni el carné de identidad. Si esa es la temática del libro, ¿se habrá inspirado aquel chico en Paula para escribirlo? Cuando lo conoció en la fiesta de cumpleaños, parecían muy amigos. Demasiado amigos. ¿Mantendrán el contacto todavía? ¿Y si están juntos? ¿Lo abandonó por él?

Sandra cierra el portátil y la canción deja de sonar.

—Es una bonita historia y tú eres el más adecuado para contarla. ¿No te parece?

—No lo sé —responde pensativo.

Pero sí que lo sabe: no es la persona apropiada para hacer aquel reportaje. Está demasiado implicado personalmente con los protagonistas. Katia le persiguió durante días, incluso casi tuvieron sexo y la relación terminó de la peor manera posible. Y Álex es amigo de Paula, con todo lo que eso implica.

—Pues yo sí lo sé. Y lo que es más importante: mi padre,

el director de este periódico y quien te paga, también lo sabe. Y como su palabra va a misa y es una orden directa de él...

Si es cosa de don Anselmo, no se puede negar. Además, levantaría demasiadas sospechas.

—No se hable más. El lunes llamaré al agente de Katia y le pediré una entrevista para esta semana.

—Eso no será posible.

—¿Cómo?

—Katia ya no tiene representante. Debes llamar a este número, que es el que la discográfica nos ha facilitado para ponernos en contacto con ellos para este asunto. Es de la persona que se encarga del tema de los medios en el proyecto —señala la periodista, indicando un teléfono subrayado en amarillo en la parte de atrás de la carpeta.

—De acuerdo.

Ángel intenta sonreír. Parece que el destino se opone a que algunos pasajes de su vida queden atrás definitivamente. Pero tampoco puede negarse a hacer el reportaje. Es un profesional y debe demostrarlo. Se lo debe a su jefe, que confió en él, y se lo debe a sí mismo. Y tal vez también sea una buena oportunidad para arreglar las cosas con la chica del pelo rosa.

Esa mañana de finales de junio, en otro lugar de la ciudad.

—Hola, pasa.

Beso en la mejilla.

Hace un precioso día de verano. Y aquel lugar es perfecto para disfrutar de él. A Katia le encanta desde la primera vez que fue: apartado de la ciudad, lejos de ruidos, atascos y, sobre todo, de gente que la reconozca y la pare por la calle. La casa de Álex es un oasis de tranquilidad.

La cantante y el escritor caminan hasta el salón. En las

últimas semanas se han visto varias veces. Han entablado una buena amistad, que ambos necesitaban tras los acontecimientos de marzo. Aunque de Paula y de Ángel han obviado hablar durante todo ese tiempo.

—¿Qué tal has dormido?

—Bien, aunque no demasiado. Me quedé despierto hasta bastante tarde.

—¿Con cosas del libro?

—Sí. Haciendo un poco de promoción en Internet.

—Cuánto estás trabajando...

—Hago lo que puedo.

—*Tras la pared* va a ser un éxito, ya lo verás.

—Eso espero. Un gran porcentaje será gracias a ti.

—Yo no tengo mérito, únicamente te ayudo a promocionarlo. Tú eres quien lo ha hecho todo solo.

La pareja entra en el salón. Katia se sienta en un lado del sofá. Álex permanece de pie.

—¡Qué bien se está aquí...! —dice ella echándose hacia atrás y estirando los brazos.

—¿Quieres un café? —pregunta el chico con una sonrisa. Ya sabe la respuesta.

—Claro. ¿Te ayudo?

—Por supuesto que no. Ya está todo preparado.

Le guiña un ojo y se dirige a la cocina. Al minuto aparece con una bandeja con dos tazas de café y dos cruasanes. La coloca en la mesa y se sienta junto a la cantante, que alcanza el que tiene más leche y el cruasán más pequeño.

—¿Estás nervioso? Quedan dieciséis días para que salga a la venta —indica mientras se echa azúcar.

—Un poco. Tengo ganas de verlo ya en las librerías. Es como un sueño. Y se va a hacer realidad.

—Sé lo que se siente. Cuando me enseñaron por primera vez la portada de mi disco, fue una alegría inmensa.

—Imagino que la sensación será parecida. Además, será también un momento muy bonito para todos los lectores que han visto cómo ha ido creciendo el libro en Internet. Por ellos también me alegro mucho.

La chica sonríe y moja el cruasán en el café. Luego lo muerde. Está relleno de chocolate.

—Eres un genio —dice con la boca llena.

Se inclina sobre él y le vuelve a besar la mejilla sin que este lo espere.

—¡Hey, que me manchas! —protesta Álex riéndose.

Parte un trocito de su cruasán con la mano y se lo lanza a Katia. El pedacito rebota en su cuello y entra por el escote de la camiseta.

—¿Pero qué haces?

—¡Has empezado tú!

La chica arruga la nariz y la frente y, apretando los labios, se lanza contra el escritor, al que logra tumbar en el sofá con esfuerzo. Está encima de él. Jadeante. Sus labios respiran cerca. Se adentran en sus pupilas. Aroma a café con leche.

—Pero ¿qué es esto? ¡Marchaos a un motel! —exclama una voz femenina.

La pareja se incorpora cuando escuchan a la recién llegada.

—Hola, Irene —saluda Katia mientras se sienta de nuevo y se arregla la camiseta, que se le ha subido un poco.

—Hola, Katia —responde alegremente la otra. Se acomoda en el sillón que está libre y coge el cruasán que le correspondería a Álex—. No te importa, ¿verdad? Todavía no he desayunado.

El chico le indica con un gesto que se sirva.

—¿Qué tal va todo? —pregunta la cantante, que ahora retoca su pelo.

—Con muchísimo jaleo. Mi querido hermano y su librito me dan mucho trabajo.

—Fuiste tú la que te ofreciste, ¿no? —interviene Álex.

—Lo sé, lo sé.

Irene suspira. Ser la encargada de la web de *Tras la pared*, llevar el tema de los medios de comunicación y estar pendiente de las fans son tareas que implican muchas horas. Nunca pensó que cuando le insistió tanto a su hermanastro en echarle una mano con todo lo referente al libro, convirtiéndose en una especie de representante, tendría tanto que hacer.

—¿Has encargado ya las camisetas para el concurso?

—Sí. Están ya pedidas. Tres.

—Bien.

—¿Es para el concurso de vídeos de *Tras la pared*? —pregunta Katia, que da el último bocado a su cruasán.

—Sí. A los tres mejores les vamos a regalar una camiseta. Y además utilizaremos esos vídeos para promocionar el libro en la Red. La editorial está de acuerdo.

—Es una suerte que os dejen a vosotros participar en la promoción.

—Es una editorial pequeña. Todo lo que sea ayuda de nuestra parte les viene perfecto —indica Irene, que se pone de pie—. Bueno, os dejo. Voy a correr un rato. Así me despejo de tanto *TLP*.

La chica se despide con la mano y se marcha a realizar su carrera matinal diaria. Los mismos cinco kilómetros que repite cada mañana desde que volvió a la casa de Álex.

—Cómo ha cambiado tu hermanastra —comenta Katia cuando oye que se cierra la puerta principal de la casa.

—Los dos meses que pasó con el señor Mendizábal le vinieron muy bien.

—Le cogió mucho cariño, ¿verdad?

—Sí. Muchísimo. Para ella fue un palo muy grande que muriese.

—También lo fue para ti.

—Sí. Siempre le estaré agradecido a Agustín por todo lo que hizo por mí y porque convirtiera a Irene en lo que es hoy en día. Pero la vida continúa.

Álex resopla. Termina su café y se pone de pie con la bandeja en las manos. Sonríe a Katia y camina hasta la cocina. Ella lo observa con admiración. Le gusta. Y aunque quizá nunca lleguen a nada, cada vez disfruta más con su compañía.

Capítulo 25

Esa mañana de finales de junio, en un lugar a las afueras de la ciudad.

—Bueno, ¿qué? ¿Os gusta?

Los seis chicos han quedado fascinados. Aquella casa es la más increíble que han visto jamás. Es enorme. Una mansión con piscina, dos pistas de tenis y otras dos de pádel, un merendero, cuatro jardines que rodean el edificio principal, uno en cada vertiente del terreno... Incluso hay un pequeño lago artificial en la zona más al sur, lleno de peces de todos los colores.

—¿Y cuánta gente trabaja aquí? —pregunta Cris, que está tan fascinada como el resto.

—Unas veinte personas. La mayoría de los que viven con nosotros lo hacen allí —dice Alan señalando una casita a lo lejos—. No os preocupéis, no nos molestarán. Como mis tíos no están, a muchos se les ha dado el fin de semana libre —añade con una sonrisa.

El grupo entra en un salón inmenso, que es donde la familia normalmente se reúne para comer.

—¡Esto es impresionante! —exclama Miriam, que se agarra del brazo de Armando.

El chico la besa en el hombro. Está muy contento. Ya le ha echado el ojo al Ferrari con el que Alan apareció el otro día. Está aparcado en un gran garaje junto a otro deportivo y dos coches más, uno de ellos descapotable y otro un todoterreno. Ha calculado que la suma del precio de todos estaría por encima del millón de euros. Quizá Alan le deje subir a alguno.

—¡Cómo me apetece darme un baño! —grita Diana, que se ha recuperado del mareo de antes, aunque sigue sin encontrarse completamente bien. En ocasiones siente que le faltan las fuerzas y se tiene que apoyar disimuladamente en alguno de sus amigos o en alguna parte para no caerse al suelo.

—Ahora vamos a la piscina. Pero antes os voy a indicar cuáles son vuestras habitaciones. Seguidme.

Los chicos caminan tras Alan, que sube a la primera planta.

—Tenemos tres habitaciones libres. Así que dos en cada cuarto. ¿Qué os parece? —pregunta mirando primero a Mario y después a Paula. Ellos dos han sido los que menos entusiasmo han mostrado hasta el momento.

—Me parece bien —responde la chica muy seria, apartando enseguida sus ojos de la penetrante mirada del francés.

A ella también le ha encantado aquel sitio. Vivir en un lugar así está al alcance de solo unos pocos privilegiados. Pero no quiere dejarse llevar por la majestuosidad de aquella casa. Bajar la guardia sería un error.

—¿Y cómo queréis dormir? ¿Por parejas? ¿O las chicas con las chicas y los chicos con los chicos?

—Yo duermo con Armando —aclara Miriam. Y besa a su novio.

Cristina mira hacia otro lado. Inspira y expulsa el aire por la nariz. Intenta convencerse de que nada de lo que suceda le va a afectar.

—Yo, con Cris —señala Paula. Y sonríe a su amiga, que le devuelve la sonrisa.

—Bien, entonces sí me salen las cuentas. Diana y Mario van en la otra habitación, ¿no?

—No te has comido mucho la cabeza para eso, ¿eh? —responde la Sugus de manzana.

—No te metas conmigo. Nunca fui bueno en matemáticas.

—En eso entonces no te pareces a Mario, que es una máquina —añade Diana, y le da un beso sonoro a su chico en la mejilla.

—Seguro. Me fulminaría en un torneo de sudokus.

Diana ríe ante la ocurrencia del francés, pero a su novio no le hace tanta gracia. No le gusta nada aquel tipo. Es un caradura y se toma demasiadas confianzas. Aunque tiene razón: en un torneo de sudokus lo destrozaría.

El grupo de chicos recorre toda la primera planta. Alan le va indicando a cada uno la habitación que ocuparán durante el fin de semana. La última es la de Cristina y Paula, en el ala oeste de la casa.

—Os dejo ahora para que podáis cambiaros tranquilamente y poneros los bikinis. En quince minutos os veo abajo. No os perdáis.

Y después de una última mirada a Paula, a la que sonríe una vez más, cierra la puerta.

Las dos amigas se quedan solas.

—Menuda habitación —dice Cristina mientras deja la mochila sobre una silla y mira a su alrededor.

Es un dormitorio con dos camas. Grande, muy grande, y además incluye un cuarto de baño con una mampara de ducha. Las paredes están pintadas de amarillo claro y el techo de un amarillo más intenso. Dos inmensos ventanales, que dan a uno de los jardines de la casa, proporcionan gran luminosidad a aquel espacio. Paula abre uno de ellos y se asoma.

—¡Mira esto!

Cris acude junto a su amiga y ambas contemplan lo que parece un laberinto hecho con setos.

—¡Qué gran sitio para jugar al escondite...! —apunta la chica.

—Sí, por ahí se podría perder alguno que yo me sé.

Las dos sonríen y se apartan del ventanal.

—¿Por qué no le das una oportunidad? —pregunta Cristina, que coge un bikini rosa de la mochila. Paula ha elegido uno marrón.

—Porque no me fío de él.

—Admito que Alan es un poco prepotente.

—¿Un poco?

—Bueno, muy prepotente. Pero ¿quién no lo sería viviendo en un sitio como este o conduciendo un Ferrari? Es a lo que está acostumbrado. Tiene que ser complicado no creértelo un poco con tanto lujo a tu alrededor.

Paula mira a su amiga extrañada.

—Es curioso que tú digas eso.

—¿Por qué?

—Porque eres una chica sensata y humilde. Nunca presumes de nada.

—Quizá es porque no tengo nada de lo que presumir.

—¡Venga ya! ¡Pero si...!

Paula la agarra de la mano, la conduce hasta el cuarto de baño y la sitúa delante de un gran espejo de pie en el que se ve todo el cuerpo.

—¡Mírate, por favor! Y dime que no estás para... ¡Cris, estás impresionante!

—Eso no es cierto. Tú estás mejor.

Cristina se pone de lado y se compara con Paula. No

está mal. La verdad es que en los últimos meses ha experimentado un cambio importante. Aunque nunca llegará a estar a la altura de ella.

—¿Yo, mejor? Te equivocas. Además, ese bikini te queda genial... ¡Pero mira qué cuerpazo tienes!

—No es verdad. El tuyo es insuperable.

Se dan la vuelta y se miran por detrás. Se dan cuenta de que físicamente cada vez se parecen más. Hasta usan la misma talla de sujetador y de bikini.

—Las dos estáis buenísimas. Y ahora... ¡vamos, que quiero bañarme! Os estamos esperando.

La voz es de Miriam, que ha entrado en el cuarto de baño vestida solo con un bikini blanco con rayas azules. Armando se ha quedado esperándolas en la puerta de la habitación.

—¡Guau...! Tú tampoco estás mal, ¿eh? —indica Paula, haciendo que su amiga dé la vuelta sobre sí misma.

—¿«Guau»? Me has recordado a Cassie, la de *Skins.*

Las tres ríen al mencionar Miriam el nombre de uno de los personajes de una de sus series de televisión preferidas. Se entretienen un poco más delante del espejo, intercambiando piropos, hasta que Armando las llama a gritos desde la puerta.

—¡Ya vamos, amor! —responde la mayor de las Sugus.

Y, tras coger las toallas, salen de la habitación.

—¡Cómo sois las tías!, ¿eh...?

Los ojos de Cristina tropiezan casi sin darse cuenta con los del chico, que también casi sin querer se fija en la parte de arriba de su bikini. Ella enrojece al saberse observada y sonríe para sí. Armando también se ruboriza y busca rápidamente la mirada de su novia.

—¿Cómo somos? —pregunta Miriam, que ya ha atrapado a su chico por la cintura.

—Tú, preciosa.

—¡Guau!

Y se besan en los labios, justo delante de Cris, cuya ilusión se vuelve a desvanecer. Otra vez aparece esa tristeza interior tan desoladora. ¿Cómo demonios puede controlar sus emociones? Sencillamente, no puede. Es imposible superar ese ahogo que sufre con cada beso que se da la pareja. Pero es necesario que lo consiga, por su bien y por el de todos.

Cuando están a punto de bajar las escaleras, Mario y Diana se les unen. El chico lleva un llamativo bañador morado con grandes topos blancos que se compró a petición de su novia, aunque a él no le gusta demasiado. Ella se ha puesto un bikini amarillo.

—Oye, tú estás más delgada... —le dice Miriam al verla.

—No es verdad. Estoy como siempre.

—Es cierto. Yo también te veo más delgada —añade Paula.

Cristina también lo afirma con la cabeza. Diana se encoge de hombros y sonríe.

—Bueno, si vosotras lo decís... Pero yo me veo como siempre.

—Estás más delgada. Te has quedado sin culo... —insiste Miriam.

Los cinco a la vez miran el trasero de Diana, que se muere de vergüenza.

—¡Pero qué miráis! —grita mientras se tapa con una toalla.

—¡Eso digo yo! ¿Tú qué miras? —le regaña Miriam a Armando, al que da un pellizco en el brazo.

El chico se queja y luego sonríe. Él no va a decir nada, pero es verdad que Diana tiene menos culo que cuando la conoció hace unas semanas.

Entre risas llegan a la planta baja, donde encuentran a alguien más. Un chico y una chica están sentados en uno de los sofás del salón con sendos botellines de cerveza en sus manos. La chica se levanta cuando el grupo aparece y se va directamente hacia Paula.

—Hola, me alegro de volver a verte —dice, y le da dos besos en la mejilla. Su aliento desprende el aroma de la cerveza.

—Yo también me alegro, Davinia.

A las dos les viene a la cabeza lo que ocurrió hace unas semanas.

—Espero que lo paséis bien en mi casa, chicos.

Y sonriente, callándose lo que realmente está pensando, regresa al sillón junto a Bruno, al que besa en la boca tras beber un nuevo trago de cerveza.

Capítulo 26

Una mañana de abril, en un hotel de Francia.

Todavía no puede creerlo. Aquello debe de ser un mal sueño. ¿Qué hizo anoche en la *suite* del hotel con Alan? Paula está muy nerviosa. Si no hubiera bebido, no habría pasado nada.

Entra en el ascensor y pulsa el cero. Son unos segundos eternos en los que cientos de ideas circulan por su cabeza. Ninguna agradable, pero tampoco ninguna clara. ¿Ha hecho el amor con aquel chico? Si es así, no se lo perdonaría nunca. Ni a él tampoco. ¿Por qué aceptó cenar en la habitación con él a solas, sin conocerlo? Perdió el dominio de la situación y de sí misma. ¡Ha sido una estúpida!

Los números de los pisos van cayendo en una cuenta atrás infinita. Se muerde las uñas y con el pie derecho taconea incontrolablemente. Con todo lo que ha sufrido esos días y ahora esto... ¿Aprenderá alguna vez?

El ascensor se detiene por fin y las puertas se abren tras sonar un pitido. Está en la planta baja del hotel. Alan le dijo que la esperaba en el salón. Mira a un lado y a otro hasta que encuentra un cartel que indica que tiene que ir hacia la derecha. Camina siguiendo la flecha por varios pasillos, entre decenas de turistas que van y vienen. Continúa el dolor de cabeza provocado por la resaca del champán. Crecen su angustia y su nerviosismo. ¿De verdad quiere saber lo que Alan tiene que contarle? ¿Realmente es bueno para ella enterarse de lo que pasó? Mañana regresa a España. Podría olvidarse de todo, como si aquella noche nunca hubiera existido, y pasar página. Más que pasarla, quemarla. Destruir un capítulo de su vida.

Pero ya es tarde para echarse atrás. Ha entrado en el salón y allí está él, sentado en un sillón, con las piernas cruzadas y *L'Équipe* entre sus manos. La portada habla de la selección francesa de fútbol. A su lado, una chica lee una revista de moda. Le suena la cara. Sí, es la misma que desayunaba con Alan cuando lo vio por primera vez. Como si intuyera su presencia, el joven mira hacia ella. Sonríe y deja el periódico encima de la mesa que tiene delante. Se pone de pie y la invita a acercarse. Paula resopla y camina hacia donde está él, con los brazos cruzados bajo el pecho.

—Hola, te estaba esperando —dice Alan cuando llega hasta ellos.

Intenta besarla, pero Paula lo rechaza, apartando la cara, y se sienta en una silla enfrente. Él también se deja caer en el sillón y vuelve a cruzar las piernas. La chica que leía la revista de moda la observa indiferente.

—No iba a venir. Estoy segura de que anoche no sucedió nada más que una cena y unas copas de champán.

—¿Y entonces qué haces aquí?

—Quería saber qué eras capaz de inventar.

El francés suelta una carcajada y la vuelve a mirar a los ojos.

—Te presento a mi prima Davinia —comenta de repente, cambiando la expresión de su cara.

—Hola.

—Hola.

Las dos chicas se saludan sin mucho entusiasmo. Paula no comprende qué hace ella allí.

—Me alegro de que ya estés mejor —le dice Davinia, que suelta la revista sobre el periódico que Alan ha dejado encima de la mesa—. Anoche te pillaste una buena.

Paula no puede ocultar su sorpresa ante las palabras de la chica. ¿Ella estuvo en la *suite* también?

—Por tu cara veo que no te acuerdas de Davi. ¿Me equivoco?

—Pues..., la verdad...

Ahora sí que su confusión es máxima. La recordaba del desayuno con Alan y con el niño pequeño que le hizo burla a su hermana, pero no se acuerda de haberla visto ayer por la noche. ¿Cuánto bebió para que se borrara de su mente que había estado con ella?

—No te preocupes, es normal que no la recuerdes. Davi llegó cuando ya estabas casi inconsciente.

—¿Inconsciente?

—Sí. Al principio pensé que me estabas gastando una broma. Te desataste. Desfasabas muchísimo. Hasta que, finalmente, te dio un gran bajón. Llamé a Davi para que me ayudara, y entre ella y yo te llevamos a tu habitación.

—Pero...

—No lo recuerdas, ¿verdad? —pregunta Davinia.

—No —responde desolada.

La prima de Alan suspira y coge de nuevo la revista de moda.

—No querías que tus padres llegaran y no te encontraran... —comenta Alan.

—Entonces, entre tú y yo...

El francés sonríe maliciosamente. Y a continuación niega con la cabeza, aunque su sonrisa es diferente, más limpia, más sincera. Desde que le conoce es la única vez que parece que no va con segundas.

—No pasó nada.

—¿Y cómo sabías lo de...?

—¿Los lunares? —completa la pregunta, divertido—. Los vio Davi de casualidad, cuando te cambió de ropa para que no te fueras a dormir con los vaqueros. Me lo contó como una anécdota. Aunque me hubiera encantado descubrirlos por mí mismo...

Paula se sonroja, pero suspira aliviada. ¡Menos mal! No se llegó a acostar con aquel chico, que después de todo no parece tan malo. No se aprovechó de ella, aunque tiene algo que no le termina de gustar. Es misterioso, pero siempre da la impresión de que lo que oculta no es nada bueno.

Davinia se asoma por encima de la revista. Se ha cansado de la función de teatro de Alan. ¡Menuda estúpida! En la línea de todas las que se tira el cretino de su primo. Se pone de pie y se despide con frialdad de Paula. Una más para la lista. Al menos, aquella le ha servido para ganarse cien euros.

—No tenías que haber insinuado que te acostaste conmigo —protesta la chica, una vez a solas.

—No insinué nada. Simplemente quería volver a verte. Si no creo esa incertidumbre, ¿a que no hubieras bajado a verme?

—No lo sé. Pero ha sido muy cruel por tu parte.

—Cruel hubiera sido acostarme contigo anoche, sin que te enterases de nada, ¿no?

—Bueno. Aun así, no deberías haberme asustado.

—Vaaaale. Perdona —dice con una sonrisa y volviendo a mirarla a los ojos—. ¿Quieres que me ponga de rodillas?

—No hace falta. Olvidemos ya el tema.

—Muy bien. ¿Quedamos esta noche?

A Paula es ahora a la que se le escapa una carcajada.

—Lo siento. Me voy mañana.

—¿Y? Si te vas mañana, esta noche estarás aquí todavía.

—No es una buena idea, Alan.

—Bueno. Si cambias de opinión, llámame.

El chico corta un trocito de periódico y le apunta su número de móvil. Sonriente, se lo entrega.

—Vale. Pero no creo que vaya a hacerlo.

—Bien. Esperaré de todas formas.

Paula se levanta de la silla. Mira fijamente a aquellos preciosos y enigmáticos ojos verdes y le entra un escalofrío. No confía en él, pero tiene que reconocer que es un chico muy interesante. No solo por lo guapo que es, sino por su peculiar forma de ser.

—Adiós, Alan. Si no nos volvemos a ver..., que te vaya muy bien.

—Seguro que nos vemos.

Y, sonriéndole, la chica camina de nuevo hacia el ascensor, ahora mucho más tranquila. Cometió un error, muy grande, pero no fue un fallo con consecuencias fatales. Le duele la cabeza, tiene resaca, perdió el control..., pero no se acostó con él. Suspira aliviada. Su primera vez está aún por llegar y será cuando y con quien ella decida.

Unas horas antes, la noche anterior, en la suite *del hotel.*

¿Qué? ¿Virgen? ¿Ha oído bien?

Sí, no hay duda de que es lo que Paula ha dicho. Pero ¿cómo una chica como aquella no lo ha hecho nunca con nadie a los diecisiete años?

¡Mierda...! ¿Qué hace? ¿Continúa?

La tiene allí, desnuda completamente. Y está excitado. Muy excitado. Esa chica le gusta muchísimo y ha logrado que caiga rendida en su cama. Aunque es cierto que el champán ha tenido algo que ver.

No se va a detener ahora.

Alan jadea. Le aparta el pelo y la besa de nuevo en el cuello. Está encima de ella. Siente sus muslos, sus caderas, sus pechos. Todo su cuerpo pegado al suyo. Paula da un pequeño gemido, aunque seguramente no se está enterando de lo que está pasando. El chico se incorpora y la observa detenidamente. Es perfecta. Desnuda, incluso mucho más. Sus jóvenes formas son las más apetecibles que jamás ha visto. Pero es virgen. Nunca ha tenido sexo con nadie y, al ser su primera vez, seguro que la deja marcada para siempre. Odiará ese día. Y él será el culpable.

Además...

No, eso que acaba de pensar no puede ser. Imposible. No le ha pasado nunca.

¿Le gusta? No. No le gusta. ¿No?

Alan se levanta de la cama y se agacha en el lado donde está Paula. Tiene los ojos cerrados y huele a champán. Es preciosa. Y aunque ha logrado lo que pretendía, no puede seguir adelante. No, no es el momento. Acerca sus labios a los de la chica y la besa. A continuación la tapa con las sábanas para que no coja frío. Debe sacarla de allí antes de que sus padres regresen. Pero él solo no podrá. ¿A quién puede pedir ayuda? Solo hay una persona cercana a la que recurrir. Coge el teléfono y la llama.

—¿Qué quieres a estas horas? —responde una voz al otro lado de la línea.

—Davi, tienes que ayudarme.

—¿A ti? ¡Ni de broma!

—Vamos, prima. Me tienes que echar una mano.

—Alan, llevas dos años torturándome, ¿por qué voy a ayudarte ahora?

—Por cincuenta euros.

—Mmmm... Cien.

—Vale, cien.

—Genial. Cuéntame.

Alan resopla y le explica a Davinia lo que tiene que hacer: ayudarle a llevar a una chica que ha bebido demasiado a su habitación sin que nadie se dé cuenta.

Y juntos llevan a cabo la tarea. Primero la visten con la ropa que llevaba puesta en la cena, luego la conducen hasta su habitación vigilando que nadie los vea y, una vez allí, la cambian de ropa y la acuestan. Todo sale perfecto.

—¿Te la has tirado? —pregunta Davinia cuando salen de la habitación de Paula.

—No es asunto tuyo.

—Es muy triste acostarse con chicas borrachas. Pues sí que estás desesperado...

—No me he acostado con ella.

—Ya.

—Es la verdad.

—¿Te gusta esa chica?

—No. Es una más. Pero estaba demasiado borracha para que hiciera algo.

—No te creo —insiste Davinia.

Los dos entran en el ascensor. Ella va al segundo y él al primero. Pulsan ambos botones.

—Piensa lo que quieras, prima —comenta Alan, con su habitual sonrisa. Saca dos billetes de cincuenta euros de un bolsillo del pantalón y se los entrega—. Gracias por los servicios prestados.

La chica atrapa los cien euros y se los guarda en sus vaqueros. No le vendrán mal, aunque si llega a saber el trabajito encomendado, le hubiera reclamado algo más.

—Gracias. Y cuando quieras sexo, elige mejor.

—Es una pena que tus amigas estén tan lejos.

—Gilipollas.

Segundo piso. Davinia sale del ascensor y le eleva el dedo corazón de su mano derecha a su primo mientras las puertas se cierran.

—Yo también te quiero —susurra.

El ascensor continúa bajando hasta llegar un piso más abajo. Allí tiene su habitación. Le apasiona vivir por temporadas en el hotel. Y más con chicas como Paula alojadas en él. Sonríe al pensar en ella.

¿Le gusta?

Capítulo 27

Una mañana de finales de junio, en un lugar apartado de la ciudad.

El día sabe a verano. El sol se refleja en la enorme piscina del jardín. La primera en lanzarse es Diana, de cabeza. Una estampa perfecta. De algo sirvieron siete años de natación. La chica parece que va recuperando las fuerzas y un buen baño tal vez la ayude un poco más. Se sumerge bajo el agua y aparece otra vez en la superficie gritando:

—¡Está buenísima! ¡Vamos!

La siguiente es Miriam, que la imita, aunque su salto no es tan perfecto. Se impulsa con los pies contra el fondo de la piscina y nada hacia Diana, que la recibe con una ahogadilla. Las dos bromean forcejeando unos segundos. Luego se vuelven a sumergir bajo el agua y bucean hasta el lado más profundo.

Paula es más precavida y prefiere bajar por la escalera. Se moja la cabeza primero y a continuación las muñecas. Su pelo rubio brilla como nunca. Alan la observa atento. Le encanta mirarla.

—Te gusta, ¿eh?

La voz es de Cris, que se ha sentado en una tumbona al lado del chico.

—¿Tú crees? —dice con una sonrisa, esa que nunca le abandona.

—Sí. Y te gusta mucho, ¿verdad?

—Es una chica muy guapa.

Los dos contemplan como Paula se desliza sobre el agua e introduce la cabeza para mojarse el pelo.

—No solo es guapa. Tiene algo que la hace especial. Es de esas personas que nacen con una estrella —continúa comentando Cristina.

—Puede ser.

—De ti no se termina de fiar. Piensa que escondes algo.

—Todos piensan eso. Pero yo no puedo hacer nada para evitarlo. Es mi forma de ser.

Mario también se mete en la piscina y nada hasta Paula. Rápidamente, Diana acude hasta ellos y besa a su novio.

—Si te gusta y quieres que ella te dé una oportunidad, deberás dejar esa pose —asegura Cris—. A veces tenemos que adaptarnos un poco a la otra persona. No es que cambies, sino que busques otros caminos.

El chico la mira y sonríe.

—¿Y tú? ¿Te estás adaptando a esa persona? —pregunta sorprendiéndola.

—¿Yo? No tengo a nadie a quien adaptarme.

—Entonces busca tu camino.

—Mi camino está lleno de piedras.

Los cuatro chicos que están dentro de la piscina se reúnen en el centro de esta y juguetean con una pelota de plástico que Armando les ha lanzado desde el borde. Cris mira al novio de Miriam. Se ha quitado la camiseta dejando al descubierto un torso ancho y un abdomen bastante trabajado. Suspira resignada.

—Nos vamos —señala Alan mientras se pone de pie.

—¿Qué?

—Sube a tu cuarto y ponte una camiseta y un pantalón.

—¿Para qué?

—Para acompañarme.

—¿Adónde?

—Vamos por cervezas a la gasolinera. Necesito ayuda.

—¿Cuántas quieres comprar?

—Para todo el fin de semana.

Miriam sale de la piscina y corre descalza hacia su chico. Lo agarra de ambas manos e intenta que caiga al agua. Pero este se defiende y finalmente es ella la que termina cayendo.

—Bueno. Espera, voy contigo.

Cristina se levanta de la tumbona y entra de nuevo en la casa. No le apetece ver más escenitas como esa. Camina pensativa. ¿Encontrará ella alguna vez a alguien como Armando? Nunca ha tenido suerte en el amor. Quizá por su timidez, o por su falta de seguridad. Siempre ha sido el complemento, la chica del segundo plano, en la que los tíos no se fijan. Y los que sí lo hacen solo buscan lo que buscan. Como aquel con quien tuvo su primera vez. Un error que pagó cuando él la dejó a la semana siguiente. Tampoco ella estaba enamorada, aunque sí ilusionada.

Entra en la habitación y se viste con un *short* vaquero y una camiseta de tirantes. Se mira una vez más en el espejo en el que antes tonteó con Paula y con Miriam. No parece la misma de hace unos meses. Ha cambiado mucho físicamente. Quizá aún no sea demasiado tarde para encontrar a su príncipe azul. Claro que no, solo tiene dieciséis años... El único problema es que el chico que le gusta es inalcanzable.

Baja otra vez hasta el jardín. Los que estaban dentro de la piscina continúan allí. Hacen carreras de un lado al otro. Armando está sentado junto a Alan, pero se ha puesto la camiseta.

—¿Ya? ¿Nos vamos? —pregunta Alan. Pero no solo él se levanta. También lo hace Armando.

—¿Tú también vienes?

—Sí —contesta el chico sonriente.

La alegría invade a Cris por dentro. Es una sensación parecida a cuando vas en coche y subes una pendiente de la carretera.

—¡Ahora venimos! —grita Alan a los cuatro de la piscina.

Paula se acerca nadando hasta ellos.

—¿Adónde vais?

—A la gasolinera. A por cervezas.

—Vale.

—¿Quieres venir? Puedes ir en bikini y mojada —le dice él guiñándole el ojo.

—No, gracias. Estoy muy bien aquí.

Y se aleja de ellos nadando otra vez hasta donde están los otros tres, a los que cuenta que Cris, Alan y Armando se marchan a por bebida. Miriam grita para decirle a su novio que no tarde mucho y que le echará de menos. Pero enseguida termina bajo el agua impulsada por Diana.

Los tres caminan hacia el garaje. Cristina está nerviosa. Intenta soltar algo ingenioso, pero se traba con las palabras. Armando se ríe de todas formas al oírla. Alan también sonríe. Él ya se ha dado cuenta de cuál es el camino con piedras del que aquella chica le ha hablado antes. Le cae simpática. Quizá pueda echarle una mano.

—¿En cuál de los cuatro queréis que vayamos? —pregunta cuando entran en el garaje.

Armando está deseando montar en el Ferrari, pero no cabrían los tres. Así que señala el Aston Martin descapotable. Alan da el visto bueno y se sube al vehículo. Cris monta en la parte de atrás y le hace un gesto al chico para que él vaya en el asiento del copiloto. Este acepta y también sube.

—Debe de ser increíble disponer de estos coches cuando quieras —dice Armando, impresionado por estar dentro de aquel descapotable.

—No está mal —le responde Alan, y arranca.

El motor ruge con fuerza y el coche comienza a rodar. Salen del garaje muy despacito y después recorren el camino hasta la carretera principal. Cris se ha puesto detrás del asiento del copiloto y disimuladamente intenta observar a Armando por el retrovisor lateral. Es feliz. Al menos en esos minutos. Se conforma con poco, lo sabe. Y sabe también que solo están yendo a por unas cervezas a una gasolinera. Pero está con él. Y eso de momento es lo máximo que puede pedir. Aunque muy pronto las cosas tomarán un giro inesperado.

En esos instantes, esa mañana de finales de junio.

—¡Espera, espera! —grita Miriam.

Y sale de la piscina rápidamente. Diana la estaba amenazando con darle un pelotazo con el balón de plástico. La mayor de las Sugus corre hasta la mesita donde han dejado los móviles. Coge el suyo y busca en la lista de canciones que tiene descargadas en el teléfono. Ahí está. Pulsa el botoncito y comienza a sonar el *When love takes over* de David Guetta y Kelly Rowland. Sube el volumen al máximo y empieza a bailarlo en el borde de la piscina. Diana y Paula también salen y se colocan a su lado. Y entonces las tres al mismo tiempo bailan coordinadas al ritmo de la melodía. Mario se tapa los ojos con las manos, pero sonríe. Su hermana, su novia y su antiguo amor haciendo el ridículo al mismo tiempo. ¡Qué más puede pedir!

—¡Vamos, Mario! ¡Baila con nosotras! —exclama Paula.

Sin embargo, el chico se niega. ¿Él bailando? No lo verán sus ojos. Pero la Sugus de piña no está conforme con la respuesta de su amigo. Se mete de nuevo en la piscina e intenta convencerlo. Primero con palabras, luego agarrándole de los brazos y haciéndole cosquillas. El chico pelea por no ser vencido y le hace una ahogadilla. Pero cuando menos se lo espera, Paula aparece por detrás y se monta encima de su espalda para tratar de hundirle. Ahora es Mario el que está bajo el agua. Por poco tiempo. De un brinco emerge desde el fondo y sube a la chica sobre sus hombros. Esta grita para que la suelte y él, obediente, la lanza con fuerza hacia arriba impulsando los pies de Paula con sus manos. Un gran «plas» se oye en el centro de la piscina. Paula aparece de nuevo escupiendo el agua que ha tragado y maldiciendo a su amigo. En cambio, cuando se acerca a él, simplemente le da un golpecito en un brazo. Ríen y terminan abrazados.

Pero no todos se han divertido tanto. Diana ha observado la escena desde fuera. Suena *El fin de semana*, de Robin. Pero ella hace rato que ha dejado de bailar.

—Ahora vengo —le dice a Miriam muy seria. Y se mete en el interior de la casa.

¿A qué juega Mario? No sabe si está más enfadada que triste o lo contrario. ¿Y ella? ¿Es que Paula tiene que tener a su disposición a todos los tíos del mundo? Pues ese tío tiene novia. ¿Que lo ha pasado mal? Bueno, también tiene gran parte de culpa por no conformarse solo con uno y estar siempre metida en líos. Puede hacer lo que le dé la gana, pero que deje tranquilo a Mario.

Diana camina sin saber muy bien adónde va. Aquella casa es inmensa. ¿Dónde está el cuarto de baño? Menudo laberinto. Tampoco se ve a nadie a quien preguntar. ¿Dónde está el servicio? Sin quererlo, acaba en la cocina. Es enorme. Hay puertas y armarios por todas partes. Le encanta cómo está decorada, con azulejos blancos y negros. Además, huele muy bien, como a bizcocho recién hecho. Seguro que disponen de una cocinera que les prepara la comida a diario. A la chica le entra hambre. Parece que el olor proviene de una tartera que está junto al horno. Se acerca, vigilando que nadie la descubra. Le quita la tapa y debajo contempla con golosa devoción un majestuoso pastel de chocolate.

—Madre mía... —susurra. La boca se le hace agua.

Pero no quiere caer en la tentación; se mira la tripa desnuda y vuelve a poner la tapadera. Sin embargo, su estómago no está de acuerdo con la decisión tomada y ruge. Diana cierra los ojos y piensa que aquello que va a hacer no está bien. Ansiosa, comienza a abrir cajoncitos hasta que encuentra el de los cubiertos. Coge una cuchara y pide perdón. A continuación quita otra vez la tapadera de la tartera y se lanza a por el pastel de chocolate. Primero, un trocito pequeño.

—¡Dios...! —exclama cuando lo prueba, sin poder reprimirse.

Es la mejor tarta de chocolate que ha comido en su vida. Parte con la cuchara una pequeña porción para no excederse demasiado y saborea con deleite cada uno de los pedazos que se lleva a la boca. Impresionante. Apenada, se come el último trocito. Pero ha sido demasiado pequeño. Quizá con otra porción quede realmente satisfecha. Y repite la operación. Despacito, va degustando el nuevo triángulo de tarta que se ha servido.

—¡Diana! ¡Estás aquí!

La chica se sobresalta al oír la voz de Mario.

—¡Qué susto me has dado!

—Perdona, es que no te encontraba. ¿Qué haces?

—Nada —contesta antes de tragar el último trozo de

pastel de chocolate que le quedaba por comer de la porción que ha cortado.

El chico se acerca hasta su novia y sonríe al verla con la boca manchada de chocolate.

—¿Estaba bueno?

Entonces Diana recuerda el motivo por el que se fue de la piscina. Ese tonto de Mario estaba flirteando con esa aprovechada de Paula...

—Sí —responde muy seria.

Se limpia con una servilleta de papel y coloca de nuevo la tapadera sobre la tartera.

—¿Te has ido porque tenías hambre?

—No. Iba al baño.

—Ah. Esta es la cocina —indica Mario socarronamente.

—Lo sé.

Mario empieza a comprender que algo pasa. ¿Se ha enfadado por algo que ha hecho?

—¿Vamos a la piscina?

—Ve tú. Ahora iré yo. Tengo que encontrar el baño.

—Me parece que está justo en el otro lado de la planta baja. Con lo grande que es esto y solo tienen un baño aquí abajo. Te acompaño.

—OK.

Los dos salen de la cocina. El chico pasa un brazo por la cintura de su novia. Esta lo permite, aunque su rostro sigue serio.

—Al final, puede que no haya sido tan mala idea venir.

—Te lo estás pasando bien, ¿no?

—Sí. ¿Tú no?

—Sí — responde sin entusiasmo.

La pareja continúa caminando por el interior de la casa. Mario tenía razón: el cuarto de baño estaba en el otro lado de la planta.

—¿Cómo te encuentras? ¿Te has vuelto a marear?

—No, estoy bien.

—¿Seguro que estás bien? Te noto rara.

¡Oh! ¡La nota rara! Ha tardado en darse cuenta. Todos los tíos son iguales, se enamore de ellos o los quiera solo para una noche. Nunca se enteran de nada.

—Estoy bien —dice, y entra en el cuarto de baño dejando en la puerta a su novio, al que le viene a la cabeza el eslogan del famoso anuncio de televisión: «Tardarás toda una vida en comprenderlas». ¡Cuánta razón!

Capítulo 28

Un día de abril, en un lugar de Francia.

Lleva todo el día dando vueltas por Disneyland. Aquello es inmenso y está lleno de gente. Nada. Es imposible. Como dar con una aguja en un pajar. ¿Cómo ha podido creer que encontraría a Paula por arte de magia? Ni tan siquiera sabe el nombre del hotel en el que está hospedada. Ni si está en París, en el mismo parque o en los alrededores. ¿Y ahora qué hace?

Ángel camina de un lado a otro, pensando en una solución. Se detiene junto a una tienda y compra una bolsita de golosinas. No ha comido nada desde el desayuno y ya está anocheciendo.

¿Y si la llama al móvil? Eso sí que sería un error y enterraría cualquier posibilidad de verla. ¡¿Cómo le va a decir que está en Francia y que ha ido a reconciliarse con ella?! Directamente, colgaría y desconectaría el teléfono. ¿Y si a la que llama es a alguna de sus amigas para contarle lo que pretende?

Esa idea le convence más. Busca en su móvil la guía de números archivados. Tiene el de las tres mejores amigas de Paula. ¿A qué Sugus llama? Reflexiona unos instantes. Cris es la más tímida y callada, quizá se negaría a decirle algo por fidelidad a su amiga. Miriam es la mayor y está siempre muy pendiente de ella. No. Definitivamente, a la que tiene que llamar es a Diana, la espontánea del grupo. Además, habla por los codos. Seguro que a ella sí que puede sacarle la información que necesita. Es periodista, está acostumbrado a resolver incógnitas y a hacer que la gente hable. Esperanzado, se sienta en un banquito frente a un vendedor de globos que ya empieza a recoger. Marca el número de la Sugus de manzana con el prefijo 34 delante y espera a que conteste con los dedos cruzados. Tres *bips* más tarde, responde.

—¿Sí? ¿Ángel? —En su voz se adivina la sorpresa por la llamada.

—Hola, Diana.

—Hola. ¿Qué tal?

—Bueno, vamos tirando. Gracias por no borrar mi número de teléfono.

—¿Por qué iba a borrarlo? El problema lo tuviste con Paula, no conmigo.

—Ya, pero Paula es tu amiga. Creí que tal vez habías querido borrar todo lo que tuviera que ver conmigo.

—Pues ya ves que no es así.

—OK. —Duda un instante, pero continúa. Ya no se puede echar atrás—. Me gustaría hablar contigo. ¿Estás muy ocupada?

La chica guarda silencio un momento, pero enseguida reanuda la conversación.

—No, no te preocupes. ¿Qué pasa?

—Estoy en Disneyland.

—¿Qué?

—He venido a por ella.

—¿Y cómo se lo ha tomado?

—Aún no la he visto.

—¡Estás loco! ¡No deberías haber hecho eso!

—No he podido resistirlo. Lo estoy pasando muy mal y necesito hablar con ella.

—¿Y tú crees que yendo hasta ahí vas a poder solucionarlo?

—No lo sé. Por eso he venido.

Diana resopla. No le parece una buena idea. Sí, es romántico y todo eso, pero la está presionando demasiado.

—Bueno, ¿y qué quieres de mí? ¿Para qué me has llamado?

—Necesito saber el hotel en que se aloja.

—Y quieres que yo te lo diga...

Diana mira hacia su mochila. Dentro está su agenda y, en ella, apuntado el nombre del hotel en el que Paula y su familia pasan las vacaciones.

—Sí. Me harías un gran favor.

—Ángel, yo no puedo decirte nada.

—Vamos, Diana. Necesito saberlo. Por favor.

La chica resopla. ¿Qué pasa, que ella es la fácil del grupo? Hace unos días fue Álex el que la convenció para que le diera la dirección de la casa donde vivía su amiga. Aunque debe reconocer que, gracias a aquello, el escritor y Paula arreglaron el malentendido creado por Irene. Y ahora Ángel la somete a una situación parecida.

—¿Por qué no la llamas a ella y le cuentas todo?

—Porque me arriesgo a que me cuelgue y pase de mí. Cara a cara es la única opción que tengo de hablar con ella y arreglar lo que se ha estropeado.

—Uf.

—Por favor, Diana.

—Joder...

—Si quieres, no le digo que has sido tú.

—Da igual. Espera.

—Espero. Gracias.

Diana alcanza su mochila y la abre. Saca la agenda y hojea las páginas detenidamente hasta que por fin encuentra el nombre del hotel. Su amiga se lo dio a las tres Sugus para que la tuvieran localizada por si ocurría algún imprevisto. No siempre funcionan bien los móviles en el extranjero.

—Ya lo tengo. Es uno de los hoteles que pertenecen al parque. Pero no le digas a Paula que he sido yo la que te lo he dicho.

El periodista suspira. Menos mal. Al menos, no tendrá que regresar a París.

—Soy una tumba.

—Apunta.

La chica le revela el nombre del hotel y le vuelve a insistir a Ángel para que no le cuente que ha sido ella la que se lo ha soplado.

—Gracias, Diana. Y no te preocupes, nunca se enterará. Un periodista jamás revela sus fuentes.

—Eso espero. Si no, tú te quedas sin novia y yo sin amiga.

—Confía en mí. Me voy corriendo a buscarla, que ya es casi de noche.

—Mucha suerte.

—Gracias. Adiós.

—Adiós.

Cuelgan y ambos resoplan. Uno, de alivio; la otra, de resignación. Pero Ángel solo ha superado la primera prueba. Queda mucho por hacer. Y debe darse prisa. Cree haber visto antes el hotel en el que están Paula y su familia y, sin pensarlo más, corre hacia allí en busca de una segunda oportunidad.

En ese instante, a unos metros de allí.

Luces. Miles de luces. Centelleantes, inquietas, brillantes. Es lo que contempla desde la ventana de su habitación. Son las luces que bañan de colores el parque de atracciones.

A Paula ya no le duele la cabeza ni el estómago. Incluso ha sonreído alguna vez con las ocurrencias de su hermana pequeña. Pero no está bien. Siente un gran vacío interior y constantes ganas de llorar. Mañana regresa a España y no tiene ni idea de cómo se desarrollarán los próximos acontecimientos. El curso continuará, sus amigas seguirán estando a su lado y todo permanecerá en su sitio, en el que estaban después de la tormenta. Pero las cosas han cambiado. Ella ha cambiado. Su corazón está herido y no sabe cómo curarlo. ¿Ángel? ¿Álex? Son historias tan cercanas, pero parece que hace siglos que sucedieron. Los dos han aparecido y desaparecido dejando una huella imborrable. Ella solo debía hacer caso a sus sentimientos. El problema ha sido que no comprendía lo que sentía. Y continúa sin entenderlo.

Llaman a la puerta. No es Alan, pues él habría abierto con la llave maestra de alguna de las limpiadoras. Sonríe levemente cuando piensa en aquel chico descarado y misterioso. No lo ha vuelto a ver desde esta mañana. Y lo ha echado de menos. Él ha sido lo único diferente en su estancia en Francia. A pesar de la borrachera de anoche y de lo mal que lo ha pasado esta mañana cuando le ha insinuado que se habían acostado, el recuerdo que tendrá de Alan será positivo.

Son sus padres y Erica.

—¿Estás lista? —pregunta Mercedes, que se ha puesto un bonito vestido negro.

—Sí.

—Qué guapa estás —le dice la niña, sorprendida.

—Gracias, pequeña. Tú también estás muy guapa.

Paula lleva un precioso vestido blanco de tirantes, inmaculado, que le llega diez centímetros por encima de las rodillas. Se ha planchado el pelo y se ha pintado los labios y las uñas de rosa. Es la última noche y van a cenar al restaurante del hotel invitados por el dueño. No sabe si Alan tiene algo que ver en eso, pero resulta extraño que su padre se haya mostrado tan amable con ellos. Quizá sea solo una cortesía con todos los clientes que se alojan allí.

Los cuatro entran en el ascensor y Paco pulsa el cero.

—¿Mickey viene a cenar con nosotros?

—¿Mickey? ¿Quién es Mickey? —pregunta sonriente su padre, que no entiende lo que su hija pequeña quiere decir.

—Es el novio de Paula —responde.

—¿El novio? ¿Qué novio?

Paula enrojece y da una palmadita en la cabeza de Erica.

—Esta niña lleva demasiados días aquí. Tanto ratón Mickey y tanto pato Donald la han trastocado.

—¿Qué significa «trastocado»?

—Que te has vuelto loca —contesta Mercedes, riendo.

—¡Hey! ¡Yo no estoy loca!

El ascensor llega a la planta baja.

—Shhh. Ahora no grites —le dice la mujer a la pequeña.

—Yo no estoy loca —insiste en voz baja.

Erica mira a Paula enfadada. Por culpa de ella ahora todos piensan que está «trastocada».

—Tenemos que ir a recepción, ¿verdad? —pregunta Paco a su mujer.

—Sí.

La familia García se dirige hacia la entrada del hotel. Allí recogerán unos pases especiales para cenar en un salón privado.

Las dos chicas hablan en voz baja mientras caminan. Erica no entiende por qué le ha dicho eso y pide explicaciones.

—Ya sé que no estás loca. Perdona.

—¿Y por qué me has llamado eso?

—¿«Trastocada»?

—Sí, eso.

—Porque soy tonta.

—Es verdad. Lo eres.

Llegan a recepción. Hay una docena de turistas japoneses intentando comunicarse con uno de los recepcionistas. Y junto a ellos, un chico alto esperando que le atiendan. Erica se queda con la boca abierta al verlo.

—¡Anda! ¡Ese es tu novio! ¡Y no me llaméis trastocada ahora!

Paco y Mercedes también lo ven. Y Paula, que no puede creer que Ángel esté allí. ¿Es un sueño? No. No lo es. ¡Realmente está allí!

—Hola a todos —dice el periodista con timidez, pero sonriente. Por fin la ha encontrado.

Capítulo 29

Una mañana de finales de junio, en un lugar apartado de la ciudad.

El descapotable entra en el garaje y los tres chicos se bajan de él. Han comprado cerveza, mucha cerveza, para todo el fin de semana.

—Espera. Dame eso —le dice Armando a Cris. Y le quita una de las pesadas bolsas que lleva la chica.

—Gracias.

El solo hecho de tener sus manos tan cerca ya la hace feliz. Lo ha pasado muy bien ese rato. Se han mirado, se han sonreído, han bromeado. Media hora de ilusiones y de olvidos. Porque durante treinta minutos a Cristina se le ha olvidado que Armando es el novio de Miriam. Pero ya están de regreso en la casa y él volverá junto a ella. Se terminó su minuto de gloria. ¿De qué se lamenta? Es como debe ser, pero cuesta tanto asumir la realidad... Suspira con tristeza y camina detrás de los dos chicos a encontrarse con el resto.

Dentro de la piscina solo está Paula, tumbada sobre una colchoneta tomando el sol. Miriam también lo está haciendo, pero en una tumbona. Cuando los oye, se levanta y corre a abrazarse a su chico. Este suelta las bolsas y se besan apasionadamente.

—Te he echado mucho de menos —le susurra ella al oído.

—Yo también. Pero ya estoy aquí.

—¿Vamos a la habitación?

Su novio sonríe. La coge de la mano y entran en la casa. Cristina observa la escena con dolor. Un dolor intenso en el pecho. Pero nadie se tiene que dar cuenta. Aunque no a todos les pasa desapercibido su estado. Alan se le acerca después de recoger las bolsas que Armando ha dejado en el suelo.

—Quizá debas buscar tú también otros caminos. O bien quitar las piedras que lo cierran.

—¿Qué?

—Ya sabes de lo que te hablo. Me he dado cuenta.

—¿Se me nota mucho?

—Para alguien que es observador como yo, bastante. Pero tranquila, no creo que nadie más sepa tu secreto.

—Paula lo intuye.

—Es una chica lista. Y es tu amiga. No me extraña.

—Ya hablaré con ella sobre el tema. Pero no se lo digas a nadie más, por favor.

El chico sonríe y mira hacia la piscina. Paula está nadando hacia la escalera. Sale y escurre el agua de su cabello. Su piel morena brilla con los rayos del sol, que cada vez son más intensos.

—No te preocupes.

—Es impresionante, ¿verdad?

Alan vuelve a mirar a Cristina. Y afirma con la cabeza.

—Sí. Lo es.

—Pues pórtate bien este fin de semana. Tienes posibilidades. Al menos, más de las que tengo yo.

—¿Tú crees?

—Hasta tú con Mario tienes más posibilidades que yo con..., ya sabes.

El francés suelta una carcajada. Cris sonríe tímidamente. Así, en las distancias cortas, gana. No parece tan mal chico.

—Hola, ¿de qué os reís? —pregunta Paula, que llega hasta ellos envuelta en una toalla.

—Cris me estaba contando un chiste muy bueno.

—¿Sí? ¿Tú contando chistes? ¿Desde cuándo?

La Sugus de limón se sonroja y mira hacia otro lado.

—Ya te lo contará. Es realmente bueno. Ahora llevemos las cervezas a la nevera, que se calientan.

—Está bien.

Las dos chicas cogen tres bolsas cada una y Alan cuatro. Cargados, entran en la casa.

—¿Cuántas cervezas habéis comprado?

—Noventa botellines.

—¿Noventa? ¡Madre mía! ¿Y quién se va a tomar toda esta cerveza? ¡Solo somos siete! —exclama Paula, a la que las asas de las bolsas empiezan a hacerle daño.

—Tú tienes un historial detrás que invitaba a que compráramos incluso más.

—Qué capullo. No te doy un buen tortazo porque tengo las manos ocupadas.

—No te preocupes. Ahora podrás darme cuando sueltes las bolsas, la cocina está ahí —indica Alan sonriente.

Los tres entran en la inmensa cocina.

—Vaya. Es enorme... —comenta Cris, que pone las bolsas sobre la encimera.

—Y qué bien huele. ¿Es bizcocho de chocolate? —pregunta Paula, que también ha dejado las cervezas sobre la encimera.

—Puede ser. María es una gran repostera. Luego comeremos si queréis, ahora hay que guardar esto.

Los chicos van sacando los botellines de las bolsas y los

van metiendo en una nevera utilizada exclusivamente para bebidas.

—Por cierto, ¿dónde están Mario y Diana? No los he visto en la piscina cuando hemos llegado —comenta Cris.

—No lo sé. Desaparecieron hace un rato.

—Estarán revolcándose en alguna habitación —indica Alan.

Paula sonríe. Tampoco ella acaba de creerse que esos dos estén juntos. Forman una pareja curiosa. Solo espera que no se hagan daño, pues a ambos los quiere mucho. Pero la relación de Mario y Diana está a punto de entrar en un momento crítico y Paula será el principal desencadenante.

Unos minutos antes, en la casa de los tíos de Alan.

¿Cuánto hace que está ahí dentro? Ni idea. Mario no lleva el reloj ni tiene el móvil consigo, así que ha perdido la noción del tiempo, pero Diana se ha encerrado en el cuarto de baño hace más de diez minutos.

Ha intentado escuchar a través de la puerta varias veces y solo se oye caer agua. ¿Se está duchando? No suena como el agua de la ducha, sino como el grifo del lavabo. Es muy extraño. Empieza a alarmarse.

—Diana, ¿estás bien? —pregunta preocupado.

No obtiene respuesta. Solo se escucha el chorro de agua. ¿Y si se ha mareado como antes y está inconsciente en el suelo?

—¡Voy a entrar! —grita.

Gira el pomo y comprueba que, o no está el cerrojo echado o, simplemente, es una puerta que no tiene cerrojo. Abre un poco, sin mirar en el interior, y vuelve a anunciar que entra. No quiere ver algo que no debería ver. Además del chorro de agua, le parece escuchar algo parecido a alguien con arcadas. Mario no lo resiste más y abre la puerta completamente. Y entonces, asustado, corre hacia el fondo del cuarto cuando la ve. Diana se encuentra de rodillas frente al retrete. Está vomitando, con las manos apoyadas en el estómago. Retorciéndose.

—Pero ¿qué te pasa?

La chica, con el ruido del grifo, no se había percatado de que Mario había entrado en el cuarto de baño y lo mira con sorpresa. Luego sonríe. Tiene la comisura de los labios manchada y le tiemblan los brazos.

—El pastel... de chocolate —señala con voz temblorosa.

Mario se agacha junto a ella y la mira a los ojos. Están rojos, como inyectados en sangre, y llorosos.

—¿Te ha sentado mal?

—Eso parece. Me han querido envenenar —responde irónica—. Pero ya estoy bien.

Con dificultad, sujetándose a la pared, se pone de pie y tira de la cadena. También el chico se incorpora. Continúa muy preocupado, no se cree que esté totalmente recuperada.

—Pero ya estabas mal antes. Te mareaste en el camino. ¿Seguro que no estás enferma?

—No. Estoy bien. Debe de ser que tengo el estómago algo sensible.

—¿Te ha pasado más veces?

—No. De verdad, Mario, no te preocupes. Estoy bien.

La chica coloca la boca bajo el chorro de agua fría y se limpia. A continuación, se unta un poco de pasta de dientes en un dedo y se frota la boca, sonriendo a Mario por el espejo.

—Si quieres, nos vamos. O podemos ir al médico a que te examinen por si has incubado un virus.

—No. Estoy bien. Nada de médicos.

Se enjuaga la boca y escupe.

—Es mejor que vayamos a que te miren y...

—¡Déjame ya! ¡Estoy bien! —grita interrumpiéndole.

Mario no espera esa reacción y se echa hacia atrás.

—Perdona. No quería molestarte.

La chica se arrepiente enseguida de haberle gritado y se acerca a abrazarlo.

—Perdóname tú. Pero estoy bien. No necesito un médico. Lo que quiero es seguir pasándolo bien aquí contigo y con los demás.

Pasa los brazos alrededor de su cuello y lo besa. Sabe a menta.

—Estoy preocupado por ti —dice Mario después del beso.

—Pues no te preocupes tanto. Y bésame otra vez.

De nuevo se besan. Esta vez con más pasión. Más tiempo. Segundos que hacen olvidar todo. Las manos de la chica se cuelan en el bañador mojado de Mario, que suspira profundamente cuando las siente y aprieta todavía más su boca contra la de ella.

—Diana...

—No quiero parar... —murmura.

Sin apartar los labios de los suyos, lo arrastra hacia el suelo y lo tumba bocarriba. Se sienta sobre él y le ayuda a quitarse la camiseta. Luego ella se desabrocha la parte de arriba del bikini, que termina deslizándose por su cuerpo hasta el pecho desnudo de Mario.

—¿Estás segura? Nos pueden oír.

—Qué más da.

—Pero no tenemos protección —señala antes de que Diana lo vuelva a besar.

—No te preocupes, que yo tomo medidas.

—Pero...

Y sin permitir que Mario diga ni una sola palabra más, le tapa la boca con un nuevo beso y se desliza sobre su cuerpo, dejándose llevar.

Capítulo 30

Esa misma mañana de finales de junio, en otro lugar a las afueras de la ciudad.

Levanta los pies y los apoya en el sillón que ha sacado fuera para tomar el sol mientras lee. Katia no es una fanática de la lectura, pero Álex le ha dejado el original de *Tras la pared* y le está encantando.

—¿Por qué capítulo vas?

Álex sorprende a Katia, que estaba completamente inmersa en *Tras la pared.*

—Por el siete.

—¿Y qué tal? ¿Te gusta?

—Está genial. Me estoy riendo mucho. Eres un escritor magnífico. Además, hay mucho de ti en el protagonista. ¿Me equivoco?

—Bueno, es un libro de ficción, aunque no puedo negar que hay algo personal en la caracterización de los personajes, especialmente en Julián.

—Ya me he dado cuenta. Yo creo que Julián es una extensión tuya. Os parecéis mucho.

—Para alguien a quien le gusta escribir, lo más sencillo y lo que más le apetece, al menos a mí, es que el protagonista de su novela sea escritor.

—Es lógico.

—He disfrutado mucho escribiéndola. Y eso creo que se nota.

—A mí me está encantando, de verdad.

Álex sonríe. Cada día se siente más cómodo al lado de Katia. La chica vuelve a poner los pies en el suelo y estira la espalda y los brazos.

—Te invito a comer.

—¿Dónde?

—Aquí, en mi casa —responde el chico—. Irene ha quedado con alguien y no come en casa hoy.

—¿Qué vas a preparar?

—No lo sé. Si quieres vienes a la cocina, miramos a ver qué hay por ahí y lo preparamos juntos.

—Vale. Pero nada de pasta.

Álex se acaricia la barbilla pensativo y sonríe.

—Creo que solo hay pasta.

—¿Solo tienes pasta?

—¿Qué quieres? Soy un tipo muy ocupado que no tiene tiempo de ir a la compra. E Irene pasa mucho de ese tema. Además, al vivir aquí y no tener coche...

Katia suelta una carcajada y, tras ponerse de pie, se vuelve a estirar.

—Pues comeremos pasta.

—Espero que te gusten los macarrones.

—Sí, me gustan —comenta ella con una gran sonrisa.

—Menos mal.

Los dos entran en la casa, uno al lado del otro, sonrientes. Se conocieron el día que Paula cumplió diecisiete años, en aquella fiesta tan extraña en la que los dos fueron rechazados por la persona a la que amaban. Y desde entonces establecieron una amistad que, con el paso de los días, continúa creciendo.

—Esta tarde, si quieres, vamos en mi coche a hacer la compra. ¿Te parece?

—Muy bien.

Ya dentro de la cocina, Katia se pone un delantal que está colgado de un gancho en la pared y que tiene pinta de no haberse usado en mucho tiempo.

—Se me ha ocurrido una idea que te quería proponer.

Álex la mira con curiosidad.

—¿Sobre qué? —pregunta mientras saca una olla de un armario.

—Sobre tu libro y mi música —indica al tiempo que abre el frigorífico—. ¡Ah, también tienes cebollas y tomates!

—Sí, eso parece. Los debió comprar Irene ayer para sus ensaladas.

—Pues haré la salsa con esto.

El chico llena la olla de agua y le echa un chorrito de aceite. Luego lo pone en el fuego. Katia coge un cuchillo y una tabla de madera y comienza a picar la cebolla.

—¿Mi libro y tu música? —pregunta Álex retomando la conversación anterior—. ¿Qué has pensado?

—En hacer un disco cuya temática sea solo *Tras la pared.*

—¿En el que solo cantes tú?

—Sí y no. Yo cantaría en algunos temas y podría escribir el resto. Pero, para que no fuera muy monótono, podríamos pedir colaboraciones a otros cantantes, gente amiga que seguro que estaría encantada de participar.

—¡Eso sería genial! Pero ¿no será muy caro?

El chico abre el paquete de macarrones y los echa en el agua, que ha comenzado a hervir.

—Habría que hacer un presupuesto. Y buscar patrocinadores. Mi discográfica seguro que se metería de lleno en el proyecto.

—¿Y la distribución?

—Eso habría que pensarlo bien. Por una parte, el disco se podría vender en las grandes superficies separado del libro en la sección de música, pero también se podrían incluir ambos en un solo lote y venderlo en la sección de literatura.

Álex remueve los macarrones en el agua caliente para que no se peguen. Katia ahora corta los tomates. Luego los echará en una sartén junto a las cebollas.

—Está muy bien pensado. Tendríamos que hablar con la editorial, con tu discográfica, con otros cantantes, con Irene...

—Es solo una idea. Yo creo que podría ser muy bueno para los dos. Económicamente, nos podría salir muy rentable.

La chica del pelo rosa sonríe. Él la mira a sus increíbles ojos celestes y también sonríe. La idea de Katia podría funcionar y ser muy beneficiosa para ambos en el plano comercial, pero sobre todo en el personal, ya que tanto uno como otro estarían encantados de compartir esa experiencia en común y pasar aún más tiempo juntos. Porque, aunque todavía ninguno de los dos lo reconozca, aquella relación podría llegar a ser... algo más que una simple y bonita amistad.

Capítulo 31

Un día de finales de junio, en un lugar apartado de la ciudad.

Los siete chicos están reunidos en el jardín y, tras varias propuestas, por fin han decidido lo que van a comer. Alan sostiene el teléfono en la mano, esperando a que el resto le diga las *pizzas* que tiene que pedir:

—A mí me gusta la hawaiana —señala Miriam, que está sentada sobre las piernas de Armando. Tras una larga sesión de besos y arrumacos, han hecho el amor en la habitación y ahora están hambrientos.

—A mí, con que tenga mucho queso, me vale —añade su novio.

—Claro, y luego no habrá quien te bese.

—¿No me besarás?

—No.

Los dos se miran a los ojos, muy serios, pero al instante sonríen y se dan un nuevo beso.

—A mí me da lo mismo —indica Cris desganada.

Ella sabe lo que ha pasado arriba, en aquel dormitorio; entristecida, trata de no pensar demasiado en ello.

—Yo no tengo hambre. Pedid lo que queráis, ya cogeré algún trozo. A Mario también le gusta la hawaiana —dice Diana, que después del encuentro en el baño parece más animada.

Su novio está sentado a su lado y la observa, pero no dice nada. Tiene cosas más importantes en las que pensar que en un trozo de *pizza*. Continúa preocupado por Diana. Mareos, vómitos... Si no fuera porque lo hicieron ayer por primera vez, pensaría que está embarazada. ¿Y si lo está? No, eso no puede ser. Pero es que los síntomas son muy sospechosos. Quizá por eso está tan rara. Ella, antes de salir con él, mantenía habitualmente relaciones sexuales con otros chicos. O eso es lo que cree, ya que no han hablado mucho de ese tema. Pero si va a tener un hijo, se lo habría dicho ya, ¿no? Tal vez le da miedo contárselo por lo que vaya a pensar. Uf. Se va a volver loco. Desde que salió del cuarto de baño no ha dejado de darle vueltas. Y cuanto más piensa, más confuso está.

—¿Y tú, Paula? ¿De qué quieres que pida las *pizzas*? —le pregunta Alan.

—También me da igual. Comeré de lo que las pidáis. No tengo ninguna predilección.

—¿Ni por mí?

—Por ti, menos. Prefiero la *pizza*.

Alan ríe con fuerza. Le gusta cuando Paula saca el carácter y utiliza la ironía para defenderse.

—¿Prefieres un trozo de *pizza* a un beso mío?

—Por supuesto. ¿Lo dudabas?

—No es que lo dude. Es que estoy convencido de que te mueres por besarme.

—Bah.

La chica gira la cabeza hacia otro lado. La está empezando a poner nerviosa. ¿Qué pretende ese creído?

—Cuando traigan las *pizzas*, lo comprobamos. ¿Quieres?

—No te voy a besar, Alan —insiste Paula sin mirar hacia él.

—No seas cría, solo es un beso de nada.

La chica se vuelve de nuevo hacia el francés y lo atraviesa con la mirada. ¿A qué juega?

—Parecéis dos enamorados —comenta Miriam sonriente.

—A lo mejor uno de los dos lo está. ¿No, Paula? —concluye Alan con una de sus sonrisas, y marca el número de la pizzería—. ¿Entonces pido dos familiares, una hawaiana y otra cuatro quesos?

Mientras Miriam y Armando asienten con la cabeza y el resto lo acepta también, Paula se ha enfadado de verdad. ¿Qué ha querido decir con aquello de que uno de los dos está enamorado y con todo lo demás? ¿Una cría? Se ha pasado de la raya. Está muy molesta. Y, ante la sorpresa de todos, se levanta de la silla y entra en la casa.

Cruza el salón y sube por las escaleras pensando en lo imbécil que es aquel chico cuando se lo propone. Suelta aquello sin darle importancia y luego habla de *pizzas* como si nada. Es un capullo. Siempre con dobles sentidos, con indirectas... Está harta.

Camina deprisa hasta su habitación y cierra la puerta.

Busca en su mochila el tabaco y el mechero. Está nerviosa. Se mete un cigarro en la boca y lo enciende. ¿Qué sabrá ese sobre qué es estar enamorado? Lo que es sentir amor por una persona, necesitarla, morirte por ella... Abre la ventana y expulsa el humo con fuerza.

La puerta de la habitación se abre. Es Cris.

—¿Estás bien? —pregunta mientras entra sin cerrar completamente.

—¿Cómo le voy a dar una oportunidad a ese estúpido?

—Bueno...

—¿Tú ves normal que me hable de esa manera?

—Estaba bromeando, ya le conoces.

Paula echa la ceniza del cigarro por la ventana y vuelve a dar una calada.

Miriam entra también en el dormitorio y se queda con la boca abierta cuando ve a su amiga fumando.

—¡Dios! ¿Qué estás haciendo?

—Fumar. ¿No lo ves?

—Pero ¿desde cuándo fumas?

—Desde abril.

—¿Fumas desde abril? —pregunta desconcertada.

—¡Sí! —exclama.

—Desde... aquello.

Miriam se sienta en la cama. Aún no puede creer lo que está viendo. Nunca hubiera imaginado que Paula se enganchara al tabaco. Pero, con todo lo que vivió en aquellos días, algo así se podía esperar.

Una noche de abril, en un lugar de Disneyland París.

Están juntos otra vez. En la habitación 601. Solos. Como aquel último viernes en el que sucedió todo. Aquel cumpleaños que Paula y Ángel jamás podrán olvidar.

Sus padres, por una vez, han sido comprensivos. O casi. A Paco no le parecía demasiado bien que no fuera a cenar con ellos la última noche en Francia después de que el director del hotel los hubiera invitado. Pero Mercedes enseguida ha dicho que sí, que podían ir a hablar tranquilos arriba. Ella sabe por lo que su hija ha pasado en la última semana de clases y, aunque desconoce los detalles, algo grave tuvo que suceder entre ellos. Ha visto a Paula triste como nunca antes, e incluso ha suspendido dos asignaturas. Ahora, en aquel lugar mágico, es un buen momento para que lo solucionen.

—No deberías haber venido —opina la chica, que se sienta en la cama.

Ángel lo hace a su lado. Está guapísima con aquel vestido y un cosquilleo le recorre por todo el cuerpo cada vez que la mira.

En el ascensor ninguno de los dos ha dicho nada. Ni se han mirado.

—Están siendo unos días muy duros para mí —indica el periodista.

—¿Crees que para mí no?

—Imagino que también. Pero fuiste tú la que tomó la decisión de no seguir adelante con lo nuestro.

Paula resopla. Tiene razón. Fue ella la que dio el paso, la que no quiso hacer el amor la noche de su cumpleaños. La que le abandonó en la habitación, dejándole allí solo. La que estaba confusa entre dos amores. Y la que intentó alejarse poco a poco para tratar de desaparecer de su vida.

—Lo sé. Pero venir hasta aquí ha sido una locura.

—Tenía que hablar contigo y no podía esperar más —dice, suspira y la mira directamente a los ojos—. Te quiero.

«Te quiero»: lo que estaba temiendo oír. ¿Y qué le contesta? ¿Que también? Sí, claro que le quiere. Mucho. Muchísimo. Pero no responde nada. Se levanta de la cama y entra en el cuarto de baño. Ángel la sigue.

—Deberías haberte quedado en España.

—¿Y perderte del todo? No podía permitirlo.

—Esto es un error, Ángel.

—¿Por qué? ¿No me quieres? ¿Ya no me quieres?

—No es eso.

Los ojos de Paula brillan llorosos. Demasiada presión. Demasiadas dudas.

—¿Y qué es?

—No lo sé, Ángel.

—¿Te ha pasado algo? ¿Fuimos demasiado rápido?

No tiene respuestas. No sabe qué decir. Es difícil explicarle a alguien lo que sientes si ni tan siquiera tú misma lo comprendes.

La chica abre el grifo y se echa agua fría en la cara. Luego se seca con una toalla. Ángel la contempla expectante. Necesita respuestas. Pero, sobre todo, la necesita a ella.

—No sé qué me pasa —dice apartando la toalla de su rostro. Está llorando—. No sé qué es lo que me pasa. Todo sigue igual. Igual que aquel día. Igual, Ángel. Te quiero. Dios sabe que te quiero. Pero no sé qué es lo que me pasa.

Las lágrimas resbalan por sus mejillas. Desconsolada, se tapa con las manos, pero él no lo permite y se las aparta. La obliga a mirarle. Paula no quiere, pero Ángel persigue su mirada. Quiere que le mire a los ojos. Y por fin se rinde.

—Te quiero, Paula —murmura.

El chico la abraza rodeándola con fuerza. Se aprietan el uno contra el otro. Como aquella primera vez, como aquel día en el que se conocieron. Aquel día en el que se besaron junto a la fuente. Y ahora, en ese mismo instante que están viviendo juntos, de nuevo juntos, sus labios se acercan lentamente y se unen. Se unen en un beso pasional, intenso, sensual, que se transforma rápidamente en algo más sexual. Las lenguas se pelean por imponerse. Y las manos se capturan en un fundido emocional.

Ángel y Paula se arrastran el uno al otro. Casi pisándose. Hasta que caen al suelo de la habitación donde siguen los besos. Más cortos, más seguidos, más incisivos. Están fuera de sí. Y de nuevo se ponen de pie, buscando ansiosos la cama. La chaqueta del periodista vuela por los aires y después su camisa. Las manos de la chica acarician con frenesí su torso ancho y joven. Y las de él las imitan buscando el interior de aquel vestido blanco inmaculado. Los besos son ahora en el cuello, y en los lóbulos de las orejas, y por toda la cara. Desatados. Impregnados de la tensión acumulada en esos días.

—Quiero... —dice ella en voz baja, casi inaudible, mientras siente la pierna de Ángel bajo su vestido rozando sus muslos.

—¿Qué quieres?

—Quiero que lo hagamos ahora —susurra.

—¿Segura? —pregunta, aunque sabe la respuesta.

—Sí. Segura.

Y gime y se agita al sentir la rodilla del chico entre sus muslos bajo la tela blanca. Él se detiene un instante, la mira a los ojos una vez más. Y la vuelve a besar agarrando con una mano su cintura y con otra ayudándole a bajar la ropa interior. Sus braguitas se deslizan por sus largas piernas y aterrizan sobre sus pies. Y entonces la excitación de ambos aumenta, es máxima, como sus besos. Paula le desabrocha el pantalón y hace que descienda hasta el suelo. Luego empuja a Ángel contra la cama y acude hasta él, tumbándose encima y atrapando sus manos. Cuerpo sobre cuerpo. Desarbolados. Sorprendidos. Siendo como nunca habían sido. Recuperando lo que un día comenzaron y no llegaron a finalizar. Sintiéndose amantes. Sin excusas, sin reparos, sin miedos, sin pensar en nada más. Sin darse cuenta de que aquello que estaban protagonizando pertenecía más al bando de la pasión que al del amor. Y muy pronto lo iban a comprobar.

Capítulo 32

Un día de finales de junio, en un lugar apartado de la ciudad.

«Los chicos se enamoran más de ti / y tengo celos. / Los chicos se enamoran más de ti, / hasta los feos»: es la letra de la canción que está sonando ahora mismo en el equipo de música que Alan ha sacado al jardín. Diana observa a Paula, que lleva un buen rato sin decir nada. Parece enfadada. «¿Por qué los chicos se enamoran más de ti? ¿Por qué?».

Mario mastica a su lado un trozo de *pizza* hawaiana. Tampoco parece demasiado contento. Sin embargo, cuando se cruzan su mirada y la de su amiga, se sonríen. Entonces le hierve la sangre por dentro y quiere gritarle que lo deje en paz, que es su novio. ¡Que se busque a otro!

—¿Me das un poquito de esa de ahí? —le pregunta Miriam a Armando.

—Claro. Toma.

Le acerca la porción de la *pizza* cuatro quesos y la mayor de las Sugus le da un gran mordisco.

—¿Eso es un poquito?

—No te quejes. Solo le he dado un mordisquito.

—¡Vaya mordisquito!

La chica acerca de nuevo su boca al trozo de *pizza* que su novio sostiene en la mano y lo vuelve a morder.

—¡Mi *pizza*!

—Nuestra *pizza*. —Y, con la boca llena, le da un beso en los labios.

Cristina los contempla resignada. Poco a poco empieza a acostumbrarse, aunque sigue afectándole. Pero no le queda otra. Al menos, ha podido disponer de un ratito con Armando cuando fueron a por las cervezas. Sonríe para sí al pensar en ello, pero de nuevo se entristece cuando la pareja se besa delante de todos.

—Estoy lleno —dice Alan levantándose la camiseta y tocándose el estómago.

—Yo también —señala Diana.

—Pero si tú no has comido nada —comenta Miriam—. Apenas te he visto comer un trocito.

—¿Qué pasa? ¿Que me vigilas?

—No te vigilo. Pero estoy enfrente de ti y he visto lo que has comido.

—Pues debes plantearte muy seriamente ponerte gafas —replica Diana.

—No me hables así, que no te he dicho nada malo —se defiende Miriam.

—Te has metido en lo que no te importa.

El resto mira el enfrentamiento sin decir nada hasta que Cristina interviene.

—Vamos, chicas, dejadlo ya.

—Pues que no se meta en mi vida.

—Ahora tu vida también es la mía. Estás saliendo con mi hermano.

El tono de voz de Miriam es demasiado brusco y todos se dan cuenta de que el asunto se va a poner muy feo.

—Ah, es eso. Ahí querías llegar, ¿no?

—Vamos, parad. —Ahora es Paula la que se mete por medio. Sabe que aquella conversación no llevará a nada bueno.

—Solo digo que la novia de Mario, sea la que sea, me incumbe porque en cierta manera pertenece a mi familia.

—Claro. Y tú preferías a otra, ¿verdad? A una que fuera más lista, más guapa, menos experimentada... ¿No? Alguien como Paula.

—¿Qué?

—¿Qué?

Miriam y Paula reaccionan casi al mismo tiempo. Mario mira a su novia desconcertado y Cristina se frota los ojos con las manos. No las debería haber dejado llegar hasta ahí.

—Venga. Todos estaríamos más contentos si yo siguiera tirándome a todo tío que pasara por mi lado y Mario estuviera con Paula.

—Todos, no —señala Alan con una sonrisa.

—¡Tú cállate! —le grita Mario al francés, que se encoge de hombros y se echa hacia atrás en su asiento—. ¿Por qué dices eso, Diana?

—¡Eso pregunto yo! —interviene también Paula.

—Porque es la verdad. La dura realidad.

—La realidad es que tú y Mario sois pareja y yo estoy sin novio —la corrige Paula.

La Sugus de manzana se levanta de la silla y mira a su chico, luego a su amiga.

—Haríais muy buena pareja. ¿Por qué no lo intentáis?

Mario no sabe qué decir. Aquello le ha pillado completamente de sorpresa. Diana lleva unos días muy raros, muy inestable, pero no imaginaba que llegaría a tanto.

—La mejor pareja la hacéis vosotros dos. Os queréis —dice Paula antes de levantarse y acercarse a su amiga para abrazarla. Pero Diana no está para abrazos y se aleja hacia el otro lado de la mesa.

—Es cierto. Mi hermano y tú hacéis muy buena pareja

—añade Miriam, que se siente un poco culpable por haber empezado aquella discusión.

Diana está harta de oír eso y de que piensen lo contrario. Además, por mucho que ellos digan ahora, está convencida de que Mario no está enamorado de ella. Y eso le duele en lo más profundo de su corazón.

—Estoy cansada. Me voy a dormir un rato.

—Pero Diana...

Mario se levanta también, pero la chica le indica que no con la mano.

—Quiero estar sola. Necesito estar tranquila, por favor. —Y entra corriendo en la casa.

El chico no le hace caso y camina detrás de su novia. Diana va muy deprisa, por lo que él se tiene que esforzar para estar cerca de ella. La chica se da cuenta y se gira bruscamente.

—¿No te he dicho que quiero estar sola?

—No te voy a dejar sola.

—Pues deberías. Es lo que quiero.

Pero Mario vuelve a desobedecerla y continúa detrás mientras sube las escaleras.

—¿Qué te pasa? ¿Por qué te comportas así? —pregunta en un tono amable.

—¿Y tú? ¿Por qué te comportas así tú?

No sabe a qué se refiere.

—¿Yo? No he hecho nada... —responde el chico desconcertado.

—¿No? ¿No has hecho nada?

—Dime qué es lo que he hecho que te ha molestado tanto —le pide Mario sin perder la calma.

Diana hace un gesto despectivo con la mano y entra en la habitación. Su novio lo hace también.

—No me vas a dejar tranquila, ¿verdad?

—No hasta que me cuentes qué he hecho para que estés así.

—No es una cosa, Mario. Es una tras otra.

—¿Cómo que una tras otra? No te entiendo.

La chica resopla y se sienta en la cama. Coge la almohada y la abraza.

—No dejas de mirarla, de sonreírle. Te he visto. Lo llevo viendo desde siempre.

—¿De quién hablas? ¿De Paula?

—Sí. Ella te sigue gustando. Lo noto.

—Eso no es cierto. La que me gustas eres tú, por eso estoy contigo.

Pero aquellas palabras hacen sembrar más dudas en ella. No le cree. Le encantaría hacerlo, pero está convencida de que esa no es la verdad.

—Lo siento, Mario. No te creo.

—¿Qué tengo que hacer para que lo hagas? Te estoy diciendo que la que me gustas eres tú.

—A mí nunca me has mirado como la miras a ella.

—¡Vamos, Diana! ¿Con quién tuve ayer mi primera vez? ¿Contigo o con Paula?

—Conmigo, pero porque ella no te quiso. Pero tú sí la sigues queriendo.

—Lo de Paula está superado. No la quiero. Solo es mi amiga.

—Lo siento.

Diana se tumba en la cama bocabajo con la almohada en la cabeza. Luego se da la vuelta apartándola y contempla el rostro de Mario. Más afilado, más maduro, más seguro. Sí, está mucho más guapo que antes. Y le quiere. Le quiere tanto. Pero...

—¿Entonces?

—Entonces es mejor que lo dejemos —sentencia la chica.

Aquella frase retumba en el corazón de ambos. Explota en sus cabezas. Y se refleja en sus ojos, que se humedecen a la misma velocidad con la que parpadean.

—¿Quieres cortar conmigo? ¿Estás segura?

Diana asiente con la cabeza. No le salen las palabras. Mario agacha la cabeza y resopla.

—Lo siento —termina diciendo ella entre balbuceos.

—Y yo.

—Lo siento, Mario —repite, y esconde de nuevo su cabeza bajo la almohada donde desahogará sus lágrimas.

—Te dejo que descanses. Hasta luego.

Y, sin poder volver a mirarla, abandona la habitación compungido. Nunca habría esperado algo así. Y le duele. Le duele más que aquel día en que Paula le rechazó. Mucho más.

Capítulo 33

Ese día de finales de junio, en un lugar alejado de la ciudad.

—¡No puedo comer nada más! —exclama Katia, y resopla.

—¿Ni un café?

—¿Está hecho?

—No, pero enseguida lo hago. A mí también me apetece.

—Pues entonces, vale. Tomemos ese café.

La chica sonríe y se levanta para quitar los platos de la mesa, pero Álex se anticipa y los recoge él.

—No. Esto lo hago yo. Tú quédate aquí sentada.

—Déjame ayudarte.

—No, eres mi invitada. Espérame aquí.

—¿Y qué hago mientras?

—Lee.

El chico sale del salón en el que han comido y entra en la cocina. Pues no es mala idea. Katia se acerca al sillón en el que dejó el libro, *Tras la pared,* y lo abre por la página en la que se quedó.

—¿Qué tal vas? —pregunta Álex, entrando en la habitación de nuevo y sentándose a su lado.

—Esta Lunae es tremenda —responde Katia con una sonrisa—. Me encanta el toque surrealista que le has dado a la historia con ella.

—Es divertido escribir así.

—Lo haces genial.

Y, de pronto, desaparecen las palabras. Los dos se miran a los ojos. En silencio. Solo escuchan el ruido de los pájaros que disfrutan de aquel paraje encantador. No piensan, no actúan, casi ni respiran.

—¡Hola! ¡Ya estoy en casa! —grita una voz femenina desde la puerta de la entrada de la casa, que se abre.

Irene entra alegremente en el salón y ve a Katia y a su hermanastro sentados en el mismo sofá, demasiado juntos. Sin pretenderlo, ambos se habían acercado mucho. Sonríe y se acomoda en una silla frente a ellos. Parece que ha interrumpido algo. Hace unas semanas la habría matado, pero ahora respira hondo, sonríe y se limita a saludarla con la mano.

—Hola, Irene —responde amablemente Katia, separándose un poco del escritor.

—Hola. ¡Qué pronto has vuelto! —comenta el chico, que se pone de pie.

Un silbido anuncia que el café está listo.

—Sí. Es que el chico con el que quedé, un tipo de treinta y cinco años, resulta que tiene mujer y dos hijos. Cuando me lo ha confesado, le he dado puerta.

—Has hecho bien. Pero ¿por qué no te lo había dicho antes?

—Porque era la primera vez que nos veíamos en persona. Lo conocí en el Twitter, hablamos un par de días por el MSN y no tenía ni idea de eso. Ya sabéis: las cosas de Internet son así...

Álex mueve la cabeza negativamente y entra en la cocina.

—Yo no tengo Twitter —señala Katia, que se ha quedado con ganas de saber qué habría pasado entre ella y Álex de no haber aparecido Irene.

—Ah, pues deberías hacerte uno. Es sencillo y todos los famosos tienen. Tú, con lo conocida que eres y la cantidad de fans que te siguen, arrasarías en *followers.*

—Me lo plantearé. Hay que estar al día en estas cosas.

Irene se incorpora y se sienta junto a la cantante. Mira hacia la cocina para comprobar que Álex sigue preparando el café y habla en voz baja:

—Oye, entre mi hermanastro y tú, ¿hay algo?

Katia no esperaba esa pregunta y, abriendo mucho los ojos, sonríe sorprendida.

—No. Solo somos amigos.

—Pero ¿te gusta?

—¿Lo vas a poner en la web? —pregunta con una sonrisa, tratando de mostrar tranquilidad.

—Sí. Y cobraré un dineral por la exclusiva.

—Espero mi parte, entonces.

Álex reaparece en el salón con una bandeja con el café. Los tres se sientan y reparten las tazas.

—Te he servido uno. Imaginaba que también querrías.

—Gracias —dice Irene, que coge la suya y sopla—. ¿Lleváis todo el día juntos?

—Sí. Hemos pasado la mañana aquí, hemos comido y hasta se nos ha ocurrido una idea —señala el escritor—. Bueno, se le ha ocurrido a ella.

—¿Ah, sí? ¿Qué idea?

—Cuéntasela tú —le indica Álex a Katia, y da un sorbo a su café.

La cantante deja su taza sobre la mesa y le cuenta a la chica lo que ha pensado: hacer un disco con la temática de *Tras la pared* en el que no solo cante ella, sino que haya colaboraciones de otros intérpretes, y venderlo con el libro.

—Es una muy buena idea. Aunque esto hay que hablarlo muy bien y mirar todos los aspectos relacionados con los derechos, los costes, las ventas...

—¿Tú podrías hacerlo?

—Claro. Para eso he estudiado. Habría que tratarlo con la editorial y con tu discográfica.

—Voy a tener que contratarte como representante —dice Katia, sonriente.

Hace casi tres meses rompió su relación con Mauricio Torres, el día después del cumpleaños de Paula. La chica no se presentó al bolo que su representante le había organizado la noche de la fiesta. Fue un error que, después de un cúmulo de ellos, la separó definitivamente de él. Ahora ella era su propia agente, aconsejada por la discográfica y por su intuición. Irene era la que se estaba encargando de todo lo que tenía que ver con *Amor sin edad*, la canción del libro.

—Pues no estaría mal. Me lo pensaré.

Los tres ríen.

—Entonces, el proyecto te parece bien, ¿no?

—Sí. Aunque es muy complejo. Dame unos días para estudiarlo —concluye—. ¿Y con quién podríamos contar para colaborar?

—Yo he pensado en gente como Robin, Paula Dalli, las raperas Arixx y May, Lidia Guevara... Gente joven que está empezando y que sería perfecta para un álbum así.

—Me parece bien. Álex, tú podrías componer un tema con el saxo y vosotros dos podríais interpretarlo juntos...

Álex no había pensado en eso, pero le seduce crear un tema para su libro.

—Está bien pensado.

—¡Es una gran idea! —exclama la cantante.

Irene sonríe y se pone de pie con su taza en la mano.

—¡Brindemos! —propone. Katia y Álex la imitan, divertidos—. ¡Por *Tras la pared* y su disco! ¡Arrasaremos en el mercado literario y en el musical!

Y las tres tazas chocan en el aire por un propósito que iría más allá de lo que ninguno de ellos habría imaginado.

Capítulo 34

Ese día de finales de junio, en un lugar apartado de la ciudad.

¿De verdad han cortado?

Mario no deja de pensar en lo que ha ocurrido hace un momento. Sentado en el último peldaño de la escalera que conduce hasta la primera planta, se pregunta cómo han podido llegar a aquella situación. Tiene las manos apoyadas en la barbilla y las piernas recogidas. Inmóvil. Confuso. En estado de *shock*. ¿Qué es lo que ha hecho mal?

Unos metros más allá está ella, en aquella maldita habitación, la que debía ser su habitación esa noche. Una noche que habrían pasado juntos. Como una pareja, durmiendo y despertándose al mismo tiempo, uno al lado del otro. Ahora esa unión está rota. Rota para siempre.

En el comienzo de esa escalera, abajo del todo, Paula lo contempla preocupada. No sabe qué ha ocurrido, pero se teme lo peor al ver la triste expresión de su amigo. Su imagen es desalentadora. La chica sube escalón a escalón, nerviosa. Espera más que nunca estar equivocada en sus presagios. Mario, por fin, advierte su presencia. Su mirada es triste, apocada.

—Hola. —El chico le devuelve el saludo haciéndole un gesto con la cabeza—. Como tardabais en volver, venía a comprobar que todo estaba bien.

—Gracias por preocuparte.

—No está todo bien, ¿verdad?

Mario niega con la cabeza. Paula resopla y se sienta a su lado.

—¿Qué ha pasado?

—Nada. Simplemente, me ha dejado.

La chica siente un frío intenso en su interior que contrasta con el calor del mediodía de junio.

—¿Habéis roto? ¿Por qué?

—No lo sé muy bien.

—Pero si estabais muy bien... Quiero decir, que teníais vuestras discusiones y eso, como todas las parejas, pero se os veía muy bien a los dos juntos.

—Pues ella no piensa lo mismo.

—¿Qué es lo que piensa?

—Que no la quiero lo suficiente. Que no la miro como te miraba a ti.

Aquellas palabras hacen muchísimo daño en el corazón de Paula. ¿Ella es la causa de la ruptura? Aunque en la comida Diana la señaló como la pareja perfecta para Mario, no puede creer lo que oye.

—¿Diana piensa que tú me quieres a mí? ¡Es una locura!

—No olvida lo que antes sentía por ti y cree que eso sigue igual.

—Voy a hablar con ella —dice poniéndose de pie enérgicamente.

—No. Déjala. Ahora está descansando —indica el chico mientras la agarra de la mano para impedir que vaya—. Es mejor que la dejes tranquila o la tomará contigo también.

—Pero es que está cometiendo un error. Un grave error...

—Es su decisión.

Mario resopla. Paula vuelve a sentarse en el escalón a su lado. Coge la mano de su amigo y la acaricia. Nunca imaginó que una caricia de la chica de sus sueños pudiera saberle a tan poco.

—Y entonces..., ¿ya está? ¿Fin?

—Eso parece.

—¿No vas a luchar por ella? ¿Por lo vuestro?

—No sé qué voy a hacer. Ella es muy impulsiva y testaruda. Bueno, qué te voy a contar a ti, que la conoces mejor que yo. Convencerla de otra cosa diferente a la que piensa es prácticamente imposible.

—Y se le ha metido en la cabeza que tú estás enamorado de mí y no de ella.

—Sí.

Paula suelta la mano de Mario y se la pone en la cara. Está sufriendo de impotencia, de rabia por no poder hacer nada. Primero estropeó su relación con Ángel y ahora se carga la de Diana y Mario. Aunque indirectamente, ella es la responsable de la ruptura de sus amigos.

—Es que es tan injusto que terminéis así —continúa diciendo, ahora con los ojos llorosos y apretando los puños—. ¿Y si solo es un arrebato?

—No ha sido solo un arrebato. Me ha dicho que me deja. Que no quiere seguir —responde él apenado, intentando aguantar las lágrimas. No se quiere derrumbar delante de su amiga—. Lleva todo el día rara. Pero sus últimas palabras han sido muy claras. ¡Y pensar que hace nada estábamos abrazados en el cuarto de baño y me decía lo mucho que me quería...!

La chica lo mira extrañada.

—¿En el cuarto de baño?

—Sí... Diana se sintió mal y se encerró dentro. Cuando entré, me la encontré vomitando.

—¿Qué? ¿Por qué no nos habéis contado nada?

—Ella no quería preocuparos. Me pidió que no dijera nada, que seguro que se le pasaba pronto.

La mente de Paula hace especulaciones. Esta mañana la chica se mareó y más tarde estuvo vomitando. Pero eso que piensa no puede ser. Sin embargo, si su conjetura fuera cierta, explicaría el comportamiento de Diana.

—¿Te puedo hacer una pregunta indiscreta? —dice, incómoda por el atrevimiento.

Mario imagina lo que va a venir a continuación. Pero no se opone.

—Vale.

—Tú y Diana..., ¿lo habéis... hecho?

—Sí —responde el chico tímidamente, enrojeciendo.

—Y... ¿cuándo fue la primera vez?

—Ayer. Lo sé. El niño no sería mío —contesta ahora más rotundo, hasta con frialdad.

—Tú también lo has pensado...

—Sí. Llevo dándole vueltas a eso desde que me la encontré en el baño vomitando e hice la misma suposición que tú.

—Uf.

Ambos se callan unos segundos. Paula no quiere decir nada que pueda hacerle más daño.

—Entonces, ¿tú crees que Diana me ha dejado porque está embarazada? —suelta Mario repentinamente.

—No lo sé. Que vomite y se maree no quiere decir que esté embarazada. Puede ser cualquier virus, o que le ha sentado mal algo. No sé.

—Pero es lo que piensas.

—No, no pienso eso. Es simplemente una posibilidad.

—Una posibilidad que cuadra: mareos, vómitos, cambios anímicos... Tiene todos los síntomas.

—Dicho así... Pero hay algo que no me termina de cuadrar.

—¿El qué?

—Que Diana te quiere. Te quiere mucho. Eso se ve. Y se ha enamorado de ti. Si estuviera embarazada, ¿no crees que te lo hubiera dicho y habríais afrontado el problema juntos?

Un nuevo suspiro. Va a terminar volviéndose loco. No está preparado para todo aquello. Quizá por eso Diana decidió cortar. Es demasiado niño, un crío todavía. Y aquello es un asunto muy grande. Hace tres meses ni tan siquiera había besado a una chica y estaba enamorado en silencio de alguien imposible. Ahora su novia, o exnovia, está presuntamente embarazada de otro chico. Hace un día que él perdió la virginidad y el corazón lo tiene partido por la mitad. Demasiado para tan poco tiempo.

—Dejémoslo ya. No puedo más.

—Deberías hablar con Diana.

—No quiero hablar con nadie. Quiero irme a mi casa —dice, y se pone de pie.

—¿Cómo? No puedes irte ahora.

—Es que no puedo más. Mi cerebro está totalmente bloqueado. Estoy superado.

Paula también se pone de pie y lo mira a los ojos. Está llorando. Y a ella le entran unas ganas inmensas de llorar también. Pero debe serenarse, tiene que ayudarle, calmarlo. Cierra los ojos y lo abraza. Con fuerza y dulzura, con intensidad. El chico cierra los suyos y se apoya en su hombro, mientras las lágrimas se derraman incontrolables.

—Tranquilo, tranquilo —le susurra ella al oído.

Y le pone la mano en la nuca, acariciándole el pelo suavemente.

—Todo se arreglará. Ya lo verás.

Las lágrimas de Mario bañan el hombro de Paula. Está hundido y sobrepasado por la situación. Su llanto no tiene freno. Se siente mal, como nunca antes. Aunque dentro de poco, otra de las personas que están en la casa se sentirá tan mal como él. Pero los motivos serán distintos. Totalmente distintos.

Capítulo 35

Esa tarde de finales de junio, en un lugar de la ciudad.

Sus piernas coinciden debajo de la mesa. Se miran y sonríen. Aunque aquel Vips está completamente lleno, para Sandra solo existe Ángel.

—¿Quieres que vayamos al cine?

—Vale. ¿Qué película quieres ver?

Sandra reflexiona un instante. Los dos tienen la tarde libre en la redacción. Ella se las ha arreglado para hacer que sus turnos coincidan dentro y fuera del periódico y así poder pasar más tiempo juntos.

—No sé, cualquiera... ¿Qué te parece *Crepúsculo*?

—¿*Crepúsculo*? No sabía que te gustaban los vampiros —comenta Ángel.

—Pues me encantan...

La chica recuerda en ese momento algo que leyó en un correo que le mandaron a la redacción.

—Cerca de aquí hay un cine donde la ponen. ¿Te apetece que vayamos a verla?

A Ángel no le entusiasma mucho la idea, pero no quiere llevarle la contraria.

—Si te apetece... —responde sonriente—. Me sorprende que, con veinticinco años, seas tan fan de los vampiros.

—Y de los hombres lobo —añade Sandra poniendo

una mano en su pierna—. Hay muchas cosas de mí que todavía no sabes.

Sonríe pícara y sorbe su batido de fresa. Le encanta pasar el tiempo con él. Ángel es el chico perfecto. ¡Y es suyo!

—Ya las iré descubriendo.

—Podemos jugar a una cosa si quieres.

—¿Jugar a qué?

Al periodista entonces le viene a la cabeza algo que había olvidado por completo. De pronto ha recordado el día en el que Paula y él desayunaron chocolate con churros en una cafetería. La chica le planteó un juego en el que, con los ojos tapados, uno debía darle de comer al otro. Pero Paula le engañó, se quitó la venda y le manchó a propósito toda la cara de chocolate. El sabor de sus labios, de sus besos... Es como si acabara de pasar.

—¿Ángel? ¿Me estás escuchando?

No. No la estaba oyendo. Aquel recuerdo le ha provocado una tristeza infinita. Pero debe disimular.

—Claro que te estoy escuchando —contesta sonriente.

—¿Sí? ¿Qué he dicho?

—Pues...

El chico se pone de pie, se inclina hacia delante y la besa en los labios. Sabe a fresa. Sandra cierra los ojos y se deja llevar. Uf. Cuando terminan, Ángel se sienta de nuevo y sonríe. Ella se muerde los labios. Le tiembla todo el cuerpo.

—No puedes hacer estas cosas en público.

—¿No? ¿Por qué?

—Porque...

El periodista se levanta otra vez y vuelve a besarla sin dejarle que termine la frase.

—¿A qué quieres jugar? —pregunta una vez que se sienta de nuevo.

—¿Crees que con un..., dos besos... vas a ocultar que no te estabas enterando de nada de lo que te estaba diciendo? ¡A mí con cortinas de humo!

Ángel sonríe. Sabía que no lo pasaría por alto, pero al menos ha reducido su posible enfado.

—Me has pillado. Perdona. ¿Qué me decías?

—¡Ya te vale...! —protesta, poniéndose muy seria. Sin embargo, rápidamente cambia la expresión de su cara y sonríe—. Pero lo has arreglado muy bien. A partir de ahora, quiero disculpas así.

—Me esforzaré para satisfacerte.

—Buen chico... Pues lo que te decía era que no es exactamente un juego a lo que me refería, sino un carrusel de preguntas y respuestas para ver cuánto nos conocemos. ¿Qué te parece?

—Es interesante. Pero creo que yo sé más de ti que tú de mí.

—¡Ja! No intentes picarme...

—Lo conseguiría.

—Sí. Por eso, antes de que continúes desafiándome absurdamente, pregúntame algo sobre ti.

—¿Cualquier cosa?

—Cualquier cosa.

—¿Y cómo sabremos que no cambiamos la respuesta?

—¿Qué pasa? ¿No confías en mí?

—Claro que sí. Pero...

—¡Qué pesado...! Espera.

Sandra abre su bolso y saca dos bolígrafos. Le entrega uno a Ángel y se queda ella con el otro. Luego coge una servilleta de papel y le da otra a su novio.

—Solucionado. Escribimos aquí las respuestas. ¿Contento?

—Perfecto. Así no me harás trampas.

—Venga, pregunta —dice resoplando. Aunque luego sonríe y da un sorbo del batido de fresa, mirándole cariñosamente.

El periodista piensa unos segundos y por fin se decide. Apunta la respuesta en el papel y lanza su pregunta:

—¿Mi canción preferida?

—¡Bah! Eso es muy sencillo: *Somebody told me*, de The Killers —responde pronunciando perfectamente en inglés.

—¿Era tan obvio?

Ángel le da la vuelta a la servilleta y descubre lo que ha escrito. Sandra tiene razón.

—Mucho. Es una pregunta de nivel básico... Me toca. —Piensa varios segundos y cuando la tiene, anota la solución—. ¿Qué quería ser de pequeña?

—¿Periodista...? —dice él, aunque muy inseguro.

—¡Exacto! Siempre lo tuve muy claro. Ni astronauta, ni enfermera ni abogada. Siempre quise ser lo que soy. Tu turno.

—¿Cuál es la comida que más odio?

—¡Las lentejas! —exclama. El chico le da la razón asintiendo con la cabeza y le enseña la palabra escrita—. ¿Mi camiseta favorita?

—Una negra que tiene dibujada una chica con sombrero en blanco.

—¡Correcto!

—Era fácil. Me toca. Mmm... ¿Adónde fui de viaje con mi clase cuando terminé la universidad?

Sandra se lo piensa mientras Ángel escribe la solución en la servilleta. Cree haber visto alguna foto...

—Lo tengo. A Nueva York.

—Efectivamente.

Y le muestra las siglas NY.

—¿Cuáles son mis dibujos animados preferidos? —pregunta entonces Sandra.

—¿Te gustan los dibujos animados?

—Ya no, pero antes me encantaban. Sobre todo unos. Tengo hasta una mochila que ya no uso relacionada con esos dibujos.

—Mmm.

Ángel intenta recordar, pero no le viene nada a la cabeza. Piensa. Da un trago a su batido de vainilla. Nada. No lo sabe.

—¿Te rindes?

—Sí. Sorpréndeme.

—¡Las Supernenas! Pétalo, Burbuja y Cactus. ¿Tú las has visto alguna vez?

—No.

El periodista se queda perplejo con la respuesta. «Llevaré una mochila fucsia de las Supernenas». Qué casualidad tan cruel. El destino sigue jugando en su contra y se niega a que la olvide.

—¿Te pasa algo, Ángel? Te has puesto blanco.

—No. Tranquila. Estoy bien. Solo es que...

Y se pone de pie. Sandra cree que la va a volver a besar, pero en esta ocasión el chico no lo hace y toma un camino distinto.

—¿Adónde vas?

—Al baño. Ahora vengo.

Camina hacia las escaleras que conducen hasta la planta baja, donde están los baños del Vips. Pensativo. Ausente. Ella ha vuelto a aparecer en su vida. Ayer físicamente, hoy en forma de recuerdos. Y no puede olvidarla. Ese sentimiento que había desaparecido ahora brota de nuevo, poco a poco, pero constante. No es que no quiera a Sandra. Es muy extraño. Tiene la sensación de que algo que tuvo que ser no fue. Y que le ahoga y no le permite ser quien es. Sufrió durante muchas semanas. Encontró a una chica ideal. Pero ahora..., ¿cuál es la verdadera realidad que le dicta su corazón?

Capítulo 36

Una noche de abril, en un hotel de Disneyland París.

Está tumbado en la cama, apoyado sobre un costado, y observa como Paula entra en el cuarto de baño. Completamente desnuda. Se va a dar una ducha después de haber hecho el amor por primera vez. Pero las emociones de Ángel son totalmente contradictorias, muy distintas a como las había imaginado. No está feliz. Se han dejado llevar por un arrebato pasional y no está seguro de que eso haya sido lo mejor.

Ella también lo ha sentido de esa manera. Cuando todo terminó, se sintió muy rara y sin saber cómo actuar. Le dio un beso en la mejilla y luego otro en los labios, pero no sintió amor. O no esa clase de amor. Ángel había captado aquella frialdad con la que Paula se mostró después de haber perdido la virginidad. Y eso no debería haber sido así.

Ni siquiera le ha pedido que se duche con ella.

¿Cuáles son realmente sus sentimientos? ¿Que hayan hecho el amor significa que van a volver a estar juntos? Esas dudas le están matando en esos minutos eternos en los que solo se escucha caer los chorros de agua a escasos metros de distancia. Quizá Paula está algo más lejos.

Tal vez lo mejor hubiera sido hablar. Aclarar las cosas

primero y no caer en la tentación que las circunstancias habían provocado.

Ensimismado en sus reflexiones, escucha como llaman a la puerta de la 601. El agua deja de caer y se vuelve a oír como alguien sigue llamando a la habitación.

—¡Ángel, abre, por favor! —grita la chica desde el interior del cuarto de baño.

El periodista duda un instante, pero rápidamente se pone el pantalón y la camisa que llevaba antes y se dirige a la puerta. ¿Y si son los padres de Paula? ¿Qué les dice? Pero no hay tiempo para pensar, ya que vuelven a llamar. Nervioso, abre y delante se encuentra a un chico bastante más bajo que él, rubio, con el pelo alborotado, vestido muy elegante: chaqué y pajarita.

—Hola —le dice el muchacho sonriendo—. ¿Está Paula?

Ángel no sabe cómo reaccionar ante aquella visita. ¿Quién es este tipo? Tal vez sea personal del hotel.

—Sí. Se está duchando. ¿Qué querías?

—Venía a recogerla para cenar.

—¿Qué?

El joven entra en la habitación sin pedir permiso y se sienta en una silla.

—¿Quién es? —pregunta Paula, que aún no ha salido del baño.

—¡Soy Alan! —grita el francés, y a continuación sonríe a Ángel, que no comprende nada de lo que está pasando.

La chica sale rápidamente del cuarto de baño, embutida en una toalla, alertada por la situación. ¡Ángel y Alan juntos en la misma habitación!

—¿Qué haces aquí?

—He venido a recogerte para cenar. Mi padre quería invitaros a toda la familia. Y claro, al ver que no venías, he subido yo a buscarte.

Ángel se sienta en la cama, expectante. Observa incrédulo como aquel chico se dirige a Paula con total confianza.

—Lo siento, pero no voy a cenar con vosotros.

—¿Por qué?

—Porque estoy con Ángel.

Alan mira al periodista y sonríe. Luego se centra de nuevo en ella.

—¿Este chico es tu novio?

—Sí..., no. No lo sé.

El momento es muy tenso para Paula y para Ángel. Sin embargo, Alan parece estar disfrutando de aquel encuentro.

—¿Eres su novio? —le pregunta ahora al periodista, al que mira directamente a los ojos.

—Sí, lo soy —responde tratando de resultar convincente.

—¿Y por qué duda ella?

—No dudo. Es solo que nos estamos dando un tiempo.

—¿Estamos? ¿Hablas en presente? Vamos, que seguimos en ese tiempo, ¿no? —reacciona Ángel.

—No lo sé.

—Ahora entiendo por qué estos días no querías cenar conmigo. Menos mal que al final te convencí —indica Alan, haciendo un aspaviento con las manos.

—¿Qué?

—¡Alan!

Ángel y Paula miran al chico, que se cruza de brazos y sonríe.

—¿Habéis cenado juntos? —le pregunta Ángel a ella.

—Sí, en una preciosa *suite*. Lo pasamos bien —se anticipa el francés, que responde antes de que lo haga la chica.

El periodista se está poniendo nervioso. Aquel tipo le irrita. Pero ¿qué ha pasado entre él y Paula?

—Fue solo una simple cena —señala la chica, dirigiéndose a Ángel.

—En eso estoy de acuerdo a medias contigo. Cenamos, pero fue de todo menos simple. ¡Con la de cosas que hicimos...!

—¡No hicimos nada!

—Porque te emborrachaste.

Ángel se pone de pie. Ya no solo está nervioso, sino también indignado. Se acerca hasta Paula y la mira a los ojos.

—No hice nada con él. Solo cenamos y tomamos un poco de champán. Te lo prometo —dice la chica, que se siente avergonzada.

Sin embargo, los ojos de Ángel son acusadores. No entiende qué hacía Paula con ese chico cenando a solas en una *suite* del hotel y bebiendo champán. Quiere creerla, pero no sabe hasta dónde.

—Es cierto lo que dice —señala Alan—. Fui un caballero con ella y no quise aprovecharme de su estado.

—Cállate, por favor —le responde el periodista, que está harto de él.

—Es verdad. Estaba allí, en la cama, medio desnuda, bebida... y la respeté.

—¿Desnuda? ¿En la cama? —pregunta nervioso.

Paula no recuerda bien esa parte de la historia. Aunque no le ha dado demasiada importancia, durante el día ha ido recordando alguna que otra imagen que no sabía si había sido real o no. En ellas se veía con Alan en la cama.

—Pero no hicimos nada —ratifica el chico.

—¡Claro que no hicimos nada!

—Nunca me aprovecharía de alguien que está medio inconsciente, así que menos aún lo haría si hablamos de alguien que me gusta y a la que creo que le gusto.

Ángel escucha aquello sorprendido. ¿Qué está diciendo? También Paula está desconcertada.

—No me gustas, Alan. —Y mira a Ángel de nuevo a los ojos—. De verdad. Sé que todo esto suena muy extraño, pero no pasó nada entre él y yo.

—Pasó que mientras yo me moría por verte, por estar contigo, por arreglar lo nuestro, tú estabas emborrachándote con este capullo.

Las palabras de Ángel penetran en Paula como un cuchillo afilado. Hiriente.

—¡Hey, amigo! Yo no te he faltado el respeto.

—¡Cállate! ¡Eres un aprovechado! —grita Ángel, que está a punto de perder los nervios.

—Si fuera un aprovechado, me hubiera tirado a tu novia —indica poniéndose de pie.

Entonces el periodista no aguanta más y se abalanza sobre el francés. Lanza su puño derecho con violencia y golpea el ojo izquierdo de Alan, que no consigue esquivar el golpe. El chico cae en la cama y comienza a sangrar copiosamente por la ceja, que tiene abierta.

—¡Ángel! ¡¿Qué has hecho?! —grita Paula, que no lo reconoce.

—¿Y tú? ¿Qué has hecho?

—¡Nada!

Los dos se miran desafiantes. Jamás ninguno había pasado por algo parecido. Ángel nunca le había pegado a nadie. Jadea nervioso, fuera de sí. Toda la tensión de esas semanas, del viaje, de la huida de Paula sin explicaciones el día de su cumpleaños, del silencio, de aquel encuentro... se descargó en el puño que golpeó a Alan.

—Me voy. No puedo con esto. —Y sale de la habitación, con lágrimas en los ojos.

Con dolor y frustración, Paula observa como se marcha

Ángel. Se siente triste y sorprendida y, sobre todo, desilusionada. También enfadada. Aquella reacción no está justificada de ninguna de las maneras.

Un quejido la lleva a mirar hacia la cama donde Alan está tumbado con las manos en la zona golpeada. Corriendo, se acerca hasta él.

—¡Dios! ¿Estás bien?

El chico aparta las manos y le enseña el ojo. Lo tiene muy inflamado y de la ceja mana sangre abundantemente.

—No mucho —dice sonriendo. Y coge una de las sábanas para parar la hemorragia.

—¿Qué hago? ¿A quién llamo?

—Tranquila, no es nada. Con un par de puntos...

—¡Dios! Necesitas un médico.

—Pues vamos a ver a uno, ¿no?

El chico se pone de pie con la sábana en el ojo tapando la herida.

—¿Dónde hay un médico a estas horas en pleno Disneyland?

—Hay un servicio de guardia veinticuatro horas aquí cerca —señala—. ¿Me acompañas?

—Claro —dice Paula, y deja que se apoye en ella para ayudarle a caminar.

—Coge un par de toallas para la herida y vamos.

Paula le hace caso. Entra en el baño y vuelve ya vestida y con dos toallas para la cara. Le quita a Alan la sábana, que está cubierta de sangre, y se la cambia por una de ellas. Los dos salen de la habitación intentando no hacer ruido para que no los descubran. Deciden no coger el ascensor y bajan por la escalera.

—Tiene una buena derecha tu novio.

—Se ha pasado muchísimo. No esperaba algo así de él.

—¿Le quieres?

La chica lo mira. Tiene un aspecto horrible. Y por una vez, no está sonriendo.

—Vamos rápido al médico, anda. Y no hables más.

—Eso es que sí, ¿verdad?

—Ya lo pensaré.

Y por una puerta trasera, reservada para personal del hotel, salen a la fría noche francesa en busca de un médico que repare la herida de Alan. Sin embargo, la herida que tiene abierta Paula requiere una cura mucho más complicada.

Capítulo 37

Esa tarde de finales de junio, en un lugar apartado de la ciudad.

En ese instante, una nubecilla blanca se coloca delante del sol, oscureciendo aquel idílico paraje. Pero son solo unos segundos. Pasa deprisa y los rayos vuelven a brillar en el agua cristalina de aquel curioso lago fabricado por la mano del hombre.

Cristina se ha sentado en la orilla. Piensa en cómo es posible que una persona tenga tanto dinero como para poder desafiar de esa manera a la naturaleza. Crear un lago donde antes no existía es algo increíble. Y que sea propiedad de alguien, todavía más.

No está siendo un día sencillo para ninguno: Diana y Mario han roto; Paula está triste y no le apetece hablar con nadie; y ella sigue soportando los besos interminables de Miriam y Armando. Esos dos sí que se lo están pasando bien, a pesar de que a la mayor de las Sugus le ha afectado bastante lo que ha sucedido entre su hermano y su amiga.

—¿Qué haces aquí sola?

La chica se vuelve y ve a Alan. Como siempre, llega sonriente. A él nunca le afecta nada. Pase lo que pase, siempre mantiene aquella imagen con la que parece estar por encima de todo.

—Me apetecía dar un paseo. Esto es muy bonito.

—Sí —asiente, y se sienta a su lado—. Mis tíos tienen muy buen gusto.

—Y dinero. Porque sin mucho dinero sería imposible tener todo esto.

Una brisa suave agita levemente el pelo de la chica, que aspira el aroma de la hierba y las flores.

—Estoy de acuerdo. Pero no todos los multimillonarios son capaces de utilizar bien su dinero. Podrán tener mucho: poseer grandes mansiones y decenas de coches de todo tipo, viajar a cientos de países en *jet* privado..., pero no todos tienen clase y buen gusto. Mis tíos son expertos en eso.

—Mirándolo así...

Un banco de peces rojos pasa por delante de ellos. La chica los sigue con la mirada y sonríe. Alan se fija en ella. Es muy guapa y físicamente no tiene nada que envidiar a Paula. Además, Cris transmite cierta ternura, quizá por su aparente timidez.

—¿Cómo vas con el novio de tu amiga?

Cristina deja de observar a los peces y mira a Alan, no demasiado contenta.

—Casi prefiero no hablar de eso.

—¿Por qué? ¿Te hace daño?

—Un poco.

—Eso significa que realmente te gusta.

—Puede ser, pero, como tú has dicho, es el novio de mi amiga.

El francés se pone de pie y se sacude las manos que tiene llenas de hierba.

—Cristina, en el amor y en la guerra vale todo.

—No. Si está implicada una amiga, no vale todo.

Alan se encoge de hombros. Por supuesto, no está de

acuerdo. Pero tampoco va a rebatirle ahora. Extiende su brazo y la invita a levantarse.

—Ven. Quiero enseñarte una cosa.

—¿Otro lago?

—No. Algo mejor que un lago artificial.

A la chica le entra curiosidad y se pone de pie, ayudada por Alan.

Los dos dejan atrás el lago y caminan por un sendero que lleva hasta la zona sur de la casa. Todo es precioso, como sacado de un cuento. Un lugar para pasear con tu pareja y perderse por alguno de sus maravillosos rincones.

—Allí es —dice el joven señalando un lugar protegido por zarzas y enredaderas.

Un hombre mayor, provisto de una espesa barba blanca, los recibe alegremente.

—¡Señorito Alan! ¿Qué hace usted por aquí?

—Hola, Marat. Pues qué voy a hacer, venir a visitarte.

El hombre da un gran abrazo al chico y luego mira a Cristina.

—¿Quién es? ¿Su novia?

Cris se sonroja al escucharle, aunque trata de sonreír.

—¡No! Es una amiga —le corrige Alan divertido—. Se llama Cristina. Este es el viejo Marat, el mejor jardinero del mundo.

La chica duda si debe darle dos besos al hombre, pero es él quien se decide y la besa a ella en la mejilla.

—Encantada, señor —dice tímida.

—El placer es mío, señorita. Y no haga mucho caso de lo que su amigo dice. Soy el mejor jardinero del mundo, pero no soy tan viejo.

Y suelta una gran carcajada.

—Marat, ¿cómo es que trabajas hoy? ¿Mis tíos no os han dado el fin de semana libre?

—Sí. No hay casi nadie por aquí hoy. Estamos María, su marido y yo. Las flores y las plantas no entienden de fines de semana, hay que cuidarlas a diario. Aunque sea sábado o domingo.

—Pues a ver si te tomas unas vacaciones, que ya tienes tus añitos.

—¡Solo sesenta y uno!

—Eso me dijiste cuando yo era un crío.

—¡Francesito del demonio...! —grita e intenta golpearle con la palma de la mano sin éxito.

Alan y el hombre ríen. De todos los trabajadores que tiene su tío, es el que mejor le cae.

—Bueno, ¿por qué no le enseñas a Cristina tu tesoro?

—¡Oh! ¿Has venido a eso? Ya decía yo...

—Sí. Quiero que mi amiga lo vea.

A Cris ahora sí que la mata la curiosidad. ¿Un tesoro? ¿De qué estarán hablando?

Los tres caminan hacia una puertecita adornada con guirnaldas y hojas secas.

—Lo que va a ver ahora, señorita —comienza a decir Marat, que habla con gran orgullo y emoción—, es algo único. Sensacional.

Y, sobre todo, especial. La belleza en sí misma representada.

El hombre deja pasar primero a los dos chicos y luego entra él.

Cris se queda boquiabierta cuando contempla entusiasmada aquella habitación al aire libre donde se mezclan decenas y decenas de rosales, de distintos colores. Hay rosas blancas, amarillas, rojas, rosas..., ¡hasta azules!

—¡Es impresionante! —exclama la chica, que camina por un estrecho pasillito, observando a izquierda y derecha los cientos de flores que se abren a su paso.

—Tenemos ciento tres rosales. Y, como ve, los hay de todo tipo y de todos los colores.

—De verdad. Esto es un tesoro... —murmura Cristina, emocionada por lo que está viendo.

—Me alegro de que le guste. Ya le decía yo que le encantaría. Llevo trabajando aquí quince años, entro cada día varias veces a verlas, cuidarlas, olerlas..., y cada día es diferente. Cada día siento más emoción por tener la oportunidad de disfrutar de este lugar.

Alan lleva un rato sin decir nada. A él también le fascina aquel sitio. Desde que era un niño buscaba a Marat para que le llevara a la habitación de las rosas. Él estaba encantado cuando el pequeño francés lo visitaba.

—Espérenme un momento —les pide el hombre.

Se dirige al fondo de la habitación y se agacha para buscar algo en una caja de herramientas. De ella saca unas tijeras y regresa hasta donde están los chicos.

—Elija una —le dice a Cristina.

—¿Me va a regalar una rosa? —pregunta ella sorprendida y al mismo tiempo emocionada.

—Claro. Dígame cuál le gusta.

La chica mira a Alan, que sonríe y hace un gesto con la mano para que acepte el regalo de Marat. Cris da unos pasos hacia atrás, oliendo cada uno de los rosales. Y se detiene delante de uno rojo.

—Esta me gusta —dice señalando una enorme rosa roja en flor.

—Es preciosa. Buena elección —comenta el chico.

Marat saca un guante que llevaba en el bolsillo y se lo pone en la mano izquierda. Sujeta el tallo con suma delicadeza y corta la flor.

—Para usted —dice, y se la entrega sonriente.

Cris la toma y le da las gracias a aquel simpático hombre. A continuación, cierra los ojos y la huele. Su aroma la lleva a olvidarse de todo y de todos por unos instantes. Y siente ganas de reír, de ser más feliz. De matar todas las penas. Y si tiene que llorar, que sea de alegría.

Capítulo 38

Esa tarde de finales de junio, en un lugar apartado de la ciudad.

Lleva media hora tumbada en una hamaca escuchando el mismo tema en su MP4: Calle París canta *Tú solo tú.* Pero ya no oye la letra ni tampoco la música. Los cinco sentidos de Paula están dedicados a otra cosa. No deja de pensar en lo que ha pasado entre Diana y Mario. Y, por mucho que su amigo le haya advertido, sigue creyendo que lo mejor es hablar con ella. Quizá eso sirva para solucionar el problema, sea cual sea este. Al menos tiene que intentarlo. Cuando Diana se despierte, buscará el momento oportuno para tratar de aclarar la situación.

Una mariposa traviesa revolotea por delante de ella y la devuelve a la realidad. Se sienta en la hamaca, se quita los cascos y repara en que no está sola. Davinia y aquel chico tan alto y desgarbado descansan cerca de ella, tumbados en una toalla junto a la piscina. Bruno está sobre ella y le unta crema solar en la espalda con sus enormes manos. Hacen una pareja realmente extraña.

La prima de Alan no le es demasiado simpática. Su encuentro en Francia fue frío y poco agradable. Y el sentimiento parece mutuo. No debe de respetarla mucho, dadas las condiciones en las que se conocieron. Ella la vio bebida y fue la que ayudó al chico a llevarla a su habitación y quien la cambió de ropa. Paula se siente avergonzada cada vez que recuerda aquello. Aún no se explica cómo sucedió, pero el caso es que pasó y que, por culpa de su irresponsabilidad, luego se desencadenó el resto de los acontecimientos.

Bruno se da cuenta de que los está observando y la saluda con la mano y una sonrisa. Paula le devuelve el saludo y mira hacia otro lado, azorada e incómoda.

Por allí aparecen Miriam y Armando, caminando de la mano.

—Hola, Paula —dice la mayor de las Sugus al llegar—. ¿Qué haces?

—Descansaba un rato escuchando un poco de música.

—Se está bien aquí, ¿verdad? —interviene Armando, sonriente.

—Sí. Aunque yo no dejo de pensar en Diana y Mario. No me siento muy bien.

—Yo tampoco. Pero estoy segura de que hablarán y lo arreglarán —opina Miriam, que desconoce lo que su hermano y Paula han hablado antes.

—Eso espero.

La chica suspira, pero luego muestra la mejor de sus sonrisas. Sí, tal vez haya esperanzas y se solucione.

—Nosotros estamos buscando a Alan y a Cris. ¿Sabes algo de ellos?

—No. Hace rato que no los veo.

Es cierto. ¿Qué ha sido de esos dos? Cristina intentó hablar antes con ella, pero le dijo que la perdonara, que quería estar un rato a solas y tranquila, que necesitaba descansar. Y se fue a dar un paseo. Y del francés tampoco sabe nada.

—Los estábamos buscando por si querían jugar al tenis, un partido de dobles.

—Pues ni idea. Por aquí no han estado desde hace rato.

—Estaban juntos, cerca del lago —señala Davi, que ha escuchado la conversación—. Bruno y yo los hemos visto antes desde una de las ventanas de mi habitación.

La chica está sentada entre las piernas de él, que ha empezado a darle un masaje en los hombros.

—¡Ah! Gracias —responde Miriam sorprendida.

—Le estará tirando los tejos —continúa diciendo Davinia—, como a todas las que pasan por su lado.

Aquellas palabras le sientan mal a Paula, que la mira con desaire.

—Cris no es de ese tipo de chicas —le responde.

—A lo mejor tu amiga no es así, pero mi primo sí lo es. ¿O es que te creías la única?

—Yo no me creo nada, porque no soy nada para él.

Davinia sonríe y cierra los ojos. Los dedos de Bruno girando en círculo sobre sus omoplatos la relajan.

—Eres menos de lo que tú quisieras ser —sentencia, y se deja caer hacia delante, tumbándose bocabajo, apoyando la barbilla en la toalla y recogiendo los brazos sobre su cuerpo.

Paula no esperaba una contestación así. ¿A qué viene aquello? Va a replicar, cuando Miriam la coge de la mano y le sugiere que no lo haga.

—Es una tontería que te enfrentes con ella. No sabe de lo que habla.

—Tienes razón —dice calmándose.

—Alan siempre hace lo que quiere con las tías. Su único propósito es llevárselas a la cama y luego..., si te he visto, no me acuerdo. Nunca se ha enamorado de ninguna. Solo os utiliza para...

—¿Para...? —pregunta alguien, interrumpiéndola—. ¿Para que me den masajes?

Alan ha vuelto y Cris está con él. La Sugus de limón lleva una rosa roja adornando su pelo.

—Hola, primo. —La chica se sienta otra vez en la toalla y observa la flor que luce la recién llegada en su cabeza—. Ya veo que habéis estado en la habitación de las rosas. Muy romántico.

—Sí, lo es —admite él con una sonrisa—. Pero no cambies de tema. ¿Para qué decías que quiero yo a las chicas?

—Lo sabes muy bien.

—¿Ah, sí?

—Sí.

—¿Y tus padres? ¿Lo saben? ¿O no lo saben, como que estás aquí con el larguirucho disfrutando de un fin de semana amoroso?

Los ojos de todos se posan en Alan y, a continuación, rápidamente, en Bruno, que no se da por aludido hasta que el resto lo mira.

Sin embargo, Davinia sí ha captado el mensaje.

—Capullo —murmura entre dientes.

Se pone de pie y obliga al chico a que también se levante. Lo coge de la mano y regresa al interior de la casa.

Los cinco sonríen cuando ven la huida de la pareja.

—¿Os estaban molestando? —pregunta Alan, refiriéndose especialmente a Paula.

Pero esta no responde, ignorándole por completo. Va junto a su amiga y contempla de cerca la rosa roja que lleva en el pelo.

—¡Qué bonita! ¿De dónde la has sacado?

—De un sitio precioso, lleno de rosas de todos los colores.

Miriam también se aproxima hasta ella y aspira el aroma de la flor.

—¡Qué bien huele!

—Hay cientos de ellas. Rosas, rojas, amarillas... ¡Tendríais que verlas!

La chica está encantada. Por una vez es el centro de atención. La que ha vivido la experiencia antes que las demás. Normalmente, no suele pasar así. Siempre es la que acompaña, la que complementa, la que aporta la tranquilidad al grupo. Y son el resto de las Sugus quienes destacan.

Los ojos de Cris buscan a Armando, que la está mirando. Sonríe. Qué maravillosa sonrisa. Un escalofrío y nervios. Pero esa es la sonrisa de Miriam, es su novio. Así que aparta rápidamente su mirada de la de él y tropieza con los ojos de Alan. Este le guiña el ojo y también sonríe. No es lo mismo, pero le agrada.

Paula está al lado de su amiga, aunque de reojo se fija en Alan, que parece contento. Existe complicidad entre él y Cris, ¿no? ¿Habrá pasado algo entre ellos?

En ese instante, esa tarde de finales de junio, en otro lugar de la casa.

La habitación está oscura, con las persianas bajadas para que el plomizo calor no penetre en su interior. Mario continúa pensativo y no puede dormir. Paula y Cris le han cedido su dormitorio para que descanse. Pero él no es capaz de olvidar lo que ha pasado. ¿Cómo va a olvidar que ha roto con Diana y que puede que esta esté embarazada de quién sabe quién? ¿Puede? ¿A quién quiere engañar? Todos los síntomas son los esperables: las náuseas, los mareos, los vómitos, esa actitud extraña, los cambios de humor, los antojos... En realidad, antojos ha tenido siempre. Su novia, exnovia, es una chica caprichosa, con embarazo o sin él. Pero le da igual. Le gustaba. Le gusta. Que hayan cortado no significa que ya no sienta lo mismo que sentía. Pero

¿cuáles eran realmente sus sentimientos? ¿La quería? ¿La quiere?

Los párpados le pesan y cierra los ojos. Demasiada tensión. Vuelve a pensar que todo lo que está viviendo le viene antes de tiempo. No se cree preparado para afrontar problemas de esta índole, como los que ahora tiene. O que podría tener. ¡Un embarazo! ¡De su novia! ¡Y el padre es otro!

¿Cómo no va a agobiarse si solo es un adolescente de bachillerato?

Se imagina a Diana con una barriga enorme, inclinada hacia atrás y con las manos en las caderas. Ataviada con uno de esos vestidos tan anchos de premamá. Y luego un niño pequeño en sus brazos, llorando a todas horas porque quiere comer o que le cambien los pañales... No tiene ni idea de cambiar pañales. Ni de nada que tenga que ver con bebés. Solo sabe que su cabeza es, en proporción, mucho más grande que su cuerpo. ¡Pero si hasta ayer ni tan siquiera había experimentado cómo se hacían! Debe de ser el chico que, después de perder la virginidad, antes se ha enterado de que su novia está embarazada. Récord Guinness.

De todas formas, nada de eso va a pasar ya. Han roto. Se acabó. Ya no están juntos. Ella por su lado y él por el suyo. Además, no es el padre. ¿De quién será el niño? Seguro que de un tipo mucho más guapo y más maduro que él. Alguien de grandes pectorales y bíceps muy desarrollados. Rapado o con el pelo muy corto. Tatuado y con una moto de muchas cilindradas. Un malote que escucha rap o *hip hop* a todas horas. Un tío de esos que a las tías les dan morbo y que son igual de simples que de complicados de tratar. Pero que enamoran solo con la mirada. Justo todo lo contrario de lo que es él. Si lo normal es lo que ha ocurrido: que Diana cortara. Está claro que no es su tipo de chico.

Suspira y abre los ojos.

La echa de menos.

En ese instante, esa tarde de finales de junio, en otra habitación de la casa.

Escupe y se enjuaga la boca con agua fría. Lo repite en tres ocasiones. Cierra el grifo y se mira al espejo. El cloro de la piscina le ha irritado los ojos. Están rojos y llorosos. Tal vez no sea solo del cloro. Diana lo sabe.

Sale del cuarto de baño y se dirige hacia una estantería donde antes ha visto una pequeña radio antigua. No está segura de que funcione, pero por probar no pierde nada. Le apetece escuchar algo de música. Está cansada del silencio que irradia aquella zona de la casa. Solo ha dormido unos minutos, en los que una pesadilla se apropió de sus sueños. Mario estaba con ella, en una especie de balancín gigante, cada uno en un lado. Subiendo y bajando. Divertidos, alegres. Y de repente, él salió despedido por los aires y desapareció. Se asustó mucho y se puso a gritar pidiendo ayuda. Pero nadie venía en su auxilio. Trató de buscarlo sola por un bosque que surgió de la nada y en el que los árboles tenían rostro y susurraban palabras ininteligibles. Pero no lo encontraba. Recorrió amedrentada aquel siniestro bosque llamándolo a gritos. Hasta que a lo lejos, en un claro rodeado de flores de millones de colores, una señora vestida completamente de negro la avisó. Mario estaba tumbado a su lado. Diana acudió corriendo hasta allí lo más rápido que pudo. Pero cuando llegó, su chico había desaparecido. Tampoco veía a la señora de negro. Solo encontró un gran charco de sangre y restos de comida.

—No eres tú —le dijo alguien a su espalda.

Era Paula. O mejor dicho, la voz de Paula, pero con la cara y el cuerpo de otra persona.

Ese fue el final del sueño. Después le resultó imposible dormir.

Examina la pequeña radio, jugueteando con la antena. Es más vieja de lo que creía. Pulsa el botoncito con el que debería encenderse y... ¡funciona!, aunque de momento solo escucha un molesto zumbido. Intenta sintonizarla utilizando una ruedecita lateral, pero no se oye nada más. Le da la vuelta al aparato y descubre un botón pequeño que da a elegir entre AM y FM. Estaba accionada en la primera opción, por lo que cambia a la segunda. Y, sin que lo espere, comienza a sonar a todo volumen un tema de Russian Red. Diana da un brinco y busca el volumen. Es la ruedecita que está debajo del sintonizador. La hace rodar y ajusta el sonido.

—Maldito chisme —comenta mientras regresa a la cama y coloca la pequeña radio sobre la almohada.

Se tumba de costado y une las manos bajo la cara.

Su estado de ánimo está por los suelos. Ha obedecido a sus impulsos y ha cortado con Mario. Era lo mejor. La sombra de Paula es demasiado alargada. Quizá eso es lo que significaba su sueño. Ella siempre va a estar ahí y él nunca la podrá olvidar. Lo nota en sus ojos, en su mirada. En cómo le sonríe y en cómo le habla. Por mucho que quiera, nunca será como ella. Jamás podrá estar a su altura. Es inútil competir con la chica perfecta de la que tu novio lleva enamorado toda la vida.

Cierra los ojos y aprieta muy fuerte los párpados. Encoge las piernas y se refugia en sí misma. Al fin y al cabo, es lo único que le queda. Ella.

La radio cada vez se escucha menos y es que las pilas están gastadas. ¿Cuánto tiempo llevará ahí sin que se las cambien? Diana manipula la ruedecita, hacia delante y hacia atrás, pero no hay solución. Se apaga.

Resopla y se sienta de nuevo en el colchón. ¿Nada va a salir bien hoy?

En ese momento llaman a su dormitorio. Muy flojo. Un leve toque. ¿Será Mario? No. No cree que le apetezca verla.

Se levanta y camina despacio hacia la puerta. Coloca la oreja contra la madera y escucha. Quien sea el que ha venido se está marchando. Abre, lentamente, y se asoma por la rendija. Allí está ella, de espaldas, alejándose de la habitación. Paula, a la que todos admiran, a la que todos quieren, a la que todos idolatran. Seguro que ha ido a hablar con ella para explicarle que lo que le ha dicho a Mario son imaginaciones suyas. Que no hay nada entre ellos. Pero no la van a convencer de lo contrario. Por lo que a ella respecta, no tiene nada más que hablar.

Su relación con Mario, por mucho que lo ame, se ha terminado.

Capítulo 39

Esa tarde de finales de junio, en un lugar de la ciudad.

El silencio en la sala es absoluto. Pese a que la mayoría ya ha visto *Crepúsculo* varias veces, el cine está completamente lleno de adolescentes y no tan adolescentes. Sandra y Ángel miran la gran pantalla desde la penúltima fila. Juntos. A pesar de la cercanía, Ángel no ha podido evitar acordarse de Paula durante la película y compararla con Sandra. Su corazón comienza a estar dividido y no sabe con certeza hacia dónde ir.

Es muy curioso la de vueltas que da la vida. Hace tres meses tuvo aquel mismo conflicto emocional entre Katia y Paula, aunque entonces no había dudas. Él estaba con Paula y quería a Paula. Y cuando la cantante del pelo rosa desapareció, después de intentarlo todo, también lo hizo ella. Ahora ha sido al contrario. Él está con Sandra, con la que parecía que todo iba bien, y entonces, de la nada, por caprichos del destino, encuentra a Paula en un Starbucks, el lugar donde se vieron por primera vez. Un nuevo triángulo, nuevas dudas y nuevo conflicto emocional. Todo ello, sin haber hablado más que cinco minutos con su exnovia y sabiendo todo lo que sucedió en Francia.

¡Y la semana que viene tiene que entrevistar a Katia!

Sonríe. Es como *Regreso al futuro.*

—Me encanta esta escena —le comenta en voz baja Sandra, ajena a los pensamientos de su novio. Y acomoda su cabeza en su hombro.

El periodista no dice nada. La película no está mal, pero entre que Paula no deja de aparecerse en su cabeza y que siente que le está ocultando algo a Sandra, preferiría estar en otro lugar. Sin embargo, su novia está disfrutando muchísimo.

—¿Tú crees que Bella acabará finalmente con Edward? —insiste Sandra, sin alzar el tono de voz.

—¿Qué?

Ángel sí que ha hablado un poco más alto de lo permitido y enseguida le recriminan con un «shhh» desde la fila delantera. Una quinceañera que ha ido con su novio, con el que lleva toda la película intercambiando risitas y besos, es la que se ha girado indignada.

—Pero si vosotros no habéis parado de...

Otro «shhh» interrumpe las palabras del chico, en esta ocasión procedente de la fila de atrás. Ángel se encoge en su asiento y decide no hablar más. Se muerde los labios y suspira. Sandra sonríe y le da un beso en la mejilla para tranquilizarle.

—No les hagas caso. Son críos —susurra en su oído.

¿Críos? Tendrán uno o como mucho dos años menos que Paula.

La película continúa y los chicos de delante vuelven a liarse. Más risitas, más besos. Ángel está empezando a ponerse nervioso. El chaval introduce sin disimulo la mano dentro de la camiseta de ella y le acaricia la tripa. Y otra risa. El periodista trata de mirar hacia la pantalla, pero sus ojos se desvían ineludiblemente hacia las butacas de delante. ¿No tienen intención de parar? Pues no, porque repiten beso en la boca, este más largo y sonoro.

—¿Quieres que hagamos nosotros lo mismo? —le pregunta Sandra, que se ha dado cuenta de lo que está pasando.

—No —murmura Ángel—. Lo que quiero es que paren.

—Déjalos. No tendrán adónde ir y aprovechan la oscuridad del cine.

—Pues que no me digan nada a mí.

—Son críos.

—¡Son maleducados!

La voz de Ángel se escucha en toda la sala. Los que están a su alrededor miran hacia él y los que se sientan más lejos buscan al tipo que ha dado ese grito en plena tensión sexual entre Bella y Edward.

El periodista se muere de vergüenza y se entierra en su asiento.

—Este se cree que está en el salón de su casa —dice la chica de delante a su novio, con el tono de voz más elevado, aprovechando el momento de murmullo en el cine.

—Ya ves —le responde el chico, y vuelve a acariciarle la tripa.

Sandra no puede evitar una carcajada cuando oye a la pareja.

Entonces Ángel no lo resiste más. Hasta su propia novia se burla de él. Se pone de pie y, sin despedirse de ella, atraviesa la penúltima fila hasta el pasillo central, ante la protesta de la gente que se queja molesta.

Ha perdido los nervios. Está fuera de sí. Como aquella fastuosa noche de abril en un hotel de Disneyland París.

Una noche de abril, en un lugar de París.

El taxi se detiene en pleno centro de París. Ángel paga y se baja del coche. Le duele bastante la mano con la que hace un rato ha golpeado a aquel tipo. Pero no es lo que más le duele. Hay una parte de él completamente rota.

Pasea bajo las farolas, con las manos en los bolsillos, dentro de la noche parisina. Hace frío y no hay demasiada gente por la calle. Siente tristeza, abatimiento, vergüenza y decepción. Se arrepiente de lo que ha hecho. Perdió el control de sí mismo por primera vez en su vida. Porque por mucho que Alan (cree recordar que se llama así) le estuviera provocando, no hay excusa posible que justifique sus actos. Nunca antes le había pegado a alguien.

Un mendigo le pide una limosna y camina junto a él varios pasos, hablándole en francés. Apenas puede entenderlo. El indigente se cansa de seguirle y se va a por un señor mayor con bastón, que le da un par de monedas de diez céntimos para que lo deje tranquilo.

Definitivamente, ir hasta allí ha resultado ser una mala idea.

Sus tripas rugen. Tiene hambre. Son muchas horas sin comer nada consistente. Mira a su alrededor y en la esquina de enfrente divisa una tasca llamada *La Maison Rouge*. Su aspecto no es demasiado bueno, pero seguro que es barato y necesita cenar algo cuanto antes. Cruza la calle y entra.

Es un antro algo más grande de lo que esperaba, con poca luz y con el suelo lleno de papeles. Prácticamente está vacío. Solo ve a un hombre cuarentón con bigote que conversa con una señora regordeta. Están sentados en la barra y comen unos palitos rebozados, posiblemente de queso. La pareja observa despectivamente a Ángel cuando pasa por su lado y guarda silencio. Un intruso al que nunca han visto. El chico no les hace caso y se acomoda en un taburete al final del local. No es muy cómodo, pero sí es mejor que estar de pie. Examina el menú de comidas y bebidas y espera a que le atiendan. Por una puerta lateral aparece un camarero jovencito, como mucho de dieciocho años, que le da la bienvenida y le pregunta lo que va a tomar.

—*Je veux une omelette et un Coca-Cola* —responde Ángel, tratando de pronunciar lo mejor posible.

El chico le entiende y da un grito anunciando el pedido. Desde la habitación de la que salió antes, le responden con otro grito dando el visto bueno. A continuación, el muchacho saca de una nevera una botella de cristal de Coca-Cola y la sirve en un vaso de tubo con tres hielos y limón.

—*Merci beaucoup* —dice el periodista, que enseguida toma un trago.

El frío del vaso alivia el dolor de su mano derecha, que cada vez está más hinchada. El camarero se da cuenta y arquea las cejas.

—*Un combat?*

Ángel no entiende lo que dice y niega con la cabeza para dárselo a entender. El muchacho le señala la mano morada y hace un gesto como si le diera un puñetazo a alguien. El periodista sonríe y asiente.

Aquel chico debe de estar acostumbrado a que por su garito pase gente que se haya metido en peleas, porque se lo toma con mucha tranquilidad. Se acerca hasta la nevera y saca una bolsa de hielo. La golpea dos veces contra el fregadero para partirlo y coge un trozo grande que envuelve en un paño.

—*Tiens, c'est bon pour ta main.*

—*Merci.*

Ángel sonríe. Toma el trapo y se lo coloca sobre su mano derecha. Mientras el frío del hielo traspasa poco a poco la tela, percibe como el señor con bigote y la mujer regordeta lo observan desde la otra punta de la barra. Seguramente estén hablando de él. Sin embargo, no le da importancia. Ahora tiene cosas más importantes en las que pensar.

Cada minuto que pasa está más arrepentido de lo que ha hecho. Pero es cierto que, aunque no haya sucedido nada entre Paula y aquel chico, le ha molestado que cenaran juntos y que entre ellos hubiera tanta confianza en tan poco tiempo. No es justo que él estuviera sufriendo en casa y su novia, exnovia o lo que fuera, disfrutara con otro. ¿Era eso lo que le quería? ¿Tan rápido desaparecen los sentimientos? Creía que Paula no era así. Pero, a pesar de todo, la quiere. Sigue enamorado de ella. Y necesita pedirle disculpas. Sí, eso es lo que debe hacer: pedir perdón.

Saca su teléfono del bolsillo de la chaqueta y la llama. Ángel espera ansioso a que responda, pero solo escucha silencio. Parece que no hay cobertura. Se pone de pie y camina por el interior de la tasca, buscando un lugar donde su móvil funcione. Es inútil. Y así se lo indica el camarero desde detrás de la barra, moviendo negativamente el dedo y la cabeza. La pareja observa al extranjero y protesta en voz baja.

Desesperado, el periodista regresa a su taburete. Sin embargo, antes de sentarse descubre un teléfono de pago colgado en la pared junto a la puerta del cuarto de baño.

—¿Puedo usarlo? —le pregunta en castellano al muchacho, señalando el aparato—. *Ça marche?*

El chico responde afirmativamente y hace un gesto para que lo utilice si quiere. Ángel le da las gracias en francés nuevamente y se dirige al teléfono. Introduce un euro y marca el número del móvil de Paula. Unos segundos de silencio y suena el primer *bip*. Y el segundo, el tercero... Y dos más. Y entonces, por fin, responden. Es su voz:

Hola, soy Paula, pero ahora mismo no te puedo coger el móvil. Si quieres, déjame un mensaje y en cuanto pueda te llamaré. Muchas gracias.

Y suena la señal.

Ángel escucha el pitido y se queda en blanco unos instantes. Duda si decir algo o no. Charlar con un contestador automático no le agrada demasiado. Pero, sin saber muy bien por qué, comienza a hablar.

—Hola, Paula. Soy yo..., Ángel. Estoy en París..., en una tasca. No es un sitio demasiado bonito. He venido a cenar..., bueno, seguro que no te interesa esto. —Hace una pausa de varios segundos en la que suspira y piensa lo que va a decir. Luego continúa—: Perdona. Antes me he comportado como un salvaje. Nunca le había puesto la mano encima a nadie... y estoy muy arrepentido por lo que he hecho. Espero que ese chico esté bien y que no le haya roto nada... Soy un completo estúpido y tienes razones para estar enfadada conmigo.

El joven camarero le hace un gesto desde la barra para indicarle que ya está preparada la tortilla y pone el plato en el lugar en el que el periodista estaba sentado. Ángel lo ve y alza el dedo pulgar de su mano izquierda. Sigue hablando:

—Estos días sin ti han sido los peores de mi vida. Sé que te quiero. Y que te necesito a mi lado. Y no sé si alguna vez podrás perdonar lo que he hecho. Siento que me hayas visto perdiendo los nervios de esa manera. Todo se me ha acumulado en un instante. Los días solo, el viaje, lo que pasó en tu cumpleaños... y ahora lo de Alan. Es muy difícil explicar cómo me siento... Espero que cuando lleguemos a España... —Entonces Ángel piensa algo—. ¿En qué avión te vas, por cierto? Yo en el de las once. El caso es que quiero hablar contigo en persona y...

Suena otro pitido y una voz que indica que el tiempo del mensaje ha finalizado.

—... aclararlo todo —concluye Ángel, que cuelga el auricular y resopla resignado.

Pensativo, se dirige de nuevo al taburete donde el humo de la tortilla caliente asciende hacia el techo del local. La pareja extraña ya no está. Sí sigue allí el camarero jovencito, que lo recibe con una sonrisa. Ángel le corresponde con otra, a pesar de que no tiene ganas de reír. Le duele la mano, aunque el hielo le está aliviando bastante. Sin embargo, en el pecho sufre un dolor intenso, que no se quita, y que el paso del tiempo solo hará que se intensifique.

Capítulo 40

Una tarde de finales de junio, en un lugar apartado de la ciudad.

La tarde avanza y las sombras se extienden. Ya no hace tanto calor, incluso la suave brisa que sopla es agradablemente fresca.

Alan, Cris, Miriam y Armando se dirigen a las pistas de tenis. El francés le ha tomado prestada la raqueta a su prima, que no ha tenido más remedio que cedérsela. También ha cogido las de sus tíos. Él lleva la suya, una magnífica Head con la empuñadora tricolor, en homenaje a su país.

—¿Vosotras sabéis jugar? —pregunta Alan a las chicas mientras entran en la pista 1, donde está dando menos el sol.

—Yo di clases de pequeña —responde Cris tímida.

—Y yo, pero solo tres meses. Y hace dos años o así que no juego —añade Miriam.

—Bueno, entonces sí que más o menos sabéis de qué va esto. A ti sí se te da bien, ¿verdad? —intuye Alan, dirigiéndose a Armando.

—¡Es buenísimo! —exclama la mayor de las Sugus, agarrando del brazo a su novio—. Siempre gana el torneo del instituto.

El señalado no dice nada. Simplemente sonríe y saca la raqueta de su funda. Examina el cordaje y la gira varias veces sobre la empuñadura.

—Sí, parece muy bueno —dice Alan mientras abre los botes con las pelotas—. ¿Con doce nos vale?

Armando da el visto bueno y estira. El francés lo observa y sonríe. Va a ser divertido.

Los cuatro terminan de prepararse. Cris y Miriam se colocan cada una en un lugar de la pista.

—¡Hey! ¿Qué haces? —le pregunta Miriam a Alan, que se ha ido a su lado de la cancha.

—¿No quieres ir conmigo?

—Bueno, yo...

—¡Venga! Aprovecha para darle una buena paliza a tu novio. Así luego podrás restregárselo.

—¿Qué dices? Él es muy bueno. Nos ganarán seguro.

—Trataremos entonces de que sea por la menor diferencia posible.

La chica resopla y acepta finalmente ser la pareja del francés. Armando termina de estirar y camina hacia el otro lado de la pista, junto a Cristina.

—Parece que me toca contigo —comenta sonriente.

—Sí.

Cris esboza también una gran sonrisa y siente un cosquilleo por dentro. ¡Va a ser la pareja de Armando! ¡Genial! Alan la mira y le guiña un ojo. Lo ha hecho a propósito para que estén juntos.

—¿Peloteamos un poco? —grita Alan, que coge una pelota del suelo, elevándola con el exterior del pie derecho, y se guarda dos más en los bolsillos de su pantalón corto.

—¡Dale! —exclama Armando.

El chico suelta la bola y tras un bote la golpea flojito hacia el otro lado de la pista. Cris la devuelve hacia donde está Miriam, que también consigue pasar la red. Armando da un paso hacia delante y con una elegante derecha dirige la bola a la zona que cubre Alan. Este sonríe y vuelve a golpearla.

El peloteo dura cinco minutos, en el que todos tocan la pelota entre risas y declaraciones de intenciones.

—¿Apostamos algo? —pregunta Miriam, que es la que peor juega de los cuatro.

—Vale. ¿Qué queréis apostar? —dice Armando desafiante.

—Esta noche haremos una barbacoa para cenar —indica Alan—. La pareja que pierda se encarga de prepararla. ¿Qué os parece?

—Perfecto —responde Armando mientras golpea la raqueta contra el talón de sus zapatillas—. ¿Sacáis vosotros?

—No. ¡Empezad vosotros! —grita el francés, y pasa las pelotas al lado contrario.

Cris mira a los ojos a Armando. Se lo ha tomado realmente en serio. Mientras, Alan no deja de sonreír y le da algunas indicaciones a Miriam. La chica le hace caso y se coloca a la derecha.

—¿Te importa que saque yo primero? —le pregunta Armando a su pareja de juego.

—Claro, saca tú —responde Cristina.

—Bien. Vamos a darles una buena paliza.

—¡Por supuesto!

—Cuando yo saque, tú ponte en la red. Y espera a que te llegue la bola. No hace falta que te cruces.

—Vale.

—A por ellos.

Y con el marco de su raqueta golpea la de ella y le sonríe. Después aprieta con fuerza la empuñadura y, correteando, se dirige hacia la posición de saque.

La primera en restar es Miriam.

—¡Vamos, pequeño! ¡Haz un buen saque! ¡No te tengo miedo! —grita bromeando.

Pero su novio no va a hacer concesiones. Lanza la pelota hacia arriba y la golpea con mucho efecto, colocándola en la línea del cuadro derecho, lejos del alcance de Miriam.

—¡Hey! ¡No tires tan fuerte! —protesta la chica.

—Pero si no he tirado fuerte —replica él sonriendo.

—¡Capullo!

—¡Lo siento! —grita el chico—. Quince, nada.

Cris sonríe y vitorea a su pareja de juego.

Es el turno al resto de Alan, que se prepara inclinándose y sujetando la raqueta con las dos manos. Armando, esta vez, opta por un saque más potente, que entra por el centro del cuadro izquierdo. El francés la rechaza hacia arriba, en un globo defensivo. La pelota se eleva sobre la cabeza de Cris, que solo tiene que golpearla con un *smash* para conseguir el punto.

—¡Muy bien! —grita Armando, que se acerca hasta ella y le da una palmadita en la espalda, cerca del pantalón.

La chica se sonroja y, muy contenta, se coloca otra vez en su posición junto a la red.

Nuevo saque sobre Miriam, que esta vez sí toca la bola pero la estrella en la red.

—¡Cuarenta a cero! —señala Armando, preparándose para sacar una vez más sobre Alan.

Bota la pelota tres veces. Mira hacia su contrincante, eleva la bola y la golpea con fuerza. El francés la devuelve con dificultad. Se le queda muy corto el resto, tan corto que Cristina solo tiene que poner la raqueta y volear para lograr el punto y el juego.

—¡Genial, Cris! ¡Muy buena volea! —exclama Armando, corriendo hasta ella. Y vuelve a felicitarla con otra palmadita.

—Era fácil —reconoce la chica, nerviosa.

—Lo estás haciendo muy bien. Ya hemos ganado el primer juego —continúa diciendo Armando mientras caminan hacia la otra parte de la pista para el cambio de lado.

En la red se cruzan con Alan y con Miriam. La mayor de las Sugus está molesta y ni siquiera los mira. Sabía que iban a perder. No es justo. Ella es la novia de Armando y quien debería ser su pareja de juego. Sin embargo, el francés sigue sonriente. Le toca sacar a él.

—Colócate aquí detrás, Miriam —le dice a la chica, que se había marchado hacia la red.

Esta obedece de mala gana y protesta en voz baja.

Alan examina, una por una, las tres bolas que ha cogido para sacar. Se decide por una, se guarda otra en el bolsillo y lanza la tercera hacia atrás. Bota la bola elegida varias veces. Armando está esperando al otro lado. Ha decidido restar él en primer lugar.

—¿Estás listo? —le pregunta.

—¡Claro! ¡Saca!

El chico sonríe. Se concentra y mira fijamente a su contrario. Eleva la bola sobre la cabeza y la golpea con terrible violencia con su Head. La pelota pasa la red como un rayo y bota descontrolada en el cuadro derecho del otro lado de la pista. Armando ni la ve. Y las chicas tampoco. Los tres quedan estupefactos y boquiabiertos ante el potentísimo saque del francés.

—Ha entrado, ¿verdad?

Pero nadie puede responderle porque, por la velocidad a la que iba la bola, ninguno ha visto dónde ha botado.

—¡Dios! —exclama Miriam—. ¿Cómo has hecho eso?

Alan se encoge de hombros y va en busca de otra pelota con la que hacer un nuevo saque. Sonríe. Quizá les tendría que haber dicho que fue campeón cadete y juvenil de Francia, y que solo su pereza le ha impedido ser tenista profesional.

Capítulo 41

Esa tarde de finales de junio, en un lugar apartado de la ciudad.

No quiere hacer ruido. Paula abre la puerta con mucho sigilo y entra muy despacio en la habitación. Las persianas están bajadas. La visibilidad es escasa en el interior del dormitorio, donde no se oye nada. Mario descansa tumbado en la cama, parece que duerme. Está bocabajo, con las piernas y los brazos estirados. Debía de estar exhausto y se quedó dormido. Ella sabe muy bien lo que se sufre cuando suceden cosas así. El cuerpo y, sobre todo, la mente se van saturando, y terminas agotado.

La chica sonríe al verlo en esa postura tan peculiar. Sin embargo, al mismo tiempo, siente tristeza. Le apena que él y Diana hayan roto. Aunque entre las Sugus bromearon con la idea de emparejarlos antes de que comenzaran a salir, jamás hubiera apostado por que surgiera aquella relación. En cambio, pese a las dudas de todos de que aquello prosperase, le agradaba ver a dos de sus mejores amigos juntos y aparentemente felices. Aunque resultaba extraño que dos personas tan diferentes se enamoraran la una de la otra, esa misma circunstancia hacía que Diana y Mario, juntos, despertaran cierto encanto y, por supuesto, mucha curiosidad.

Pero se había terminado. Así lo había querido Diana.

Antes fue a la habitación de su amiga, pero esta no le abrió. Estaría dormida y tampoco era cuestión de molestarla más. Lo debe de estar pasando mal. Una ruptura es siempre muy dolorosa para quien es rechazado, pero también para quien rompe. Experimenta un dolor doble, porque sufre por sí misma y por la otra persona. Entonces, en tu cuerpo se produce una invasión de sentimientos de culpabilidad insoportable. Diana seguro que estaría pasando por eso. Es una chica de impulsos, que en ocasiones hasta da la impresión de que no le afecta lo que pasa a su alrededor. Pero los que la conocen saben que no es así. Y desde hace un tiempo, todavía menos. Siente mucho las cosas y le afectan de verdad. No es tan dura como parece.

Paula se ha quitado las zapatillas y anda de puntillas hacia la silla en la que dejó su mochila. Necesita ducharse y cambiarse de ropa. Pronto llegará el resto de jugar al tenis y quiere estar preparada para la cena. Coge una camiseta rosa de tirantes, un bikini naranja y unos *shorts* blancos. Casi no ve, por lo que maniobra con cuidado para no tropezar con nada. Tampoco cierra la mochila para no hacer más ruido con la cremallera y camina hasta el cuarto de baño.

—¿Te vas a duchar?

La chica se vuelve y en la penumbra observa la figura de Mario, que permanece tumbado aunque ahora está bocarriba.

—¡Vaya! Te he despertado.

—No pasa nada.

—Lo siento. Quería darme una ducha antes de cenar.

El chico estira un brazo y enciende la lamparita que hay en la mesilla que tiene al lado de la cama. La luz lo ciega un poco. Entreabriendo los ojos y apoyándose sobre un costado, observa a su amiga. Está bastante más morena que esta mañana. El sol que le ha dado hoy ha bronceado su piel y contrasta con su pelo teñido de rubio.

—No te preocupes. Estaba despierto desde antes de que entraras —miente.

—¿Sí? ¡Pues podías haberlo dicho y habría encendido antes la luz! Con esta oscuridad casi me caigo.

—Perdona.

La chica va hacia la cama y se sienta en ella.

—¿Cómo te encuentras?

—No lo sé... Me siento raro. Es como si nada hubiera pasado de verdad.

—Estás como en una nube, ¿verdad?

—Sí. Algo así.

—Es normal. Sucede siempre que ocurre alguna cosa de este tipo. Tienes la sensación de que ha sido un sueño, de que no ha podido pasar. Pero cuando piensas en ello, te das cuenta de que sí ha pasado y todo resulta muy extraño.

—Sí. Todo es muy extraño.

Mario mira hacia abajo cuando habla. Paula lo observa y ve la tristeza de sus ojos. Es duro enfrentarse a un momento como ese. Ella lo comprende perfectamente. No hace mucho que ha pasado por circunstancias parecidas.

—Antes fui a hablar con ella.

—¿Sí? No deberías haber...

—Tranquilo. No me abrió la puerta de la habitación —le interrumpe—. Estaba dormida. Eso o pasó de mí.

—Creo que más lo segundo.

—De todas formas, no se va a pasar toda la vida encerrada en esa habitación. Cuando salga, trataré de hablar con ella.

—¿Para qué? Es inútil que lo hagas. Si piensa que la que me gusta eres tú y no ella, no vas a convencerla de lo contrario.

—Ya. Pero si el problema no es ese y solo es una excusa para tapar otro..., quizá pueda arreglarse lo vuestro.

El chico resopla y se sienta en la cama junto a su amiga.

—Casi prefiero que no sea otro el problema —responde con una mano en la barbilla—. O por lo menos no ese del que antes hablamos.

Paula se queda pensativa. Tiene razón. Lo peor sería que Diana estuviese embarazada y haya decidido romper con Mario por eso.

—Bueno. Sea lo que sea, quiero hablar con ella. Y tú no deberías rendirte tan pronto.

—No es rendirse. Es resignarse.

—Me da igual cómo lo llames. ¡Si la quieres, tienes que luchar por ella!

—Y si viene con un niño bajo el brazo..., bajo la tripa..., donde sea, ¿qué hago? No estoy preparado para... nada de eso. Además, ¿qué pinto yo si encima no soy ni el padre?

—Claro que pintas. Si Diana está embarazada, necesitará todo nuestro apoyo. Aunque ahora esté arisca y demasiado susceptible.

—Es difícil ayudar a alguien que no quiere ayuda.

La chica le pone una mano en la rodilla, casi sin querer. Cariñosamente.

—Tenemos que estar a su lado. Ella nos va a necesitar. Y tú eres una de las personas más importantes de su vida. Te quiere mucho. Estéis o no estéis juntos. Lo comprendes, ¿verdad? —señala sonriente.

Mario asiente con la cabeza y también sonríe.

En ese instante la puerta de la habitación se abre. Los dos miran sorprendidos hacia la entrada del dormitorio, donde contemplan como Diana asoma la cabeza.

—Hola... —saluda confusa la chica, que también se ha llevado un gran sobresalto al ver a Paula y a Mario juntos, tan cerca, en el cuarto de ella, sentados en la cama—. Venía a decirte... a deciros... que me voy a casa. Para que no os preocupéis por mí. Aunque ya veo que no me echáis mucho de menos.

—Espera un momento. No te vayas —le indica Paula, que aparta instintivamente la mano de la rodilla del chico.

—Pasadlo bien. Adiós.

Y, sin dar más explicaciones, cierra con fuerza la puerta.

Tanto uno como otro tardan un instante en reaccionar, pero es Paula la primera que se levanta de la cama e incita al chico a que salga tras ella. Mario se incorpora, abre la puerta y corre en su búsqueda. La chica lo sigue de cerca.

A toda velocidad, los tres bajan la escalera. Y en el último peldaño, Mario agarra del brazo a Diana y le impide que continúe su carrera.

—¡Suéltame! —grita ella—. ¡Tú y yo hemos terminado!

—Lo sé. Pero...

—Diana..., por favor..., no te vayas... —le pide Paula, jadeante por el esfuerzo—. Tenemos que hablar.

La chica se libra de Mario y avanza con paso ligero hacia la salida de la casa.

—No tengo nada que hablar con vosotros. Está claro que Mario te quiere a ti y que a mí solo me tiene de adorno.

—Eso no es verdad. Claro que te quiere. Díselo tú, Mario.

Las dos chicas se detienen y lo miran al mismo tiempo.

—Tiene razón. La que me gusta eres tú —contesta, centrándose en Diana, después de tragar saliva.

—No te creo.

—¿Y qué tengo que hacer para que lo hagas?

—Nada. No hace falta que hagas nada.

La chica vuelve a caminar hacia la puerta.

—Venga, Diana. No seas así. Él quiere estar contigo. Conmigo no hay nada. Solo somos amigos.

—No insistáis. ¿Es que no has visto cómo te mira o cómo te sonríe?

—Como amigos... —insiste Paula.

—Tal vez. Tú a él quizá sí lo miras solo como a un amigo, pero él a ti no. Él te quiere. Y yo nunca podré ser como tú.

—No tienes que ser como yo. Cada una tiene sus cosas buenas y malas. Tú eres tú. Y eres genial.

—Pero él te prefiere a ti. Lo veo en sus ojos cada día.

Diana sigue firme en sus ideas y Mario y Paula, que caminan detrás de ella, empiezan a sentirse impotentes. No hay forma de que cambie de opinión.

Llegan a la puerta de la casa. La chica no quiere escuchar más mentiras, solo que la dejen tranquila. Pero cuando coge el pomo de la puerta para abrirla y marcharse lejos de allí, algo sucede: la vista se le nubla y los párpados se le cierran de golpe. Las piernas no le responden y se doblan. Las rodillas se clavan en el suelo y los brazos pierden toda su fuerza.

—¡Diana! ¿Qué te pasa? —grita Paula, que sujeta a su amiga de la cintura.

Mario ha conseguido agarrarla por los hombros y evitar que su cara impacte con el suelo.

—¡Diana! ¿Me oyes? —pregunta el chico asustado, acercando su rostro al de ella—. ¿Me estás escuchando?

—¡Diana, responde! ¡Por favor!

—¡Vamos, dinos algo!

Pero la chica no contesta. Sus ojos permanecen cerrados. Y su respiración es débil. Segundos agónicos en los que la chica yace inconsciente en el suelo de la casa.

—¡Tenemos que llamar a un médico! —exclama Paula, que busca el pulso de su amiga, primero en el pecho y luego en su muñeca.

Y en ese momento, como por arte de magia, los ojos de Diana se abren de nuevo. No sabe muy bien dónde está ni qué ha sucedido. Pero ha escuchado lo último que ha dicho su amiga.

—No... No hace falta —señala en voz baja—. No quiero... ir al médico.

—¡Diana! ¡Te has despertado! ¡Menos mal! —le dice Paula abrazándola.

—Claro..., pero no... voy a ir... al médico —insiste tartamudeando.

—Tienes que ir. Te has desvanecido. Has estado unos segundos inconsciente.

La chica sonríe y mira a los ojos a Mario.

—Te quiero —suelta de repente—. Pero no sé..., no..., no puede ser.

A Paula se le escapan las lágrimas y al chico, aquellas palabras le provocan un nudo en la garganta.

—Debes ir al médico. Llevas todo el día con mareos y vomitando —indica Mario sobreponiéndose, y la ayuda a sentarse en el suelo. Él y Paula hacen lo mismo.

—Estoy bien.

—No digas que estás bien porque no es cierto. Acabas de quedarte unos segundos inconsciente —replica su amiga.

—Pero... ya me he... recuperado.

—¡No es verdad! ¡Tienes que ir al médico!

—No voy a ir al médico.

Los tres se quedan un rato sentados en el suelo. Mirándose, casi sin hablar. Paula y Mario están pendientes de Diana, que poco a poco se va recuperando.

—¿Cuál es el hospital más cercano? —le pregunta Paula a su amigo.

—No lo sé.

Diana chasquea la lengua y, apoyando las manos en el

suelo y en la pared, trata de ponerse de pie. Con dificultades y vigilada por sus amigos, que también se han levantado, lo consigue.

—¿Veis? Ya estoy perfectamente. Ni hospitales, ni médicos. Quiero algo de beber.

—Eres una cabezota —protesta Paula, que la sostiene de un brazo para asegurar que no se vuelva a caer.

—Y tú una robanovios. Y no hace falta que me agarres.

—Ya estamos otra vez con eso. No sé como este chico te aguanta.

—Y yo no sé como pudo estar enamorado tanto tiempo de ti.

—Porque tiene buen gusto. Aunque hace mes y medio que lo perdió.

—Qué capulla.

—Capulla tú.

Silencio.

Las dos amigas se miran y ríen. Luego se abrazan.

Mario las observa incrédulo. No comprende nada.

—Por cierto, ¿dónde están los demás?

—Han ido a jugar al tenis —responde Paula, que ya la ha soltado para que camine sola—. Pero no cambies de tema. ¿Qué es lo que te pasa?

Los tres llegan al enorme salón de la planta baja de la casa y se sientan en un sofá negro de piel, Mario y Diana en cada uno de los extremos y Paula en el centro.

—Estoy bien. No seas pesada.

—No es cierto. ¿A qué vienen esos vómitos y esos mareos? ¿No estarás...?

Mario, que lleva un rato sin decir nada, se queda boquiabierto. No imaginaba que su amiga le soltara aquello de esa manera y en ese momento. Diana, por el contrario, mira a Paula extrañada.

—¿Que no estaré qué?

—Vómitos, náuseas, mareos, cambios de humor...

Diana abre mucho los ojos cuando comprende a lo que se refiere.

—¿Piensas que estoy preñada?

—¿No es así?

—¿Y tú también lo crees? —le pregunta a Mario, inclinándose y asomando la cabeza por delante de Paula.

—Yo solo sé que me has dejado y ese podría ser el motivo.

La chica se lleva las manos a la cabeza y se toca el pelo nerviosa. Luego respira hondo, mira a su amiga y le sonríe.

—No estoy embarazada. —Luego cambia la expresión de su cara, se pone muy seria y le habla a Mario—. Y no, no te he dejado por eso. Si estuviera embarazada, evidentemente tú no serías el padre. Y te lo hubiera contado.

—¿Estás segura entonces de que no lo estás? Tienes todos los...

—Segurísima, Paula. No estoy embarazada.

—Menos mal —dice la chica, algo más aliviada.

Sin embargo, Paula continúa preocupada. Porque si no está embarazada, ¿qué es lo que le pasa a Diana?

Capítulo 42

Ese día de finales de junio, en un lugar alejado de la ciudad.

—¡Qué tío más pesado!

Irene deja el teléfono sobre la mesa, camina hacia el otro lado del salón y se sienta al lado de su hermanastro.

—¿Qué quería? —le pregunta Álex, que no deja de mirar la pantalla de su portátil y apenas ha prestado atención a lo que la chica hablaba por el móvil.

—Una entrevista contigo. Y cenar conmigo esta noche.

—¿Y qué le has contestado?

—Pues que sí a la entrevista. Es para un blog de literatura, bastante curioso y con un buen número de seguidores. Te mandará las preguntas por correo electrónico.

—¿Y a la cena?

—Que no. Es la tercera vez que me lo pide y la tercera vez que le doy calabazas. Pero no se cansa.

El escritor sonríe y abre su página de Facebook. Cuatro peticiones nuevas de amigos. Entra en sus perfiles y va aceptando uno por uno.

—¿Y por qué no te has ido a cenar con él? ¿No te gusta?

—¡Tiene diecisiete años!

—¿Muy joven?

La chica lo mira ladeando la cabeza con una mueca de fastidio.

—No te voy a preguntar si tú saldrías con alguien de diecisiete años porque es obvia la respuesta.

—Eso es agua pasada —contesta él, sin demasiada emoción—. Pero sí, ¿por qué no? La edad es lo de menos.

—No es lo de menos cuando tienen menos de dieciocho años.

—Eres muy radical. Mira en *Tras la pared*: Julián tiene veinticinco y Nadia solo catorce.

—Eso es solo una novela.

—Una novela que te ha gustado y de la que me has dicho varias veces que parece muy real.

—Pero no es lo mismo.

—¿No es lo mismo? Y ese tío con el que te has ido a comer hoy..., el casado, ¿qué edad tenía?

—¡Ay, déjame tranquila! —exclama Irene, dándole con el codo—. Y sigue respondiendo comentarios, que necesitamos muchos fans que compren el libro.

Álex vuelve a sonreír. Cierra el Facebook y entra en uno de sus Tuentis. Dos mensajes privados, dos comentarios y tres peticiones de amistad, que acepta.

Accede primero a los privados. Uno es de Susana («Me encanta tu libro. Estoy deseando que salga a la venta. Enhorabuena») y otro de Ana («Es genial lo bien que escribes. Cuando compre tu libro, quiero que me lo firmes»). Los responde rápidamente y luego lee los comentarios de su tablón. Elena le ha escrito para felicitarlo y Marta para preguntarle cuándo sale a la venta. También contesta. ¿Cómo no lo iba a hacer? Esas chicas están dedicándole parte de su tiempo y comprarán *Tras la pared* en cuanto esté en las librerías. Es lo menos que puede hacer por ellas.

Fue una buena idea la de colgar los capítulos en Internet. Gracias a eso, ahora hay decenas de seguidores que están deseando que *Tras la pared* salga a la venta. Además, el final nada más que se conocerá en papel. Es un secreto que solo comparten la editorial, Irene y él.

—Entonces, esta noche, ¿qué haces? ¿Te quedas en casa? —pregunta Álex mientras cierra ese Tuenti y abre otro.

La chica lo mira de reojo y sonríe pícara.

—¿Es que te quieres quedar a solas con Katia?

El escritor piensa bien lo que va a decir. Lo cierto es que no le importaría cenar con la cantante esa noche a solas. Se siente muy a gusto a su lado. Aunque tendrían que ir a por algo de comida o volver a comer macarrones.

—No. Es solo una pregunta para saber lo que vas a hacer.

—Ya —dice ella estirándose—. ¿Y si nos vamos los tres a cenar por ahí?

—No me apetece salir. Prefiero cenar aquí, ver una peli y estar tranquilo. Además, no sé qué va a hacer ella.

Irene resopla.

—¡Qué planazo! ¡Venga, hombre, que es sábado noche!

—¿Y qué?

—A ti, eso de la fiebre del *saturday night,* como que...

En ese instante, Katia aparece en el salón. No le apetecía volver a la ciudad después de comer y, como estaba cansada, Álex le dijo que se echara un rato en su cama. La cantante aceptó y se quedó dormida.

—Buenos días —dice sonriente. Sus ojos todavía están medio cerrados.

—Buenos días a la hora de cenar —responde Irene.

—¿Has dormido bien? —pregunta Álex.

—Sí, genial. Tienes una cama muy cómoda.

Irene arquea una ceja, tose y le da un golpecito con la rodilla a su hermanastro disimuladamente. La cantante del pelo rosa se sienta en una silla enfrente de ellos, que se han dado cuenta de algo y la miran fijamente.

—¿Esa camiseta no es...? —pregunta Irene, sorprendida.

Katia mira hacia abajo, observa lo que lleva puesto y sonríe.

—¡Ah, sí! Perdona por no haberte pedido permiso, Álex. Te la he cogido prestada para dormir. No te importa, ¿verdad?

—Claro que no. No te preocupes —responde el chico.

—Es que no quería arrugar la que llevaba puesta. Como no he traído nada más...

—Si quieres, yo te dejo alguna mía —le dice Irene, que continúa sorprendida. Para ella, que una chica se ponga la camiseta de un chico significa algo.

—Muchas gracias, pero me voy a ir a casa ya. Se ha hecho muy tarde.

Irene mira a su hermanastro y percibe su decepción. Lo conoce bien.

—¿Por qué no te quedas a cenar? O mejor, ¿por qué no nos vamos a cenar los tres por ahí? —sugiere la chica.

—Yo...

—Es lo que antes estábamos comentando. Que hace buena noche para ir a cenar los tres juntos y olvidarnos un poco de todo. Podríamos reservar una mesita en algún sitio tranquilo. ¿Qué te parece?

Álex abre mucho los ojos tras las palabras de su hermanastra.

—Pues no es mala idea. No tengo planes para esta noche —comenta Katia sonriente—. Aunque tendría que ir antes a mi casa a cambiarme de ropa.

—No te preocupes, mujer. Mi armario no está mal. ¿Por qué no miras a ver si te gusta algo de lo que tengo? Soy un poco más alta que tú, pero creo que mi ropa te puede servir.

Katia mira a Álex, que se encoge de hombros.

—Bueno, vale.

—Perfecto. Sube conmigo, a ver qué encontramos por ahí.

Irene se pone de pie y de nuevo, disimulando, golpea con la mano la rodilla de su hermanastro, que capta el mensaje: «Ya me darás las gracias luego». Katia también se levanta y camina detrás de ella. Las dos salen del salón y suben la escalera hacia la planta de arriba.

Álex, por su parte, regresa a su ordenador. En ese Tuenti tiene cuatro peticiones de amistad. Las acepta. Sonríe. De repente, está más contento. No tenía ganas de salir, pero ahora, sin embargo, le apetece más.

Evidentemente, la razón lleva el pelo teñido de rosa.

Capítulo 43

Un día de finales de junio, en un lugar de la ciudad.

Enciende la televisión y empieza a pasar un canal tras otro, sin detenerse demasiado tiempo en ninguno. Con la TDT ha aumentado el número de emisoras, pero no la calidad de las mismas. La mayoría de las nuevas son teletiendas, enlatados y emisiones de prueba. Finalmente, Ángel lo deja en Cadena 100, donde suena *That's what you get*, de Paramore.

Está enfadado. Bastante enfadado. Lo que ha pasado en el cine no le ha gustado nada. Que aquella pareja de adolescentes le tomara el pelo le ha parecido una gran falta de respeto. Pero lo que más le ha dolido es que su novia se riera por ello... Eso no es tolerable.

Quizá su huida del cine haya sido inapropiada y exagerada. Tal vez debió aguantar hasta el final de la película y después hablar tranquilamente con Sandra. Pero reaccionó así en ese momento y no se arrepiente de ello. Bueno, solo un poco. Sin embargo, ni ha cogido el móvil ni ha respondido a los mensajes que la chica le ha mandado.

En el taxi camino de casa también ha pensado en Paula. No puede quitársela de la cabeza. Incluso ha buscado en su teléfono los últimos SMS que le envió. Recuerda la tristeza y la desesperación que sintió aquel último día en el que no le respondió. «¿Sabes que te quiero?». La llama se había apagado definitivamente y tanto ella como él eran culpables. O eso pensaba. No podía insistir más. Aunque la quería, comprendió que ella debía seguir su camino y él el suyo. Sin más cruces, sin más intentos, sin más sufrimiento. Pero se equivocó, porque ese sufrimiento duró varias semanas. Y le costó muchísimo retomar el vuelo. Lloró como un crío. Solo. Encerrado en una habitación a oscuras. Intentando dominar sus emociones, controlarlas, entender que Paula se había marchado para siempre. Tardó en rehacer su vida, pero lo consiguió. Y llegó el nuevo trabajo y, con él, apareció Sandra. Una mujer inteligente, preciosa y capacitada para hacerle feliz. La vida volvía a sonreírle. Pero desde ayer, desde aquel encuentro en el Starbucks..., los fantasmas del pasado habían regresado. Y Paula volvía a ocupar su pensamiento.

El sonido del timbre de su piso le sobresalta.

—¡Ángel, abre! ¡Soy yo! —grita Sandra desde el pasillo.

Vaya. Esperaba que por hoy se diera por vencida. No le apetece estar con ella. Ni quiere discutir. Ahora no. Pero ¿qué puede hacer? No la va a dejar fuera, en el pasillo, desgañitándose. No le queda más remedio que abrir. Suspira y se levanta del sillón. El timbre vuelve a sonar.

—¡Ya voy! —exclama mientras camina hacia la puerta de entrada.

El periodista abre por fin. Sandra está delante y lo mira muy seria. ¿Está enfadada, triste, arrepentida?

—¿Puedo pasar? —Su tono de voz es firme y sereno.

—Sí, adelante.

Ángel se aparta y deja que su chica entre en primer lugar. Él la sigue de cerca. Llegan al salón y cada uno se sienta en un sillón.

—¿Tan mal me he portado contigo para que me dejes

tirada de esa manera? —le pregunta, yendo directamente al grano. Cruza las piernas y se echa hacia atrás.

—¿Tú qué crees?

—Una pregunta no se responde con otra pregunta.

Ángel resopla. Muy arrepentida no parece.

—Lo que pienso es que no entiendo por qué te has burlado de mí.

—No me he burlado de ti.

—¿No? ¿Y por qué te reíste cuando esos chicos dijeron aquello?

—Porque me hizo gracia. Tienes que reconocer que la situación la tenía.

—Yo no le vi ninguna gracia.

—A lo que yo no le vi ninguna gracia fue a que me dejaras plantada en plena película por una tontería así. Y que después no me cogieras el móvil ni contestaras mis mensajes. Sin embargo, me he comido mi orgullo y estoy aquí, en tu casa, buscando arreglar algo que no entiendo.

En eso último lleva razón. También ella tiene sus razones para estar molesta. Pero eso no justifica nada. Sandra metió la pata primero y, por tanto, es normal que haya sido ella la primera en disculparse. Sin embargo, Ángel guarda silencio. Tampoco la chica dice nada más.

La música sigue sonando en el piso. Algo de Muse y un tema de Travis. Es lo único que se oye durante unos minutos.

—¿Quieres dejarlo conmigo? —pregunta Sandra, en voz baja, casi inaudible.

Pero el periodista la ha escuchado y se sorprende con la cuestión.

—¿Por qué dices eso?

—No sé. Tengo la sensación de que te estás alejando de mí.

—¿De verdad piensas eso?

—Sí. Sinceramente, sí.

Ángel la mira a los ojos. Transmiten gran emoción. Sabe que está afectada, que está sintiendo al máximo lo que está diciendo. Pero está intentando no derrumbarse ante él. No volverá a hacerlo como esta mañana.

—No quiero dejarlo —responde con convicción.

—Entonces, ¿por qué tengo la impresión contraria?

—No lo sé. Es cierto que estos últimos dos días he estado un poco más susceptible de lo normal.

—¿Solo un poco? Ángel, me has dejado plantada en una sala de cine rodeada de adolescentes porque me he reído de algo que te han dicho.

—Visto de esa manera...

—De la que es. —Su mirada es intensa—. Ayer tuvimos una pelea, esta mañana otra y ahora la tercera. ¿Qué pasa, Ángel? Cuéntame la verdad, por favor. Merezco saberla. ¿Qué es lo que pasa?

La súplica de Sandra conmueve al chico. Son palabras sinceras, llenas de incertidumbre, de confusión. Quiere comprender algo que ni tan siquiera su novio llega a entender.

—No quiero dejarlo contigo —comienza a decir—, pero tengo dudas sobre mí mismo.

Aunque Sandra se imaginaba algo así, no puede remediar un escalofrío que le hiela todo el cuerpo. Pero se arma de valor y sigue adelante para averiguar lo que sucede.

—¿Qué tipo de dudas?

—Dudas que tienen que ver con mis sentimientos.

—¿Hacia mí? ¿No me quieres?

El periodista resopla. Mira hacia todas partes, nervioso. No sabe qué responder a eso. Sandra lo contempla expectante. Su dolor va creciendo. Pero no va a hundirse. No puede permitírselo.

—Te voy a ser sincero —dice Ángel al tiempo que busca las palabras adecuadas para contarle a su novia la verdad—. No sé si siento algo por otra chica.

—¿Por otra chica? —Los ojos de Sandra enrojecen—. ¿Paula?

Ángel asiente con la cabeza y tuerce los labios. Cierra los ojos y suspira una vez más.

—Hace unos tres meses, Paula y yo comenzamos a salir. Todo fue muy intenso en pocos días. Y me enamoré como nunca antes lo había hecho. Sin embargo, ella rompió conmigo el día menos pensado, cuando todo iba muy bien entre nosotros. No lo entendí. Incluso la seguí hasta Francia, donde ella estaba de vacaciones con su familia, para tratar de arreglar lo nuestro. Allí, en cambio, metí la pata y todo se acabó. A pesar de que la seguía queriendo, creí que nuestra historia había finalizado para siempre.

El chico se detiene un instante. Observa a Sandra, que está petrificada con las manos tapándose la boca y los ojos enrojecidos, poniendo toda la resistencia posible para soportar la presión del momento.

—Pasaron unas semanas. Me recuperé del desengaño con ella y te conocí a ti. Me encantaste. Contigo me olvidé de Paula. Te lo prometo, Sandra. Eres una mujer que cualquier hombre quisiera tener a su lado. —Una nueva pausa, respira y continúa—. Pero cuando ayer la vi después de tanto tiempo..., algo se me removió por dentro.

—¿Amor? —pregunta la chica, temblando.

—No lo sé. No sé qué siento. Es todo muy confuso.

Sandra deja de mirarle. Agacha la cabeza y piensa en toda la información que está recibiendo de repente. Es muy duro que la persona de quien estás enamorada te cuente que tiene dudas sobre su relación y que tal vez quiera a otra.

—Y entonces, ¿qué vas a hacer? —pregunta mirándole de nuevo.

—No lo sé, Sandra.

—¿Estás seguro de que no lo sabes? ¿O no quieres saberlo?

—¿Qué quieres decir?

—Recuerda, una pregunta no se contesta con otra pregunta.

Sandra sonríe amargamente. Sus ojos están a punto de explotar. Ángel se siente muy mal. Ya no piensa en lo que pasó en el cine ni en su orgullo malherido, solo en que tiene delante a una mujer a la que respeta y quiere, y a la que está haciendo mucho daño. Y dejando hacer a su corazón, se acerca a ella y la abraza. La chica lo recibe con fervor, escribiendo el último capítulo de unas lágrimas que por fin se derraman en cascada y de un llanto que estalla desconsolado.

De fondo, Incubus tocan *Love hurts* cuando el abrazo termina. Los chicos se separan y se miran a los ojos.

—Siento todo esto, Sandra. No te lo mereces.

—Tienes razón. No me lo merezco. Pero comprendo que estés confuso.

—¿Sí? ¿Lo comprendes?

—Bueno, no entiendo cómo puedes querer a otra teniéndome a mí —dice, y sonríe a continuación, secando con la mano las lágrimas que aún quedan por su mejilla—. Pero todo esto de los sentimientos... es así. No se puede controlar.

Cuanto más oye Ángel a Sandra, más la admira. Y más le afecta lo que la está haciendo sufrir.

—No quiero que lo pases mal por mi culpa.

—Pues no lo estás logrando —responde irónica—. Pero ¿sabes?, voy a esperar.

—¿Qué?

Ahora el que no entiende nada es él.

—Eso. Voy a esperarte. Quiero que te aclares, que comprendas lo que sientes y que, cuando lo sepas, me lo digas.

—Pero...

—Es lo justo para los dos..., para los tres. Porque esa chica tendrá algo que decir en todo esto.

Ángel mira hacia el techo, luego al suelo y, finalmente, a Sandra. Pero no la ve solo a ella. También Paula está en su cabeza.

«¿Sabes que te quiero?». ¿Es verdad que la quiere? Ni él lo sabe, pero no le queda otra solución que averiguarlo.

—Tendré que hablar con Paula.

—Lo sé.

—¿Estás segura de que quieres que lo haga?

—Claro que no. Pero es lo único que puedes hacer. Cerrar esa herida de una vez por todas. O fugarte con la que te hirió. Yo estaré esperando con las tiritas y las vendas.

—O con una recortada.

—Es posible.

Ambos sonríen un segundo. Se miran una vez más, más adentro, más allá. Y dejándose llevar de nuevo, Ángel aproxima su rostro al de Sandra y la besa en los labios. Ella no lo evita y le corresponde. No es un beso largo, ni dulce, ni amargo, pero sabe a despedida.

—No lo entiendo. No entiendo por qué aguantas esto, por qué me aguantas a mí.

—Es muy sencillo. Y a la vez doloroso. Porque te amo, Ángel. He encontrado al chico perfecto. Ahora solo me queda tener paciencia y esperar a que él me encuentre a mí.

Capítulo 44

Una noche de finales de junio, en un lugar apartado de la ciudad.

—Aquí tenéis las chuletillas, los filetes de lomo y la panceta —indica Alan, dejando las tres bandejas con la comida encima de una mesita que está junto a la barbacoa.

Miriam sonríe. Y ella que pensaba que perderían el partido... 6-2, 6-1, han ganado. No imaginaba lo bueno que era ese chico francés. Él, prácticamente solo, se las ha arreglado para derrotar a Cris y a Armando, que ahora deben cumplir su «penitencia»: encargarse de la barbacoa para la cena.

—Intentad que el fuego no eche demasiado humo. Soy muy sensible y me molesta en los ojos —señala la mayor de las Sugus jocosamente.

—Se hará lo que se pueda —comenta Armando, que no está demasiado contento de haber perdido el partido, aunque cuando comprobó cómo jugaba Alan, tuvo que resignarse.

—Y procurad que la carne esté en su punto —recalca Miriam.

—¿Algo más?

—Que me voy a la ducha y que, aunque seas peor que yo jugando al tenis, te quiero igual.

La chica le da un beso en los labios y entra en la casa dando saltitos.

Armando resopla y coge un mechero para encender el fuego. Desde que terminó el partido, su novia no ha parado de tomarle el pelo.

—Voy a llamar a los demás para que vengan a cenar —señala Alan—. Os dejo solos.

Y, disimuladamente, le guiña un ojo a Cris, que sonríe con timidez.

Para la Sugus de limón está siendo un sábado muy especial. Aunque ha tenido que contemplar, con gran angustia, las numerosas muestras de cariño entre Miriam y Armando, ella también ha disfrutado de él, de esos pequeños detalles que la han hecho feliz. Ha cambiado tantas veces de estado de ánimo durante el día como de opinión respecto a su manera de actuar con el chico. Es el novio de una de sus mejores amigas, por lo tanto es territorio prohibido. Eso está claro. Pero nada impide que se lo pase bien junto a él, ¿no? Aunque, por otra parte, sabe que si él se sigue mostrando tan cariñoso con ella y dándole ese poquito que de vez en cuando le da, terminará por colarse mucho más. ¿Enamorarse? Son palabras mayores y debe controlar sus sentimientos. ¡Es tan difícil dominar lo que uno siente! Sin embargo, no quiere dejar de recibir ese pedacito de ilusión que Armando le está obsequiando.

El partido de tenis ha sido genial, a pesar de que hayan perdido. Cada vez que hacían un buen golpe o anotaban un punto, se abrazaban, le daba una palmadita de complicidad o tenía una palabra amable para ella. Y aunque solo hablaran de tenis, se sentía muy a gusto a su lado, compartiendo esos momentos, divirtiéndose juntos.

—Bueno, pues empecemos con esto. ¿Has hecho alguna vez una barbacoa? —pregunta Armando mientras prende un trozo de papel de un periódico que Alan le ha llevado.

—¿Prepararla yo?

—Sí.

Cris mueve la cabeza negativamente y sonríe.

—Lo siento. Soy nueva en esto. Es mi primera vez.

La última frase hace sonreír al chico. Ella se sonroja cuando adivina lo que él está pensando. Le tiemblan las piernas y está nerviosa. ¡Qué tonta!

Armando pone el papel en llamas bajo el carbón y lo atiza para que arda y no ahogue el fuego.

—No te preocupes. Yo me encargo de encenderlo y tú luego me ayudas a mantenerlo y a hacer la carne.

—Vale.

—No hace mucho viento, eso es bueno. Espero que no tarde mucho tiempo en prender.

Cristina observa como remueve el carbón con el atizador. Es divertido verlo agacharse y soplar suavemente para que el fuego se extienda. Se pasaría el día entero a su lado, mirándolo, hiciese lo que hiciese.

—¿Puedo ayudarte en algo?

—Sí que puedes. Ven. Agáchate.

La chica le hace caso y se agacha junto a él. El corazón le va muy deprisa.

—¿Qué... hago? —pregunta temblorosa.

Su pierna está rozando con la de él. Eso acelera sus latidos, que casi pueden escucharse.

—Sopla aquí cuando yo te avise —dice Armando apartándose un poco para dejarle más espacio a Cristina—. Voy a encender otro papel. A ver si así arde con más fuerza.

—Bien.

El joven se levanta y alcanza otra página de periódico. Con el mechero la enciende y la lanza al carbón.

—Ahora. ¡Sopla!

Cristina le hace caso y sopla, pero en ese instante un

golpe de viento surge de repente provocando una columna de humo y cenizas que se abalanza sobre ella.

—¡Mierda! ¡Mis ojos! —exclama, lamentándose y poniéndose de pie.

Armando se acerca hasta la chica, alarmado por sus gritos.

—¿Se te ha metido el humo en los ojos?

—Sí. No veo nada.

—Déjame ver.

El chico la sujeta por los hombros, como si fuera a abrazarla, y la examina con delicadeza. A Cris le tiembla todo el cuerpo cuando siente sus manos sobre ella. Es una sensación muy extraña. No puede verle, aunque lo siente más cerca que nunca.

—Estoy ciega.

—Tranquila. Intenta abrir los ojos poco a poco.

—No puedo.

—Sí que puedes. Ábrelos, despacio.

—Me duele.

—Espera. A ver si así...

Y sin que Cristina lo pudiera imaginar, Armando se inclina y con delicadeza sopla sobre sus ojos. La chica se estremece y siente la agradable brisa fría proveniente de sus labios.

—Prueba ahora. Abre los ojos. Poco a poco.

Cris obedece. Sus párpados van cediendo y las pestañas se le desenredan. Por fin consigue ver algo, de manera borrosa. Es el rostro de Armando, que está justo enfrente. Es guapísimo. Demasiado guapo. Pero no es de ella. Es el novio de su mejor amiga. Consciente de que están demasiado cerca, da un par de pasos hacia atrás. Se frota los ojos con los puños cerrados, suavemente, y pestañea en repetidas ocasiones.

—Ya estoy mejor.

—¿Me ves bien? —pregunta Armando, volviendo a acercar su cara a la de ella.

—Sí —responde vergonzosa.

Silencio. Se miran fijamente. Ella, seria, azorada; él, sonriente, divertido.

—Oye, ¿sabes que tienes unos ojos muy bonitos?

—¿Qué?

—Tus ojos, son realmente bonitos.

Aquello sí que Cristina no lo esperaba.

—Eso no es verdad.

—¿Cómo que no? No me creo que nunca te lo hayan dicho.

—Pues no. Nunca. Son marrones.

—¿Y qué tiene que ver que sean marrones?

—Que son muy típicos. No tienen nada de especial.

—Yo no lo veo así —dice Armando mientras continúa fijando su mirada en la de ella—. Unos ojos no son bonitos por el color del que sean, sino por lo que transmiten.

«Y ahora es cuando el chico de la película besa a la chica», piensa ella.

Pero la vida real es distinta. Y tras una gran sonrisa, Armando se aparta del lado de Cris y vuelve a atizar el carbón, que ya ha comenzado a arder.

Capítulo 45

Esa noche de finales de junio, en un lugar alejado de la ciudad.

Ha estado un buen rato debajo del agua. Pensativa. Buscando un poco de relax, que no ha conseguido encontrar. Parece mentira, pero su vida últimamente está siempre llena de sobresaltos. Aquella ducha no le ha servido para olvidarse ni por unos minutos de sus problemas.

Así que, realmente, Diana piensa eso de ella y de Mario. No quiere continuar la relación con su amigo porque cree que todavía está enamorado y no ha podido olvidarla. ¡Qué cabezota es! Al menos no está embarazada. Eso sí que habría sido un asunto difícil de solucionar.

Ya vestida, se ha sentado en la cama y ha continuado reflexionando. ¿Qué parte de culpa tiene ella en la ruptura de sus amigos? No lo sabe. Posiblemente ninguna. No cree que haya hecho nada malo. Los quiere a los dos y le duele que las cosas hayan terminado así. Sin embargo, se siente responsable, le resulta inevitable. Quizá Diana, con el paso del tiempo, recapacite y se dé cuenta de que ha cometido un error. Es muy testaruda e impulsiva. Pero le quiere, y eso tarde o temprano tiene que prevalecer sobre los celos. Y los celos son siempre destructivos. Indican falta de confianza en el otro o que ese otro ha sobrepasado unos límites.

Llaman a la puerta.

—Hola, ¿estás visible? —pregunta Alan, adentrando la mitad de su cuerpo en la habitación. Lleva tapados los ojos con ambas manos.

—¿Qué quieres?

El francés aparta las manos y la observa. Está tan atractiva como siempre. Incluso más, gracias a ese moreno que ha cogido con el sol que ha tomado hoy.

—Ya estamos preparando la barbacoa. ¿Bajas?

—Ahora voy. Gracias —responde seca.

La chica se levanta de la cama y, sin mirarle, se dirige hacia la esquina del dormitorio en la que está su mochila sobre la silla. Indirectamente es una invitación para que Alan baje solo. Sin embargo, este entra en el cuarto y se sienta en la cama.

—¿Qué te pasa? Estás un poco agria.

Paula se de la vuelta molesta. No solo no se ha ido, sino que quiere explicaciones y, además, le dice que está agria, como si fuera un limón.

—¿Es que no me vas a dejar tranquila?

—No —contesta con una sonrisa—. No, hasta que no aclaremos lo nuestro.

—¿Lo nuestro? Estás bromeando, ¿verdad?

—No. Va en serio. Hay que aclararlo.

—¡No hay nada que aclarar! —exclama ella enfurecida—. Tú eres un borde, haces lo que quieres, me das una de cal y otra de arena, y todo te da lo mismo.

—Eso no es cierto. Si me diera lo mismo, no estaría aquí hablando contigo.

—¡Bah! Déjame sola. Ahora bajaré.

Resopla y vuelve a darle la espalda para mirar por el gran ventanal del que dispone su habitación. Está oscuro y se ven las estrellas. También el laberinto de setos está iluminado. Es una preciosa noche de verano.

—¿Sigues enfadada por lo de la piscina?

—Alan, no me apetece hablar contigo.

—Debería ser yo el que estuviera enfadado. Prefieres un trozo de *pizza* a un beso mío.

—Es que tú y yo no tenemos nada como para darnos un beso.

—¿No?

—No.

El chico se acerca y observa su rostro reflejado en el cristal. Ella también le mira usando la ventana como espejo.

—Venga. Deja ya esa actitud.

Paula suspira y se vuelve. No se da por vencido y, como siempre, cree estar por encima del bien y del mal. Pero con ella no le va a resultar. Al menos, esta vez.

—Mira, Alan. No va a pasar nada entre nosotros. Y si hay alguien que debe cambiar su actitud, ese eres tú.

—Yo soy así.

—Pues si alguna vez quieres tener algo serio con una chica, deja de ser así. Nunca lograrás que te tengan en cuenta de verdad.

El francés dibuja en su cara media sonrisa y aguanta unos instantes mirándola fijamente. Sin embargo, a diferencia de lo que suele pasar habitualmente, es él el primero que aparta la mirada.

—Bien. Entonces me voy. Te espero abajo.

—Enseguida iré.

El joven camina tranquilamente hacia la puerta y se marcha de la habitación. Lleva una sonrisa en su rostro, aunque en el fondo, y quizá por primera vez en mucho tiempo, las palabras de una chica le han afectado. Eso no pasaba desde un lejano mes de agosto.

Una tarde de verano, hace cuatro años, en un lugar de la costa francesa.

El joven Alan Renoir levanta la copa y celebra con los asistentes la victoria. Acaba de coronarse campeón de un nuevo torneo cadete de tenis. Aquel chico es una de las grandes promesas del deporte galo y uno de los máximos aspirantes a dominar el tenis mundial en la próxima década.

Entre el público, Alan busca a alguien. Pero ella no está allí. Es muy extraño que no haya venido a verle jugar.

Después de la entrega de premios y de las felicitaciones, el chico logra zafarse de toda la gente que le rodea. Huye hacia la playa y se esconde detrás de una gran roca, esa roca que fue testigo de los besos, las caricias, los abrazos. De su primera vez. Hace hoy justo dos semanas.

Tampoco está allí.

¿Le habrá pasado algo?

Empieza a estar realmente preocupado. Necesita verla, escucharla. Decirle que la quiere. ¿Dónde estará Roxanne?

De su mochila saca el móvil y marca su número. *Bip* tras *bip*, espera impaciente una respuesta. Pero la chica no le coge el teléfono. Vuelve a intentarlo, sin éxito. Lo prueba una tercera vez y, cuando está a punto de desistir, una dulce voz femenina responde. Parece nerviosa.

—Hola, Alan.

—Roxy, ¿dónde estás? ¡No has venido a verme!

—Lo siento, es que..., quería, pero me ha sido imposible.

—¿Imposible? ¿Ha pasado algo? ¿Te encuentras bien?

—Sí, sí, todo está bien. No te preocupes. ¿Cómo ha ido el partido?

—Muy bien. He ganado en tres sets.

—¡Genial! ¡Es que eres el mejor tenista del país!

Alan guarda silencio un instante. La ha echado mucho de menos durante el encuentro, incluso perdió el primer set descentrado por la ausencia de Roxanne. Si es que nada es lo mismo sin ella. La conoció a finales de junio y se enamoró perdidamente de su belleza, de sus imponentes ojos azules, de su maravillosa sonrisa. Le apasionaba hablar de todo con ella y escucharla reír. A la semana ya eran novios y hacía catorce días..., sucedió. En aquella cala, bajo las estrellas y con el ruido del mar de fondo, tuvo su primera relación sexual.

—¿Podemos quedar ahora? Me apetece mucho verte.

—¿Ahora? —pregunta ella dubitativa—. Bueno..., quiero ir a casa y...

—¿A casa? Pero ¿dónde estás?

—Pues...

En ese momento a Alan le parece escuchar la voz de un chico.

—¿Roxy? ¿Con quién estás?

—¿Yo? Con nadie. Sola. En casa.

—Pero ¿no me has dicho que tenías que ir a casa? —pregunta alterado. Está comenzando a ponerse muy nervioso—. ¿Qué es lo que está pasando?

—Nada, cariño. No sé de qué me estás hablando. ¿Por qué no quedamos dentro de una hora en la playa? ¿Te apetece?

Pero el joven no está conforme. Sabe que algo sucede y tiene la sensación de que no le va a gustar.

—Roxy, dime dónde estás y con quién.

—No te escucho bien, cariño. Te veo en una hora.

—¡No me cuelgues y dime la verdad! —grita fuera de sí.

La chica no responde inmediatamente. Resopla y retoma la conversación, con el tono de voz más apagado.

—Lo siento.

—¿Qué? ¿Qué sientes?

—Siento mucho lo que te voy a decir.

—Roxy, ¿de qué me hablas? ¿Qué ha pasado?

Las piernas le tiemblan y el corazón le late muy deprisa. Empieza a temerse lo peor.

—Te he sido infiel.

Con voz tenue, Roxanne confirma lo que sospechaba.

La sangre de Alan se congela. No oye cómo el mar se embravece y golpea contundentemente la cala en la que permanece escondido.

—¿Con quién? —pregunta casi susurrando.

—¿Qué más da eso? Lo siento.

—¿Estás con él ahora mismo?

—Sí. Estoy en su casa.

El muchacho no sabe qué decir. Está sobrepasado por los acontecimientos. Nunca habría imaginado que aquella chica, que parecía perfecta y que decía que le quería, le engañaría con otro.

—¿Es la... primera vez... que vosotros...? —pregunta tartamudeando.

—No.

Más frío. Más dolor. Más tristeza.

—No lo entiendo.

—Lo siento, Alan. Tú me gustas...

—¿Te gusto? ¿No decías que me querías?

—Sí. Pero somos jóvenes... El compromiso no es para gente de nuestra edad.

—No intentes justificar que has sido una...

Pero antes de descalificarla se contiene y cierra los ojos. Escucha el mar y siente la brisa fría en su cara.

—Lo sé. Sé lo que he hecho. Y sé que no debo justificarme.

—No es justo esto. Me has hecho mucho daño.

—Lo siento. ¿Quieres que quedemos para hablar?

—No, no quiero.

—Podemos ser amigos. Eres un chico muy simpático. Y me divierto mucho contigo.

—¿Amigos? ¿Simpático? —pregunta con los ojos rojos—. ¡Estoy enamorado de ti, Roxy! Y me acabas de decir que te estás acostando con otro tío.

—Es duro, lo sé.

—Tú no sabes nada. No puedes comprender cómo me siento. Te quería.

—Perdona, cariño. Tengo que dejarte. Vienen sus padres.

Y, sin más réplicas, Roxy cuelga el teléfono.

Alan mira hacia arriba. Una nube blanca viaja lentamente por el cielo celeste de aquella costa. El sol empieza a apagarse en el horizonte. Es una preciosa imagen para una postal que contrasta con el infierno en el que siente arder su corazón.

Se sienta en la arena y desconecta el móvil. No quiere volver a saber nada de aquella chica que se ha reído de él, de sus sentimientos, de su amor.

Con el paso de los días se recuperará. Restaurará lo que se derrumbó en su interior. Y Roxanne irá perdiéndose en el recuerdo. Sin embargo, aquella experiencia le dejará marcado. Y advertido. Se promete a sí mismo que jamás permitirá que vuelvan a hacerle daño. Debe inmunizarse, cambiar. Él será el que lleve las riendas. Y si algún corazón se tiene que romper, no va a ser el suyo.

Capítulo 46

Esa noche de finales de junio, en un lugar de la ciudad.

Una botella de vino blanco, pescado a la plancha y un par de ensaladas para compartir.

Los tres conversan animadamente en una mesa arrinconada del reservado del restaurante. Nadie los ha molestado. Ni tan siquiera ninguno de los camareros que los atienden le ha pedido un autógrafo o una foto a Katia.

—Se está muy bien aquí —indica Álex antes de llevarse a la boca un pequeño trozo de su lenguado.

—¿Ves como era buena idea venir a cenar a un sitio tranquilo? —apunta Irene.

—De todas formas, en casa también se está muy bien.

—Sí, pero debéis llenar de vez en cuando la despensa —comenta la cantante del pelo rosa, sonriente.

—Es que a este chico algunas veces se le olvida hasta comer, y yo con una ensaladita voy servida.

Uno de los camareros se acerca hasta la mesa y vuelve a llenar las copas de vino. Los tres lo observan en silencio. Cuando se marcha, prosiguen la conversación.

—No es que se me olvide comer. Pero, cuando me pongo a escribir, pierdo la noción del tiempo. Además, muchas veces tomo cualquier cosa aquí, en la ciudad, antes de dar clase.

—Bueno, ahora llevas un mes sin dar clase y sigue el frigorífico vacío.

—Oye, que tú también vives allí, ¿eh?

—¿Ya me estás echando la culpa a mí?

—No, solo la comparto.

—Con que compartas los beneficios del libro, me vale.

Los tres ríen. Katia, especialmente. Se siente muy cómoda al lado de aquella extraña pareja de hermanos. Hermanastros. Después de que la relación con Mauricio, su representante, se estropeara a consecuencia de sus errores, y de que su hermana Alexia se marchara a otra ciudad por motivos de trabajo, se encontraba muy sola. Mucha gente alrededor siempre, pero nadie de confianza. Nadie que la hiciera reír. Nadie con quien compartir un momento como aquel. Una simple cena para hablar, para divertirse.

Olvidar a Ángel no fue fácil. Incluso, a veces, tiene pesadillas con él y la última vez que se encontraron. Fue en el cumpleaños de Paula, el día que el periodista le dijo que nunca habría nada entre ellos. El beso antes de irse de aquella casa fue su despedida. Una despedida para siempre, aunque en ocasiones se planteó llamarle. Como cuando se enteró de que había cambiado de medio de comunicación y quería felicitarle. Ahora trabajaba para un periódico importante, en el que seguro que triunfaría. Pero no se atrevió a hacerlo. Hubiera sido rescatar antiguos sentimientos que ningún beneficio le traerían. Al contrario. Y es que jamás lo pasó tan mal por alguien. A decir verdad, era la primera vez que un chico la hacía sentir así. Nunca se había enamorado y, por tanto, nunca le habían roto el corazón. Ángel consiguió las dos cosas.

—¿Y cómo te dio por escribir una novela de este tipo? —pregunta Katia, que comienza a tener las mejillas sonrosadas por el efecto del vino.

—¿Hablas del tema de la diferencia de edad?

—Sí.

—Mi hermanastro siempre tuvo predilección por las jovencitas —se anticipa a responder Irene—. Especialmente por una.

Álex la mira sorprendido. ¿Se refiere a...?

—En el amor no hay edad, como bien dice la canción —señala el escritor, intentando no darle demasiada importancia al comentario de Irene.

—Una cosa es la literatura, la música, y otra la realidad. No hay edad..., hasta un límite —comenta Irene—. Lo que sí hay son sensaciones. Intuiciones. Las que yo tenía con Paula no eran nada buenas.

—Mejor dejamos ese tema.

—¿Por qué? El huracán Paulita te llevó por delante. Debes admitir que perdiste la cabeza por esa chica.

Katia no quiere hablar. Solo bebe. De un trago, termina su copa de vino blanco y ella misma se vuelve a servir.

—Tú también perdiste la cabeza, Irene. ¿O no lo recuerdas ya?

—Sí, sí que lo recuerdo. Pero era porque no quería que aquella chica te hiciera daño.

—¿Seguro que eran esos los motivos?

—Por supuesto —contesta rotundamente, aunque los dos saben que está mintiendo—. Y luego tú mismo comprobaste que tenía razón.

El tono de la charla empieza a ser demasiado áspero. Katia trata de desentenderse un poco. Todo aquello le recuerda demasiado a lo que le pasó a ella con Ángel y le provoca cierto malestar. Paula también era la causante de que el periodista nunca le diera una oportunidad. En cambio, no le guarda rencor a la chica. Ella no tuvo la culpa de compartir amor y de ser la elegida por Ángel. Seguro que ahora forman una preciosa pareja.

—Irene, vamos a dejar de hablar de esto. No tiene ningún sentido.

—Como quieras —dice ella, y da un sorbo de su copa—. Yo solo quiero que estés bien y que encuentres a la chica adecuada.

—Eso es cosa mía.

—Y mía. Soy tu hermanastra. Y ahora vivo contigo.

—Pues entonces también tomaré yo decisiones sobre los tíos con los que salgas.

La chica suelta una carcajada y pincha un tomate *cherry* de una de las ensaladas. Juguetea con él, observándolo curiosa antes de metérselo en la boca.

—Vale —concluye con una gran sonrisa.

—¿Vale?

—Sí. A partir de ahora, podemos hacer eso. Tú opinas y das el visto bueno a mis ligues y yo, a los tuyos.

—¿Qué? ¡No vamos a hacer nada de eso! No quiero que te inmiscuyas en con quién salgo o dejo de salir.

—¿Por qué? Podría ser divertido.

Katia contempla muy entretenida la conversación de los hermanastros. Son tan diferentes: Álex es un soñador, un idealista, y busca el lado romántico de la vida; Irene es impulsiva, puede salir por un lado u otro y, cuando quiere algo, lucha con todas sus armas para conseguirlo.

—Estás loca. O bien el vino te está afectando demasiado.

—¡Ay, sigues siendo un aburrido! Y yo que pensaba que habías cambiado...

—La que no cambia eres tú, por lo que veo.

La chica vuelve a reír.

—Sí que he cambiado un poco. Aunque soy y seré siempre una inconformista. Eso nunca cambiará. He aprendido mucho en estos últimos meses, como que hay cosas que no debo hacer y que, en ocasiones, tienes que cuidar las formas. No vale todo. Pero no puedo evitar perseguir mis metas con pasión. Y aunque algunos sueños son solo eso, sueños, nadie sabe si alguna vez pueden convertirse en realidad. Nunca me conformaré con la realidad si no estoy de acuerdo con ella. Y vosotros dos sois buenos ejemplos.

—¿Nosotros? —pregunta Katia, que escucha interesada lo que la chica está contando.

—Sí. Tú eres cantante. Imagino que esa era tu meta en la vida desde que eras pequeña y ya, tan joven, has cumplido tu objetivo. Y tú —continúa diciendo, mirando ahora a Álex— querías ser escritor y estás a dos semanas de que tu libro salga a la venta. Sois dos grandes referentes para mí.

—¿Y cuál es tu sueño?

—No te lo puedo decir, Katia.

—¿Y eso?

—Porque, si lo digo, no se cumplirá.

—Eso es con los deseos que pides cuando soplas las velas —indica Álex.

—Y con las estrellas fugaces y con los deseos que se piden en Nochevieja —añade Katia.

Irene llena su copa de vino blanco y bebe.

—Lo siento, chicos, no os voy a decir nada.

Y la razón es muy sencilla, aunque sus dos compañeros de mesa no la puedan imaginar. Su sueño, el que lleva persiguiendo durante años, es Álex. Compartir más que la casa con él; más que una cena; más que un trabajo como en el que ahora están inmersos. Encargarse de todo lo referente a *Tras la pared* fue una maravillosa idea. Le permite estar cerca, controlar sus horarios, saber con quién se mueve. Y disfrutar de su compañía sin levantar sospechas.

Esta vez no se va a precipitar. Va a hacer las cosas bien. Eso también lo ha aprendido en los dos meses que estuvo al lado de Agustín Mendizábal. En el tema de Paula no actuó con inteligencia. Falló, cometió un error y lo pagó con aquel absurdo destierro. Pero le dio tiempo para pensar. Para idear un nuevo plan: convertirse en una buena chica. En alguien de quien su hermanastro se pudiera enamorar. El físico ya lo tenía. Ahora debía encontrar una personalidad que también le cautivara. Y en ello estaba. Fue una suerte que el viejo muriera. Le facilitó el regreso. Y aunque ahora se ha encontrado en el camino a una nueva adversaria, no tiene dudas de que, en esta ocasión, Álex será suyo. Katia no podrá con ella. Tampoco es la pareja que él necesita. Porque la única mujer que a su queridísimo hermanastro le conviene es ella.

Capítulo 47

Esa noche de finales de junio, en un lugar alejado de la ciudad.

Cristina pone sobre un plato el filete que acaba de sacar del fuego y se lo entrega a Miriam. La chica se lo agradece y, antes de irse a su silla, le da una fuerte palmada en el trasero a Armando con la mano que tiene libre.

—¡Cuidado, que ese es mi culo! —protesta el chico, echándose hacia atrás.

—Lo sé, por eso te doy —indica ella graciosa—. Ven conmigo un rato, anda, que me aburro sin ti.

—Lo siento, cariño. Me toca estar aquí con Cris. Perdí la apuesta. ¿Recuerdas, campeona? —responde mientras rodea con el brazo a su pareja de juego.

La chica sonríe tímidamente y se encoge de hombros. Lo siente por ella, pero Armando es suyo durante la cena. Al menos, mientras quede carne.

—No me vas a poner celosa, señorito.

—No estoy intentando ponerte celosa, señorita.

Miriam le saca la lengua y se marcha de allí.

—¡No estoy celosa! ¡Pero la próxima vez juegas conmigo! —exclama la mayor de las Sugus mientras se sienta en la mesa en la que también están Mario, Paula, Alan y Diana.

Los cuatro permanecen bastante serios. Pensativos. Casi no hablan.

Diana y Mario no se han dirigido la palabra desde que ella se desmayara hace un rato. Las cosas siguen de la misma manera. Para ella la relación se ha terminado. Y no hay más que hablar. Paula de vez en cuando mira a sus amigos y sonríe, buscando complicidad y que los ánimos se relajen. Sin embargo, ni uno ni otro parecen cómodos sentados allí. Los dos han hablado de irse a casa, pero el resto los ha convencido para que pasen con ellos la noche. Diana ha aceptado a regañadientes. Aunque mejor eso que ir al médico. De eso sí que no han sido capaces de convencerla.

Alan es otro que tampoco muestra su entusiasmo habitual. Aunque intenta esconderlo, le ha afectado lo que Paula le ha dicho antes. Hacía mucho que no se sentía así.

El francés abre otro botellín de cerveza y da un gran trago. Quizá emborracharse no es la solución, pero sí un posible remedio alternativo.

—¿Me das un poco? —le pregunta Paula, que ha cambiado de sitio para sentarse junto a él.

Alan la observa desconcertado, pero le cede la cerveza. La chica se lleva el botellín a los labios y comienza a beber, sin detenerse hasta que lo termina.

—Así se empieza.

—Mientras no termine como en París...

Los dos sonríen levemente. Son dos sonrisas diferentes. La de ella, irónica; la de él arrastra cierta culpabilidad.

—Piensas que soy un arrogante y un creído, ¿verdad?

—Sí. Y también un prepotente.

—Gracias.

—Es la verdad, ¿no?

—Si tú lo dices...

—Lo pienso yo y el resto de la humanidad. No creo que haya nadie que te conozca y piense que no lo eres.

—Gracias de nuevo.

—Sin embargo, una cosa no quita la otra —indica Paula gesticulando con las manos—. Quizá antes me pasé contigo. Y, tal vez, lleve todo el día siendo más agria de lo que debería.

Alan arquea las cejas y sonríe. Luego alcanza otro botellín de cerveza y lo abre. Da un trago y continúa hablando.

—Vaya... Así que reconoces que has sido muy agria.

—Tenía motivos para ello.

—¿Qué motivos?

—Has estado pinchándome todo el tiempo, haciendo comentarios que no me han gustado. Como el de que a lo mejor estaba enamorada o lo del beso. Eso ha sido una estupidez.

—¿Consideras que besarme es una estupidez?

—Considero que pedírmelo lo es.

El francés se coloca la mano en el pelo y lo alborota un poco en la zona de la nuca. Sonríe travieso y vuelve a beber.

—¿Te tienes que emborrachar para besarme?

—¿Ves?: otra estupidez.

La chica le arrebata el botellín y da un pequeño sorbo. Alan la contempla ensimismado. El alcohol está empezando a hacer efecto en él.

—Creo que a lo de prepotente, arrogante y creído, habrá que añadir estúpido, ya que no dejo de decir estupideces.

Paula sonríe. Es gracioso ese chico cuando se lo propone. Y guapo. Pero sigue sin fiarse de él.

—Nadie es perfecto —responde antes de llevarse una vez más el botellín a la boca.

—A ti te falta poco para alcanzar la perfección.

Aquel insinuante piropo hace que Paula se atragante.

—No vas a dejar de tirarme los tejos, ¿verdad?

—No. ¿Funciona?

Paula lo mira fijamente a los ojos. Son increíbles. Verdes. Intensos, hipnotizantes. Y tentadores. Muy tentadores. Como su dueño. Caer en los brazos de ese rubio de pelo ensortijado es una oferta muy tentadora. Es un estúpido creído, pero tiene un poderoso magnetismo, una atracción a la que es difícil resistirse.

El duelo de miradas es interrumpido por el sonido de un móvil. Es el de Paula. Y lo que se oye es una melodía que hacía mucho que no escuchaba y que provoca que su corazón comience a latir a mil por hora: el *Angel* de The Corrs.

La chica duda qué hacer. Está nerviosa, intrigada, sorprendida... Se levanta y entra en la casa con el teléfono en la mano. Alan la observa desde su silla. Agarra con fuerza el botellín y se lo termina de beber. Conoce aquella canción e imagina quién es el que la llama. No puede ser otro. ¿Qué querrá Ángel?

El móvil continúa sonando. ¿Lo coge o no lo coge? Millones de ideas pasan por su cabeza en esos pocos segundos. Debe tomar una decisión rápida porque el contestador está a punto de saltar. ¿Qué hace?

«Forever angel!».

Y finalmente, silencio. La melodía termina. No ha sido capaz de responderle.

Es muy extraño que Ángel quiera hablar con ella. El encuentro de ayer fue tan inesperado como frío. ¿Volverá a llamarla?

Paula se sienta en uno de los sillones del salón y espera. No deja de observar su teléfono. Como en aquellos días en los que deseaba con toda su alma escuchar su voz. Días de risas, de magia, de amor. Pero también de sufrimiento. De no saber qué hacer. Qué elegir. De no comprender lo que decía su corazón.

Aquellos inolvidables días de marzo.

El teléfono se ilumina y emite el sonido de los SMS.

La chica, ansiosa, abre el mensaje que acaba de recibir. Ángel ha grabado algo en el contestador automático. Marca el número para acceder a él y escucha atenta. Primero el día, luego la hora y finalmente se oye su voz:

> Hola, Paula... Vaya, es el contestador. Hacía tiempo que no hablaba con él... Seguro que te estás preguntando para qué te llamo... Me gustaría hablar contigo. Prefiero contártelo a ti que al contestador. Ya me dirás algo. Un beso.

Los ojos de Paula se abren como platos. Eso sí que ha sido inesperado. ¡Ángel quiere hablar con ella! ¿Para decirle qué?

Es un manojo de nervios. Se pone de pie y camina de un lugar para otro del salón. No sabe si llamarle, si mandarle un SMS... ¡Es todo tan sorprendente!

De una cosa sí que está segura: no va a decirles nada a sus amigas porque ya sabe lo que ellas piensan. La decisión será solo suya.

¡Era su voz!

Se sienta de nuevo en el sillón en el que estaba antes y vuelve a oír el mensaje que Ángel ha grabado en su contestador.

Como aquella noche de abril en Disneyland París.

Una noche de abril, en un hotel de Disneyland París.

Llueve otra vez en aquella zona de Francia. En el cielo no hay ni luna ni estrellas. Incluso se ha levantado un poco de viento frío muy desagradable. A un lugar como aquel no le pega un tiempo como ese. Salvo que estés en una película de terror.

Paula enciende la luz de su habitación. Está cansada. Afortunadamente, nadie la ha visto entrar de nuevo en el hotel con Alan. Al chico le han tenido que dar tres puntos de sutura en la ceja. Ángel ha demostrado tener una buena derecha.

Ahora el francés descansa en la cama con un ojo morado y algo aturdido. Si alguien le pregunta, dirá que se ha dado con la puerta de un armario.

¡La que se ha liado antes!

Nunca hubiera imaginado que Ángel hiciera algo así. Tenía motivos para estar enfadado. Algunos. Comprensibles. Era natural que se sintiera molesto por lo de Alan. Pero nada justifica que le pegase. Esa agresividad es una parte de él que no conocía y que no le gusta en absoluto.

¿Y ahora qué?

No lo sabe. En ese momento no está para pensar. Mañana regresa a España, a su ciudad. Y siente que nada es como era hace un mes.

Apenas ha disfrutado de su primera vez. ¡Ha perdido la virginidad hace menos de dos horas! Pero no ha sido como esperaba. Sin amor, y llevada por la pasión y la tensión de los días y de las circunstancias. No es que no quiera a Ángel, sobre el que en ese momento tiene muchas dudas; sencillamente, la situación no era la adecuada para una primera vez.

¿Por qué se ha dejado llevar?

¡Todo es un lío!

Se da una palmada en la frente y se deja caer en la cama bocarriba. Mira por la ventana. Llueve. Es una noche triste, melancólica, como su ánimo.

Gira sobre sí misma y se acurruca contra la almohada. Sí, realmente está muy triste.

Ha pasado una dolorosa estancia en Francia, sin sus

amigas, a las que ha echado mucho de menos. Su novio, o exnovio, le acaba de romper la ceja a un francés que lleva toda la semana ligando con ella y ha huido a quién sabe dónde. Ha tenido su primera vez, queriendo y sin querer. Sabiendo y sin saber muy bien lo que hacía. Obedeciendo al sexo y no al amor. Y ha dejado atrás a un chico encantador como Álex, al que cree que no ha tratado como él se merecía.

Demasiados motivos para sentirse triste.

Menos mal que sus padres no han sido testigos de todo aquello. Ellos le dieron permiso para que hablara con Ángel y aclararan las cosas. Del resto, espera que no se enteren. ¿Y si la han llamado?

Rápidamente se incorpora y busca su teléfono. Está sobre la mesa. Lo examina y, efectivamente, tiene una llamada desde el móvil de su madre. Pero eso no es todo. Hay otra perdida de un teléfono desconocido. Y un mensaje. Paula abre el SMS y descubre que alguien le ha dejado algo grabado en el contestador automático.

Es Ángel.

Escucha atenta todo lo que dice.

Ahora llueve más. Y un relámpago ilumina el cielo del parque de atracciones.

Suspira cuando suena la señal que indica que el mensaje ha terminado.

Su tristeza aumenta. Y también una gran sensación de culpabilidad. Sí, Ángel le ha pegado a Alan. Se ha comportado fatal. Pero también es cierto que todo esto viene provocado por sus dudas. Por su indecisión. Le dejó tirado el día de su cumpleaños y renunció a su primera vez con él después de haber sido ella misma la que se lo propuso. Luego se mostró fría con el chico cuando la llamó la semana pasada. ¿Habían roto? Ni sí ni no. Ni explicaciones ni respuestas. Y, finalmente, la va a buscar, nada menos que a Francia, para salvar su relación. Y con lo que se encuentra es con un desconocido que dice que ella se emborrachó con él en una cena que compartieron.

Decididamente, Ángel tiene razones suficientes para haber perdido los nervios. Y lo ha hecho de la peor manera. Pero también ha rectificado, reconociendo su error y prácticamente suplicando que le perdonase.

Lo que siente Paula es que en realidad la única culpable es ella.

Tiene que hablar con él, pero no ahora. Si le llamase, probablemente solo empeorarían las cosas. Está muy cansada e imagina que él también. No es el momento. Ángel se va en el avión de las once. Es una pena que no coincidan en el mismo vuelo.

Pero en cuanto llegue a España, hablarán y aclararán las cosas.

Siente un cosquilleo por dentro. ¿Amor? Ni idea. Pero, pese a todo lo que ha pasado en esos últimos días, sigue queriendo a Ángel.

Capítulo 48

Una noche de finales de junio, en un lugar de la ciudad.

No le ha cogido el teléfono y ha tenido que grabar un mensaje en su contestador. Como hace casi tres meses, en París. No se ha sentido cómodo hablando con una máquina, pero espera que en esta ocasión la suerte sea diferente a aquella vez. De momento, Ángel no ha obtenido ninguna respuesta de Paula. Quizá aún no haya visto que la ha llamado. Es verano, sábado por la noche, posiblemente esté por ahí con sus amigas. O con algún chico. Ha pasado bastante tiempo desde que terminaron su relación como para que haya encontrado un nuevo novio. ¿No lo ha hecho él? ¿Por qué no ella también? Si así fuera, no se metería en medio. Aunque sus sentimientos le pidiesen lo contrario.

De todas formas, no sabe exactamente qué le dirá. Ni lo que pasará entre ellos cuando se vuelvan a encontrar. Es una incógnita. Tenerla delante, mirarla otra vez a los ojos, escuchar su dulce voz, aspirar su olor a vainilla tan característico. No se le ha olvidado nada de eso. Y durante unas semanas lo echó mucho de menos. Pero la vida siguió y apareció Sandra. Y continuó avanzando más y regresó Paula. Y ahora..., ¿qué?

Su móvil suena, pero no es ella. La melodía es la que tiene asignada para su novia: *These boots are made for walking.*

El día que le dio su número de teléfono, la chica llevaba unas botas altas y una falda vaquera, al estilo Edurne en «Operación Triunfo» el día que la cantó. Su aspecto le recordó a Ángel aquella canción y la eligió para que sonara cuando Sandra lo llamara.

Suspira y responde.

—Hola.

—Hola.

Su tono de voz es menos alegre de lo habitual. Sin duda, no lo está pasando bien, a pesar de haber demostrado gran entereza en aquel asunto. Pero la incertidumbre de saber qué es lo que sucederá la sobrepasa.

—¿Cómo estás?

—Bueno... Tenía ganas de oírte antes de irme a dormir.

—¿Ya te vas a la cama?

—Sí, aunque no tengo mucho sueño.

La chica resopla. Quiere tanto a Ángel que no imagina despertarse una de esas mañanas, llegar a la redacción y que ya no sea para ella. Sin embargo, cree en lo que ha hecho. Y esperará a que tome una decisión. Aunque le duela.

—Podrías intentar leer algo para que te entre.

—No me apetece leer.

—¿Y una peli de esas malas que te gustan a ti?

—Tampoco me apetece. En realidad, no tengo ganas de hacer nada.

—Es raro que te pase eso, con lo activa que tú eres.

—Es lo que tiene que tu novio te diga que quizá quiera a otra. Te deja sin fuerzas y con pocas ganas de hacer cosas.

—Ya. Entiendo.

—Pero no te lo tomes a mal. Sigo pensando que lo que hemos acordado es lo mejor para ambos.

—Tal vez.

La pareja se queda un instante en silencio. Están incómodos. Ángel no sabe qué decirle y Sandra empieza a pensar que llamarle ha sido una mala idea.

—¿Has hablado ya con Paula?

—No —responde el periodista—. La he llamado, pero no me ha cogido el móvil. Mañana lo intentaré de nuevo. Ya se ha hecho muy tarde.

—A lo mejor te llama ella cuando vea que la has llamado tú.

—No lo sé. Le he dejado un mensaje en el contestador hace unos minutos.

—Ah. ¿Y qué le has dicho?

—Poca cosa. Que quería hablar con ella.

Sandra suspira. Espera que todo se solucione cuanto antes porque, si no, lo pasará muy mal.

—¿Crees que Paula querrá?

—¿Hablar?

—Sí. Fue ella la que cortó contigo, ¿verdad?

—Más o menos.

—¿Quedaréis?

Ángel no responde al instante. No sabe adónde quiere llegar con todas esas preguntas.

—Me parece que no es bueno que hablemos más sobre el tema —señala el periodista, serio, aunque intentando no ser demasiado seco.

—Soy muy masoquista, ¿no?

—Un poco.

—Creo que me voy a volver loca —afirma ella cambiando el tono de voz—. ¿Piensas que en el periódico me darán la baja por enajenación mental?

—Puede ser.

—¿Y cuando me cure conservaré mi puesto de trabajo?

—Seguro. El jefe es tu padre.

—¡Mi padre! ¡Mi pobre padre! Siempre me lo dijo:

«Nunca mezcles el amor con el trabajo». ¡Cuánta razón tenía! —exclama con comicidad.

El periodista sonríe. Si la vieran sus compañeros de *La Palabra* sobreactuar de esa manera, no se lo creerían. La dura y despiadada Sandra Mirasierra en su versión más desconocida, esa que solo él ha llegado a descubrir.

—¿Seguro que estás bien?

—No —responde Sandra, recuperando un tono más sobrio—. Y sé que lo voy a pasar peor con todo esto. Pero no me queda más remedio que confiar en ti. Y esperar.

—Vuelvo a pedirte disculpas. Lo siento. No sé cómo aguantas.

—Imaginando que me quieres.

El móvil de Ángel en ese instante se enciende. Tiene otra llamada. Es Paula. El corazón le da un vuelco.

—Sandra, lo siento. Tengo que colgarte. Me están llamando.

—¿Es ella?

—Sí. Ya hablaremos.

—Vale... Y recuerda que te quiero.

Sus últimas palabras llegan en un susurro casi inaudible. Un fino hilo de voz lleno de miedo y de inquietud. Y es que aquella llamada puede significar el final de su relación. La mejor relación que ha tenido jamás.

—Adiós, Sandra —contesta Ángel, y pulsa el botón que da por terminada la conversación.

Inmediatamente, y antes de dejar que los nervios le dominen y se apoderen completamente de él, responde a la otra llamada.

—Hola, Paula.

—Hola, Ángel.

Unos minutos antes, esa noche de finales de junio, en un lugar apartado de la ciudad.

Cruza las piernas. Estira los brazos hacia el frente. Descruza las piernas. Se inclina hacia delante y apoya los codos en las rodillas, de reojo mira el móvil. Paula no sabe qué hacer. ¿Lo llama?

Una vez más, escucha el mensaje que Ángel le ha dejado en el contestador automático. ¡Quiere hablar con ella! ¿Qué querrá decirle?

Solo hay una manera de averiguarlo: llamarle.

Pero eso tal vez despierte viejos sentimientos. Quizá no tan viejos. Cuando ayer se lo encontró en el Starbucks, volvió a sentir algo. Es muy difícil de explicar el qué y por qué.

Le apetece fumarse un cigarro. En la mochila guarda el paquete. Aún le quedan unos cuantos. Se levanta y camina hacia la escalera. Sube, ansiosa, sin despegarse ni un instante de su teléfono, que revisa una y otra vez por si Ángel vuelve a llamar. Ya arriba, acelera el paso hacia su habitación. Entra, enciende la luz y va hacia la esquina donde está la mochila. De uno de sus bolsillos saca el tabaco y el mechero. Se lleva a la boca un cigarro y lo enciende. El humo que expulsa sube hasta el techo y se desliza lentamente hacia la ventana del dormitorio, que está abierta.

—¿Tienes uno para mí?

Alan también entra en la habitación y acude junto a Paula. Esta saca otro cigarro y se lo entrega al francés.

—No sabía que fumaras —le dice extrañada.

—Y no fumo.

—Entonces, ¿para qué lo quieres?

—Para que no te lo fumes tú. Es malo fumar. ¿No lo sabías?

Y ante los ojos atónitos de la chica, Alan deja caer el cigarro al suelo y lo pisa.

—¿Qué haces? —exclama la chica, que se agacha para ver si es todavía fumable—. ¡Estás mal de la cabeza!

—La que está mal de la cabeza eres tú por hacerte daño a ti misma. Si salieras conmigo, no te dejaría fumar.

—Pero resulta que no salgo contigo —protesta indignada.

El chico se asoma a la ventana y observa el laberinto de setos iluminado. Sonríe, aunque no está feliz.

—Y él, ¿fuma?

—¿Quién?

—Ángel.

—¿Por qué me preguntas eso?

—Curiosidad.

—Es una curiosidad algo extraña, ¿no te parece?

—Más extraño me ha parecido que te llame. ¿Os seguís viendo?

—¿Cómo sabes que me ha llamado?

Alan hace un gesto con la mano y arquea las cejas. Luego tararea la canción de The Corrs, la que Paula tiene como sintonía en el móvil para las llamadas de Ángel.

—¿A cuántos Ángeles conoces?

—Creo que conozco a más demonios que Ángeles...

El francés sonríe y se sienta encima de la mesa que está al lado del gran ventanal.

—¿Sigues enamorada de él?

—¿De Ángel? ¡No! ¡Claro que no!

—¿Y por qué te brillan los ojos?

—¿Qué? No me brillan los ojos.

—Será de la luz.

Paula da una nueva calada a su cigarro y lo mira fijamente.

—A ti también te brillan los ojos.

—Lo mío es por la cerveza. Está empezando a hacerme efecto.

—Ya.

Los dos se miran. Cada vez con más intensidad.

—¿Por qué crees, si no, que me iban a brillar?

—No lo sé.

—Te aseguro que a mí no me ha llamado Ángel.

Paula suelta una gran carcajada al oír aquello. Eso ha tenido gracia. Y más sabiendo lo que pasó entre ellos en Francia. Aquella cicatriz en la ceja izquierda de Alan permanecerá para siempre como recuerdo de su encuentro en aquel hotel de Disneyland París.

—No le he vuelto a ver desde que regresé a España —comenta Paula echando las cenizas por la ventana—. Me ha llamado para que hablemos.

—¿Sobre qué?

—Ni idea. No me lo ha dicho. Ha dejado un mensaje en el contestador de mi móvil. Iba a llamarlo ahora, justo antes de que llegaras tú.

—¿Y por qué me estás contando esto a mí?

—Porque me estás preguntando, ¿no?

Alan sonríe y baja de la mesa dando un brinco.

—¿Sabes una cosa?

—¿El qué?

—Que ahora que sé que fumas tengo menos ganas de besarte.

Y, después de hacer una graciosa reverencia, camina hacia la puerta ante la desconcertada mirada de Paula.

—¡Mejor, porque no pensaba darte un beso! ¡Sería lo último que haría! —grita enfadada.

—No te creo. Pero tranquila, mis ganas solo han bajado de cien a noventa y nueve.

Guiña un ojo y se marcha del dormitorio sonriendo.

La chica contempla como cierra la puerta. Expulsa la última bocanada de humo, apaga el cigarro y lo tira por la ventana. Mira hacia las estrellas y, a solas, sonríe. ¡Es incorregible! Pero no sabe qué tiene que le gusta. No puede remediarlo. No es como Ángel, ni mucho menos como Álex. Y sigue sin fiarse de él. Pero debe reconocerlo: Alan la atrae muchísimo.

Resopla.

Sabe lo que tiene que hacer ahora.

Coge el móvil y busca en la lista de contactos. Por la A: allí está su nombre con su número. Inspira el aire de la noche que entra por la ventana y pulsa la tecla verde de llamada. Un *bip*, dos, tres...

—Hola, Paula.

—Hola, Ángel.

Capítulo 49

Esa noche de finales de junio, en un lugar apartado de la ciudad.

—¡Tú lo que tienes que hacer es echarte un novio! —le grita Miriam a Cris—. Mira lo bien que me trata a mí el mío.

La mayor de las Sugus está sentada en las rodillas de Armando. Pasa las manos alrededor de su cuello y le besa apasionadamente en la boca. Sabe a cerveza. El chico se deja hacer ante la mirada de Cristina, que ve como su minuto de gloria ha terminado. Ha estado bien ser su pareja de tenis y su compañera de barbacoa. Pero otra vez regresan los besos y las caricias con su novia, y ella vuelve al segundo plano.

—Los novios no sirven para nada. Nunca te puedes fiar de un hombre —discrepa Diana, que ya se ha bebido dos botellines de cerveza.

Mario, que está sentado enfrente, la mira con cara de pocos amigos. Pero no le contesta. No merece la pena volver a discutir con ella.

—Venga, Diana, no digas eso —la recrimina Miriam, que se ha dado cuenta de que aquel comentario ha afectado a su hermano.

—Es cierto. Los tíos son así. Por mucho que tú les des, siempre querrán otra cosa. Si apuestas por uno, hagas lo que hagas, tarde o temprano buscará a otra que tenga lo que a ti te falta.

La chica agarra un nuevo botellín que ha abierto mientras hablaba y da un gran trago. Es el tercero en menos de veinte minutos.

—Eso es injusto. No todos los chicos son así.

—¿Ah, no? Pues yo quiero conocer a alguno que no lo sea.

—Mira, aquí tienes a dos.

Miriam señala primero a Armando y luego a Mario, que han preferido no contestar a lo que la chica estaba insinuando.

—¡Ja! ¿Tu novio y tu hermano? ¡Menudos ejemplos que me pones! Eres muy poco objetiva...

—Tú también lo eres. Acabas de romper con Mario y estás diciendo eso para hacerle daño a propósito.

—Yo solo digo la verdad. De los tíos no te puedes fiar.

—Vamos, Diana. Si tú has estado de flor en flor hasta hace un mes.

—Y así debería haber seguido. No estaría sufriendo tanto.

—Eres tú la que ha querido cortar conmigo y no al revés. Me parece que yo también estoy sufriendo un poco —suelta Mario, que ya cree que ha aguantado bastante.

Un gran silencio se produce en la mesa. Todas las miradas se dirigen al chico que acaba de hablar.

—¿Y por qué motivo hemos cortado? Porque tú sigues enamorado de la chica de tus sueños. La chica ideal. La chica perfecta.

—No vamos a empezar otra vez con lo mismo.

La tensión en la mesa es evidente. Armando y Cristina prefieren mantenerse al margen y observan la escena en silencio. Miriam tampoco quiere inmiscuirse aunque se siente mal por aquella situación.

—Me odias, ¿verdad? —pregunta Diana con frialdad.

—Claro que no te odio.

—Sí que me odias. Tú solo tienes ojos para ella.

—Déjalo, por favor. Ya hemos roto, que es lo que querías. No insistas más con ese tema. Ya has dejado claro lo que piensas. Y, aunque no esté de acuerdo en nada, es inútil discutir contigo porque no me crees.

—No das motivos para creerte. Tú no me quieres.

—Para ya. No molestemos más a los demás. Ellos no tienen la culpa de que nosotros hayamos cortado.

—Tienes razón.

Diana se levanta de la mesa, se tambalea un poco y da un último trago a su cerveza.

—¿Adónde vas? —pregunta Miriam, que también se incorpora.

—Adonde no tenga que escuchar tantas tonterías y me valoren más.

Y, diciendo esto, entra en la casa. Mario se pone de pie y la sigue.

—Voy tras ella, no vaya a ser que se maree otra vez. —Y corriendo se mete también en la casa.

Diana sube a toda prisa la escalera, con el chico detrás.

—¿Me vas a perseguir cada vez que intente estar sola?

—Sí. No me queda más remedio.

—Déjame tranquila. Hemos cortado. Ya no tienes que preocuparte por mí.

—Pues me preocupas. Qué le vamos a hacer...

—Y luego soy yo la cabezota —señala ella resoplando.

Los dos entran en la habitación. Diana coge su mochila y comienza a guardar sus cosas.

—¿Para qué recoges?

—¿Y tú eras el inteligente de la relación? ¡Me voy!

—Pero ¿adónde vas a ir?

—¡A mi casa! Con suerte, mi madre estará en el piso de su novio y por fin podré estar tranquila sin nadie que me dé la brasa.

—Me parece que ya no hay autobuses a esta hora.

—¡Pues me iré haciendo autoestop!

Diana mete en la mochila el bikini con el que se bañó antes y cierra la cremallera. Se la cuelga en la espalda y sale del dormitorio.

—¡Cómo vas a irte a casa haciendo autoestop!

—Muy sencillo. Se pone el dedo así y ya está —indica ella, imitando el gesto del autoestopista, mientras camina por el pasillo con Mario a su lado.

—No pienso dejar que te metas en el coche con un desconocido.

—¡Tú no eres mi padre! ¡Ni tampoco mi novio!

—¿Y qué? Me importas. Y no voy a permitir que hagas eso.

—Ya lo veremos.

Los chicos llegan a la puerta principal. Diana abre y sale de la casa. Mario va detrás.

—¡Es muy tarde! ¡Volvamos con los demás!

—¡Vete tú! ¡Yo me voy a mi casa!

—¡Cabezota!

—¡Capullo!

La noche es cerrada. Solo se escucha el ruido de los insectos y los pájaros nocturnos. La pareja se aleja de la casa por el sendero que lleva hasta la carretera.

—En serio, Diana, esto no es una buena idea.

—Lo que no es una buena idea es que te tenga detrás mirándome el culo todo el rato.

—Volvamos con los demás, por favor.

—No.

En ese instante, el teléfono de Mario suena en uno de los bolsillos de su pantalón. Es su hermana.

—Dime, Miriam —contesta.

—¿Dónde estáis? ¿Os habéis ido? Nos ha parecido oír la puerta principal.

—Sí, Diana quiere volver a su casa.

—¿Qué?

—Pues eso. Pero creo que ya no hay autobuses.

—¿Y qué vais a hacer?

—Yo, estar con ella hasta que se le pase el enfado.

—Bueno. Pero tened cuidado —comenta la mayor de las Sugus, que está preocupada—. Mario, te dejo, que casi no tengo saldo.

—Vale. No os preocupéis por nosotros. Hasta luego.

—Adiós.

El chico cuelga y vuelve a guardar el móvil en el bolsillo de su pantalón.

Diana se detiene de repente y lo mira.

—Oye, de verdad, Mario: vete con los demás.

—No. No te pienso dejar sola.

—No me va a pasar nada.

—¿Y eso cómo lo sé yo? Antes tampoco te iba a pasar nada y te desmayaste.

—Fue casualidad. Ya estoy perfectamente. Incluso el puntillo que llevaba por la cerveza se me ha pasado.

—No me vas a convencer.

La chica da un taconazo contra el suelo y sigue caminando por el sendero.

—¿Vas a venir conmigo a mi casa? —le pregunta ella irónica.

—No hay autobús a esta hora.

—Sí que hay. ¡Mira!

—¿El qué?

A lo lejos, en el arcén de la carretera, un autobús está detenido en la parada, con las luces de emergencia puestas. Un hombre mayor sube. No hay nadie más.

Diana echa a correr todo lo que puede, con la mochila rebotando sobre su espalda. Mario la sigue de cerca.

—¡Se va a ir! ¡No! —exclama la chica—. ¡Espera!

Pero es demasiado tarde. El vehículo arranca y avanza por la carretera desapareciendo en la noche.

—Se fue —dice Mario, tranquilamente, cuando llega a la parada.

—¡Mierda! ¡Por poco! —protesta Diana—. Si no me hubieras entretenido tanto, lo habría cogido y ahora estaría de camino a mi casa.

—Ya no hay más autobuses hasta mañana —apunta el chico, señalando un panel con los horarios—. Este era el último.

—¡Joder! Tú tienes la culpa.

—Yo no tengo culpa de nada. Eres tú y tu cabezonería.

Sin embargo, la chica no está de acuerdo. Resopla enfadada. Mira hacia un lado y hacia otro, y comienza a caminar.

—¿Adónde vas?

—Lejos.

—¿Lejos, adónde?

—¡Y a ti qué te importa...! ¡Vete con los demás y déjame tranquila!

Pero Mario, una vez más, no le hace caso y, sin saber el rumbo que están tomando, sigue a Diana.

Capítulo 50

Esa noche de finales de junio, cada uno a un lado de la línea de teléfono.

Las piernas de Ángel tiemblan y sus pies bailan nerviosos cuando oye su voz. Ya no esperaba que Paula lo llamara. Es tarde, en pleno mes de junio, sábado, a esa hora de la noche. No es el momento idóneo para saber de una chica de diecisiete años. Además, ayer, cuando se vieron en el Starbucks, el encuentro fue muy frío, hasta desagradable. Lo más normal hubiera sido que no lo llamara, ni ahora ni nunca.

—¿Cómo estás? —pregunta él algo tímido.

—Bien. ¿Y tú?

—Más o menos. No me puedo quejar.

—Me alegro.

—Gracias.

—De nada.

Silencio.

—No esperaba que me llamases.

—¿No?

—No. Es bastante tarde. Imaginaba que estarías por ahí de fiesta.

—Pues ya ves, te equivocaste.

Paula respira hondo y cierra los ojos. ¿No está siendo

demasiado cortante? Quiere parecer agradable, pero la realidad es que está muy tensa. Le cuesta pensar y dice lo primero que se le viene a la cabeza. Debe relajarse. No está hablando con ningún extraño. ¡Es Ángel! Hace unas semanas ese mismo chico era su novio, alguien en quien confiaba plenamente, con quien le encantaba charlar y, sobre todo, de quien estaba enamorada. O eso era lo que en un principio creía. Luego llegaron las confusiones y los líos.

—Me alegro de haberme equivocado. Y gracias por llamarme.

—Bueno, para ser exactos, el que me ha llamado eres tú. Yo solo te he devuelto la llamada.

—Sí, es verdad.

—Siento no haberte cogido antes el teléfono.

—No te preocupes.

«Estoy acostumbrado», piensa Ángel. Pero se reprime. No la ha llamado para discutir y mucho menos para ser borde o irónico con ella. Las cosas pasaron como pasaron y no es el momento de hacer reproches.

—Me ha sorprendido volverte a oír. ¿Qué es lo que querías?

—Pues... hablar contigo.

—¿Sobre qué?

—Mmm. No sé por dónde empezar.

—¿Qué te parece por el principio?

Otra vez ha sonado demasiado brusca. Ha intentado ser graciosa, pero no le ha salido. ¿Qué le pasa? Cada vez está más nerviosa. No tendría que ser así. Que Ángel vuelva a su vida es algo que no esperaba. Siente un cosquilleo por dentro casi insoportable. Le apetece otro cigarro, pero ahora no puede fumar.

—Bien, pues comenzaré por el principio.

—Te escucho.

—A ver... ¿Por dónde...? El principio, sí... Hace unas semanas, comencé a salir con alguien: Sandra, la chica que conociste ayer en el Starbucks.

—Ah, era tu novia.

—Sí.

Los dos se quedan en silencio unos instantes. Ángel busca el camino más corto para contarle lo que está sucediendo; Paula trata de asimilar el golpe. Aquello le ha dolido. Aunque era previsible, confirmar la noticia de que su ex sale con aquella despampanante chica le ha hecho daño. ¿Ha sido a propósito? No, no lo cree. Él no es de esos.

—Es muy guapa. Y parece una chica inteligente —comenta intentando parecer tranquila—. Me alegro.

—Gracias.

—Perdona, siento haberte interrumpido. Continúa con lo que me estabas diciendo.

—No te preocupes. —Piensa un segundo cómo seguir y retoma la historia—. Sandra es mi jefa. Porque no sé si sabes que estoy trabajando en el periódico *La Palabra.*

—¿Sí? ¡No tenía ni idea!

—Pues allí estoy ahora. Es divertido. Más cosas sobre las que escribir, más repercusión en lo que hago y me pagan bastante mejor.

—¡Qué bien! Se veía venir. Estaba segura de que ibas a ser un periodista reconocido.

Los nervios de Paula disminuyen sin desaparecer del todo. Aunque está triste por la relación de Ángel, ha sentido una alegría muy grande cuando le ha contado lo de su nuevo trabajo.

—Ese cambio fue un aliciente y una motivación para seguir adelante después de que se terminara lo nuestro.

—Ya.

Esas palabras hieren a la chica. Tampoco él se siente bien por haberlas dicho. Recordarlo es duro para ambos.

—El caso es que en *La Palabra* conocí a Sandra y me gustó mucho. Yo también le gusté a ella. Un día me pidió salir y yo acepté. Como tú dices, es una mujer muy inteligente. También es muy guapa. Y tiene carácter y mucha personalidad. Pero... ha surgido un problema.

—¿Qué problema?

—Tú.

La chica, que se ha tumbado en la cama para estar más cómoda mientras habla por teléfono, da un brinco y se sienta sobre el colchón. Agarra la almohada y se la coloca en el regazo.

—¿Yo? ¿Qué quieres decir con eso?

—Ayer, cuando te vi..., no sé qué me pasó. Fue como volver al pasado. Sé que nuestro encuentro no fue demasiado afectuoso ni tampoco cálido. Incluso estuvimos muy secos el uno con el otro. Pero sentí algo. Y, desde entonces, no dejo de pensar en que las cosas entre tú y yo deberían haber sido de otra manera.

Otro silencio.

—Yo... no sé qué decirte.

Porque a ella le sucedió lo mismo. Revivió los buenos momentos que compartieron juntos. Primero, detrás del ordenador, y más tarde, en persona. No fue demasiado tiempo, pero sí muy intenso. Y disfrutó muchísimo de todo lo que aconteció en esos días: la habitación del grito, el desayuno con churros y chocolate, el primer beso, el torneo de golf con Andrea Alfaro...

—Sé que lo que te voy a pedir puede sonar raro. Y no te voy a obligar a nada si tú no quieres.

—Me estoy empezando a asustar.

—Y también sé que lo que pasó en Francia, y todo lo

demás, tal vez no lo hayas olvidado. Quizá todavía no me hayas perdonado por el puñetazo que le di a tu amigo.

—Eso es agua pasada. Claro que lo he perdonado. Lo que pasa es que...

—Shhh. No hablemos de eso ahora —la interrumpe—. Me gustaría...

—Dilo ya, Ángel. Me estoy poniendo muy nerviosa.

—Lo que quiero... —Hace una pausa en la que trata de elegir bien las palabras que va a decir—. Lo que quiero es que quedemos y pasemos un día juntos.

—¿Qué? ¿Un día tú y yo juntos?

—Sí.

La sorpresa de Paula es mayúscula. Nunca hubiera imaginado que Ángel le propondría algo así. ¿Cómo iba a pensarlo después de casi tres meses sin ningún tipo de contacto? De nuevo le asaltan los nervios. ¡Necesita ese cigarro!

—No sé. No creo que sea lo mejor. Si tienes novia y eso...

—Es por eso mismo por lo que necesito saber qué siento por ti y qué siento por ella.

—Es que...

—Ya sé que es egoísta por mi parte.

—Uf.

—Y que corro el riesgo de meter la pata de alguna manera con ella y contigo. Pero cuando ayer te vi... Necesito volver a estar contigo para averiguar lo que siento.

—Ángel, lo nuestro terminó —señala ella muy seria.

Al periodista, aquel cambio en el tono de voz de Paula le desarma y se le hace un nudo en la garganta.

—Sí, lo sé. Pero...

—Y tú tienes ahora a alguien a quien quieres.

—Ya.

—Sería un error resucitar el pasado. Y dejarnos llevar.

—No es dejarnos llevar. Es compartir un día. Ni siquiera tiene que ser como antes. Salir como amigos. Simplemente estar juntos —insiste tratando de reunir fuerzas para convencerla.

—Ángel, sabes a qué me refiero.

—Sí, sí. Y te comprendo.

—No es una buena idea. Además, ¿qué pensará tu novia?

—Ya he hablado con Sandra de esto.

—¿Qué? ¿Ella sabe que me estás pidiendo quedar contigo?

—Sí. Bueno, no exactamente —responde dubitativo—. Lo que Sandra sabe es que tú y yo tuvimos algo que terminó de una manera extraña.

—¿Cómo sabe eso? ¿Se lo has contado?

—En las semanas que llevamos saliendo, no. Pero ayer, cuando nos vimos en el Starbucks, tuve que contárselo. Sin muchos detalles. Desde ese instante, no he sido el mismo con ella. Era justo que supiera por qué me comportaba de esa forma.

—Esto es una locura.

—No he parado de pensar en ti, Paula.

—Ángel... Yo... No puede ser. No...

—¿De verdad crees que sería tan malo pasar un día conmigo?

La chica no contesta. Mira por la enorme ventana que ocupa casi por completo una de las paredes de la habitación. Las estrellas, la luna, las luces del laberinto de setos... Se levanta y camina hacia el cristal. Ve su reflejo. No es la misma que hace tres meses. Sin embargo, hay algo dentro de ella que le pide volver a verle.

—No. No sería tan malo —responde por fin.

Una gran sonrisa, acompañada de un fuerte hormigueo en el estómago, reluce en el rostro de Ángel.

—Entonces...

—No es una buena idea. No es una buena idea —repite Paula. La primera vez es para él; la segunda, para ella misma—. Pero acepto. Está bien, quedemos.

—¿Estás segura?

—No estoy segura, Ángel.

—¿Y por qué lo haces?

—No lo sé —indica mientras continúa mirando por el cristal—. Imagino que es porque también me apetece verte.

—Creo que no solo lo imaginas...

Paula sonríe. Contempla como las hojas de los árboles apenas se mueven. El poco aire que corría hace un rato ha desaparecido. Será una noche calurosa.

—¿Y qué pasará si yo siento que te quiero, que quiero recuperar lo nuestro, y tú descubres que a la que quieres es a tu novia?

—No lo sé.

—¿No lo sabes?

—No. No he pensado en las consecuencias. Solo sé que, para que mi vida, la de Sandra y la tuya prosigan por el camino adecuado, tengo que hacer esto. Pero puedes negarte si no estás segura. Ya te dije que lo que te iba a pedir podía parecer egoísta.

La chica reflexiona unos segundos. En realidad, lo que le pasa a Ángel es lo mismo que le sucedió a ella con Álex. Dos personas: una tu pareja y otra que está ahí de alguna manera en tu cabeza y en tu corazón. Un triángulo amoroso. Es complicado elegir y más difícil aún saber lo que se siente por cada una de ellas.

—Me arriesgaré. Creo que de alguna manera te lo debo. Aunque sigo pensando que pasar un día juntos no es una buena idea.

—Bien.

El chico sonríe. Ha conseguido lo que pretendía. Sin embargo, no se siente del todo bien. Piensa en Sandra. Seguro que ella lo estará pasando muy mal.

—¿Y cuándo quieres quedar?

—¿Mañana? ¿Puedes?

—¿Qué? ¿Tan pronto?

—Sí. Lo tengo libre. Pero, si no puedes mañana, podemos quedar la semana que viene...

—No. Mañana está bien.

No está bien. Debe marcharse de la casa de los tíos de Alan por la mañana temprano y abandonar a sus amigos. Pero sabe que, si aquello se prolonga mucho, no pensará en otra cosa. Así que, cuanto antes, mejor.

—Vale. ¿Te recojo en casa?

—No —contesta rápidamente. No quiere que nadie se entere de aquello. ¡Y menos sus padres!—. ¿Qué te parece en el Starbucks donde quedamos la primera vez?

—Perfecto. ¿A las once?

—A las once estaré allí.

—Llevaré una rosa roja...

Sonrisas a ambos lados del teléfono. Recuerdos. Sentimientos. Y dudas. Muchas dudas.

—Qué clásico.

—Ya sabes que lo soy.

Más sonrisas. Pensamientos. Incertidumbre. ¿Qué están haciendo? ¿Por qué remueven el pasado? ¿Es posible, de nuevo, Paula y Ángel?

Silencio.

Ninguno de los dos comprende qué quiere y qué pretenden sus corazones.

—Hasta mañana.

—Hasta mañana.

Y al mismo tiempo, bajo las estrellas de un sábado de finales de junio, los dos cuelgan, sin saber qué es lo que les deparará el día siguiente.

Capítulo 51

Esa noche de finales de junio, en un lugar de la ciudad.

El camarero recoge el dinero de la cuenta y la propina que le han dejado, y se retira con una sonrisa.

—¿Qué os parece que nos vayamos a tomar una copa?

—¿Adónde?

—Podemos ir a mi casa.

La sonrisa de Katia convence a Álex.

—Vale. No tengo sueño. Por mí, sí —responde el escritor.

—¿Y tú, Irene? ¿Qué dices?

—Por supuesto. Sigamos disfrutando de la noche.

La chica también sonríe. No piensa dejar solo a su hermanastro con la cantante después de todo el vino blanco que ha bebido. Está muy claro que entre esos dos puede saltar la chispa en cualquier instante. Y si hay alcohol de por medio, todavía es más probable.

—¡Genial! —exclama la joven del pelo rosa—. ¡Vamos!

Los tres se levantan de la mesa y salen del restaurante en el que han pasado desapercibidos, algo que, sin embargo, no ocurre en el camino hasta llegar al coche de Katia. Un par de adolescentes la reconocen y con sus móviles la fotografían con descaro. Álex protesta y amaga con enfrentarse a ellos, pero las dos chicas lo tranquilizan.

—Déjalos. No tiene importancia —comenta Katia mientras se sube a su Audi descapotable rosa.

—Sí que la tiene —responde Álex, que también entra en el coche junto a su hermanastra—. Es tu intimidad. No tienen derecho a hacerte fotos sin tu permiso.

—Son chavales. Estoy acostumbrada a cosas así. Peor hubiera sido que fueran periodistas del corazón.

La cantante arranca y sale del aparcamiento. Pone la radio con el volumen bajito. Los que tocan son Sum 41.

—¿Cómo puedes acostumbrarte a esto?

—Pues tú, prepárate —comenta Irene, que ha elegido el asiento del copiloto—. Cuando seas famoso, te tocará a ti también.

—¿A mí? ¡Qué va! La gente reconoce a los cantantes, a los futbolistas o a los actores. A los escritores no les hace caso nadie.

—Pero tú no eres un escritor cualquiera: tú eres un escritor mediático. ¡Si ya tienes cientos de fans!

—Exagerada.

—Es verdad lo que dice Irene. Puede que algún día también te hagan fotos por la calle o te esperen los periodistas en la puerta de tu casa.

—Además, si vais mucho juntos, pueden inventarse una relación entre vosotros.

Ni Katia ni Álex responden al comentario de Irene. Lo ha hecho a propósito, para comprobar cuál era la reacción de los dos. Ambos han eludido el compromiso y no han contestado. ¿Habrá ya algo entre ellos?

El Audi rosa descapotable avanza por las calles iluminadas de la ciudad. Los tres chicos conversan animadamente hasta que llegan al garaje del edificio donde vive Katia. Aparcan y salen del coche.

—Es por ahí —indica la cantante, señalando un ascensor al fondo.

Se dirigen hacia él y suben hasta el ático. Caminan por una alfombra roja en la última planta del edificio.

—Esto está muy bien, ¿eh? —apunta Irene, que va detrás de su hermanastro cerrando el trío—. La zona es genial.

—Sí. Es un buen sitio para vivir. Es una de las cosas buenas que tiene la fama. Puedes disfrutar de cosas que ni imaginabas antes de que todo pasara —dice Katia, y saca las llaves del bolso—. Es aquí.

La chica abre la puerta y entran en el ático. No parece muy grande, pero sí está todo muy ordenado. El salón es bonito: tonos pasteles en las paredes y muebles de diseño.

—Me encanta cómo lo tienes decorado —reconoce Irene, que no deja de observar a un lado y a otro.

—Es verdad. A mí también me gusta mucho —coincide Álex.

—Gracias. Aunque, si os soy sincera, estoy pensando en cambiar un poco la decoración.

—¿Sí?

—Sí. Ya me he cansado de verlo todo igual siempre —dice gesticulando con las manos, señalando el techo y las paredes—. Por cierto, podéis sentaros, ¿eh?

Irene y Álex hacen caso y se sientan juntos en un sofá de tres plazas. Katia enciende la televisión de plasma y busca un canal en el que estén poniendo música.

—¿Qué queréis de beber?

—¿Tienes ron? —pregunta Irene, que ha dejado a su hermanastro en el centro y se ha colocado en uno de los lados.

—Sí, ¿con Coca-Cola?

—Vale.

—¿Y tú, Álex? ¿Qué te apetece?

—No suelo beber demasiado..., pero lo mismo.

Las dos chicas sonríen. Ellas sí que están más acostumbradas a salir y a beber por la noche.

Katia sale del salón y los deja solos.

—Qué chica tan simpática, ¿verdad?

—Sí, lo es.

—Y es muy mona. Bajita, pero con todo muy bien puesto. ¿No crees?

Álex mira a Irene extrañado.

—Es guapa —se limita a contestar.

—¿Solo guapa? ¿Tú has visto los ojazos que tiene?

—Claro. Celestes.

—Son increíbles. Y cómo mira... —insiste Irene en sus halagos—. A ti te gusta, ¿verdad?

—¿Qué?

—Se te nota, hermanito.

«Hermanito». ¿Cuánto hacía que no le llamaba de esa forma? Casi tres meses, cuando Irene llegó a su casa para quedarse un tiempo mientras cursaba aquel seminario sobre liderazgo. Pero él le prohibió que le llamara así.

—No creo que se me note nada. Katia es solo una amiga con la que, además, comparto trabajo.

—Siempre dices lo mismo.

—¿Cómo?

—Eso. De Paula también me dijiste que solo era una amiga.

—No recuerdo que te dijera nada de eso.

—Pues yo sí.

—Da igual. ¿Otra vez vamos a hablar de Paula?

—No. Ahora estamos hablando de la cantante del pelo rosa.

—Yo no estoy hablando de ella.

Irene sonríe traviesa. No debe enfadar a Álex. Ya ha visto su reacción y está muy claro que Katia le gusta. Lo conoce bien. Ahora es el momento de cambiar de tema.

—Tienes razón. Soy muy pesada y no es asunto mío. ¿Me perdonas?

El escritor la mira desconfiado, resopla y asiente con la cabeza. Por un instante creyó reconocer a la Irene de antes, pero parece que solo ha sido una falsa alarma.

—Ya estoy aquí.

Es la voz de Katia, que aparece cargada con una bandeja con tres vasos de tubo llenos de hielo, una botella de ron y otra de Coca-Cola. Álex se levanta a ayudarla y se la arrebata. Luego, la pone sobre la mesa y reparte los vasos.

—¿Os dais cuenta de que llevamos todo el sábado juntos? —comenta Irene, que se sirve la primera.

Cuando termina, le pasa la botella a Katia, que también se echa en su vaso.

—Es que formamos un buen equipo.

—El equipo perfecto: una cantante, un escritor y una... ¿qué soy yo?

—Mmm... ¿Actriz? ¿Qué tal se te da actuar?

Katia e Irene sonríen y beben, mientras Álex añade el ron en su vaso.

—No se me da mal.

—Para tratar con los medios y con las seguidoras de tu hermanastro, tienes que interpretar un papel, ¿no?

—Sí. Y no solo en esas ocasiones. Con los hombres hay veces en las que también debes actuar. No puedes ser lo que realmente eres, sino lo que quieren que seas. Aunque, al final, siempre terminamos ganando nosotras.

Álex la mira de reojo y mezcla el ron con la Coca-Cola. ¿De qué está hablando?

Irene bebe un sorbo de su copa y sonríe. Le divierte jugar, pero no puede confiarse o todo su plan se echará a perder.

Capítulo 52

Esa noche de finales de junio, en un lugar apartado de la ciudad.

Solo quedan los rescoldos de la barbacoa, pequeños trozos de carbón ardientes que han sobrevivido al fuego y que ahora poco a poco van convirtiéndose en ceniza.

El grupo de chicos ha quedado reducido a cuatro. Miriam y Armando están en la misma silla. Ella, sentada sobre él, degustando sus labios en cuanto tiene ocasión. Cris intenta no prestarles demasiada atención. Incluso se ha metido en la piscina sola. Ha estado nadando un rato, despejando la mente y congelando el corazón. Pero aquel intento por ahuyentar sus sentimientos no ha sido del todo satisfactorio porque, cada vez que coincide con los ojos del novio de su mejor amiga, se derrite por dentro.

—Mirad lo que he encontrado —dice Alan, que regresa del interior de la casa con una botella de tequila y siete vasitos pequeños de chupito.

El francés no ha sido el mismo de siempre, ese tipo descarado, vivaracho y arrogante. Sorprendentemente, ha estado bastante apagado durante la noche. Sin embargo, parece que, de pronto, ha recuperado su entusiasmo habitual. O es lo que quiere hacer creer.

—¿Y qué vamos a hacer con eso? ¿Tomarlo a palo seco? Yo, después de las cervezas, estoy un poco... —comenta Miriam, que una vez más besa a Armando, en esta ocasión en la mejilla.

—Vamos a jugar a un juego —comenta Alan.

—¿Qué juego?

—Creo que aquí, en España, lo llamáis «Yo nunca he...».

—¡Ah, he jugado a eso en campamentos de verano! —exclama la mayor de las Sugus—. Alguien decía: «Yo nunca he...», seguido de alguna acción. Por ejemplo, «yo nunca he subido a un árbol». Y todos los que sí habían subido a un árbol debían beber un sorbito de batido.

Alan sonríe.

—Sí, es así. Solo que no hay batidos ni tampoco tenemos doce años.

—¡Qué antipático! Ya lo sé. Imagino que para algo has traído el tequila.

—Exacto —asiente él guiñando un ojo—. Entonces, ¿qué?, ¿os animáis?

—¿Animarse a qué? —interviene Paula, que aparece también en el jardín en el que sus amigos están conversando.

—A decir la verdad —contesta Alan, que es el que más se alegra de verla.

—¿Cómo? No entiendo.

—Alan quiere jugar a «Yo nunca he...». ¿Te acuerdas de cuando jugábamos en el campamento? —le pregunta Cris.

—Sí, claro. Era divertido. Nos hartábamos de beber batido.

—Qué entrañable —ironiza el francés.

—¡Hey, no te burles de nuestra infancia! —grita la Sugus de piña.

Pero para Alan la infancia de las Sugus no es demasiado importante. Abre la botella de tequila y llena cinco vasitos.

—¿Jugamos? —insiste.

Los otros cuatro se miran entre sí, dubitativos, pero finalmente aceptan.

—¿Quién empieza? —pregunta Armando.

—Empiezo yo —se autoelige su novia—. Yo nunca he... perdido con mi novio al tenis.

Miriam es la única que sonríe, satisfecha por su ocurrencia. El resto, sin embargo, protesta gesticulando. Armando resopla. Alcanza su vasito y se lo bebe de un trago.

—¡Puag! Está fuerte —dice volviendo a llenar el chupito de tequila—. Y a ti ya te vale con la preguntita.

Su novia, que continúa sentada sobre él, estira el cuello y lo besa en la boca en forma de disculpas.

—Me toca —se ofrece Paula—. Yo nunca he... ido al cine sola.

—¡Venga ya! —exclama Alan en cuanto la oye. Coge su vasito, se lo bebe y lo vuelve a poner encima de la mesa—. ¡No estamos en el colegio con la plastilina y los rotuladores!

—¿No te gusta lo que he dicho?

—Pues no.

—Di tú algo, listo.

El francés mira a Paula a los ojos y sonríe.

—Yo nunca he salido a la calle sin ropa interior.

La chica abre mucho los ojos y luego ríe. Toma su vasito y, cerrando los ojos, se lo bebe sin pestañear. Luego agita la cabeza de un lado para otro. Le quema la garganta. Los demás la observan. Ninguno más ha bebido.

—¿Qué miráis? Cuando voy a la playa o a la piscina, voy en bikini, no en ropa interior. Así que he sido la única que ha dicho la verdad.

—Ya, ya... —murmura Alan, al que se le ha dibujado una sonrisa traviesa en la cara—. Yo nunca he salido a la calle sin ropa interior, sin contar el bikini o el bañador.

Los dos se miran otra vez a los ojos. El chico llena el vasito de Paula y se lo entrega. Esta suspira y, tras pensárselo unos segundos, bebe.

—Y cuando éramos pequeños y llevábamos pañales, ¿qué? —indica al terminar, riéndose y sintiendo el calor del alcohol en su estómago.

—¿Quieres que insista otra vez con lo mismo pero sin contar los pañales?

—¡No! Déjalo ya. Le toca a otro. ¡Va, Cris! Tu turno.

Todas las miradas se centran ahora en la Sugus de limón, que sonríe tímidamente.

—Yo nunca he... visto una película... de esas.

—¿De esas? ¿Porno? —interviene Alan.

—Sí, de esas.

El francés suelta una carcajada y se bebe su chupito de tequila. El resto también lo hace, excepto Cristina, que se muerde los labios sonrojada.

—No sé si seguir jugando a esto —comenta Paula, que empieza a sentirse un poco mareada.

—¿Ya te vas a echar atrás? Si acabamos de empezar —le dice Alan.

—Es que no quiero que me pase..., bueno. Que llevo ya tres y no es plan.

—Porque eres la más pecadora de nosotros —apunta Miriam, a la que los dos chupitos que se ha tomado también han afectado bastante.

—¡Hey, sin faltar! —exclama Paula riendo—. Bueno, sigo. Pero cuando me vea un poco mal, dejaré de jugar. ¿A quién le toca?

—A mi chico, que aún no ha dicho ninguna.

Armando recibe un beso en los labios de su novia y la mirada expectante de Cristina. Reflexiona un instante y, finalmente, habla:

—Yo nunca me he enamorado de la novia de mi mejor amigo.

Todos se miran entre sí al escucharle, pero ninguno parece que tenga intención de beber. Aunque hay una persona que duda si hacerlo. No sabe si realmente está enamorada o no. ¿Y por qué habrá hecho esa pregunta? ¿Será por ella? ¿Se le notará tanto? Quizá Armando sí que es consciente de los sentimientos que se le han despertado hacia él en los últimos días. ¿Qué hace? ¿Bebe? Sí, es lo justo. Y, tal vez, lo que él espera de ella.

Cristina se inclina hacia delante, coge su vasito de tequila y se lo toma.

—¡Guau, Cris! —grita Miriam—. ¿Y eso? ¿De cuál de nuestros novios te enamoraste? ¡Cuenta, cuenta!

Pero la chica no dice nada. Se cruza de brazos y mira hacia otro lado. Alan se da cuenta de lo que pasa y acude en su ayuda.

—Yo nunca he mirado el culo a ninguno de los presentes.

—¡Mientes! —exclama Paula, que esta vez no bebe. Ha preferido mentir antes que comprar todas las papeletas para emborracharse.

—No miento.

De nuevo, cruce de miradas. Intensas. Atrevidas. Mientras, el resto del grupo coge su chupito y se lo bebe.

—Oye, ¿a quién le has mirado tú el culo? —le pregunta Miriam a Armando, dándole un manotazo en el brazo.

—A ti, por supuesto. ¡Ah, y a Diana!

—¿Qué? ¡Capullo!

—Esta mañana se lo hemos mirado todos. ¿No lo recuerdas?

—¡Se lo hemos mirado las chicas! ¡Tú deberías haber mirado para otro lado!

El chico se encoge de hombros y ríe. Intenta besar a su novia, pero esta se resiste, aunque no por mucho tiempo. Unos segundos después, Miriam le sujeta por la barbilla y le planta un tremendo beso en la boca. Apasionado y sensual.

—Hablando de Diana, ¿dónde están ella y Mario? —pregunta Paula, que no sabe nada de lo que ha pasado.

—Se han ido.

—¿Qué? ¿Adónde?

—A casa. O eso es lo que quería hacer Diana. Mario se ha ido con ella por si le pasaba algo. Pero no sé si habrán encontrado autobús para volver —dice Miriam.

—Voy a llamarlos.

Paula coge su móvil y marca el teléfono de su amigo. «El número marcado está apagado o fuera de cobertura. Inténtelo más tarde».

—¿No lo coge?

—Está sin cobertura o lo tiene apagado. Voy a llamar al de Diana.

Busca su número en la guía de contactos y lo marca, pero la respuesta es la misma.

—Tampoco. Estarán en alguna parte donde no tienen cobertura.

—Vaya.

—No te preocupes, Miriam. Están los dos juntos. No hay que alarmarse —indica Paula, que deja el teléfono a un lado sobre la mesa.

—No estoy preocupada. Además, esos dos tienen muchas cosas que arreglar. Seguro que lo están haciendo ahora —señala sonriente—. Bueno, ¿a quién le toca?

Capítulo 53

Esa noche de finales de junio, en un lugar apartado de la ciudad.

—Vaya, no tengo cobertura.

Mario agita su móvil. Lo alza por encima de la cabeza. Incluso dibuja con él una especie de círculo imaginario. Pero nada le funciona. Las rayitas que en su teléfono indican la cobertura disponible no aparecen. No puede llamar ni recibir llamadas. Y lo mismo ocurre con los SMS.

—Yo tampoco tengo desde hace un rato —dice Diana, que camina despacio.

Llevan más de una hora y cuarto andando y, desde hace treinta minutos, ni siquiera se les ha aparecido un coche.

—Pues qué faena. No podemos llamar a nadie.

—¿A quién quieres que llamemos?

—A alguien para que venga a recogernos. Estamos muy lejos de... todo.

—¡Bah! No exageres. Seguro que cerca de aquí hay alguna carretera o cuando menos una gasolinera.

—Me parece que no. Nos hemos perdido.

—No nos hemos perdido.

—¿Ah, no? ¿Tú sabes dónde estamos?

Diana resopla. Se acerca hasta un árbol y se sienta debajo.

—No, no tengo ni idea de dónde estamos.

El chico sonríe, aunque está preocupado. Por lo que parece, van a tener que pasar la noche al aire libre. Acude junto a ella y se sienta a su lado.

—Esto de adentrarse en el campo, buscando un atajo, no ha sido del todo buena idea.

—No haberme seguido.

—¿Y qué querías que hiciera? ¿Dejarte sola? Es mejor que nos hayamos perdido los dos a que te perdieras tú sola.

—Yo sola estaría muy bien.

—¿Sabes cazar osos?

—Qué gracioso.

El ulular de un búho alarma a Diana, que se arrima a Mario.

—Es solo un pajarillo nocturno, no tengas miedo.

—¿Miedo? ¿Yo? ¿Por estar perdidos en medio de ninguna parte, sin cobertura y sin una cama cómoda para dormir?

—Y aún peor: sin comida y sin agua.

—Bueno, sin agua, no —le corrige Diana.

Abre su mochila y saca una botella de plástico de agua mineral.

—No te voy a preguntar qué hacías con una botella de litro y medio de agua en la mochila. Pero es una suerte que la lleves.

La chica desenrosca el tapón y da un trago.

—Está caliente. La tengo aquí dentro desde esta mañana. La cogí para el viaje de ida.

—¿Me das un poco?

Diana se la pasa y Mario la acepta de buen grado. Tiene la garganta y los labios secos. Y, aunque no está fría, le sabe a gloria.

—¡Agg! Seguimos sin cobertura —protesta la chica.

—Creo que nos debemos olvidar de los móviles hasta mañana.

—¿Y qué vamos a hacer?

—Esperar a que amanezca. Este no es mal sitio para pasar la noche.

—¿Qué?

—¿Tienes una idea mejor? Estamos perdidos, está muy oscuro y, no sé tú, pero yo estoy cansadísimo.

—Sí, yo también.

—Lo mejor es quedarnos aquí y ya mañana buscaremos la forma de volver.

—¿Y los demás? ¿No se asustarán si no tienen noticias nuestras? ¿Y nuestros padres?

—Habrá que confiar en que ellos no se enteren de esto. Sobre todos mis padres y los tuyos. De todas formas vamos a hacer una cosa.

—¿El qué?

Mario coge su teléfono y entra en el apartado de los mensajes.

—Voy a mandarle un SMS a Miriam, por si acaso. El mensaje a mi hermana le llegará en el momento en que el móvil vuelva a tener cobertura.

—¿Y qué vas a contarle? Tampoco sabemos dónde estamos.

—Solo le voy a escribir para decirle que no se preocupe, que estamos juntos y que está todo bien. Que mañana nos vemos.

El chico escribe el SMS tal y como se lo ha explicado a Diana y pulsa la tecla de enviar. Como suponía, el mensaje no se manda, pero queda guardado en el buzón de salida.

—No creo que sirva para nada —señala la chica.

—Ni yo. Pero, por intentarlo, tampoco perdemos nada. Además, si mañana recuperamos la cobertura momentáneamente y no nos damos cuenta, mi hermana estará avisada y nos llamará.

«Muy ingenioso», piensa. En realidad, se alegra de que él esté a su lado. Si se hubiera perdido sola, seguro que estaría muerta de miedo. Ahora, al menos, se siente protegida. Mario no es muy fuerte ni muy valiente, pero sí sabe utilizar la cabeza. Y eso, en esos instantes, es de gran ayuda.

El búho de antes vuelve a ulular y, al mismo tiempo, se oye otro ruido, pero este mucho más humano. Diana mira a Mario y se sonroja.

—Sí, es mi tripa —apunta avergonzada.

—Debe de ser el hambre.

—No lo sé.

—No te preocupes. Yo también tengo hambre. Apenas he comido en la barbacoa.

—Pero a ti no te ruge el estómago.

El sonido se repite. Y la chica se pone las dos manos en la tripa.

—¿Desde cuándo no comes? Tampoco a ti te he visto comer mucho hoy.

—No me acuerdo.

—Además, has vomitado antes. No tienes que tener mucha comida en el cuerpo.

—Ya.

—Es normal que tu estómago se queje.

—Sí.

—¿Has merendado algo?

—¡Joder! ¿¡Podemos dejar ya el tema de la comida!? —exclama ella de improviso ante la sorpresa del chico, que no esperaba aquella reacción.

Diana se levanta y se sienta en otro árbol enfrente del que estaba. La oscuridad de la noche casi no le permite ver a Mario.

Los dos permanecen en silencio unos minutos.

Al ulular del búho se ha sumado el desagradable graznido de otro pájaro y el incesante canto de un grillo.

—¿Por qué me has gritado de esa manera? —pregunta Mario por fin.

Pero solo encuentra silencio.

—No creo que te haya hecho nada malo para que me grites —insiste—. Solo me preocupaba por ti. Como siempre. De hecho, estoy aquí, en medio de no sé dónde, por preocuparme por ti y no dejarte sola.

—¡Te lo vuelvo a decir! ¡No necesito tu ayuda! No tenías que perseguirme. No tenías que ayudarme. ¡Y no tienes que preocuparte por si como o dejo de comer!

Las últimas palabras de Diana van cargadas de angustia y de dolor. Mario se da cuenta y empieza a llegar a una conclusión que había obviado por completo hasta entonces. Los mareos, los desmayos, los cambios de humor, verla vomitar de esa forma en el cuarto de baño... ¡Qué ciego ha estado! ¿Cómo pudo pensar que se había quedado embarazada cuando en realidad lo que estaba era más delgada?

El chico también se pone de pie y camina hasta el árbol en el que está Diana. Se sienta junto a ella y la busca con la mirada. Trata de ver sus ojos, pero está demasiado oscuro para comprobar lo que imagina.

—Tienes problemas con la comida, ¿verdad?

—Déjame, Mario —susurra ella.

Cariñosamente, el chico coloca una mano en su abdomen y lo acaricia. Diana la siente y se estremece. Está a punto de gritarle que la quite, pero realmente no quiere. Nunca ha querido que se vaya, que se aparte de su lado, pero las circunstancias y su estado lo han impedido.

—Estoy contigo. ¿Vale? Quiero que lo sepas.

En la noche, con la única luz de la luna y las estrellas, la mano de Mario recorre el cuerpo de Diana, que cierra los ojos e imagina que todo vuelve a ser como antes. Como hace unas semanas, cuando aún podía controlar lo que hacía.

Hace siete semanas, un día de mayo, en un lugar de la ciudad.

—¡Hola, mamá! —grita Diana, que acaba de llegar a casa.

Pero enseguida recuerda que no hay nadie. Su madre está de viaje con ese novio suyo. Uno nuevo, que no termina de gustarle. Pero, por lo menos, tiene a alguien que la quiera. Ella está sola. Y el chico que le gusta no le hace demasiado caso. Bueno, no es exactamente así. En las últimas semanas se han acercado bastante. Son muy amigos. Su primer amigo de verdad, porque hasta entonces los tíos solo habían servido para una cosa. Mario es distinto. Muy diferente al resto. Y sus sentimientos hacia él también.

Sin embargo, sospecha que él continúa enamorado de otra: Paula.

Paula, Paula, Paula. Siempre ella.

Es una de sus mejores amigas, pero ¿por qué no deja algo para las demás? Y, ahora que está sin novio, todavía es peor. Todos van detrás de ella, buscando una oportunidad. «Una dulce oportunidad», como dice la canción de Robin. Aunque eso ahora a Diana le da lo mismo. Solo le importa una persona.

¿Lo llama por teléfono?

No está segura. ¡Pero si lo ha visto hace nada! Ha ido a su casa a estudiar Matemáticas. Desde que le echa una mano, no ha suspendido ni un solo examen. Y todos con nota alta. Que te guste el empollón de la clase tiene sus ventajas.

Subo a su dormitorio, suelta la mochila en la cama y

coge el móvil. Se pasea por su habitación mirándolo. ¿Lo llama? ¿Y qué le dice?

No, mejor no. Lo agobiaría.

Tal vez esté en el ordenador.

Enciende su PC y lo busca en el MSN. Nada. Se desespera. ¿Dónde se habrá metido? ¿Cenando? Es posible, son las nueve de la noche. Ella también tiene hambre. Así que, mientras espera que Mario se conecte, se preparará algo para comer.

Baja rápidamente las escaleras y entra en la cocina. El frigorífico está casi vacío. Abre el congelador y ve una *pizza* cuatro quesos. Bueno, engorda un poco, pero es lo que hay. Además, le encanta la *pizza.* La saca de la nevera y la mete en el microondas. Cuatro minutos. Ring. Lista. Qué fácil es hoy en día cocinar.

En una bandeja coloca el plato con la *pizza* y un vaso lleno de Coca–Cola, y sube otra vez a su habitación. Vuelve a entrar en el MSN. ¡Bien! ¡Mario está conectado! Pero su estado es de «no disponible». Y ahora, ¿le dice algo? Sí, ¿por qué no?

Deja la porción de *pizza* que está comiendo sobre el plato y escribe.

—Hola, ¿has cenado ya?

Recupera su trozo y le da un gran mordisco. No contesta. Se lo termina y coge otro pedazo de *pizza.* Pues va a ser verdad que no está disponible.

Refunfuña mientras mastica. Suelta algún que otro insulto en voz alta y se balancea ansiosa en la silla. ¿Insiste?

—¿Quieres un trozo de *pizza* cuatro quesos? Está muy buena.

Como no responda rápido, va a tener que invitarle a otra cosa, porque ya queda menos de la mitad. Pero el chico continúa sin aparecer.

Diana suspira. Qué cruel es el amor. Y lo que engorda. Se pone la mano en la tripa y percibe que el plieguecito que se le forma cuando está sentada es un poco más grande de lo que recordaba. ¿Ha engordado? No puede ser. Serán imaginaciones suyas. De inmediato, suelta el trozo de *pizza* en el plato y se levanta. Se sube la camiseta y observa atentamente su estómago. No está más gorda, ¿verdad? ¿O sí?

El pitido característico del MSN, acompañado de la lucecita naranja, anuncia que alguien le ha escrito.

¡Mario!

—Hola, Diana. Perdona por no haberte contestado antes.

—Ah, no te preocupes. Yo estoy cenando —escribe, y mira desafiante lo que queda de *pizza.*

Una porción más no le hará daño. ¿Cuántas calorías tiene? Seguro que muchísimas. ¡Bah, qué más da! Coge el trozo y lo muerde.

—Estaba subiendo unas fotos al Tuenti.

—¿Sí? Voy a verlas.

—OK.

La chica termina de comerse el triángulo de *pizza* y abre la página de Mario.

Son doce fotos. En casi todas sale ella, pero también Paula. ¡Menuda diferencia! Es que esa tía es perfecta. Incluso rubia, está buenísima. Y ella, ¿ha echado caderas? Se ve más gorda. Y al lado de su amiga... No le extraña que Mario esté enamorado de Paula y no de ella. ¡Qué frustración!

Solo quedan dos porciones sobre el plato. Diana se pone otra vez de pie y vuelve a mirarse bajo la camiseta. ¡Joder, sí que ha engordado!

¡La culpa es de la comida!

Para gustarle a Mario, tiene que parecerse a Paula. Y para parecerse a Paula, debe comer menos o...

Una idea le pasa por la cabeza. Nunca lo ha hecho y tampoco se le había ocurrido hasta el momento.

—Espera, Mario, ahora vengo —escribe en su MSN.

Sale de su habitación y entra en el cuarto de baño. Se quita la camiseta y se mira al espejo. ¿Por qué no podrá ser como ella?

Abre el grifo del agua fría al máximo. Unas gotitas la salpican. Se inclina y bebe un poco. Está nerviosa.

Respira hondo y se agacha junto al retrete. Abre la tapa y cierra los ojos.

¿Lo va a hacer?

El estómago se le revuelve al imaginarlo. Siente un escalofrío por todo su cuerpo. Pero no va a detenerse ahora. Apoya una mano en el suelo y, sin querer pensarlo más, se introduce en la boca los dedos índice y corazón de la otra mano. Una arcada y un alarido de esfuerzo y de dolor. Los ojos rojos, desorbitados, mientras su estómago comienza a vaciarse.

Capítulo 54

Una noche de finales de junio, en un lugar apartado de la ciudad.

Han pasado más de veinte minutos desde que los chicos comenzaron a jugar y a beber. No todos han aguantado tanto. Paula, al quinto chupito, optó por retirarse, como se había prometido. Empezaba a notarse algo mareada y decidió irse a descansar a su habitación. Además, su cabeza está en otro lado. ¡Mañana volverá a ver a Ángel! Solo pensarlo la pone muy nerviosa. No le ha dicho nada a nadie, aunque Alan sabe que han hablado por teléfono. Si se enterara de que han quedado, seguro que se las ingeniaría para que no fuera o para ir con ella. Así que lo que ha pensado que hará es dejar una nota antes de marcharse de la casa y tratar de que tarden lo máximo posible en darse cuenta.

Al mismo tiempo, junto a la barbacoa, el juego prosigue.

—Yo nunca le he dado un beso en la boca a alguien de mi mismo sexo —dice Alan, que sigue allí por una cuestión de orgullo.

Cuando Paula anunció que abandonaba, también se le pasó por la cabeza hacerlo él. Pero lo pensó mejor durante unos segundos y aceptó continuar. ¿Desde cuándo se rebaja a ir detrás de una tía? Sabe la respuesta: desde que conoció a aquella chica en París. Ella es la principal causa de que esté en España durante ese verano.

Miriam y Cris beben un nuevo vasito con tequila. ¡Cuántos picos cariñosos se han dado entre ellas!

La mayor de las Sugus es la que peor se encuentra y a la que más le está afectando la mezcla de tequila y cerveza. Permanece todo el tiempo con una sonrisa tonta en su rostro y apenas se mantiene recta. Además, achina los ojos para mirar. Aunque cuando más se le nota que no está bien es cuando habla y no pronuncia las eses finales de las palabras.

—Creo que deberíamos parar ya —propone Armando, que sujeta a su novia por los hombros para que no se caiga.

—¡No! ¡Si *acabamo* de empezar! —protesta Miriam, intentando zafarse de los brazos del chico.

—Yo también quiero dejar de jugar —comenta Cris, que ha sido la que menos ha bebido de todos.

—¡No! ¡No! ¡No! ¡*Sigamo*!

—Bien. Si es lo que quieres... Yo nunca me he emborrachado en una fiesta —suelta de nuevo Alan. Y llena el vasito de Miriam.

La chica ríe a carcajadas y se lo bebe de un trago.

—¡No bebas más! —exclama Armando, que le quita el vasito y se levanta de su silla.

—¡Hey, tú! ¿Qué *hace?*

—Nada.

—Devuélvemelo. No *e* justo.

—Estás muy mal, cariño. Luego me lo vas a agradecer. —Y se guarda el vasito en el bolsillo.

En cambio, Miriam no está de acuerdo y no se va a dar por vencida. Con dificultad, también se incorpora para intentar recuperar su vasito. Pero el alcohol ha disminuido sus reflejos y su agilidad. En cuanto se pone de pie, pierde el equilibrio y se estrella contra el suelo.

—¡Ay! —gime tumbada bocabajo.

Sin embargo, rápidamente, se da la vuelta y empieza a reír a carcajadas.

—¡Menudo golpe te has dado! —exclama Armando, que reacciona y se agacha para ayudarla—. ¿Estás bien?

Cris y Alan también se acercan hasta la chica, que no para de reír. Entre los tres consiguen ponerla de pie. Tiene un pequeño rasguño en la rodilla, pero parece que no es grave.

—Me duele la pierna —se queja, ahora ya más seria.

—Es hora de ir a dormir —señala Armando, que sostiene a su novia.

—¿Ya? ¡No!

—¡Sí!

—¡Que no! Quiero quedarme aquí.

—Cariño, es mejor que te eches un rato. Cuando te recuperes, vuelves.

—Jo.

La mayor de las Sugus se suelta de Armando y se lanza a los brazos de Alan, que la aguanta como puede y la vuelve a empujar hacia su novio.

—Yo también creo que debes irte a la cama —apunta el francés sonriente.

—Nooo.

—Es lo mejor, Miri —interviene Cris.

La chica escucha a su amiga, intenta pensar un instante y suspira.

—Vale, pero luego vuelvo.

—Aquí te esperamos.

—Eso. No *o vayái.*

La pareja comienza a caminar hasta la casa. A Miriam le cuesta andar, prácticamente se arrastra. Incluso cojea levemente.

—¡Ahora vengo a daros las buenas noches! —grita Armando. Y, junto a su novia, desaparece en el interior de la mansión.

Cris resopla. Se ha ido. A ella también le gustaría que él la acompañara a la cama, aunque tuviera que emborracharse para ello. Y no ha estado lejos, porque los chupitos de tequila también la han afectado bastante.

—¡Ven conmigo! —le grita Alan, dándole una palmada en la espalda.

El francés se quita la camiseta y se lanza de cabeza a la piscina. La chica lo observa y sonríe levemente. No es mala idea. Es una noche calurosa.

Lentamente, Cristina se quita primero la camiseta y después el *short*, para quedarse en bikini. Deja debajo de la mesa sus zapatillas y camina descalza hasta la piscina mientras contempla como Alan nada de un lado a otro. Es un gran atleta, como demostró antes en la pista de tenis. Un chico diez, al que solo le falla su carácter prepotente. Pero es algo que está segura de que tiene un motivo. En el fondo, sabe que no es tan arrogante y creído como pretende hacer creer a todo el mundo.

—¿Qué, Cris? ¿Te bañas conmigo?

—Sí.

La chica no se tira de cabeza como ha hecho él. Se dirige a la escalera y baja despacio, mojándose poco a poco, conforme va poniendo los pies en cada escalón. Cuando tiene todo el cuerpo dentro, se desliza suavemente hacia el centro de la piscina e introduce la cabeza bajo el agua. Al sacarla, descubre que Alan está a su lado. Sonríe alegremente.

—¿Cómo estás? ¿El alcohol ha podido contigo o resistes?

—Resisto. Pero me duele un poco la cabeza.

—Es normal. El tequila es una de las bebidas que más fuerte pega.

Cris se mantiene en la superficie del agua, moviendo sus brazos en círculos. El chico nada tranquilamente a su alrededor.

—Aunque me parece que Miriam está peor que yo.

—Según se mire.

—No. Está claro que a ella el tequila se le ha subido más que a mí.

—No me refería a eso.

—¿No? ¿Y a qué te referías?

—A la compañía.

La mirada de Alan es significativa. Y tiene razón. A pesar de que el francés es un encanto con ella, ahora mismo le gustaría que otro estuviese en su lugar.

—No seas tonto. Tú tampoco estás mal.

—¿Bromeas? Yo soy lo mejor que puedes tener. Y más en una piscina.

—Así no, Alan.

—Perdona.

—No tienes que pedirme perdón. Simplemente no seas chulo conmigo. Bueno, ni conmigo ni con otras.

—¿Qué otras?

—Ya lo sabes.

Los dos sonríen. Forman una extraña pareja de amigos. Son justo lo contrario el uno del otro. Pero se caen bien.

—De todas formas, y aunque sé que estás muy bien conmigo, creo que te alegrarás de ver quién viene por ahí.

Cristina se da la vuelta y observa que Armando ha regresado. Viene solo. El chico se da cuenta de que están en la piscina y se acerca hasta allí.

—¿Cómo está Miriam? —pregunta la Sugus de limón,

intentando ocultar su alegría de verlo de nuevo y mostrando preocupación por su amiga.

—Bien. Se ha dormido en cuanto se ha echado en la cama.

El joven se quita la camiseta ante la mirada de Cris, que no pierde detalle. Después, las zapatillas.

—¿Te vas a bañar? —pregunta ella sorprendida.

—Sí. Hace calor. Estará bien, antes de irme a dormir.

—Es verdad. Hace mucho calor esta noche —añade Alan, que se apoya en el bordillo de la piscina y sale de esta de un salto.

El francés coge una toalla y comienza a secarse.

—¿Te vas?

—Sí. Me voy adentro a comer algo. El agua y el tequila me han dado hambre —le responde el chico a Cristina, sonriéndole.

En ese instante, se escucha el chapoteo del agua. Armando se ha lanzado a la piscina.

—Hasta luego.

—Luego nos vemos. Pásalo bien.

Alan recupera su camiseta, aunque no se la pone, se calza y entra en la casa.

Mientras, dentro de la piscina, el novio de Miriam nada hacia donde está una de sus mejores amigas.

Capítulo 55

Noche oscura. Noche izada.
Noche cumbre. Noche estrellada.
Noche indómita. Noche apagada.
Noche viva. Noche amada.
Que susurra en el bosque,
que se pierde en la casa,
que imagina en sus sueños
que la magia es magia.

Esa noche de finales de junio, en un lugar de la ciudad.

Ninguno de los tres despega sus ojos de la televisión. Especialmente Álex y Katia, que en ese instante son los protagonistas. Irene solo observa.

—¡No! ¡No ha entrado! —grita el escritor, que no está de acuerdo con aquella decisión.

—¿Cómo que no? ¡Claro que ha entrado! —exclama la cantante, muy satisfecha con el golpe que ha dado—. ¡En medio de la línea!

—Sí que ha entrado. Reconoce que ella es mejor que tú jugando al tenis —comenta Irene.

—¡Qué va! Lo que pasa es que le tiene cogido el truco a la Wii. Pero en una pista de verdad sería distinto.

—Habría que verlo.

—Sí, habría que verlo.

La chica del pelo rosa deja el mando de la videoconsola sobre una mesa y se sienta junto a Irene.

—¿Quieres jugar tú? —le pregunta—. Es muy bueno para hacer ejercicio.

—No, déjalo. Yo prefiero correr por las mañanas.

—Si quieres, algún día puedo ir contigo. A mí me viene muy bien para estar en forma. Pero me aburre correr sola.

—Claro. Cuando tú quieras, te vienes.

Álex deja también su mando y las observa mientras dialogan. Parece que se llevan bastante bien. Él tenía sus dudas. El carácter de su hermanastra es tan especial... Pero el tiempo que pasó con el difunto Agustín Mendizábal la ha cambiado muchísimo. Ya no es la misma.

—¿Queréis que juguemos a un juego en el que hay que cantar?

—Tendrías ventaja tú, ¿no? —dice el chico, sonriente. A continuación, mira la hora—. Además, es muy tarde ya. Tenemos que pedir un taxi.

—¿Y por qué no os quedáis a dormir?

Álex e Irene se miran el uno al otro, sorprendidos e indecisos.

—No sé, Katia —duda el chico—. Tendrás cosas que hacer...

—¿Un sábado por la noche? Estar con vosotros —comenta ella con una sonrisa—. El sofá es muy cómodo. Y hay otra habitación con una cama.

—Vale. A mí me parece una buena idea —comenta Irene.

En realidad, no le parece tan buena. Que duerman en camas cercanas Katia y su hermanastro no le gusta demasiado. De todas maneras, ahí estará ella para impedir cualquier acercamiento..., si se produce.

—Está bien. Nos quedamos —confirma Álex.

—Pues no se hable más. Ahora lo preparo todo.

—¡Me pido la habitación! —exclama Irene—. Tú, al sofá. Siempre he querido decir esto.

Las dos chicas ríen.

—Bueno, entonces, ¿queréis que juguemos a ver quién canta mejor?

En ese instante, esa noche de finales de junio, en otro lugar de la ciudad.

—¿Sí?

—Hola. ¿Estabas durmiendo? —pregunta él.

—No, escuchaba un poco de música.

—¿Qué oías?

—Black Eyed Peas: *Where is the love?*

—¿Tú lo sabes?

—¿El qué?

—Una pregunta no se contesta con otra pregunta. ¿Recuerdas?

—Capullo.

El chico y la chica sonríen.

—Te preguntaba que si sabías dónde está el amor. *Where is the love?*

—Yo, sí. El que no lo sabe eres tú.

Touché. Directo al corazón.

¿Por qué la ha llamado? Porque se sentía culpable y necesitaba contarle lo que ha pasado. Sin embargo, en ese instante, con Sandra al otro lado del teléfono, Ángel duda si decirle que mañana ha quedado con Paula.

—Tienes razón.

—Ya me gustaría no tenerla y creer lo que he creído en el tiempo que llevo contigo. Que tu amor soy yo.

—Y lo eres...

—No lo soy, Ángel.

El periodista se tumba en el sofá y mira hacia el techo. Desde que habló con Paula, curiosamente, en quien más ha pensado ha sido en Sandra. Toda esa historia es tan extraña y confusa... Un chico empieza a salir con una chica mayor que él, de la que cree estar enamorado, hasta que aparece la ex menor de edad que lo abandonó el día de su cumpleaños. Surgen entonces las dudas y se cuestiona sus sentimientos. En una idea un poco descabellada, decide quedar con la ex para averiguar lo que realmente siente por una y por otra. Y lo más sorprendente de todo: tanto la novia como la ex aceptan que se produzca ese encuentro. Un lío amoroso propio de una película.

El silencio previo a una importante confesión siempre es parecido. Se origina una tensión que se percibe en el ambiente, incluso en una conversación por teléfono.

—Mañana he quedado con ella —suelta Ángel, cerrando los ojos y frotando sus párpados con los dedos.

—Imaginaba algo así en cuanto he visto que me estabas llamando —responde Sandra con firmeza.

—Eres muy inteligente.

—Intuitiva. Aunque, en este caso, no tenía mucho mérito. Era bastante lógico.

El periodista suspira y se acaricia el pelo. La semana que viene irá a cortárselo.

—¿Y?

—Y nada, Ángel. Ya te dije que esto, aunque me duela, era lo más conveniente para todos.

—¿Estás enfadada?

—No.

—¿Triste?

—Eso sí. Pero bueno, no me queda más remedio que

esperar acontecimientos. Eso es lo que más cuesta: no poder hacer nada y depender de alguien.

—¿Me sigues queriendo?

—Cuántas preguntas. Pareces periodista.

Ángel ríe. Le encanta.

—Muy malo.

—Todo es mejorable.

—Entonces, ¿me sigues queriendo?

—Sí, pesado. Y aunque, después de todo lo que me estás haciendo sufrir, sientas que la chica de tu vida es Paula, te seguiré amando —dice con amargura—. Solo hasta que aparezca otro, claro.

Ambos sonríen. Le gusta su ironía. Hasta en los momentos más complicados saca a relucir su personalidad y su particular sentido del humor.

—¿Me llamarás mañana mientras esté con ella?

—No me preguntes eso.

—¿Por qué?

—Porque no lo sé.

—¿Quieres que te llame yo?

—Eso es cosa tuya —responde Sandra fría—. Pero no creo que lo hagas.

—¿No?

—No.

Con los ojos cerrados, recostado sobre su lado derecho, estira las piernas. Aún está vestido. Ni siquiera se ha cambiado de ropa desde que regresó a casa. Elegantemente informal.

—Sandra, me voy a ir.

—Vale.

—Sé que te lo he dicho unas cuantas veces, pero quiero volver a...

—No me pidas perdón otra vez.

—Es que...

—Mañana, si descubres que la quieres, me lo pides. Por última vez.

Su tono de voz desprende cariño, pero también dolor.

—Vale —contesta Ángel después de un suspiro.

Aquella llamada solo ha servido para que se sienta todavía más culpable.

—Mañana hablamos. No sé cuándo, pero hablaremos. Buenas noches.

—Hasta mañana. Buenas noches.

Cuelgan. Se quedan pensativos.

El futuro de su relación es incierto. Sin una respuesta clara. Solo saben una cosa: que mañana será un día muy intenso para los protagonistas de este triángulo tan complicado. Aunque ninguno sabe cuánto.

Esa noche de finales de junio, en un lugar apartado de la ciudad.

—¡Deja el ordenador y ven a la cama! —grita Bruno, algo impaciente por la tardanza de la chica.

—Enseguida. Estoy mirando a ver si me han enviado una cosa.

Davinia entra en su correo electrónico y lo revisa. Sonríe satisfecha. Por fin tiene la respuesta que deseaba. El *e-mail* está escrito en francés, aunque lo comprende perfectamente. Saber cuatro idiomas tiene sus ventajas.

> Oh, muchísimas gracias. ¿Cómo puedo pagártelo? Eres una gran persona. ¡Me hace tanta ilusión! Estoy deseando volver a ver a mi Alan y darle una gran sorpresa. ¿Tú sabes por qué no ha contestado a mis llamadas ni ha respondido a mis *e-mails*? ¡Lo echo tanto de menos! Cómo le quiero.

Por cierto, tu padre, ¿cómo está?

De verdad, Davinia, millones de gracias por la invitación y millones de besos.

Monique

Una sonrisa de oreja a oreja ilumina el rostro de la chica. ¿Qué mejor manera de agradar a su querido primo que invitando a su casa a su novia, o exnovia, suiza?

Seguro que será muy divertido.

Esa noche de finales de junio, en un lugar apartado de la ciudad.

Para ellos es una suerte que no haga frío. A pesar de encontrarse a la intemperie y sin demasiada ropa, la temperatura no es una de sus preocupaciones.

Diana tiene apoyada la cabeza en el hombro de Mario, que con una ramita dibuja palitos en el suelo. Eso le ha recordado a una historia que leyó una vez en un blog. Un chico y una chica discutían por quién de los dos quería más al otro. Para resolver la duda, acordaron pintar una rayita cada vez que alguno de los dos pensara en su pareja. La chica estaba convencida de que ella lo amaba más. Extrañamente, el chico no apareció esa noche. Ni tan siquiera le cogía el móvil. Celosa y enfadada, se autoproclamó ganadora. Ella había dibujado nada menos que cincuenta y cuatro rayitas en un cuadernito. Pero ahora se arrepentía de haber pensado tanto en él. Sin embargo, pasadas las doce, la llamaron por teléfono para avisarla de que su novio había tenido un accidente. Muy asustada, corrió al hospital, donde le contaron que lo había atropellado un coche. Estaba grave, pero fuera de peligro. Era un milagro. Pero lo que más sorprendió a los médicos es que el chico llevaba un bolígrafo en la mano que no soltó ni en el momento del accidente y los brazos llenos de rayitas de tinta. Habían contado ciento veintitrés.

—¿En qué piensas? —pregunta Diana, que ha intentado dormir en un par de ocasiones sin éxito.

—En nada. Recordaba una historia.

Apenas se ven. Aunque es una noche estrellada y con luna, la oscuridad en aquel lugar es inmensa. Prácticamente total.

—¿Me la cuentas?

—Claro.

Mario comienza a relatar la historia de las rayitas. Durante unos minutos la chica no dice nada. Escucha relajada e intrigada. Y, cuando termina, siente una gran emoción en su interior.

—¡Qué bonito...! —comenta mientras se aparta una lágrima de la mejilla.

—Y cruel. Que te tengas que enterar así de que tu novio te ama tanto debe de ser muy duro.

—Peor sería saber que no te quiere.

Mario capta la indirecta, pero en esta ocasión no tiene ganas de discutir. Bastantes sobresaltos llevan ya a lo largo del día.

—¿Por qué no duermes un rato?

—No tengo sueño —miente ella—. Y tú, ¿por qué no duermes?

—Tengo que vigilar el campamento —dice sonriendo.

—Sí, hay que tener cuidado de que no se vuele la tienda de campaña —apunta irónica Diana, que sigue apoyando la cabeza en el hombro de Mario.

—Nunca se sabe lo que puede pasar. Hay que estar alerta.

La chica resopla. Aunque le gusta estar en contacto

permanente con él, protegida, no se siente bien. Daría lo que fuese por estar en su cama y no salir de allí en una semana. Está siendo un día muy duro. A todo lo que tiene acumulado se ha sumado la ruptura con Mario. Eso es lo que más le duele, aunque ha sido ella misma la que ha tomado la decisión. Además, ahora él sabe lo que le pasa y eso la preocupa.

La noche avanza y, cuanto más tarde es, más ruidos se oyen. Han escuchado el vuelo de un ave por encima de ellos. También como si algún pequeño animal se moviese entre las matas. Y los ruidos de los insectos, los más inquietantes. El no ver, el no saber qué es cada cosa, el no poder hacer nada, pone muy nerviosa a Diana. Más que miedo es tensión.

—¿Te puedo pedir una cosa?

—Sí.

—¿Me abrazas?

Mario sonríe tristemente. Está muy preocupado por ella. Y no sabe de qué manera afrontar el asunto. Quizá ahora no es el mejor momento para hablar de lo que le pasa. Simplemente debe estar junto a Diana y apoyarla.

—Claro.

El chico le pasa sus manos por detrás de los hombros y las apoya en su espalda. Ella aprieta su cuerpo contra el suyo y cierra los ojos. Recuerda cuando antes le acariciaba el abdomen y se estremecía. Y querría que todo volviera a ser como antes.

Pero Diana sabe que eso no es posible. Un gran problema la ha atrapado y ellos han roto.

El abrazo finaliza. La chica lo mira, aunque no le ve.

—¿Y un beso? —susurra—. ¿Me das un beso?

Ni ella misma sabe por qué ha dicho eso. Pero, antes de arrepentirse de lo que ha pedido, encuentra los labios de

Mario en su boca. Suaves, dulces, sinceros. Y no quiere pensar. Solo sentir. Por un minuto va a permitirse volver a ser feliz.

Esa noche de finales de junio, en un lugar apartado de la ciudad.

Ha intentado llamar a sus amigos, pero sus móviles siguen apagados. ¿Dónde se habrán metido? Quizá estén reconciliándose y han decidido apagar los teléfonos para que nadie los moleste. O, simplemente, se han quedado sin batería y no se han dado cuenta. Aunque no deja de ser muy raro que lleven tanto tiempo desconectados. De todas maneras, no debe preocuparse. Están juntos y eso es lo más importante.

¡Cuántas cosas pasan! Paula no puede pensar con claridad. Le duele la cabeza por el tequila, y eso que solo se ha bebido cinco chupitos. A saber cómo estarán los demás. Menos mal que ella se retiró a tiempo. Si hubiera seguido, no imagina qué podría haber pasado con Alan cerca y al acecho.

¿Qué estará haciendo el francés ahora? Ese chico la tiene muy despistada. Le gusta, no le gusta. Le gusta, no le gusta. Estar con él es como deshojar una margarita continuamente. Lo mismo la sorprende con algún comentario fuera de lugar como, a continuación, la atrapa con la mirada. Con esos ojos verdes tan increíbles. Nunca ha visto una mirada como la suya. Solo la de Ángel es comparable, aunque la de su exnovio es mucho más limpia.

Ángel...

¿Qué pasará mañana?

No. No debe pensar en eso ahora. No quiere. Y no puede, ¡la cabeza le duele si piensa! Lo mejor es irse a dormir de una vez.

Destapa la cama, acomoda la almohada y elige lado en el que dormir. Para Cris, el otro.

Y a todo esto, ¿dónde está su compañera de habitación?

Capítulo 56

Esa noche de finales de junio, en un lugar apartado de la ciudad.

El agua de la piscina no está demasiado fría. Dos grandes columnas de luz, procedentes de otros tantos focos situados en el fondo, proporcionan el ambiente idóneo para una noche de verano. Ambiente para parejas, para románticos, para novios... Ellos no son nada de eso. Pero nadan juntos.

—No tengo sueño —le dice Armando a Cris, acercándose a ella lentamente.

—A mí me duele un poco la cabeza, pero tampoco tengo mucho sueño.

La chica mueve los pies y los brazos en círculos para mantenerse a flote. No deja de mirarlo, constantemente: cómo se aproxima y se aleja de ella, haciendo surcos en el agua, deslizándose.

—El agua está buenísima.

—Sí. Es una pena que Miriam se haya quedado dormida.

—Tiene muy poco aguante. No es como tú.

Armando ahora está junto a ella. Tan próximo que puede verle los ojos y cómo sonríe. El calor de la noche es más intenso con él a su lado.

—No es eso. Es que ella ha bebido mucho más que yo.

—Siempre le pasa lo mismo —sigue diciendo el chico, que no está muy de acuerdo con Cristina—. El día que nos liamos por primera vez, se pilló una buena.

—Me lo contó.

—¿Sí? ¿Y eso?

—No sé. No recuerdo bien.

—¿Vosotras os lo contáis todo?

La chica se sonroja cuando oye la pregunta. Miriam le ha confesado algunas cosas, pero ¿qué puede decir y qué no?

—No, todo no.

—¿Te ha hablado mucho de mí?

—Pues... no demasiado. Algo.

Armando sonríe y se coloca aún más cerca de ella.

—Mientes. Es fácil pillarte en una mentira.

—¿Qué dices? ¿Cómo puedes saber eso?

—Porque has mirado hacia abajo cuando has contestado —señala sonriendo—. Puede que no sea muy listo, pero sé que no me has dicho la verdad.

Nervios. Está más cerca. Dice que miente... y tiene razón. Observa sus labios. Deseables. Seductores.

—Bueno, ya sabes que entre las chicas nos contamos cosas. Pero no todo. Yo soy más reservada.

—¿Sí? Cuéntame algo que no sepan tus amigas.

—¿Qué?

Sin darse cuenta, Cris ha ido retrocediendo hacia una de las esquinas de la piscina. Su espalda contacta con el bordillo y se detiene. Él está delante, sonriendo. Con la luna detrás. Atractivo, imponente. Deseable.

—Venga, cuéntame un secreto.

—No tengo secretos.

—Vuelves a mentir.

Los dos sonríen. El corazón de la chica está cada vez más acelerado. Sus rodillas se rozan.

—¿Llevas un polígrafo encima?

—Son tus ojos los que te delatan —dice él tras una pequeña carcajada—. Que, por cierto, son muy bonitos vistos desde cerca.

Es la segunda vez que le dice que tiene los ojos bonitos. Y eso la hace sentirse bien, especial.

—Gracias.

Se miran en silencio. Desaparecen las sonrisas. Se amontonan las sensaciones. La respiración de Cris se entrecorta y no puede más. Sus labios. Sus labios se lo piden. Necesita besarle. Lo necesita. Pero... no. No puede ser. Es que no puede ser. Es el novio de Miriam. Una Sugus. Una de sus mejores amigas. No puede ser, pero... ¡uf!

—¿Qué te pasa?

—¿A mí? Nada.

—Te has puesto muy seria.

—No. Ya te he dicho que me duele la cabeza. Y, aunque no tengo sueño, estoy un poco cansada.

Armando sonríe. ¿Por qué están tan cerca?

Hace calor. Cada segundo más.

El deseo se está apoderando de ella. Un deseo incontrolable.

—Yo también estoy cansado —comenta el chico, alejándose un poco de Cristina.

—¿Te vas a ir a dormir?

—Sí. ¿Y tú?

—Si tú te vas, claro. No queda nadie más.

—Entonces, vamos.

—Vale.

Y comienzan a nadar hacia la escalera.

La chica está decepcionada, aunque al mismo tiempo aliviada. Lo ha tenido tan cerca... Pero, en el fondo, sabe que es lo mejor. Si se hubiesen besado, luego se habría arrepentido de haberlo hecho. ¡Es el novio de Miriam!

La pareja sale de la piscina y camina por el césped hasta la mesa en la que están las toallas. Solo queda una.

—Toma, sécate tú —señala el joven, y le cede la toalla a Cris.

—Da igual. Sécate tú primero —responde ella devolviéndosela.

El chico se encoge de hombros y empieza a secarse. La Sugus de limón, mientras, se pone las zapatillas. No deja de pensar en lo que ha podido pasar en la piscina y finalmente no ha ocurrido.

De repente, todo se vuelve oscuro. No ve nada. Y grita. Armando le ha puesto la toalla en la cabeza.

—¡Hey! ¡No hagas eso! —protesta.

Le está alborotando el pelo con la toalla. Nota sus dedos fríos por el agua rozando sin querer su cuello y sus manos. Aunque no lo hace con agresividad, sí percibe su fuerza. Enseguida, consigue desembarazarse y lo mira a los ojos. Siente un gran impulso. Mucho más fuerte que antes si cabe. Jadea. Respira con dificultad. Tentación insuperable. Y se lanza hacia él. Rodea con sus manos su cintura y lo besa en la boca. El chico no solo no se aparta, sino que responde al beso con más intensidad. Más ardiente, más apasionado. Empujándose el uno al otro, caminando hacia atrás, caen al césped. Cris encima de Armando. Están muy excitados.

Pero entonces la chica se detiene. Se acuerda de Miriam. Es su novio. No puede hacer aquello. No puede. Es su amiga. ¡No debe continuar adelante!

Suspiros. Sentimientos. Deseos.

Él la observa. No quiere pararse. Y acerca su rostro al suyo nuevamente. La besa en el lóbulo de una oreja. Luego en el cuello. Cristina gime y se da la vuelta. No desea que siga besándola. Es por Miriam. Solo por ella. Aquello es una gran equivocación. Armando le sujeta las manos contra el suelo y vuelven a mirarse a los ojos. Y se besan en la boca una vez más. Pero es el último beso, de momento. La chica se suelta y se deja caer a su lado.

—Ella no tiene por qué saberlo —susurra él mientras se acerca otra vez.

—Es mi amiga. No puedo hacer esto.

—Yo sé que te gusto.

—No es verdad.

Armando sonríe.

—Sí que lo es. Has vuelto a mentir. Se te nota mucho cuando lo haces. Eres muy transparente.

Cris resopla y mira hacia el cielo. Hay mil estrellas vigilantes, testigos de su traición. Está siendo la persona con la que el novio de una de sus mejores amigas le está poniendo los cuernos. Vuelve a centrarse en sus ojos.

—¿Y qué si me gustas?

—¡Lo has reconocido!

—¡No! Pero no tiene importancia. Porque tú eres el novio de Miriam.

—Pues yo creo que sí tiene importancia lo que sientas.

—¿Ah, sí?

—Sí. Porque tú a mí también me gustas.

El joven aprovecha la sorpresa de Cris, inmóvil, para colocarse sobre ella. Se inclina y vuelve a besarla. Está confusa. ¿Por qué ha dicho eso? No puede pensar. El alcohol, sus besos, el sentimiento de culpabilidad... Pero ahora no dice que no. Cierra los ojos y siente sus labios primero, luego su lengua.

—Para —suplica Cristina—. Esto no...

Pero la boca de Armando interrumpe sus palabras. Esta

vez el beso es más largo. Intencionado, buscado y encontrado. A ese le sigue otro. Y varios más. Decenas de ellos. Y, aunque Cris sabe que está cometiendo el error más grande de su vida, no ha podido vencer la tentación.

Capítulo 57

Un día de finales de junio, en un lugar apartado de la ciudad.

El cielo empieza a clarear. Azul. Sin nubes. Los rayos del sol lucen tímidamente y se filtran entre las hojas de los árboles. Sopla una tímida brisa, fría. Y los pájaros mañaneros dan su bienvenida al nuevo día.

Mario abre los ojos. Al final, el cansancio le venció y terminó durmiéndose hace un par de horas. Tiene a Diana sobre él, acostada en su regazo. Ella cedió antes a Morfeo. La contempla con dulzura y sonríe. Es preciosa. No lo puede negar: algo diferente se ha despertado en su interior. Antes le gustaba, pero no de esa manera.

Sin embargo, hay una pregunta que aún está sin respuesta: ¿volverán a estar juntos?

Hace unas horas, una noche de finales de junio, en ese mismo lugar.

Sus labios se despegan en la oscuridad de la noche. Casi no se ven, pero se sienten como nunca antes lo habían hecho. Aquel beso, improvisado y furtivo, ha disparado sus corazones.

—Guau —susurra Diana, intentando recuperar el aliento.

—Ha sido..., ¡uf!

—Sí. Uf. Increíble.

Los dos se quedan en silencio pensando en lo que acaba de ocurrir. Será porque apenas se ven o por la tensión acumulada de todo el día; quizá por estar solos, perdidos, hambrientos; o por el cansancio; o por la presión a la que ambos se han visto sometidos... Podrían buscar miles de razones para explicar el sentido y el sentimiento de aquel beso, pero ninguna definiría exactamente la emoción y la intensidad que han experimentado en ese momento. Todo se queda corto.

—¿Por qué me has pedido que te besara? —pregunta el chico.

—Y tú, ¿por qué me has besado?

—Porque me lo has pedido.

—Eso es solo una excusa.

Ninguno lo ve, pero ambos sonríen.

—Siempre tienes que discutirlo todo, ¿verdad?

—No, todo no.

—Pues conmigo no pasas ni una.

—Tú tienes esa virtud. Me haces enfadar.

Aunque sus palabras son acusadoras, su tono de voz es agradable y sin acritud. A ella también le ha encantado el beso que se han dado. Y no le apetece empezar una nueva pelea.

—Pues menuda suerte.

—No te quejes. ¿Quieres que me vuelva a enfadar?

Diana suelta una carcajada. Parece de mejor humor y más relajada, como si aquel beso hubiera servido para hacer las paces no solo con Mario, sino también consigo misma.

—No, no quiero que te enfades.

—Tranquilo. Creo que por hoy ya hemos tenido bastante.

La chica sonríe y vuelve a apoyar la cabeza en su hombro. Le gusta estar cerca de él, que sus cuerpos estén en contacto. Como si fueran una pareja feliz, sin preocupaciones. Unos novios a punto de prometerse. En cambio, ella y Mario son justo lo contrario: una pareja que acaba de romper.

—Sí. Ha sido un día difícil.

—Lo siento. Perdona.

—¿Por qué me pides perdón?

—Porque si tu día ha sido difícil, ha sido por mi culpa.

—Bueno, dos no bailan si uno no quiere.

—Soy una cabezota. Y aunque lleve razón, a veces me fallan las formas. Además, me dejo llevar demasiado por mis impulsos.

—Va, Diana. Déjalo.

—Es la verdad.

Los dos saben que tiene razón, pero Mario no quiere hacer más leña. Pasa su mano por detrás de la espalda de Diana, la acerca hacia él y aprieta el cuerpo de la chica contra el suyo. Ahora comprende un poco mejor los motivos por los que ella se ha comportado así. Y, de alguna manera, también se siente responsable de que esté mal. ¿Cómo no se dio cuenta antes de lo que sucedía? Tendría que hacerle muchas preguntas, todas muy comprometidas. Pero todo tiene su momento y él está esperando a que este llegue.

—La única verdad ahora es que tenemos que pasar la noche aquí de la mejor manera posible.

—Sí. Hay que cuidarse y estar atentos para que no nos coman los osos.

—O los leones.

Es una broma, pero a Diana todos aquellos ruidos de la noche la intimidan. Además, no habrá osos o leones, pero ¿quién sabe si por allí habitan lobos, serpientes o arañas venenosas?

—Tengo un poco de miedo —reconoce tras unos segundos en silencio.

—No te preocupes. No hay leones, solo me lo he inventado para hacer la gracia —comenta el muchacho, que enseguida recibe un golpe de la chica en el brazo.

—No seas tonto.

—Perdona.

—Es que me da mucho respeto este sitio. No se ve nada. Y lo que se escucha, a saber lo que es cada cosa.

—Ya. Impone.

—Sí, mucho.

La chica siente un escalofrío y busca con sus manos las de Mario. Las encuentra y permite que él se las coja y las apriete fuerte.

—Pronto será de día y podremos irnos a casa.

—Uf...

—¿Qué pasa? ¿No quieres irte a casa?

—Sí que quiero. Claro que quiero, pero... —Diana reflexiona un instante—. No sé. Ahora mi vida es muy complicada.

—Pues tendrás que hacer algo para que lo sea menos.

Se le ocurren varias cosas: arreglar sus problemas con la comida, no enfadarse tan a menudo, volver con él...

—No es tan sencillo.

—Nada es sencillo, Diana.

—Lo sé. Pero, cuando no puedes controlar lo que te pasa, es más difícil.

Mario intenta mirarla a los ojos, pero en esa oscuridad es casi imposible vérselos. Le encantaría volver a besarla y que aquellos problemas, aquellos miedos, desapareciesen para siempre. Pero la realidad es más dura.

—¿Por qué no buscas ayuda?

—¿Ayuda para qué? ¿Para que me digan que lo estoy

haciendo mal, que lo que pienso solo está en mi mente y que tengo una obsesión conmigo misma?

—No puedo opinar demasiado. No sé qué es lo que te pasa exactamente.

—Yo tampoco lo sé. No le he puesto nombre.

—No me refería a eso, Diana.

—Ya lo sé. Estaba siendo irónica.

La chica suelta sus manos, pero Mario no permite que se separe de él y vuelve a cogérselas. Ella suspira y se relaja otra vez.

—Sea lo que sea, y pase lo que pase, estaré a tu lado.

—Eso es fácil decirlo.

—Yo te lo digo porque, además, lo haré.

—¿Me vas a seguir soportando pese a mi mal carácter y mis cambios de humor?

—¿Lo dudas?

—Sí.

—Pues te equivocas.

—No sé si es bueno que alguien que no es mi novio se sacrifique tanto por mí.

—¿Y por qué no me dejas que sea de nuevo tu novio?

—¿Qué?

Mario le aprieta con más fuerza las manos. Está seguro de lo que quiere. Pero ella no lo tiene tan claro.

—Solo tienes que volver a aceptarme como tu chico. Nada más que eso. Yo estaba bien contigo. La que has roto ha sido tú.

—Porque tú estás enamorado de Paula.

—Yo no estoy enamorado de Paula.

—¿Y por qué...?

—¿Por qué no te demuestro que la que me gusta eres tú? —la interrumpe—. ¿Te parece poca demostración seguirte hasta aquí después de todo lo que ha pasado hoy? ¿Qué más pruebas necesitas?

—¡No lo sé!

—Quiero estar contigo, no con Paula —dice el chico con emoción—. No te voy a negar que ella estuvo en mi cabeza mucho tiempo. Fue en quien más pensé y quien más me hizo sufrir. Y también que durante un tiempo he tenido dudas o que, cuando estoy cerca de ella, me gusta. Pero me gusta solo como amiga. Una buena amiga. Diana, a ver si te enteras ya de una vez por todas que a la que quiero es a ti.

Aquellas palabras en la soledad de aquel sitio sobrecogen a la chica. No sabe qué decir ni qué pensar. Parece sincero. ¿Y si de verdad la quiere?

—Ahora estoy confusa —consigue responder por fin.

—Te entiendo.

—Déjame que piense en todo esto y en lo que debo hacer.

—Vale. Tómate el tiempo que necesites.

Y, sin que se lo espere, Diana se inclina sobre él y lo besa. Vuelve a sentir sus labios. Su boca. Y ya no tiene dudas. La chica a la que realmente quiere es aquella. Solo queda esperar a ver qué es lo que ella quiere hacer.

Capítulo 58

Esa mañana de finales de junio, en un lugar apartado de la ciudad.

Tumbada en la cama de al lado de Paula, observa como amanece. La Sugus de piña continúa dormida. Ya lo estaba cuando Cris llegó anoche a la habitación. Las últimas horas han transcurrido lentamente. Para ella, todavía más. No ha sido capaz de dormir nada. Y es que no ha dejado de pensar ni por un segundo en lo que ha hecho. ¡Ha traicionado a Miriam liándose con su novio!

Se siente fatal. Peor que fatal. Si pudiera, ahora mismo desaparecería. Pero, por mucho que cierra los ojos y los abre de golpe, sigue allí, y el sentimiento de culpabilidad con ella. Además, ni siquiera tiene excusa. No puede decir que se lio con Armando porque se emborrachó y no sabía lo que hacía. ¡Claro que lo sabía! Era completamente consciente de todo.

No imagina cómo va a poder mirar a la cara a su amiga de nuevo. ¡Qué estúpida ha sido!

—Cris, ¿ya estás despierta? —pregunta Paula, que se acaba de despertar y la ha visto bocarriba con los ojos abiertos.

No esperaba que nadie se enterase de que su intención es irse muy temprano para regresar a la ciudad. A las once ha quedado con Ángel. Que Cristina esté ya levantada supone un contratiempo.

—Sí —responde esta, escueta, tras girarse y mirar a su izquierda. También ella se ha sorprendido al ver que su amiga se ha despertado tan pronto.

Y es que, si no sabe qué va a pasar con Miriam, tampoco ha decidido qué va a hacer respecto al resto de las Sugus. Y, sobre todo, con Paula. ¿Se lo cuenta? Es una situación tan dramática que, haga lo que haga, no va a acertar, porque el error ya está cometido.

—¿Vas a dormir un rato más? Parece que todavía es muy temprano.

—No tengo sueño.

—¿Resaca?

—No.

—No te escuché cuando volviste. Me quedé dormida.

—Ya.

—¿Qué hicisteis vosotros después?

—Bueno...

No sabe qué responderle a su amiga. Va a ser imposible mantener aquel secreto por mucho tiempo.

—¿Te encuentras bien? Te noto un poco rara.

—¿Qué quieres? Me acabo de despertar.

Aquella respuesta confirma a Paula que le pasa algo. Cristina nunca es borde con ella.

—Tú no me engañas: a ti te pasa algo —insiste—. Te conozco muy bien.

—Eso, que me acabo de levantar.

Paula se aproxima a ella y la mira directamente a los ojos.

—Venga, cuéntamelo.

Cris suspira. Los ojos se le empañan. Demasiados remordimientos por dentro. Aquella equivocación no tiene perdón.

—Me he liado con Armando —suelta al tiempo que aparta su mirada de la de su amiga.

—¿Qué dices?

—Eso. Que me he liado con él.

—¡Qué dices! ¿Cuándo?

—Ayer, por la noche.

—¡Madre mía!

La chica no puede creer lo que acaba de oír. De todas las personas que conoce, Cris es de la que menos podría esperar algo así. Se sienta en la cama e intenta serenarse.

—Soy lo peor —afirma Cristina, sollozando y sentándose también sobre el colchón.

—Pero ¿Miriam sabe algo de esto?

—Creo que no. Por lo menos, yo no le he dicho nada.

—Madre mía, Cris. ¿Y cómo pasó? ¿Estabais borrachos?

Las dos chicas se vuelven a mirar a los ojos.

—No. Eso es lo peor de todo: que sabíamos lo que hacíamos.

—Pero ¿dónde estaba Miriam?

—Dormida. Ella sí que se pilló una buena y se fue pronto a la cama. Entonces, Armando regresó solo. Yo estaba en la piscina...

—¿Lo hicisteis en la piscina? —exclama Paula, que cada vez está más atónita con lo que escucha.

—No, no. En la piscina, no. En... el césped —contesta avergonzada.

—Pero ¿fue...?, quiero decir que... ¿fo..., hubo sexo?

—No. Sexo, sexo, no. Nos tocamos mucho. Y nos besamos. Hubo muchos besos —resopla—. Demasiados. Pero no llegamos hasta el final.

—Algo es algo —dice Paula para sí misma.

—Los condones estaban en el cuarto donde Miriam dormía. Y yo no quería hacer nada sin preservativo.

Paula arquea las cejas. Si hubieran tenido protección, habrían continuado.

—Y después de liaros, ¿en qué quedasteis?

—No hablamos mucho. Yo no me sentía muy bien. Y él, imagino que tampoco.

—Pero ¿se lo vais a contar a Miriam? ¿Va a romper con ella? ¿Te gusta ese chico? —pregunta nerviosa.

—¡Ay...! No lo sé... No lo tengo nada claro. Sí que me gusta, pero no quiero que rompan. Aunque no sé si podré ocultarle a ella lo que ha pasado.

—Deberíais hablar con Miriam.

—Me matará. Él es un tío. Un chico con el que solo lleva un mes y pico y del que ni siquiera sé si está enamorada —dice atropelladamente—. Pero yo soy su amiga. Nos conocemos desde hace mucho tiempo... No creo que me perdone.

Y eso también le preocupa a Paula. Aquel puede ser el final de las Sugus.

—¡Uf...! Es complicado —reflexiona un instante, mirando hacia el suelo—. ¿Y desde cuándo te gusta? ¿Por qué no me habías dicho nada?

—¡Porque era el novio de Miriam! Te lo quería decir, pero... —Vuelve a suspirar. No se siente bien—. Me gusta desde un poco antes de que empezaran a salir. Pero nunca me atrajo lo suficiente hasta hace unos días.

—Ay, Cris, Cris...

—Sé que no tengo perdón. ¡Joder!

La chica da un puñetazo contra el colchón y comienza a llorar desconsolada. Paula la observa consternada y se sienta junto a ella en su cama. Jamás la había visto así.

—Tranquila, todos podemos cometer un fallo —señala mientras la abraza.

—¡Este fallo es imperdonable! —grita Cristina, explotando en lágrimas y apoyando la cabeza en el pecho de su amiga.

—Sé que te sientes muy mal por lo que has hecho. Tú no eres así.

—Si no fuera así, habría tenido más cabeza.

Va a ser imposible consolarla. Se prevé un domingo muy movido. ¡Y ella tiene una cita con Ángel en solo unas horas!

—Cálmate, Cris. Lo hecho hecho está. Y no tiene solución. Ahora hay que decidir qué es lo mejor para todos.

—Pase lo que pase, no será bueno para nadie. He traicionado a Miriam y su novio le ha sido infiel.

—Sí, pero lamentarse no sirve de nada.

—Ahora no me sale otra cosa. Entiéndeme.

Y sí, la comprende. Y sabe que en ese momento es cuando más necesita su apoyo. Solo espera no tener que estar en medio de sus amigas cuando Miriam se entere de todo. Cris no tiene disculpa alguna y se ha equivocado gravemente. Pero tampoco va a abandonarla y dejarla sola.

—Te entiendo. Y voy a ayudarte en lo que pueda.

—Gracias.

Las dos se dejan caer en la cama y miran hacia el techo de la habitación, una al lado de la otra, pensativas y preocupadas. Llevan dos años siendo las Sugus, «esas chicas que visten de muchos colores y que a veces son difíciles de tragar». Y ahora ese grupo, que tantos ratos buenos les ha hecho pasar, corre serio peligro.

En cuanto al encuentro de Paula con Ángel, tendrá que esperar a una mejor ocasión. Ahora hay alguien que la necesita más.

Esa mañana de finales de junio, en un lugar de la ciudad.

Falta algo más de una hora para que el despertador suene. Sin embargo, él ya no puede dormir más. Está inquieto, nervioso, expectante por el día que tiene por delante. Ha quedado con Paula para pasar el domingo con ella. Y luego... ya se verá. Pero ahora mismo necesita hacer algo diferente hasta que se vaya, para no morir de la desesperación y no volverse loco.

Tiene una idea.

Ángel se levanta de la cama y enciende el ordenador. Pone música: una colección de temas variados de Alicia Keys. A continuación, busca entre los archivos de su PC la documentación que tiene sobre Katia. Mañana tendrá que llamarla para la entrevista que debe hacer para el periódico. No habla con la cantante del pelo rosa desde el día del cumpleaños de Paula. ¿Cómo será el reencuentro? Difícil. Eso es seguro. Aunque ahora las circunstancias son muy diferentes. Intentará abordar el tema desde lo profesional, evitando las referencias personales. Tal vez no sea lo que quieren sus jefes, pero sería peligroso realizar un reportaje como el que hizo para su anterior revista. Y no está dispuesto a arriesgarse.

Lo único que le falta con todo el lío que tiene montado con Sandra y Paula es que Katia se vuelva a obsesionar con él.

Dentro de «Documentos especiales de Ángel» encuentra una carpeta titulada «K». Es la que utilizó para guardar imágenes, textos y noticias relacionados con la cantante. La abre y examina el contenido.

Cuando ve las fotos de la chica, recuerda aquellos días junto a ella: la primera vez que se vieron en la redacción, la entrevista, la sesión de fotos, las innumerables llamadas de teléfono que no contestó, su Audi rosa... y los besos. Aquellos besos robados y que no supo evitar.

En aquella está especialmente guapa. Sentada en un

columpio, sonríe traviesa. Sus ojos celestes se comen la cámara. Fue una magnífica fotografía.

¿Qué habría pasado entre ellos si no hubiera estado con Paula? ¿Habrían sido novios? Es muy complicado volver atrás y repasar con exactitud lo que sentía en esos días. Por Katia no recuerda haber sentido nada más que simpatía, a pesar de ser una chica muy atractiva y poseer algo especial. Pero su corazón era de Paula. Eso sí que lo recuerda perfectamente.

En esos momentos, su móvil suena. Tiene un mensaje.

Ángel se levanta de la silla y coge su teléfono, que está en la mesita al lado de la cama. Es un SMS de Paula. Intrigado y extrañado, lo abre y lo lee:

> Hola, espero que no te despiertes por mi culpa. Cuando puedas, llámame. Tengo que hablar contigo sobre lo de hoy. Besos.

Sorpresa. No esperaba algo así. ¿Se habrá echado atrás?

Rápidamente busca su número y la llama.

Al segundo *bip*, Paula responde.

—Buenos días. ¿Te he despertado?

—Hola. No, ya estaba despierto —contesta muy serio, sin poder ocultar su inquietud por el mensaje que ha recibido—. ¿De qué querías hablar?

—Es que ha surgido algo y no voy a poder ir.

Se lo imaginaba. Se ha arrepentido. Ángel se sienta en la cama y se pasa la mano por el pelo.

—¿Qué ha pasado?

—Algo que no te puedo contar, pero que no tiene nada que ver contigo.

—Vaya. ¿Es de tu familia? ¿Están todos bien?

—Sí, no te preocupes. No estoy con ellos ahora. Estoy

pasando el fin de semana en la casa de un amigo mío con las chicas. Y ha surgido algo. Me tengo que quedar aquí todo el domingo.

Paula prefiere no decir que está en la casa de los tíos de Alan. Eso sí que le sentaría mal a Ángel.

—Pues... no sé. ¿Qué hacemos?

—¿No podemos quedar mañana?

El periodista reflexiona un instante. Mañana es difícil. Tiene trabajo y por la tarde, posiblemente, quede con Katia y con Álex para la entrevista.

—No lo sé, Paula. Estoy muy liado. Pero lo intentaré.

—¿Me llamas entonces con lo que sea?

—Sí. Yo te llamo en cuanto sepa si puedo quedar contigo o no.

—Vale —dice la chica sonriendo. Aunque enseguida cambia el tono de voz y se pone seria—. Y lo siento. Me apetecía mucho verte.

—A mí también me apetecía.

Silencio. Solo se oye la voz de Alicia Keys cantando *No one.*

—Bueno, me voy. Que pases un buen domingo. Y perdona otra vez.

—Tú también. Y que se arregle lo que quiera que sea que ha pasado.

—Eso es más complicado, pero gracias. Adiós, Ángel.

—Adiós.

Ella es la primera en colgar. Él también lo hace y deja el móvil sobre la mesita de al lado de la cama.

Confuso, regresa frente a su portátil.

¿Qué habrá pasado para que Paula no pueda ir?

No lo sabe. Incluso duda si creerla. Tal vez no haya pasado nada y solo es una excusa. En cualquier caso, no van a verse hoy y seguirá sin saber lo que realmente siente por ella. Sin embargo, tampoco le ha importado tanto. Es muy extraño. Debería estar más afectado de lo que está. ¡Le ha dado plantón! En cambio, curiosamente, lo que más le apetece ahora es escuchar la voz de Sandra.

Mira el reloj. Aún es temprano. Pero, en cuanto se tome un café, la llamará para decirle que todo se ha aplazado. ¿Cómo reaccionará?

Capítulo 59

Esa mañana de finales de junio, en un lugar apartado de la ciudad.

Llevan un rato caminando, pero aún no han encontrado una ruta que seguir. Mario y Diana siguen perdidos y sus móviles sin cobertura.

—Pero ¿¡dónde estamos!? ¿Nos hemos teletransportado? —exclama la chica, que no comprende nada.

—Creo que en lugar de ir hacia la ciudad, nos hemos metido en plena montaña. La casa de los tíos de Alan está al lado de la sierra. Cuando nos pusimos a caminar, nos adentramos en ella.

—Eso también lo sé yo. Lo que no entiendo es que no encontremos una carretera o un pueblo o algo. Todo es campo, piedras y árboles.

—Habrá que seguir andando, por lo menos hasta que los móviles vuelvan a funcionar.

—Espero que sea pronto, porque nos queda poca agua.

—Ese es un gran problema.

Mario está muy preocupado. Algo de agua todavía les queda, pero no comen desde ayer. Y si él se empieza a sentir débil, no quiere imaginar cómo puede estar Diana, que quién sabe qué fue lo último que comió y no vomitó.

—Si no fuera tan cabezota, no estaríamos aquí.

—Quejarse ahora no sirve de nada.

—Ya lo sé. Pero es que... ¡me da rabia!

—Déjalo. No gastes fuerzas lamentándote, que las vas a necesitar.

—Tienes razón. Pero... ¡uf!

—Bueno, por lo menos has conseguido descansar esta noche, ¿no?

—Sí. He dormido un poco.

—Y no has roncado nada.

—Yo no ronco nunca.

—Esta noche, no. Otros días...

Diana se agacha, coge una piedrecita del suelo y la lanza contra la espalda de Mario.

—¡Ay! —grita este al sentir el impacto.

—¡Qué puntería!

—¿Has sido tú?

—Claro. ¿Quién te iba a lanzar una piedra si no? ¿Tú ves a alguien más por aquí?

—¿Me has lanzado una piedra? ¡Estás loca!

—No haber insinuado que ronco.

—Pero...

La chica se agacha de nuevo y coge otra piedra del suelo, esta bastante más grande. Apunta y lo mira desafiante.

—Entonces, ¿ha quedado ya claro que yo no ronco?

—Clarísimo.

—Así me gusta —sonríe, triunfante. Y se guarda la piedra en uno de los bolsillos de su *short*.

—Lo importante es que has conseguido dormir unas horas. Y eso que el búho no dejó de ulular en toda la noche. ¡Qué pesado!

—¿«Ulu» qué?

—Ulular. Es lo que hacen los búhos.

—Cuánto sabes, ¿no?

—Eso lo sabe todo el mundo.

—¿Me estás llamando inculta? —pregunta introduciendo otra vez la mano en el bolsillo.

—Ni mucho menos —comenta él con una sonrisa.

—Ah, vale. Te perdono entonces.

—Gracias. Eres muy generosa.

—Lo sé.

Ambos sonríen.

El sol comienza a lucir con más intensidad. El calor aumenta a cada minuto. La pareja sigue caminando, cada vez más cansados, con la boca y la garganta secas. Mario es el que va delante, aunque Diana en ocasiones le adelanta para frenar un poco la marcha y marcar su ritmo. Intenta que él no se dé cuenta de que empiezan a faltarle las fuerzas otra vez. Su estómago está completamente vacío y se le está agotando la poca energía que le queda. Pero, si se detienen continuamente, no encontrarán nunca una salida de aquel laberinto natural en el que han quedado atrapados.

—¿Has pensado en lo de ayer? —pregunta el chico, de repente, tras saltar un tronco de árbol tirado en el suelo.

—¿En qué?

—En lo que hablamos por la noche. Volver como novios y esas cosas.

—Y esas cosas... —repite Diana, rodeando el tronco que Mario ha saltado—. Pues algo he pensado.

—¿Y? ¿Alguna conclusión?

—Que necesito pensar más.

Mario se detiene. Se vuelve y la mira. Diana se encoge de hombros y sonríe.

—¿Qué es lo que necesitas pensar más? ¿Sobre qué?

—Pues sobre lo nuestro.

—Eso ya lo sé.

—Pues si lo sabes, ¿para qué me preguntas?

—Porque quiero saber qué es lo que tienes que pensar exactamente.

—Si es conveniente que volvamos o no.

El chico se da la vuelta y continúa caminando. Resopla. Ella le sigue de cerca.

—Entonces no has decidido nada aún.

—No. Bueno, sí. He decidido que necesito pensar más.

—Otra vez con eso. Parecemos los protagonistas de una película de los hermanos Marx.

—¿Quiénes son esos?

—¿No sabes quiénes son?

—Pues no. ¿Algún problema?

—Ninguno, ninguno.

Mario empieza a desesperarse. Es mejor ir directos al grano.

—¿Tú me quieres?

—¿A qué viene eso?

—Respóndeme: ¿me quieres?

—Sí. Pero no estoy segura de que tú me quieras a mí o solo estés conmigo por estar con alguien.

Mario se da una palmada en la frente y mueve la cabeza de un lado a otro. No merece la pena discutir de nuevo.

—Creo que es más sencillo salir de aquí que comprenderte a ti —comenta con tono divertido.

—Eso es seguro.

Una especie de ladera, en forma de rampa empinada, se les aparece delante. O la suben o tendrán que volver hacia atrás.

—Hay que ir por ahí —indica Mario, señalando la cuesta.

—¿Qué? Ni loca.

—Pues o es por ahí o tendremos que dar un gran rodeo para seguir adelante.

—¿De cuánto sería ese rodeo?

—Ni idea. Pueden ser quinientos metros o diez kilómetros.

Diana suspira. Le tiemblan las rodillas. No está segura de que pueda subir por allí. Pero sería peor tener que andar diez kilómetros más.

—Me has convencido.

—Menos mal, porque no pensaba ir contigo.

—¿Lo dices en serio?

—Totalmente —responde él muy firme.

—No te lo crees ni tú.

—Haz la prueba.

—Mmm...

¿Lo dice de verdad? Diana no sabe si creerle. Pero el órdago de Mario dura muy poco porque, tres segundos más tarde, se le escapa una sonrisa.

—Anda, vamos a subir el Tourmalet. —Y la coge de la mano.

Los chicos empiezan a subir aquella ladera despacio. El desnivel es pronunciado y el suelo, bastante arenoso; patinan al caminar. Tampoco tienen demasiados puntos de apoyo donde agarrarse.

—Empiezo a pensar que lo de los diez kilómetros era mejor idea —protesta Diana, a la que le cuesta muchísimo mantenerse en pie.

—Venga, ya queda poco.

Continúan de la mano, sujetándose con fuerza. Cada vez les es más difícil subir y cada vez caminan más inclinados.

—¿Queda mucho?

—No. Ya casi estamos.

El final está cerca. Los dos están sudando. El esfuerzo que están haciendo es muy grande, pero la meta ya está próxima a ellos.

En ese instante, Mario resbala y pierde pie. La zapatilla derecha se le sale en el intento de restablecer el equilibrio y su cuerpo se estampa contra el suelo. Sin poder evitarlo, comienza a bajar la rampa arrastrándose por la arena. Diana no ha conseguido aguantar el peso de su cuerpo y ha tenido que soltar su mano.

—¡Mario! —exclama alarmada mientras observa, impotente, como el chico se desliza por la ladera rodando hacia abajo.

Capítulo 60

Esa mañana de finales de junio, en un lugar de la ciudad.

Mueve un pie. Luego el otro. Sus dedos bailan solos. Siente como si alguien...

Álex se despierta y contempla sorprendido como Irene y Katia están jugueteando con las plantas de sus pies.

—Pero ¿qué estáis haciendo?

—Se llama cosquillas —responde su hermanastra, divertida.

—No tengo cosquillas —replica el escritor.

Las dos chicas se miran la una a la otra y, como si se hubiesen puesto mentalmente de acuerdo, se lanzan a por Álex, que no puede evitar que lo aborden en el sofá. El joven intenta detenerlas, pero le resulta imposible.

—Si no tienes cosquillas, ¿por qué te ríes? —pregunta la cantante, que está sobre el chico.

—No me estoy riendo.

—¿No?

—¡No! —exclama.

—Pues yo creo que sí te estás riendo. Si se te saltan hasta las lágrimas... —señala Irene, que ha elegido su cuello como objetivo.

—¡Es de dolor! ¡Me estáis haciendo daño!

—Venga, reconoce que tienes cosquillas y te dejamos.

Álex se muerde los labios tratando de no reírse, pero finalmente suelta una gran carcajada.

—¡Parad! ¡Lo admito! ¡Sí que tengo!

—¿Ah, sí? No nos habíamos dado cuenta.

—Casi no se te ha notado.

Irene y Katia ponen fin a la travesura y se sientan en los dos sillones libres del salón. Álex también se incorpora. Respira hondo y se peina con las manos. Luego se coloca bien la ropa.

—Habéis estado a punto de desnudarme.

—Mmm... No habría estado mal. ¿Verdad, Katia?

Esta no dice nada. Solo sonríe. Pero lo piensa. Realmente no habría estado nada mal que se hubiera desprendido de algo de ropa. De todas maneras, ¿Irene no es su hermanastra? ¿También se siente atraída por él?

—¿Qué hora es? —pregunta Álex, que se quedó dormido bastante tarde.

—Hora de desayunar —contesta Katia.

—Sí. Fíjate si somos buenas, que te hemos preparado hasta el desayuno —añade Irene.

El joven arquea una ceja.

—Creo que os tocaba a vosotras, ¿no? O en eso quedamos anoche, me parece recordar. ¿No fui yo el que os ganó en el jueguecito ese del baile de la Wii?

—Tuviste suerte.

—Ya. Al saber le llaman suerte.

Después de jugar al tenis y de cantar en la videoconsola, decidieron competir a ver quién era el que bailaba mejor. Los que perdieran debían preparar el desayuno a la mañana siguiente. Contra todo pronóstico, Álex las venció al *Just Dance.* Y eso que bailar se le da rematadamente mal. O se le daba. Aunque realmente lo que ocurrió es que las dos chicas le habían dejado ganar. Y él lo sabía.

—Bueno, bueno. No presumas tanto. A ver si al final nos vamos a comer tu parte —dice Irene, refunfuñando.

—Vale, ya no digo nada más.

Katia sonríe. Abandona el salón y entra en la cocina. A los pocos segundos aparece con una bandeja llena de vasos con zumo natural de naranja, tostadas y café recién hecho.

—¡Tachán! —exclama la cantante al entrar de nuevo en el salón.

—¡Madre mía! ¿Seguro que todo eso es para nosotros tres? ¿No viene nadie más a desayunar? —pregunta Álex, asombrado ante tanta cantidad de comida.

—Claro que solo es para nosotros tres.

—Pues os habéis pasado.

—Estás muy quejica, ¿eh? Sí que tienes mal despertar.

—No lo sabes tú bien, Katia. En casa es así cada día.

—No la creas. Miente. Soy un sol.

Irene coge una de las tazas de café y se sirve. Luego le pasa otra a la cantante y también le sirve a ella.

—Tú lo haces solito. Por desagradecido —le comenta a su hermanastro.

Álex chasquea la lengua, coge la cafetera y se pone café en su taza. Luego un poco de leche. Katia lo observa, sonriente. Se siente bien teniéndolos en casa. Hacía tanto tiempo que no tenía amigos de verdad...

¿Podría ser él algo más? Para eso no tiene aún una respuesta. Le atrae y le gusta su manera de ser. Y es muy guapo.

—¿Cómo has dormido en el sofá? —le pregunta al chico—. ¿Has estado cómodo?

—Sí, es un sofá bastante cómodo. En cuanto cerré los ojos...

—Hasta que llegamos nosotras —interrumpe Irene, que mastica una tostada con mantequilla y mermelada de melocotón.

—Sí, hasta que llegasteis vosotras.

—Siento que te hayamos despertado. Pero es que, si no, el desayuno se enfriaba —aclara Katia.

—No te disculpes. Que se aguante y madrugue como nosotras.

—Pobrecillo. Encima, vaya manera de despertarle...

—¡Si le encanta! Dos tías buenas como nosotras sobre él... ¡Seguro que se lo ha pasado genial!

El chico prefiere no responder mientras las dos ríen. Alcanza una de las tostadas y la unta de mantequilla.

—Venga, no seamos malas con él, que terminará enfadado con nosotras.

—Bueeeeeno.

Irene se levanta y se sienta en el sofá, junto a su hermanastro. Este la mira de reojo, temiendo alguna broma más. Pero la chica se inclina sobre él y le besa en la mejilla. Katia los observa algo celosa. Ella también quiere su parte. Así que también se pone de pie, se sienta al otro lado de Álex y le besa en la otra mejilla. El escritor se sonroja y no sabe qué decir. Recupera su taza de café, que había dejado sobre la mesa, y bebe.

—Te mimamos demasiado —apunta Irene.

No le ha gustado mucho que Katia la haya imitado. Sin embargo, no dice nada y se limita a sonreír. Forma parte de su nueva personalidad y de su estrategia para conquistar a su hermanastro. Nada de celos o, al menos, nada de demostrarlos.

—Y hoy, ¿qué vais a hacer? —pregunta la cantante.

—No lo sé. Ahora pediremos un taxi y nos iremos a casa. Pero luego no sé qué haremos. Yo no tengo planes —señala el chico.

—A mí se me ha ocurrido una cosa que podríamos hacer los tres —comenta Irene.

Álex y Katia la miran intrigados.

—¿Qué has pensado? Me das miedo.

—Pues podríamos ir a un *paintball.* ¿Sabéis qué es?

—Sí —contesta Katia—, una guerra de pintura. ¡Me encanta! Hace mucho que no voy. Por mí, sí.

—¿Y tú qué dices, hermanito?

—Que es una temeridad ir a un sitio así con vosotras.

Las dos ríen al escucharle.

—¿No te atreves? ¿No nos das la revancha del baile?

—Sois muy peligrosas juntas.

—*El escritor miedoso*: así debería titularse tu próximo libro.

Álex resopla. Nunca ha ido a un *paintball.* No es algo que tuviera en su lista de preferencias, pero podría ser divertido. Además, con aquellas dos locas, cualquier cosa podría pasar. Su hermanastra está muy cambiada, pero sigue conservando ese punto extrovertido y seductor de antes. Y Katia..., ¿le gusta?

—Está bien. Me has convencido. Vayamos a mancharnos de pintura.

Capítulo 61

Esa mañana de finales de junio, en un lugar apartado de la ciudad.

Es la octava ocasión en que cruza la piscina de un lado a otro, cada vez más rápido, cada vez con más cadencia en sus brazadas. Y, al llegar a la pared de cada extremo, se impulsa con rabia y continúa nadando, más deprisa, disminuyendo el tiempo que ha empleado en el anterior largo, sin detenerse a descansar.

Está desatado.

Pero ese no es su primer esfuerzo del día. Cuando Alan se despertó esa mañana, el número de abdominales que hizo fue el doble del habitual. Siempre que le preocupa algo o tiene problemas, se desahoga haciendo ejercicio. Machacándose. Aunque, en esta ocasión, las circunstancias a las que se enfrenta son nuevas, diferentes. No puede llamarse problema a lo que le pasa. O sí. No entiende por qué su cabeza no deja de dar vueltas. Y todas en la misma dirección. No le gusta sentirse así. Pero es que su corazón le está jugando una mala pasada.

Anoche fue a verla. A hablar con ella. Llamó a la puerta de su habitación y no contestó. Abrió lentamente y entró. Y allí la vio. Paula estaba dormida. En otro momento la habría despertado e intentado algo con ella. Pero esta vez no. Salió sin hacer ruido y se marchó a su dormitorio.

En su cama, intentó olvidarla sin éxito. Fue incapaz de dejar de pensar en ella hasta que se quedó dormido.

¿No estará enamorado? No. Esa palabra no existe para él. Nunca se ha vuelto a enamorar de nadie desde que Roxy le engañó con otro y rompieron su relación. Han pasado mucho tiempo y muchas chicas por su vida. Ninguna logró atraparle.

—¿Compites contra ti mismo?

Alan se detiene al escuchar su voz. Paula está junto a la escalera de la piscina. Lleva una camiseta blanca, pero no se ha puesto pantalón, dejando a la vista sus bronceadas piernas y un pequeño bikini azul. Está increíble. Como siempre.

—Sí. Soy mi mayor rival —responde el francés, acercándose hasta ella.

—Tú siempre tan modesto.

—Es la verdad. No hay mayor rival que uno mismo.

La chica se quita la camiseta ante la mirada de Alan, que la observa con atención. Le encanta su cuerpo.

—¡Hey! Que se te van a salir los ojos... —protesta ella—. No me mires así.

—La culpa es tuya.

—¿Mía? ¿Por qué?

—Mejor no respondo.

—Tú mismo.

No va a seguirle el juego. No esta vez.

Dobla la camiseta y la deja en el césped, junto a la toalla que ha cogido para secarse después del baño. A continuación, baja por la escalera, despacio, mojando primero los brazos y las muñecas, luego la cabeza.

—¿Siempre eres tan delicada para bañarte?

—¿Delicada?

—Sí. ¿No sabes tirarte de cabeza?

—Claro que sé.

—Yo nunca te he visto. Siempre bajas por la escalera.

—Porque es una costumbre. Me gusta más así.

—¿Es por miedo?

—No, por supuesto que no me da miedo.

—Pues a mí me parece que sí, que es eso lo que te pasa.

Alan se aleja hasta el centro de la piscina nadando de espaldas. Sonriente. Paula no quería entrar en sus provocaciones, pero esta vez no puede contenerse. Vuelve a subir la escalera y se coloca en el bordillo. Recta, con los brazos pegados al cuerpo. Respira hondo.

—¡Mira, francesito! —grita—. ¡Aprende!

Extiende los brazos hacia adelante y se lanza de cabeza. Es un salto muy ágil. Apenas salpica al entrar en el agua. Llega hasta el fondo de la piscina, lo toca con las manos y emerge buceando de nuevo a la superficie.

Alan la aplaude cuando se asoma.

El chico nada hasta ella. Paula se echa el pelo hacia atrás. Las gotas de agua resbalan por su cuello hasta su pecho.

—Muy bien. ¡Qué valiente! —exclama él.

—No te burles de mí.

—No me burlo. Lo has hecho muy bien.

—Por lo menos te he demostrado que me sé tirar de cabeza.

Es preciosa. Inmensamente bonita. Sus labios están sensualmente mojados y sus ojos brillan cuando le miran.

«Estúpido corazón; ¿por qué está latiendo tan deprisa?». Sensación de ahogo, de nudo en el estómago. Esa sensación que hacía tanto tiempo que no experimentaba.

—Desde que te conozco me has demostrado muchas cosas —dice muy serio, impresionado por sus propios sentimientos.

Paula lo mira extrañada. ¿Está hablando en serio o es otro de sus sarcasmos? No parece que esté bromeando.

—Venga, no exageres —comenta algo incómoda por la presencia tan cercana del francés.

—No exagero.

—Yo no he hecho nada, Alan.

—No pienso lo mismo.

Sus ojos verdes penetran en ella, intimidándola. No sabe a qué se está refiriendo exactamente, pero tampoco está segura de querer averiguarlo.

—Dejémoslo. Que tú y yo no estemos de acuerdo es lo normal. No hay que perder las buenas costumbres.

—¿Has hablado ya con Ángel? —le pregunta de repente, sorprendiéndola.

—Pues... —duda qué responder. ¿A qué viene aquello?—. Sí. Anoche le llamé.

—¿Os vais a ver?

—Sí.

—¿Cuándo?

—Seguramente mañana.

—¿Lo quieres?

—Eso ya me lo preguntaste ayer en la habitación. Y te respondí que no.

—Ya. Pero ahora ya has hablado con él. Es distinto.

—Sigo pensando lo mismo.

Alan sonríe. No quería hacerlo, pero se le ha escapado una sonrisa de alivio. Se da cuenta y, rápidamente, vuelve a ponerse serio.

—Y sobre mí, ¿qué piensas?

—También sigo pensando lo mismo.

—Mmm. ¿Y cómo puedo ganar puntos?

—Alan...

En ese instante, aparecen Miriam y Armando de la

mano. Paula los observa inquieta. Está claro que no han hablado sobre lo de anoche.

—Dime qué puedo hacer para conseguir que me des una oportunidad.

—¿Qué?

—¿No me has escuchado?

—Perdona, estaba pensando en otra cosa.

La pareja llega hasta la piscina. Miriam tiene los ojos hinchados, sin duda por la resaca de anoche. Armando, por su parte, no muestra en su rostro ningún indicio de su infidelidad con Cristina. Incluso está sonriente. ¿Cómo puede estar tan tranquilo después de lo que ha hecho? Paula no lo entiende. Sin duda, aquel chico no es tan bueno como todas pensaban. Le da la impresión de que Cris ha caído en una trampa y que Miriam solo es un pasatiempo. ¡Han sido muy ingenuas! ¿Qué puede hacer?

—¡Hola, chicos! ¿Ya estáis en el agua? Sois como patos —exclama la mayor de las Sugus alegremente.

Paula nada hasta el borde de la piscina, donde se han sentado sobre sus toallas los recién llegados.

Alan, en cambio, lo hace hacia el otro lado. No está muy contento. Le ha molestado que ella no le hiciera caso. Por primera vez, hablaba desde el corazón, sin dobles sentidos, sin ironías. ¿Para qué? Para que Paula ni siquiera escuchara lo que le había dicho.

¿Merece la pena seguir intentándolo?

Una mañana de abril, en un lugar de la capital francesa.

Ha estado lloviendo durante todo el trayecto, primero en el tren desde Disneyland hasta París, y luego mientras viajaban en autobús, en el camino hasta el aeropuerto. El Charles de Gaulle está completamente repleto de viajeros y acompañantes. En apenas dos horas, Paula y su familia regresan a España.

—Vamos a facturar las maletas. ¿Te quedas por aquí o vienes con nosotros? —le pregunta Mercedes a su hija mayor.

—Prefiero quedarme y dar una vuelta. Aún tengo que comprarles algún detalle a las chicas.

—Vale, pero que no sean muy caros —le advierte su madre—. ¿Y tú, Erica? ¿Te quedas con tu hermana?

—¡No! ¡No! Yo quiero ir con vosotros —protesta la pequeña, que está subida en el carrito de las maletas, abrazada a su nueva mascota, un peluche del enanito Mudito.

Su madre suspira y acepta. Cualquier cosa por evitar una rabieta de la niña.

—Ahora venimos. No te alejes mucho, a ver si te vas a perder y nos tenemos que ir sin ti —le dice a Paula su padre.

—A veces creo que os olvidáis de que ya tengo diecisiete años.

—Es que los has cumplido hace poco. Perdónanos —comenta Mercedes, que le da un beso.

Los tres se alejan con las maletas por un largo pasillo y dejan sola a la chica en el vestíbulo del aeropuerto.

Paula comienza a caminar pensativa, mirando los escaparates de las tiendas. Qué semana tan extraña y difícil ha sido aquella en Francia. Ahora mismo, Ángel debe de estar llegando a casa. Cuando ella regrese, lo llamará e intentará arreglar las cosas. No sabe lo que siente. Está muy confusa. Y lo que ha sucedido en esos días lo ha complicado todo más. ¡Si hasta ha perdido la virginidad! Lo recuerda y no se lo cree. Ayer fue un día de locos, propio de una película de enredos, de esas en las que siempre se dice que los guionistas exageran con tramas imposibles. Pero la realidad siempre supera a la ficción. Está más que comprobado.

Una tienda de regalos le llama la atención. Tiene cosas bonitas: pulseras, collares, brazaletes. Y no parece muy cara. Entra.

Un chico negro, que es el dependiente, le dice algo en francés que no consigue entender. Paula le sonríe y continúa observando. Encuentra una cadenita para el tobillo que podría gustarle a Cris. Es de piedrecitas de colores y cuesta cuatro euros. Sí, es perfecta. La coge y sigue mirando. Ya tiene el detalle para una de las Sugus.

El muchacho se le acerca y le vuelve a hablar en un francés muy cerrado. La chica se encoge de hombros. ¡No entiende nada!

—Te está diciendo que esa cadena quedará perfecta en uno de tus preciosos tobillos —le aclara alguien en un perfecto español.

Esa voz...

—¡Alan! ¿Qué haces aquí?

—Venía a despedirme.

—¿Qué?

—No pensarías que te ibas a ir de mi país sin verme una última vez...

El chico sonríe. Lleva un esparadrapo bastante aparatoso en la ceja izquierda.

—No tenías que venir hasta aquí. Con que te hubieras despedido en el hotel, bastaba.

—¿Bromeas? Eso no sería una despedida seria. Mejor como en una comedia romántica, en la que el chico guapo, apuesto e inteligente va hasta el aeropuerto en busca de su amada.

Paula arquea una ceja. No tiene arreglo.

—¿Cómo me has encontrado? ¿Nos has seguido?

—He puesto un chip en tu bolso para localizarte.

—¡Qué dices! —exclama sorprendida.

—Un GPS para personas. ¿No lo tenéis en España?

—Pues...

No sabe qué decir. ¿Habla en serio?

—Es broma. He venido en coche. Sabía a qué hora salía vuestro vuelo e imaginaba que andarías por el vestíbulo. Acerté y, *voilà!*, te he encontrado. No es tan sofisticado como lo del chip, pero sí ha resultado efectivo.

—Tú nunca vas a cambiar, ¿verdad?

—Mientras me vaya bien..., no.

—Conmigo no te ha ido bien.

—No pienso lo mismo.

—¿Ah, no?

—No. Creo que regresas a España enamorada.

—¿De ti?

—Claro. ¿De quién si no?

¡Pero de qué va! ¿Ríe o llora? O un poco de cada.

—Mira, Alan, es la última vez que nos vemos. ¿Por qué no terminamos bien?

—No creo que sea la última vez que nos veamos.

—¿No? ¿Vas a colarte en el avión? —pregunta irónica.

El francés hace como que piensa y finalmente sonríe.

—No. En el tuyo, al menos, no. Pero en junio iré a España. Y nuestros caminos se cruzarán de nuevo. Recuerda, sé dónde vives.

Paula se queda perpleja. Sin embargo, la idea de volver a verle no le desagrada tanto, aunque tampoco le entusiasma. ¡Aquel chico la va a terminar volviendo loca!

—Estás muy mal de la cabeza... —dice Paula con una sonrisa.

—Precisamente de ahí estoy perfecto —contesta él—. Pero en una cosa sí que estoy de acuerdo contigo.

—¿Ah, sí? ¿En qué?

—En que tu estancia en París debemos terminarla bien.

Y, sin que Paula se lo espere, Alan acerca su rostro al suyo y la besa en la boca.

¡Qué está haciendo! La chica ni siquiera cierra los ojos al sentir sus labios, pero tampoco se resiste.

Un beso de casi cinco segundos.

Cuando terminan, extiende su brazo derecho y le pega con la palma de la mano en la cara. El francés sonríe.

—Pues al final sí que ha terminado siendo una despedida de película —concluye divertido.

—Eres..., eres..., eres...

—Shhh. No digas nada —la interrumpe Alan.

Le da un beso en la mejilla y sale de la tienda gritando:

—¡Nos volveremos a ver, Paula! ¡Que tengas un buen viaje!

Y, con el regusto extraño de ese beso con sabor a final de película de serie B, Paula comprendió que su historia con aquel chico tan peculiar no había hecho más que comenzar.

Capítulo 62

Esa mañana de finales de junio, en un lugar alejado de la ciudad.

—No te preocupes, no es nada.

Mario se pone de pie. Tiene las rodillas inflamadas y el resto de las piernas muy magullado. También hay sangre en sus codos y le duele la espalda.

Diana ha bajado la rampa muy asustada hasta donde está él. Aunque ha tenido muchísimo cuidado para que no le pase lo mismo que al chico, se ha resbalado en un par de ocasiones. Afortunadamente para ella, no ha perdido totalmente el equilibrio.

—¿Que no es nada? ¡Si estás sangrando por todas partes! ¡Y mira cómo tienes las rodillas!

—Son solo rasguños —indica el chico, que camina con enormes dificultades.

Parece que uno de sus tobillos también está afectado.

—¡Pero si hasta estás cojo!

—No estoy cojo, es solo momentáneo, por el golpe. No es grave.

—Tienes que ir al médico.

—Eso me suena.

—No seas capullo. Esto es mucho peor que lo que me ha pasado a mí.

—¿Tú crees?

Diana no responde. Siente como su cuerpo está cada vez más débil. Le tiemblan las piernas y se ha mareado tres o cuatro veces en los últimos diez minutos. Tienen que salir de allí inmediatamente. Pero ¿cómo? Coge su móvil y lo examina. Sigue sin cobertura. Da un grito y amaga con estrellarlo contra el suelo.

—¡Estoy harta! ¡Quiero irme a casa!

—Gritando no vamos a conseguir nada —señala Mario mientras mira detenidamente el estado de uno de sus brazos—. Tenemos que volver a intentar subir.

—¿Qué?

—No nos queda otro remedio. Si no subimos, tendremos que andar hasta quién sabe dónde. Y no creo que ni tú ni yo estemos en condiciones de hacer muchos kilómetros.

—Yo estoy bien. Eres tú el que...

—Tú tampoco estás bien. No hace falta que me mientas. He visto que te tambaleabas al caminar unas cuantas veces. Es normal, llevas muchas horas sin comer.

La chica lo observa sorprendida. Se ha dado cuenta de lo que le pasa.

—No hablemos de eso ahora, por favor —le ruega Diana.

—No voy a hablar de eso, tranquila.

Resopla. Aquello es una auténtica pesadilla. Y todo por su culpa.

—Entonces, ¿crees que lo único que podemos hacer es subir por ahí?

—Sí. No hay más remedio.

—Pues vamos.

Los dos se miran a los ojos y sonríen. Unidos de nuevo. Cómplices. Como antes. O mejor que antes. Porque Diana empieza a tener claras las cosas. Pero eso ya lo hablarán cuando salgan de allí.

—Ahora lo haremos distinto. Irás tú delante y yo te seguiré —dice Mario, dándole la mano.

—¿Yo?

—Sí. Quizá antes me caí por ir demasiado deprisa. Tú incluso has bajado sola y no te has caído. Es mejor que vayamos a tu ritmo, aunque tardemos más.

—Uf. No sé si...

—No temas. Si te caes, yo estaré detrás para sujetarte.

—¿Y si te caes tú?

—Ya me he caído. ¿Y ha pasado algo?

Diana lo mira de arriba abajo. Y sonríe.

—¿Quieres que conteste a eso?

—Mejor no —responde el chico antes de quejarse de una de las rodillas—. Venga, subamos ya.

Temblorosa, Diana empieza a caminar por la rampa. Sujeta con fuerza la mano de Mario. No tira de él, simplemente le guía. Sus zapatillas comienzan a resbalar.

—¿Vas bien? —le pregunta con la voz quebrada.

—Sí, perfectamente —miente. Le duele todo el cuerpo, pero no es hora de quejarse—. ¿Y tú?

—Yo no.

A cada paso, siente más miedo. Si se cae, arrastrará a Mario hasta abajo, porque está segura de que él no la soltará.

—¿Has pensado en lo nuestro?

—¿Qué?

—En lo de ser novios de nuevo.

—¡Pero tú...! ¿Crees que este es un buen momento para eso?

—El mejor.

En ese instante, Diana resbala y se ve obligada a inclinarse, poniendo una rodilla en el suelo. Mario no la suelta, a pesar de que ha tenido que retroceder y clavar con fuerza sus pies en el suelo. El peso de su cuerpo recae sobre sus rodillas. El dolor es muy intenso.

—¡Aguanta!

—¡Me caigo!

—¡No, no te caes! ¡Solo tienes que levantarte!

—¡No puedo levantarme! ¡Si lo intento, me resbalaré!

—¡Pues o te levantas o nos vamos los dos al suelo!

Las rodillas de Mario están a punto de ceder también. Le duelen. Le duelen muchísimo. Pero tiene que soportarlo como sea.

—¡Voy a intentarlo!

—Vale. ¡Ánimo! ¡Confío en ti!

La chica se muerde los labios. Toma aire y lo expulsa de golpe. No puede meter más veces la pata. Necesita acertar. Por los dos.

Decidida, hace fuerza con la pierna derecha arrastrando su pie por el suelo arenoso. Es un segundo eterno. Está muerta de miedo, pero no duda y, utilizando a Mario de palanca, consigue ponerse en pie de nuevo. El joven, que le sirve de ancla, grita de dolor del tremendo esfuerzo para que Diana no se caiga.

Finalmente también él mantiene el equilibrio.

—¡Madre mía! ¿Estás bien?

—Sí —susurra.

No se han ido hacia abajo de milagro. Los dos están sudando y temblorosos. Pero han conseguido salvar la caída.

—¿Seguimos? —pregunta Diana, muy preocupada por el chico. Sabe que está sufriendo muchísimo.

—Vale.

La pareja continúa subiendo la rampa de arena. Despacio. De la mano. Débiles. En silencio, concentrados para que no haya más sobresaltos. Solo quieren llegar arriba. No les importa lo que habrá después.

—Estamos llegando —murmura Diana, muy cansada y casi sin fuerzas.

—Shhh. No hables. Terminemos con esto.

La chica le hace caso y no vuelve a decir nada. Paso a paso, lentamente, se acercan al final. Hace muchísimo calor. El sol está sobre sus cabezas. Prácticamente ya están en la cima de aquella peligrosa ladera. Un par de zancadas más. Un último esfuerzo. Ya está. ¡Por fin lo consiguió! Diana resopla cuando pone un pie en suelo firme. Allí ya no hay arena, no hay desnivel. Y, rebosante de felicidad, ayuda a Mario a terminar de subir tirando de su mano.

En ese instante, un pitido suena desde el bolsillo del chico. ¡Es su móvil!

Rápidamente, Mario lo coge y observa con una alegría inmensa que ya tiene cobertura. El mensaje a su hermana ha sido enviado.

Con lágrimas en los ojos, abraza a Diana. Y la besa. Un segundo. Dos, tres. Diez. Veinte. Los dos se desahogan, dejando atrás su agonía, esa que casi termina con ellos en aquel lugar en el que durante unas horas han estado a merced de la naturaleza.

—Te quiero —le dice ella, mirándole a los ojos.

Mario se sorprende mucho al oír aquellas palabras. Pero sonríe.

—¿Eso significa que volvemos a estar juntos?

—¿Quieres?

—Sí. Me encantaría volver a ser tu novio —señala muy feliz—. Pero antes tenemos que llamar y pedir que nos busquen.

Diana sonríe y le da una palmadita en el hombro.

—No hace falta que llames. Mira.

El chico se vuelve hacia la dirección que le indica Diana y se queda boquiabierto. No se lo puede creer. Allí, a solo unos metros de distancia, se encuentra la casa de los tíos de Alan.

Capítulo 63

Esa mañana de finales de junio, en un lugar de la ciudad.

No cree que ella todavía esté durmiendo. Es bastante tarde ya. A él le ha dado tiempo incluso a lavar la ropa y a tenderla. Eso, después de desayunar, ducharse y afeitarse. Pero no sabe qué planes tiene Sandra para ese domingo por la mañana. Ángel no quiere molestarla. Tampoco que piense que la llama porque Paula ha cancelado su cita. Pero la verdad es que está deseando escucharla.

Coge su móvil y se sienta en el sofá del salón, con las piernas cruzadas. Busca su número y lo marca.

Parece mentira, pero está nervioso. Y con cada *bip* que suena, sus nervios aumentan. Al séptimo, una voz femenina anuncia que la llamada no ha sido contestada. Un genio el que ordenó grabar ese mensaje.

Tal vez Sandra siga durmiendo. Es domingo y la semana ha sido bastante dura. Necesitará descansar. Además, él precisamente no se lo ha puesto fácil. Dentro de un rato la llamará otra vez.

Pero, sin tiempo a devolver el teléfono a su sitio, recibe una llamada desde un número oculto. ¿Será ella?

Descuelga y responde.

—¿Sí?

—Hola, soy yo.

Efectivamente, es la voz de Sandra.

—Hola. ¿Desde dónde me llamas?

—Desde el periódico. Te ha salido como oculto, ¿no?

—Sí.

—Estoy llamándote desde uno de los teléfonos del despacho de mi padre.

—¿Y qué haces ahí? Librábamos hasta mañana.

—Ya. Pero estaba nerviosa. Hasta he limpiado toda la casa. Ya no me quedaba nada más que hacer, así que me he venido a adelantar trabajo.

El periodista descruza las piernas, se inclina y apoya los codos en las rodillas.

—¿Estabas nerviosa?

—Sí. No sé qué me pasa. Será del café.

—Sabes que no es de eso.

—Ya.

Los dos se callan, lo que permite a Ángel escuchar la música que suena de fondo al otro lado de la línea.

—¿Es Arcade Fire lo que oyes?

—Sí. ¡Qué buen oído tienes...!

—*Wake up*, ¿no?

—Sí.

—Eso significa que, además de nerviosa, estás triste, ¿verdad?

Sandra suspira y lo admite.

—Sí, un poco. ¿Se me nota?

—Es que siempre que pones esa canción es porque estás triste.

La chica no dice nada. Aunque ha dado en el clavo: está triste. Durante toda la noche y a lo largo de lo que va de mañana, no ha podido quitarse de la cabeza que Ángel iba a verse con Paula. Aunque apoyó la idea y no se arrepiente de ello, es imposible olvidarse de que su novio va a pasar el día con otra que no es ella; otra de la que, además, estuvo enamorado y por la que quizá aún siga sintiendo algo.

—Y tú, ¿qué haces? ¿Preparándote para la cita? —pregunta, desganada, aunque con cierta curiosidad.

—No. Al final, no hay cita.

Sandra se retuerce en el sillón de su padre y se echa hacia delante para pulsar el *pause* en el reproductor de música del ordenador.

¿Ha oído bien?

—¿Cómo que no hay cita?

—Porque a Paula le ha surgido algo, que no me ha podido contar, y no vamos a quedar hoy.

De pronto, una alegría extraordinaria inunda a la joven periodista.

—¿Te ha dicho qué es?

—No. Solo que no tiene que ver con su familia ni con ella misma.

—¡Qué extraño...!

—Está con sus amigas de fin de semana. Seguramente tendrá relación con alguna de ellas.

—Ah. Espero que no pase nada malo.

—No creo. Tampoco la he visto muy preocupada.

«Cosas de crías», piensa Sandra. Aunque no lo dice en voz alta, porque seguro que a Ángel le molestaría que las llamara así. Pero es que, con dieciséis o diecisiete años, los problemas no son como con veinticinco. Hay un par de escalones de diferencia. Los adolescentes no saben lo que les espera. Solo se preocupan de si combinan bien los colores, si aquel sale con aquella o de si van a suspender alguna asignatura sobre algo de lo que nunca más volverán a oír. La vida es mucho más sencilla, aunque no lo aprecien. Y los problemas, por tanto, también.

—Entonces, ¿qué vas a hacer?

—Mañana la llamaré para ver si podemos quedar de nuevo.

—¿Mañana? Tienes mucho trabajo.

—Lo sé. Por eso no sé si podremos quedar o habrá que esperar.

Es curioso. No parece demasiado afectado. ¿Le estará ocultando algo? Desde el viernes, cuando se encontró con Paula, Ángel ha sido otro, hasta el punto de cuestionarse sus sentimientos. Sin embargo, ahora que debería estar mal por la anulación de la cita, se le nota más tranquilo, relajado. Sandra no lo entiende.

—Seguirá nuestro dilema.

—¿Qué dilema?

—Si me quieres a mí o la quieres a ella.

—Lo dices como si fuera a elegir entre un helado de fresa o de vainilla.

Sandra suelta una carcajada.

—Ya sé que tú prefieres el de fresa.

—Sí. Pero el perfume de Paula es de vainilla.

—Lo sé. Lo olí el otro día cuando nos encontramos con ella. Me gustó. ¿Quieres que lo empiece a usar yo?

—No. El tuyo me gusta mucho.

Buena respuesta. Acertada. Para una chica su perfume es algo muy importante. Lo ha puesto a prueba y la ha pasado bien.

—Con lo que me cuesta, más vale que te guste. Me dejo el sueldo en oler bien para ti.

—Pídele a tu padre un aumento.

—Claro. Todos pensáis que, porque el director del periódico es mi padre, puedo hacer lo que quiera.

—¿Y no es verdad eso?

—Sí, es verdad —dice riendo—. Pero los temas de dinero... En eso mi padre no tiene preferencia ni por su propia hija.

—A mí me paga bien.

—Porque tú te has convertido en uno de sus favoritos.

—Me verá como un buen futuro yerno.

—Quizá si supiera que nos acostamos juntos no te vería tan bueno.

Ángel es ahora el que suelta la carcajada. Le encanta. Tiene una agilidad mental y un ingenio para conversar inigualables. Le apetece muchísimo verla.

—Oye, Sandra, ¿vas a estar toda la mañana en la redacción?

—No tengo nada mejor que hacer. ¿Por qué?

—Podríamos quedar. Yo tampoco tengo planes.

—¡Ah! No tienes planes... ahora. ¿Qué soy?, ¿el segundo plato?

—¡No, no! No te lo tomes así... Es que tengo muchas ganas de verte.

Sandra permanece en silencio. Ángel, expectante. No quería molestarla, pero parece que lo ha hecho. Sin embargo...

—¡Tranquilo, hombre!, que era broma. Claro que quiero quedar. ¿Me paso por ti? ¿O vienes tú por mí?

El periodista resopla aliviado. Pensaba que se había enfadado. Y no sin motivos.

—Tú eres la que tiene coche.

—Y tú el que me quieres cambiar por otra.

—¿Me lo vas a recordar mucho?

—Mmm... Las veces que pueda.

—¡Qué cruel eres...!

—Cruel tú, que me quieres cambiar por otra.

Ángel sonríe. No puede con ella.

—¿Otra vez?

—Otra vez.

—Bueno, pues voy yo hasta el periódico y luego...

—No seas tonto. Voy yo a recogerte en mi coche. Te estaba haciendo sufrir un poco. En media hora estoy ahí.

—¡Qué mala!

—Ponte guapo, que estamos en domingo. —Hace una pausa—. Pero ¡qué tonterías digo!, ¡si tú siempre estás guapo!

—No me hagas ahora la pelota.

—Es la verdad. Tengo el novio..., el presunto novio... más guapo del mundo.

—¿Presunto novio?

—Sí. Ahora mismo eres presunto novio, hasta que se demuestre si lo eres o no —comenta la chica, hablando muy deprisa—. Y bueno, te dejo ya. Me paso por ti en un rato. ¡Estate listo!

Sandra reproduce el sonido de un beso y cuelga.

Ángel se pone de pie y camina hasta su habitación. Lleva una sonrisa en la boca. Una gran sonrisa.

¿Por qué no piensa en Paula y en el plantón que le ha dado? No lo comprende. No está molesto ni enfadado. Ni triste.

Solo se siente bien, porque va a volver a ver a su presunta novia.

Capítulo 64

Esa mañana de finales de junio, en un lugar apartado de la ciudad.

A pesar de la conversación con Paula, no está más tranquila. Desahogarse, en esta ocasión, no ha sido un remedio. Cris se siente fatal por lo que ha hecho y no hay forma de que esté mejor. ¿Y Armando, cómo se encontrará? Él también tiene su parte de culpa y de responsabilidad. ¡Miriam es su novia!

No le apetece salir de la habitación pero, si se queda allí dentro, el resto preguntará por ella. Debe dar la cara.

Atraviesa el largo pasillo que hay desde su dormitorio a la escalera y baja por esta. Temblorosa, indecisa. Incapaz de pensar en otra cosa.

Tiene mucho miedo a la reacción de la mayor de las Sugus. Si se ha enterado ya, estará esperándola con el cuchillo afilado. Aunque, pensándolo bien, si ya lo supiese, posiblemente habría subido a buscarla.

Llega al salón y cruza hasta el jardín. Allí los ve juntos, al lado de la piscina. Miriam y Armando están tumbados en el césped sobre unas toallas. Parecen tranquilos, sobre todo el chico. Más de lo que debería. ¿No se siente culpable de haber engañado a su novia?

Cristina está a punto de echar a correr para regresar a

su cuarto y permanecer allí todo lo que queda de mañana. Pero con eso no lograría nada, solamente prolongar la agonía. Resopla, intenta armarse de valor y camina hasta donde está la pareja.

—¡Hola, Cris! —grita Miriam, quitándose las gafas de sol, cuando la ve llegar.

—Hola.

La Sugus de limón la saluda tímidamente con la mano y sonríe. Confirmado: Armando no le ha revelado nada a su novia. El joven ni siquiera la mira. Continúa con sus gafas puestas y no dice nada. Toma el sol, sin que parezca afectarle la situación.

—Ya me ha contado este lo bien que lo pasasteis anoche sin mí —suelta Miriam.

Cris se pone muy tensa cuando oye aquello. En cambio, él no mueve ni un músculo.

—¿Sí? ¿Qué te ha dicho? —pregunta nerviosa. No puede ser que le haya revelado la verdad y no le haya afectado nada.

—Que os bañasteis en la piscina hasta muy tarde. ¡Ya os vale!

—Bueno...

—Al final, vais a conseguir que me ponga celosa —dice la chica bromeando.

Y, deslizándose desde su toalla a la de Armando, se tiende sobre él y le da un larguísimo beso en los labios. Cristina los contempla. Pero esta vez no se muere de la envidia ni querría estar en el lugar de su amiga. Ahora se siente muy culpable y confusa.

Un par de minutos más tarde, Miriam regresa a su toalla. Se sienta y mira a Cris.

—¿Estás bien? Tienes mala cara.

«Es que te he traicionado liándome con tu novio y no te

lo voy a contar. ¿Es ese un buen motivo para tener mala cara?».

—¿Sí? Pues no sé. Yo me he visto bien cuando me he mirado en el espejo —miente. Le han salido unas ojeras tremendas de no dormir.

—A mí me parece que está muy guapa —interviene Armando, que se coloca sus gafas de sol en la frente y observa a Cris de arriba abajo.

—Será cosa mía entonces. ¡Y tú no mires tanto! —grita Miriam, que le golpea repetidamente en el abdomen con la palma de la mano.

Paula, que estaba dentro de la piscina cuando Cristina llegó, sale del agua y acude junto a ellos. Su primera mirada es hacia su amiga, a la que intenta preguntar si Miriam no sabe nada aún. Cris la entiende y, con un gesto, disimulando, se lo confirma: todavía no se ha enterado.

—¿De qué habláis? —pregunta Paula mientras se seca con su toalla.

—De lo buena que está la mosquita muerta —le aclara Miriam—. A mi chico le encanta. ¿Tú sabías que anoche se bañaron juntos en la piscina?

Paula abre muchísimo los ojos, sorprendida. ¿Está pasando una prueba? Mira a Cristina y esta mueve lentamente la cabeza de un lado a otro.

—No, no lo sabía. Yo me fui a dormir pronto. Por cierto, ¿qué tal tu resaca? —le pregunta intentando cambiar de tema para echarle una mano a su amiga.

—Me duele la cabeza todavía. No sé qué me pasó. Tampoco bebí tanto...

—Te bebiste hasta el agua de los floreros —señala Armando, que ha vuelto a tumbarse y a ocultarse bajo sus gafas de sol.

—¡Capullo! Eso no es verdad. Me sentaría algo mal.

—Por supuesto que te sentó algo mal: tanto alcohol.

—¡Que no bebí tanto!

Alan, que también se incorpora al grupo procedente del interior de la casa, ha oído la última parte de la conversación.

—Sí que bebiste muchísimo —apunta nada más sentarse en el césped junto a Cristina.

—Otro igual.

—De hecho dejamos de jugar por tu culpa —indica el francés con tono acusador.

—¡Hey! A mí no me provoques... Yo no tengo la culpa de que tengas un mal día.

—¿Que yo tengo un mal día? Si tú supieras algunas cosas, sí que tendrías un mal día.

Cris, Paula y Armando, que arroja las gafas al césped y se incorpora como un resorte, centran toda su atención en Alan. ¿Él también sabe lo que ha pasado?

—¿Qué tengo yo que saber?

—No soy yo el que te las tiene que contar.

—No entiendo nada de lo que me dices.

Pero el resto del grupo sí.

—Me voy al agua —suelta Alan mientras se pone de pie y apoya una mano en el hombro de Cristina.

—¡Oye! ¡No lances la piedra y escondas la mano! —exclama Miriam mientras Alan se aleja.

Pero el chico no le hace caso. Llega al borde de la piscina y se lanza de cabeza.

Está rabioso. Aún no se le ha quitado el enfado de antes. Paula ha pasado de él. Ni siquiera lo estaba escuchando mientras le abría su corazón.

Empieza a estar cansado de todo el mundo.

Aquella pesada de Miriam lo que tendría que haber hecho es cuidar lo que tiene en lugar de emborracharse tanto. La culpa de que su novio y Cris se liaran la tiene ella. Y no será él quien descubra el secreto de la única persona de las que están allí que se ha portado bien con él.

Unas horas antes, una noche de junio, en un lugar alejado de la ciudad.

Ha hecho bien en no despertarla. Se habría molestado. Y aunque está acostumbrado a sus continuos enfados, ahora mismo no tiene ganas de un nuevo enfrentamiento dialéctico con ella. Y es que cada vez esa chica le gusta más.

¿Cómo puede hacer para llegar a su corazón?

Es difícil. Solo lo ve como un tipo prepotente, arrogante y creído. Quizá se sienta atraída por él, pero solo para un rollo de una noche. Paula nunca querría nada serio. Y de lo otro, ya tuvieron en aquel hotel de Francia, aunque ella no se acuerde.

Para colmo de males, ese Ángel ha vuelto a aparecer. ¿Qué querrá? A ella, seguro. Y ella, ¿le seguirá queriendo a él?

Es imposible averiguarlo. Al menos, de momento.

A lo mejor está tensando mucho la cuerda. Tal vez tendría que probar a comportarse de otra forma, como le ha dicho esta tarde Cris. Buscar un camino diferente. Pero a él le cuesta ser de otra manera. No solo eso: no sabe ser de otra manera. Hace muchos años que se perdió el Alan simpático y generoso con las chicas. Ahora es un tipo sin sentimientos, que no deja pasar oportunidades. Un depredador.

Pero, si quiere conquistar a Paula, debe terminar con eso. Necesita ser otro, un nuevo perfil, alguien de quien se pueda enamorar.

¿Podría intentar abrirse a ella? Demostrar sus sentimientos, ir más allá... Sí, tiene que hacerlo. Tiene que conseguirlo.

Hace una noche muy calurosa. Necesita respirar un poco de aire, relajarse.

Baja otra vez la escalera. El fresco de la noche le vendrá bien para despejar su agotada mente y anular el resto de alcohol que queda en él. Pasa por el salón y llega hasta el jardín. La piscina iluminada está preciosa. Fue un gran acierto de sus tíos poner aquellas luces. Pero no es lo único que Alan ve.

Allí, en el césped, dos cuerpos se revuelcan uno sobre el otro. Ágiles, sedientos, lujuriosos. Uno de ellos es Armando, pero la chica... no parece Miriam.

El francés se acerca sigilosamente y, escondido, contempla asombrado como Cris está encima de Armando besándole en el cuello.

Finalmente ha tenido éxito, lo que demuestra que nada es imposible. Y si ella se ha ligado al novio de su mejor amiga, ¿por qué él no puede acabar teniendo una relación con Paula?

Capítulo 65

Esa mañana de finales de junio, en un lugar apartado de la ciudad.

Juntos llegan a la puerta de la casa de los tíos de Alan. Mario camina cojeando. El tobillo se le ha inflamado bastante. Diana le ha ayudado a llegar hasta allí, aunque sus fuerzas son también escasas. Tocan el timbre y esperan a que les abran.

—¿Qué les vamos a decir? —pregunta la chica.

—¿Qué quieres que les digamos? La verdad —responde él convencido.

No entiende por qué hay que contarles algo diferente a sus amigos. Tarde o temprano terminarían enterándose de todo. Además, está tan cansado que no tiene fuerzas ni para pensar en una mentira convincente.

—Vale. Pero... —Diana duda un instante—. Por favor, no hables nada del tema... de la comida.

—¿No crees que tus amigas lo deberían saber? Quizá puedan ayudarte en algo.

—No. Ellas no deben saber nada. Se preocuparían mucho por mí.

—Con razón. Yo también estoy preocupado por ti.

—Y yo por ti. Mira cómo tienes las rodillas. Y seguro que te has hecho algo grave en el tobillo.

—Lo del tobillo no es nada, solo una torcedura. Lo mío tiene menos importancia que lo tuyo. Y tú lo sabes.

Suena un fuerte pitido y la puerta se abre.

Miriam es la primera que aparece. Va corriendo hasta ellos y abraza a su hermano y luego a Diana.

—¡Dios! ¿Qué te ha pasado? —pregunta, atolondrada, la mayor de las Sugus, examinando una por una las heridas de su hermano—. Acabo de ver el SMS. ¿Estás bien?

Paula, Cris y Armando también llegan y se sorprenden al ver el estado en el que se encuentra Mario.

—No te preocupes, son solo rasguños —responde el chico mientras entra cojeando en el interior de la casa. Miriam le sirve de apoyo.

—No son solo rasguños. Tiene las rodillas fatal y un tobillo mal —aclara Diana, a la que se abraza Cristina.

—Tienes que ir a un médico —indica Paula.

—No voy a ir a ningún médico.

—Sí que vas a ir. Voy a llamar a Alan para que nos lleve en coche —comenta su hermana, que no deja de observar las heridas.

—¡No llames a nadie! ¡En serio, estoy bien! —grita él.

—¡No lo estás!

—Si de verdad necesitara un médico, os lo diría. Ahora solo quiero descansar y ponerme un poco de hielo en el tobillo.

—¿Crees que solo con hielo te vas a curar?

—Sí. Si me pongo peor, os prometo que iré al médico.

—Luego dices que Diana es cabezota. Pero tú no te quedas atrás, ¿eh? —comenta Paula.

—Somos tal para cual —añade la aludida—. Voy a por hielo a la cocina.

—Y yo, a buscar a Alan, a ver si tienen un botiquín y te podemos curar nosotras eso —indica Cris.

El resto entra en el salón y se sienta. Miriam, en un sofá, al lado del chico, del que no se separa ni un instante.

—Entonces, ¿qué os ha pasado? —le pregunta a su hermano.

—Nos perdimos en la sierra.

—¿Qué? ¿Por qué os metisteis en la sierra?

—No lo sé. Empezamos a andar sin saber muy bien hacia dónde y, cuando nos dimos cuenta, no había forma de encontrar el camino. Además, no os podíamos avisar porque los móviles no tenían cobertura.

—Ya. Os llamamos varias veces, pero nos daba como si tuvieseis los teléfonos apagados —apunta Paula, que se ha sentado enfrente de Mario.

—¿Y las heridas?

—Me caí por un terraplén al que intentamos subir.

—¡Estáis locos! Pero ¿desde cuándo eres tú un aventurero? —se lamenta Miriam.

—Desde nunca. Pero o subíamos esa rampa o... ¡Ay, yo qué sé! No me preguntes más cosas, que estoy cansado.

En ese instante, aparece Cris acompañada de Alan, que se está secando con una toalla. El francés silba cuando contempla el cuerpo magullado de Mario.

—Creo que el botiquín está en el cuarto de baño de mis tíos —dice mientras se seca el pelo—. Voy a buscarlo.

Y sube por la escalera hacia la primera planta, al tiempo que Diana regresa de la cocina con una bolsa de hielo metida en un paño entre las manos. También lleva una botella de agua, de la que antes ha dado un buen trago.

—Toma, yo ya he bebido —le indica a Mario, pasándole el agua, y se sienta a su lado, en el hueco del sofá que está libre—. Y esto es para que te lo pongas en el tobillo.

El chico coge la botella y bebe. A continuación, se quita la zapatilla de su pie derecho y se coloca el hielo en el tobillo.

—¿Y habéis pasado toda la noche al aire libre, en medio de la sierra? —continúa preguntando Miriam.

—Sí —responde Diana—. Y todo por mi culpa.

—No empecemos otra vez con eso —protesta el chico—. Pasó porque tenía que pasar.

—Pasó porque soy una idiota.

—No eres ninguna idiota.

—¿Que no?

—No.

—Explícame entonces por qué siempre meto la pata.

—Ha sido mala suerte.

—Lo que tú digas...

El resto del grupo observa a los dos con incredulidad. ¿Ya están otra vez discutiendo?

—Chicos, ¿por qué no lo dejáis? No creo que sea el momento para...

Pero, sin que Paula pueda terminar la frase, Diana acerca su rostro al de Mario y lo besa en los labios. El resto del grupo se queda boquiabierto al presenciar la escena. La pareja termina de besarse y ambos sonríen.

—¿Y esto? —pregunta Paula muy extrañada—. ¿Volvéis a estar juntos?

—Sí —responden Mario y Diana al unísono.

—No me lo puedo creer... ¿Cuándo? ¿Cómo? ¿Qué ha pasado? —pregunta nerviosa Miriam.

Los chicos se miran. Están exhaustos y sin ganas de dar demasiadas explicaciones.

—Que se quieren —se anticipa a responder Paula—. Y me alegro mucho.

—Gracias. Imagino que es eso —indica Diana.

—Yo también me alegro mucho por los dos —admite Miriam, que se levanta del sillón y se sienta en las rodillas de Armando, al que besa en la mejilla.

Cris, al ver aquel gesto, aparta rápidamente su mirada, aunque tropieza con los ojos de Paula, que resopla. ¡Qué incómodo es guardar un secreto que afecta a dos de tus mejores amigas!

Alan regresa al salón con un botiquín de primeros auxilios.

—Creo que aquí tenéis todo lo que necesitáis para repararlo un poco.

—Ni que fuera un coche —gruñe Mario.

Paula abre el botiquín. Saca gasas, algodón, agua oxigenada y mercurocromo.

—Tú límpiale las de las rodillas y yo lo haré con las de los codos —le dice a Diana, entregándole un trozo de algodón.

—Bien.

—No sé si fiarme de vosotras...

—¿Prefieres que lo hagan dos enfermeras de verdad? ¡Pues ve al médico! —le grita su novia.

—A callar... ¡o te ponemos un algodón en la boca!

Mario no dice nada más y observa como las dos chicas lo preparan todo. Con mucho cuidado comienzan a sanar los rasguños del chico, que se queja en cuanto siente el contacto del desinfectante en sus heridas.

—No seas quejica...

—Es que escuece —refunfuña cerrando los ojos.

—Si son solo rasguños... ¿No es lo que me has estado diciendo todo el rato desde que te caíste?

—Y así es, pero... ¡ay, cuidado, Paula!

—¡Si no te he tocado! ¡Estoy echando agua oxigenada en el algodón!

Todos ríen menos Cris, que de reojo busca a Armando. Este no le ha dirigido la palabra todavía durante la mañana. ¿Estará enfadado con ella? No, eso no puede ser. Quizá lo esté consigo mismo, por serle infiel a su novia. Pero no se le ve afectado ni preocupado. Su comportamiento no deja de ser muy extraño. Tiene que hablar con él y plantearle la situación para saber qué es lo que piensa y lo que van a hacer.

—¡Ya está! Las rodillas están curadas —indica Diana antes de darle un beso en la pierna izquierda.

—Y los codos —añade Paula.

Mario se pone de pie, pero rápidamente se tiene que volver a sentar. El tobillo le duele. Alan se agacha y le sujeta el pie. Lo mueve hacia un lado y hacia otro, adelante y atrás, muy despacio.

—¡Ah!

—¿Te duele mucho cuando lo giro a la derecha?

—Sí.

—Creo que tienes un esguince, pero no es demasiado fuerte. Te lo voy a vendar.

—¿Sabes hacerlo?

—Sí, no te preocupes. Me vendaba yo mismo cuando jugaba al tenis.

Alan aparta la bolsa de hielo de su pie. Abre el botiquín, del que coge una venda elástica y, con mucha precaución, envuelve el tobillo de Mario.

—¿No es mejor que vaya al médico? —pregunta Miriam, que continúa preocupada por su hermano.

—Sí. Si no es un esguince y lo que tiene es una fractura.

—No es una fractura... —asegura el chico.

—Yo tampoco lo creo, pero siempre es mejor hacerse unas radiografías para confirmar la lesión y asegurarse de que no existe algo más importante.

—Se te ve muy puesto.

—Bueno, las lesiones son una parte importante de los deportistas —le comenta a Paula, con la que parece que ha firmado una tregua momentánea—. Necesito que me traigáis un poco de esparadrapo. Se me ha olvidado arriba. Está en el cuarto de baño de mis tíos, en un armario blanco. ¿Alguno sabe dónde queda?

—Sí —responde Armando—. Voy yo.

El joven se levanta. Recibe el beso de Miriam y camina hacia la escalera.

Cris lo observa. Es el momento.

—Espérame. Voy contigo. Quiero... cambiarme de ropa.

La chica corre hasta él y juntos suben la escalera mientras Alan termina de vendar el pie de Mario.

Capítulo 66

Instantes más tarde, esa mañana de finales de junio, en un lugar apartado de la ciudad.

Los dos suben la escalera en silencio hasta que Cris rompe a hablar cuando llegan arriba.

—Oye, ¿por qué no me dices nada? —pregunta Cris, que camina detrás de Armando por el larguísimo pasillo de la primera planta.

—¿Qué quieres que te diga?

El chico no se detiene para responder. Sigue andando, sin mirar hacia atrás.

—No sé.

—Pues si no lo sabes, no entiendo qué es lo que pretendes.

A Cris le sorprende muchísimo aquella actitud. ¿Qué ha sido de aquel chico que era tan amable y simpático con ella?

Entran en la habitación de los tíos de Alan, la atraviesan y llegan al cuarto de baño.

—¿Es que no te sientes mal por Miriam?

—¿Y tú no decías que te ibas a cambiar de ropa? ¿Qué haces aquí?

—Lo de la ropa era una excusa. Necesitaba hablar contigo.

—No tengo nada de qué hablar.

Armando abre el armario blanco que antes le ha indicado Alan y busca el esparadrapo.

—Pero ¿cómo que no tienes nada de lo que hablar? ¡Has engañado a tu novia conmigo! ¿Es que te da lo mismo?

—Tú también tienes tu parte de culpa, ¿no?

—Claro. Por eso estoy tan mal. Y por eso quiero hablar contigo, para decidir qué hacemos.

El joven se vuelve y mira a los ojos a Cris. No es la misma mirada dulce con la que la chica se había quedado embelesada tantas veces y por la que había perdido la razón. Son ojos hostiles, desafiantes.

—¿Decidir qué hacemos? Creo que está muy claro.

—Yo no lo tengo tan claro.

—Ese es tu problema.

—¿Mi problema? —exclama Cristina, confusa—. No entiendo nada.

—Como te dije anoche, Miriam no se va a enterar de nada.

—Pero...

—Yo no se lo voy a contar. Me va bien con ella. Tenemos una relación divertida. Nos lo pasamos bien juntos. En la cama y fuera de ella. No voy a estropearlo todo por un lío de una noche en el que ni siquiera hubo sexo.

—Eso que dices es...

—Es la verdad. Y si tú eres inteligente, tampoco le dirás nada. Es una de tus mejores amigas y las dos formáis parte del mismo grupo. Si le cuentas que te has liado con su novio, le harás daño a ella y te cargarás vuestra amistad y además también destrozarás el grupo.

La dureza de las palabras de Armando hiere a Cris hasta llevarla a las lágrimas. No solo se siente mal por haber traicionado a su amiga, sino que aquel tipo la está tratando como si fuera un trapo. Por mucho que intente comprenderlo, es incapaz.

—¿Me has utilizado? —pregunta sollozando.

—No. No he hecho nada de eso. Pasamos un rato agradable. Estábamos los dos con una copa de más y sucedió. No hay que darle más vueltas.

Armando encuentra el esparadrapo y se lo guarda en uno de los bolsillos de su pantalón corto. Sin más, sale del cuarto de baño y de la habitación de los tíos de Alan. Cristina va tras él.

—No imaginaba que fueras una persona tan fría.

—Ni yo que te lo tomarías así.

—Pero es que Miriam es mi amiga.

—Haberlo pensado anoche. ¿No? —El chico se detiene—. No puedes bajar conmigo. Tienes que ir a cambiarte de ropa.

—Ya te he dicho que era una excusa.

—Pero ellos no lo saben. Si apareces con la misma ropa con la que has subido, sospecharán.

Cris resopla. Tiene razón.

—Alan lo sabe. ¿No has oído lo que ha insinuado antes?

—Sí. ¿No se lo has contado tú?

—No.

—Pensaba que, como os lleváis tan bien, se lo habrías dicho —indica Armando—. De hecho, creía que te liarías con él y no conmigo.

—¿Qué? ¿Con Alan? ¡No!

—¿Por qué no? Está libre, tú también. Sois guapos, jóvenes...

—Las cosas no funcionan así.

—¿Ah, no? ¿Y por qué te liaste conmigo?

La chica se siente intimidada por su mirada y huye de ella. Está sufriendo como nunca lo había hecho. Ya no merece la pena revelarle sus sentimientos. Armando no es como ella pensaba. Y se inculpa de no haberse dado cuenta antes de caer en la tentación.

—Porque soy tonta. Y una mala amiga.

—No te machaques a ti misma. Solo es un rollo. Si te afecta tanto, no volverá a pasar.

—¡Claro que no volverá a pasar! —grita furiosa—. ¿Piensas que me iba a volver a liar contigo?

—Si pasó una vez, puede que pase una segunda.

—Pero ¿tú de qué vas?

Armando resopla. Coloca una mano en la espalda a Cris y la guía hasta su dormitorio. Cuando están dentro, cierra la puerta.

—Vamos a dejar las cosas claras —dice muy serio—. Si no quieres que nos liemos más, por mí perfecto. Pero no te interpongas entre Miriam y yo.

—No quiero estar en medio de vosotros dos.

—Pues entonces, quédate calladita y no le digas a nadie más lo que pasó.

—Paula también lo sabe. Se lo he contado.

Armando maldice en voz baja y se frota la sien.

—¿Lo sabe alguien más? ¿El presidente de Estados Unidos? ¿La prensa?

—No entiendo por qué me hablas así.

—Porque estoy cansado de gimoteos y de tonterías. Si te ibas a sentir tan mal por liarte conmigo, no haberlo hecho.

—En eso te doy la razón. No tenía que haberlo hecho.

La chica coge su mochila y se sienta en la cama. Saca el único bikini que no se ha puesto hasta ahora de los que ha llevado a la casa y una camiseta limpia. Armando mira por el ventanal de la habitación.

—Mira, lo siento —se disculpa suavizando el tono de voz—. Tampoco quiero que estés mal.

—Es un poco tarde para eso.

El joven se acerca hasta ella y se sienta a su lado.

—No pienses más en esto. Olvídate.

—No es tan sencillo. Miriam es muy importante para mí.

—Para mí también lo es.

—Cualquiera lo diría...

—Si no fuera importante, no estaría con ella.

Armando pone una mano sobre la de Cristina, pero esta la quita rápidamente.

—Es mejor que te vayas. Alan necesita el esparadrapo.

—Tienes razón.

—Ahora bajo yo.

El chico se levanta y se dirige hacia la puerta.

—Y de verdad, Cris, déjalo pasar. Solo fueron unos besos en un momento en el que ninguno de los dos controlaba del todo.

—Para mí no fueron solo unos besos.

—Pues solo fue eso —insiste el chico, que abre la puerta—. Te espero abajo.

Cristina no le mira cuando se va.

Se pone de pie y cierra la puerta, que él ha dejado abierta.

Lentamente, se desnuda. Pensativa. Cabizbaja. Dolida. Las cosas no podrían estar peor. Aquel chico, además, no ha resultado ser lo que parecía. Y Miriam tampoco lo sabe. No conoce al verdadero Armando.

Pero ahora la cuestión es: ¿le cuenta todo a su amiga o se calla e intenta olvidarse de lo que ha pasado?

Capítulo 67

Ese día de finales de junio, en un lugar de la ciudad.

Enciende el aire acondicionado. Es la primera vez que lo hace este año. Aunque todavía es bastante pronto, hace calor.

Ángel no deja de mirar por la ventana y de observar el móvil. Sandra se retrasa. ¿Le dejará tirado? Sería la segunda vez que hoy le dan plantón.

A esa hora debería estar con Paula aclarando sus sentimientos, comprobando qué es realmente lo que pasa por su corazón. Sin embargo, continúa en su piso y a quien espera es a su novia, que ha quedado en recogerle.

Su vida amorosa en esos instantes es un caos. Mantiene una relación con una, echa de menos a la otra, no sabe qué siente por ninguna de las dos... ¿A quién quiere: a Sandra o a Paula?

Suena el teléfono. Rápidamente se lanza a por él. Es Sandra, y Ángel se teme lo peor.

—¿Hola?

—Hola, cariño.

¿Cariño? Demasiado amable. ¡Plantón a la vista!

—No me lo digas.

—¿Cómo?

—No puedes venir. ¿Me equivoco? —responde el periodista, hablando muy deprisa—. Te ha surgido alguna cosa y te es imposible quedar.

—Es cierto, no puedo ir.

—Lo sabía —señala con tristeza.

—No puedo ir porque ya estoy aquí —le aclara—. Anda, asómate por la ventana y mira al lado de la tienda de electrodomésticos.

Ángel obedece. Allí está ella, fuera del coche, agitando su mano derecha para saludarle. Lleva unos pantalones cortos marrón clarito y una camiseta blanca con un dibujo en el centro que no alcanza a identificar por la lejanía. Él sonríe y también la saluda.

—Por un momento pensé que no ibas a venir... —reconoce.

—Si solo fue un momento..., te perdono.

—Como tardabas en llegar...

—Solo me he retrasado diez minutos.

—Doce —la corrige Ángel—. ¿Bajo o subes?

—Baja ya, pesado.

Va a responderle, pero Sandra cuelga antes de que pueda hacerlo y se mete dentro del coche. Ángel se aleja de la ventana y camina rápidamente hacia el cuarto de baño. Se peina delante del espejo y examina que todo esté perfecto.

Está contento, no puede negarlo. No tiene ni idea de lo que pasará ni de qué es lo que harán. Pero le apetecía mucho volver a verla después de todo lo que había sucedido en las últimas horas.

Coge las llaves y la cartera, apaga el aire acondicionado y sale de la casa.

Mientras está en el ascensor, piensa en Paula. ¿Por qué se acuerda de ella ahora? Debe de ser una maldición. Cuando está con una, la que le viene a la cabeza es la otra. Sin embargo, esta vez, sus sensaciones son distintas. No la echa de menos, ni tiene esa necesidad de saber de ella como ocurrió continuamente desde que el viernes se encontraron en el Starbucks.

El ascensor llega a la planta baja y, antes de que la puerta se abra de nuevo, Ángel se plantea un propósito: no volverá a acordarse de Paula durante todo el tiempo que esté con Sandra. Su atención será exclusivamente para su novia.

¿Lo conseguirá?

El joven periodista sale a la calle. Hace muchísimo calor. Espera a que el semáforo se ponga en verde y corretea hasta el coche de la chica. Esta sigue dentro del vehículo. Lo mira a través de la ventanilla con una sonrisa.

—¿Le llevo a alguna parte?

—El que te debería hablar de usted soy yo. Eres mi jefa y tienes más años.

—A que te vas en autobús...

La chica baja la ventanilla y desbloquea los cerrojos del coche. Ángel lo rodea y entra por la puerta del copiloto. Un agradable aire frío impacta en su rostro, aliviándole.

—Aquí se está genial.

—¿Porque estoy yo o por el aire acondicionado del coche?

Ángel sonríe. Está a punto de contestar que por las dos cosas, pero se resiste. Se inclina sobre Sandra y le da un beso en la mejilla.

—Te he echado de menos —comenta en voz baja.

Pero Sandra no se muestra tan cariñosa. Arranca y maniobra para salir del lugar donde ha aparcado. No se ha creído demasiado lo que le ha dicho. En realidad, está con ella porque no ha podido estar con Paula. Y eso lo tiene muy presente.

—¿Quieres que ponga música? —pregunta ella mientras vigila los coches que vienen por el carril al que se incorpora.

—Vale —contesta muy serio.

Es consciente de que ha metido un poco la pata con aquella frase. Aunque es cierto que la echaba de menos.

—Elige tú la música. A mí me da igual.

—¿Tienes aquí algo de Green Day?

—Sí, busca en el número siete.

El periodista pulsa el botón que selecciona los discos hasta que llega al siete. Le da al *play* y comienza a sonar *Wake me up when september ends* en directo.

Los dos escuchan el tema en silencio, mirando los coches que van y vienen.

—¿Adónde vamos? —pregunta Ángel cuando termina la canción.

—No lo sé. ¿Tú has pensado en algo?

—No.

—Podríamos ir al centro. ¿Qué te parece?

—¿A la zona comercial?

—Sí. Hoy es domingo, pero hay muchas tiendas abiertas.

—Como quieras.

Sandra pone el intermitente y gira a la derecha.

Suena otro tema de Green Day. Y entre ellos se produce un nuevo silencio.

Ninguno sabe cómo romper el hielo completamente. Por teléfono era mucho más sencillo. Ahora, hablar cara a cara les cuesta más después de las circunstancias por las que han pasado.

—¿Cómo has dormido hoy? —pregunta la chica.

—Pues... regular. ¿Tú?

—Regular.

—¿Alguna pesadilla?

La chica lo mira, pero no contesta. Entonces, sin que Ángel lo espere, aparca en doble fila. La música cesa.

—No vamos a estar así todo el rato —comenta Sandra colocándose de lado.

—¿Qué?

—Tenemos que hablar del tema de Paula.

—Me he prometido no pensar en...

—Pues rompe la promesa. Si no aclaramos las cosas, nos vamos a pasar el día comentando estupideces y tarareando canciones de Green Day, Oasis o Blur. Y aunque son bandas que me encantan, no quiero estar todo el rato así contigo. Para eso nos vamos a un karaoke.

—No es mala idea.

—Pues no. ¿Quieres que vayamos? Hay uno aquí cerca.

—¿Me estás diciendo en serio que quieres ir a cantar a un karaoke?

Los dos se miran muy serios, hasta que Sandra sonríe y responde.

—No.

—Menos mal.

—Pero sí pienso que deberíamos hablar del asunto de Paula. No porque yo quiera insistir en ello, sino porque tú debes explicarme qué ha significado para ti que ella, por el motivo que sea, no haya quedado contigo.

La respuesta no llega inmediatamente. El periodista reflexiona antes de contestar.

—¿Te digo la verdad?

—Claro. Es lo único que me debes decir.

—No ha sido nada traumático. Ni tampoco me ha afectado de una manera especial.

—Pero sigues queriendo verla, ¿no?

—Sí... —contesta titubeante—. No lo sé. Creo que es lo

mejor, que nos veamos y aclaremos por fin todo este asunto. Pero...

—¿Pero...?

Ángel se pasa las dos manos por el cabello y se echa un poco hacia delante en su asiento.

—Pero tengo muchas dudas. Ahora mismo me apetece estar solo contigo. Hablar como siempre, ser nosotros. —Hace una pausa y prosigue—. Pero no sé si mañana o la semana que viene voy a volver a recordar o ver algo que me haga pensar de nuevo en Paula.

La chica resopla al oír la reflexión que Ángel acaba de hacer. Y llega a una conclusión:

—Luego dicen que nosotras somos difíciles de entender.

—Y lo sois.

—¡Ja!

—Mucho más que nosotros.

—¡Ja y ja!

—Aunque hay excepciones.

—Y a mí me tocó enamorarme de una de esas excepciones.

Sandra se inclina y le da un beso en la mejilla a Ángel. Pone en marcha de nuevo el coche y Green Day vuelve a sonar en el interior.

Su novio la observa atentamente. Le gusta, le gusta mucho.

—¿Qué hacemos con este asunto?

—Creo que tu promesa, en el fondo, estaba bien planteada... si estás dispuesto a cumplirla.

—¡Por supuesto! Si no, menuda promesa sería.

—¿Nada de Paulas entonces en lo que queda de día?

—Nada de Paulas. Solo Sandras.

—Sandras y Ángeles.

Y, pisando el acelerador a fondo, la pareja de novios se dirige al centro de la ciudad con la intención de dedicarse en exclusiva el uno al otro.

Capítulo 68

Una mañana de finales de junio, en un lugar apartado de la ciudad.

Es el segundo cruasán relleno de chocolate que Mario se come. Lo devora con ferocidad, a grandes mordiscos. Sin embargo, Diana aún no ha tocado el que tiene delante.

—¿No tienes hambre? —le pregunta Paula.

—No. Me parece que tengo el estómago cerrado. No me entra nada —miente la chica.

En realidad, está muerta de hambre y además le fallan las fuerzas. Pero, si se come aquel cruasán, luego terminará vomitándolo. Y ahora que Mario es consciente de lo que le pasa...

Se sabe el proceso de memoria. Al principio podía controlar lo que comía y lo que vomitaba. Ahora ya no. Es tal la ansiedad y la angustia que le produce comer que, siempre que lo hace, termina en el cuarto de baño. Se siente obligada a hacerlo y no hay manera de impedirlo desde hace algunas semanas. No tiene capacidad para retener la comida en su estómago. Ni por propia voluntad ni por la de su cuerpo.

Su novio la observa. Está claro que su chica necesita comer para recuperar energías. Lleva muchas horas sin probar bocado. Sin embargo, ella se resiste por lo que le sucede con la comida. Mario no sabe cómo puede ayudarla. Aquel problema es realmente grave y la única solución sería acudir a un especialista. Pero convencer a Diana para que acuda a uno va a ser una tarea más que complicada.

—¿Y no te apetece otra cosa? También hay galletas o te puedo preparar unas tostadas —le dice el chico, que se ha puesto de pie.

—No. De verdad que no tengo hambre.

—¿Seguro que no quieres comer nada?

—Seguro. Voy a tumbarme un rato en la cama, estoy muy cansada. Luego comeré.

Diana se levanta también de la mesa, bebe agua del grifo del fregadero y le da un beso en la mejilla a Mario, que lo recibe muy serio y preocupado. Luego sale de la cocina.

Paula alcanza el cruasán de chocolate que Diana no se ha comido y lo muerde.

—¡Qué poco come esta chica! —comenta con la boca llena—. No me extraña que esté adelgazando tanto.

Mario la observa mientras mastica. Tiene razón. En estas semanas que llevan juntos ha perdido varios kilos. Y él no se ha enterado de nada. ¡Qué torpe ha sido! Diana necesita ayuda urgentemente.

Su amiga ríe porque el chocolate del cruasán se le está cayendo. Paula podría ser un buen punto de apoyo para Diana. Las chicas se entienden mejor entre ellas. ¿Se lo cuenta? Diana le ha pedido por favor que no le diga nada a nadie. Si se lo dice, se enfadará otra vez con él.

No sabe qué hacer.

—Te has manchado la barbilla.

—¿Dónde?

Mario se toca en su cara el sitio donde Paula tiene chocolate. La chica se moja un dedo con saliva y se limpia.

—¿Tú crees que Diana está tan delgada?

—Sí —contesta, recuperando el cruasán y mordiéndolo otra vez—. ¿Está a dieta? A ella no le hace falta.

—No, no está a dieta, que yo sepa.

—Pues se está quedando en los huesos. Ahora que volvéis a estar juntos, deberías insistirle para que coma más.

—Si yo se lo digo.

—Pues se lo tienes que repetir más veces.

El chico resopla. Paula está hablando de algo sin saber realmente de qué. Quizá si conociera la verdad... ¿Se lo dice?

—Por mucho que le insista, no creo que me haga caso. Ya sabes cómo es.

—¿Pero qué es lo que pretende? Si está muy delgada... No necesita perder peso.

—¿Por qué no hablas tú con ella? —le propone Mario.

—¿Yo? No creo que yo sea la persona más adecuada para decirle que tiene que comer más.

—¿Por?

—Pensará que quiero que engorde para que no te guste y te enamores otra vez de mí. O algo por el estilo.

—Eso es muy rebuscado.

—Tu novia es muy rebuscada.

—Porque tiene un problema —suelta él sin pensarlo.

Paula lo mira frunciendo el ceño. Mario se da cuenta de que ha dicho algo que no debía e intenta disimular.

—¿Qué problema?

—Nada. No he dicho nada.

—Vamos, cuéntamelo. No me vas a dejar así, ¿verdad?

—No puedo decirte nada. Si no, Diana me mata —comenta, tratando de excusarse.

En cambio, la chica no está dispuesta a dejar pasar aquello por alto e insiste.

—Pues me lo vas a contar porque, si no, la que te matará seré yo.

—No puedo, de verdad.

Parece que habla muy convencido y que realmente no puede decirle nada. Eso significa que es algo serio. Sin embargo, Paula no se da por vencida. Necesita saber a qué problema se está refiriendo Mario.

—¿Está enferma?

—Paula, por favor. No me hagas hablar más de lo que puedo.

—Solo dime si tiene alguna enfermedad y ya no preguntaré más. Prometido.

—Algo así —contesta Mario, suspirando antes.

—¡Está enferma! ¿Qué es lo que tiene?

—Pero ¿no me dijiste que no me ibas a preguntar más?

—Sí, pero mi amiga está enferma y es lógico que me interese, ¿no?

El chico se frota los ojos y mueve la cabeza de un lado a otro. Sigue creyendo que es positivo que Paula se entere, pero sabe que le caerá una buena bronca si él desvela qué es lo que le pasa a Diana.

—Sí es lógico, pero yo...

—¿No tendrá que ver con la comida?

—Eh...

La reacción de Mario hace que la chica deduzca que la respuesta a esa pregunta es afirmativa. Se ha puesto muy nervioso.

—No me digas que Diana tiene problemas con la comida.

—Ella no quiere que se lo cuente a nadie.

—¡Dios! —exclama Paula, que deja el cruasán sobre la mesa de la cocina—. ¿Qué es lo que le pasa exactamente?

—Debería decírtelo ella.

—Ella no me va a decir nada, Mario. ¿Tiene anorexia?

Al chico le entra un escalofrío cuando escucha aquella palabra.

—No lo sé. No sé qué es.

—¿No lo sabes o no me lo quieres decir?

—No lo sé y ella tampoco, según me dijo. Sé que tiene problemas para comer. Que vomita. Y que no puede controlar lo que le pasa.

—¿Desde cuándo?

—Desde hace unas semanas.

—Vaya.

Paula se queda pensativa, con las manos tapándose la cara. No podía imaginar nada así. Había estado tan preocupada de sí misma, de compadecerse por lo de Ángel, de vivir su vida, que no había prestado atención a lo que le sucedía a su amiga.

—¿Qué vamos a hacer? —pregunta Mario, que percibe la tremenda preocupación de su amiga reflejada en su rostro.

—No lo sé.

—Hablar con ella y convencerla para que vaya al médico es imposible.

—En eso os parecéis.

—No compares. Lo mío son solo rasguños —se justifica—. Lo de ella es algo importante. Tenemos que hacer algo.

—Podríamos hablar con su madre.

—Últimamente no se llevan muy bien. Tiene un novio nuevo que a Diana no le gusta mucho. No sé si sería peor el remedio que la enfermedad.

—Mmm...

—Y si...

La puerta de la cocina se abre y aparece Alan. Inmediatamente, los chicos se callan. El francés se da cuenta de que ha interrumpido la conversación.

—Podéis seguir hablando, ¿eh? Solo he venido a por una cerveza —dice algo molesto.

—¿Una cerveza tan pronto?

—Ya no es tan temprano. ¿No quieres una?

—No, gracias. Hoy creo que no beberé alcohol —indica Paula sonriendo.

El chico se encoge de hombros. Va al frigorífico y coge un botellín.

—Bueno, yo me voy a descansar un rato, si no os importa —señala Mario—. Apenas he dormido esta noche y estoy hecho polvo.

—¿Cómo tienes el tobillo? ¿Te aprieta el vendaje que te hice?

—No. Está perfecto.

Alan abre la cerveza y da un trago.

—Descansa, que lo necesitas —dice la chica antes de levantarse de la silla en la que estaba—. Luego seguimos hablando.

—Vale.

Mario sonríe tristemente. Se despide de ambos y sale de la cocina cojeando.

¡Qué situación tan difícil! Y lo peor de todo es no saber cómo actuar. Piensa que ha hecho bien contándole a Paula el problema de Diana, aunque ella se enfade con él. Sin embargo, no se siente bien porque ha incumplido su palabra.

Está muy cansado. Todo lo que ha ocurrido en las últimas horas le ha agotado. Necesita dormir y, tal vez, cuando descanse, vea las cosas de otra manera.

Llega a su habitación. Abre la puerta. Ve a Diana tumbada en la cama. Está dormida. El chico suspira. Se quita el zapato del pie sano y la camiseta. No puede dejar de mirarla. En su interior, en ese instante, siente lo mismo que en su día sentía por Paula. ¿Está enamorado de ella? Eso parece.

Con mucho cuidado para no despertarla, se sienta en la

cama. Le duelen las heridas de la caída. Despacio, se tumba a su lado. Los rasguños rozan con las sábanas. Siente como si le quemara la piel y quiere gritar, pero se contiene mordiéndose los labios. El tobillo también le molesta bastante, pese a la venda. Busca la postura más cómoda, la que menos dolor le provoque. Se pone de lado y cierra los ojos con fuerza.

—Te quiero.

Mario abre los ojos de nuevo al escuchar su voz y se encuentra con los de Diana. Está sonriendo.

—Yo también te quiero —le susurra.

La chica vuelve a cerrar los ojos sin perder la sonrisa. Su novio la imita. Y, agarrándole la mano, se promete que hará todo lo posible y lo imposible para ayudarla. Jamás la dejará sola.

Capítulo 69

Un día de finales de junio, en un lugar de la ciudad.

Tique sacado. Han aparcado el coche en un *parking* del centro y ahora caminan por una de las calles más concurridas de la ciudad. Hace mucho calor. Es el primer día de junio en el que el verano pide paso. Aunque es domingo, muchas tiendas y comercios están abiertos.

Sandra y Ángel se detienen delante del escaparate de una zapatería. No van de la mano, pero sí han caminado muy cerca el uno del otro, como una auténtica pareja. ¿Lo son? Ella lo ha definido como «presunta pareja».

—¿Te gustan esas? —pregunta la chica refiriéndose a unas sandalias beis.

—No. No me gustan.

—¡Pero si son preciosas!

—Las sandalias, para los romanos.

—Estás anticuado. Tú no entiendes de zapatos.

—Puede ser que no entienda tanto como tú. Sí me gustan los zapatos, pero el tema de que las sandalias se hayan puesto tan de moda... No lo comprendo.

—Se han puesto de moda porque son cómodas, más frescas que las manoletinas y además, elegantes.

—Yo no las veo nada elegantes.

—Vaya la que te ha dado con las sandalias, ¿eh? ¿Qué tienes en contra de ellas?

El periodista se acaricia la barbilla.

—Nada. Pero son horribles.

—No lo son —le contradice ella—. De hecho, esas me encantan: las quiero.

—¿Que las quieres?

—Sí. Vamos a entrar.

Lo coge de la mano y lo arrastra hasta el interior de la zapatería.

Allí se encuentran con un señor de unos cuarenta y tantos años y una chica rubia bastante más joven que él. Unos veinte años de diferencia. No hay nadie más.

El hombre se les acerca.

—¿Puedo ayudarles en algo?

—Sí. Me gustaría probarme esas sandalias —responde Sandra señalando las que están expuestas en el escaparate.

—Perfecto. ¿De qué número?

—Treinta y nueve.

El hombre sonríe y se adentra en un pequeño almacén al fondo de la tienda.

—No me puedo creer que te las vayas a comprar. No me gustan nada.

—Pues a mí sí. Son muy bonitas.

—Son feísimas.

—¡Qué mal gusto tienes...! Además, son baratas.

—¡¿Baratas?! —exclama él mirando el precio—. No me lo parece.

—¡Pues lo son!

La chica rubia, que está escuchando la discusión, acude hasta la pareja.

—¿Por qué no te gustan? —le pregunta a Ángel, que no esperaba que le hablara a él.

—Bueno..., es que las sandalias me parecen poco...

Le cuesta admitir lo que piensa. No le va a explicar a ella, que trabaja allí, que le parecen horribles.

—Pero di lo que crees de verdad —le pica Sandra—. ¿Qué decías de esas sandalias?

—Ya le he oído —comenta la joven, sonriendo—. Creo que has hecho una gran elección. Son unas sandalias preciosas. Y están tiradas de precio.

—¡¿Ves?! Ella sí que tiene buen gusto.

«Y tiene que vender zapatos. Trabaja aquí», piensa Ángel, que se ha puesto un poco colorado.

El hombre que había entrado en la habitación del fondo aparece de nuevo con una caja marrón en las manos.

—Aquí están. Del treinta y nueve, ¿verdad?

—Sí.

El zapatero abre la caja y saca las sandalias. Se las entrega a Sandra, que ya se ha quitado las bailarinas que llevaba puestas, y se aleja junto a la joven rubia, para que sus clientes estén más tranquilos y deliberen a solas.

—¿Te ayudo a ponértelas? —pregunta Ángel.

—¿Como en *Cenicienta*?

—Cenicienta nunca se hubiera comprado unas sandalias —contesta en voz baja, para que solo le oiga ella.

—Porque no hay sandalias de cristal, tonto —susurra Sandra.

Ángel la ayuda a calzárselas. Primero, la izquierda. Para ello apoya una mano en su pierna. Tiene la piel muy suave, como siempre. Sandra siente un escalofrío cuando la toca. Ambos se miran a los ojos. Se disparan las sensaciones. Sorprendidos. Él, en el suelo de rodillas; ella, sentada en un pequeño taburete. Como si de una pedida de mano se tratase. La chica se inclina y se abrocha.

Cuando han terminado con la izquierda, la ayuda con la sandalia derecha.

La escena se repite. Y los roces. Y el contacto de sus manos con su piel. El deseo de ambos crece. Y los dos lo perciben. Ahora mismo pagarían por estar solos, en la intimidad de un dormitorio. Quitarse no solo los zapatos, toda la ropa. Y dejarse llevar por el instinto. Sin embargo, la magia del momento se esfuma en un segundo.

—¿Qué tal le están? ¿Necesita otro número? —pregunta el zapatero, que ha vuelto a acercarse acompañado de la joven rubia.

—En principio, no. Me parece que me están bien.

Sandra termina de abrocharse la sandalia derecha y se levanta.

—Le quedan perfectas —indica el hombre satisfecho—. ¿A que sí, Carla?

—Sí —contesta la chica sonriendo—. Tiene unas piernas muy bonitas y bronceadas. Estas sandalias se las realzan.

Sandra se mira en un espejo y comprueba que lo que le dicen es cierto. Efectivamente, le encanta cómo le quedan.

—A ti ni te pregunto, porque ya sé lo que piensas —le gruñe a Ángel.

—Haces bien no preguntando.

—Sieso —le dice mientras se remira—. Me las voy a quedar.

—Muy bien.

El hombre va hacia el mostrador mientras Sandra se quita las sandalias y las vuelve a guardar. La chica rubia coge la caja y les pide que la acompañen.

—¿Pagas tú? —le pregunta Sandra a Ángel.

—¿Qué?

—Que si me las regalas.

—Pero si es que...

—Es broma... —dice en voz baja mientras busca su monedero en el bolso.

—Menos mal, porque pagar por eso... Si quieres, luego te compro un helado.

La joven periodista sonríe irónica al tiempo que bucea entre sus pertenencias. Pero el monedero no aparece. Se empieza a poner nerviosa. Y entonces lo recuerda: ¡se lo ha dejado en el despacho de su padre! ¡Qué despiste! ¿Y ahora?

Sonríe traviesa. Se aproxima hasta Ángel como si le fuera a besar, aunque lo que hace es hablarle.

—Cariño —susurra melosa.

—Dime —responde inquieto. Sabe que algo pasa.

—Al final, sí que vas a tener que pagar tú. No he traído dinero —le dice la chica al oído.

—¿Cómo que no has traído dinero?

—Me he dejado el monedero en la redacción, encima de la mesa del despacho de mi padre.

—¿Es otra broma?

—No, esta vez va en serio. Lo siento.

Ángel resopla. Busca en su cartera y descubre que no tiene dinero suficiente. Tendrá que pagar con la tarjeta de crédito. Saca la Visa y se la entrega al hombre.

—¡Qué bonito...! Incluso no gustándote las sandalias, se las regalas a tu novia —comenta la joven rubia, que está junto a ellos.

—No es exactamente eso. Lo que pasa es que...

—Sí. Ya no quedan hombres así. Es un cielo, ¿verdad? —interrumpe Sandra.

Se abalanza sobre Ángel y le propina un gran beso en los labios. El chico no reacciona y esboza una sonrisa tonta cuando el beso termina. Con esa misma expresión, entre la incredulidad y la sorpresa, firma el recibo de la tarjeta y coge la bolsa con las sandalias dentro.

—Que paséis un buen día y ojalá todas las parejas fueran como la vuestra —termina diciendo la chica rubia mientras los acompaña hasta la puerta de la tienda.

—Gracias. Ya volveremos otro día —indica Sandra, despidiéndose.

Ángel también le dice adiós y abandonan la zapatería.

Los dos caminan entre las personas que han salido a la calle a disfrutar de un domingo de verano.

—Perdona —se disculpa Sandra.

—¿Por qué me pides perdón?

—Por el beso. No sé si ha sido una buena idea.

—Ha sido inesperado. Pero no tienes que pedirme perdón por besarme.

—No sé.

—Eres mi pareja, ¿no?

—Presunta pareja. Estamos en periodo de pruebas. No tengo derecho a besos en la boca.

Ángel sonríe.

Continúan andando en silencio por el centro de la ciudad, sin ir cogidos de la mano, pero cerca, muy cerca, el uno del otro.

—Me ha gustado que me besaras —comenta el periodista—. Lo echaba de menos.

—¿Sí?

—Sí.

Sandra también sonríe. Agarra su brazo, envolviéndolo con sus manos, y apoya la cabeza en su hombro.

Continúan paseando, viendo tiendas, comentando escaparates, mirándose continuamente.

—Estoy muy bien ahora —reconoce la chica.

—Yo también.

—Creo que deberíamos sellar este momento con algo especial.

—¿Algo especial? ¿Como qué?

En ese instante, pasan por delante de una tienda de tatuajes.

—¿Qué te parece si nos hacemos uno?

Ángel mira hacia el establecimiento que Sandra le está señalando.

—¡No!

—¿No? ¿Por qué?

—Porque no. Además, son muy caros y tú no tienes dinero.

—Excusas.

—No son excusas, es la verdad. ¿Por qué no me propones algo más barato? ¿No te apetece un gofre?

La periodista protesta en voz baja. Pero enseguida se le ocurre otra cosa cuando mira al otro lado de la calle.

—Ya sé qué vamos a hacer.

—Tampoco quiero un *piercing*.

—No es eso, tonto. Vamos a entrar ahí.

Justo enfrente hay una peluquería unisex. Sandra la está señalando con el dedo.

—¿Quieres que nos cortemos el pelo ahora?

—Sí. ¿No decías que lo llevabas muy largo?

—Sí, aunque sé que a ti te gusta así.

—Es verdad. Pero es un buen momento para que te lo cortes. Y yo me haré algo especial también.

—Pero esa peluquería...

—¿Qué le pasa?

—No sé. No he entrado nunca. Y yo siempre voy a la misma, que ya me conocen y saben lo que me gusta.

—¡No seas plasta! —exclama Sandra apretando su brazo con fuerza—. Así cambias un poco. A veces eres demasiado clásico.

—Solo a veces.

—Es un buen día para hacer algo para recordar. ¿Quién sabe si es la última vez que salimos juntos?

Ángel la mira muy serio al escuchar aquello.

—No tenemos que hacer algo distinto solo porque pueda pasar algo así.

La chica suelta su brazo y lo mira a los ojos.

—No quiero que me dejes, Ángel. No quiero que quieras a Paula. Quiero que me quieras a mí.

—Pero...

—Sí, ya sé lo que dijimos: hoy solo Sandras y Ángeles, nada de Paulas. Pero es que me da mucho miedo que me abandones. No es justo.

El joven periodista se acerca hasta ella. Le acaricia la cara y luego el pelo. Sonríe y le da un beso en la frente.

—Ya hablaremos de eso. Ahora, solo tú y yo.

—Vale. Pero no es justo —repite, aunque ahora más tranquila.

Y se abrazan en medio de la calle.

—¿Mejor? —pregunta Ángel cuando se separan.

—Sí. Gracias —responde sonriente—. Pero ¿por qué no nos hacemos un tatuaje?

Los dos se miran una vez más, directamente a los ojos.

—Anda, entremos en la peluquería.

Capítulo 70

Un día de finales de junio, en un lugar apartado de la ciudad.

—Me duele todo.

—Creo que tengo moratones hasta en la planta de los pies —se queja Álex, apartándose la máscara de protección.

Han estado durante una hora jugando al *paintball*. Como ellos solo eran tres, se han acoplado a un grupito de siete chicos con los que han compartido partida. Cinco contra cinco.

—Tú, en la planta de los pies, lo que tienes son cosquillas —bromea Irene, que también se deshace de las protecciones.

—Ha sido doloroso —comenta sonriendo Katia—. Pero muy divertido.

—Sí, pero tu equipo era mejor. A mí me han puesto con este —dice Irene señalando a su hermanastro— y con dos chicas más que no se enteraban mucho de cómo iba esto. El único que sabía jugar y que ha intentado apoderarse de la bandera era el chaval de la perilla.

—¡Qué quieres! Yo no tengo la culpa de no haber venido nunca —se defiende Álex—. Además, no lo he hecho tan mal, ¿no?

Irene tose y Katia mira para otro lado. La cantante se

baja un poco el pantalón y descubre una gran mancha morada que se está formando en su cadera.

—¡Esta me la has hecho tú! —exclama dirigiéndose a Álex.

—¿Sí?

—¡Sí! Es que no se puede disparar desde tan cerca porque pasan estas cosas.

—Perdóname —se disculpa avergonzado—. No sabía que estas pistolas disparaban tan fuerte.

—No se les llama pistolas, sino «marcadoras» —le rectifica su hermanastra.

—Bueno, pues marcadoras.

—No pasa nada. Es solo un pequeño cardenal.

—De verdad, lo siento.

Katia sonríe y termina de quitarse el mono que ha utilizado para no mancharse de pintura. Irene y Álex también acaban de desvestirse y entregan la ropa y las protecciones que han usado para la partida de *paintball* a los que les han alquilado el terreno. Se despiden de ellos y del grupo de chicos con los que han jugado, y caminan hasta el coche.

—Tenemos que repetir —comenta la chica del pelo rosa, que ha sido la que mejor se lo ha pasado.

—Sí, pero un día en el que haga menos calor. He perdido tres kilos bajo el mono —señala el escritor.

—Eso es cierto. Esto equivale por lo menos a tres días de *footing* mañanero.

—Pues, a partir de ahora, lo que hará sobre todo será calor. Así que hasta octubre...

—Octubre queda tan lejos... —señala Álex.

—Sí, muy lejos —dice Irene abriendo la puerta del coche de Katia—. Me pregunto qué estaremos haciendo cada uno de nosotros para entonces.

Los tres entran en el Audi rosa. Álex sube en la parte de atrás.

—¿Queréis que ponga *Amor sin edad*? —pregunta Katia mientras arranca.

—¿La tienes aquí?

—Sí. Se la pedí a la discográfica y me la pasaron.

—¡Yo quiero oírla! —exclama Irene, dando palmadas en la guantera.

La cantante la busca y, cuando da con ella, pulsa el *play*.

Hace más de dos meses, un día de abril, en un lugar de la ciudad.

Después de muchas discusiones durante esa semana, Mauricio Torres se despidió a sí mismo. Dimitió. Ya no era su representante. En el fondo, tenía toda la razón; Katia había sido una irresponsable. Se lo advirtió: si no iba a aquel bolo tan importante, sería la última vez que contaría con él. Ella, por el contrario, decidió acudir a la fiesta de Paula y no hacerle caso. Después desconectó el móvil durante tres días. No tenía ganas de hablar con nadie tras lo que le había pasado con Ángel y no pensó en las consecuencias. Imaginó que aquella vez sería como las otras. Pediría perdón, se darían un abrazo y arreglarían el problema. Pero no fue así. Y el hombre de confianza de la cantante puso fin a su relación profesional.

—Mi último consejo, hazme caso si quieres o no, es que no dejes escapar la historia de ese chico escritor. He mirado en Internet y su libro va a tener mucho éxito. Deberías ponerte en contacto con él y buscar la manera de trabajar juntos.

Fue su alegato final. Y si él lo decía, debía de ser por algo.

El destino había querido que Katia conociera a Álex en persona, y de improviso, precisamente en el cumpleaños de la novia de Ángel. Una coincidencia de esas inexplicables que se dan en la vida. Era un tipo muy interesante: atractivo, inteligente y con una sonrisa blanquísima. El hombre perfecto o casi. Además, tenía un cierto aire misterioso y bohemio muy seductor.

Allí, encima de la mesa del salón, está la carta que le envió. Muy osado por su parte, pero original. En ella le explica su sueño de ser escritor y le pregunta si habría alguna posibilidad de que colaborara con él para ayudarle a promocionar su historia, titulada *Tras la pared.* No pone su teléfono, pero sí una cuenta de MSN y correo electrónico, y una dirección de Internet donde leer los primeros capítulos de su novela.

¿Por qué no? Tampoco tiene nada mejor que hacer. Y el muchacho es guapo.

Katia enciende el ordenador y lo agrega al Messenger. Espera unos minutos, sin éxito; no aparece nadie. Aquel chico no debe de estar conectado a Internet en esos momentos. Mientras aguarda, entra en la página en la que Álex decía en su carta que estaban los primeros capítulos de la historia: www.fotolog.com/tras_la_pared. No está demasiado familiarizada con las redes sociales y no imagina lo que va a encontrar allí. Su sorpresa es enorme cuando la web se termina de cargar. Bajo el capítulo subido, ¡cincuenta comentarios de personas que lo felicitan! Decenas de chicas y chicos animan a Álex y le escriben para decirle lo enganchados que están a su novela. Pasa a otra página, y otros cincuenta. Así, en todas.

Asombrada, lee algunos:

> Marina: ¡Hola! Me la he leído desde el primer capítulo, ¡¡y está muy bien!! :) La verdad es que escribes genial... Espero que sigas escribiendo, ^^ ¡¡un besazo!!

Mar: ¡Hala! Y otra vez con la intriga de saber qué puede pasar en aquel Waterhouse. Bueno, que creo que ya te he comentado como cuatro veces en diez minutos y no quiero ser pesada... Que tengas mañana (sí, porque las horas que son...) un buen día!

Cris: Me encanta *Tras la pared*. Eres un fantástico escritor y llegarás muy lejos. Cuando enciendo mi ordenador, lo primero que hago es mirar a ver si has actualizado. Siempre nos dejas con la intriga. Muchos besos y ánimo.

Página tras página, los comentarios se van sucediendo. Todos positivos. Todos halagadores. ¡Increíble!

De repente, a Katia le entra una gran curiosidad por conocer más de aquel escritor del que hablan tan bien en la Red.

Leyendo, descubre algo que le llama mucho la atención. Nadie sabe quién es exactamente. Es un misterio para todos sus seguidores, que reclaman fotos, datos, incluso alguna le pide quedar para conocerle. Ella, en cambio, ya lo ha visto en persona, sabe cómo es físicamente, cómo habla, y su impresión es inmejorable. Al contrario que el resto, lo que desconocía era todo lo que ese chico movía en Internet.

Se empieza a impacientar. ¿Cuándo se conectará al MSN? La respuesta llega enseguida. Está a punto de anochecer y llueve cuando Álex agrega a Katia a su Messenger.

—¿Hola? —escribe el escritor.

—Hola, ¿te acuerdas de mí? Nos conocimos hace unos días en la fiesta de Paula —responde la cantante directamente, sin preliminares.

Es el dato perfecto para que la identifique como la verdadera Katia. Siempre ha escuchado que Internet está lleno de impostores y de gente que se hace pasar por otra.

—¿Eres Katia de verdad?

—Sí, la misma.

En el *nick* tiene escrito su nombre y la frase «Ilusionas mi corazón», título de su *single* más conocido. Y en la ventanita, una foto suya en un concierto.

—¿Seguro que eres tú?

—¿Y tú seguro que eres Álex, el escritor?

—Claro.

—Pues yo también soy yo.

La chica coge el portátil y se lo lleva al sillón. Se sienta sobre sus piernas y se coloca el ordenador en el regazo. Quiere estar lo más cómoda posible para hablar con él. Pinta bien la conversación.

—Vale. Te creo.

—Por supuesto que tienes que creerme. ¿Cómo iba a tener tu MSN si no?

—Podría ser cualquiera que hubiera investigado un poco y se hiciera pasar por ti.

—Podría, pero no. ¿Quieres que te describa para que estés seguro?

—Sorpréndeme.

—Eres bastante alto. Más de 1,80. El pelo lo tienes larguito y castaño. Tus ojos son grandes y marrones. ¿Sigo?

—Sigue.

—Mmm... No esperaba que me pidieras que siguiera.

—Jajaja.

Esa risa, ¿es irónica? ¿O simplemente se ríe porque le ha hecho gracia?

—¿De qué te ríes?

—De nada. Estoy contento de que te hayas puesto en contacto conmigo.

—Entonces, ¿me crees?

—Sí, desde el principio.

Qué tonto. Pero la ha hecho sonreír.

—Bueno. Te he agregado porque no tengo tu móvil. Y quería hablar del tema de tu carta.

—¿Ah, sí?

—Sí. He estado mirando por Internet y me he quedado impresionada.

—Eso está bien.

—Creo que hasta tienes más fans que yo.

—No tengo fans. No me gusta llamarlos así. Son seguidores de la historia. Y no, no tengo más que tú.

Es un poco tiquismiquis, ¿no?

—El caso es que me interesa el asunto. ¿Te apetece que quedemos la semana que viene para hablarlo?

—Claro. ¿Tengo que dirigirme a alguien antes? A tu agente, representante...

—No. Estoy sola ahora. Voy por libre. Aunque, si se concreta algo, tendremos que hablar con la discográfica.

—Genial.

—Oye, ¿te puedo hacer una pregunta?

—Sí.

—¿Por qué no hay datos tuyos en Internet? Nadie sabe quién eres.

—Es muy sencillo. Quiero darles completamente el protagonismo a la historia y a los personajes. Que se hable de ellos. Si me doy a conocer, probablemente se hablará menos del libro y centraré parte de la atención. No quiero eso. Que la gente juzgue lo que escribo, no a quien escribe.

Es una reflexión interesante y que explica bastante cómo es su personalidad.

—Me parece bien.

—¿Te puedo hacer yo otra pregunta?

—Sí.

—¿Qué pasó con Ángel en la fiesta de Paula?

Katia se sorprende mucho al leer esa pregunta. Lleva unos días muy afectada por ese tema y no cree que sea buena idea cavar en él.

—Mejor te lo cuento más adelante. ¿Por qué lo preguntas?

—Para saber por qué saliste llorando de la casa.

—¿Me viste?

—No. Se lo oí a unos chicos cuando me marché.

Las sensaciones de la chica al recordarlo son muy dolorosas. No quiere hablar de eso.

—Como te he dicho, mejor más adelante.

—Bien.

—¿Hablamos de otra cosa?

—Vale, pero espera.

—OK.

El chico no escribe durante un par de minutos. Katia se pregunta adónde habrá ido.

Llueve con más fuerza. Y hace fresco. La cantante se levanta a por una manta y, cuando regresa, Álex le ha vuelto a escribir.

—Tienes un *e-mail*.

Extrañada, entra en su cuenta de Hotmail y abre el correo que le acaba de mandar. Cuando lo ve, sonríe. Le ha dado su número de móvil. Por lo que parece, van a seguir la conversación por teléfono.

Capítulo 71

Un mañana de finales de junio, en un lugar apartado de la ciudad.

—Así que hoy no vas a tomar alcohol.

—No. Creo que ayer ya bebí suficiente.

—Yo te he visto beber bastante más.

—No empecemos otra vez con eso. Además, no creo que en Francia bebiera más que ayer. Lo que pasa es que allí, no sé por qué, se me subió muy rápido el champán.

Paula y Alan siguen hablando en la cocina después de que Mario se marchara a su habitación a descansar.

—La próxima vez, tomaremos cava en lugar de champán. A ver si así...

—¿Próxima vez?

—Sí. ¿Por qué no? Algún día podríamos quedar para ir a cenar los dos. O al cine. O al teatro. ¿No te gusta el teatro?

La chica lo mira y mueve la cabeza a un lado y a otro.

—Ya hemos hablado de esto.

—No, no hemos hablado de esto.

—¿Cómo que no? Continuamente.

—En serio, nunca.

Paula suelta una carcajada, pero rápidamente vuelve a ponerse seria al comprobar que el chico no se ríe.

—Perdona —se disculpa. Alan está muy diferente a

como es habitualmente—. No me reía de ti, ni de que quieras hablar en serio conmigo.

—Lo parecía.

Cristina, en ese momento, entra en la cocina.

—Hola, Cris —la saluda rápidamente Paula, y corre hacia ella para darle un abrazo y un beso. La ha salvado de una discusión.

—No me dejes a solas con Miriam y Armando, por favor —le susurra Cris mientras están abrazadas.

—Perdona, no me he dado cuenta —murmura su amiga.

Las chicas se separan después de un nuevo beso. Alan las observa. Es curioso, pero físicamente se parecen bastante, aunque su carácter es muy diferente. Ambas le gustan por motivos distintos. Sin embargo, sus sentimientos está muy claro hacia dónde van.

Sin duda, para él son las dos Sugus más interesantes del grupo.

—No hace falta que habléis en voz baja. Ya sé lo que pasó anoche —comenta.

—Ya me di cuenta antes. Pensaba que lo ibas a soltar delante de Miriam —señala la Sugus de limón—. ¿Cómo te has enterado?

—Os vi.

—¿Nos viste?

—Sí. Fuisteis muy poco discretos. Si queríais liaros y que no se enterara nadie, como intuyo, os tendríais que haber metido en alguna habitación. No será porque en esta casa no haya habitaciones...

En eso tiene razón. Fueron tan impulsivos que ni se escondieron. Un error. Pero, si pudiera retroceder en el tiempo, Cris no se habría enrollado con Armando: ni dentro ni fuera de la casa. Ese sí que fue el fallo más grande de todos los que cometieron.

—No tendría que haber pasado en ninguna parte.

—¿Por qué? El chico te gusta y, si tú le gustas a él, tanto como para liarse contigo, la que sobra es vuestra amiga.

—¿Qué? ¡Miriam es su novia! Ella no es la que sobra. La que está de más soy yo.

—Yo no pienso así. Cada uno tiene que estar con quien de verdad quiera estar. Él quiere estar contigo, tú quieres estar con él: ¿cuál es el problema?

—Los problemas —le corrige la chica, haciendo énfasis en sus palabras—. Uno: su novia es una de mis mejores amigas; dos, él no quiere estar conmigo, solo fui un rollo pasajero; y tres: después de haber hablado con él, he descubierto que no es como pensaba y ya no me gusta.

Paula y Alan la observan con curiosidad. Está alterada, algo poco frecuente en ella. Hasta ha alzado la voz en un par de ocasiones.

—¿Has hablado con él? —le pregunta su amiga.

—Sí. Y se ha comportado como un estúpido.

—¿Qué te ha dicho?

—Que no va a estropear su divertida relación con Miriam por un rollo de una noche conmigo en el que ni siquiera hubo sexo.

—¿Te ha dicho eso? —pregunta sorprendida Paula.

—Sí. Y más cosas. No tiene intención de decirle nada a ella. Y no quiere que yo se lo cuente tampoco.

—No puede impedirte que lo cuentes. Eso es cosa tuya. Si él no quiere decirle nada, allá él. Pero no puede obligarte a ti a nada.

—Si queréis, se lo cuento yo —comenta Alan sonriente. Al final, va a resultar que él no es el único malo de la película.

—No. Tú no digas nada —le pide Cris—. Si alguien se lo cuenta a Miriam, debo ser yo.

—Sí, yo también pienso lo mismo —añade Paula—. Y tú no vuelvas a insinuarle nada a Miriam, no vaya a ser que empiece a sospechar.

—OK.

Alan hace una mueca y luego el gesto con la mano de que mantendrá la boca cerrada.

—Es extraño que ese chico se haya comportado así contigo. Parecía un buen tío.

—No lo sé. Para mí ha sido una gran sorpresa.

Los ojos de Cristina miran hacia el suelo cuando habla.

—¿Crees que se ha aprovechado de ti?

—No. Yo también quería y me dejé llevar. Fue cosa de los dos. Pero su forma de actuar después es la que no encaja. Debería estar mal por haber engañado a su novia, ¿no?

Paula asiente con la cabeza mientras Alan se encoge de hombros.

—Cada uno vive y entiende las cosas de una manera —opina el francés—. Seguramente, Miriam es más importante para ti que para él.

—Eso seguro —responde Paula.

Cris se sienta sobre la encimera de la cocina y suspira.

—No sé qué hacer. Me encuentro fatal.

—¿Te encuentras mal por liarte con Armando, por no decírselo a tu amiga o por descubrir cómo es realmente ese tío que te gustaba? —le pregunta Alan.

—Pues...

Esa es una buena pregunta. ¿Qué es lo que más le duele de todo? Quizá haber traicionado a Miriam es lo peor. Se siente mal por no contárselo y por el trato que Armando le ha dado después, pero ese sentimiento de culpa por liarse con el novio de una de sus mejores amigas es lo que más la quema por dentro.

—Shhh. No digas nada —le advierte Paula, señalando con la mirada hacia la puerta.

Cris no comprende qué pasa hasta que oye la voz de Miriam.

—¡Hola! ¿Qué hacéis aquí? ¿La fiesta se ha trasladado a la cocina?

Armando llega detrás. Va sin camiseta, pero lleva las gafas de sol puestas. A través de ellas contempla como Cristina lo observa de forma incisiva.

—Algo así —responde Alan, ofreciéndole un sorbo de su botellín de cerveza.

—No, gracias. De momento, no quiero beber. Luego ya veremos.

—Pues sí que estamos bien. Otra que no quiere alcohol. Deberíamos haber comprado también batidos —apunta el francés, mirando a Paula.

—Y una piñata —recalca Armando, que sí abre el frigorífico y coge otra cerveza ante la mirada de todos.

Miriam le quita el botellín y se lo abre. Luego le da un beso en los labios.

—¿Y mi hermano? ¿No estaba con vosotros?

—Sí, pero se ha ido a descansar a la habitación —comenta Paula.

—Pobrecillo. Menos mal que, por lo menos, han vuelto juntos. Me sentía mal por lo que dije ayer en la comida.

—Son muy distintos y no pararán de discutir, pero en el fondo se quieren mucho —señala la Sugus de piña, sonriente.

—Sí. Y siento haber dudado de ellos. Se quieren tanto como nosotros —añade Miriam.

Y, después de decir esto, se besa otra vez con Armando.

Cris los mira y no da crédito. ¿Cómo puede estar tan tranquilo? Inspira aire con fuerza e intenta calmarse. Es una mezcla de rabia, remordimiento, frustración... No lo soporta más.

—Miriam, ¿puedo hablar contigo en privado?

El resto observa a la chica como si se hubiese vuelto loca. ¿Va a hacer lo que creen que va a hacer?

—Claro —responde la mayor de las Sugus, bastante confusa—. ¿Adónde vamos?

La chica se baja de la encimera convencida.

Armando se quita las gafas de sol y recibe el beso de su novia, mientras busca los ojos de Cris con su mirada. Pero esta vez no tiene éxito, pues ella no le hace caso.

—Pensándolo bien... —dice deteniéndose antes de salir de la cocina—, todos los que estamos aquí sabemos lo que pasa. No hay que ir a otra parte.

—¿Qué pasa? —pregunta Miriam, que empieza a ponerse nerviosa.

Paula y Alan se miran entre sí. Armando se cruza de brazos inquieto.

Todos miran a Cris, que, con lágrimas en los ojos, se atreve a decir lo que todos sospechaban:

—Anoche..., y te pido perdón por ello aunque no sirva para nada, cuando te fuiste a dormir, me lie con tu novio.

Capítulo 72

Ese día de finales de junio, en un lugar de la ciudad.

Por más que se mira, no lo ve claro. Un perfil, el otro. De frente. ¡Ese no puede ser él! ¿Qué han hecho con su pelo?

—¡Pero si te queda genial...! —le anima Sandra—. Estás guapísimo, como siempre.

Una vez más, Ángel se contempla en el espejo del cuarto de baño de señoras de la cafetería en la que han entrado exclusivamente para comprobar que aquel nuevo corte de pelo no es el que le ha horrorizado en los cien espejos de la peluquería. ¿Efecto óptico? Ya lo dice el refrán: todo depende del cristal en el que te mires. Pero o todos los cristales se han puesto de acuerdo o la muchacha que le ha cortado el pelo no debe coger más unas tijeras en su vida.

—¿Por qué han hecho esto conmigo? Yo no me he portado mal con nadie. Bueno, un poco contigo. ¿Les has dicho tú que me hagan esto?

—¡Qué voy a decirles yo...!

—Entonces no lo entiendo.

—No exageres. Estás muy moderno.

—¿Moderno? Parezco... No sé ni lo que parezco —se lamenta—. Soy una mezcla entre un erizo y un personaje de *La chaqueta metálica.*

Él lo quería corto. ¡Pero no tan corto por los lados! Y ya

que se lo dejaban corto, ¡al menos que todo estuviera al mismo nivel! ¿Y quién le dijo a aquella chica que se lo pusiera de punta por el centro?

—Pues a mí me gusta. Y también el mío —señala Sandra, mientras se pasa la mano por su cabello recién alisado.

—Es que a ti te queda perfecto. Te pareces a Cleopatra.

—¿Sí? Eso es bueno, ¿no?

—Claro. Estás muy guapa, la verdad.

—Gracias. Tú también.

—Mientes, pero bueno.

—No miento.

—Dejémoslo.

—Sí, mejor. Pero estás muy bien.

Ángel se examina una última vez y se da por vencido. Desiste. Aquel peinado es un atentado al buen gusto. Pero ya crecerá. Espera que pronto.

Una señora mayor entra en el cuarto de baño y protesta ante la presencia del periodista allí dentro. Masculla algo así como que los jóvenes de hoy en día no tienen decencia. La pareja no dice nada y sale primero del aseo y luego de la cafetería, sonrientes.

—¿Adónde vamos ahora?

—A aquella tienda.

El chico mira hacia donde Sandra está señalando.

—¿Eso es una tienda de ropa interior?

—¡Correcto!

—Pero...

—¿Qué pasa? ¿Te da vergüenza entrar?

—No, no. Vamos.

—¿Seguro que quieres que entremos?

—Claro.

La joven sonríe maliciosa, le coge de la mano y lo conduce hasta el interior de la tienda.

Dentro, apenas pueden caminar. Una marea de chicas, desde los catorce a los treinta años, se amontona por todo el establecimiento. La zona más concurrida es el centro, alrededor de dos enormes cajones llenos de tangas, bragas y culotes en oferta, donde varias luchan por hacerse un hueco.

—¡Tenemos que cruzar por ahí! —comenta Sandra alzando la voz.

—¿Por ahí? ¡Imposible!

—¡Pues hay que hacerlo!

—¿Para qué?

—Para llegar hasta el otro lado de la tienda.

—¿Y por qué tenemos que ir hasta allí?

—Porque es donde están los conjuntos más bonitos y los probadores.

¡Es una locura! A Ángel le recuerda aquello una prueba del Grand Prix o algo por el estilo. Atravesar aquel enjambre de muchachas es una auténtica temeridad. Pero Sandra no piensa lo mismo. Y, tirando de su mano derecha, lo guía hacia el fondo de la tienda.

—¿Por qué no vamos a otro sitio un poco más tranquilo?

—¿A qué sitio?

—Pearl Harbor, por ejemplo.

La periodista sonríe. Sabía que se pondría nervioso enseguida. Y le divierte mucho. Es una buena tortura como venganza por lo de Paula.

—Tranquilo, ya llegamos.

—¡Hey! ¡Me han tocado el culo!

—Yo no he sido.

—Ya sé que tú no has sido.

—¿Y te ha gustado?

—¡Qué dices!

—Era solo una broma, no te enfades. Si te sirve de consuelo, también me lo han tocado a mí.

Por fin llegan al otro lado de la tienda, donde no hay tanto alboroto.

—No sé qué tiene la ropa interior que os pone así —comenta Ángel resoplando.

—¿Y me lo dices tú, que eres un tío?

—Ya sabes a qué me refiero.

—Eres muy exagerado. Además, hoy es domingo. No suelen abrir en domingo. Por eso no hay tanta gente.

¿Que no hay tanta gente? ¡Cómo será cuando haya!, piensa él. No lo sabe, pero no volverá para comprobarlo.

Sandra comienza a observar detalladamente la lencería de encaje que hay en la parte derecha de la tienda. Ángel, por su parte, no sabe qué hacer. Mire donde mire, solo hay ropa interior de chica. Se siente intimidado. Vergonzoso. Si la contempla fijamente o la toca haciendo como que le interesa, tal vez piensen que es un pervertido, un depravado sexual. Además, se siente observado. Ha tropezado visualmente con cuatro o cinco chicas que le han sonreído. ¿Están ligando con él o se ríen por verlo allí como el pardillo que acompaña a su novia a todas partes?

—¿Te gusta este? —pregunta Sandra mientras le enseña un conjunto azul, compuesto de culote y sujetador.

—Sí, es bonito.

—Seguro que a aquella le queda genial.

—¿A quién?

—A aquella que está al lado de la escalera. No te quita ojo.

—No me miraba a mí.

—¿Que no?

—Pues no, sería a otro.

—¿A otro? ¡Si eres el único chico que está en la tienda! —exclama Sandra, que deja el conjunto azul y coge otro parecido en rojo—. Mira, ahí la tienes de nuevo.

Es cierto. La chica de los ojos verdes le vuelve a mirar. Pero esta vez no aparta la mirada cuando Ángel la descubre. Sonríe y comienza a toquetear un sujetador negro que tiene en una percha al lado. Parece nerviosa.

—Creo que le gustas —dice Sandra canturreando.

—¡Qué va! Me habrá confundido con otro.

—Igual es por tu nuevo *look* —bromea la periodista.

—No me lo recuerdes.

—Bueno, mientras tú te quedas aquí ligando con tu amiga, yo voy a probarme esto.

—No estoy ligando con nadie.

—Si es que... no te vale con dos, ¡necesitas a una tercera! No tienes remedio.

Y después de darle un pellizco en el brazo, se va hacia los probadores.

De estos, precisamente, sale otra preciosa chica rubia más o menos de la misma edad de la que le sigue mirando. Va vestida del mismo estilo. Casualmente, se dirige hasta el lugar en el que está la otra. ¿Son amigas? Deben de serlo, pues se ponen a conversar. La primera de ellas tiene que estar contando alguna historia interesante porque la recién llegada escucha atentamente. Cuando termina de hablar, las dos miran hacia Ángel. Definitivamente, sí era a él a quien estaba mirando aquella chica. Avergonzado, sonríe y saluda con la mano. Pero lo que recibe a cambio es el dedo corazón levantado de la que acaba de salir del probador. Lee un insulto en sus labios y, para sorpresa del periodista, le da un beso en la boca a la otra chica. Se agarran de la mano y se marchan de la tienda después de atravesar la multitud del centro. Los ojos de Ángel se abren como platos, o más bien como ensaladeras.

Un par de minutos más tarde aparece Sandra con el conjunto que se ha probado en la mano.

—Me lo quedo.

—Vale —responde aún sorprendido por lo que ha sucedido.

—Me encanta la lencería roja.

—Es bonita.

—¿Te pasa algo? Estás como en estado de *shock* —le dice Sandra, que mira hacia el lugar junto a la escalera donde estaba la chica rubia de los ojos verdes—. ¿Ya se ha ido tu amiga?

—Sí, eso parece.

Ángel le cuenta lo que ha pasado y la periodista estalla en una gran carcajada.

—Si es que, al ligar con todas, te arriesgas a cosas así.

—Pero si yo no he ligado con... Da igual.

—Tranquilo, te creo. Y ahora, ¿me dejas tu tarjeta de crédito?

Capítulo 73

Ese día de finales de junio, en un lugar apartado de la ciudad.

—¿Qué has dicho?

—Eso. Que ayer me lie con Armando.

—¿Es una broma?

—No, no es ninguna broma.

—No me lo puedo creer.

—Lo siento, no debió pasar, pero pasó.

Miriam cierra los ojos y mira hacia el suelo. Es difícil de aceptar.

Ninguno de los que están en la cocina dice nada. Silencio. Un silencio que está repleto de tensión. Todos observan a la mayor de las Sugus y esperan su reacción. También Cris, a la que le tiembla el cuerpo después de soltarle aquello a su amiga.

Por fin, la chica parece que va a hablar. Observa primero a Cristina, luego a su novio y finalmente a Paula.

—¿Todos lo sabíais? —pregunta con la voz quebrada.

—Solo ellos dos —responde Cris, señalando a Alan y a Paula—. Tu hermano y Diana no se han enterado de nada.

—Ah.

Miriam vuelve a agachar la cabeza y se sienta en una silla. Mira hacia la pared e intenta pensar.

Los segundos caen como losas, como si alguien hubiese parado el tiempo.

—Perdóname, cariño. Habíamos bebido y... —intenta disculparse Armando, que se acerca hasta ella.

—No me hables más, cabrón —susurra, entre sollozos, volviéndose hacia él bruscamente—. No me vuelvas a hablar más en tu vida.

—Fue un momento de...

—Te he dicho que no me hables más. ¿No lo has entendido, gilipollas? ¡Que no me hables más! —grita de forma agónica y desesperada.

El joven se aleja de ella, amedrentado. Nunca la había visto así. Tampoco sus amigas. A Cris se le forma un nudo en la garganta. Le cuesta respirar y tiene muchísimas ganas de llorar. Aquella situación es culpa suya. Ahora incluso tiene dudas de si ha acertado contándoselo.

—Tranquilízate, Miriam —le pide Paula.

—¿Que me tranquilice? ¡Mi novio me ha puesto los cuernos con mi mejor amiga y quieres que me tranquilice! —exclama levantándose.

—Ya está hecho —añade Alan—. No ganas nada gritando así. Es una absoluta pérdida de tiempo.

—¡Tú cállate, que nadie te ha pedido tu opinión!

—No me has pedido mi opinión, pero te la doy. Si no te hubieras emborrachado, ellos no habrían hecho nada —prosigue el francés.

—¿Qué? ¿Me estás echando la culpa a mí?

—Tú tienes parte de ella.

—¿Pero me estás tomando el pelo?

Aquello le hace perder completamente los nervios. Miriam camina hasta Alan y coloca su rostro muy cerca del suyo, amenazante.

—Que te pongas así no arregla nada. Lo que está hecho no se puede cambiar. Tu novio y Cristina ya se liaron. Y lo hicieron mientras tú dormías la mona.

—Pero tú eres...

Paula acude hasta ellos, se pone en medio y los separa antes de que la chica termine de descontrolarse.

—Tú no tienes ninguna culpa —interviene Cris—. La culpa es totalmente mía. Lo que hice no tiene perdón.

—Y no te voy a perdonar —señala Miriam, volviéndose hacia ella—. Esto que has hecho no te lo voy a perdonar nunca. Este, al fin y al cabo, es un muerto de hambre con el que me enrollaba y me lo pasaba bien. Pero tú eras mi amiga.

—Lo siento.

—No, no lo sientes. Si lo sintieras de verdad, deberías haber pensado antes lo que hacías. Las disculpas ahora no sirven de nada.

—Tienes razón —reconoce Cris—. No tengo excusa. Y todo lo que me digas está justificado.

Miriam se sienta otra vez. La cabeza le va a estallar. Se encuentra como en una nube en la que no termina de procesar lo que está pasando en aquella cocina. Cierra los ojos de nuevo y se pone las manos en la cara. Paula se aproxima a ella, andando casi de puntillas. Coge otra silla y se sienta junto a su amiga.

—Y tú lo sabías y no me has dicho nada —le dice en voz baja, sin mirarla.

—Sí. Pero no era yo la que tenía que contártelo. Entiéndeme.

—Yo no entiendo nada. Esto es... una pesadilla.

Cristina no lo aguanta más. Está desolada. Es la responsable de que su amiga esté sufriendo de esa manera. Siente la ira en su mirada. Eso es lo que más le duele. Es algo insoportable. Sin pronunciar ni una palabra más, sale de la cocina a toda prisa.

El resto ve como se marcha.

—Voy con ella —dice Paula poniéndose de pie.

—Te importa ella más que yo, ¿no? —pregunta Miriam.

La chica se detiene.

—No, no me importa más que tú. Pero ella también necesita apoyo.

—¿Y yo? ¿No lo necesito?

—Sí. Claro que sí.

—Comprendo que vosotras sois amigas desde hace más tiempo y que, además, os habéis unido mucho en estos meses. Pero ha sido ella la que me ha traicionado a mí.

—Lo sé, Miriam. Pero, como tú has dicho, Cris ha estado a mi lado todo este tiempo en el que yo estaba mal. Sé que ha sido ella la que ha metido la pata y que lo que ha hecho está fatal. Pero no voy a dejarla sola.

—Tú sabrás lo que haces —señala la otra desafiante.

Las dos comprenden que aquella no es una elección cualquiera. Es como si Paula ya hubiera decidido el bando en el que posicionarse. Aunque ambas saben que Cris es la culpable, estar al lado de una u otra en ese momento es muy significativo. Tanto que podría definir en el futuro las relaciones dentro y fuera del grupo.

—Lo siento. No puedo dejarla sola ahora —dice Paula con dolor. Y también sale de la cocina.

Menudo compromiso en el que se ha visto envuelta. Pero está haciendo lo que su corazón le dicta. Es verdad que Cris es la que ha provocado todo ese lío, la que conscientemente se ha enrollado con el novio de su amiga. Y que lo más justo sería permanecer junto a Miriam. Sin embargo, cree que las dos, por motivos diferentes, lo van a pasar igual de mal, y ella tiene que estar con la más débil y con la que más la ha ayudado.

Sube la escalera deprisa. Imagina que su amiga se ha

refugiado en la habitación. Pero, cuando llega al dormitorio que comparten, no la encuentra allí. Su mochila sí que está, así que de la casa no se ha marchado. Por un instante, piensa que puede haber hecho como Diana. Entonces, ¿dónde se ha metido?

Mira por el gran ventanal del cuarto. Y, a lo lejos, la ve. Está sentada en el suelo, con las piernas encogidas y la cabeza entre ellas, en el centro de aquel laberinto de setos. La imagen transmite muchísima tristeza.

¿Cómo un tío, un momento de placer, un lío de una noche, puede originar algo así?

Paula deja la habitación, atraviesa el interminable pasillo de la primera planta y baja otra vez la escalera. Oye gritos en la cocina. Solo se escucha a Miriam, posiblemente chillándole a Armando. Tiene la tentación de ir hasta allí, pero hay otra persona que ahora necesita que acuda junto a ella. Sale de la casa y camina hacia la zona en la que se encuentra el laberinto de setos.

Nunca había visto uno de cerca, solo en las películas de miedo. Y le impresiona: altísimos bloques de arbustos se elevan en rectángulos perfectos, formando largas calles que se comunican entre sí. ¿Sabrá llegar hasta Cris? Desde el ventanal de su habitación la vio más o menos en el centro. Pero ¿dónde estaba exactamente el centro?

La chica entra en el laberinto y camina por un largo y ancho sendero, hasta que llega a un punto en el que tiene que elegir si continuar recto o ir a la derecha. Decide seguir en línea recta y de nuevo vuelve a tener dos alternativas: izquierda o derecha. Duda. Es todo igual. Izquierda. Luego una calle hacia la derecha. Y otra a la izquierda. Pero ¿dónde está su amiga?

Se está empezando a cansar de tanto andar. Así que opta por la solución más sencilla.

—¡Cris! ¡Cris! —grita lo más fuerte que puede.

Nadie responde. Mierda. ¿Habrá vuelto a la casa?

Vuelve a intentarlo y, afortunadamente para ella, esta vez sí que hay respuesta.

—¡Paula! ¡Estoy aquí! —exclama la chica.

—¿Aquí, dónde?

—¡Pues aquí!

La voz proviene de la zona izquierda. Paula camina en esa dirección. Parece que de una vez por todas va bien encaminada. Nunca ha sido una experta en orientación.

Por fin, la encuentra. Continúa en la misma posición que cuando la vio desde la ventana de su habitación. Sentada, triste. Cabizbaja.

—¿Qué haces aquí?

—No lo sé —responde en voz baja—. Pensar.

Paula se sienta a su lado.

—¿En qué piensas?

—¿Tú qué crees?

—Ya. —Paula saca un pañuelo de papel del bolsillo y se seca la frente—. ¿Por qué no nos vamos a la casa? Aquí hace calor.

—Vete tú.

—Sin ti no me voy a ninguna parte.

—Yo no puedo estar cerca de Miriam y de Armando.

—No tienes por qué estar con ellos. La casa es enorme.

—Seguro que me los encuentro una y otra vez.

—No seas gafe.

—Lo que soy es una estúpida. ¡Cómo me he podido liar con él!

Cristina resopla y vuelve a esconder la cabeza entre las piernas. Paula la observa apenada. No solo le duele verla así, sino que no sabe cómo ayudarla. Estar junto a ella es lo único que en ese momento puede hacer.

—No eres una estúpida. Has cometido un error muy gordo, pero yo te sigo queriendo igual.

Y la abraza.

—Pero Miriam me odia.

—Es normal. Se acaba de enterar de que su novio le ha puesto los cuernos contigo. Dale tiempo.

—¿Tiempo para que pueda planificar mi asesinato?

—No seas...

Los pasos de alguien que camina hacia ellas interrumpen lo que va a decir. Las dos chicas miran hacia el final de la calle en la que se encuentran. El que aparece no es otro que Alan.

—Tú nos persigues, ¿verdad? —comenta Paula en cuanto lo ve llegar.

—Algo por el estilo. Aunque esta vez a la que venía a buscar es a Cristina, no a ti.

—Ah, gracias. Muy amable.

El francés se sienta junto a las chicas.

—No tienes que estar mal por lo que has hecho —le suelta directamente a Cris, mirándola a los ojos—. Es tu amiga y todo eso, pero ya no puedes dar marcha atrás.

—No es tan sencillo.

—Sí lo es. Si Armando se lio contigo fue porque pudo hacerlo y porque además quiso. ¿Y dónde estaba Miriam?

—Eso no es un motivo.

—A ti te gustaba ese tío, aunque a mí me parece lelo. No es inteligente y le falta clase. No sé qué le veías. Pero bueno, el caso es que te gustaba. Y se dio la oportunidad. Que sea el novio de tu amiga es solo una anécdota. Porque, si se enrolló contigo y se olvidó de ella, un santo tampoco debe de ser. Quizá la has salvado de algo peor.

Paula lo observa y mueve la cabeza negativamente. No está de acuerdo en nada de lo que ha dicho el francés.

—¿Ese es el concepto que tú tienes de la amistad y del amor?

—Si ese chico estuviese enamorado, no se habría liado con ella. Creo que es un farsante que solo busca lo que busca.

—Como tú, ¿no?

Alan resopla y sonríe.

—Sí, como yo. Me he aprovechado de muchas chicas en mi vida.

—Incluida yo, ¿verdad?

—Sí, incluida tú —contesta firme—. Salvo que contigo ha pasado lo que con ninguna otra.

—¿Ah, sí? ¿El qué?

Sus ojos se iluminan. Aquella mirada verde, intensa, normalmente hipnotizante, ahora es limpia y transparente.

—Me he enamorado de ti.

Capítulo 74

Ese día de finales de junio, en un lugar apartado de la ciudad.

¿Ha oído gritos? ¿O estaba soñando?

No tiene ni idea. Por lo que sea, Diana se ha despertado.

A su lado, en la cama, está Mario. Dormido. Muy dormido. Tiene ligeramente abierta la boca y está apoyado sobre el costado izquierdo. La hace muy feliz tenerlo allí, tumbado junto a ella. Parece agotado. El pobre se pasó casi la noche entera en vela, cuidándola. Además, está lleno de vendas, tiritas y esparadrapos por todas partes. Su aspecto roza lo dramático.

Cuanto más lo mira, más comprende lo que le quiere. Sí, es amor. Sin duda, es amor. Y pensar que hace solo un día habían cortado. Todo por su culpa. Por sus celos, sus paranoias. Sin embargo, en esas últimas horas, Mario ha demostrado no solo que la quiere, sino que además está dispuesto a hacer lo que sea por ella. ¿Ella sería capaz de hacer lo que fuera por él?

No lo sabe. Le encantaría cuidar de él para siempre. Pero si no puede cuidar de sí misma, ¿cómo va a hacerlo de su novio, que ha demostrado ser mucho más maduro que ella? Tal vez, si estuviese más fuerte, si su estado físico y mental fuese el apropiado, no sucederían cosas como la de ayer. Pero tiene un gran problema y quitárselo de encima no va a resultar fácil. No puede comer. Para ser más exactos, lo que no puede es retener la comida en su estómago. La aborda un estado de ansiedad tan asfixiante que se ve obligada, una vez tras otra, a ir al baño y vomitar. Incluso se da grandes atracones para luego echarlo todo. Lo mejor sería pedir ayuda, acudir a un médico y que le explicara qué es lo que le pasa. Porque al principio lo hacía para adelgazar: quería ser como Paula, tan perfecta como ella, para gustarle a su novio, enamorarlo de verdad. Sin embargo, ahora es algo que no consigue controlar. Cada vez que termina de comer, se ve impulsada a provocarse el vómito.

Siente miedo, auténtico pavor a lo que le pueda decir un especialista. La situación la supera. Y ahora que Mario lo sabe, se siente aún más responsabilizada, más presionada. No quiere que él lo pase mal por su culpa.

Otro grito ensordecedor llega a sus oídos. Entonces no era un sueño. Esta vez es más nítido y cercano. Parece que proviene de la primera planta de la casa, a solo unos metros de donde ellos se encuentran. «¡No quiero volverte a ver!». ¿Es Miriam? Después, un portazo. Es tan fuerte que incluso despierta a Mario, que abre los ojos. El chico se incorpora un poco, despistado, pero enseguida siente el escozor de sus heridas y se queja.

—Sigue durmiendo. Estabas muy guapo.

—¡Ay! Me duelen las rodillas y el codo.

—Es normal. Y más que te dolerá esta noche.

—¿Qué pasa? ¿Qué ha sido ese golpe? —le pregunta a Diana, todavía con los ojos medio cerrados.

—No lo sé. Creo que lo ha dado tu hermana.

—¿Por qué?

—Ni idea. Se habrá peleado con Armando.

—Será eso.

—Por una vez no somos nosotros los que discutimos.

Los dos se miran y sonríen. No están informados de lo que ha ocurrido abajo.

Con mucho cuidado, Mario se desliza por el colchón y se pega a ella. Extiende el brazo y coloca una mano sobre su abdomen. Con la otra mano, le levanta la camiseta un poco para contactar con su piel y, suavemente, la acaricia, dibujando pequeños círculos imaginarios, como hizo ayer por la noche, cuando estaban perdidos.

La chica cierra los ojos y suspira.

—¿Te gusta que te haga esto?

—Sí. Mucho.

—¿No te hace cosquillas?

—No. Me relaja.

El chico continúa el masaje unos minutos más. Diana se deja hacer. Le encanta sentir sus manos. Cuando termina, se coloca de lado, apoyando el codo en la cama y mirándole a los ojos. Mario, enfrente, trata de imitar su postura, pero el codo le molesta demasiado y, finalmente, vuelve a dejarse caer bocarriba. Ella avanza hasta él y, con mucha precaución, para no hacerle daño, se sienta sobre sus muslos.

—¿Te duele?

—No.

La chica sonríe. Ahora es ella quien le levanta la camiseta a él, hasta que termina por quitársela. A continuación se estira, inclinándose sobre su pecho, acoplándose a su cuerpo.

—Y esto, ¿te duele? —le pregunta con la boca muy cerca de su boca.

—No.

Diana nota su respiración nerviosa y agitada. Trata de hacerlo todo muy despacio, con cuidado de no rozar sus heridas. Agarra sus manos y le invita sutilmente a que estire sus brazos. En cruz. Los codos de Mario tocan la almohada y emite un leve quejido.

—Perdona.

—No es nada.

—¿Sigo?

—Sí.

Llega el primer beso. La chica aprieta con fuerza sus manos mientras se lo da. Con los ojos cerrados. Saboreando sus labios.

Sobran las palabras, en ese instante no hace falta hablar. Es su manera de decir que le quiere.

Sin embargo, el sonido de los besos es interrumpido por el ruido de otro portazo, este todavía más fuerte que el anterior.

La pareja se detiene. Se miran extrañados. ¿Qué es lo que estará pasando?

Pero Diana no está dispuesta a que nadie estropee aquel romántico momento. Cierra otra vez los ojos y empieza a besar el cuello de Mario. Son besos sensuales, que encienden al chico. Se contonea sobre él, que jadea y acaricia el cuerpo de su novia por debajo de la camiseta. Se estremece.

Y de repente, un nuevo grito.

«¡Déjame, no me toques!». Es la voz de Miriam.

Diana y Mario la escuchan. Ha sido muy cerca de su habitación.

En esta ocasión, paran y sí se levantan de la cama para comprobar qué es lo que sucede.

La chica abre la puerta del dormitorio y observa como su amiga camina hacia la escalera con la mochila en la espalda. Armando la sigue.

—¿Qué es lo que pasa? —le pregunta Mario, que llega hasta ella cojeando.

—Tu hermana está muy enfadada y creo que se marcha.

—¿Qué?

Diana sale de la habitación y también baja por la escalera. Mario va detrás, aunque más lento por su problema en el tobillo.

—Deberías quedarte en la habitación —le sugiere la chica, que lo espera mientras termina de bajar los últimos escalones.

—Estoy bien.

—No lo estás. Deja de decir que estás bien. Tienes el cuerpo lleno de parches y estás cojo.

Mario resopla y llega al final de la escalera.

—¿Por dónde se han ido? —pregunta cambiando de tema.

—Creo que hacia la puerta.

—¿Qué habrá pasado?

—No lo sé, pero por cómo está tu hermana parece que algo fuerte.

La pareja se dirige al vestíbulo de la casa. Allí están Miriam y Armando. El joven está delante de la puerta. Quiere impedir que la chica se marche.

—¡Me quieres dejar ya de una maldita vez!

—No te vayas, por favor.

—¡No pienso quedarme ni un minuto más contigo!

—Te he pedido perdón un millón de veces, ¿qué más puedo hacer?

—¡Olvidarte de mí para siempre! ¡Deja que me vaya!

Mario y Diana observan atónitos la escena. La mayor de las Sugus está fuera de sí.

—¿Qué te pasa, Miriam? —interviene Diana, que nunca la había visto así—. ¿Os habéis peleado?

La chica observa a su hermano y a su novia. Es tanta su tensión que ni siquiera había reparado en ellos hasta ahora.

—¿Que si nos hemos peleado? —repite muy alterada—. ¡Este cabrón me ha puesto los cuernos!

—¿Qué dices?

Los ojos de Diana y Mario se centran ahora en Armando, que resopla.

—¡Pues lo que oís! ¡Y encima lo ha hecho con una de mis mejores amigas!

¿Paula? ¿Se ha liado con Paula? Es el nombre que enseguida acude a la mente de los dos chicos, que no pueden creerse lo que están oyendo. ¡Tiene que ser un error, porque eso es imposible!

—¿Cuándo ha sido?

—Anoche, mientras yo dormía —responde y vuelve a amenazar al joven, gritando—: ¡Como no te quites, te juro que paso por encima de ti!

—Tranquila, cariño. Por favor.

—¡No me llames cariño! ¡Tú y yo hemos terminado!

E intenta darle una patada que Armando esquiva.

—¡Miriam, tranquila! —exclama Mario, que la sujeta por los hombros.

—Otro que me pide que esté tranquila. ¡¿Pero os habéis puesto todos de acuerdo o qué?! El imbécil este se ha enrollado con Cris y todos queréis que esté tranquila.

Cuando Diana y Mario escuchan el nombre de la chica con la que Armando le ha puesto los cuernos a Miriam, su sorpresa es aún mayor. ¡Así que se trataba de Cris y no de Paula! ¡Aquello aún es más increíble!

—Fue un error. Perdóname.

—¡No te pienso perdonar jamás! ¡Déjame ya de una vez! ¡Me voy a mi casa!

Y le lanza otra patada. Esta vez el joven no consigue evitar que el empeine del zapato derecho de Miriam impacte en el centro de su pantalón corto.

Armando da un grito y se agacha. Le falta el aire.

Miriam aprovecha la ocasión y alcanza el pomo de la puerta. Lo gira y abre: vía libre. Sin embargo, no está satisfecha y con su rodilla golpea la mandíbula del chico, que termina de caer al suelo.

—Y ahora llora, capullo —dice acomodándose su mochila, que se le había descolocado tras la patada—. Mario, te veo en casa luego.

—¿Quieres que te acompañe hasta el bus?

—No, gracias. Tú descansa, que te hace falta.

—¿Y qué le vas a decir a mamá?

—Ya se me ocurrirá algo.

La chica da un beso en la mejilla a su hermano, abraza a Diana y sale de la casa mientras Armando, en el suelo, trata de reponerse de los golpes que su ya exnovia le ha propinado.

Capítulo 75

Un día de finales de junio, en un lugar alejado de la ciudad.

El Audi rosa de Katia se detiene. La cantante, Álex e Irene se bajan de él y caminan hasta el portal de la casa. Antes han parado en un centro comercial que han encontrado abierto y han comprado comida.

—¿Te sigue doliendo lo de la cadera? —le pregunta el escritor a la chica del pelo rosa.

Esta sonríe y le enseña la zona donde impactó el disparo de la marcadora.

—¡Guau! ¡Menudo moratón! —exclama Irene.

—Vaya. Lo siento... Sí que se te ha puesto feo —se vuelve a disculpar una vez más el chico mientras abre la puerta.

—No te preocupes. No me duele tanto. Solo me molesta el roce con la tira del tanga.

Álex se sonroja cuando escucha eso. ¡No hacía falta especificar! De todas formas, ha sido muy torpe disparándole a bocajarro.

Los tres entran en la casa del chico, cargados con las bolsas de la compra, y se dirigen a la cocina.

—Para compensarla, ¿por qué no haces tú la comida?

—¡Qué cara más dura! Tú también te beneficiarías de eso.

—Claro.

—¿Y por qué tendría que hacerte la comida a ti?

—Porque soy tu hermana. Y me quieres.

—Ninguna de las dos cosas es del todo exacta.

—Qué tonto eres a veces...

Sueltan las bolsas encima de la mesa y comienzan a guardar lo que han comprado.

—¿Por qué no preparamos la comida entre los tres? —propone Katia.

—Déjalo, que la haga él. Yo me quiero duchar antes de comer. Además, nosotras ya nos encargamos esta mañana del desayuno.

—Porque perdisteis al jueguecito del baile.

—¡Nos dejamos ganar! Cuando quieras, la revancha. Y así te enteras de que tu victoria fue porque nosotras quisimos.

—¡Pues habrá que hacer la revancha!

—¡Cuando quieras, chaval! —exclama Irene—. Y ahora me voy a dar una ducha mientras tú preparas la comida, que tengo pintura hasta en...

La chica sale de la cocina exagerando al andar el movimiento de sus caderas y agitando una mano al despedirse.

Katia sonríe. Irene le parece muy divertida. Hacen una pareja muy graciosa y se complementan muy bien. Aunque le preocupa que haya podido haber algo más entre ellos. Álex cada vez le gusta más, pero no está segura de cuánto y hasta dónde podría llegar una relación con él. De todas maneras, no se quiere agobiar con el tema. Lo que tenga que ser, será. No le va a pasar como con Ángel.

Mientras coloca y ordena la pasta en un armario, lo observa. El chico se está peleando con los congelados. No entran todos y está haciendo presión para que quepan en el congelador. Es cómico ver como alguien tan inteligente y romántico como Álex es incapaz de hacer algo tan sencillo.

—¿Cuánto tiempo hace que no limpiáis la escarcha?

—¿Hay que limpiarla?

—Claro. Por eso ahora no cabe casi nada. Está obstruido por el hielo.

—Mmm... Las cosas que aprende uno.

—Espera, anda.

La cantante se acerca hasta donde está el chico. Álex se echa a un lado para dejarle espacio. Katia saca del congelador dos bolsas de hielo, que pone en el fregadero, y examina el interior.

—¡Uf! Esto requiere una buena limpieza —dice resoplando.

—¿Sí? ¿Tan mal está?

—Peor. Lo raro es que enfríe todavía.

—¿Y cuánto se tarda en limpiarlo?

—Pues bastante. Habría que descongelarlo y luego fregarlo. Si quieres, esta semana, un día que venga, lo hacemos juntos.

—Vale.

Los dos se miran sonrientes un par de segundos. Luego Katia coge los congelados que han comprado y los guarda ordenadamente.

—Vas a tener que venir más a menudo.

—¿Para que organice la cocina y os haga de comer?

—Entre otras cosas.

—Pues eso está remunerado, ¿eh? —le dice al chico—. Pásame el hielo, por favor.

Álex obedece y le entrega las bolsas que estaban en el fregadero.

—Solo una. La otra no cabe. Además, tampoco necesitáis tanto hielo.

—Toma.

Pero, sin que se dé cuenta, Álex le entrega la bolsa boca

abajo y varios cubitos van a parar a la ropa de Katia. Entre ellos, uno que se introduce en su escote. La chica grita mientras sacude su camiseta.

—¡Ay! ¡Qué frío está!

—¡Perdona, perdona! —exclama el escritor, que mueve las manos nervioso.

El cubito que ha entrado en el escote de la cantante por fin cae al suelo por debajo de su camiseta. Resopla de alivio y se mira la ropa. ¡Se ha mojado toda!

—¡Cómo me he puesto!

—Perdona, yo...

—Tú tienes algo en contra mía, ¿verdad?

—No, es que... soy muy patoso.

Álex se sonroja. No sabe qué hacer. Pero la chica sonríe.

—No te preocupes. Está fresquito y, con el calor que hace, hasta me ha venido bien.

—Eso lo dices para que no me sienta mal.

—No, es verdad. Hace calor y tú me has refrescado.

—Tal vez lo mejor sea que no te acerques mucho a mí. Corres un gran peligro.

Katia sigue sacudiendo su camiseta.

—Pues tenemos un problema.

—¿Qué problema?

—Que me gusta mucho estar contigo.

No se ha atrevido a mirarle cuando se lo ha dicho, por vergüenza, por temor a ver sus ojos, por miedo a su reacción. No lo sabe. Pero ahora ella también se ha sonrojado.

—Tendrás entonces que hacerte un buen seguro de vida —contesta Álex, mientras se va en busca de un cubo y una fregona para limpiar el suelo.

No es la respuesta que esperaba, pero la cantante sonríe. Quizá se ha precipitado al decir aquello. O él no lo ha interpretado en el sentido que ella quería que lo hiciera.

O, simplemente, ha eludido contestarle de otra forma porque no piensa lo mismo.

Katia se agacha para recoger los cubitos que están esparcidos por toda la cocina.

No va a volverse loca. Le gusta. Solo le gusta. Y esta vez no se obsesionará. No. Nunca más perderá la cabeza por un tío. Se lo prometió a sí misma cuando terminó lo de Ángel. Aquella es una historia totalmente distinta. Son amigos que se caen bien, trabajan en un proyecto conjunto y se divierten el uno con el otro. No hay amor. ¿No?

Álex vuelve a entrar en la cocina con el cubo y la fregona.

—¡Hey! ¡Deja eso! Ya lo recojo yo.

El chico se agacha junto a la cantante y busca por el suelo los cubitos de hielo que se han desparramado por la cocina.

—No te preocupes, si ya está casi —comenta ella, alcanzando uno que ha llegado hasta debajo de la mesa.

—Tienes otro ahí.

—¿Dónde?

—Ahí. Al lado de la pata.

El joven escritor se arrastra también hasta debajo de la mesa de la cocina para atrapar aquel hielo travieso. Allí se encuentra con ella. Los dos se miran a los ojos. Y, al mismo tiempo, ambos sienten un fuerte impulso. El impulso de atreverse. El impulso de dar un paso más. El impulso de besarse. Álex inclina levemente su cabeza hacia la izquierda, Katia lo hace hacia la derecha y...

—¿Dónde habéis puesto el champú que hemos comprado?

Irene aparece de nuevo en la cocina envuelta en una toalla azul. Ve el champú sobre la mesa, y a su hermanastro y la cantante agachados debajo de esta.

—¿Qué hacéis ahí abajo? —les pregunta.

La pareja se incorpora. Los dos están rojos como tomates.

—Recogiendo... el hielo... que he tirado —responde Álex, que se entrecorta al hablar.

—¡Estás empapada! —exclama Irene cuando ve a Katia—. ¿Habéis hecho una guerra de hielos y no me habéis avisado?

—No, no. Es que...

—Ya os vale —protesta bromeando—. ¿Quieres que te deje una camiseta para cambiarte?

—No hace falta. Se secará enseguida.

—Si no es molestia: me encanta dejarte ropa. Es como si fuéramos hermanas o algo así. Nunca he tenido una hermana, solo a este. Y claro, con él no podía intercambiar modelitos. Entonces, ¿qué? ¿Subes conmigo?

Irene habla muy deprisa. Está nerviosa. Lo ha visto todo. Menos mal que se dejó el champú abajo y ha tenido que regresar a por él. Si no, esos dos se hubieran dado un beso. ¡Justo a tiempo!

Capítulo 76

Ese día de finales de junio, en un lugar alejado de la ciudad.

Sorprendida. Confusa. Indecisa. Presionada. Sobrepasada.

Paula suma adjetivos a su estado actual. Pero es que las noticias se acumulan y todo se le viene encima.

Diana tiene problemas con la comida y ella y Mario son los únicos que lo saben. A Miriam, su novio le ha puesto los cuernos con Cris y ha tenido que decidir a quién acompañar en ese momento tan difícil. Una está triste por su traición y la otra enfadada por ser traicionada y por no sentirse apoyada. Por otro lado, el asunto de Ángel. No han podido quedar para verse, pero ¿qué pasará cuando lo hagan?

Y ahora, hay que añadir la confesión de Alan.

¿Cómo ha podido decirle que se ha enamorado de ella? ¡No tiene sentido! Y, sobre todo, ¿cómo quiere que lo crea?

El francés no es, precisamente, alguien en quien confiar, pero en esta ocasión parecía sincero. Es lo que decían sus ojos, su mirada, tantas veces intimidante. Un reflejo limpio se vislumbraba en ella. Pero, aunque fuera verdad, ¿qué podía hacer?

Cuando se lo ha confesado hace tan solo unos minutos, se ha puesto nerviosa. Se ha quedado en blanco. Sí, sabía que le gustaba, pero... ¿enamorarse? Uf. Su reacción ha sido decirle que todo aquello la supera y que necesita pensar. Estar tranquila. Y se ha marchado del laberinto ante la mirada atenta del francés y de Cris.

Camina bajo el sol por uno de los jardines que tiene aquel inmenso terreno. Sola. Necesita estarlo. Un poco de espacio para respirar, para ella. Para buscar aire limpio. En cambio, las palabras de Alan no dejan de repetirse en su cabeza.

¡Se ha enamorado de ella!

Quiere gritar, soltar todo lo que lleva dentro.

Eso le recuerda algo sucedido hace tres meses, cuando Ángel la llevó a aquel curioso sitio: la casa del relax. Sonríe. Eran días de felicidad plena. Allí, en la habitación del grito, descargó toda la tensión que acumulaba.

¿Y si grita ahora?

No, no es el sitio. Seguramente, la escucharían sus amigos y acudirían corriendo hasta ella. Y lo que quiere es estar un rato sola. Pero su soledad no dura mucho porque un hombre, ataviado con un mono de trabajo, se acerca hasta ella. Es bastante mayor y está provisto de una espesa barba blanca.

—Hola, jovencita, ¿se ha perdido? —le pregunta desde lejos. Su voz es tan profunda como su barba.

¿Perdido? No del todo, pero casi. Lo cierto es que sí está un poco perdida. Parecía que había retomado el vuelo después de unos meses horribles, pero el fondo del pozo vuelve a estar bastante cerca.

—No, no me he perdido. Solo estoy dando un paseo.

—Este es un lugar muy hermoso para pasear.

—Sí que lo es.

—¿Es amiga de Alan?

—Sí —responde no muy convencida—. Imagino que sí.

El hombre sonríe. Ese francesito se busca unas amigas muy guapas. Esa chica se parece bastante a la que le acompañaba ayer. Seguro que son del mismo grupo. Y, por lo que intuye, algún problemilla ha surgido entre ellos.

—Veo que está sola. Yo también. Y ahora me estoy tomando un descanso, que cuando el calor aprieta... Si quiere, la acompaño un rato.

—Bueno, como usted quiera —responde la chica. No es lo que más le apetece ahora, pero no le va a decir a ese hombre que no.

—Mi nombre es Marat. Soy el jardinero de la casa.

—Encantada, señor; yo me llamo Paula.

—¡Qué bonito nombre! Así le puse a mi gata.

—¿Una gata?

¡Una gata que se llama como ella! No es un nombre típico para un animal. Y le ha dado la impresión de que la comparaba con ella al nombrarla. Aunque, en el fondo, le hace gracia.

—Sí. Una preciosidad. Dócil como un perro faldero, menos cuando se enfadaba. Entonces Paula sacaba las uñas y te dejaba marcado. Mire.

Se remanga la camisa de cuadros que lleva y le enseña a la chica su brazo.

—¿Esos arañazos se los hizo su gata?

—Efectivamente.

—Espero que no me lleve junto a ella. ¡Menuda fiera!

—Tranquila, señorita. Paula murió hace tres años —responde muy serio.

—Vaya. Lo siento. No quería...

—No se preocupe. Está más que superado.

Y suelta una gran carcajada que deja ver su maltrecha boca, en la que apenas le quedan dientes.

Juntos continúan caminando por la zona sur de la casa.

Es un paraje precioso. Marat le va explicando qué es cada planta, árbol o flor, y Paula escucha atentamente. Aquel hombre es un tipo curioso, muy agradable.

Delante de una puertecita adornada de guirnaldas y hojas secas, se detienen.

—¿Qué hay ahí dentro? —pregunta Paula, intrigada al observar aquella especie de habitación.

—Un tesoro. ¿No le ha hablado Alan de él?

—Creo que no —responde extrañada—. ¿Qué clase de tesoro?

—No son piedras preciosas ni es dinero. Ni tan siquiera cuadros o estatuas. Es algo mucho más bello.

Marat ha despertado aún más su interés.

—¿Es tan increíble?

—Mucho más que eso. ¿Quiere que entremos y lo comprueba usted misma?

—Por supuesto. Me muero de la curiosidad.

—¿Me permite?

El hombre le ofrece su brazo y Paula se lo agarra sonriente.

Los dos entran en aquel lugar.

Los ojos de la chica se abren muchísimo cuando contempla el interior de aquella habitación, que no tiene techo. Hay rosas por todas partes y de todos los colores.

—¡Guau! Es impresionante.

Entonces recuerda que ayer Cris apareció con una rosa en el pelo y habló de un lugar en el que había cientos de ellas. ¡Era aquel sitio!

—¿Le gusta?

—¿Bromea? Es genial. ¡Me encanta! —comenta Paula mientras camina por un estrecho pasillo—. Marat, ¿ayer estuvo aquí Alan acompañado por una chica?

—Sí. Por la tarde. Es su amiga, ¿cierto?

—Sí.

—Se parecen un poco. Cristina, creo que me dijo que se llamaba, ¿no?

—Sí. Cris.

La joven sonríe y acaricia los pétalos de una rosa azul. Nunca había visto una de ese color. Es una maravilla.

—Tenga cuidado, no se vaya a pinchar con las espinas.

—¡Ay!

El aviso del jardinero llega demasiado tarde. Del dedo corazón de la mano derecha de la chica comienza a brotar un hilo de sangre.

—¿Se ha pinchado?

—Sí. Uf. Me da pánico la sangre.

Paula le enseña el dedo a Marat, aunque ella prefiere no mirar. Es muy aprensiva.

—Espere aquí un momento.

—No se preocupe, no me moveré. Tal vez me caiga al suelo. Me mareo con la sangre.

—Tranquila, no tardo nada, es aquí al lado.

—Muy bien.

El hombre sale de la habitación y regresa rápidamente con una cajita pequeña en las manos. Camina hasta Paula y le agarra con suavidad el dedo dañado.

—Se ha hecho un buen tajo.

—Es que últimamente me pasa de todo.

—Dicen que lo que no mata te hace más fuerte.

—Lo sé. Lo he escuchado.

—La vida te va dando y quitando constantemente. Hay que aprender a estar firmes en los malos momentos y disfrutar de los buenos.

Mientras hablan, Marat le cura la herida.

—¿Cómo es posible que algo tan bonito te pueda hacer tanto daño?

—Solo se defiende. Para coger una rosa, siempre hay que ponerse guantes.

—Lo tendré en cuenta la próxima vez.

El hombre sonríe. Le gusta la personalidad de aquella chica.

—Le voy a contar una historia, una leyenda de hace muchos años.

—Esto lo hace para distraerme y que no me desmaye, ¿verdad?

—Lo ha adivinado. Espero que funcione.

—De momento sigo consciente —indica, observando de reojo lo que el hombre le está haciendo en el dedo—. Adelante con esa historia.

—Pues hace cientos de lustros, cuando existían caballeros y princesas, siervos y doncellas, armaduras y escudos, una preciosa chica buscaba el regalo perfecto para su amado. Tenía que ser el mejor de todos los que le había hecho porque se acababan de prometer. Pero, por más que pensaba y pensaba, no daba con el presente adecuado. Hasta que un día, mientras caminaba por el bosque, encontró un rosal. Era precioso, qué digo precioso... ¡Era majestuoso! Nunca había visto unas rosas tan enormes y bellas. Era el regalo perfecto. Sin embargo, cuando intentó cortar una de aquellas imponentes rosas, se pinchó en un dedo, por el que comenzó a sangrar abundantemente. Y, acto seguido, aquella preciosa muchacha cayó al suelo inconsciente. No sabía que lo que intentaba cortar era una rosa envenenada.

—No me está ayudando mucho su historia... —le interrumpe Paula.

Marat suelta una carcajada y continúa.

—Las horas pasaron. Su amado, al ver que no regresaba, decidió salir a buscarla. Cuando la noche se cerraba y la luna brillaba entre las colinas, el joven por fin encontró a la muchacha tirada en el suelo. Enseguida se dio cuenta de la herida que tenía en el dedo. También observó el rosal a su lado y lo comprendió todo. Era un rosal mágico, se lo había oído contar a su abuela y a su madre, de esos de los que, si te pinchas con una de las espinas de alguna de sus rosas, duermes por el resto de tus días.

—Esto..., ¿un rosal mágico?

—Sí —afirma él con una gran sonrisa.

—¿No se lo está inventando?

—Es una leyenda. Alguien se lo inventó antes que yo. O no.

—Una leyenda... Bueno, perdone. Continúe. Quiero saber el final.

El hombre sonríe abiertamente y coge una gasa para terminar de curar el dedo de Paula.

—El joven que había oído hablar de ese tipo de rosales mágicos también había escuchado que existía una forma de despertar a la persona que se pinchara con sus espinas.

—¿Un beso?

—¡Esto no es *Blancanieves,* jovencita!

—Lo siento.

—Lo que necesitaba aquella joven para despertarse era sangre limpia.

—¿Una transfusión?

—Algo así. Lo que el joven había escuchado era que, para romper el hechizo del sueño, había que restregar en el dedo herido un pétalo del mismo rosal embadurnado de sangre de la persona querida.

—¿Qué?

—Lo que ha oído. Así que el muchacho buscó algo con lo que hacerse una herida de la que conseguir su propia sangre. Se acercó a su amada y, de una de sus orejas, tomó uno de sus pendientes.

—¡No me lo puedo creer!

—Créaselo. Con la punta afilada de su pendiente rasgó la yema de uno de sus dedos, por el que, inmediatamente, comenzó a sangrar. Se acercó con cuidado hasta el rosal y capturó un pétalo de la rosa más grande. Lo untó con su sangre y se agachó junto a la chica. En el dedo infectado, el corazón de su mano derecha, restregó el pétalo ensangrentado, rogando que su amada despertara.

—¿Y se despertó?

—Sí.

—¡Qué bonito!

—Pero ahí no acaba la historia.

—Se casaron y vivieron felices. ¿No?

El jardinero niega con la cabeza.

—Lo hubieran hecho si el olor de la sangre no hubiera atraído a una manada de lobos que acabó con ellos en un santiamén.

Paula se queda boquiabierta al escuchar el final de la leyenda.

El hombre la mira muy serio, pero enseguida suelta otra de sus carcajadas.

—¡No se preocupe! ¡Este final lo he agregado yo para darle más dramatismo! —exclama.

—¡Qué malo!

—Sí, se casaron, fueron felices y comieron perdices. Y desde entonces, cuando alguien se pincha con la espina de una rosa, la herida cicatriza mejor si la curas con un pétalo de la misma flor, rociado con la sangre de la persona amada.

—Mejor ese final que el suyo.

—A las jovencitas siempre les gustan más los finales felices. En cambio, a su amigo Alan le encantó el final alternativo.

—Lo puedo imaginar. Él es... diferente.

Marat observa los ojos de Paula al hablar del chico francés. Nota que hay algo más que amistad entre ellos, pero también que existen muchas dudas por parte de Paula.

—Es un buen chico. Yo le conozco bien. Va con esa apariencia de saberlo todo y de estar por encima del bien y del mal. Pero Alan es un chaval adorable.

—Si usted lo dice...

—Créame —sentencia antes de hacer una mueca con la boca—. Y ahora me tengo que marchar a trabajar. Estos jardines no se riegan solos.

—Es admirable que usted solo se encargue de todo esto.

—Me gusta mi trabajo. Y lo hago encantado.

Paula le sonríe y se despide de él, dándole las gracias por haberle enseñado la habitación de las rosas y haberle curado el dedo. Y se aleja de allí, bajo el sol de verano.

Pero unos segundos más tarde, mientras vuelve a la casa, oye un grito a su espalda. Se gira y observa como Marat llega corriendo, con una rosa azul en la mano.

—Para usted. Es la misma que le ha hecho la herida. Sin espinas, claro.

El jardinero le entrega la flor.

—Muchísimas gracias, Marat —dice emocionada la chica, que huele la rosa aspirando su aroma.

—Gracias a usted por hacerme compañía un rato. Y salude al francesito de mi parte.

—Lo haré.

Y, volviéndole a sonreír, se despide por segunda vez de él, con su rosa azul en la mano.

Capítulo 77

Ese día de finales de junio, en un lugar de la ciudad.

—¿Comemos?

Ángel mira el reloj. Es algo temprano todavía, pero él también tiene hambre. Han andado bastante durante la mañana, yendo de aquí para allá, y eso le ha levantado el apetito.

—Vale. ¿Dónde quieres ir?

Sandra mira a su alrededor. En el centro de la ciudad hay muchos sitios en los que comer, pero a ella le apetece algo verdaderamente sustancial. Un lugar en el que quede absolutamente llena, no pueda probar un bocado más y tenga que desabrocharse el botón del pantalón para respirar cuando termine el postre.

—Al Foster's Hollywood. ¿Quieres?

—Sí, está bien. ¿Hay alguno aquí cerca?

—Sí. A diez minutos.

—Pues vamos, entonces.

La pareja camina hacia la calle donde está el restaurante.

—¿Sabes una cosa? —le pregunta Sandra sonriente, observándole.

—¿El qué?

—No te queda tan mal ese peinado.

El chico resopla, pero no tarda demasiado en sonreír.

—No volvamos otra vez con eso, por favor.

—En serio. Te queda bien. Estás guapo y más modernillo —reconoce ella, y acerca la mano a su nuca—. ¿Puedo?

Ángel asiente y se deja tocar la parte de atrás de la cabeza, que es la que tiene más rapada.

—Ya que te gusta tanto acariciar mi pelo tan corto, podrías hacerte tú algo parecido la próxima vez —comenta irónico.

—¿Bromeas? Me encanta mi pelo. No pienso rapármelo.

—Haces bien, Cleopatra.

—Ya lo sé, Marco Antonio.

Al comienzo de la calle se encuentra el Foster's Hollywood. Entran. No hay cola para coger mesa, así que el camarero que los atiende los lleva directamente a una en el fondo de la sala. Se sientan y piden la bebida. Coca-Cola para ambos.

—Hacía tiempo que no venía a un Foster's —comenta Ángel examinando el menú.

—Fuimos a uno hace tres semanas —le rectifica Sandra—. ¿No lo recuerdas? Antes del partido de España.

—Es verdad, en qué estaría yo pensando.

La joven asoma la cara por uno de los laterales de la carta.

—Eso, en qué estarías tú pensando...

—En todo el trabajo que tengo acumulado para esta semana —apunta él, tratando de justificar su olvido.

—Ya, seguro.

—Es cierto. Tengo mucho trabajo para estos próximos días. El reportaje de Alejandro Sanz, el que tengo que hacer de las nuevas promesas del pop español, el concierto de Crowded House...

—La entrevista a Katia y al escritor —añade su jefa.

Es cierto. Mañana puede que vuelva a ver a Katia. Eso le preocupa. ¿Y si le cuenta a Sandra lo que pasó entre ellos? Quizá así se libre de encontrarse con la cantante del pelo rosa y Sandra le encargue a otro esa entrevista. Aunque, por otra parte, también podría reaccionar enfadándose o acusándole de que le gustan todas. ¡Quién sabe cómo se tomaría algo así, después del tema de Paula! A la que, por cierto, también deberá llamar mañana para quedar o no.

—Es verdad.

—Acuérdate de llamarlos por la mañana, ¿eh? Y queda con ellos prontito.

—No te preocupes, a primera hora los llamaré.

Es la decisión más profesional y la que menos riesgos supone, y eso que reencontrarse con Katia le infunde respeto y algo de temor. Fue un final triste para una relación intensa y convulsa.

—Y ahora, ¿dejamos de hablar de trabajo y pedimos? ¡Me muero de hambre!

—Sí, yo también tengo hambre.

Ángel llama al camarero, que acude en cuanto le ve. Él pide unas quesadillas y ella una hamburguesa con queso y cebolla. Para compartir, una ensalada y unos nachos.

Sandra se levanta y va al baño mientras esperan la comida. Dos chicos que dialogan en una mesa cercana no pierden detalle. El periodista se da cuenta y, a pesar de su rabia, se reprime de decirles algo. No soporta ese tipo de comportamientos. Y menos cuando la protagonista es su novia, exnovia o presunta novia. No son celos, sino que mirar de esa manera a una chica lo considera una falta de respeto. Pero el descaro de los muchachos no termina ahí. Cuando Sandra regresa, pasa junto a ellos y le sonríen. Ella también lo hace tímidamente.

—¿Aún no han traído los entrantes? —pregunta al sentarse.

Ella está en un sofá que se extiende por toda la pared trasera del establecimiento; él se ha sentado en una silla enfrente.

—No —responde muy serio.

Sandra lo mira fijamente. Lo conoce bien.

—¿Qué te pasa?

—Nada.

—Venga, va, que no quiero estar detrás de ti todo el rato para saberlo. Cuéntamelo. ¿Qué te pasa?

El joven apoya su codo contra la mesa y le contesta.

—Es que no entiendo por qué les has sonreído a esos tíos...

—¿Qué tíos?

—Los que te han sonreído. Esos de allí.

La chica se vuelve y, disimuladamente, observa hacia donde Ángel indica con la mirada. Luego, se centra de nuevo en la conversación.

—Ni me he dado cuenta de que les he sonreído.

—¿Cómo no te vas a dar cuenta?

—¡Pues no! Igual ha sido un efecto óptico.

—¡Qué efecto óptico! Te sonrieron a ti y tú les has sonreído a ellos.

—No sé, Ángel. No me he dado cuenta. De todas maneras, no tiene importancia. ¿Por qué te molesta tanto?

—Porque esos tíos te miraron descaradamente mientras ibas al baño. No despegaron la vista de... tu culo —termina diciendo en voz baja, para que solo lo oiga ella.

—¿Sí?

Sandra suelta una carcajada, pero se calla en cuanto ve al camarero que llega con la ensalada y los nachos. Al irse, sonríe de nuevo.

—No sé qué te hace tanta gracia —señala Ángel molesto.

—Mmm... Yo tampoco lo sé muy bien. Quizá la situación en sí.

—Pensaba que no te gustaba que los tíos hicieran ese tipo de cosas.

—Y tienes razón, no me gusta.

—¿Entonces...? No entiendo nada.

La periodista se levanta, coge una silla de la mesa de al lado y se sienta en ella, junto a Ángel.

—No sé por qué me he reído —reconoce, pero sin ocultar su sonrisa—. Simplemente, me ha divertido que te hayas puesto así.

—¿Cómo me he puesto?

—Como un novio celoso.

—No me he puesto celoso.

—Sí lo has hecho —le contradice—. Pero eso es bueno.

No entiende nada. Ángel hace un rato que se ha perdido.

—Ni me he puesto celoso ni creo que los celos sean buenos.

—Es verdad. Los celos no son algo positivo, pero cuando se producen es señal de que quieres a la otra persona. Una prueba de que te importa. Y yo necesito pruebas para saber que me quieres aún.

Visto así... Pero en Ángel continúan existiendo dudas. ¿De verdad lo que ha sentido son celos? Se encoge de hombros y pincha con un tenedor en la ensalada.

—Sea una prueba o no, no deberías haberles sonreído.

—Prometo que no pasará más. Pero tú tampoco le sonrías a ninguna chica.

—Yo no le he sonreído a ninguna chica.

—¿Ni siquiera a una cuyo nombre empieza por «Pa»?

Sandra sonríe y alcanza un nacho. Se lo mete en la boca y, mirándole fijamente, lo mastica con fuerza. Ángel está a punto de contestarle, pero ella se adelanta:

—Lo sé. Solo Sandras y Ángeles.

Capítulo 78

Ese día de finales de junio, en un lugar apartado de la ciudad.

Definitivamente se ha vuelto loco. ¡Le ha dicho que la quiere! ¡Que está enamorado de ella! Sentado en el borde de la piscina, con los pies metidos en el agua, Alan todavía no termina de creérselo. Pero es verdad. ¡Es verdad! ¡Se ha declarado a Paula!

—He sido muy torpe.

—No. Simplemente te has dejado llevar por tus sentimientos.

Cris está a su lado. Ella lo ha presenciado todo. Quizá su amigo se haya precipitado, pero cuando el corazón manda, la razón se esconde.

—¿Como hiciste tú con el novio de Miriam?

—Más o menos —responde resoplando—. Pero lo tuyo está bien y lo mío, no.

La chica se culpa una y otra vez de lo que ha sucedido. Cuando han regresado a la casa, Diana y Mario les han contado que Miriam se ha ido después de propinarle una patada y un rodillazo a Armando. El joven también ha desaparecido.

—No te lo voy a repetir más veces: deja de sentirte culpable.

—Es algo que no puedo evitar.

—A ella se le pasará el enfado contigo en cuanto se dé cuenta de que ese tío no merecía la pena.

—No creo que sea tan sencillo.

—Es más fácil eso que el que Paula me quiera como algo más que a alguien con quien no parar de discutir.

Cris lo observa y sonríe triste. Las dos cosas son complicadas. Sabe qué es lo que piensa su amiga de él.

—¿Realmente la quieres tanto como para que sea tu pareja?

—Eso parece —reconoce él—. Hacía muchos años que no sentía algo así: ese cosquilleo en el estómago, esas ganas de verla, de estar cerca de ella.

Comprende perfectamente lo que dice. Ella sentía lo mismo por Armando. Sin embargo, todo se ha perdido. No lo conocía de verdad y no imaginaba que pudiera actuar de la manera que lo hizo tras lo que pasó entre ellos. Ojalá no vuelva a cruzarse con él. Tiene la sensación de que, después de romper con Miriam, no volverá a verlo.

—Cuando hablas así, no pareces tú.

—¿No parezco yo?

—No. Pero eso demuestra que tienes otro lado. Un lado que no enseñas a menudo y que quizá deberías sacar más.

—Si tú lo dices...

—Lo digo porque lo pienso. Creo que ese sí puede ser el camino para conquistar definitivamente a Paula y que se fíe de ti.

El francés mira al cielo mientras chapotea con los pies dentro del agua. Es lógico que no se fíe de él. Y eso que no conoce prácticamente nada de su vida. Si ella supiera la cantidad de promesas que hizo a otras chicas, promesas que nunca cumplió, o con todas las que se había acostado en los últimos años... Engañándolas, mintiéndoles... Quizá tiene demasiado que ocultar para establecer una relación seria con alguien. Sobre todo con ella.

—No creo que se fíe nunca de mí.

—¿Por qué no? Si le demuestras que la quieres...

—Aunque se lo demuestre, siempre quedarán dudas. Y aunque tenga dos lados, como tú dices, mi carácter es el que es.

—Yo pienso que dentro de ti hay un buen chico.

—Y también un chico malo.

Cris se encoge de hombros.

—También. Pero las personas tenemos un lado bueno y un lado malo. Fíjate en mí. Todos pensabais que era una mosquita muerta. Y ahora resulta que soy una traidora, una robanovios y una mala amiga.

—Nunca me has parecido una mosquita muerta —indica Alan, sonriendo.

—¿Ah, no?

—Pero ¿tú te has visto? —le pregunta, mirándola de arriba abajo descaradamente—. Una chica así no puede ser una mosquita muerta.

—¡Pues serás el único que lo piensa! —exclama ella.

Y, poniéndole una mano en la espalda, lo empuja para que caiga a la piscina.

El muchacho se hunde en el agua y se impulsa de nuevo hacia la superficie. Agarra por un pie a Cris para arrastrarla hasta dentro de la piscina, pero esta se resiste. Sin embargo, la fuerza de Alan se impone y lo consigue. No contento con su venganza, el francés apoya sus manos en la cabeza de la chica y le hace una ahogadilla.

—¡¿Ves como no eras tan mosquita muerta?! —grita mientras Cris se quita el pelo de los ojos y escupe el agua que ha tragado.

—Y, por lo que se ve, tu lado bueno dura poco —replica.

E intenta devolverle la ahogadilla.

No lo logra. Al contrario, vuelve a ser ella la que termina bajo el agua.

En ese instante, Paula regresa a la casa con una rosa azul en la mano. Mira hacia la piscina y los ve. Parece que se están divirtiendo. Ninguno de los dos demuestra que esté muy afectado por las circunstancias.

Cris se da cuenta de la presencia de su amiga y avisa a Alan de que está allí. El chico se separa rápidamente de la Sugus de limón y sale de la piscina subiendo a pulso por el bordillo. Empapado, corre hasta Paula.

—Hola —la saluda, fijándose en la flor azul—. ¿Has ido a ver a Marat?

—No exactamente; me lo he encontrado por el camino.

—Es un gran tipo.

—Sí. Te manda saludos.

—Ah, muy bien —dice él sonriendo—. Pese a todos los años que nos llevamos de diferencia, es un buen amigo y siempre me ha tratado muy bien.

—Él habla maravillas de ti.

El joven coge una toalla y empieza a secarse.

—Todo mentira —responde al tiempo que alborota su pelo rizado.

La expresión de Paula no muestra alegría. Y es que no entiende muy bien su actitud. Después de soltarle algo tan importante, que la ha hecho pensar durante todo ese tiempo, él no refleja en su comportamiento que se lo haya tomado muy en serio. Es más, incluso parecía divertirse mucho con Cris en la piscina.

—Me ha venido bien hablar con Marat.

—¿Ah, sí?

—Sí.

Alan deja de secarse y arroja la toalla sobre una silla del jardín. Entonces se fija en que el dedo corazón de la mano derecha de Paula está vendado.

—¿Qué te ha pasado ahí?

—Me he pinchado con una rosa.

—Es que hay que ponerse guantes para tocarlas...

—Eso me ha dicho Marat.

—Y después te ha contado la leyenda del rosal envenenado, ¿me equivoco?

—No. No te equivocas.

El chico suelta una carcajada, aunque Paula continúa seria.

—¿Ha sido con esa con la que te has pinchado? —le pregunta, señalando la rosa azul que tiene Paula en la mano.

—Sí.

El chico contempla la flor y piensa en lo bonita que es. Como la chica que la lleva. Pero ella no parece que esté muy contenta.

—¿Qué tal ha ido el paseo? ¿Te ha servido de algo?

—Para desconectar un poco, aunque, con todo lo que me está pasando últimamente, es complicado.

—Te lo estamos poniendo difícil, ¿eh?

Paula lo mira muy seria. La desconcierta. ¿Por qué es siempre tan... como no tiene que ser? Le gusta, sí. Le gusta. Pero no puede enamorarse de alguien que no se toma en serio las cosas o que constantemente quiere estar por encima de todo.

—Nada es sencillo en la vida.

—¡Qué profunda!

—¡Y tú qué capullo! —responde instintivamente—. Me acabas de decir hace nada que me quieres, que estás enamorado de mí. Y parece que te dé lo mismo.

—No me da lo mismo. Claro que no.

—Pues en la piscina bien que te lo estabas pasando con Cris.

—¿Estás celosa?

El rostro de Paula refleja su enfado al escuchar esa pregunta. Intenta tranquilizarse antes de contestar y cuenta hasta cinco.

—No entiendes nada.

—En eso tienes razón: no entiendo nada.

Cris, que ha visto desde lejos que la situación empezaba a ponerse tensa, ha salido de la piscina y se ha acercado hasta ellos.

—Hola, Paula. ¿Qué tal el paseo? —le pregunta mientras coge la misma toalla con la que antes se secó Alan.

—Bien. ¿Y tu baño? Veo que ya estás mejor —comenta su amiga con ironía.

—No, lo que pasa es...

—¿Y Miriam?

—Se ha ido a casa.

—¿Qué?

—Ha tenido una pelea con Armando y se ha marchado sola a casa. Él no sé dónde está. Creo que también se ha ido.

—Es normal que se hayan ido. Quizá yo deba hacer lo mismo.

Alan y Cristina se miran entre sí.

—Si quieres irte, yo te llevo a casa —indica el francés, ante la sorpresa de Cris, que no esperaba esa reacción.

Y tampoco Paula imaginaba esa contestación. Creía que insistiría para que se quedase y terminase de pasar el día en la casa.

—Da igual, cojo el autobús.

—Como tú quieras.

—Pues voy a por mis cosas.

—¡No! ¡No te vayas! —exclama Cris—. Vosotros dos tenéis que hablar tranquilamente y aclarar las cosas.

—No hay nada más de lo que hablar por hoy —comenta Paula—. Ya hemos dicho demasiadas cosas de más.

—¿Lo dices por mí? —pregunta Alan.

—Por todos.

—No te crees que me haya enamorado de ti, ¿verdad?

—Sinceramente, no.

El joven observa a su alrededor. Busca algo. En la mesa del jardín hay un cuchillo del día anterior. Se acerca hasta allí y lo coge. Luego vuelve junto a las chicas. Mira a Paula a los ojos y con el cuchillo se hace un corte en la yema de uno de sus dedos. Las dos amigas no pueden creer lo que han visto.

—Y ahora, ¿me dejas uno de los pétalos de esa rosa para que se rompa el hechizo y consiga despertarte? Estoy enamorado de ti.

Capítulo 79

Ese día de finales de junio, en un lugar apartado de la ciudad.

Cierra los ojos y siente sus cálidos labios y su sabrosa lengua. Él también está con los ojos cerrados, apoya una mano en su cintura y la otra en su barbilla. Sin embargo, sus pies se enredan, tropiezan y caen juntos en la cama.

—Mmm... —gime Mario, abriendo los ojos de golpe. Se ha golpeado en las heridas al impactar contra el colchón.

Sus bocas se separan y Diana sonríe.

—¿Te has hecho daño?

—Un poco.

—Pobrecillo. Es que estás hecho un cromo.

—El codo es lo que más me molesta.

—Menos mal que no tienes que estudiar.

—Menos mal.

El chico sonríe y vuelve a besarla. Un beso cortito, sin lengua. Labios contra labios. Y se tumba bocarriba. Diana apoya la cabeza en su pecho y él se la acaricia.

—¡Qué fuerte lo de Cris y Armando...! —comenta la chica, recorriendo lentamente su abdomen con los dedos.

—Sí. Me da mucha pena mi hermana.

—Lo tiene que estar pasando fatal.

—¿Crees que me debería haber ido con ella?

Diana se incorpora un poco y lo mira a los ojos.

—No. Es mejor que esté sola ahora. Además, tú tienes que cuidarme a mí, por si acaso decido escaparme de nuevo.

—No me digas eso.

—Una nueva aventura en la sierra sería divertida.

—¿Estás de...?

Y, sin dejar que termine, Diana se abalanza sobre Mario y lo besa apasionadamente. ¿Cómo se ha podido pillar tanto de él? Es que es un cielo de chico. Menos mal que el resto no lo ha sabido apreciar. Solo ella. Ella es la única que se ha fijado en él. Antes solo era el empollón de la clase y un niño mono. Pero, poco a poco, se está convirtiendo en un tío guapísimo. Con el tiempo, incluso mejorará. No solo será el chico más listo de la clase, sino también el que esté más bueno. Ya se encargará de ello. Y es suyo. ¡Solo para ella!

Diana sonríe para sí, al pensar en su teoría, mientras se besan.

Pero lo mejor de su novio es que es un encanto y que le ha demostrado que puede contar con él en los peores momentos. Ahora le toca a ella demostrar que está a la altura. La sombra de Paula siempre será alargada. Evitar que sean amigos no es adecuado. Así que, cuando los vea juntos, tratará de comerse los celos y pensar en todas las veces que le ha dicho que la quiere.

Y, de repente, un impulso irrefrenable.

—¿Te quieres casar conmigo? —dice tímida, pero convencida.

La pregunta coge desprevenido a Mario, que acababa de saborear sus labios y sonreía. Sin embargo, la proposición de Diana no se la toma en serio y no le responde. Acerca una vez más su boca a la suya e intenta besarla. Ella lo evita y lo mira directamente a los ojos.

—¿No me has oído?

—Claro que te he oído.

—¿Y por qué no me respondes?

—¿Cómo? ¿Pero lo decías en serio?

—Por supuesto.

—No me lo creo.

—Que sí. Cásate conmigo.

Mario se pasa una mano por la cara y se sienta en la cama.

—Es una broma, ¿no?

—No estoy hablando en broma —contesta algo enfadada—. Podríamos casarnos.

—¿Lo has pensado bien?

—No, pero me encantaría casarme contigo.

—¡Pero si solo llevamos un mes juntos! ¡Acabamos de dejarlo y de volver hace unas horas!

—Eso demuestra que nada puede con nosotros. Estamos preparados para superar las peores crisis.

El chico observa sus ojos. Lo está diciendo de verdad. ¡Quiere que se casen! Se ha vuelto loca.

—Somos unos críos. Acabo de tener mi primera vez hace dos días. ¿Y de qué íbamos a vivir? ¿Y nuestros padres qué dirían? ¿Y...?

—No te estoy diciendo que nos casemos el mes que viene. Pero podríamos prometernos para dentro de tres o cuatro años. O cuando terminemos la universidad.

—Eso son cinco años mínimo.

—¡Pues cinco años!

Empieza a ponerse nervioso. Nunca había pensado en casarse. Solo tiene dieciséis años; y ella, diecisiete. No tiene edad para imaginar ese tipo de cosas. Claro que le haría ilusión tener una mujer e hijos, que fuera Diana la elegida y caminara vestida de blanco de su mano. Lo típico. Pero es que son muy jóvenes y ni siquiera se conocen del todo bien.

—¿Y si encuentras a otro durante ese tiempo, mientras estamos prometidos? Es muy posible.

—No, no es posible.

—¿Cómo que no?

—A no ser que encuentres tú a otra, yo no buscaré a otro —señala contundente.

—Yo no quiero a otra tampoco.

—Pues ya está.

—Pero ¿y si me voy a estudiar a otra ciudad o lo haces tú y tenemos que separarnos?

—Mira, deja de poner excusas: no quieres casarte conmigo y punto.

Mario mueve la cabeza de un lado para otro. Diga lo que diga, va a quedar mal y ella se va a enfadar. ¿No se da cuenta de que prometerse siendo adolescentes es un completo error?

—Lo siento, Diana. Yo no lo veo. Y eso no significa que no te quiera.

—¿No? ¿Qué significa entonces?

—Nada; simplemente que es un tema para pensarlo y tomárselo con calma.

—Vale, piénsalo.

—Gracias.

Silencio.

No dicen nada durante veinte segundos, en los que ni se miran. Pero la chica no cesa en su empeño.

—Ya está. Tiempo. ¿Lo has pensado?

—Me estás tomando el pelo.

—No. Solo quiero casarme contigo.

No hay nada que hacer: igual de cabezota que siempre. Con cuidado, Mario se deja caer bocarriba sobre la cama y se pone las manos en la nuca. Ella se desliza hasta él y le susurra en el oído.

—¿No quieres que sea tuya para siempre?

La mano de Diana acaricia la rodilla de Mario, masajeándola suavemente. El joven traga saliva.

—Claro que quiero.

—Pues, si nos prometemos, lo seré. Nunca más miraré a otros tíos.

La chica sigue escalando por su pierna, sensual. ¡Eso es chantaje!

—¿Y si no? ¿Lo harás?

—Tampoco. Pero habría más posibilidades... —contesta sonriente.

Mario siente los dedos de la mano de Diana en su muslo.

—Para, anda. Esto es serio.

—¿No te gusta?

—Sí que me gusta. Pero acabas de pedirme que me case contigo. Es algo muy serio.

—¿Y mis caricias no lo son? —pregunta molesta. Y aparta la mano de su pierna.

Diana se sienta en la cama y se cruza de brazos.

—No te enfades, por favor.

—Ya te dije que tenías esa cualidad. Consigues que me enfade.

—Esta vez no he hecho nada malo.

La joven resopla y lo mira. Se inclina sobre él y le da un beso en la mejilla.

—Lo sé. Perdona. Soy muy exigente contigo.

—No es eso. Pero no me gusta que te enfades.

—Lo siento, tengo que aprender mucho de ti todavía.

Los chicos se dan un beso de reconciliación y se abrazan.

—¿Te das cuenta de que me acabas de pedir que me case contigo?

—Sí.

—¡Uf! Es una gran responsabilidad.

—No te preocupes. Tómalo con calma. Piénsalo —añade ella mucho más tranquila—. No lo he dicho por decir, Mario.

—Es algo increíble. No lo llego a asimilar. ¿De verdad quieres comprometerte conmigo?

—De verdad; quiero casarme contigo.

—Es que me has pillado completamente por sorpresa.

—Es lógico.

—Y no es que no quiera. Pero... ¿me comprendes?

—Sí. Ya sé que estoy un poco loca —comenta mientras se pone de pie—. Loca por ti. Y por eso te quiero.

El chico ve el brillo en sus ojos cuando habla. Nunca había creído que pudiera gustarle a una chica. Nunca había imaginado que alguien se enamorara de él. Y nunca habría sospechado que, con dieciséis años, le pidieran matrimonio. Es un extraño sueño.

—Yo también te quiero.

Los rayos del sol entran con más fuerza en la habitación. Diana se acerca hasta la ventana y cierra un poco la persiana, dejando el cuarto en penumbra. Luego camina hasta el cuarto de baño y le sonríe a su chico.

—¿Te gustaría ducharte conmigo?

Y se desabrocha el botón de su *short* vaquero.

Su novio la contempla ensimismado. Es preciosa y muy sexi. Mientras la mira, hasta se le olvida el dolor de sus heridas.

—Sí, me encantaría —responde nervioso—. Espérame.

Diana sonríe y desaparece dentro del baño, dejando la puerta medio abierta. Mario se levanta de la cama y, cojeando, sigue sus pasos; pero, cuando está llegando a la puerta, oye un fuerte golpe en el interior.

—¿Diana? ¿Estás bien? —pregunta alarmado, sin obtener respuesta.

Andando deprisa, todo lo que le permite su tobillo maltrecho, entra en el cuarto de baño. Y entonces contempla estupefacto como Diana yace en el suelo, inconsciente, con los ojos cerrados. No está sangrando pero, al desmayarse, se ha golpeado con fuerza la cabeza.

Capítulo 80

Hace seis semanas, un día de mayo, en un lugar de la ciudad.

—Estoy muy agobiada —indica Diana, cerrando desesperada su cuaderno—. No me entero de nada. Un cero asegurado.

—Tranquila, el examen te saldrá perfecto.

—Lo llevas bien, no te preocupes.

—Además, el profesor de Matemáticas me pone muy nerviosa. Estoy segura de que al final suspenderé. Y, si suspendo este examen, luego suspenderé también el otro, el trimestre y el curso.

Diana se pone una mano en la sien y resopla de forma prolongada. Mario y Paula la observan. Ellos saben el esfuerzo que su amiga está haciendo y todo lo que está trabajando para aprobar primero de bachiller.

—¿Ya no recuerdas lo del trimestre anterior? —le pregunta el chico sonriente.

—Sí, claro que lo recuerdo.

—¿Y qué pasó? Aprobaste.

—Un ocho y medio —recalca Paula.

—Ya. Pero no es lo mismo.

—No. Era más difícil porque no tenías ninguna base y no te lo tomabas en serio.

—Mario tiene razón —comenta su amiga—. Ahora vas

muy preparada. No tienes que tener miedo. Y, si te sirve de consuelo, el profesor de Matemáticas nos pone nerviosos a todos.

A pesar de que ellos tienen razón, Diana continúa sin estar segura de sus posibilidades. Lleva unos días muy despistada. Le cuesta concentrarse en clase y también en casa. El que está delante tiene la culpa. Cuando la mira o le sonríe, se queda embobada. ¿Por qué no le pide salir ya de una vez? ¿No le gusta? Es eso. Seguro que continúa sintiendo algo por Paula.

—Por mucho que me digáis, hasta que no haga el examen y vea la nota, no voy a quedarme tranquila.

—¡Qué tía...! —exclama la otra chica.

—Para ti es muy fácil porque eres más lista que yo.

—No empecemos con eso otra vez, por favor.

—Es que me da rabia que lo veas tan sencillo. Yo no tengo la facilidad que tenéis vosotros para esto.

—Ya sabes lo que pienso. No voy a discutir contigo —insiste Paula.

—Es verdad, Diana. No merece la pena que te pongas así. Cuando sepas lo que has sacado, entonces te enfadas.

La Sugus de limón agacha la cabeza y abre otra vez el cuaderno de Matemáticas. Prefiere no decir nada más. Mario siempre le da la razón a Paula.

—Bueno, chicos, yo me voy, que ya he tenido bastante por hoy —comenta Paula mientras recoge sus cosas—. Mario, ¿te vienes?

—Vete tú. Me quedo un rato más con Diana a repasar.

—Por mí no te quedes, ¿eh? Ya me apaño yo solita. Como decís que lo llevo todo tan perfecto y que aprobaré sin problema y todo eso, te puedes marchar ya si quieres.

El joven mueve la cabeza negativamente. Conoce esos

prontos de Diana. Desde finales de marzo, pasan más tiempo juntos. Se han hecho muy amigos. Incluso uno va a casa del otro a estudiar. Paula continúa rondando en su cabeza, aunque con menos fuerza que antes. No se ha olvidado de ella, pero ya no es su obsesión. Ahora, esta chica tan temperamental también aparece en sus pensamientos. Le gusta, aunque no sabe cuánto.

—¿Te quedas entonces? —pregunta Paula.

—Sí. Me quedo un rato más. Hasta mañana —responde Mario.

—Hasta mañana a los dos.

—Adiós, Paula —se despide también Diana, que ni siquiera la mira cuando sale de la habitación.

Ella. Ella es la que tiene toda la culpa de que Mario no sea su novio. Está segura. Para un chico que le gusta de verdad..., resulta que está enamorado de otra. ¡De una de sus amigas! Alguien inalcanzable: inalcanzable para él e inalcanzable para ella. Porque nunca podrá ser como Paula.

—¿Seguimos con lo que estábamos?

La voz de Mario ha sonado conciliadora. No quiere broncas. A menudo, se enfadan y se gritan como si fueran una pareja. Tienen un carácter muy especial los dos. Pero en esta ocasión da la impresión de que el chico no desea enfrentarse con ella.

—Está bien.

—Dime, ¿qué es lo que no te sale?

—Nada. No me sale nada.

—A ver...

Mario coge su cuaderno y se sienta junto a ella. Esto la pone nerviosa, tanto que, al comenzar a escribir, aprieta demasiado fuerte la punta de su lápiz y la rompe.

—¡Mierda!

—Toma el mío.

Al dárselo, la mano del chico roza con la suya. Más nervios, más tensión.

—Es que ya no hacen los lápices como los de antes.

—No, ahora son mejores —comenta Mario sonriendo—. Venga, concéntrate.

¡Cómo va a concentrarse con él tan cerca! Por muchas veces que se sienten juntos, por muchas veces que estudien uno al lado del otro y por muchas veces que compartan momentos como aquel, nunca podrá acostumbrarse. ¡Le gusta y la pone nerviosa que se acerque tanto!

—¡Qué fácil es decirlo...!

—Y hacerlo. Pon un poco de tu parte. Concéntrate.

—No puedo.

—¡Claro que puedes...!

—Créeme, no puedo.

—Pero si no te concentras, ¿cómo vas a resolver el ejercicio?

La chica cierra el cuaderno nuevamente y se levanta.

—¿Por qué no hablamos de otra cosa?

—¿De qué?

—No sé. De cine, de música, de deportes... —dice muy deprisa—. Bueno, de eso no, que no entiendo nada y me parece que a ti tampoco te gusta mucho.

Mario también se pone de pie y la agarra de los brazos. La mira a los ojos y sonríe. Diana se sonroja. Se hace tirabuzones en el pelo, enrollándolo y desenrollándolo constantemente.

—Entiendo que estés nerviosa.

—¿Sí? ¿Lo entiendes?

—Claro, es un examen muy importante.

—Un examen importante. Ya.

—Y eso hace que aumente la sensación de miedo al fracaso.

Pero ¿qué le está contando? ¿Cómo ese estúpido no se da cuenta de que está loca por él desde hace más de un mes?

—Me parece que no es eso...

—Sí, sí lo es. Sucede a menudo. Crees que puedes fallar, que todo va a salir mal, y te entra una cosa por el cuerpo muy difícil de controlar. Es miedo.

Las manos del chico sueltan sus brazos. Pero sus ojos siguen fijos en los de ella. ¿A que se derrite?

—No es miedo.

Silencio. Miradas.

—Diana... —dice muy serio.

—¿Qué pasa?

—No pasa nada por reconocer que uno le tiene miedo a algo.

—Pero es que no...

—Es normal tenerlo. De verdad. A mí me pasa también. Además, estamos en mayo. Nos estamos jugando el curso. Y los exámenes de Matemáticas...

Entonces, sin dejar que pronuncie ni una sola palabra más, Diana se lanza sobre él y le da un beso en la boca. Son solo un par de segundos, pero a los dos les parece una eternidad.

El chico se queda inmóvil mientras ella se peina con las manos y se sienta en la cama donde ha arrojado antes el cuaderno. Lo abre y lo coloca sobre su regazo.

—¿Ves como no tenía miedo al examen?

—Ya.

—¡Vaya por Dios! Ahora estoy más nerviosa.

—Y me has puesto nervioso a mí.

—Lo siento.

—No te preocupes.

—Tengo calor. ¿Tú no?

—Un poco... Mucho.

La sorpresa dibujada en el rostro de Mario no se borra. Aquel beso improvisado lo ha descolocado tanto que no sabe cómo reaccionar. Diana, por su parte, no para de pasar páginas de su cuaderno a toda velocidad.

—¡Madre mía, el examen!

—Es un examen importante —responde Mario, sin saber muy bien lo que está diciendo.

—Mucho, y no se me da bien la estadística.

—Lo harás bien.

—Esto que estamos dando ahora es más difícil que lo del segundo trimestre.

—Sí, un poco más difícil.

—Pero saldrá bien, ¿verdad, Mario? ¿Verdad que saldrá bien?

—Claro.

Los dos en ese momento tienen la misma sonrisa tonta en el rostro y están igual de desconcertados. Miran sin mirar sus apuntes y permanecen unos minutos en silencio.

La puerta de la casa se abre, seguida de un grito. Es la madre de Diana, que acaba de regresar del trabajo.

—¡Ya estoy aquí! —grita desde abajo.

La voz de Débora espabila a la pareja. Mario se incorpora y comienza a recoger sus cosas.

—Es mejor que me vaya ya. Se ha hecho tarde.

—Vale.

—Lo llevas bien. No te preocupes.

—No sé. Es un examen complicado.

—Estás preparada.

—Eso espero.

El chico se cuelga la mochila en la espalda y abre la puerta de la habitación.

—Adiós. Mañana nos vemos.

—Adiós.

Y cierra la puerta. Pero, para sorpresa de Diana, Mario sigue dentro de su dormitorio.

—¿Por qué me has besado? —le pregunta.

—Me apetecía mucho hacerlo.

—¿Para que me callara?

Aquello la hace reír y apacigua un poco sus nervios.

—Algo así. Aunque en realidad te he besado porque me gustas.

—¿Te gusto?

«Es cierto lo que dicen de los tíos —piensa Diana—. No tienen ese instinto que sí poseen las chicas para detectar quién está por ellas».

—Sí. Me gustas.

—Mmm... No sé qué decir —responde Mario.

—Di que te gusto yo, y todos contentos.

Y Diana suelta una carcajada nerviosa. En cambio, Mario solo sonríe tímidamente. La chica se da cuenta y deja de reír. Algo falla.

—Verás, no es que no me gustes. Me gustas. Eres muy guapa y me lo paso muy bien contigo.

—Pero...

—Pues es que estoy algo confuso y sorprendido.

—¿No te ha gustado mi beso?

—Sí, claro que sí.

—¿Entonces?

Mario suspira y duda si contárselo. Finalmente, se decide a hacerlo.

—Es que es el primer beso que me dan. El segundo, contando uno que di yo.

Y lo recuerda perfectamente. Fue el que le robó a Paula el día antes de su cumpleaños, aquel que desencadenó el enfado con su amiga.

—Y no te parece bien que yo haya sido la protagonista...

—No es eso —añade él un poco avergonzado—. Pero esperaba que mi siguiente beso fuera por amor.

—Por amor... —repite Diana, algo arrepentida por su acción.

—Sí.

Definitivamente, ha metido la pata. Besarle ha sido un error.

—Lo siento, Mario. No volverá a pasar.

El chico la contempla. Se ha puesto muy triste. Lo percibe sobre todo en sus ojos, que brillan. Y, llevado por un impulso inexplicable que no sabe de dónde sale, se aproxima hasta ella con las piernas temblorosas, la sujeta por detrás de la cabeza y le devuelve el beso. Este dura más de un par de segundos. Y más de diez. Y hubiera sido más largo si la madre de Diana no hubiera abierto la puerta de la habitación. No los ha pillado in fraganti por muy poco.

—Eh... Hola, mamá. ¿Te acuerdas de Mario?

Capítulo 81

Un día de finales de junio, en un lugar de la ciudad.

—¿Van a querer algo de postre?

Tienen delante al mismo camarero que los ha atendido durante toda la comida. Es un tipo flaco, con algo de acné juvenil y media perilla. También él ha mirado alguna que otra vez a Sandra de manera sugerente. O eso le ha parecido a Ángel, que ya ve fantasmas y *voyeurs* por todas partes.

—No, muchas gracias. La cuenta, por favor —responde el periodista en tono poco amistoso.

—¡Hey! ¡Espera! Yo sí que quiero postre —le contradice Sandra.

—¿Quieres postre? ¿Después de todo lo que has comido?

—¡Ay, déjame! Un día es un día —dice mientras examina la carta de nuevo—. Quiero... tarta de chocolate.

El camarero le sonríe y apunta el pedido de la chica en su pequeña libreta.

—¿Usted no quiere nada, señor?

—No —contesta Ángel muy seco—. Pero traiga dos cucharas.

Sandra lo observa arqueando una ceja, al tiempo que el camarero se aleja.

—¿Dos cucharas? No pretenderás comer de mi tarta, ¿verdad?

—Por supuesto. No te la vas a tomar entera tú sola. No quiero que acabes con una indigestión.

—Pues no estoy de acuerdo —protesta ella, cruzándose de brazos—. La he pedido para mí.

Hace morritos como si fuera una niña pequeña. De nuevo, esa pose, ese comportamiento tierno, infantil, que solo él conoce y que los del periódico matarían por ver. Le apetece darle un beso pero, como ella dice, están en periodo de pruebas. Solo es su «presunta novia». Y ya se besaron en la zapatería. Cupo agotado.

—No te quejes tanto, que la comida la pagaré yo.

—Es verdad —comenta Sandra, y vuelve a sonreír—. Ya no me acordaba.

—Pues a mí no se me ha olvidado ni un segundo.

—Prometo que te compensaré.

El camarero regresa con dos cucharas y las coloca sobre la mesa. Antes de irse, vuelve a mirar el escote de Sandra.

—¿Te has fijado? —le pregunta Ángel cuando se ha marchado.

—¿En qué?

—No me puedo creer que tampoco te hayas dado cuenta de que el camarero, cada vez que viene, te mira el escote.

—Ah, eso. Es normal.

—¿Normal?

—Sí, muy normal. Nos pasa a todas.

¿Cómo que es normal y que les pasa a todas? Ángel no comprende como puede decir eso tan tranquila, sin ofenderse.

—Yo no veo normal que un tío se quede mirándote las tetas y a ti te parezca bien.

—No me parece bien. Pero ¿qué hago? ¿Me enfado cada vez que alguien lo hace? Es mejor pasar un poco de todo.

—Nos acostumbramos y damos por buenas cosas que no deberían ser de la manera en que se producen.

—Lo sé. Y a veces fastidia. Aunque alguien también me podría decir que, si no me parece bien que me miren... ahí, que no me ponga escote —añade con una sonrisa.

—Si te mira otra vez, le diré algo.

—No, no vas a decirle nada. No seas como ellos —le pide, cogiendo su mano—. Como tú no hay muchos. Por eso me gustas tanto.

El halago de Sandra y el contacto de su mano tranquilizan al joven. Se siente cómodo a su lado y eso le hace pensar que no está siendo justo con ella. Está llevando aquel asunto de Paula de una forma increíble. Él no lo hubiera soportado si hubiese sido al revés.

El camarero aparece otra vez. Lleva un gran plato con una porción de tarta de chocolate en el centro, cubierta de nata y caramelo y bañada con cacao caliente. Le dan las gracias, aunque, antes de retirarse, los ojos de aquel tipo flaco se detienen un instante en el canalillo de la camiseta blanca de Sandra. La pareja se da cuenta y se mira entre sí. Ángel se muerde los labios para no decir nada y la periodista le guiña un ojo, cómplice.

—A este no le doy ni diez céntimos de propina —sentencia el periodista.

La chica se ríe y le regala un beso en la mejilla.

Cada uno coge su cuchara y examinan el gran trozo de pastel que tienen delante.

—¡Qué buena pinta! —exclama Sandra—. ¿Empiezas tú?

—Hazlo tú, que para eso eres la que lo has pedido.

—Gracias.

Sin embargo, cuando está a punto de introducir la cuchara dentro de la tarta, Ángel le pide que se detenga.

—¡Espera!

—¿Qué pasa?

Al chico otra vez le ha venido algo a la cabeza: el juego del chocolate con churros que le enseñó Paula aquel día de marzo en el que desayunaron juntos. Su exnovia le engañó y le puso perdido de chocolate. ¿Por qué no hacérselo a Sandra con el postre? Sería divertido.

La pareja de tíos que estaba cerca de ellos se ha ido y no hay casi nadie en el restaurante. Así que es un buen momento.

—Vamos a jugar a una cosa.

—¿A qué?

—A ver quién es el que menos mancha al otro con la tarta.

—¿Qué? No te entiendo.

Ángel sonríe pícaro y se lo explica:

—Te cuento. Los dos nos tapamos los ojos y uno le da de comer al otro. El que menos se manche es el que gana.

—Ah, eso es lo que se hace con el chocolate con churros, ¿no?

—Sí, eso —contesta sorprendido. Por lo que se ve, todo el mundo conocía ese juego menos él.

—He jugado de pequeña en algún cumpleaños.

—¿Quieres que juguemos?

—Vale. Pero sin trampas, ¿eh?

—Claro, ya me conoces. No me gustan las trampas —afirma muy serio Ángel.

El joven periodista se levanta de la silla y se sienta enfrente, en el sofá donde antes estaba Sandra.

—¿Con qué nos tapamos los ojos? ¿Con las servilletas?

—Sí —responde él, que comprueba si aquellas servilletas sirven. Se prueba la suya y sí, vale para el juego.

—¿Me dejas que empiece yo? —pregunta Sandra, extendiendo y doblando su servilleta para cubrirse los ojos.

—¿Tú me das de comer primero?

—Sí.

—Vale.

Es justo lo que él quería. Ahora se dejará manchar un poco por ella y luego hará como que no encuentra su boca con la cuchara y extenderá todo el chocolate y la nata por su cara. Todo ello sin taparse los ojos con la servilleta, claro.

Sandra ya está preparada.

—¿Te has puesto ya la servilleta? —le pregunta a Ángel.

—Espera.

El chico le pasa la mano por delante para asegurarse de que no ve nada y se ríe en silencio.

—¿Ya?

—¡Sí! Tengo los ojos tapados —miente él—. Cuando quieras.

Sandra busca con su cuchara la tarta y la encuentra rápidamente. Ángel la observa sonriendo, pero debe aguantarse la carcajada para que no sospeche nada. Sin embargo, su sonrisa desaparece cuando la chica coge un gran trozo de tarta de chocolate con muchísima nata por encima. No puede decir nada porque se supone que él no está viendo lo que ella está haciendo.

—Ya tengo la cuchara llena. ¡Abre la boca, que voy! —exclama Sandra.

—Va... vale —tartamudea al contemplar lo que se le viene encima.

Antes de que la joven extienda del todo su brazo para llegar hasta el rostro de Ángel, se quita con la otra mano la servilleta de los ojos y lo mira con una enorme sonrisa.

—¡Ja! ¡Te pillé! —grita—. Sabía que me estabas haciendo trampas.

Y, como si de una catapulta se tratase, Sandra arroja

toda la nata y el chocolate de su cuchara sobre la cara de Ángel, que, aterrorizado, no consigue esquivarlos.

—Pero... ¡¿qué has hecho?!

El inmenso trozo de tarta de chocolate le ha caído en una de sus mejillas. La nata le ha salpicado por todas partes, incluido el pelo y la ropa.

—¿Creías que iba a ser tan fácil engañarme?

—Me has puesto... perdido.

—Tú te lo has buscado.

A Ángel no le salen las palabras. ¿Llora o se ríe? Opta por lo segundo. Mientras, Sandra se sienta a su lado y le ayuda a limpiarse con la servilleta.

—Tienes razón, yo me lo he buscado. Aunque te has pasado un poco, ¿no?

Suspira resignado. A partir de ahora, de una cosa está seguro: nunca más volverá a jugar con nadie a nada que tenga que ver con el chocolate.

Capítulo 82

Ese día de finales de junio, en un lugar apartado de la ciudad.

La sangre cae al césped, gota a gota, ante la mirada de Paula y de Cris, que no imaginaban que Alan pudiera hacer una cosa así. ¡Se ha rebanado la yema del dedo corazón con un cuchillo para demostrar sus sentimientos! No ha calculado bien y se ha hecho una herida bastante profunda.

—¡Estás fatal de la cabeza! —exclama Paula, que busca algo para evitar que siga sangrando.

Encima de la mesa hay una servilleta. La alcanza y se la da al francés. Este la coge y la arroja al suelo.

—No la quiero.

—¿Qué?

—Que no quiero la servilleta.

—No entiendo a qué juegas.

—No juego a nada. Simplemente, y por una vez, me dejo llevar por el corazón.

El dedo de Alan continúa sangrando, aunque el chico no se muestra preocupado ni parece que vaya a hacer algo para cortar la hemorragia.

—¿Quieres curarte eso, por favor?

—Paula tiene razón —interviene Cris, que no comprende nada de lo que está sucediendo—. Si no te echas algo, se te infectará.

—No voy a hacer nada.

—¡Tú no estás bien! ¿Cómo quieres que salga contigo si haces cosas como esta? Además, yo me mareo con la sangre.

El joven está muy serio. No va a ceder.

—Es una muestra de amor.

—¡Una muestra de leches! Haz el favor de ir a por el botiquín y curarte esa herida —insiste Paula, que comienza a sentirse realmente nerviosa y un poco mareada.

—¿Me darás una oportunidad si lo hago?

La chica no se toma nada bien aquella pregunta y protesta.

—¡No! Ese es otro tema distinto.

—Tú misma.

—¿Me estás haciendo chantaje?

—No. Pero quiero que sepas que lo que siento por ti es de verdad.

—Cortándote un dedo no me demuestras nada. Solo que estás loco.

—En la leyenda, la sangre del chico curó a su prometida del sueño eterno. ¿No te parece eso bonito y romántico?

—¡Joder! ¡Es una leyenda!

—Pero es muy romántico. Y demuestra que se querían.

Cris escucha nerviosa la conversación entre sus amigos. Sus ojos no se despegan de la mano de Alan, que ya tiene el dedo corazón cubierto completamente de sangre.

—Es-u-na-le-yen-da —responde la joven separando al hablar cada una de las sílabas—. Una historia inventada por alguna persona... Por favor, cúrate ya el dedo, que se me está bajando la tensión de verte sangrar.

Aquella demostración de amor, como Alan la ha llamado, parece que no ha dado resultado. El chico se agacha con rabia, coge la servilleta del césped y se cubre con ella el dedo dañado.

—¿Contenta?

—No. Ve ahora mismo a lavarte la herida, a echarte agua oxigenada y a ponerte una tirita.

El francés mira a Cris, que asiente con la cabeza a las palabras de su amiga.

—Si ni siquiera te vale que haga esto por ti para que me des una oportunidad...

—Ya hablaremos de eso luego. Ahora, entra en la casa y cúrate el dedo.

Alan se marcha, caminando cabizbajo. No ha logrado lo que pretendía. Conseguir que las chicas se acuesten con él nunca le ha resultado difícil. En cambio, enamorar a la que quiere de verdad es una misión imposible.

Cris y Paula observan como Alan se aleja hacia la casa, pero no es al único que ven. Por la puerta sale Mario cojeando. En sus brazos lleva a Diana.

—¡Ayudadme! ¡Se ha caído y no se despierta! —grita desesperado, con lágrimas en los ojos.

El francés es el primero en llegar hasta ellos. Las otras dos chicas también corren hacia su amigo.

—¿Qué ha pasado? —pregunta Alan, cogiendo él a Diana y tumbándola en una de las hamacas del jardín.

—¡Se ha desmayado en el cuarto de baño y creo que se ha golpeado en la cabeza!

El chico intenta tomarle el pulso en su muñeca. Lo encuentra. Es débil. Le da una palmadita en la cara, para ver si despierta, pero no tiene éxito. Insiste, pero Diana sigue sin reaccionar.

Paula y Cris también llegan al lado de sus amigos. Están muy asustadas y respiran agitadas y muy nerviosas.

—¡Hay que llamar a una ambulancia! —grita Paula antes de agacharse junto a su amiga.

—¡No hay tiempo! Tenemos que llevarla nosotros al hospital. Está inconsciente.

—¡Dios! —exclama Cris.

—¿A qué distancia está el más cercano? —pregunta Mario, que tiene los ojos rebosantes de lágrimas.

—A unos quince o veinte minutos de aquí. Voy por las llaves del coche.

Alan corre dentro de la casa y reaparece enseguida. Se pone una camiseta, le da las llaves a Paula y coge de nuevo a Diana en sus brazos. Cristina también se ha vestido. Sin perder ni un segundo, los cuatro se dirigen hacia el garaje. Mario va el último, haciendo un gran esfuerzo por ir lo más deprisa posible. Ha sufrido lo indecible para bajar a su novia desde la primera planta por la escalera. Pensaba que no llegaría, que los dos terminarían en el suelo. Pero, sacando fuerzas de cada rincón de su maltrecho cuerpo, ha logrado llegar hasta el jardín.

Entran en el garaje. Alan ha elegido el todoterreno, donde caben los cinco.

—¡Abre las puertas! ¡El botón azul! —le grita el francés a Paula, que sigue impresionada por la imagen de Diana inerte en los brazos del muchacho.

La chica obedece y pulsa el botoncito que Alan le ha indicado.

—Hay que tener mucho cuidado al meterla en el coche —dice Mario.

—Sí, sobre todo con la cabeza —comenta el otro chico.

Cris abre una de las puertas de atrás y Paula la otra. Mario, por su parte, entra en el vehículo y se sienta en el medio de la parte trasera. Con gran precaución, entre los cuatro consiguen introducir a Diana en el interior del coche.

—¿Estamos todos? —pregunta Alan poniendo en marcha el todoterreno.

—¡Sí! —gritan Mario y Cris al unísono.

Ellos dos son los que viajan en la parte de atrás sujetando a Diana, que está tumbada sobre ellos. Su novio le agarra la cabeza. Paula va en el asiento del copiloto. El coche arranca y sale del garaje.

—¡Agarraos fuerte! —exclama Alan cuando el coche abandona la casa.

Y, a toda velocidad, el cuatro por cuatro avanza por la carretera. El cuentakilómetros va subiendo. Cien. Ciento veinte. Ciento treinta. Ciento cincuenta.

—¡No vayas tan deprisa! ¡A ver si vamos a tener un accidente!

Alan mira a su amiga y sonríe. Luego le entrega el pañuelo con el que tapa la herida que se ha hecho con el cuchillo.

—Sácalo por la ventana. Eso avisará al resto de los coches de que llevamos a un herido.

Paula lo toma con cuidado para no mancharse de sangre. Abre un poco la ventanilla y saca el pañuelo por ella.

El vehículo ya circula a ciento ochenta kilómetros por hora.

—Mario, ¿qué es lo que ha pasado? —le pregunta Cris, observando muy preocupada a Diana.

Pero el chico no la escucha. Está inmerso en su propia pesadilla. Siente miedo, muchísimo miedo, de que Diana no se despierte, de no volver a escuchar su voz nunca más. En cierta manera, él también está inconsciente. Si le pasa algo grave, nunca se lo perdonaría. Sabía lo de la comida. Y sabía lo de sus mareos, sus vómitos... Debería haber estado más atento, haberle insistido en que comiera, en que recuperara fuerzas. Tenía que haberla ayudado a afrontar el problema y haberla animado. Pero hizo muy poco por ella, y las consecuencias han sido fatales.

—¿Dónde estoy?

La voz que suena es muy débil, casi inaudible. Pero todos, menos Alan, que conduce el todoterreno a toda velocidad, miran sorprendidos el rostro de Diana. Tiene abiertos los ojos.

—¡Diana! ¡Estás despierta! —grita eufórica Cristina.

Sin embargo, el que más emocionado está es Mario, que sonríe y rompe a llorar al mismo tiempo. Se inclina sobre ella y le da un beso en la frente.

—Me duele mucho... la cabeza.

—Es normal, te has dado un golpe. ¿No lo recuerdas? —le pregunta Paula, volviéndose.

Pero la chica no responde. Gime y cierra otra vez los ojos.

—¡Diana, no te duermas! —dice Mario, que reacciona dándole una palmada en la cara—. ¡No te duermas!

La chica continúa sin contestar.

—¡No dejes que se duerma otra vez! —insiste Alan—. Ya casi hemos llegado.

Cris también estira su brazo y la sacude por los hombros.

—¡Diana! ¡Diana! ¡Venga, no te duermas, que ya estamos!

—¡No te duermas!

—¡Despierta, cariño, por favor!

La tensión dentro del todoterreno es máxima. El griterío es continuo. La chica vuelve a abrir los ojos y los cierra varios segundos más tarde. Mario, Cris y Paula continúan el resto del camino hasta el hospital intentando mantenerla despierta. Mientras, Diana sigue abriendo y cerrando los ojos todo el tiempo, pero no dice ni una palabra más.

El coche se detiene en la entrada del hospital. Alan baja la ventanilla y habla con el conserje de la puerta para que le deje pasar. Este da su permiso, mientras emite una orden por un *walkie-talkie.* Ya ha informado para que preparen un equipo. Acaba de llegar un paciente en estado grave.

Capítulo 83

Ese día de finales de junio, en un lugar de la ciudad.

Dentro del coche suena *Per sempre*, un tema de la banda italiana Finley. Sandra lo tararea y da toquecitos en el volante al ritmo de la canción. Ángel la observa en silencio. Aquel nuevo corte de pelo que se ha hecho a lo Cleopatra le queda genial. Está preciosa. Aunque ella siempre lo ha sido. Lo piensa desde que la vio por primera vez en el despacho del director del periódico, su padre. En ese instante, no podía imaginar que la que iba a ser su jefa, la temida Sandra Mirasierra, se convertiría poco después en su novia.

Su relación no ha sido sencilla en las semanas que llevan juntos. Se han tenido que ocultar del resto de la redacción para no despertar celos, especulaciones y rumores. Además, a don Anselmo no le haría demasiada gracia descubrir que su hija está liada con uno de sus empleados, a pesar del cariño que le ha cogido. Sabe lo que piensa de mezclar el trabajo con el placer.

—¿Te gusta esta canción? —le pregunta ella sin perder de vista el coche que tiene delante.

—Sí. Pero de Finley la que más me gusta es *Sole di settembre*.

Sandra sonríe y pulsa el botón del equipo de música

para avanzar hasta el tema que Ángel ha nombrado. *Play*. Comienza a sonar la canción. Los dos se agitan en sus asientos, moviendo sus cabezas adelante y atrás.

La chica comienza a cantar en un perfecto italiano.

—¿Dónde aprendiste?

—¡Pero si canto fatal!

—A cantar no, tonta. El italiano. Lo pronuncias fenomenal.

La periodista se encoge de hombros.

—Es un idioma muy sencillo.

—Sí, pero yo te he oído otras veces hablarlo muy fluido. Y, que yo sepa, en Italia solo has estado de vacaciones.

—Ya.

—Y en la universidad..., no creo. Yo, al menos, no lo di en la carrera.

—No, no lo estudié en la facultad.

Su sonrisa la delata. Ángel empieza a sospechar cómo aprendió Sandra el idioma.

—No me digas que saliste con un italiano.

—Vale, pues no te lo digo.

Gira a la derecha y llegan a la calle en la que vive Ángel.

—¿Fue algo serio?

—Tú me has dicho que no te dijera nada y lo estoy cumpliendo.

—Era una forma de hablar.

La chica encuentra un aparcamiento y pone los intermitentes para avisar al resto de los coches de que va a estacionar ahí.

—¿De verdad te interesa?

—No demasiado.

—Pues no te lo cuento —señala mientras mira por el espejo retrovisor para comprobar que no viene nadie y que puede maniobrar con comodidad.

—Cómo te haces de rogar, ¿eh? Venga, cuéntamelo, que sí que lo quiero saber.

Sandra permanece un instante en silencio. Está pendiente de no tocar a los coches de al lado. Da marcha atrás, muy despacio, y aparca.

—Fue en el instituto —comienza a decir, con el vehículo ya parado—. Lo conocí cuando tenía catorce años y salí con él a los diecisiete. Tres meses. Luego me engañó con otra y lo dejamos.

Ángel se sorprende. No sabía nada de ese misterioso italiano.

—¿Y en tres meses aprendiste tan bien el idioma?

—No. Empecé a estudiarlo por mi cuenta cuando lo conocí.

—¿Por él?

—Sí —responde muy segura—. Las cosas que se hacen por amor, ¿eh?

—¿Y qué te decía tu padre?

—Él no sabía nada de Marco. Estaba encantado con que quisiera aprender un idioma.

No está muy seguro del motivo, pero Ángel siente rabia por dentro. ¿Celos del italiano?

—Es sorprendente que hicieras eso solo para ligar con él.

—No era para ligar —replica ella—. Me gustaba mucho. Estaba pilladísima. Solo era una adolescente e imaginaba que, si conseguía hablar con él en italiano, yo le gustaría más.

—Bueno, al final lo lograste. Fuisteis novios.

—Bah. Él no me quería. Solo buscaba sexo. Le ponía que le hablara en su idioma mientras lo hacíamos.

Definitivamente, tiene celos. Unos celos enormes de aquel tipo. ¡Y encima se acostaba con ella!

—¡Qué capullo!

—Sí. Y yo, más, por permitírselo. Pero es que estaba tan bueno...

—¡Oye...!

—¡Es verdad! Tenía unos ojos, una boca... ¡Y unos hombros...!

Tanto piropo está empezando a molestar a Ángel, que ya no quiere oír más de aquel *espagueti.*

—Bueno, me voy a casa, que se hace tarde.

—Mmm... Otra vez —comenta Sandra, mirándole directamente a los ojos.

—Otra vez, ¿qué?

—Que estás celoso. Te has puesto celoso de Marco.

—No es verdad —la contradice mientras abre la puerta del coche para bajarse—. Bueno, sí es verdad. ¡Estoy celoso!

Su confesión hace reír a la chica. No puede negar que aquellas reacciones de Ángel la hacen feliz. Muy feliz. Pensaba que lo tenía todo perdido con Paula, que, después de que ella apareciera, su novio la dejaría. Era lo lógico si aún estaba enamorado de ella. Sin embargo, aquella mañana con él ha sido genial y le ha devuelto la esperanza. Lo siente cerca otra vez. Nada que ver con lo que había pasado en los dos últimos días. Ahora sus posibilidades de continuar con él, al menos, están al cincuenta por ciento.

Pero debe confesarle algo.

—¿Te puedo decir una cosa sin que te enfades? —pregunta Sandra.

—Mmm... Depende de lo que me digas.

—Promete que no te enfadarás. Si no, no te lo cuento.

Está desconcertado. ¿Qué le tiene que contar?

—Vale. Lo prometo.

—Es mentira —suelta Sandra mientras suena otra de los Finley, *Tutto è possibile.*

—¿El qué es mentira? —pregunta el chico, extrañado.

—Lo del novio italiano.

Ángel no comprende nada. Cierra la puerta del coche y escucha lo que Sandra tiene que aclararle.

—¿Me lo puedes explicar, por favor?

—No te enfades. Simplemente quería ver cómo reaccionabas —le pide la periodista—. No existió ningún novio italiano. Me lo he inventado todo sobre la marcha.

—No me lo puedo creer. ¿Por qué has hecho eso?

—Ya te lo he dicho: quería ver cómo reaccionabas. Es mi venganza por lo de la tarta. Te debía una.

—¡Pero si el que se ha puesto perdido de chocolate y nata he sido yo!

—¿Y qué? Tú fuiste el que quiso hacerme trampas. ¿No te acuerdas?

Vendetta! Todo ha resultado ser una broma de Sandra.

—¿Cuál es la verdad entonces?

—Pues... De pequeña fui a un colegio bilingüe. Y hablaba italiano casi todo el tiempo con los otros niños, que eran la mayoría de padre o madre italianos.

—Un colegio bilingüe...

—Sí.

Ángel se pasa una mano por el pelo. Es extraño sentirlo de punta, acostumbrado a su cabello totalmente liso.

—¿Y la historia del novio es completamente falsa?

—Sí. Hubo cosillas en el instituto, como tiene cualquier jovencita de esa edad. Pero nunca aprendería un idioma por un tío.

—¿Qué hago contigo?

—He sido mala. ¿Me vas a castigar? —bromea.

Ángel la mira muy serio.

—No voy a castigarte.

—Pues, entonces, puedes darme un beso.

Sandra lo mira con los ojos muy abiertos y las mejillas

calientes. Nerviosa. Insegura. Como cuando tenía trece años y le dieron su primer beso.

—¿Crees que es lo mejor? Solo sigues siendo mi presunta novia.

—Antes te di un tartazo, ahora te he mentido y te he puesto a prueba. Te mereces un beso, ¿no?

—Pues dámelo.

La chica se inclina sobre él y busca sus labios.

Cierran los ojos y se besan.

Un beso de película, de esos que le da el chico a la chica antes de dejarla en casa. En aquel caso, con los papeles cambiados.

—Me voy. Luego te llamo —dice Ángel cuando se separan.

—Vale.

—Adiós.

—Adiós.

El chico abre la puerta y se baja del coche. No mira hacia atrás. No lo necesita. Sabe lo que ella siente. Lo sabe perfectamente. Porque él siente exactamente lo mismo.

Capítulo 84

Ese día de finales de junio, en un hospital cercano a la ciudad.

Paredes blanquísimas. Olor a limpio. La mujer de la limpieza ha pasado dos veces en los últimos quince minutos. Y gente, muchísima gente que, nerviosa, cargada de incertidumbre, espera una respuesta, un pronóstico.

La sala de espera del hospital está repleta. Unos entran desesperados y se marchan rebosantes de promesas e ilusiones. Otros no tienen tanta suerte.

Ha pasado ya más de una hora desde que los chicos llegaron. La madre de Diana también está allí. Paula la llamó. Alguien lo tenía que hacer cuanto antes. Fue muy complicado contarle lo que había pasado, aunque trató de no ponerla nerviosa y explicarle que su hija estaba bien. En realidad, no lo sabía. Los médicos todavía no habían dicho nada. La mujer, al enterarse, se dirigió con su actual pareja hasta aquel lugar lo más rápido posible. Después de hablar con los chicos, preguntó a varios doctores, pero a ella tampoco la podían informar aún del estado de Diana. Solo le han comentado que está consciente y que debe esperar.

Mario es el más afectado de todos. No deja de resoplar, triste, cabizbajo. Apenas ha dicho nada. Solo cuando Débora le preguntó, le contó por encima la historia. Se saltó el detalle de que el desmayo se produjo cuando se iban a duchar juntos o que todo ocurrió después de que su hija le pidiera que se casaran. No es el momento de dar explicaciones de la relación tan intensa que comparten. Tampoco le ha contado nada de los mareos de la chica y de sus problemas con la comida. De eso, posiblemente, la pondrán al corriente los médicos cuando hablen con ella.

Paula se levanta de la silla en la que lleva un buen rato sentada y se acerca hasta la de Mario. Se agacha delante de él y le coge las manos.

—Tranquilo. Se pondrá bien —le asegura con una gran sonrisa.

—No sé. Eso espero.

La chica se incorpora de nuevo y le da una palmada en la rodilla.

—Vamos a comer algo a la cafetería, anda.

—No tengo hambre.

—Bueno, pues me acompañas a mí.

Y, tirando de él, consigue que se ponga de pie, a pesar de sus quejas. Paula avisa al resto de que van a la cafetería y se alejan por el pasillo hasta el ascensor.

Sabe que su amigo lo está pasando mal y, aunque ella también se siente como él, tiene que hacer algo para ayudarle. Casi no ha hablado desde que llegaron al hospital. Quizá ella logre que se desahogue.

—Creo que hay que darle al menos uno —apunta la Sugus de piña, ya dentro del ascensor.

Mario pulsa el botón y bajan.

Están solos. El chico mira hacia una de las paredes. Paula lo observa. Siente muchísima pena por él. El pobre está pasando un fin de semana de subidas y bajadas tan grandes que es imposible que lo digiera todo. En menos de tres días ha perdido la virginidad, ha cortado y ha vuelto con su novia, se perdió en la sierra... y se ha enterado del problema de Diana.

—¿Quieres hablar? —le pregunta tímidamente.

—¿Hablar de qué?

—De todo.

La puerta del ascensor se abre. Se encuentran la cafetería nada más salir, enfrente. La pareja camina hasta allí y se sienta en una mesa cercana a la barra.

Una camarera con grandes ojeras y unos cuantos kilos de más enseguida se aproxima a ellos y les pregunta por lo que van a tomar. Paula ojea rápidamente la pequeña carta que tiene delante y pide un sándwich vegetal y una botella de agua. Mario no quiere nada.

—Qué rapidez. Ya quisieran la mayoría de los restaurantes...

—Sí.

El muchacho apoya una mano en su barbilla y se inclina hacia delante.

—Venga, hombre..., ¡anímate! —exclama Paula, y le da un golpecito en su brazo.

—No tengo motivos para estar animado.

—¿Crees que a ella le gustaría verte así?

—A ella le gustaría estar bien.

—Claro. Y a todos. Pero ya verás como, dentro de nada, la tienes contigo protestando por algo que has hecho. Como siempre.

Sus ojos comienzan a ponerse rojos. Son muchos los recuerdos que le vienen a la mente, recuerdos de todo tipo, pero cada uno de ellos lleno de emotividad.

—Está mal, Paula —susurra.

—No lo sabes. Hay que ser positivos.

—Se ha golpeado la cabeza.

—Sí, pero está consciente. Seguro que no es nada. —Paula no quiere perder su optimismo.

—Los golpes en la cabeza son los más peligrosos. Pueden dejar secuelas.

—¡No seas catastrofista, hombre! Diana estará como siempre en cuanto se recupere.

La camarera regresa a la mesa con la botella de agua y el sándwich vegetal de Paula. No tiene muy buena pinta y solo parece que lleve lechuga, tomate y mayonesa.

—Creo que se me ha quitado el hambre —confiesa la chica.

—Pues ya somos dos.

—¿No quieres un poco? —le pregunta al tiempo que examina detenidamente el interior del sándwich.

—No, gracias.

—Por lo menos estamos en un hospital. Si me pasa algo, me tratarán rápidamente.

Pero la broma no le hace gracia a Mario, que no sonríe. Paula opta entonces por no decir nada más. Tal vez se ha equivocado y lo que más le conviene a su amigo es estar un rato en silencio y tranquilo.

Ninguno de los dos habla en los minutos siguientes.

—¿Sabes una cosa? —pregunta Mario, rompiendo por fin el silencio. Y responde él mismo antes de que su amiga conteste—. Diana me pidió que me casase con ella justo antes de desmayarse.

—¿Qué dices?

La expresión de Paula es de total sorpresa. No podía ser de otra manera. ¡Son menores de edad y llevan saliendo poco más de un mes!

—Lo peor es que no le dije que sí.

—A ver..., ¿cómo que te pidió que os casarais?

No lo entiende. ¿Casarse, de «casarse»? ¿Iglesia, vestido blanco de novia y banquete? No puede ser. Debe de haber entendido mal.

—Pues eso. Que me pidió que nos casáramos. Ella decía que me quería y que estaba segura de lo que sentía por mí.

—Pero casaros..., ¿cuándo?

—Dentro de unos años, cuando termináramos la universidad.

—¿Quería que os prometierais ya?

—Sí.

—¡Madre mía! ¡Sí que le ha dado fuerte a Diana por ti! ¡Y eso que ayer lo quería dejar contigo!

Las cosas cambian de un día para otro. Y más con una persona como Diana, tan impulsiva e impredecible. El chico suspira. Se siente culpable. ¿Por qué no le dijo que sí? ¡Si también la quiere! Cada minuto que pasa se da cuenta de que cada vez la quiere más. La echa muchísimo de menos. Recuerda una frase de un evento que un día le pasaron vía Tuenti: «Si yo mañana no estuviera, ¿qué me dirías ahora?». La respuesta es tan clara como triste: le diría que la ama y que desea pasar el resto de su vida junto a ella.

Su sensación de desánimo crece y tiene muchas ganas de echarse a llorar. Paula se da cuenta, pero teme que cualquier cosa que le diga le afecte más. Es una situación comprometida para ella, que también se siente muy agobiada por todas las circunstancias que la están abrumando.

—Nunca sabes lo que tienes hasta que lo pierdes —murmura Mario con lágrimas en los ojos.

—¡No seas tonto! —le recrimina Paula—. Aquí nadie va a perder a nadie.

—Puede que yo haya perdido mi oportunidad.

—Lo que estás perdiendo es la cabeza, Mario. Deja de lamentarte ya y espera acontecimientos. Diana se pondrá bien y todo volverá a ser como era antes.

—Eso tampoco es del todo bueno. ¿No recuerdas lo

que le pasa con la comida? ¡Por eso se cayó en el cuarto de baño!

—Habrá que ayudarla en todo lo que podamos y estar a su lado para lo que nos necesite.

Es fácil de decir, pero ¿cómo hacerlo? Es tan cabezota que nunca les pedirá ayuda y tampoco permitirá que la ayuden. Ella es así. Y si alguien se inmiscuye en sus problemas, saldrá perjudicado. De todas formas, al menos ahora su madre y los médicos sabrán que algo pasa. Buscarán los motivos por los que se produjo el desmayo y analizarán su estado de salud. Y entonces se enterarán de lo que ellos ya saben: que Diana hace semanas que no come como tendría que hacerlo y que vomita ocasionalmente.

—Dime una cosa: no estoy soñando, ¿verdad?

—Por desgracia, no.

—Pues menuda pesadilla que me está tocando vivir.

—Ya vendrán tiempos mejores.

—¿Cuándo? Siempre hay algo que me impide ser completamente feliz.

—No lo sé. Imagino que nunca se puede ser feliz del todo.

—¿Tú crees?

—Ni idea. Estoy tan liada como tú. Llevo unos meses que ni siquiera sé quién soy ni adónde voy. ¡Mira el color de mi pelo!

Sonríe con tristeza.

Mario la mira a los ojos por primera vez desde que llegaron al hospital. También se le han puesto rojos. Ella tampoco lo está pasando bien. Lo de Diana se ha unido a otros problemas que ya tenía acumulados. Y sin embargo está allí, a su lado, tratando de darle su apoyo, intentando animarle. Eso dice mucho de su amistad: verdadera, sincera. Y desinteresada.

Un timbre, que se oye desde donde Paula y Mario están sentados, anuncia que la puerta del ascensor se ha abierto. En la cafetería entra Cris, acompañada de Alan. Los dos chicos se acercan andando muy deprisa hasta ellos ante la mirada de la camarera, que espera a que se sienten para atenderlos. Sin embargo, se quedan de pie.

—Los médicos están hablando con la madre de Diana —comenta la chica, nerviosa.

—¿Y qué han dicho?

—No lo sabemos. A nosotros no nos han contado nada. Solo están hablando con Débora y con su novio.

Paula y Mario rápidamente se ponen de pie. Ella va a la barra y paga mientras el resto sale de la cafetería y continúa conversando.

—¿No habéis oído nada?

—No.

—¿Ni si está bien?

—Nada de nada.

Entran en el ascensor y esperan a que Paula llegue. Enseguida, la chica aparece y sube junto a ellos.

Los cuatro, incluso Alan, están muy nerviosos y expectantes. ¿Qué es lo que los médicos le estarán diciendo a la madre de Diana?

Capítulo 85

Ese día de finales de junio, en la habitación de un hospital cercano a la ciudad.

En su cerebro no para de sonar el estribillo de *Tocando madera,* de Conchita. Se repite una y otra vez, sin ningún motivo, sin que para Diana signifique nada especial. Simplemente, suena y suena. Constantemente.

¿Mario? ¿Y Mario? ¿Dónde está Mario? ¿No está con ella? No. No parece que se encuentre por allí.

¿Por qué no está junto a ella?

Él no quiere casarse. ¿Por qué? ¿No la ama? ¿Ama a otra? ¿A Paula? No, ya le dijo que no, que Paula solo era una amiga, nada más.

Paula, Paula, Paula. ¿Seguro que no siente nada más por ella? No. Paula es su amiga y Mario no la quiere. La quiere solamente a ella.

Mario. ¡Qué mono! ¡Cuánto la ha ayudado!

«Cállate, Diana. No digas más tonterías o él te dejará por otra. Es más listo que tú y no estás a su altura».

Quiere bailar. Dar vueltas sin parar sobre sí misma, con los brazos abiertos y los tobillos desatados. ¡Quiere gritar! ¡Gritar!

Pero no puede, algo le dice que tiene que estar en silencio. Shhh.

Esas paredes..., ¿de dónde son? No las ha visto nunca. Qué blancas.

«No te duermas, Diana; ya queda poco para llegar al hospital».

¿Un hospital? ¿Para quién? ¿Para ella?

Hoy no ha vomitado. ¿Será por eso?

¿Dónde está?

El profesor de Matemáticas la va a suspender si no estudia más. Debe esforzarse. Mario ha estado ayudándola. No puede fallarle. Pero ¿el curso no ha terminado? Sí, es verdad. Y luce el sol, hace calor. Ya ha llegado el verano, las vacaciones.

¿Por qué Paula es ahora rubia? ¡Ah, sí! Quería cambiar su imagen después de todo lo que pasó con Ángel. Pobrecilla. ¡Pero que no se acerque a Mario! No tendría que estar con él en la piscina haciendo bromas. ¡Mario es su novio!

Mario. ¿Dónde está? Quiere verle. ¿Alguien se lo puede decir? ¿Alguien le puede decir a Mario que necesita verle?

Un búho que ulula. Sí, lo recuerda. Recuerda que Mario se lo dijo. Los búhos ululan. Es que es tan listo... Qué suerte tiene de que sea su novio. Muchísima suerte. ¿Siguen siendo novios? Sí, sí. Lo son.

Le duele la cabeza. ¿Qué ha pasado?

Está muy débil. ¿Por qué? Hoy no ha vomitado. O sí. Joder, no lo sabe. No controla sus impulsos. Se veía gorda al lado de Paula. Tenía que estar perfecta. Como ella. Pero eso es imposible.

Qué débil se encuentra...

¿Aún nadie le ha dicho a Mario que quiere verle? No, porque, si se lo hubieran dicho, estaría allí con ella. Aunque no se quiera casar. Son jóvenes y llevan poco tiempo juntos. Es lógico que no quiera.

Pero quiere verle.

Si abre los ojos, quizá lo vea. ¿Es hora de abrirlos? Sí.

Abre los ojos.

Se sobresalta y da un pequeño salto sobre... ¿una cama? Casi no se puede mover.

Una chica vestida de verde está a su lado. Se da cuenta de que ha abierto los ojos. Se acerca hasta ella y le sonríe.

—Hola, Diana. ¿Cómo te encuentras?

Capítulo 86

Una tarde de finales de junio, en un lugar apartado de la ciudad.

Se levanta de la mesa la primera. Durante la comida no ha dejado de observarlos. Parecían muy contentos. Demasiado contentos. Álex y Katia no se habrán besado cuando ella no estaba, ¿verdad?

Irene empieza a pensar que su plan de comportarse como una chica buena tiene fecha de caducidad. Sí, ya tiene la confianza de su hermanastro. Más o menos. Ha logrado que crea que ha cambiado y que la etapa que ha estado viviendo en la casa del malogrado Agustín Mendizábal, esos dos meses infernales, le ha servido para recapacitar y transformarse en otra persona distinta. Incluso trabajan juntos en el asunto del libro. Pero ¿es ya hora de pasar al contraataque? No lo tenía previsto así. Es pronto. Aunque, si no se da prisa en actuar, la cantante del pelo rosa se va a anticipar. Katia no le cae mal. Hasta le resulta simpática. Sin embargo, es la competencia y como tal debería tratarla. Ya le ha hecho demasiadas concesiones. Hasta aceptó que los tres durmieran anoche en su casa. Era necesario. Una prueba para testar cómo marchaba la relación entre ellos y una muestra más de la Irene buena en la que Álex puede confiar. Y aunque no durmió mucho vigilando por si su hermanastro entraba en la habitación de la cantante o ella le visitaba en el sofá, quedó satisfecha del experimento. Que no intentaran algo durmiendo bajo el mismo techo era señal de que entre los dos aún no había pasado nada importante.

—¿Alguien me ayuda o quito la mesa y friego yo sola? —pregunta taconeando en el suelo.

—Nosotros hemos hecho la comida. A ti te toca quitar la mesa y fregar—responde Álex antes de lanzarle una servilleta a la cara.

La chica está ágil y la detiene con las manos antes de que le dé.

—Yo te ayudo —dice Katia conciliadora.

—¡No! ¡Déjala a ella!

—Pobre... Así terminaremos más rápido.

—Gracias, guapa. Si fuera por este...

Las dos se cargan de platos y vasos y los llevan a la cocina. En tres viajes han conseguido trasladarlo todo. Álex se sienta en el sofá y las contempla con una sonrisa, cruzado de piernas.

—Deja de mirarnos el culo —bromea Irene en el último de los viajes.

—No os estaba mirando el culo.

—¿No? Pues lo parecía. ¿A que sí, Katia?

Esta no dice nada y sonríe. Álex se sonroja, mira hacia otro lado y enciende la televisión.

Las chicas entran de nuevo en la cocina y se dirigen al fregadero.

—¿Yo lavo y tú secas? —propone Irene.

—Vale. Como quieras.

La joven abre el grifo del agua fría y echa detergente en el estropajo. Pone un plato debajo y empieza a frotarlo.

—Os ha salido bien la comida, tengo que reconocerlo.

—¿Sí? ¿Te ha gustado?

—Mucho.

—Me alegro.

Y esboza una gran sonrisa. Es cierto que la ensalada y los escalopines que han preparado estaban riquísimos.

Fregado el plato, Irene lo enjuaga y se lo pasa a Katia. La cantante lo seca con un trapo y lo coloca en el armario.

—Eres muy completa: guapa, lista, con éxito en la vida y, además, se te da bien cocinar.

—Gracias. Me vas a poner colorada. Aunque no es para tanto. Tengo muchísimos defectos.

—¿Como cuáles?

—No te voy a descubrir mis debilidades.

—Haces muy bien. De todas maneras, yo pienso que harías muy buena pareja con mi hermanastro. Os parecéis bastante.

Ahora lo que Irene le entrega a Katia para que lo seque es un vaso. La chica del pelo rosa introduce el paño dentro y lo remueve hasta que desaparecen todas las gotitas de agua.

—No creo que tu hermanastro esté ahora para pensar en ese tipo de cosas —comenta.

—¿No?

—No. Está muy liado con el libro.

—¿Y qué tiene que ver eso? Si dos personas se enamoran, no importa el momento en el que empiecen una relación.

—Pero pasa una cosa: que ni Álex ni yo estamos enamorados —señala Katia con una sonrisa.

Mientras hablan, se observan intermitentemente. Cada una procura mirar cuando la otra no lo hace. Guardan un curioso turno acordado, sin haberlo pactado.

—¿A ti no te gusta?

—¿Eso no me lo preguntaste ayer?

—Sí, pero no respondiste.

Ahora es Katia la que la mira atentamente. ¿Qué pretende con aquella conversación? Su instinto femenino la hace sospechar.

—Tú piensas que me gusta Álex.

—Sí. No solo lo pienso: estoy segura. ¿A que no me equivoco?

—Es probable.

—Se te nota bastante. O yo, por lo menos, lo noto. Somos mujeres, sabemos de qué va esto.

—Tienes razón en eso. Tenemos un sexto sentido para darnos cuenta de esos detalles —admite Katia—. ¿Y a ti? ¿Te gusta?

—¿Es lo que te dice a ti tu sexto sentido?

—Sí. También se te nota.

Irene le da la fuente de cristal en la que han servido la ensalada para que la seque.

—Es mi hermanastro. Aunque me gustara, no podría pasar nada entre nosotros. ¿No crees?

—Ahora eres tú la que no me ha contestado. ¿Te gusta o no?

—Es probable.

Ambas sonríen. Sin darse cuenta, han llegado hasta ese punto y se han desafiado. Han descubierto parte de sus cartas y ahora tendrán que jugarlas de la mejor manera posible. El premio es suculento: Álex.

El propio chico es el que entra en la cocina. No tiene ni idea de lo que acaban de hablar Katia e Irene.

—¿Os falta mucho?

—No —responden las dos al mismo tiempo y se miran entre ellas.

El escritor las observa sorprendido. Le da la impresión

de que se ha perdido algo importante. ¿De qué habrán estado hablando?

—Mmm... ¿No estaréis planeando nada contra mí?

—¿Contra ti? ¡Qué egocéntrico! —exclama su hermanastra, frotando con el estropajo el último plato que queda en el fregadero.

—Pero ¿cómo que egocéntrico?

—El mundo no gira en torno a ti, hermanito.

—¡No me llames hermanito!

Katia observa a la pareja. Antes le hacía gracia el jueguecito verbal que se traían entre ellos pero, ahora que sabe lo que siente Irene, ya no le parece tan gracioso.

—¡Perdona, se me ha escapado! —responde Irene.

Y abre el grifo al máximo, pone el dedo debajo para hacer presión y dirige toda la potencia del chorro de agua hacia Álex, que no se lo espera.

—¡Hey! ¡No hagas eso! —exclama el chico al recibir el impacto.

—Hace calor, así te refrescas —responde Irene riendo.

Álex sale corriendo de la cocina, huyendo de la broma de su hermanastra.

—Así no lo conseguirás... —murmura Katia, caminando hacia la puerta.

—¡Qué sabrás tú...! —la contradice Irene, hablando para sí misma.

La chica salta por encima del charco que se ha formado y también abandona la cocina.

En el salón, Álex ya se ha sentado en el sofá y la cantante del pelo rosa acude junto a él para ocupar un sitio a su lado. Se sienta a su derecha. Irene no quiere ser menos y se apresura a colocarse a la izquierda del joven.

—¿Me perdonas? —le pide con voz melosa.

Pero Álex no responde. Se vuelve hacia su derecha y busca la mirada de Katia.

—¿Quieres que veamos una película? —le pregunta a la cantante.

—Vale.

—¿Acción, drama, comedia?

—Me da lo mismo.

—¡Oye! ¡Que estoy aquí! —exclama su hermanastra, intentando hacerse notar.

—Mmm... ¿Has visto *Lost in translation*?

—No.

—¡Yo sí! —grita desesperada Irene.

—Es mi película favorita. ¿Quieres que la veamos?

—Genial.

—¡Que yo sí la he visto! ¡No me apetece verla otra vez!

El chico mira hacia arriba y hace como que escucha algo lejano.

—¿Tú lo oyes? ¿Es un pájaro?

—Es probable —contesta Katia sonriente.

Irene se cruza de brazos y abre muchísimo los ojos. ¿Un pájaro? ¿Es probable? Pero ¿a qué juegan esos dos? ¡Serán capullos!

—Bueno, ahora vengo. Voy a por el DVD, que tengo la película en mi habitación.

—OK. Te espero.

—¡Y yo! ¡Aunque ya la he visto!

Álex sale del salón y deja a las dos chicas a solas.

—¿Ves lo que te decía? Así vas mal encaminada... —le comenta en voz baja Katia a Irene, mientras le guiña un ojo.

La sangre de Irene hierve. Se contiene y no le responde. Pero ahora sí está segura de algo: se terminó la función. ¡Va a ir a por todas! Y aunque tenga que cambiar su estilo y sus formas de siempre, sigue estando completamente convencida de sus posibilidades con Álex. Ha perdido una batalla, pero ella continúa luchando en aquella guerra. Sea quien sea la rival.

Capítulo 87

Esa tarde de finales de junio, en un lugar de la ciudad.

La echa de menos. No tenía esa sensación desde que terminó su relación con Paula. Y eso que no hace ni una hora que se separaron. Pero Ángel no deja de pensar constantemente en Sandra y en el día que han pasado juntos. Ha sido muy divertido, a pesar del corte de pelo y de que todo lo haya pagado él. Sonríe al acordarse del momento en el que la chica le confesó que se había olvidado la cartera en la redacción. Y también del tartazo que ha recibido en el Foster's Hollywood. Un domingo diferente a cualquiera. Incluso bastante distinto a los que suelen compartir juntos desde que son pareja. En la mayoría de ellos, hasta han tenido que ir a trabajar.

¿Por qué de repente sus sentimientos hacia ella se han acelerado?

No lo entiende. Hace unas horas, lo que más deseaba era encontrarse con Paula. Lo necesitaba. Desde el momento en que la volvió a ver en el Starbucks, no hizo otra cosa más que darle vueltas a la cabeza y recordar el pasado: sus conversaciones por el MSN, cómo se conocieron en persona, aquellos días de finales de marzo... Estaba confuso, le era muy complicado interpretar lo que sentía. ¿Continuaba enamorado de su ex o simplemente se había dejado llevar por aquel encuentro preparado por el destino? Una pregunta que le ha traído en jaque todo el fin de semana, con una respuesta muy difícil de descifrar.

Sin embargo, Sandra se ha encargado de ir aclarándosela durante toda la mañana. Sus miradas, sus besos, sus sonrisas, sus gestos... le han servido para comprenderlo todo.

En la soledad de su habitación, tumbado en la cama, mirando hacia ninguna parte, a la que echa de menos es a la periodista. A su jefa. Su presunta novia. Esa chica a la que admira y quiere y a la que tanto daño ha podido causar.

Sonríe y se entristece al mismo tiempo. Tiene una doble interpretación de lo que ha ocurrido: por una parte, le da la sensación de que, a pesar de que lo suyo con Paula había concluido hacía tiempo, él nunca había cerrado esa puerta por la forma en la que se habían desarrollado los acontecimientos, ya que había desaparecido de su vida sin más; por otra parte, podía parecer que la llegada de Sandra fue algo así como el clavo que sacaba a otro clavo, como si necesitara de alguien que le hiciera olvidar.

En cambio, ahora lo ve todo más claro. Ella es más que una sustituta. Mucho más que una persona que ha surgido para reemplazar a otra persona. Sandra podría ser perfectamente el amor de su vida y la mujer que ponga el punto final a una etapa anterior que se ha terminado para siempre.

Se acabó el lamentarse de lo que pudo ser y no fue.

Paula es el pasado; Sandra, el presente y el futuro. Sí. Eso es. Así de sencillo. ¿Por qué no lo entendió antes? ¿Por qué ha jugado de esa forma con sus sentimientos?

Le palpita el corazón muy deprisa. Es cierto, la ha hecho sufrir por culpa de sus dudas. Ella se había entregado desde el principio y él, por el contrario, la ha puesto entre la espada y la pared. Ángel se está dando cuenta de quién está enamorado: de Sandra. Y no hace falta que vea y se encuentre otra vez con Paula para saberlo.

¡Su chica es la que hoy le ha hecho pasar vergüenza en la tienda de ropa interior, la que se ha comprado aquellas sandalias tan feas, la misma que le ha puesto perdido de chocolate y nata! Esa que disfruta cantando canciones en italiano. La que le ha besado en el coche.

No puede esperar más. Tiene que contárselo. Debe decirle lo que piensa. Lo que siente.

Se incorpora y se sienta en la cama. Alcanza el móvil que tiene en el otro extremo de esta y, nervioso, busca su número. Lo marca y espera a que conteste. Tiene ganas de oírla, de explicarle las conclusiones a las que ha llegado.

Al tercer *bip*, lo cogen.

—Hola, Ángel —responden al otro lado de la línea.

Pero la voz no es la de Sandra. Es la de un hombre al que el chico conoce bien.

—Hola, don Anselmo —le saluda sorprendido. Aunque sea su padre, no esperaba que el que respondiera al teléfono fuera él—. ¿Qué tal?

—Muy bien. En casa, aunque dentro de diez minutos regreso al periódico.

—Usted no para de trabajar.

—Es lo que tiene ser el jefe —indica el otro alegremente—. ¿Querías hablar con Sandra?

—Sí... Es... sobre el reportaje de Katia —improvisa.

—¿Tienes alguna duda?

—No. Bueno, sí. Alguna. Quería comentarle un par de cosas sobre la entrevista que le tengo que hacer.

—¿Puedo ayudarte yo?

—No, no. No quiero molestarle.

—No es molestia, hombre. Pero como quieras. Ella se está duchando ahora. Cuando salga, le digo que te llame.

—Muchas gracias, don Anselmo.

—No hay de qué, muchacho.

—Adiós, nos vemos mañana en el periódico.

—Hasta mañana, Ángel.

Y cuelgan.

Qué mala suerte... ¡Está duchándose! Aunque seguro que no ha tocado su nuevo peinado a lo Cleopatra que tan bien le queda. Es una lástima, porque deseaba hablar con ella cuanto antes y contárselo todo. Pero deberá esperar un poco más.

Unos minutos más tarde, esa tarde de finales de junio, en otro lugar de la ciudad.

No para de pensar en él. ¿Habrá sido suficiente lo de hoy para que Ángel se dé cuenta de que a la que tiene que querer es a ella?

No lo sabe, pero está impaciente por averiguarlo.

Podía haberle pedido subir a su piso en lugar de irse para casa. Pero tampoco había que forzar la situación. Han pasado una mañana y parte de la tarde increíbles. Y se ha divertido como hacía mucho tiempo que no lo hacía. Ese buen sabor de boca, con el último beso incluido, ha sido una manera bonita de terminar la jornada. ¡Pero queda mucho domingo por delante!

¿Qué va a hacer? Se volverá loca pensando en él. Aunque le ha dicho que la llamaría, no es lo mismo hablar por teléfono que tenerlo delante y mirarle a los ojos, esos preciosos ojazos azules.

Un remedio sería irse a dormir pronto y así se hará más corto el tiempo sin él. Pero ¿tan pronto? ¡Si todavía es por la tarde!

Mañana lo verá de nuevo en el periódico. ¡Qué ganas!

Hasta tienen una reunión a la que deben asistir los dos con todo el personal de la sección que ella misma dirige. ¡Se morirá por besarle! En esos casos es cuando resulta más difícil separar lo profesional de lo personal. Pero es la jefa y debe dar ejemplo. Y aunque haya rumores, nadie sabe que Ángel y ella son novios.

Presuntos novios.

¡Uf! No quiere ni imaginar que cuando vea a Paula se dé cuenta de que todavía está enamorado de ella. Traga saliva y sonríe. No va a ser pesimista. ¡Solo va a saborear su domingo con él!

Sandra se mira en el espejo. Le encanta su nuevo *look*. Le gusta mucho cómo le queda el flequillo. Debería habérselo hecho antes. Le favorece. Y lo mejor es que a Ángel también le ha gustado. Suspira. Parece una cría enamorada por primera vez. Y ya tiene nada menos que veinticinco años.

Se envuelve en una toalla y sale del cuarto de baño. Entra en su dormitorio, cierra y se quita la toalla. Hace calor. Ya va siendo hora de usar el pijama de verano. Ángel nunca se lo ha visto puesto. Seguro que le gusta.

¿Por qué no puede dejar de pensar en él? ¡Definitivamente, ha vuelto a los quince años!

Mira su móvil. No hay nada. Vaya... Le hubiera gustado encontrar un mensaje o una llamada perdida suya. Paciencia. Le dijo que la llamaría. ¡Pero no dijo cuándo! Espera que sea pronto.

—Sandra, ¿se puede?

Es la voz de su padre, que le está hablando desde el pasillo, detrás de la puerta de su dormitorio.

La chica se sube el pantalón del pijama y le abre.

—Sí, claro. Pasa, papá.

Don Anselmo entra en la habitación. Está bastante serio para lo que es habitual en él.

—Me marcho al periódico.

—Vale. ¿Vienes a cenar?

—No creo. De todas maneras, te aviso cuando lo sepa.

—Muy bien.

La chica echa la ropa que se ha quitado en un cesto y dobla la toalla.

—Sandra, te ha llamado Ángel —dice el hombre observándola.

Un escalofrío recorre el cuerpo de la chica cuando lo escucha. ¡La ha llamado! Pero debe disimular su emoción delante de su padre.

—¿Has hablado con él?

—Sí. Perdona por coger tu móvil, pero lo he oído y, al ver que era él, he contestado yo. Le he dicho que luego lo llamarías.

—Gracias. No te preocupes. ¿Qué te ha dicho?

—Que quería preguntarte unas dudas que tenía sobre el reportaje de Katia.

—Ah.

Pobre Ángel. Seguro que se ha llevado una sorpresa enorme cuando su padre ha contestado y le ha dicho lo primero que se le ha pasado por la cabeza.

—Pero no le he creído —continúa don Anselmo, sentándose en una de las dos sillas del cuarto de su hija.

—¿Cómo? ¿No le has creído? No te entiendo —comenta ella algo confusa.

—Me parece que no te llamaba para eso.

—¿Ah, no?

—No.

El hombre se cruza de piernas y mira a Sandra fijamente. Esta se siente intimidada. Es una mirada que le impone desde pequeña y que muestra siempre que se enfada con ella. Su padre es una persona afable y alegre, pero cuando no está de acuerdo o le molesta algo, suele ser muy radical y tajante.

—Papá, suéltalo ya.

—¿Qué hay entre tú y Ángel? —pregunta sin más rodeos.

—Nada. Una buena relación profesional —contesta Sandra tras un breve silencio.

—No es verdad. No es normal que un empleado llame a su jefa fuera del horario de trabajo.

—Nos llevamos bien y tiene dudas sobre algo relacionado con el trabajo. No es nada extraño que me llame. ¿Solo por eso ya tiene que haber algo entre nosotros?

—No solo es por eso. Hay mil y un rumores en la redacción.

—Somos muchos. Siempre hay rumores de todo tipo. Yo he escuchado un montón de cosas y no me creo ni la mitad.

—Pero es que incluso hay chicos que se quejan de que le favoreces y tienes preferencia por él porque es tu novio.

Eso no lo sabía. No imaginaba que alguien pudiera protestar por ese tema. Aunque Ángel es su novio, no le ha favorecido en nada, salvo en los días libres, que ha intentado que coincidieran con los suyos para poder pasar más tiempo juntos.

—¿Quién dice eso?

—No te lo puedo decir. Es confidencial.

—Vamos, papá. ¿Confidencial? Soy tu hija y es mi sección. Debería saberlo.

—No. Hasta que no sepa la verdad, no puedo contarte nada.

Sandra resopla y también se sienta. ¿Le confiesa la verdad?

—Yo no favorezco a nadie. Creo que hago bien mi trabajo y soy justa con todos. ¿Tú no lo crees así?

—Sí. Me parece que eres muy buena en lo tuyo.

—¿Entonces?

—¿Tienes algo con Ángel o no?

—Papá, eso pertenece a mi vida personal.

—Sí, pero también afecta al periódico y, por lo tanto, es asunto mío. Y además, ¡soy tu padre! Tengo derecho a saber si mi hija tiene novio. Es lo normal, ¿no? Ya no eres una niña para estar ocultándome ese tipo de cosas como cuando tenías catorce años.

Tiene razón, aunque se siente como una jovencita que intenta que no la descubran en su primera relación.

—No estoy haciendo nada malo.

—Eso significa que sí, que estáis juntos.

—Sí.

No quiere mirarle al contestar. Sabe que su padre ahora mismo la está juzgando con los ojos.

—No me parece bien —admite el hombre—. Es un error.

—¿Por qué? Ya somos mayorcitos todos.

—Sí, somos todos adultos. Pero sabes lo que pienso de mezclar el trabajo y lo personal.

—Yo soy tu hija y me has puesto como jefa, ¿no es eso más grave?

—No. Estaba seguro de que eras la persona indicada para dirigir la sección. Y el tiempo me ha dado la razón. Eres una gran periodista.

—Y ahora, por salir con Ángel, ¿voy a dejar de serlo?

—Por supuesto que no. Pero la gente hablará sin saber y tu credibilidad no será la misma. Ya tienes bastante con ser la hija del director del periódico como para que ahora, además, tu novio trabaje para ti.

—¿Y qué tiene de malo eso?

—Que todo lo que hagas y tenga que ver con él, lo mirarán con lupa. Sus compañeros tienen derecho a sospechar. Y eso afectará al funcionamiento de la empresa.

Sandra se cruza de brazos.

—¿Eso no te pasa a ti conmigo? Si haces algo que me favorece, también pueden pensar que es porque soy tu hija.

—Sí, pero hay una diferencia.

—¿Cuál?

—Yo no puedo evitar ser tu padre. Tú sí puedes evitar ser su novia.

—¿Qué? ¿Me estás pidiendo que deje a Ángel?

—No sois compatibles. Mejor dicho, no es compatible que una jefa de sección esté liada con uno de sus empleados. Ni es bueno para ellos ni para la empresa.

—Es increíble que me digas esto, papá.

La chica agacha la cabeza y la mueve de un lado para otro. Sabía que aquel asunto, en cuanto se supiera, crearía polémica. Sin embargo, no sospechaba que su padre fuera a mostrarse tan drástico.

—Lo siento, hija. Es por el bien del periódico. Si sois novios, puede que tenga que hacer algunos cambios en la plantilla.

—¿Lo vas a echar?

Don Anselmo no contesta. Se pone de pie y se dirige hacia la puerta.

—Me voy, que tengo mucho trabajo. Esta noche nos vemos. —Y abandona la habitación.

Capítulo 88

Esa tarde de finales de junio, en un hospital cercano a la ciudad.

Débora es una mujer de baja estatura, delgadita, de pelo castaño, con mechas rubias. Aún no ha llegado a los cuarenta y, verdaderamente, no los aparenta. Sin embargo, la noticia de que su hija ha sido internada en el hospital la ha envejecido diez años de golpe.

Camina lentamente, con los brazos cruzados, hacia donde está el grupo de amigos de Diana. A Paula y a Cris las conoce desde hace mucho tiempo. También a Mario, aunque a este últimamente lo ve más a menudo, sobre todo desde que ayuda a su hija a estudiar. No está segura de si hay algo entre ellos; lo imagina, pero le parece un gran chico y una buena influencia para Diana. Al otro muchacho, el guapo de pelo rubio y ensortijado, no recuerda haberlo visto antes. Apenas le ha oído hablar, aunque juraría que su acento no es español. ¿Francés, quizá?

Está muy preocupada. Así lo refleja su rostro. Los chicos lo perciben en cuanto llega hasta ellos y se temen malas noticias. Alan se pone de pie y le cede su asiento a la mujer en la sala de espera.

—¿Cómo está? —le pregunta Paula, que es la que tiene más confianza con Débora.

—Regular. Se ha dado un buen golpe en la cabeza. Tiene un traumatismo craneoencefálico.

—¡Madre mía! —exclama Cris.

Mario se pone las manos en la cara y se frota los ojos.

—¿Eso es muy grave? —vuelve a preguntar Paula.

—Tienen que hacerle más pruebas y permanecerá en observación. Los golpes en la cabeza siempre son complicados. Pero podría haber sido mucho peor. No parece que tenga daños internos. Se pondrá bien.

—¡Menos mal...! —resopla Cristina más tranquila.

También Mario respira. Lo del traumatismo había sonado a algo mucho más grave.

—Sin embargo, hay una cosa que me preocupa más que lo de la cabeza.

—¿El qué? —pregunta Cris inquieta. También Alan frunce el ceño.

Paula y Mario se miran entre sí. Creen saber de qué se trata.

—Los médicos están determinando la causa del desmayo. No están seguros todavía. Como ya os he dicho, le deben hacer más pruebas y análisis. Pero lo que me ha preocupado es que uno de ellos me ha preguntado si Diana tiene problemas con la comida.

—¿Qué tipo de problemas?

—Pues no lo sé exactamente. ¿Vosotros sabéis algo?

Cris se pone una mano en la barbilla, acariciándosela, pensativa, y Alan no dice nada. Ninguno sabe de lo que está hablando. En cambio, Paula y Mario vuelven a mirarse el uno al otro.

—¿Se lo cuentas tú? —le pregunta la Sugus de piña a su amigo, que asiente con la cabeza.

—¿Contarme qué? ¿Vosotros sabéis algo?

Mario suspira y mira con tristeza a la mujer.

—No sé desde hace cuánto tiempo que le pasa —empieza a decir el chico, nervioso—. Nosotros nos hemos enterado este fin de semana de que Diana algunas veces vomita lo que come.

Débora palidece. También Cris y Alan se llevan una gran sorpresa.

—Pero ¿cómo?

—No sabemos la frecuencia con que lo hace —aclara Mario—. También ha sufrido algunos mareos.

La confusión se dibuja en los ojos de Débora, muy alterada por lo que está oyendo.

—¿Se mareaba y vomitaba la comida?

—Sí. Ella no nos lo dijo. Mario se enteró y luego me lo contó a mí —añade Paula—. Estábamos pensando de qué manera la podíamos ayudar.

—¡Esto es muy grave! —exclama la mujer temblando.

—Lo sé —admite la chica, sintiéndose culpable por no haber hecho algo más.

Los cinco se quedan en silencio, asimilando la nueva realidad. Los que lo sabían se preguntan por qué no hablaron antes de esto con su madre o la obligaron a que fuera al médico; los que no sabían nada digieren la noticia.

—No me lo puedo creer —murmura Débora—. ¿Mi hija es anoréxica o bulímica?

—No lo sabemos seguro, solo que tiene problemas con la comida —reconoce Mario, que está muy afectado—. Ella llevaba un tiempo con cambios de humor constantes y había adelgazado bastante. Pero no nos dimos cuenta de nada más hasta este fin de semana, cuando se mareó varias veces y yo me la encontré vomitando.

—Pero en ningún momento pensamos que fuera algo así de grave... —insiste Paula.

—Es verdad que estaba más delgada. Yo imaginaba que, como llegaba el verano, se había puesto a dieta —comenta Cris, aún impresionada por lo que sus amigos han contado.

La madre de Diana agacha la cabeza. El mundo se le está viniendo encima. Cuando se separó de su marido, imaginó que a Diana la afectaría. Pero, dado su carácter, nunca vio nada raro en ella. Seguía tan cabezota, contestona y rebelde como siempre. Tampoco le influyó que su padre se marchara a Australia después del divorcio. O esa era la impresión que tenía. Es una chica con mucha personalidad y un pronto muy fuerte. En cambio, no sospechaba nada del asunto de la comida. Ni conoce las causas por las que le está pasando eso.

—Es mi culpa —se lamenta la mujer sollozando.

Los cuatro chicos la observan y se les hace un nudo en la garganta cuando la ven llorar.

—Tranquila, señora. No es culpa de nadie. Son cosas que pasan —señala Alan.

—Son cosas que pasan... —repite Débora apesadumbrada—, pero si hubiera estado más pendiente de mi hija, no habría ocurrido.

—Señora, yo no sé qué tipo de relación tiene con su hija. Pero seguramente esto también habría sucedido aunque usted hubiera estado todo el día encima de ella.

—No lo sé.

—Lo hecho, hecho está. Además, no sabemos aún hasta dónde ha llegado Diana. Demos gracias a que el golpe en la cabeza no ha sido tan grave como parecía. Yo la vi inconsciente durante varios minutos y me temí lo peor. Ahora no hay que lamentarse, sino reaccionar. Es la única manera de ayudarla.

La mujer vuelve a levantar la cabeza y mira de frente a aquel joven de ojos verdes. Su expresión le transmite tranquilidad. Paula también observa, gratamente sorprendida, a Alan. En esta ocasión no se está comportando como el tipo prepotente y descarado que suele ser. En un momento tan difícil para todos, está dando la cara y haciendo ver a Débora que hay que esperar y luego actuar en consecuencia.

—Tienes razón. Aunque no es fácil para una madre saber que tu hija sufre este tipo de problemas y que ni siquiera te has dado cuenta.

—Lo imagino. Pero hay que venirse arriba.

El francés le pone una mano en el hombro y sonríe. Débora se contagia y también lo hace.

—Yo le pido disculpas por la parte que me toca —señala tímidamente Mario—. Tenía que haberla avisado de lo que pasaba en cuanto lo supe.

—No te preocupes. Tú no tienes la culpa. Además, creo que Diana y yo te necesitaremos mucho en las próximas semanas.

El chico se sonroja y sonríe con tristeza.

—Claro. Para lo que necesiten.

La mujer respira hondo y se pone de pie nuevamente.

—Tengo que hablar con los médicos sobre lo que me habéis comentado. Tal vez os quieran hacer algunas preguntas.

—Estaremos aquí —indica Paula.

Débora sonríe y abandona la sala de espera. Cuando se marcha, los cuatro permanecen callados hasta que Mario habla.

—Gracias, Alan —le dice al francés.

—¿Gracias? ¿Por qué?

—Por hablar con ella y animarla. Lo necesitaba.

—Ah, por eso. He hecho lo que creía que tenía que hacer, nada más. No tienes por qué agradecerme nada.

El francés le da una palmada en el brazo al chico y también sale de la sala de espera. Paula lo sigue con la mirada.

Desde que lo conoce, es una de las pocas veces en las que

Alan se ha comportado como una persona educada, sencilla y capaz de echar una mano a quien lo necesite. Ha de reconocer que gracias a aquello ha ganado algunos puntos.

Una noche del pasado abril, en un avión rumbo a la ciudad.

¿Con cuántas horas han salido de retraso? ¿Con siete?

En el aeropuerto ya no sabía qué hacer. Hasta le ha dado tiempo a aprenderse de memoria todas las tiendas del Charles de Gaulle.

Pero lo que más ha hecho Paula en aquellas horas de espera ha sido pensar en ellos. Su cabeza ha estado muy distraída con Alan y con Ángel.

Nunca va a aprender. Lo suyo es complicarse la vida y que se la compliquen.

¿Por qué la ha besado el francés? Un capricho. ¡Qué capullo!

Aunque siente un cosquilleo al recordarlo, no debió hacerlo. Nadie le dio permiso; ni siquiera se lo pidió. ¡Y un beso en la boca no se le da a cualquiera!

Qué chico tan extraño... Cuando piensa en él, siente tanta atracción como rechazo. Nunca podría tener una relación seria con él, de eso está segura.

—¿Jugamos a algo? —le pregunta Erica, que viaja a su lado.

—No me apetece.

—Venga..., ¡juega conmigo!

—¡Ay, no seas pesada! Ya te he dicho que no me apetece.

La pequeña se enfada y da dos patadas contra el asiento de delante, que está vacío.

Pero en la cabeza de Paula, además de Alan, está Ángel, y todo lo que ha sucedido con él en Francia. Tenía pensado llamarle en cuanto llegara a casa pero, por culpa del retraso, el avión aterrizará de madrugada. Y no será el mejor momento para mantener una conversación seria con él. Aunque no justifica que le pegara al francés, sí que se siente culpable por todo lo que le ha hecho pasar.

Mañana hablarán y verán qué sucede.

Ha sufrido mucho después de su cumpleaños, soportando una gran presión sobre sus espaldas. Nunca se le dio bien elegir.

—¿Jugamos?

—¡Que no, pesada!

—No me insultes.

—No te he insultado.

—Me has llamado pesada.

—¡Déjame ya!

Paula se pone los auriculares con la música al máximo para no oír más a Erica y cierra los ojos.

Ángel, en realidad, es un encanto de chico.

Olvidando el puñetazo a Alan, todo lo que ha hecho hasta ahora lo ha hecho bien. Ha sido ella la que en repetidas ocasiones ha metido la pata.

¿Y por qué no ha disfrutado entonces de su primera vez con él como imaginaba? Le duele reconocerlo, pero lo que hubo fue sobre todo sexo y muy pocos sentimientos. Ese no es el plan perfecto para la primera vez que haces el amor con un chico, ¿no? Al menos, no para ella, que tenía ese momento muy idealizado.

Abre los ojos y mira por la ventanilla. Está muy oscuro. Sin embargo, un reflejo verde la avisa de que su hermana ha cometido otra de sus travesuras.

—¡Erica, devuélveme el móvil!

—Tienes un mensaje sin abrir.

—¿Qué? ¿Tú cómo sabes eso?

—Mira, es este sobrecito, ¿a que sí?

La chica le arrebata el teléfono a la niña y lo examina. Erica está en lo cierto: tiene un mensaje sin abrir. No sabe cuándo lo ha recibido ni de quién es el número. Curiosa, lo abre.

> Espero que hayas tenido un buen viaje y que hayas pensado mucho en mí. ¿A que lo adivino? No has dejado de pensar en mi beso. Te mando otro. Nos vemos pronto.

Es un SMS de Alan. Imagina que habrá utilizado otra de sus armas secretas para conseguir su número. ¡Lo odia! ¿A quién engaña? No lo odia. Y aunque no se fía ni un pelo de él y detesta su constante chulería, sonríe y vuelve a leer varias veces el mensaje hasta que su avión llega al aeropuerto de su ciudad.

Capítulo 89

Esa tarde de finales de junio, en un lugar de la ciudad.

Es cruelmente angustioso esperar una llamada que no llega. Mira su móvil, una y otra vez, comprueba si funciona, si tiene cobertura. Todo parece en orden. ¿Qué le habrá pasado a Sandra?

Ya hace más de tres cuartos de hora que Ángel la llamó y contestó su padre porque ella estaba duchándose. ¿Y si a don Anselmo se le ha olvidado decírselo? Es una posibilidad. Otra es que la ducha se esté alargando demasiado. ¡Pero si ni siquiera se tenía que lavar el pelo!

Si en cinco minutos no recibe noticias de Sandra, insistirá.

Mientras piensa en dónde se habrá metido la joven periodista, suena el timbre de la casa. Ángel se acerca extrañado a la puerta. No esperaba a nadie. Abre y allí delante está ella: ¡Sandra!

—¿Qué haces tú aquí? —pregunta muy sorprendido—. ¿Cómo has entrado en el edificio?

—Me ha abierto un vecino que se iba. Un chico muy guapo, por cierto.

El joven arquea las cejas y la invita a pasar. Dos besos en la mejilla. Está muy contento de volver a verla. Le ha dado un vuelco el corazón en cuanto ha abierto la puerta.

—Te llamé antes, pero estabas duchándote.

—Ya me lo dijo mi padre. Perdona por no llamarte para avisarte de que venía.

—No te preocupes. Lo que temía era que a tu padre se le hubiese olvidado darte el recado. Estaba a punto de llamarte de nuevo.

—Pues no ha hecho falta.

—Me alegro de que estés aquí. Prefiero hablar contigo en persona que por teléfono.

Los dos sonríen y se sientan en el sofá del salón. Ambos tienen cosas que contar, cosas importantes que pasan por sus cabezas y que afectan al otro.

—Estoy bastante nerviosa —reconoce Sandra, mirándole a sus ojos azules.

—¿Nerviosa? ¿Por qué?

—Mi padre me ha puesto así —dice suspirando.

—¿Y eso? ¿Qué ha pasado?

La joven piensa un instante en cómo contárselo. No es fácil para ella hablarle de aquel tema.

—Se ha enterado de lo nuestro —confiesa.

—¿Qué? ¿Cómo?

—Cuando tú has llamado, me ha preguntado si entre nosotros había algo.

—¿Y le has dicho que sí?

—No. Lo he negado. Pero ha insistido, aludiendo a los rumores que hay en la redacción sobre nosotros. Y entonces lo he tenido que reconocer.

—Vaya... ¿Se lo ha tomado muy mal?

Ángel cree conocer la respuesta. Sabe lo que piensa don Anselmo de mezclar el trabajo con las relaciones de pareja.

—Pues... un poco.

Sandra no está segura de contarle a Ángel todo lo que ella y su padre han hablado.

—¿Qué te ha dicho? ¿No quiere que salgamos juntos?

—Algo así.

«Y que quiere despedirte», piensa. Pero no puede contárselo así como así. Le haría daño y podría condicionarle de alguna manera.

—No te preocupes, ya lo arreglaremos. A tu padre le caigo bien.

—Sí, le caes bien —señala ella resignada—. Pero es que alguien de la redacción ha dicho que te favorezco y que las decisiones que tomo te benefician porque eres mi novio.

—¿Qué? ¿Quién ha dicho eso?

—Ni idea. No me lo ha querido contar.

—Pero ¿tu padre sabe quién ha sido?

—Eso parece.

Empieza a preocuparle más el asunto. Si a don Anselmo le han ido además con esas habladurías, no le extraña que se haya tomado tan mal la relación de su hija.

—Va a estar complicado explicarle que tú y yo somos profesionales y que lo nuestro está al margen del trabajo.

—Muy complicado.

—Bueno, algo se podrá hacer. Ven.

La chica se encuentra con Ángel inclinado sobre ella dándole un fuerte abrazo. Siente sus manos en la espalda y su pecho unido al suyo. La reconforta.

—De todas maneras, si cuando veas a Paula te das cuenta de que a la que quieres es a ella, no habrá más problemas. Se acabarán los rumores.

Ángel la mira a los ojos. Percibe sus dudas, sus miedos, la posibilidad de que se termine todo en cualquier momento. Sin embargo, él ya ha decidido.

—Eso no pasará.

—¿Cómo que no? Si tú me dejas, todos se enterarán de

que tienes otra novia. Y cesarán los rumores. O, por lo menos, mi padre sabrá que tú y yo ya no estamos juntos.

—Lo que no pasará será que vaya a ver a Paula. No la quiero a ella. Te quiero a ti.

Un cosquilleo invade el estómago de Sandra, que desea haber escuchado bien lo que Ángel acaba de decir.

—¿Me lo puedes repetir, por favor?

—¿No te has enterado?

—Sí, pero quiero estar segura y saborearlo —indica con una sonrisa.

El periodista se acerca aún más a ella. Sus ojos y sus bocas están a menos de quince centímetros.

—No voy a quedar con Paula. La única chica que me interesa y que quiero eres tú.

—¿Seguro? —pregunta ella con los ojos brillantes.

—Segurísimo.

—¿Me lo prometes?

—Te lo prometo.

—¿Dejo de ser tu presunta novia para convertirme en tu novia oficial?

—Sí. Ya no soy tu presunto novio, soy tu novio hasta que te canses de mí. Solo y entero para ti.

Sandra da un grito triunfante.

No lo resiste más y se lanza sobre Ángel, al que incluso tumba en el sofá. Sus labios se juntan en un beso infinito. Volcados en la pasión, casi sin poder respirar, soltando todo lo acumulado durante ese fin de semana. Ahora mismo ya no piensan en nada más, solamente el uno en el otro.

Y se dejan llevar unos minutos, en los que la ropa desaparece, los gemidos se suceden y la magia se destapa. Música entre los cuerpos. Millones de sensaciones, todas ellas diferentes e indescriptibles.

Anochece en la ciudad.

En el salón del piso de Ángel, el calor que se desprende es incluso mayor que el que hay en el exterior. El periodista se levanta desnudo y enciende el aire acondicionado. La primera ráfaga de aire frío chocando con su cara es muy bien recibida. Desde allí observa a Sandra. También está completamente desnuda. Es todavía más preciosa así. Le encanta. Todas sus formas y todas sus curvas dibujan un cuerpo perfecto. Un sueño.

—No me mires tanto, que me vas a gastar —comenta la chica, tapándose con un cojín.

—No te miraba a ti.

—¿Ah, no?

—No —dice mientras se aproxima a ella.

—Mientes muy mal, cariño.

«Mentir» es un verbo que Ángel detesta, pero que en el pasado más cercano se ha mezclado con él. Quizá va siendo hora de ser sinceros totalmente respecto a algunas circunstancias. No ser sincero no es solo mentir, sino ocultar la verdad o parte de ella.

El periodista se pone los bóxers y se sienta en el hueco del sofá que le deja Sandra, que continúa tumbada. La joven apoya su cabeza sobre sus piernas y lo mira emocionada. Qué suerte tiene de que sea su novio. Otra vez, como antes.

—Tengo que contarte una cosa —le dice muy serio.

—¿Que me quieres?

—Sí. Por supuesto que te quiero —contesta sonriente, y le da un pico en la boca—. Pero, aparte, hay algo que es mejor que sepas.

—Vale, soy toda oídos. Cuéntamelo —responde ella, un poco preocupada.

—Es sobre Katia.

—¿Sobre Katia? ¿Qué pasa con ella?

No imaginaba que sería algo relacionado con la cantante. Cuando leyó la entrevista que Ángel le hizo a la chica del pelo rosa en su anterior revista, le pareció que estaba muy bien hecha y que tenía un toque íntimo demasiado personal. Eso solo podía significar que los dos habían simpatizado bastante el uno con el otro. Y, conociendo un poco a Katia y siendo Ángel como es, guapo, elegante, inteligente, no le extrañaría que hubieran mantenido una relación. Aunque la prensa no se hizo eco de nada. ¿Será eso lo que tiene que contarle?

—Como bien sabes, ella y yo nos conocimos hace tres meses, cuando le hice la entrevista.

—Estaba pensando en eso.

—Pues... nos hicimos más o menos amigos.

—¿Cómo de amigos?

—Mmm... Esa pregunta es difícil de responder —indica el joven con media sonrisa—. Déjame que te cuente.

—Bueno, no te interrumpo más.

—Gracias.

—Cuéntame ya lo que sea.

Sospecha lo que viene ahora. Era raro que todo fuera tan bien. Ahora le dirá que se acostaban y que aún se acuerda de ella y todo lo demás.

—Bien. —Ángel toma aire y continúa—. Katia quiso conmigo algo más que una simple amistad. Puedo decir... que se obsesionó un poco. Bastante.

—¡¿Qué dices?! ¿Y pasó algo entre vosotros?

—Nada. No pasó nada. Pero no por falta de ganas de ella. Yo salía con Paula. No le fui infiel, aunque hubo momentos un poco confusos —reconoce, enfatizando sus últimas palabras—. El caso es que la cosa entre Katia y yo no terminó bien. Nada bien.

Sandra reflexiona un momento. Pues no era la historia

que esperaba... En el fondo, se alegra mucho de que entre su novio y Katia no pasara nada de verdad.

—¿Esto me lo cuentas porque tienes que entrevistarla esta semana?

—Sí —le confirma—. Créeme, no siento absolutamente nada por ella. Pero volver a verla, entrevistarla..., me resulta un poco incómodo.

—¡Y para mí también lo es! —exclama ella, poniéndose de pie—. ¡No pienso dejar que hagas esa entrevista! Ya lo he pasado bastante mal el fin de semana. ¡No me voy a arriesgar a que esa me robe a mi novio!

—Pero...

—No se hable más. Mañana mandaré a otro a cubrir el reportaje de Katia y el escritor —indica mientras se sienta en las piernas de Ángel—. Esto me lo tenías que haber dicho antes.

—No sabía cómo reaccionarías.

Sandra le da un beso, luego otro, y sonríe.

—No me digas que a estas alturas me tienes miedo.

—Claro. ¡Eres la temible Sandra Mirasierra! Todos lo saben.

—¿Así me llamáis en el periódico?

—Yo no, ellos.

La chica sonríe pícara. Le besa el cuello y le susurra al oído:

—Pues tú eres el que más motivos tiene para llamarme así.

Capítulo 90

Esa tarde de finales de junio, en un hospital cercano a la ciudad.

La espera se está haciendo eterna en el hospital. Todos han avisado a sus respectivas familias de lo que ha pasado, aunque sin dar muchos detalles.

«Diana está ingresada porque se ha golpeado la cabeza. Pero se encuentra bien y su madre está con ella». Ese es el mensaje oficial. Mario también ha llamado a su hermana Miriam, que está de camino.

Débora entra y sale de la sala de espera. Lo último de lo que la han informado es de que esa noche su hija la pasará allí en observación. En unos minutos le han dicho que podrá verla.

—Podríamos turnarnos para quedarnos aquí esta noche —dice Cris.

—Yo no me pienso ir —responde Mario, que sigue muy preocupado por su chica.

—Tendrás que descansar en algún momento —comenta Paula—. Además, tú eres el que más lo necesita. Mira cómo estás... ¿Por qué no le pides a algún médico que te examine el pie?

—No te preocupes por eso. Estoy perfectamente.

—Sois igual de cabezotas tu novia y tú —protesta su amiga, haciendo aspavientos con los brazos.

Pero en lo que menos piensa Mario en esos momentos es en su tobillo.

—Yo necesito cambiarme de ropa —interviene de nuevo Cris—. Mis cosas están en la casa de tus tíos, Alan.

—Yo también quiero cambiarme —añade Paula.

El francés escucha lo que las chicas están diciendo mientras se bebe un refresco. Durante todo ese tiempo que llevan en el hospital, ha estado pensando en la manera de que Paula le tome en serio. Parece que no hay forma de que lo haga. Ni rajándose el dedo. La herida ya está cubierta con una tirita que le pidió a una joven enfermera, a la que no hizo caso pese a su movimiento de pestañas y su escote. Ahora no está para flirteos.

—Podemos hacer una cosa. Yo voy con Paula a la casa de mis tíos, recogemos las cosas y os las traemos al hospital —señala Alan al tiempo que encesta la lata vacía en una papelera.

—Por mí, bien —apunta Cris.

—Traed también lo de Diana, por favor —añade Mario.

Alan mira a Paula. No está seguro de que quiera ir con él, a solas, de vuelta a la casa de sus tíos. Pero sus dudas quedan resueltas cuando la joven se pone de pie y abre la puerta de cristal de la sala de espera.

—Luego nos vemos, chicos. Avisadnos si hay cualquier novedad —dice antes de salir de aquella enorme habitación.

Agarra de la mano a un sorprendido Alan y juntos abandonan el lugar.

—El coche lo has dejado en el *parking*, ¿verdad?

—Sí.

Cuando llegaron al hospital, Alan condujo el todoterreno hasta la puerta delantera para dejar a Diana lo más cerca posible de la entrada. Una camilla la recogió rápidamente y sus amigos la escoltaron, acompañándola hasta dentro. El francés fue el único que permaneció en el cuatro por cuatro, que aparcó en el *parking* del centro hospitalario.

—Has estado muy bien antes —le comenta Paula mientras caminan.

—¿Cuándo?

—Cuando has hablado con la madre de Diana.

—La mujer estaba muy nerviosa y necesitaba escuchar que ella no tiene la culpa de lo que le pasa a su hija.

—¿Se lo has dicho sinceramente? ¿Tú crees que ella no tiene la culpa?

—No lo sé. Pero eso importa poco. Los motivos a veces son lo de menos.

No está totalmente de acuerdo con lo que dice, pero no quiere llevarle la contraria en ese momento. Para ella los motivos sí son importantes. Siempre o casi siempre. Sirven para llegar a una conclusión, para comprender los acontecimientos. Paula no cree que la madre de Diana tenga la culpa de que su hija vomite la comida para estar más delgada. En realidad, no se ha parado a pensar las razones por las que su amiga ha podido empezar a hacer eso. Siempre ha sido una chica delgada, con sus curvas. Y, aparentemente, el problema ha comenzado hace poco tiempo. ¿Tiene que ver su relación con Mario con aquel asunto? No lo sabe y tal vez sea mejor no saberlo. De momento.

La pareja entra en el *parking* y sube hasta la tercera planta, donde está aparcado el todoterreno. Suben. Alan coloca bien el retrovisor, que estaba mal puesto, y arranca. El coche sale del aparcamiento y, después, del hospital. El sol comienza a ocultarse en aquella tarde limpia de nubes de finales de junio.

—¿Estás muy cansada? —le pregunta el chico, rompiendo el silencio en el que llevan inmersos unos minutos.

—Sí. Sí lo estoy.

—Se te nota.

—A ti también se te nota que estás cansado.

Rotonda y giro hacia la izquierda para coger la carretera que conduce hasta la casa de sus tíos.

—Yo no estoy cansado —la rectifica Alan.

—¿No? Pues estás muy serio.

—Hemos estado no sé cuánto tiempo en un hospital. No es un sitio que me motive demasiado.

—A mí tampoco. No me gustan nada los hospitales.

—No es mi mejor día.

—Para ninguno lo ha sido.

El sol va cayendo despacio, por el horizonte, dejando una franja naranja sobre el cielo, que poco a poco se va apagando.

De nuevo regresa el silencio. A Paula se le caen los ojos y Alan conduce despacio, observándola de vez en cuando de reojo. Casi no hay coches en la carretera.

—¿Te estás durmiendo?

—No, claro que no —responde ella después de dar un respingo sobre el asiento.

—Sería una pena que te durmieras ahora.

—¿Por qué?

—Mira.

El chico señala el cielo a través del cristal. Aquel atardecer podría ser la imagen de cualquier postal.

—¡Qué maravilla! —exclama ella.

—Sí, es muy bonito.

—¡Guau, es precioso...!

—Como tú.

No ha podido remediarlo. Se lo ha tenido que decir. Mirándola, es imposible pensar en otra cosa. Nunca había conocido a nadie como ella.

—Venga, Alan. No...

—Es que es verdad. Eres preciosa —la interrumpe, mientras la observa.

—Anda, mira hacia delante, no vayamos a sufrir un accidente y tengamos que volver antes de tiempo al hospital.

—Otra vez igual. Siempre lo mismo.

El joven resopla y devuelve sus ojos a la carretera. Le desespera que Paula ignore lo que siente. Pero, aprovechando un descampado junto al arcén, saca el todoterreno de la calzada y aparca.

—¿Qué estás haciendo? —pregunta la chica con voz temerosa.

—¿Por qué no me das una oportunidad?

—¿Qué?

—Mira el sol. Es una estampa increíble.

—Si ya lo veo, pero...

—Es el momento ideal, el sitio perfecto para que tú y yo empecemos algo.

—Alan, yo...

—¿Por qué no crees en mí? Sé que te gusto. Que te atraigo. Pero no eres capaz de arriesgarte conmigo.

—No sé a qué viene ahora esto.

El francés suspira. Pero no se va a rendir.

—¿Piensas que te seré infiel? ¿Que a las primeras de cambio te abandonaré por otra? ¿Es eso lo que piensas?

—No pienso nada.

—¿Entonces?

Ahora es Paula la que suspira, la que busca un argumento al que agarrarse.

—No lo sé, Alan. No sé qué es exactamente lo que me pasa contigo para no querer empezar una relación. Es algo que siento desde el día en que te conocí.

—¿Desde entonces ya piensas en mí?

Paula no sabe qué responder. Ha descubierto algo que no debería haber dicho.

—No lo sé.

—Sí que lo sabes. Pero no quieres reconocerlo. Te gusto, Paula.

—Me gustan cosas de ti. Eres un chico muy guapo, muy atractivo. Y tienes cosas en tu personalidad que me atraen. Pero...

—¿Pero?

—Hay otras cosas de ti que me echan hacia atrás.

—¿Qué cosas?

—Ya las sabes, Alan. Tu prepotencia, tu arrogancia... Tu falta de seriedad en momentos en los que deberías tomarte las cosas de otra forma...

La chica se queda en silencio y lo mira a sus penetrantes ojos verdes.

—¿Algo más?

—No lo sé. Son sensaciones que tengo contigo. Sensaciones que me piden que eche el freno, que no dé ni un paso más.

—Pero esas sensaciones pueden cambiar. Como yo. Yo también puedo cambiar.

—¿Tú, cambiar?

—Sí, ¿por qué no? No te digo que vaya a convertirme en otra persona completamente distinta, pero sí que puedo modificar algunos aspectos de mí. Mejorarlos. O, por lo menos, intentarlo.

Paula sonríe y vuelve a contemplar el paisaje.

—Te creo, pero al mismo tiempo sé que no me estás diciendo la verdad.

Esta vez Alan no responde. Paula se vuelve hacia él, que continúa mirándola. De nuevo esa atracción. Ese cosquilleo. Esa sensación de querer algo que no puede ser. ¿No puede o no debe ser?

—Me apetece mucho besarte —le confiesa el francés.

Paula suspira. A ella también le apetece. Pero no quiere, no puede, no debe.

—Muchísimo. Cada vez más —insiste Alan, inclinándose lentamente sobre ella.

—Alan, no...

—Y más.

Un nuevo suspiro de la chica, que ve como se acerca. Debe detenerle. Tiene que hacerlo. Aquello no puede ser. Pero el atardecer, su atractivo, sus labios... Sus labios están próximos. No quiere, no puede. Sus labios se rozan despacio. Despacio. Se tocan. Se unen.

Se sienten.

Es un beso prohibido para Paula y deseado para Alan.

El beso, ¿preludio de una oportunidad?

Capítulo 91

Ese día de finales de junio, en un lugar alejado de la ciudad.

Bill Murray se baja del taxi y besa a Scarlett Johansson. Se despiden mientras suena el *Just like honey*. Ella se vuelve una vez más para mirarle y él entra de nuevo en el taxi que lo llevará al aeropuerto. Es el final, sencillo pero perfecto, de *Lost in translation*.

Katia y Álex sonríen. Irene bosteza.

—¿Te ha gustado? —pregunta el chico.

—Sí, mucho.

—Es la mejor película que ha hecho Scarlett.

—No las he visto todas, pero sí, también me lo parece. Es una gran película. Te deja un sabor de boca muy bueno.

—Pues a mí me parece un poco plana y pesada —opina Irene.

—Si ya la habías visto y no te gustaba, ¿por qué te has quedado aquí viéndola otra vez?

La respuesta es sencilla. No va a dejarle solo con Katia. Seguro que, a la mínima posibilidad, la cantante se lanza a su cuello. Tiene muy claro que, después de la conversación que han mantenido las dos en la cocina, han comenzado las hostilidades. Y ella no va a dar ninguna ventaja.

—Porque me apetecía —responde malhumorada—. Y porque no tenía otra cosa mejor que hacer.

La chica del pelo rosa la mira y le sonríe. También sabe el motivo por el que no se quiere separar de su hermanastro estando ella allí. Ha empezado una especie de guerra entre ambas en la que el objetivo es Álex. Sin embargo, el escritor desconoce por completo lo que se está fraguando.

Katia se pone de pie y estira los brazos y las piernas.

—No me apetece nada coger el coche para volver a casa. ¡Qué pereza...!

—Se está haciendo ya de noche. ¿Por qué no te quedas a dormir aquí? —le propone el joven.

—No, es mucha molestia y...

—¡¿Qué molestia?! Si anoche nos quedamos nosotros en tu casa —indica Álex con una gran sonrisa—. Anda, quédate.

Irene se muerde los labios y la lengua para no decir nada fuera de tono y meter la pata. Pero tiene unas ganas enormes de echar a Katia. Seguro que está tramando algo.

—Bueno, pues entonces me quedo. Si a ti no te parece mal... —responde Katia mirando a Irene.

—No, no. Por mí, quédate —comenta Irene, disimulando para que su hermanastro no se dé cuenta de cómo le ha sentado aquello.

—OK. Entonces me quedo a dormir. Pasaré la noche con vosotros.

—¡Genial!

—Sí, sí, genial... —repite Irene entre dientes.

—Si queréis, preparo yo la cena para compensaros por vuestra amabilidad.

—Vale. Yo, mientras, me doy una ducha, que la necesito —señala Álex, que también se pone de pie.

—Claro. Tú dúchate. Nosotras nos encargamos de todo.

—Yo tengo que hacer algo también. Así que tendrás que hacer la cena sola —indica Irene.

—Tú, con tal de librarte siempre... —protesta su hermanastro.

—¡Hey! ¿Quién fregó antes?

—No hablemos más de eso, que aún hay charcos de agua en la cocina.

La cantante sonríe nerviosa.

—No te preocupes, yo preparo la cena sola. Ya sé dónde están todas las cosas.

—Vale, yo friego luego —apunta Álex.

—Y yo hago el café —añade Irene.

Y, mientras Katia se dirige a la cocina, los hermanastros suben a la planta de arriba.

—¿Sigues enfadado conmigo por lo del agua? —le pregunta Irene en la escalera.

—No. Fue una broma. Ya está olvidado.

—¿Ni tampoco por bostezar viendo tu película favorita?

—Eso tiene más delito —responde él con una de sus preciosas sonrisas—. Pero no te voy a obligar a que te guste *Lost in translation.*

Álex parece de buen humor. Seguro que es porque Katia se queda esa noche a dormir. Irene está convencida de que entre ellos puede surgir algo en cualquier momento. ¡Tiene que anticiparse! Ella tiene sus posibilidades: es guapa, sexi, lista, divertida... y ha cambiado. O eso ha intentado darle a entender a su hermanastro. Ahora es un poco más como a él le gustaría que fuera. Como Paula o como Katia. ¿Por qué no iba a querer nada con ella?

—Es una buena peli. Pero le falta algo.

—Para mí es perfecta.

Los chicos llegan arriba y Álex entra en su habitación para coger la ropa que va a ponerse después de la ducha.

Irene le sigue y también entra en el cuarto. El joven la observa extrañado cuando ella cierra la puerta.

—¿Podemos hablar? —le pregunta, tímida y nerviosa.

—¿Ahora? Me voy a duchar.

—Es importante.

Álex percibe la tensión de Irene en sus ojos. ¿Qué le querrá decir para que esté de esa manera?

—Vale, hablemos. Me ducho luego.

—Gracias.

El chico se sienta en la cama. Su hermanastra se acerca hasta él y se acomoda a su lado.

—¿Qué es lo que pasa?

—¿No te lo imaginas?

Álex piensa un instante. Pero no recuerda nada de lo que tengan que hablar.

—No.

—¿No has notado nada en mí?

El chico la examina detenidamente, pero sigue sin darse cuenta de lo que le está hablando.

—¿Te has cambiado el color del pelo? Yo soy muy malo para esas cosas.

—No seas tonto. No me he cambiado el color del pelo.

—Ah, entonces no es eso.

—Claro que no.

—¿Qué es entonces?

Irene resopla. Está muy nerviosa. Como nunca. Jamás había pasado por un momento tan difícil. Ni siquiera cuando Álex la echó de su casa hace tres meses. Entonces ya le dijo que le quería, pero él no les dio importancia a aquellas palabras. Estaba tan enfadado que no consideró que lo que le decía era que se había enamorado de él. Las circunstancias ahora son distintas. Han cambiado mucho. Aunque sus sentimientos continúan siendo los mismos.

—¿Recuerdas lo que sucedió en marzo?

—Pasaron muchas cosas en marzo.

—Sí. Una de ellas fue que me vine a vivir aquí.

—Esa fue una de ellas.

—Otra, que me echaste de casa.

—¿Vas a hablarme de eso ahora? No creo que sea el momento para...

—No, no quiero hablar de eso —le interrumpe, y coloca una mano en una de sus rodillas—. Lo pasé muy mal cuando sucedió todo aquello. No quiero recordarlo.

—Pero te vino bien. Has cambiado mucho desde entonces.

La chica sonríe. Poco a poco va avanzando hasta donde pretende.

—A eso quería llegar. Hace tres meses, tú y yo nos odiábamos.

—Bueno, no tanto.

—Pues yo sí te odié a ti. Pero era un odio... pasional.

—No entiendo qué quieres decir.

—Que te culpaba de todo, Álex: de que no me fuera bien y de que me mandaras a vivir con Mendizábal. Te odiaba... porque te quería.

El escritor se queda sin palabras cuando escucha a su hermanastra. Irene siente que es el momento de lanzarse.

—Sí. Te quería. Y tres meses después, te sigo queriendo. A pesar de todo lo que ha pasado entre nosotros, estoy enamorada de ti.

Capítulo 92

Ese día de finales de junio, anocheciendo, en un hospital cercano a la ciudad.

El novio de la madre de Diana les ofrece un caramelo de limón. Mario y Cris le dan las gracias, pero lo rechazan. El hombre guarda el paquete en un bolsillo del pantalón y se sienta junto a Débora. No hacen mala pareja. Casi tienen la misma edad, Diego un par de años más, y físicamente se complementan bastante bien. Aunque a Diana no le gusta demasiado. No se conocen mucho porque apenas han compartido una cena juntos, la de su presentación. Luego, varias conversaciones formales y nada más.

Todos continúan inquietos, especialmente Mario, que se muestra muy decaído y cabizbajo.

—Debes animarte —le susurra Cris.

—Ya lo sé. Pero es que tengo muchas ganas de verla y de que salga ya de aquí. Estoy muy preocupado.

—Es lógico que estés preocupado, pero Diana está en buenas manos —intenta tranquilizarle su amiga, sonriendo—. ¿Quieres que demos una vuelta por los alrededores del hospital a ver si te despejas un poco?

—No. No tengo ganas de andar. Además, con el pie así...

—Es verdad, tienes el tobillo mal. ¿Te duele mucho?

—Si no me muevo, no.

—Entonces es mejor que reposes.

—Si quieres, vete tú a dar una vuelta.

—No, no. Yo me quedo aquí contigo hasta que vengan Paula y Alan.

En ese instante, un médico entra en la sala de espera y camina hasta la zona donde los cuatro están sentados.

—Si quiere, ya puede entrar con otra persona a ver a su hija —le comenta a Débora.

—¿Sí? ¿De verdad? ¿Está bien?

—Un poco mareada, pero está consciente y quiere verla. También ha dicho que tiene muchas ganas de ver a Mario.

Cris, Débora y Diego miran al joven con una gran sonrisa. El chico, en cambio, enrojece y, muy nervioso, se levanta de la silla. La mujer también lo hace y juntos salen de la sala de espera.

—¿Es su novio? —pregunta Diego.

—¿Perdón?

—¿Es Mario el novio de Diana? —le repite Diego a Cristina, a la que le ha sorprendido que el hombre le pregunte algo así.

—Sí —responde en voz baja.

No sabe hasta dónde puede contarle. Le resulta bastante incómodo hablar de ese tipo de cosas a alguien que casi no conoce y que, además, es el novio de la madre de Diana.

—Parece un gran chaval.

—Sí, lo es.

—Y tiene cara de chico inteligente. Seguro que saca muy buenas notas.

—Es el mejor de la clase.

—¿Sí? ¡Vaya! Diana se lleva un buen partido, por lo que me cuentas.

Y, tras decir esto, suelta una gran carcajada. Luego se queda en silencio. Saca otra vez el paquete de caramelos y de nuevo le ofrece uno a Cris.

—No, muchas gracias.

—¿Quieres que te vaya a por un sándwich?

—No, de verdad.

—Venga, Cristina, te invito a algo. Que sé que no habéis comido casi nada hoy.

Está en lo cierto. Y, en realidad, sí que tiene hambre, pero no dinero.

—Bueno, si insiste.

El hombre esboza una gran sonrisa y se incorpora.

—¿Te gustan los sándwiches mixtos?

—Sí.

—¿Con una Coca-Cola?

—Vale.

—Pues enseguida lo traigo. Espérame.

—Muchísimas gracias.

Diego sale de la habitación por la puerta de cristal, dejando allí sola a Cristina, un poco azorada. Unos treinta segundos más tarde, una madre con su hija entran en la sala de espera.

—¡Hola, Cris! —grita la mujer recién llegada al verla y le da dos besos—. ¿Qué haces aquí sola? ¿Dónde está Mario?

A la chica le cuesta reaccionar. Aquella señora es la madre de su amigo y de Miriam, que la acompaña. Esta, con los brazos cruzados y muy seria, ni la saluda. Su actitud no solo tiene que ver con lo que le ha sucedido a su amiga.

—Pues... ha ido a ver a Diana a la habitación. Se acaba de ir con Débora.

—¿Y el resto?

—Paula y Alan han ido a recoger nuestras cosas a la

casa en la que estábamos pasando el fin de semana. Y el novio de Débora ha salido ahora mismo a por algo de comer.

—¿Cómo está Diana?

—Parece que bien. Le han hecho pruebas y pasará la noche aquí. Solo ha sido un susto —le cuenta la chica, obviando la parte referida al asunto de la comida.

—¡Menudo susto! Cuando nos llamó Mario hace un rato y nos dijo que estaba en el hospital..., ¡casi me da algo!

La mujer se sienta en una de las sillas de la sala de espera. Miriam se queda de pie. Todavía no ha dicho nada. Su madre, en cambio, continúa haciendo preguntas hasta que aparece otra vez Diego, que lleva en las manos un sándwich mixto y una lata de Coca-Cola que entrega a Cris. Esta los presenta y se coloca de pie junto a la mayor de las Sugus, que abandona la sala de espera excusándose con que va al baño. Cristina deja la comida y la bebida sobre una silla y la sigue.

—Miriam, ¡espera! —exclama ya en el pasillo.

Pero la chica no le hace caso y continúa caminando deprisa. Entra en el cuarto de baño y cierra la puerta. Cris se queda fuera, esperando. Quiere hablar con ella, hacer las paces, pedirle una vez más perdón. Lo necesita. Y espera que ella, aunque siga enfadada, también lo necesite. Las Sugus no pueden terminar de esa forma.

Diez minutos más tarde, Miriam abre la puerta del cuarto de baño. Cuando ve allí a la otra chica, se sorprende de que siga esperándola y amaga con meterse otra vez dentro. Pero Cris pone el pie y evita que cierre la puerta.

—Por favor, Miriam, habla conmigo.

—No tengo nada de qué hablar.

—Por favor.

—No me apetece hablar contigo.

—No lo hagas por mí, hazlo por el resto del grupo. Por favor, solo un minuto.

La mayor de las Sugus resopla y se sienta en un banco para dos personas que está en ese pasillo, pegado a la pared. Cristina se coloca a su lado.

—A ver, ¿qué quieres?

—Pedirte perdón una vez más. Estoy muy arrepentida de lo que he hecho. Lo siento.

—Has traicionado mi confianza y nuestra amistad.

—Lo sé, lo sé. Nunca lo debería haber hecho. Me equivoqué. Armando me gustaba y...

—No pronuncies su nombre. No quiero saber nunca más de él.

—Lo siento —dice Cris suspirando—. No volveré a nombrarlo.

—Ese gilipollas no se merece nada. Ni que hable de él.

Las dos guardan silencio un instante. Cris la mira, pero Miriam rehúsa cualquier tipo de contacto visual o físico con ella.

—Perdóname, por favor. No te puedo pedir que todo vuelva a ser como antes. He cometido un fallo muy grande y debo pagarlo. Pero podemos tener un trato cordial y ver lo que el tiempo hace con nuestra amistad. No solo por nosotras dos, sino también por Paula y por Diana. Estoy dispuesta a lo que sea. Por favor, Miriam, perdóname.

En ese momento, la chica se vuelve y contempla los ojos empañados de Cris. Respira con fuerza y habla.

—Yo confiaba en ti. Sabía que entre Armando y tú existía una química especial. O al menos en ti lo veía. Tus ojos te delataban. Y aunque vosotras pensáis que yo no me doy cuenta de las cosas, me entero de más de lo que os creéis. Soy la menos lista de todas, pero no soy tan tonta. Decirte esto, además, me duele. No pienses que no. Porque él lo único que ha demostrado es que es un cabrón que solo iba a lo que iba. Pero tú eras mi amiga y, a pesar de percibir el rollo que os traíais, confiaba en ti. ¡Joder, eras Cris, una de las mejores tías que he conocido y una de las mejores amigas que nunca he tenido! De ti jamás habría sospechado que hicieras algo así. Y, sin embargo, por un rato de no sé qué, porque ni siquiera tuvisteis sexo, te has cargado mi amistad y la unión de un grupo, nuestras queridas Sugus. —La chica traga saliva y se pone de pie. La mira a los ojos y le lanza su último puñal envenenado—. No, no te perdono. Lo siento mucho. Y, por favor, no me vuelvas a hablar jamás.

Miriam camina despacio por el pasillo, alejándose. Ya no necesita huir de ella porque sabe que no la seguirá. El corazón de Cristina es hielo y siente tanto horror que ni siquiera puede llorar. Simplemente, se ha quedado petrificada.

Coloca una mano en su barbilla y, como si no existiera, deja de pensar.

Capítulo 93

Ese día de finales de junio, en un hospital cercano a la ciudad.

Cuando ha visto a su madre y a Mario entrar en la habitación, se ha puesto a llorar. Le duele la cabeza y está todavía bastante aturdida. Pero ha sido tanta la emoción que Diana no ha podido reprimir las lágrimas. Débora la ha abrazado y ella le ha pedido disculpas por hacerle pasar aquel mal rato. Han transcurrido diez minutos en los que apenas han hablado, aunque se han dicho muchas cosas entre madre e hija. Mario se ha mantenido en un segundo plano, de pie, esperando su momento, que parece que ahora llega.

—Voy a ver al médico. Os dejo un rato para que habléis de vuestras cosas —dice la mujer, que le da una palmadita en el hombro al chico y abandona la habitación.

Mario sonríe débilmente y ocupa la silla junto a la cama en la que antes estaba sentada Débora. Diana extiende su brazo y él le coge la mano. Está nervioso.

—Te tiembla la mano —le dice la chica, a la que le cuesta bastante hablar.

—Eso son imaginaciones tuyas —contesta Mario, apretando con fuerza sus dedos.

—Ya, imaginaciones.

—Claro.

Le duele mucho verla así. Está acostumbrado a su vitalidad, a su voz llena de fuerza, a que le ordene y le reproche alguna de las cosas que hace. «Tienes esa cualidad, me haces enfadar». Contemplarla allí postrada, sin moverse, con el tubito del suero enganchado a uno de sus brazos y oculta bajo aquel hilito de voz, hace que se le forme un nudo en la garganta.

—¿Y los demás?

—Abajo. Nos han dicho que subamos solo dos, imagino que para no marearte mucho. Y hemos venido tu madre y yo. Luego se pasará por aquí el resto.

—Os estoy dando muchos problemas a todos.

—¡No digas eso! Lo que te ha pasado nos podía haber sucedido a cualquiera. No tienes que reprocharte nada.

—Tú sabes que no es así.

Los ojos de Diana trasmiten mucha tristeza. No solo se siente mal por el golpe: tiene un enorme sentimiento de culpabilidad por la situación en la que ha implicado a sus amigos y a su madre.

—Ahora lo importante es que te cures.

—¿Y luego, qué?

—Luego, ya veremos.

—¿Saben ya lo de la comida?

La expresión de Mario cuando oye la pregunta le delata. No se la esperaba. No quiere mentirle, le tiene que contar la verdad.

—Sí.

—Vaya...

—Los médicos le preguntaron a tu madre si tú tenías problemas con la comida. Y ella, claro, no sabía nada. Después habló con nosotros.

—Y se lo contasteis todo.

—Sí. Está confusa y muy preocupada.

—Pobre. Se lo estoy haciendo pasar fatal.

—Todos lo estamos pasando mal.

Diana suelta la mano de Mario y esconde el brazo bajo las mantas.

—Lo siento.

—No pidas más veces perdón. No tienes que hacerlo.

—Es que... —le tiembla la voz al hablar—, me siento muy mal.

Sus ojos se vuelven a humedecer. El chico se levanta de la silla y se sienta en el borde de la cama. Busca su brazo bajo las mantas y le coge de nuevo la mano.

—Vamos a salir de esto —indica con gran firmeza.

—Me siento tan mal por todo...

—Es normal que estés así. Pero ya verás como mejoran las cosas. Yo voy a estar a tu lado para lo que necesites.

Mario sonríe. Aunque por fuera intente mostrar valor, por dentro se muere de miedo. Y, como todos, está muy preocupado por el problema de Diana. Sin embargo, en ese instante, mirándola a los ojos, se exige a sí mismo esconder sus temores y sacar toda la fuerza de la que dispone para ayudar a su chica.

—Gracias. Te quiero mucho.

—Yo también.

—No sé qué haría sin ti.

—Pues estarías con otro.

Por primera vez desde que llegó a la habitación, Diana sonríe.

—Nadie me hace enfadar como tú —responde al tiempo que le suelta la mano y se seca los ojos con la manga.

—Eso es lo más bonito que me han dicho nunca.

El chico se inclina sobre ella y la besa en los labios. Despacito. Saboreando ese instante que estaba deseando volver a disfrutar. ¡Cuánto ha echado de menos durante esas horas poder besarla!

Mario se separa de Diana, que mantiene los ojos cerrados.

—Creo que tengo que pasar la noche aquí —comenta en voz baja.

—Sí, eso me han dicho. Pero no es por nada malo.

—Por algo bueno no será.

—Precaución. No sé si te harán más pruebas.

—¿Tú te irás a casa?

—No. Me quedaré contigo toda la noche. Mi madre ya está avisada.

Abre otra vez los ojos y lo mira agradecida.

—Se enterarán de lo nuestro.

—Creo que algo ya intuyen. Se llevarán una alegría. Por fin verán que salgo con una chica.

—Igual, cuando descubran que soy yo, no se alegran tanto.

¿Era irónico? Así lo entiende Mario. Pero Diana tiene un poco de miedo a la reacción de los padres de su chico cuando les diga que están juntos. Él es tan centrado, inteligente y responsable... Justo lo contrario que ella. Y, si a eso se le suma aquello que le está pasando, muy contentos no se van a poner.

—Mis padres estarán encantados contigo.

—No estoy yo tan segura. Tu madre me ha dicho muchas veces que estoy loca.

—¿Y no es verdad?

—Sí.

—Mi madre solo te ha conocido como la amiga de Miriam. Pero no sabe cómo puedes ser como la novia de su hijo.

La chica sonríe y se pone la mano que tiene libre en la frente.

—Espero que no se asuste —señala alzando levemente la voz.

—Pues ya verás cuando le suelte que nos casamos.

Diana da un pequeño brinco en la cama.

—¿Cómo?

—Lo he estado pensando. Tenías razón. No sé por qué no te dije que sí directamente. Te quiero y me gustaría casarme contigo.

—Pero ¿estás seguro?

—Sí. Mis sentimientos están muy claros. Sé que pasaremos por momentos malos, pero seguro que también por muchos buenos. Y, pase lo que pase, estaré contigo.

Una lágrima resbala por la mejilla de Diana, que respira hondo y suelta el aire con los ojos cerrados.

—Entonces, ¿cuándo nos casamos?

—Mmm... ¿Qué te parece en junio de dentro de cinco años?

—¿Cuando termines la carrera?

—Cuando tú y yo terminemos la carrera.

—Yo no creo que...

—Shhh... No hablemos de eso ahora.

—Vale.

Mario vuelve a inclinarse sobre la chica y le da otro beso en la boca. Ahora con más energía, con más pasión que antes.

La puerta de la habitación se abre. Es Débora, acompañada del médico. Rápidamente, el chico se separa de ella y se pone de pie.

—Vaya, ya veo que estás bastante mejor —comenta la mujer sonriente.

Los dos chicos se sonrojan, sobre todo Mario. Los han pillado.

—Mamá, esto no es lo que parece —dice Diana quejosa, incorporándose sobre la cama.

—No te preocupes, si me gusta... Mientras consiga que apruebes todo, yo, encantada.

—¿Solo te gusta por eso?

—No. Hay que reconocer que es muy guapo. Tienes buen gusto. Y muy simpático y buena persona.

—Mamá, tú ya tienes novio... —protesta Diana, fingiendo que se enfada—. Además, le estás poniendo nervioso.

Los tres miran al joven, que no sabe dónde meterse.

—Yo... —balbucea Mario.

—Tú mejor no digas nada —le interrumpe su novia.

El doctor, Débora y Diana ríen. Pero el chico cada vez está más rojo de vergüenza. No está acostumbrado a ese tipo de escenas familiares.

Azorado, mira a Diana y termina sonriéndole.

Ambos saben que queda mucho por hacer y que deberán pelear por mantener viva su relación esos cinco años, pero están felices con su promesa. La promesa de quererse durante todo ese tiempo.

Capítulo 94

Ese día de finales de junio, en un lugar apartado de la ciudad.

Termina de recoger las cosas de Cris y se cuelga la mochila de su amiga en el hombro derecho. En el izquierdo se coloca la suya. Alan, por su parte, se ha encargado de la ropa de Diana y de Mario.

Antes, Paula se ha refrescado y se ha cambiado. Lo necesitaba.

Durante todo ese tiempo no ha podido dejar de pensar en lo que ha pasado en el coche con Alan. No lo había buscado ni imaginaba que volver a solas con él en coche terminaría de esa forma.

¡Qué lío!

Si es sincera consigo misma, debe reconocer que le ha gustado el beso que le ha dado el francés. Mientras se besaban, sentía que sí, que podía ser, que aquella historia era factible. Él tiene algo que la atrae... Pero también algo que le aleja. Sin embargo, si cambiara y se comportara de otra manera, más sincera, más normal, una relación con él sí sería posible.

¿Se arriesga? ¿Le da esa oportunidad?

—¿Vienes? Yo ya estoy listo —le dice el chico desde el umbral de la puerta de la habitación.

También va con dos mochilas a cuestas: la de Diana y la

de Mario. Y se ha cambiado de ropa. Se ha vestido con vaqueros azules y una camiseta negra ajustada que le marca mucho los brazos. Una tentación para cualquier chica.

—Voy.

Paula sale del cuarto y camina junto a él por el largo pasillo de la primera planta.

—Espero no haberme dejado nada por guardar —comenta Alan en cuanto comienza a bajar la escalera.

—Bueno, si se nos ha olvidado alguna cosa, ya nos la traerás tú.

—O regresáis vosotros a por ella. Queda mucho verano por delante y puede que repitamos, ¿no?

—No lo sé. Esta casa es genial, la mejor en la que he estado en mi vida. Pero, después de todo lo que ha pasado, le he cogido algo de miedo.

—Y eso que no has visto a los fantasmas que viven aquí y se aparecen de noche.

Los dos sonríen.

Parece tranquilo, aunque es solo apariencia. Desde que la besó, no piensa en otra cosa. Ella le ha pedido tiempo. ¿Cuánto? No lo sabe, pero le ha prometido que lo pensará. Paula ha reconocido que le gusta y que se siente atraída por él. En cambio, no tiene tan claro lo de empezar una relación. Debe hacer que confíe más en él, así que intentará no equivocarse.

La pareja llega a la planta de abajo y salen de la casa. Ya ha anochecido por completo. Juntos han visto cómo caía el sol y se escondía entre las montañas de la sierra. Ha sido un momento que ninguno de los dos jamás podrá olvidar.

—¿Quieres que vayamos en el Ferrari? —pregunta el chico, ya en el garaje.

—Vale. Nunca he montado en uno.

—Pues es una buena oportunidad para tu primera vez.

Alan abre el maletero y guardan las cuatro mochilas dentro. Sin embargo, cuando están a punto de subir al coche, otro vehículo llega. Es el Aston Martin de su tío. La que conduce es su prima y a su lado, en el asiento del copiloto, viaja otra chica, alguien a quien el francés jamás hubiera imaginado que volvería a ver.

Las dos jóvenes se bajan del coche y se dirigen a Alan, que no puede creerse que ella esté allí.

—*Mon chéri! J'avais une grande envie de te revoir!* —grita la recién llegada.

—*Monique! Mais qu'est-ce que tu fais ici?*

La suiza se lanza a los brazos del joven y le planta un gran beso en la boca.

Davinia sonríe mientras Paula no entiende nada. ¿Quién es aquella chica que habla en francés y por qué demonios está besándole?

—*Ta cousine m'a invité* —señala muy emocionada—. *Elle m'a dit que ça serait super, une vraie surprise. C'est fantastique d'être ensemble, n'est–ce pas?*

Y vuelve a besarle. En el beso, el chico permanece con los ojos abiertos, fulminando a Davinia con la mirada. Le ha vendido de la forma más cruel.

—Ha dicho que se alegra de darle una sorpresa y que está muy contenta de que estén de nuevo juntos —le traduce Davi a Paula, que sigue en estado de *shock*.

—¿Es su novia?

—Sí. Vive en Suiza.

Alan se aleja de los brazos de Monique y mira a Paula.

—No es mi novia.

—Entonces, ¿por qué te ha besado?

—Porque...

Pero la joven suiza se le acerca por detrás y lo abraza apoyando las manos en su pecho. Luego, curiosa, observa a Paula.

—*Qui est cette fille? Est–ce qu'elle travaille à la maison?*

Alan duda qué responder. Está en el centro de un huracán del que es imposible salir.

—Ha preguntado que quién eres tú. Que si eres una trabajadora de la casa —traduce, de nuevo, Davinia, que no puede reprimir una sonrisa de oreja a oreja.

Paula no lo soporta más. Aquello es demasiado.

—Dile que soy una antigua amiga de Alan, de la que tu primo debe olvidarse para siempre, y que ya me voy.

Y, mientras Davi le traduce a Monique lo que le ha dicho, Paula entra en el Ferrari y cierra de un portazo que incluso hace temblar el retrovisor. El francés resopla y entra también en el deportivo.

—*Où vas–tu, mon amour?* —le pregunta la chica, apoyándose en el coche—. *Je suis venue pour être ensemble tous les deux!*

Alan no responde. Arranca y, derrapando, sale del garaje.

—No es mi novia —insiste el chico mientras conduce hasta la carretera que lleva hacia el hospital.

—Ya.

—De verdad. Monique no es mi novia. Lo nuestro terminó hace unos meses.

—Pues por lo visto ella no lo sabe.

—No es muy lista.

—Yo creo que aquí el que no ha sido muy listo has sido tú.

Paula está muy nerviosa. Rebusca en su mochila y de ella saca el paquete de tabaco. Alcanza un cigarro y se lo pone en la boca. Alan lo ve y se lo arrebata.

—Dame eso. En este coche no se puede fumar. Además, es por tu salud.

Y lo lanza a la carretera.

—¡¿Qué haces?! ¡¿Otra vez?! —exclama ella muy enfadada.

—Es por tu bien.

—¡Por mi bien sería que tú no fueras un mujeriego, que no tuvieras una novia, un ligue o una amante en cada país, y que, en lugar de un chulo, fueras un encanto y un tío con quien mereciera la pena arriesgarse!

Los gritos de Paula retumban en la cabeza de Alan, que no es capaz de pronunciar ni una sola palabra en su defensa. Alguna vez le habían hablado así, pero nunca le había dolido tanto.

Ninguno de los dos dice nada en los minutos siguientes.

—Perdóname por gritarte —señala la chica cuando están a punto de llegar al hospital.

—No te preocupes. La culpa es mía.

—Sí, en eso estoy de acuerdo. Pero las formas no son las correctas.

Alan la observa. Ella, sin embargo, no quiere mirarlo. Aunque sea lo último que haga, él decide que debe contarle la verdad.

—Monique no es mi novia —repite por tercera vez—. Lo fue. Ya ni me acordaba de ella. Lo que sí es cierto es que no me he portado bien. Este verano tenía pensado ir a verla a Suiza..., hasta que apareciste tú. Entonces cambié mis planes y me vine a España. Solo por ti. A Monique le mentí y dejé de llamarla. Mi prima, para vengarse de todo lo que le he hecho, la ha invitado para fastidiarme.

—Alan, no quiero que me des más explicaciones.

—Entiendo que estés enfadada...

—No lo entiendes. No sabes comportarte con los demás. Puede que seas un buen chico, incluso que puedas querer a alguien de verdad. Pero, ahora mismo, nadie en su sano juicio se fiaría de ti. Salvo alguien como yo, que, ¡tonta de mí!, casi me arriesgo contigo.

Los dos se miran un instante.

—Eso significa que lo nuestro no puede ser, ¿me equivoco?

—No te equivocas. Porque si te doy una oportunidad y me enamoro de ti, seguramente terminaría como esa pobre chica suiza a la que has engañado.

El Ferrari llega al hospital.

—Imagino que esto es el fin.

—Una cosa que no ha empezado no puede tener fin.

Alan sonríe con su ingeniosa respuesta y aparca delante de la puerta de entrada, en el mismo sitio en el que lo hizo cuando dejaron a Diana. Cris, que está fuera sentada en un banco, consternada por lo que ha sucedido antes con Miriam, ve el coche de su amigo y se acerca hasta él.

Paula y el francés se bajan y saludan a la chica sin ningún ánimo.

—¿Qué os ha pasado? —pregunta Cristina en cuanto observa sus caras.

—Nada —le responde Paula dándole un abrazo.

—¿Seguro?

—Sí —dice sonriente, mirándola a los ojos—. Y a ti, ¿qué te pasa? Tienes muy mala cara.

—Nada.

Pero no es verdad. Y, sin poder resistirlo más, la Sugus de limón se echa a llorar desconsoladamente. Paula, sorprendida por la reacción de Cris, la vuelve a abrazar.

Mientras, Alan saca las mochilas del maletero y las pone en el suelo. A continuación, vuelve a subir al Ferrari y, después de dar marcha atrás, se aleja del hospital, dejando una estela de dolor y confusión.

Capítulo 95

Esa noche de finales de junio, en un lugar alejado de la ciudad.

Guarda el saxofón en su funda y se moja los labios con saliva. Hacía unos días que no tocaba y ya empezaba a echarlo de menos.

Álex sale de su habitación y camina por el pasillo. Llega hasta el dormitorio de Irene, llama y espera inquieto. Nadie contesta. Despacio, abre la puerta y enciende la luz. Su hermanastra todavía no ha vuelto a casa y no está muy seguro de si alguna vez volverá.

Aunque está triste, sabe que Irene se encuentra peor. Que alguien te rechace es de las cosas más amargas que se pueden vivir, y más si llevas mucho tiempo enamorado de esa persona, como afirmaba su hermanastra. Peor aún si, además, vives en su propia casa.

Él lo sufrió con Paula. Todavía recuerda cómo le miró a los ojos y le dijo claramente que no sentía nada por él.

Ahora, en cambio, ha sido a Álex al que le ha tocado estar en el otro lado, el papel de malo, del que dice que no. Pero ¿qué podía hacer?

No es que no le guste, ella es una chica increíble. Ni tampoco que no aprecie el cambio que ha dado en los últimos meses, algo que valora muchísimo. Lo que sucede es que no está enamorado de Irene y jamás se plantearía una relación con ella. ¡Es su hermanastra!

Eso, para la joven, es un dato totalmente insignificante, secundario, como el color de ojos, el número de pie o el tipo de pelo. Ella defiende que son de padres y madres diferentes, que no llevan la misma sangre y, por lo tanto, que no hay razones por las que no puedan mantener una relación de pareja.

La discusión comenzó siendo tranquila. Muy sentida. Con buenas maneras. Una declaración de un amor imposible. Pero terminó como el rosario de la aurora. Acabó cuando Irene lanzó contra el suelo un jarroncito de cristal que se rompió en mil pedazos. Luego, salió gritando del cuarto y se marchó de la casa. Ni ha vuelto para cenar ni ha llamado por teléfono.

El chico regresa a su habitación. No está bien. Aunque su hermanastra se ha excedido al final, no le guarda rencor. Le gustaría que volviera y que todo fuera como antes, como ese último mes en el que tanto le ha ayudado con el libro. Sin ella, las cosas no hubieran funcionado tan bien.

Se tumba en la cama y piensa en Irene con la luz apagada.

—Álex, ¿estás dormido? —pregunta en voz baja Katia, que ha entrado en la habitación al ver la puerta abierta.

—No, pasa. Enciende la luz si quieres.

La cantante pulsa el interruptor y camina hasta la cama, en la que se sienta.

Ella se ha enterado de todo. Álex se lo ha contado mientras cenaban. En un principio, no quería decirle nada, pero ha terminado desahogándose. Aunque Katia se alegra de que Irene no haya conseguido lo que pretendía, no puede evitar sentir lástima por ella. La comprende. Que te digan que no es muy duro. Le pasó lo mismo con Ángel y sufrió lo indecible durante días.

—He escuchado que tocabas el saxo.

—Sí, perdona si te he despertado.

—No, no me has despertado. No podía dormir —comenta con una sonrisa—. Lo haces genial.

—Gracias. Es mi forma de desconectar.

—No te encuentras bien, ¿verdad?

—No. Lo de Irene me ha afectado mucho.

—Es normal. Es tu hermanastra y debe de dolerte lo que ha pasado.

—Ahora que todo iba tan bien, que nos respetábamos, que trabajábamos en un proyecto en común...

—Tú no tienes la culpa. Uno no se puede exigir sentir por otra persona lo que no siente. Estarías engañándote a ti y engañándola a ella.

—Ya lo sé.

El joven escritor resopla y observa a Katia. Se ha puesto un pijama de Irene. Está muy guapa y no deja de sonreír.

—Tu hermanastra volverá y lo aclararéis todo. Ya lo verás.

—Eso espero.

—Además, aunque sea un tópico, la vida sigue.

—Sí, no hay más remedio que seguir.

—Y puede ser mejor de lo que era.

Katia se desliza por la cama y se tumba junto a Álex. El chico se sorprende cuando ve que la cantante se acuesta a su lado. Una de sus manos acaricia su pierna a la altura de la rodilla.

—¿Qué haces? —le pregunta, confuso.

—Tocarte la pierna.

—Ya. Me he dado cuenta.

La cantante duda un instante debido a la reacción del chico. No parece muy receptivo. Sin embargo, se deja llevar un poco más, apoya la otra mano en su cabeza y le acaricia el pelo.

—Estás muy tenso. ¿Por qué no te relajas?

—Porque me estás tocando la pierna y la cabeza.

—¿No te gusta?

—Claro que me gusta.

—¿Entonces?

—Pues...

—¿No te gusto yo?

—No. Quiero decir que no es eso, no que no me gustes.

—¿Y qué es?

Álex se incorpora y se sienta en la cama. Katia lo imita y se acomoda a su lado.

—No es el mejor momento —sentencia.

La chica del pelo rosa escucha resignada. Al final, Irene ha conseguido que no se líen. Pero Álex tiene razón. Después de lo que ha pasado entre él y su hermanastra, no es la noche adecuada para lo que ella buscaba.

—Te comprendo.

—Me alegro de que lo entiendas. Lo siento.

—Venga, no me pidas perdón o me sentiré mal. Y con un corazón roto por hoy ya tienes bastante —indica sonriendo.

Álex acepta la broma y también sonríe.

Katia se pone de pie y camina hasta la puerta de la habitación.

—¡Espera! —exclama el chico antes de que salga del dormitorio—. No te vayas.

La joven cantante se da la vuelta expectante.

—¿Qué pasa?

—¿Por qué no dormimos juntos?

—¿Qué?

—Si quieres, claro. No me preguntes el motivo, pero me apetece dormir contigo esta noche.

De todas las cosas que podía imaginar que le pidiese, esa era la última.

—¿De verdad quieres que me quede a dormir contigo?

—Sí, por favor.

—Bueno..., vale.

La chica apaga la luz y camina otra vez hacia la cama.

—¿Qué lado quieres? —le pregunta Álex, colocándose en el medio.

—Me da igual. El que tú me dejes.

—Para ti el izquierdo, entonces. —Y él se tumba en el derecho.

Nerviosa, la cantante se acuesta despacio en el otro lado. Sus rostros están uno enfrente del otro. La débil luz que entra por la ventana de la habitación permite que puedan verse.

—¿No te incomoda que durmamos así?

—No. Me gusta. ¿Y a ti?

—También me gusta.

Durante unos segundos continúan con los ojos abiertos: Katia, superando la tentación de besarle; Álex, con la sensación extraña de haber rechazado a dos increíbles chicas, de dos maneras diferentes, que querían dos cosas distintas, en la misma noche; triste por Irene y feliz porque Katia esté junto a él.

El escritor es el primero que cierra los ojos. Cuando lo hace, inmediatamente también los cierra la cantante.

—Buenas noches, Katia.

—Buenas noches.

Y, aunque la vida para ellos deparará grandes cambios en los meses siguientes, esa noche se han ido a dormir imaginando que entre los dos podría surgir una bonita historia de amor.

Capítulo 96

Una mañana de finales de junio, en un lugar de la ciudad.

Se ha levantado temprano. Después de hacer la cama, se ha duchado y vestido: camisa blanca, falda ajustada y tacones. Luego ha desayunado un café y unas tostadas de pan integral con mantequilla. Ha cogido el coche y se ha marchado a trabajar, como cualquier otro día laborable. Pero para Sandra aquel no va a ser un lunes cualquiera.

Apenas ha cruzado un escueto «buenos días» y un «me voy al periódico» con su padre. La discusión de ayer continúa presente en el ambiente.

En la redacción todos la saludan con respeto. Algunos la temen, otros no tienen suficiente confianza y otros, simplemente, están liados con sus labores. Entre ellos está Carlota Sánchez. Ella es la elegida, una joven recién llegada que tiene buenas aptitudes para ejercer el periodismo. Sandra la manda llamar a su despacho y las dos mantienen una amena conversación en la que le encarga un nuevo trabajo. La chica accede feliz a lo que su jefa le pide: un reportaje sobre Katia y Alejandro Oyola para el suplemento dominical. ¡Genial!

Cuando Carlota sale del despacho, otro de los miembros de la sección entra y le anuncia que el director de *La Palabra* ha convocado la reunión que tenían prevista hoy para dentro de diez minutos. Sandra le da las gracias. Se queda un instante pensativa. Sí, está decidido, lo va a hacer, no se va a echar atrás.

A la hora señalada, la chica abandona su despacho y se dirige a la sala de reuniones. Su padre ya está sentado en su sillón, presidiendo la larguísima mesa en la que hablará de lo que espera de su equipo de redacción durante el próximo mes de julio y escuchará las propuestas que tengan que realizarle.

Don Anselmo y su hija se saludan con frialdad mientras ella ocupa el asiento del extremo opuesto.

Los chicos de la sección van llegando poco a poco, incluido Ángel, que sonríe tanto a uno como a otro y se sienta en la silla que está a la izquierda de Sandra. Don Anselmo no le ha devuelto el gesto y se ha mostrado distante con él. Ella, en cambio, le ha guiñado un ojo, cómplice.

Anoche cenaron juntos y luego su novia regresó a casa tras un postre bastante entretenido. Para los dos ha sido un fin de semana lleno de subidas y bajadas. Y ahora se enfrentan a otros problemas: la opinión de don Anselmo, al que no le gusta nada que salgan juntos, y los rumores que hay en la redacción sobre los favoritismos de Sandra hacia Ángel.

—Estamos todos, ¿no? —pregunta el director del periódico tras llevar a cabo un recuento de los asistentes.

Sí. Toda la sección que dirige su hija está allí sentada. Mira con especial atención a Ángel, con el que tiene pensado hablar después. Siente mucho lo que va a hacer, pero no le queda otro remedio. El hombre se levanta, cierra la puerta de la sala y regresa a su sillón. Observa a cada uno de los empleados allí reunidos y les dedica unas palabras:

—Me siento muy satisfecho con todos ustedes. Están haciendo un gran trabajo. Son gente joven, con ganas y capaces de tratar la información con una calidad excelsa. Felicidades a todos, en especial a Sandra Mirasierra, que tan buena labor está desempeñando.

Don Anselmo comienza a aplaudir y el resto de los presentes le imitan, aunque no todos están de acuerdo con lo que acaba de decir. Y, con la mirada, le da la palabra a su hija:

—Muchas gracias. Sí, es verdad: todo está saliendo muy bien y yo también estoy muy contenta con los resultados. Con todos, porque esto es un trabajo de equipo y cualquier circunstancia, buena o mala, es responsabilidad de todos. Yo, por supuesto, como jefa de la sección, sé reconocer quién aporta más y quién aporta menos. Pero todos trabajamos para lo mismo.

La chica hace una pausa, durante la cual bebe agua, y prosigue.

—Antes de comenzar con los temas del mes de julio, si me permite, don Anselmo, quería hacer referencia a tres cuestiones que afectan a este mes de junio que estamos terminando.

—Sí, claro, adelante.

Su padre le da el visto bueno, aunque no entiende qué es exactamente de lo que va a hablar su hija, ya que no viene nada de junio en los papeles que tiene delante.

—En primer lugar, quería comunicarle, don Anselmo, un cambio.

—¿Un cambio? ¿Qué cambio?

—He sustituido a Ángel por Carlota en el reportaje sobre Katia y el escritor Alejandro Oyola.

El hombre no lo entiende, ya que había sido una orden directa suya y nadie le ha consultado sobre esa sustitución. Hace unos días habló con su amigo Jaime Suárez, el director de la revista en la que antes trabajaba Ángel. Este le contó sus sospechas de que el chico había mantenido un *affaire* con Katia, pero también le reconoció que su pupilo se lo había desmentido tajantemente. En cualquier caso, como don Anselmo intuía que su hija y Ángel salían juntos, pensó que, si la cantante se metía en medio, podía hacer peligrar esa relación que él no veía con buenos ojos. Todo era una conjetura, pero no perdía nada por mandar al muchacho a la entrevista.

—Si tú lo has decidido así y ellos están de acuerdo, me parece bien —responde el director que ahora, sin embargo, se ve favorecido por la acción de Sandra.

A Ángel le quedan pocas horas como redactor de su periódico y, cuanto antes ocupen otros su puesto y hagan lo que él tenía encomendado, mucho mejor.

—Ya he hablado con los dos y está todo aclarado.

Ángel mira a Carlota y le sonríe al tiempo que alza su dedo pulgar en señal de conformidad.

—Más cosas —indica el director.

—Bien. —La joven vuelve a beber un poco de agua y habla—. Los aplausos del principio no sé si me los merezco o no.

—Claro que te los mereces. Lo estás haciendo muy bien y la sección funciona perfectamente —le aclara su padre.

—Si eso es así, no entiendo por qué algunos piensan que yo favorezco a determinadas personas dentro del grupo.

—Sandra, eso es algo confidencial y no creo que...

—Déjame que termine —le interrumpe con tono brusco, sin darse cuenta de que le está tuteando, algo que no hace nunca en el periódico.

El hombre se cruza de brazos y la invita a que siga hablando.

—Como decía, algunos de vosotros pensáis que, cuando tomo alguna decisión, beneficio conscientemente a ciertas personas. Pues no es así. Jamás utilizaría mi puesto para favorecer a alguien. Soy vuestra jefa y la primera responsable de impartir igualdad entre todos. Y si creéis que esto no es así, deberíais haberme preguntado a mí directamente y yo os lo habría aclarado. Los rumores solo crean otros rumores que se alejan totalmente de la realidad.

Mientras hablaba, un absoluto silencio ha presidido la sala. Ahora las miradas se suceden de unos a otros, buscando culpables.

—Estoy seguro de que la mayoría de los chicos confían en ti al cien por cien —comenta su padre, que se frota las manos nervioso.

—¿Tú confías?

—¿Yo? Por supuesto. Ya te lo he dicho muchas veces. Si no confiara en ti, no tendrías este puesto de tanta responsabilidad.

Sandra sonríe y se pone de pie.

—Déjame que lo ponga en duda. Y como no estoy segura de que el director de *La Palabra* tenga total confianza en mí, en mis funciones en la empresa, y no respeta mi derecho como mujer libre y mayor de edad que soy, dimito.

Un gran murmullo aparece en la sala y todos miran a Sandra Mirasierra.

Su padre está atónito. No se lo puede creer. Ángel también se ha quedado con la boca abierta. No esperaba que su novia hiciera algo así. ¡Está loca!

—No acepto la dimisión.

—Es irrevocable. Me voy del periódico.

—¡No puedes hacer eso! —grita el hombre encolerizado.

—¡Sí que puedo! ¡Y, además, también puedo hacer esto otro!

Y con toda la sala mirándola, se inclina sobre Ángel y le

sorprende con un espectacular beso en la boca. Los murmullos desaparecen y lo que se crea es un inmenso silencio.

Cuando se separan, la chica se abrocha el botón de la camisa que se le ha soltado durante el beso y, caminando muy recta, sin mirar a nadie, abandona la sala de reuniones.

Ángel se encoge de hombros, se levanta de su silla y sigue sus pasos. Antes de marcharse se despide de todos y anuncia que él también dimite.

Capítulo 97

Ese lunes de finales de junio, en un lugar de la ciudad.

Sentado en un banco, se esconde bajo unas gafas de sol. Se las regaló su tío cuando llegó a la ciudad, hace casi un mes. Las lleva puestas porque, aunque nunca lo reconocerá, esa noche ha llorado y tiene los ojos hinchados. ¿Cuánto tiempo hacía que no lloraba? No lo recuerda. Quizá tres o cuatro años. Y es que en ese periodo no le ha hecho falta ni ha tenido motivos. Y, si los tenía, ha pasado de puntillas por ellos. Su vida era perfecta, llena de comodidades. Y del amor no ha querido saber nada en todos esos años. Así que se ha ahorrado mucho sufrimiento. Sin embargo, para Alan las cosas han cambiado.

El ruido de un avión hace que se tape los oídos mientras busca a lo lejos que ella llegue. Hay mucha gente, una multitud que viene y va hacia todas partes, con prisas. Solo espera que dé con él antes de que se marche. Le gustaría despedirse.

No quiere hacer repaso ni sacar conclusiones. Simplemente, las cosas pasan. Como dice siempre, lo hecho, hecho está. Sin embargo, él sabe que debe mejorar en algunos aspectos de su personalidad para dejar completamente atrás el pasado.

La tabla de horarios indica que su avión sale en media hora.

Una chica se dirige hacia él. Cuando la ve, la saluda con la mano y se pone de pie. Ella también ha llorado mucho durante la noche, aunque por motivos completamente diferentes.

—¡Hola, Alan! —exclama antes de darle dos besos y luego un abrazo—. ¿Por qué te vas?

El chico la abraza con fuerza. Siente su cabeza en el hombro. Le transmite una ternura y un cariño que ninguna otra persona en España ha despertado en él. Y eso que Cris y él no se conocen demasiado.

Ha sido la única a la que ha avisado de su marcha. Le apetecía decirle adiós y llevarse un buen último recuerdo a su país. Cristina ha sido lo más parecido a una amiga que ha tenido en esas semanas.

—Es lo mejor que puedo hacer.

—Yo no quiero que te vayas.

La pareja se separa y se sientan en el banco.

—Ya no tengo nada que hacer aquí, Cris.

—¿Cómo que no?

—Dime algo que me quede pendiente.

—Mmm... Llevarme de compras en el Ferrari y luego irnos por ahí de fiesta a clubes caros.

El francés suelta una gran carcajada al escuchar a su amiga. Se quita las gafas y se las coloca en la cabeza.

La echará de menos. A pesar de ser completamente distintos, se han caído bien y se comprenden.

—¿Por qué no me tiras los tejos a ver si así me enamoro de ti y me quedo?

—Venga, Alan, no seas cruel.

—¡Hey! Tú y yo haríamos una buena pareja, ¿no crees?

—Sinceramente, no.

Los dos lo saben. Jamás podría funcionar una relación entre ellos, entre otras cosas porque nunca se enamorarían el uno del otro. Son tan opuestos que por eso se llevan bien, aunque como pareja chocarían demasiado.

—¿Vendrás a visitarme?

—¿A París?

—Sí. Tengo casa. Dos, en realidad. Y un hotel —comenta—. Si quieres, te reservo una planta entera para ti.

—No sé si mis padres me dejarían ir sola a Francia.

—Tú diles que vas a verme a mí.

—Vale. Me parece que con eso bastará.

La chica sonríe. No cambia. A ella, su chulería, ese tipo de falsa prepotencia, no le molesta, aunque entiende que a algunas personas pueda echarlas para atrás. El truco está en no tomarse en serio todo lo que dice.

—Esta vez lo digo de verdad. Me gustaría que alguna vez vinieras a verme. Lo pasaríamos bien.

—Lo intentaré. Aunque creo que volverás tú antes.

—No creo.

—¿No piensas regresar?

—¿Y dónde me quedo?

—En casa de tus tíos. No será por falta de habitaciones...

Alan vuelve a reírse.

—Mi prima y yo nos odiamos —admite sonriente—. Será difícil que le perdone lo que me ha hecho con Monique. Aunque yo me equivoqué al engañar a esa chica, Davi no tenía derecho a humillarme de esa forma. Y, si te soy sincero, también yo le he tocado mucho las narices.

—Puedes quedarte en mi casa —dice Cris, sacando un poco la lengua, graciosa.

—Gracias.

Los dos se miran en silencio, entre ruido de aviones y anuncios de vuelos que aterrizan o despegan. En el jaleo típico del aeropuerto, suena el móvil de Cris. La chica comprueba quién la llama y se levanta para hablar.

—Perdona un momento.

El joven la disculpa y la observa mientras, en una esquinita apartada, conversa con su interlocutor. Piensa en cuando la vio por primera vez. Tímida, callada, apenas habló con él. Diana y Miriam eran de otra forma, mucho más sueltas y lanzadas, pero la que realmente le llamó la atención fue la que entre ellas llamaban Sugus de limón.

Cris no tarda mucho en volver junto a Alan. Sonríe y se sienta otra vez a su lado.

—¿Un chico?

—No, una chica.

—¿La conozco?

—Creo que sí —dice tímidamente—. Es aquella.

Está señalando a una joven con falda vaquera y camiseta naranja que camina hacia ellos.

—¿La has avisado tú?

—Sí, perdóname. Pero es mejor que tengáis una despedida cordial.

—No quiero hablar más con ella.

—Es mejor que lo hagas —señala Cris mientras se levanta del asiento.

—¿Te vas?

—Sí. Os dejo a solas. Que tengas buen viaje.

—Gracias, pero...

—Estamos en contacto por el Facebook —le interrumpe, sin dejarle que acabe la frase.

Le da un beso en la mejilla a Alan y se aleja por el mismo lugar por el que Paula viene caminando. Al cruzarse con ella, le comenta algo y continúa andando.

El francés se incorpora y la mira. Está igual de preciosa que siempre y, viendo como se acerca, se le acelera el corazón. Pensaba que, al menos en un tiempo, no volvería a encontrarse con ella.

—Hola.

—Hola.

No hay besos, ni sonrisas ni miradas.

—¿Cómo estás? —le pregunta la chica.

—Bien. ¿Y tú?

—Pues... bien. Imagino que bien.

Alan se sienta en el banquito y Paula con él. Le cuesta mirarla. Ya sabe el final de la historia, no necesitaba un epílogo.

—No tardaré en embarcar. Mi avión sale en nada.

—Lo sé. Cris me dijo la hora a la que te ibas. Quería venir antes, pero he estado en el hospital hasta ahora.

—¿Cómo está Diana?

—Bien. Las pruebas han descartado cualquier daño interno en la cabeza. Y los médicos también han hablado con ella del asunto de la comida. Tiene cita con el psicólogo y con un especialista. Creen que es bulimia nerviosa.

—Vaya...

—Es complicado, pero entre todos la ayudaremos a que se recupere.

—Dale recuerdos de mi parte cuando la vuelvas a ver.

La chica asiente con la cabeza y contempla el muro de los vuelos. Acaban de anunciar por megafonía que embarquen los pasajeros del avión que Alan debe tomar.

—El tuyo, ¿no?

—Sí, es el mío.

—Antes de que te vayas, quería pedirte perdón una vez más.

—¿Tú a mí?

—Sí —afirma ella al tiempo que se levantan y caminan juntos—. No solo por los gritos de anoche, sino por lo que ha pasado entre nosotros todo este tiempo. No he sido muy amable contigo.

—Yo tampoco contigo.

—Eso también es verdad. Creo que los dos desde un principio lo hicimos mal.

—Sí. Tienes razón.

Alan entonces recuerda lo del hotel de Disneyland. Hizo pensar a Paula que se habían acostado juntos y, luego, provocó a Ángel para ponerla en su contra. Sí, él también lo hizo muy mal desde el principio.

—¿Nos volveremos a ver? —pregunta Paula.

—En un tiempo me parece que no. Hay sentimientos en mí que tengo que comprender y olvidar. Por tu culpa, he vuelto a recordar lo que es enamorarse.

No es un reproche, solo su forma de ser: irónico hasta el último minuto. Paula no sabe qué decir. Aunque Alan ha sonreído al comentar aquello, sabe que está dolido y que ella es la responsable.

La pareja llega a la puerta de embarque.

—Bueno, ahora sí. Esto es el final —comenta ella.

—¿Ya no recuerdas lo que dijiste ayer?

—Ayer dije muchas cosas. ¿A qué te refieres exactamente?

—A que una cosa que no ha empezado no puede tener final.

—Es verdad, pero yo ahora no me refería a nuestra relación, solo a tu estancia en España.

—¿Siempre tienes que ganar? —pregunta él mientras entrega su billete a una azafata.

—Me parece que llevo varios meses perdiendo.

Sus ojos se empañan al pronunciar aquellas palabras. Álex, Mario, Ángel, Alan..., todo derrotas. Todas por diferentes razones, pero en todas por su responsabilidad.

¿Nunca encontrará el amor?

El francés se da cuenta de lo que está pensando y de que está a punto de echarse a llorar, y la abraza. Paula cierra los ojos y lo abraza también con fuerza.

—Gracias por venir —susurra Alan.

—Me tenías que haber avisado tú, no Cris.

—Quizá. Pero así ha sido más emocionante. Como en París. En nuestra despedida. ¿Lo recuerdas?

—Claro, me besaste —dice Paula.

El chico la mira y le sonríe. Acerca su rostro al suyo, su boca a la suya. Paula está inmóvil, perpleja. ¿La va a besar otra vez como aquel día?

—No-fu-mes-más —le suelta al tiempo que le da un toquecito con el dedo en la nariz.

Y, entrando por la puerta de embarque, desaparece de su vista.

Capítulo 98

Hace casi tres meses, un día de abril, en un lugar de la ciudad.

Cuando se despierta, se encuentra delante a sus tres amigas.

—¡Arriba, dormilona! —grita Miriam, que se dirige a la ventana de su habitación para descorrer las cortinas y que entre la luz.

Paula se frota los ojos. ¿Qué hacen ellas allí?

—Venga, que son ya las tres de la tarde —comenta Cris, sentándose en el otro lado de la cama.

—¿Las tres?

—Sí, espabila, que queremos nuestros regalos. Porque nos habrás traído algo de París, ¿verdad?

Empieza a entender. No está en un sueño.

Anoche su vuelo llegó de madrugada por el retraso. Luego tardó bastante en quedarse dormida. La última vez que miró el reloj eran más de las cinco. Y hasta ahora.

—Están en esa bolsa amarilla —indica, señalando hacia una silla de su cuarto. Luego estira los brazos y bosteza.

Diana se acerca hasta allí y coge la bolsa. Se sienta en la cama y comienza a sacar de ella pequeños paquetes que tienen un cartelito escrito a mano con el nombre de cada una.

—Vale, este es el tuyo —le dice a Miriam—. Este es para Cris... y este para mí.

—Gracias, Paula.

—Gracias.

Mientras las chicas abren sus regalos, la Sugus de piña se levanta de la cama y va al cuarto de baño. Cuando regresa, sus amigas la reciben con un gran abrazo en grupo. A todas les ha encantado lo que Paula les ha traído de Francia. Para Cris, la pulsera de tobillo. A Miriam, un bolsito de Hello Kitty y a Diana, unos pendientes de aro. Las cuatro se sientan y le preguntan por el viaje.

—Ha sido extraño. Han pasado cosas muy raras.

Paula mira por la ventana y observa como está lloviendo con bastante intensidad. En Francia, varios días han sido lluviosos y tristes, como su ánimo en gran parte del tiempo que ha estado allí.

—¿Por qué ha sido tan raro?

—Eso. Cuenta, cuenta.

Durante varios minutos, la chica les explica algunas de las cosas que sucedieron en los primeros días: cómo conoció a Alan y lo que este le insistió para cenar con ella; la borrachera por culpa del champán y las continuas insinuaciones del francés.

—¿Y dices que era guapo? —pregunta Diana, que se muestra bastante interesada, aunque a ella le gusta muchísimo otro chico que de momento no le hace todo el caso que quisiera.

—Sí, no estaba nada mal. Pero era un poco creído.

—¿Pero está más bueno que Ángel y que Álex? —insiste su amiga.

—Es otro tipo de chico.

—Por cierto, ¿qué tal con Ángel?, ¿has hablado con él estos días? —le pregunta Miriam, que no sabe nada.

Diana, en cambio, agacha la cabeza y no dice que ya sabía que el periodista viajó hasta Francia para verla. Fue ella misma la que le indicó el hotel en el que estaba.

Paula se pasa la mano por el pelo y resopla.

—No solo he hablado, sino que he estado con él.

—¿Qué dices? ¿Cuándo?

—Vino a Francia a verme y, desde que él llegó, no pararon de pasar cosas.

La chica les cuenta que por fin perdió la virginidad con él en aquella noche en el hotel de Disneyland. Sus amigas no pueden creérselo. Pero se sorprenden todavía más cuando Paula les narra con todo tipo de detalles lo que vino después: el puñetazo a Alan y el mensaje en el contestador de su móvil. Lo busca y se lo pone a ellas para que lo escuchen.

—Tu historia con Ángel no tiene desperdicio. Parece sacada de una telenovela —señala la mayor de las Sugus cuando la reproducción del mensaje de voz finaliza.

—¿Tú qué sientes por él? —le pregunta Cris.

—No lo sé.

—Yo creo que deberías olvidarte de ese chico de una vez por todas. Solo te va a hacer más daño —indica Diana, que desde que Ángel le sonsacó el nombre del hotel se la tiene guardada.

—Tal como nos has contado las cosas, no parece que el día que te acostaste con él sintieras esa magia de la que hablabas antes de tu cumpleaños —añade la mayor de las Sugus.

—Es verdad, y no sé por qué motivo. Fue algo más sexual que otra cosa.

—Quizá es porque se está apagando lo que sentías por él.

—Puede ser. Pero... ¡uf...! No lo sé. Creo que le sigo queriendo. Ha sido muy bonito todo lo que he vivido con él esos dos meses hablando por el MSN. Cuando le conocí en persona, también hubo momentos increíbles.

—Sin embargo, te fuiste a cenar con el otro, te emborrachaste y, por lo poco que recuerdas, unos besos hubo seguro con el francesito —interviene de nuevo Diana, que juguetea con sus nuevos pendientes.

Tiene razón en eso. Aunque todo fue forzado por Alan, si ella no hubiera querido, no habría pasado. Está hecha un lío. Como siempre.

—Y hay más.

—¿Cómo que hay más?

—Sí. Ayer, en el aeropuerto, Alan vino a despedirse y me besó.

—¿Qué? ¡Qué fuerte!

—¿Y te gustó? —pregunta Cristina, muy interesada por la historia de su amiga.

—No puedo decir que no. No supe reaccionar muy bien. Pero sí que sentí un cosquilleo por dentro.

En su cara se dibuja una media sonrisa.

—Resumiendo —dice Miriam—: cortas, más o menos, con Ángel porque no sabes qué sientes por él ni por Álex; te vas a París, donde conoces a este francés descarado con el que medio te enrollaste en la *suite* del hotel porque te emborrachaste; Ángel viaja hasta Francia para buscarte, hacéis el amor, pero ya no sientes tanto por él como antes; le pega al otro, te deja un mensaje un tanto victimista en el móvil y, antes de venirte para España, Alan te da un beso que no te deja indiferente. ¿Me he dejado algo?

—Creo que no.

—Conclusiones.

—Yo creo que tu historia con Ángel es un quiero y no puedo; cuanto más os veáis, más daño os haréis el uno al otro —resuelve Diana—. Hay más tíos en el mundo y tú podrías tener una historia con quien quisieras.

—Pero él me sigue gustando. No sé si le quiero como antes, pero sí que sigo sintiendo algo.

—Aunque me duela admitirlo, estoy de acuerdo con Diana —señala Miriam.

—¿Sí? ¿Tú también crees que debo dejarlo con él?

—Sí. Definitivamente, además. Creo que tienes que cortar por lo sano con esto, Paula. Hay que pasar página.

—Es que ni deberías llamarle.

—¿Cómo voy a hacer eso, Diana?

—Haciéndolo. Como te dice Miriam, vuestra historia es un caos continuo. Y ya son dos los tíos con los que casi pasa algo estando con él.

Cris, que hasta el momento solo había escuchado las opiniones de las otras dos Sugus, por fin interviene:

—Yo también creo que tienes que dejarlo con Ángel. No sé si debes llamarlo o no. Pero incluso por él, lo vuestro no es sano. Si volvéis juntos o estáis juntos..., ¿le vas a contar lo de Álex o el beso con Alan? Si se lo confiesas, lo pasará mal y dudará de ti, pero si no se lo dices, te remorderá la conciencia y vuestra relación no será sincera. Pero lo más importante de todo es que sigues sin estar segura de lo que sientes por él.

El cielo cada vez está más negro y la lluvia cae con mayor intensidad.

Un sonido procedente del móvil de Paula le anuncia que tiene un SMS. La chica mira el móvil y lee en voz alta:

> Hola. Espero que hayas tenido un buen viaje. Te iba a llamar, pero no me atrevo. No quiero resultar pesado y, sobre todo, no quiero sentirme peor de lo que me siento.

Enseguida llega un segundo mensaje.

> Me gustaría hablar contigo y pedirte perdón una vez más. Quedar, tomarnos algo, retomar nuestra historia... Pero depende de ti. Yo estaré esperándote.

Y un tercero, el último. Lo lee en voz alta, rendida a las lágrimas.

¿Sabes que te quiero?.

Aunque le encantaría que todo hubiese sido diferente, puede que sus amigas tengan razón. Lo mejor será no responderle. Cortar por lo sano. Porque aquello entre Ángel y ella ha dejado de tener sentido.

Capítulo 99

Un día de finales de junio, en dos lugares diferentes de la ciudad.

—¿Sí?

—Hola, Paula.

—Hola, Ángel.

—¿Puedes hablar? ¿Te cojo en buen momento?

—Sí, no te preocupes. Acabo de llegar a casa. Estoy en mi habitación escuchando música.

—¡Ah!, genial, entonces. Perdona por no llamarte antes, he estado muy liado.

—Yo también, así que no pasa nada. Cuéntame.

—Verás... Respecto a lo de volver a vernos y quedar...

—¿Sí?

—No lo voy a hacer.

—Ah...

—Te voy a ser sincero. Me he dado cuenta de que quiero mucho a Sandra y no necesito ningún tipo de prueba para saber que quiero estar con ella.

—Entiendo.

—Si quedo contigo, corro el peligro de generarme de nuevo dudas. Lo que he sentido por ti ha sido muy intenso. Y es algo que está ahí, no se puede olvidar ni obviar. Pero he descubierto que lo que siento por ella también es muy profundo y, aunque creo que iremos poco a poco y que mis sensaciones no son tan fuertes como cuando te conocí a ti, Sandra puede ser muy importante en mi vida.

—Me alegro de que hayas encontrado a alguien.

Silencio.

—Te quería pedir perdón por si te he ocasionado nuevas dudas. No era mi intención fastidiarte.

—No te preocupes, estoy bien.

—Aunque entre nosotros han pasado muchas cosas y de todo tipo, no he intentado nunca hacerte daño a propósito.

—Lo sé, Ángel.

—Y no quiero que pienses que lo que te pedí era para que sufrieras o lo pasaras mal.

—Tranquilo. Sé que no harías nada así.

—Bueno, quería aclarar esto, por si acaso.

—No tenías que hacerlo, pero si te quedas más tranquilo... Cuando me pediste quedar, te creí al cien por cien en lo que decías. Y ahora te sigo creyendo.

Una nueva pausa.

—¿Estás bien?

—Sí, tranquilo.

—De verdad que lo siento mucho. Encontrarnos fue algo inesperado y me hizo dudar.

—A mí también me hizo dudar. Pero creo que no quedar para vernos es lo mejor.

—¿Sí?

—Sí. Me apetecía verte pero, por otro lado, hubiera sido algo extraño. Y yo voy de lío en lío, sin solucionar nada. Todo en mi vida es muy confuso ahora. Hasta me he teñido el pelo, como pudiste ver el viernes, y fumo.

—¿Fumas?

—Sí.

—Estás muy agobiada, ¿verdad?

—Pues... sí. Son muchas cosas las que me han pasado en muy poco tiempo. Cosas que se juntan con otras. Y otras cosas que no sabes por qué pasan. Tengo que pararme un tiempo a pensar, a intentar ser mejor y tener las ideas más claras.

—Poco a poco. Eres muy joven, Paula.

—Soy joven, pero ya no soy una niña. Imagino que toda esta experiencia que se me va acumulando servirá para algo.

—Claro. Seguro que sí.

—Intentaré pasar un verano lo más tranquilo posible y el año que viene espero centrarme en el último curso del instituto.

—Es verdad, ya terminas.

—Sí.

—¿Ya sabes lo que quieres estudiar?

—También ahí estoy confusa.

—Bueno, tienes un año para pensarlo.

—Podría hacer Periodismo, así seríamos competencia.

—O compañeros.

Sonrisas a ambos lados de la línea.

—Me gusta charlar contigo. Me recuerda a cuando hablábamos por el MSN.

—Ahí empezó todo.

—Fue divertido y emocionante. Recuerdo que cada dos por tres miraba en mi ordenador para ver si te habías conectado.

—A mí me pasaba lo mismo.

Más sonrisas.

—Ángel, ¿crees que podríamos ser amigos?

—Mmm... No estoy seguro.

—Quizá dentro de un tiempo, ¿no?

—Podría ser.

—Ahora lo mejor es que cada uno siga su camino.

—Eso ya lo hicimos, Paula. Cada uno ha continuado su vida.

—Sí, pero de una manera algo confusa. Me alegro de que, aunque no hayamos quedado, hayamos podido tener esta conversación.

—Yo también. Era como una espina que tenía clavada dentro.

—Sí. El tiempo cura, pero no borra el pasado.

Los dos piensan en ello: en el pasado, en las horas que compartieron y en las horas en las que se hicieron sufrir. Imágenes que pasan rápidamente una detrás de otra, dejando una huella imborrable pero, ahora, con un sabor de boca un poco más dulce.

—Paula, lo siento, pero me tengo que ir. He quedado con Sandra.

—Sí, yo también. Tengo que salir dentro de un rato.

—Imagino que alguna vez nos volveremos a encontrar.

—Seguro que será en un Starbucks.

—Seguro.

—Ángel, espero que te vaya muy bien con Sandra. De verdad.

—Gracias. Y tú, disfruta del verano y ánimo con el último curso.

—Gracias. Será duro, pero saldrá bien.

Él no la puede ver, pero sus ojos están mojados. Ella tampoco sabe que los suyos también lo están.

—Adiós, Paula. Que seas muy feliz.

—Adiós, Ángel; tú también.

Y, mientras ambos se secan las lágrimas de sus mejillas, cuelgan.

Epílogo

Aproximadamente un año después, en un lugar de la ciudad.

—¡No quiero mirar!

—A ver, déjame a mí.

Mario le quita el papelito de la mano a Diana y sonríe.

—¡Has engordado un kilo y doscientos gramos en dos semanas!

—¿Sí? Déjame ver.

La joven recupera el papel y lo examina atentamente. Grita de emoción, satisfecha. Le está costando muchísimo recuperarse, pero poco a poco va haciendo progresos.

La pareja se besa mientras salen de la farmacia en la que Diana se ha pesado.

—Oye, aquella que viene por allí, ¿no es Cris?

—¡Sí, es ella! —exclama Diana.

Hace mucho que no se ven. Ya ni siquiera hablan por el Tuenti, como en los primeros meses después de que Cristina se cambiara de instituto.

—¡Diana! —grita la chica cuando la ve.

Y, corriendo una hacia la otra, se dan un gran abrazo.

—¡Qué guapa! ¿Y ese pelo?

—¿Te gusta?

—Me encanta. Yo no me atrevería a llevarlo tan corto.

—Ya ves. Me he vuelto algo más lanzada. ¿Y tú? ¡Estás

genial! —exclama Cristina, pero enseguida baja el tono de voz—. ¿Cómo te encuentras?

En ese instante llega hasta ellas Mario, que la saluda con dos besos mientras su novia habla.

—Bastante bien. He engordado unos kilillos y todo parece que va un poquito mejor.

—¡Cómo me alegro...! —comenta Cristina con los ojos brillantes.

—¿Te ha ido bien el curso?

—Bueno, me quedó una.

—¿No has hecho selectividad?

—No, no he podido. De todas maneras, creo que no la voy a necesitar. Quiero hacer un módulo.

—Ah, genial...

—Oye, y tu hermana, ¿cómo está? —le pregunta Cris sonriente a Mario, aunque con cierto dolor por dentro.

—Pues... lleva tres noches sin dormir en casa.

—¿Y eso?

—Es su vida actual: no hacer nada por el día y no aparecer en casa por la noche. Mis padres ya no saben qué hacer con ella.

—Vaya, lo siento...

—Es un caso perdido.

Después de aquel día en el hospital, Cris y Miriam no se volvieron a hablar. Durante el verano, el grupo se fue separando poco a poco, hasta que llegó septiembre y cada una de las Sugus comenzó a ir por su lado.

—Bueno, chicos, me tengo que ir, que me están esperando. Me alegro mucho de haberos visto, de que sigáis juntos y de que tú estés mejor, Diana.

—Yo también me alegro de haberte visto otra vez, guapísima.

Las dos se abrazan con intensidad. Luego, la chica besa a Mario y se despiden.

—¡Escríbeme alguna vez algún privado en el Tuenti para saber cómo estás! —grita Cris mientras se marcha.

—¡Vale!

—¡Y, si veis a Paula, dadle recuerdos de mi parte!

—¡Claro!

Cristina sonríe por última vez, se vuelve y, para sorpresa de Diana y Mario, se monta en una moto en la que ya estaba subido un chico con el pelo largo. Arranca y, a gran velocidad, se alejan por la calle.

Ese mismo día del encuentro, en otro lugar de la ciudad.

—¡No me lo puedo creer!

Su madre, que está a su lado, intenta mirar por encima del hombro.

—Pero ¿qué dicen? ¿Te la han dado?

—¡Sí! ¡Me han dado la beca!

Paula y Mercedes se dan un gran abrazo.

—¡Tengo que llamar a tu padre para contárselo!

—No sé cómo se lo tomará. Él no quiere que me vaya...

—Yo tampoco quiero que te vayas. Pero sé que es lo mejor para ti y que es una gran oportunidad.

La chica sonríe. Menos mal que su madre es comprensiva. Espera que pueda convencer a su padre y que él también entienda que irse a estudiar fuera es muy bueno para ella.

—Gracias, mamá.

Las dos sonríen.

Mercedes sale de la habitación de su hija para llamar a Paco y comunicarle la noticia.

Paula se queda a solas en su cuarto. Lee otra vez la carta

que le han enviado. ¡Sí, le han dado la beca! Tiene ganas de contárselo.

Mira el reloj. ¿Estará disponible ya? Da igual, esto es importante. Se lo tiene que decir cuanto antes. ¡No aguanta más!

Alcanza el móvil y marca su número.

—¿Sí?

—¡¡¡Hola!!!

—¡Huy, qué eufórica!

—¡Sí! Te quiero, ¿lo sabías?

—Algo me habías contado.

—Y que te querré siempre, ¿eso también lo sabías?

—Mmm... Va, Paula, suéltalo ya. ¿Qué pasa?

La joven esboza una risita nerviosa.

—¡Me han dado la beca!

—¿Sí?

—¡Sí! ¡Me acabo de enterar!

—¡Qué bien!

—Estoy contentísima.

—Es para estarlo. Me alegro mucho por ti.

—Sí, es genial. Aunque... eso significa que...

—Que me tendré que buscar a otra que viva más cerca que tú.

—¡Capullo! ¡No te vas a buscar a otra!

El chico sonríe al otro lado del móvil. Le encanta cuando se pone así. En esos seis meses que llevan juntos no ha dejado de encontrar ni un solo día algo distinto que le guste de ella. Paula es lo mejor que le ha pasado. Y, aunque no le hace demasiada gracia que se vaya a estudiar fuera, sabe que es bueno para ella.

—Tranquila, ya tengo a la mejor.

—No soy la mejor.

—No solo eres la mejor, sino que eres única.

—Venga, no me hagas más la pelota.

El joven ríe. La imagina tumbada en su cama, moviendo los pies nerviosos arriba y abajo, sonriente y con los ojos iluminados de la emoción.

—Vaaaaale. Oye, ¿quieres que quedemos y lo celebramos?

—¿No estás muy ocupado?

—Sí, pero me tomo un respiro.

—¿De verdad que no es mucha molestia?

—No. Voy a recogerte a tu casa. Estoy ahí dentro de una hora. ¿Te parece bien?

—¡Genial!

—Perfecto. Hasta luego, Paula. Te quiero.

—Hasta luego, Álex. Te quiero.

Álex Oyola

Tras la pared

SEGUNDA PARTE

CAPÍTULO 5

Pasaron rápidamente los días, las semanas..., y el verano continuaba avanzando sin pausa.

A mi agente literario le encantaron los primeros veinte capítulos de *Edelweiss*. También a la editorial. Estaba haciendo un buen trabajo, aunque todavía tenía mucha faena por delante. En dos meses era la entrega final y andaba justo de tiempo.

Me pasaba el día escribiendo, encerrado en mi habitación, con el ventilador que me había comprado como único remedio contra el sofocante calor de Madrid.

No había vuelto a hablar con Larry ni con Verónica. Los dos me habían llamado por teléfono, sin que les cogiera las llamadas, y me habían enviado mensajes para quedar conmigo y tratar de solucionar las cosas. Solo respondí un SMS a mi exnovia:

> No me apetece saber nada de vosotros. Estoy muy ocupado con la nueva novela y necesito tranquilidad. Así que no me llaméis más, por favor. Que seáis felices juntos.

De esto hacía dos semanas. No habían vuelto a llamarme ni a escribirme.

A pesar de que me dolía que Vero y mi mejor amigo estuvieran liados, echaba de menos a Larry. Sin embargo, cuando recordaba su traición, esa nostalgia por los buenos momentos que habíamos pasado juntos se evaporaba y se imponía la rabia. No entendía como me la podía haber jugado de esa forma.

Los únicos ratos libres que me tomaba eran para hablar con mis vecinas. Marta y Nadia se habían convertido en mi segunda familia. Incluso les di una copia de la llave de mi casa por si algún día me las olvidaba dentro del piso. O esa, al menos, era mi intención inicial.

—¡Hola! —gritó de repente una voz detrás de mí, dándome un susto tremendo—. ¿Cómo lo llevas?

—¿Cuántas veces te he dicho que no entres en mi casa sin llamar? —regañé a Nadia, que se había colado en mi piso usando la copia para emergencias.

—No las cuento. ¿Tú lo haces?

—No, no lo hago.

—Menos mal. Si lo hicieras, pensaría que no te gusta verme por aquí —indicó mientras se sentaba en el borde de mi cama—. ¿A cuántos personajes has matado hoy?

—A ninguno —respondí sonriendo—. Que escriba una novela de misterio no significa que en cada capítulo vaya a morir alguien.

—Mientras no te cargues a Nadia...

Al final, había puesto su nombre a la inspectora de policía que se encargaba de la investigación. Y no me arrepentía de haberlo hecho. En esos días la había ido conociendo más y nunca dejaba de sorprenderme. No solo era un volcán de energía y una preciosa adolescente de catorce, casi quince, años: Nadia era una joven muy inteligente, intuitiva, sensible y con una gran capacidad para llevar las conversaciones a su terreno. Dialogar con ella resultaba fascinante, salvo cuando le apetecía discutir y llevarte la contraria porque sí. Entonces, no había nada que hacer.

El único problema que tenía con ella era que me gustaba más de lo debido. Es decir, no creo que a ninguna persona sobre la faz de la Tierra no le atrajera una chica así. No solo por su físico, que eran los motivos evidentes, sino, sobre todo, por su personalidad especial. Pero la diferencia de edad entre los dos y que apenas era una adolescente la convertían en alguien prohibido para cualquier tipo de sentimientos, excepto para el que tuviera que ver con la amistad.

Además, existía otra razón, muy a tener en cuenta, por la que no me podía permitir el lujo de pensar en Nadia como algo más que mi vecina, más allá de su edad y de la mía: aunque tonteara conmigo y me buscara las cosquillas mandándome indirectas y no tan indirectas, estaba muy claro que no sentía nada por mí. De hecho, no se cansaba de repetirme lo mayor que era yo y que no era sano que me pasara todo el día metido en mi habitación escribiendo; que tendría que salir más y encontrar a una chica que inspirara mis libros.

—Nadia es el personaje principal. Solo morirá, si es necesario, al final de la novela.

—¿Ya lo has decidido?

—No, todavía no sé qué haré con ella.

—Espero que no dependa de mí —dijo antes de tumbarse bocarriba en mi cama y de quitarse los zapatos para ponerse cómoda—. No quiero que asesines a tu inspectora por mi culpa.

Giré la silla y me coloqué mirando hacia ella. A pesar de que llevábamos unas cuantas semanas viéndonos cada día, no me acostumbraba a tenerla en mi habitación comportándose como si viviera conmigo. Nadia no se daba cuenta del magnetismo que ejercía sobre mí, ni de todas las sensaciones e impulsos que me provocaba y que tenía que frenar.

—Haga lo que haga, no será tu culpa. Es ficción y no es bueno mezclarla con la realidad.

—Así que si finalmente eliminas a la protagonista no será porque quieras matarme a mí, ¿no?

Lo dijo dibujando su media sonrisa habitual, tan difícil de interpretar. Utilizando ese tono indescifrable.

—Soy incapaz de matar a una mosca, ya lo sabes.

—¿Me estás comparando con un vulgar insecto?

Y, dando un pequeño brinco, se incorporó para sentarse de nuevo sobre la cama. Su cara y mi cara se quedaron solo a un par de metros. ¿Notaría Nadia cómo latía de rápido mi corazón?

—Tienes que irte —le solté después de reclinarme disimuladamente hacia atrás—. Quiero terminar el capítulo antes de cenar.

—¿Me echas de tu cuarto?

—No te echo. Pero si estás aquí, no me concentro.

Otra sonrisa pícara e irreverente. Cruzó las piernas y se acarició el muslo derecho a propósito.

—Así que no te concentras conmigo aquí —dijo seductora, continuando con el juego.

—Escribir es un ejercicio de concentración. Si no estoy al cien por cien dedicado a la historia, no salen las palabras adecuadas.

—Ya. Lo entiendo. Aunque suenas como una persona demasiado mayor —señaló al tiempo que descruzaba las piernas y se ponía de pie—. Me voy a mi casa, señor ocupado.

—No te enfades. Si quieres nos vemos un rato después de cenar y...

—No puedo. He quedado.

—¿Has quedado? ¿Con quién? —pregunté sorprendido, aunque no era asunto mío.

—¿Con quién? ¿Te interesa?

Sí, me interesaba mucho. Pero no podía admitirlo. Con quién quedara no era de mi incumbencia. A pesar de que me fastidiara que saliera con otros chicos.

—No. Solo era una pregunta sin más. No tienes por qué decirme nada.

—Es con un tío que he conocido en Internet —respondió sin que se lo pidiera, mientras se volvía a calzar los zapatos—. Hace un par de meses que hablamos por el MSN.

—¿Lo has conocido en Internet?

—Sí, en un foro. Es muy majo. Y está bueno. Muy bueno.

Si ya no me hacía nada de gracia que hubiera quedado con alguien, que lo hubiera conocido en Internet me terminaba de rematar.

—¿Lo sabe tu madre?

—No. Solo te lo he dicho a ti —admitió antes de marcharse de mi habitación—. Confío en que no se lo cuentes a nadie. O no volveré a revelarte mis secretos.

Estuve a punto de recriminarle, y hasta de prohibirle, que saliera con alguien a quien solo conocía de conversar a través de una pantalla de ordenador. Pero no lo hice. Dejé que se marchara de mi casa sin más, aunque me preocupase lo que iba a hacer. En realidad, yo no tenía ninguna potestad para meterme ni en esa ni en otro tipo de cuestiones referentes a mi vecina.

A partir de ahí, se desencadenó una cascada de situaciones inesperadas.

¿Somos conscientes de que no solo nuestra vida cambia cuando hacemos o no hacemos algo? Nuestro comportamiento también influye en los demás. Los caminos se cruzan y todo se acelera de manera fulgurante hacia direcciones que no habías previsto.

Ni que decir tiene que cuando Nadia salió de mi casa fui incapaz de volver a escribir ni una sola línea durante el resto de la tarde. Por eso, adelanté la cena a las ocho y media. Freí unas croquetas y me preparé un par de filetes de pechuga de pollo. Mientras me los comía, pensaba en lo que la chica me había contado. Me preocupaba. En todos los sentidos. Si se echaba novio, nada sería igual y la iría perdiendo poco a poco. Y si aquel tipo resultaba ser un capullo o no era quien decía ser, no me perdonaría el no haberle advertido que quedar con alguien sin conocerle era un completo error.

Estúpido MSN...

Estaba tan inmerso en mis reflexiones acerca del universo cibernético y sus posibles consecuencias que el timbre de la puerta me sobresaltó como si se tratase de un disparo. Me levanté a abrir, aunque antes eché un vistazo por la mirilla. No tenía intención de recibir en mi casa a Verónica o a Larry si habían decidido presentarse allí por sorpresa. Pero se trataba de Marta: después de Nadia, la persona con la que más trato tenía en aquella época de mi vida.

A pesar de que nos veíamos casi todos los días y habíamos compartido buenos momentos de charla tomando café en su casa o en la mía, aquella mujer me seguía poniendo nervioso. Me intimidaba. Los ojos se me iban inevitablemente a sus generosos escotes o, cuando estaba de espaldas, a sus cortísimos pantalones. Sin embargo, Marta, a diferencia de su hija, jamás hablaba de temas relacionados con el sexo o jugaba con los dobles sentidos de las frases.

Le abrí la puerta y la noté muy preocupada.

—Hola, Julián. ¿Puedo pasar?

—Sí, claro. Entra.

Llevaba los brazos cruzados, como protegiéndose. Caminó deprisa hacia el interior de mi apartamento y se sentó en el sofá del salón comedor. Yo me coloqué a su lado.

—Necesito hablar con alguien. Y Nadia no está. Se ha ido a cenar con una amiga.

—¿A cenar con una amiga?

—Sí, eso me ha dicho. Y me parece bien. Últimamente, se pasa demasiado tiempo aquí y no ve a nadie de su clase. Luego iban a tomar un helado. Volverá sobre las doce.

Su hija le había mentido y yo no podía avisarla de ello. Me sentía mal por ocultarle la verdad, pero había prometido no contar nada.

—¿Y qué te pasa? ¿De qué necesitas hablar? —pregunté inquieto, cambiando de tema.

—Me han vuelto a rechazar —contestó mientras agachaba la cabeza, algo que provocó que su escote se abriera un poco más. No pude evitar mirarlo de reojo—. Es la cuarta entrevista de trabajo en la que me dicen que no. Estoy desesperada.

—Vaya, lo siento.

—Me siento frustrada, Julián. No entiendo qué sucede. Nadie me valora. Estoy a punto de tirar la toalla.

—Seguro que pronto encuentras trabajo. No te des por vencida.

—Si esto sigue así... No sé qué puede llegar a pasar si las cosas no cambian.

—Las cosas cambiarán. Te lo aseguro. Tú vales mucho, Marta.

La mujer me miró a los ojos conmovida y de repente se echó a llorar. No sabía cómo actuar en ese instante. Todo lo que se me ocurrió fue inclinarme sobre ella y darle un abrazo. Ella se apretó contra mí con fuerza, agradeciendo mi gesto. Sus lágrimas mojaban mis mejillas y sus dramáticos sollozos salían ahogados de su boca, que tenía pegada a mi oído.

Transcurrió más de un minuto abrazada a mí. Cuando se separó, gimoteaba y sorbía por la nariz. Nunca había visto esa faceta de Marta.

—Gracias, Julián. Eres un gran chico —dijo antes de besarme la mejilla, muy cerca de la comisura de los labios.

—No es nada. Para lo que necesites —respondí, intentando disimular la impresión que me había causado aquel beso.

Nos quedamos en silencio, mirándonos. Y entonces ocurrió lo que jamás imaginé que sucedería. Fue ella la que se lanzó sobre mí. En unos segundos, me vi envuelto entre sus brazos y con su lengua dentro de mi boca. No tardó en poner una mano en mi pantalón y en quitarse con la otra la camiseta. Luego el sujetador. ¿Era un sueño? No, no era ningún sueño. Ni siquiera me dio tiempo a pensar en si lo que estábamos haciendo era o no una locura. En lo único que me esforzaba era en estar a su altura y no terminar con aquello demasiado pronto. Más o menos, lo conseguí. Fue la experiencia sexual más increíble que había tenido en toda mi vida..., al tiempo que las croquetas se enfriaban encima de la mesa.

CAPÍTULO 6

Siempre sucede lo mismo: empiezas a reflexionar sobre lo que has hecho una vez que las consecuencias de tus actos no tienen remedio.

—No te comas la cabeza con esto, ¿eh? —me recomendó Marta antes de regresar al piso de al lado.

Sin embargo, era imposible no pensar en lo que acababa de suceder. Me había acostado con la madre de la chica por la que llevaba un mes sintiendo algo. Desde ese momento a ninguna de las dos las podría mirar de la misma forma. Me inquietaba que Nadia se enterara, aunque fui incapaz de pedirle a Marta que no se lo contara a su hija. Confiaba en su buen juicio y en que ese fuera nuestro gran secreto.

Me comí las tres croquetas frías que quedaban sobre el plato antes de irme a mi cuarto. Me senté frente al portátil e intenté retomar la novela en el punto en el que la había dejado por la tarde. Imposible. No había nada que pudiera hacer. Maldije mi falta de concentración y claudiqué resignado. Era el primer día desde que comencé *Edelweiss* que no había cumplido con lo que había programado.

Una de las cosas que debes aprender cuando escribes un libro es a reconocer y aceptar que no siempre vas a estar igual de fresco ni de suelto con las palabras. Habrá momentos en los que simplemente no saldrán. Y no es un tema de inspiración, como argumenta la mayoría, sino de concienciar a tu mente de que una historia se construye con paciencia. Si hoy no se puede, mañana se podrá.

Pero solo era mi segunda novela y, cuando no tienes un día bueno, te vienes un poco abajo y le das más importancia a tu falta de rendimiento de la que realmente tiene.

Fui a la cocina a beber un poco de agua fría, asfixiado y sediento a causa del tremendo calor que hacía. En el reloj de la pared, las agujas marcaban las once menos cinco. Si se cumplía lo que Marta me había dicho, a Nadia aún le faltaba más de una hora para regresar. Aunque sonara egoísta, esperaba que su cita con el tipo del MSN hubiera sido un fracaso y no quisiera volverlo a ver. Me sentía ansioso por saber algo de ella. ¿Y si la llamaba por teléfono? Solo para asegurarme de que se encontraba bien. Nada más. O de eso me intenté convencer a mí mismo.

Me tentó la idea. Y como, cuando se me mete una idea en la cabeza, no puedo alejarla hasta que la llevo a cabo, la llamé. *Bip* a *bip*, me fui impacientando, hasta que, al sexto tono, respondió.

—¿Julián?

—Hola, Nadia.

—Hola.

¿Y ahora? No sabía cómo continuar. La había llamado en un impulso, pero no había pensado en lo que tenía que decirle. En cambio, fue ella la que habló.

—¿Te estás tomando un descanso y te has acordado de esta pesada?

—No eres ninguna pesada.

—Esta tarde no pensabas lo mismo. Me has echado de tu casa y me has comparado con una mosca.

—No es cierto. Me encanta que vengas a verme.

—Ya, eso lo dices ahora porque no estoy ahí —se quejó, cambiando su tono de voz. De repente, parecía más pequeña—, pero antes... Por cierto, ¿qué querías?

—¿Cómo?

—¿Que para qué me has llamado? —preguntó, algo molesta.

—Para ver... si podías... comprarme un par de latas de Coca-Cola y traérmelas cuando vengas —improvisé—. Es que he ido a la tienda de abajo y no tenían.

—¿Solo era para eso?

—Sí. No quería molestarte, pero me quedaré esta noche escribiendo y necesito cafeína.

—Ya. ¿No será que querías cotillear y enterarte de cómo me va con el chico que he conocido en el MSN?

—No, eso es asunto tuyo. Aunque me alegro de que estés bien. Porque estás bien, ¿verdad?

—Perfectamente. Hacía tiempo que no estaba tan bien. Este chico es encantador.

Encantador de serpientes. Sin embargo, Nadia era lo suficientemente inteligente como para no hacerle caso al primero que le escribiera tres piropos a través de una pantalla. En cuanto a mí, aunque jamás lo reconocería ante ella, los celos me estaban comiendo por dentro.

—Me alegro de que hayas encontrado a alguien así. Enhorabuena —la felicité con poco entusiasmo.

—Gracias. ¡Estoy muy contenta! —exclamó, exagerando su alegría—. Luego te llevo los refrescos. Voy a apurar la hora que me queda con él. Tengo que estar en casa a las doce.

—Genial. Pásalo bien.

—Lo haré. Te veo en un rato, Julián. Adiós.

Estuve un par de minutos sentado en mi cama sin hacer nada. Aquella conversación no había ido por donde yo hubiera deseado. No pensar antes de actuar tiene sus riesgos. Pero era completamente consciente de que sería cuestión de tiempo que Nadia se echara un novio más o menos de su edad. Selección natural. Debía reconocer que aquella chica nunca sentiría nada por mí. Así que cuanto antes me olvidara de ella, menor sería mi sufrimiento.

A las doce menos cinco, la puerta de mi piso se abrió. Estaba echado sobre el colchón, lamiéndome las heridas, con los ojos cerrados, aunque todavía no me había dormido. Me incorporé y vi a mi joven vecina entrando en mi habitación con una bolsa de plástico en la mano.

—¿Cuántas veces te...?

—Ya lo sé. Que no entre en tu casa sin llamar. Perdón —se disculpó, sonriendo—. Aquí tienes las latas de Coca-Cola que me habías pedido.

Me entregó los refrescos e insistí en pagárselos, pese a su negativa. Bastante mal estaba la economía de su madre como para que encima me fueran regalando mis caprichos. La chica se guardó el dinero en el bolsillo de su *short* vaquero y se sentó en la silla con ruedas. Cruzó las piernas y me miró sin dejar de sonreír.

—¿Has escrito mucho hoy?

—Menos de lo que hubiese querido. Por eso me quedaré un rato trabajando por la noche.

—No tienes cara de aguantar mucho tiempo despierto.

—Las ojeras son naturales. Gracias.

Nadia soltó una carcajada y arrastró la silla hasta el borde de la cama.

—Lo sé. Me he aprendido tu cara de memoria —dijo con dulzura, casi susurrando.

A continuación, con los dedos índice de cada mano, recorrió lentamente, y con suavidad, la cuenca de mis ojos, dibujando un semicírculo invisible. Repitió el procedimiento hasta en cinco ocasiones. Mientras, yo contemplaba su precioso rostro, a unos centímetros de distancia, sin pronunciar ni una sola palabra.

—Debes ponerte crema antiojeras —comentó mientras rodaba con la silla hacia atrás—. Mi madre tiene un botecito. Mañana te lo traeré.

—No hace falta.

—Claro que hace falta. No querrás hacerte mayor antes de tiempo.

Me guiñó un ojo y se levantó de la silla. Era obvio que Nadia me veía como alguien que ya necesita cremas para no envejecer. No se trataba de una broma, como las muchas que me había dedicado en aquellas semanas en referencia a ese tema. Era la verdad absoluta, reflejada en un simple e inocente comentario. Evidentemente, solo tenía veinticinco años y me quedaba mucho para considerarme una persona mayor, pero era viejo para ella y eso, por mucho que me fastidiara, era inevitable.

—Son las doce, debes irte o tu madre se preocupará —le dije, tras repetirle unas cuantas veces que no necesitaba antiojeras.

—¿De nuevo me echas?

—Ya sabes que no.

Jamás habría hecho eso. Si por mí hubiera sido, la habría lanzado contra mi cama y la habría besado hasta que se me hubieran gastado los labios y secado la saliva.

—Tienes razón. Me voy. No quiero preocupar a mi madre o que me castigue por llegar tarde —indicó, con cierta tristeza—. Mañana he vuelto a quedar con el chico del MSN.

Aquello me dolió. Pero saqué fuerzas de alguna parte y logré reponerme del golpe. Debía asumir cuanto antes que mi vecina estaba saliendo con alguien.

—¿Cómo se llama? Lo pregunto no por cotillear, sino para que no le estemos nombrando como «el chico del MSN» continuamente.

—Eduardo —contestó tímidamente.

—¿Cuántos años tiene?

—Dieci... séis.

En ese instante, sí que me sentí mayor. Más que nunca. Incluso algo ridículo. Nadia era una adolescente y tenía que salir con otro adolescente. Seguro que tenían muchas cosas en común y se entendían a la perfección.

—Me alegro por ti. Ya me lo presentarás.

—Sí, algún día... Bueno, me marcho —dijo mientras caminaba hacia la salida del piso.

La acompañé y nos despedimos con bastante frialdad. Cuando cerré la puerta, me encontré cansado. Desanimado. Me costaba pensar y una desagradable sensación de apatía se apoderó de mí. Lo mejor era poner fin a un día lleno de altibajos.

Regresé a mi habitación, después de guardar las latas de Coca-Cola en el frigorífico, y me tumbé en la cama. Imploré para dormirme pronto, aunque sabía que, con aquel calor y todo lo que había sucedido, no iba a resultar sencillo. Además, ella estaba tras la pared de mi cuarto. Oí como entraba, como abría el armario. Posiblemente, se estaba cambiando de ropa para irse a dormir. El cuerpo desnudo de su madre era impresionante. El suyo debía de ser igual de increíble. Rápidamente, alejé ese pensamiento de mi cabeza. Solo tenía catorce años. Una niña de instituto, época que yo había vivido hacía ya demasiado tiempo.

Me puse la almohada sobre la cabeza para no escucharla, para no pensar más en Nadia. Sin embargo, el dulce sonido de su voz, canturreando un tema de Black Eyed Peas, se instaló de nuevo en mis oídos. Aparté la almohada y resoplé.

¿Hasta cuándo duraría aquello? No tenía la respuesta, pero necesitaba deshacerme de mis sentimientos si no quería volverme otra vez loco por amor.

CAPÍTULO 7

Aquella semana fue extraña. Vi menos que nunca a Nadia, que salía todos los días con Eduardo, a pesar de que a su madre le contaba otra cosa. Sus amigas del instituto se habían convertido en la coartada perfecta. Me estaba empezando a atrancar con el libro y el buen ritmo que había alcanzado durante el primer mes había menguado. Si eso seguía así, sería imposible entregar la novela dentro del plazo acordado. Aunque no me quería poner nervioso, estaba muy preocupado.

Pero lo que marcó aquella semana fue otra cuestión.

—No sé qué puedo hacer, Julián —dijo Marta, acariciándome el pecho.

Sí, nos habíamos vuelto a acostar. Varias veces. Cuando su hija se iba por las noches, supuestamente con sus amigas, aquella mujer venía a mi casa y se desahogaba en mi colchón.

—Ya ni siquiera tengo entrevistas de trabajo —continuó afectada—. Se me acaba el dinero que tenía ahorrado y con lo que nos pasa mi exmarido no nos dará para mucho más.

No quería interrumpirla y explicarle que yo estaba en una situación similar. Que tampoco tenía trabajo y que ni siquiera lo buscaba. Que mis padres pronto cortarían el grifo del dinero y que si el próximo libro no funcionaba, se habría acabado también mi corta carrera literaria. Preferí escucharla, y animarla, antes que sacudir el polvo de mis propios problemas.

—¿Por qué no mueves el currículum por Internet?

—¿Crees que no lo he hecho?

—Debes insistir. Seguro que tarde o temprano alguien te contrata.

—Estoy perdiendo la fe y la esperanza. Es increíble que habiendo estudiado una carrera y con mi experiencia laboral nadie me quiera.

—¿Has trabajado en muchos sitios?

Marta me recitó los nombres de todos los lugares en los que había estado. Me llamó la atención que durante nueve meses, nada más acabar la universidad, hubiera hecho prácticas en una agencia de viajes. Eso me recordó algo.

—¿Has mandado el currículum a agencias de viajes?

—Sí, a varias. Pero nada. Ni me llaman para entrevistarme —respondió desesperada—. ¿Crees que soy demasiado vieja para que me cojan?

—No. Por supuesto que no. Ya quisiera yo llegar a los treinta y siete años como estás tú.

—Eso lo dices para que no me deprima más —comentó, para regalarme después un beso por el halago—. En serio, Julián. Si no consigo trabajo ya, voy a tener que plantearme algunas cosas.

Me explicó que posiblemente tendría que buscar otro piso más barato y...

—A lo mejor Nadia tendría que irse a vivir una temporada a Francia con su padre.

Cuando escuché aquello, se me vino el mundo encima. No sé si se me notó mucho, pero el corazón me dio un vuelco. Aunque sabía que mi vida sería más tranquila y su marcha me ayudaría a olvidarme de ella, no concebía mis días sin la presencia de mi joven amiga. Con novio o sin novio.

Por suerte o por desgracia, había algo que yo podía hacer. O, al menos, plantearlo. A pesar de que el camino no era el más agradable para mí.

—Puedo hablar con alguien —le aseguré—. El padre de mi exnovia es el director de una importante agencia de viajes en Madrid.

—¿En serio? Si por lo menos pudiera hacerme una entrevista de trabajo sería fantástico.

Sí, sería estupendo que el señor Martínez pudiera hacerle una prueba y que le diera un puesto en la oficina. De esa manera, mis vecinas no tendrían que irse del edificio; Nadia permanecería con su madre y, por consiguiente, seguiría viviendo a mi lado. Pero para ello debía hablar con Verónica. Me tendría que comer mi orgullo y quedar para pedirle ayuda. Y no estaba seguro de que ella aceptara echarme una mano después de los últimos acontecimientos. Por eso, era mejor comenzar por los cimientos de la casa.

Cuando Larry recibió mi llamada, casi se echa a llorar. Sin embargo, cinco minutos juntos y nada parecía que hubiese pasado, al menos para él. Nuestra reunión fue en Rounders, un garito al que íbamos a jugar al póquer y a tomar cervezas en la etapa universitaria.

—No sabes lo que he echado de menos momentos como este, Julián —dijo alzando una enorme jarra hasta arriba de Mahou—. No quiero que nos volvamos a enfadar nunca más.

Y dio un gran trago para después terminar sonriéndome de oreja a oreja con la boca manchada de espuma. Yo le miraba e imitaba su sonrisa, intentando no demostrar mi incomodidad. Si estaba allí, no era por él. Aunque también le había echado de menos.

Estuvimos hablando un buen rato. En realidad, casi todo lo decía Larry; yo me limitaba a escuchar y a seguir sonriendo a regañadientes. Me contó cómo le iba en el bufete de abogados, que se había apuntado a la liga de baloncesto de verano en un equipo que no ganaba ni un partido, que estaba pensando en marcharse por fin de la casa de sus padres... Solo se puso tenso cuando salió el tema que era inevitable que apareciera.

—Julián, respecto a Verónica, te prometo que no fue buscado —dijo tras darle un último sorbo a su cerveza—. Si a mí me parecía una gilipollas cuando salía contigo. No comprendía qué le habías visto. Sí, estaba muy buena, éramos medio amigos, pero... en fin, supongo que todo lo que criticas termina pasándote. Lo que quiero que sepas es que nuestra amistad está por encima de cualquier mujer.

¿Se podía ser más cínico? Apreté los dientes y me mordí la lengua para no responderle. Vale que saliera con mi ex, estaba en su derecho, aunque con todas las chicas que había en el mundo, precisamente se tuvo que fijar en ella, justo cuando terminó nuestra relación; pero que me soltara aquel rollo de la amistad, me hirvió la sangre.

—Bueno, Larry. Lo mío con Vero es historia. Espero que os vaya bien juntos —señalé, tras contar hasta diez y respirar hondo.

—Me alegro de que lo aceptes, Julián. Creo que me he enamorado.

Otro hachazo directo al corazón. Pero me estaba acostumbrando a recibir impactos como aquel. No sabía si algún día vería con buenos ojos la aventura entre mi rubio amigo y mi ex, pero en ese instante debía esforzarme, tragar y recordar el motivo por el que me encontraba en aquel garito. Era hora de pasar al ataque. Intenté que no resultara muy evidente.

—Oye, Larry. Me gustaría quedar con Vero y contigo para terminar de enterrar el hacha de guerra.

—¿Estás hablando en serio?

—Completamente.

—Perfecto. Podríamos juntarnos un día para cenar.

—Genial. Ya es hora de que resolvamos nuestras diferencias y podamos seguir con nuestras vidas sin rencor.

—Eso mismo pienso yo. ¡Alegría y felicidad, hermano!

—¿Qué te parece esta misma noche? En mi casa. ¿Podríais?

Y sí, pudieron. Sobre las nueve, aparecieron los dos en mi edificio. Cuando abrí la puerta, tuve que tragar saliva y poner la mejor cara posible. Pese a que me había preparado para aquel instante, no es lo mismo imaginarlo que vivirlo. Larry me dio un gran abrazo, golpeando violentamente mi espalda con su manaza. Verónica fue más comedida y casi ni rozó mi mejilla al obsequiarme con dos besos.

Pasamos al salón comedor y les pedí que se pusieran todo lo cómodos que pudieran. Me fijé en la sorprendida expresión de Verónica; posiblemente, al comprobar lo diferente que era aquel piso al que antes compartíamos. En metros cuadrados no llegaba ni a un tercio.

—Voy a ir trayendo la comida. ¡Os vais a chupar los dedos!

—¿Has cocinado tú? —preguntó la chica, no sé si extrañada o alarmada.

—Por supuesto —respondí con seguridad—. Hay cosas que cambian.

Y con aire de superioridad me dirigí hacia la cocina. Lo cierto era que la cena no la había preparado yo, sino que la había encargado. Lo que sí había hecho muy bien era colocarlo todo en platos como si fuera comida casera. Fui llevándolos todos hasta la mesa del salón comedor ante la atónita mirada de mi ex, que no podía creer lo que estaba presenciando.

La velada transcurrió tranquila. Solo Larry se sobrepasaba con alguna broma de las suyas o aprovechaba para meterle mano a Verónica cuando pensaba que yo no miraba. A pesar de que se esforzaban por dar la imagen de pareja consolidada, había algo que me chirriaba. Quizá solo fuera una impresión equivocada mía, provocada por la falta de costumbre de verlos juntos, pero conocía perfectamente a mi ex y sentía como si ella no estuviera al cien por cien por mi amigo. Aunque eso no era asunto mío.

Llegamos a los postres y le serví una naranja helada a cada uno. Sabía que a Vero le encantaban. Tenerla lo más contenta posible era mi misión esa noche. Debía esperar el momento oportuno para plantearle mi propuesta.

Estaba a punto de hablarles sobre Marta cuando la puerta del piso se abrió. Los tres nos volvimos hacia la entrada y vimos a Nadia. Mi vecina se quedó petrificada al comprobar que había interrumpido la cena. Casi tan estupefacta como Verónica.

—Pe... Perdón. No imaginaba que estabas acompañado —dijo la chica, sin saber cómo actuar.

Fue Larry el que se puso de pie y el que la obligó amablemente a sentarse con nosotros. La joven me miró con expresión de culpabilidad.

—Bueno, ¿quién es esta preciosidad? —preguntó Larry, que no le quitaba ojo a la recién llegada.

—Soy Nadia, la vecina de Julián.

—¡Ostras! ¡Es verdad! Te vi el día que fuimos al Waterhouse. Estabas en el semáforo de la esquina con una mujer.

—Sí, mi madre.

—Qué memoria tienes para lo que quieres —soltó Verónica en voz baja. A ella no le agradaba tanto la presencia de la chica. Estaba muy claro.

Larry percibió la hostilidad de su novia y enseguida la acogió entre sus gigantescas manos. El beso que le dio en los labios casi la deja sin respiración. Después se volvió hacia mí.

—A mí nunca me has dado copia de las llaves de tu piso —protestó, fingiéndose enfadado.

—Porque te habrías instalado en él sin permiso.

—Eso no es verdad. Siempre he vivido en mejores sitios que tú.

—¿Cuenta la casa de tus padres?

—¿Qué pasa? ¿Que tú no has vivido con los tuyos?

Moví la cabeza negativamente y contemplé como Verónica se levantaba del sillón.

—Bueno, nosotros tenemos que irnos ya —indicó mientras tiraba de la mano de mi amigo para que la siguiera.

—¿Ya? Es muy pronto. ¿Por qué no os quedáis a tomar una copa?

—Imposible. Se ha hecho muy tarde. Ya quedaremos otro día.

Mi exnovia arrastró a Larry hasta la puerta y la abrió rápidamente. Nadia y yo también nos levantamos y los seguimos para acompañarlos a la salida.

—Te llamo la semana que viene, Julián. Ha sido una noche muy entretenida. Gracias por todo.

Fueron las últimas palabras que escuché de mi amigo esa noche. La pareja entró en el ascensor y desapareció de nuestra vista. Me lamenté de no haber logrado mi propósito. El plan que tenía previsto para ayudar a Marta había fracasado.

CAPÍTULO 8

Definitivamente, necesitaba un milagro para acabar el libro a tiempo. Por más que intentaba avanzar a la misma velocidad que al comienzo de la historia, me resultaba imposible. Escribía, pero no lo suficiente. Le pasé diez capítulos más a Jota Jota y este no tardó en llamarme por teléfono.

—¡Julián! ¡Esto no es lo que habíamos pactado!

—Lo sé, pero llevo unos días en los que no consigo concentrarme.

—Me da lo mismo. Tenías que haberme enviado veinte capítulos y solo me has mandado diez. Nos estamos retrasando.

—Perdona. Intentaré pasarte treinta antes de que acabe agosto. Estos diez que te debo y los otros veinte que me corresponden en la próxima entrega.

—El 21 de septiembre debe estar el libro escrito. Lo recuerdas, ¿no?

—Por supuesto. Lo tengo anotado en varios sitios. Hasta lo he apuntado en un folio y lo he colocado en la nevera, sujeto con imanes.

A mi agente no le hizo demasiada gracia la ocurrencia. Tosió con fuerza y al hablar de nuevo su tono se había endurecido.

—No seas estúpido, Julián. Esto no es ningún juego. La

editorial que te publica es una de las más importantes de este país. Y si no es por mí, te habría mandado a la mierda con las ventas registradas del primer libro. Quiere y necesita resultados. Y si no los consigue contigo, los logrará con otro.

Jamás había oído a Jota Jota tan enfadado. Y tenía razón para estarlo. No había cumplido con el plazo y era él quien debía explicárselo a la editorial.

—Te prometo que tendrás los treinta capítulos antes de que termine agosto. Créeme.

—Me sobran las palabras y las promesas, amigo. Necesito hechos. Es tu última oportunidad. Si el 1 de septiembre no tengo en la bandeja de entrada de mi correo electrónico esos treinta capítulos para que la editorial los revise, anularé la entrega de la novela y dejaré de representarte.

Estaba seguro de que hablaba completamente en serio. Y aunque me había cogido cariño y yo a él, los negocios eran los negocios. Fue lo primero que me advirtió cuando aceptó ser mi agente literario.

—Haré todo lo que esté en mi mano para no fallaros a ti y a la editorial.

—Estoy seguro de que te esforzarás al máximo y demostrarás que no me equivoqué contigo —dijo el hombre, que trataba de motivarme—. Un consejo: olvídate de todo lo que no sea tu ordenador y el libro en estas próximas semanas. Será la única forma que tengas de concentrarte y ponerte al día.

Aquello era muy fácil de decir, pero muy difícil de llevar a cabo. Olvidarse de todo conllevaría ignorar durante ese tiempo a Marta y a Nadia, dos de las personas más importantes de mi nueva vida.

Quedé con ellas para explicarles mi situación.

—Así que no me veréis mucho en estas semanas. Más bien, casi no me veréis.

Las dos, por unos motivos o por otros, eran las que me hacían conceder más tiempo a otras cuestiones que no tenían que ver con la novela.

—No me lo puedo creer. No puedes dedicarte solo a escribir.

—Estoy en una situación límite, Nadia. Debo encerrarme en mi habitación y tener listos treinta capítulos antes del 1 de septiembre.

—¿Eso no es muy poco tiempo? —preguntó preocupada Marta.

—Yo creo que más bien es explotación —añadió su hija indignada.

—Es lo que hay. Las editoriales trabajan con los autores pactando fechas de entrega. Tenemos que ser respetuosos con ellas porque al final se trata de un trabajo en equipo. Si yo me retraso, perjudico a mi editora, a la correctora, a los que maquetan, a los distribuidores, a los libreros... Es una cadena en la que, si alguien falla, todo se va al traste.

—Entiendo.

—Pues yo no lo entiendo —contradijo Nadia a su madre—. Pero toma, tu llave. No te quiero molestar más.

Sacó del bolsillo de su *short* la copia que les había dado y me la lanzó sobre el pantalón. Luego, se disculpó enfurruñada y dijo que se iba a tomar un helado con una amiga de clase. Cuando se marchó, hizo temblar la puerta del piso al cerrar.

—Lo siento. No debería comportarse así.

—No te preocupes. No pasa nada.

—Ella te aprecia mucho. Las dos te apreciamos y te vamos a echar de menos —comentó Marta, acercando su silla a la mía.

La mujer me acarició la cabeza y luego me dio un beso en la boca.

—Yo también os voy a echar de menos, pero no me voy a ninguna parte. Sigo estando en la puerta de al lado —indiqué cuando se separó de mí.

—Y nosotras igual. Estaremos para lo que necesites —apuntó sonriente—. Por cierto, no quiero molestarte con esto, pero... ¿hablaste con el padre de tu exnovia sobre la entrevista de trabajo?

Había logrado eludir aquel tema hasta ese momento. Habían pasado unos días desde que cené con Larry y Verónica. Esa noche no pude pedirle el favor a mi ex. Luego, la había llamado un par de veces y le había mandado varios SMS sin que me respondiera. Le pregunté a su novio por ella, pero me dijo que habían discutido después de nuestra velada y que desde entonces no hablaban.

—Se encuentra de vacaciones —mentí—. Pero su hija ya está avisada para que cuando regrese su padre le pregunte.

—Muchas gracias. Eres un amor.

—Bueno, no es para tanto.

—Que sí, que te lo digo yo. Ya no quedan chicos como tú.

Y empezó a besarme el cuello. Mientras, introducía las manos bajo mi camiseta y arañaba suavemente mi espalda, excitándome. De improviso, colocó una rodilla entre mis piernas y la frotó lentamente contra mi pantalón.

—¿Te gusta? —me preguntó traviesa.

—Mucho.

—Voy a echar de menos esto. ¿Tú no?

—Mucho —repetí.

—Si quieres, de vez en cuando...

—Tengo que concen... concentrarme en el libro —logré decir tras otro beso.

Y, de aquella manera, concentrarse solo en la novela

era la mayor de las quimeras. No podía escribir pensando en que Marta me estaría aguardando en su cama o que terminaría en la mía, día tras día. Además, cada vez que lo hacíamos terminaba exhausto. Y necesitaba centrar toda mi energía únicamente en *Edelweiss.*

—Está bien. Pero no me dejes a medias hoy. La última vez, como despedida.

Hicimos el amor de una manera apasionada, casi salvaje. Realmente, pareció que aquella era nuestra última vez. Fue tan intenso que acabé extasiado, tumbado bocarriba en la cama de Marta, buscando recuperar el aliento.

—Voy a darme una ducha —me dijo ella, incorporándose—. ¿Te vienes?

Negué con la cabeza. No porque no me apeteciera, sino porque casi no podía moverme. Cerré los ojos y me acurruqué, abrazándome a la almohada. Pensé en cómo habíamos llegado a aquel punto y lo que me costaría resistirme a los encantos de Marta a partir de ahora. De alguna manera, me había enganchado a ella. Bueno, al sexo con ella. No sentía nada que no fuera atracción sexual. Pero ni éramos novios ni nada que se le pareciera. Verdaderamente, la que me seguía gustando era Nadia. Mi caso era digno de estudio: estaba enamorado de una chica de catorce años y me acostaba con su madre de treinta y siete. Aunque sabía que con ninguna de las dos tendría una relación.

Mi vida se había convertido en un complicado acertijo, ya que era imposible vaticinar lo que el futuro me depararía. Igual era brillante y con el próximo libro conseguía abrirme un hueco en el mundo de la literatura. O terminaba fracasando, sin lograr llegar a tiempo a la entrega del 1 de septiembre. En cuanto al terreno sentimental...

Todo se lio un poco más.

Ni me acuerdo de cuándo me quedé dormido. Tampoco entiendo por qué Marta no me despertó. Quizá porque a ella no le importaba tanto que su hija nos descubriese. Porque eso fue lo que sucedió.

Nadia llegó antes de las doce a casa. Entró en el piso y no tardó en averiguar que su madre no estaba sola. No sé si ella le dijo algo o simplemente fue una casualidad. Pero la chica se asomó a la habitación y encendió la luz. Yo abrí los ojos y me encontré rápidamente con los suyos. No logré descifrar lo que dictaba su expresión. Ni siquiera sé si le molestaba o no que me hubiera acostado con su madre. Al menos, en ese momento no lo supe. Volvió a apagar la luz y se metió en su cuarto.

Fue la última vez que vi a Nadia en las siguientes tres semanas.

Agradecimientos año 2010

Hay muchísima gente a la que tengo que agradecer todo lo que está pasando. Para mí es un sueño tener dos libros publicados y recibir tanto cariño y apoyo.

En primer lugar, gracias a mis padres, Mercedes y Paco, y a mi hermana María; a ellos se lo debo todo. Ahora de verdad viene lo bueno.

Al resto de mi familia, que tanto se está alegrando de que las cosas me estén yendo tan bien.

A toda la editorial Everest, que se está portando conmigo de una manera increíble. Alicia, gracias por tus ideas, por tu apuesta por mí y por dedicarle tantas horas a esto. Gracias a Nuria, por hacerme sentir tan a gusto en esos viajes que hemos compartido. Gracias a Vicky, por tu amabilidad y tu sonrisa. A Ana María, por tu paciencia con mis errores y por confiar en este proyecto. También mil gracias a Fernando, por el trabajo que está haciendo para que todo esto siga funcionando.

A Ester, mi ojito derecho. Has sido el faro que me ha guiado en todo momento en esta segunda parte.

A las «Clásicas», que seguís ahí prácticamente desde el primer minuto en que empezó esta aventura. Más que seguidoras, os considero mis amigas.

A Miriam y a Sergio, por ese apoyo «especial» que necesito y que vosotros me dais.

A todas las chicas y los chicos de mis Tuenti, Facebook y Twitter, por sus continuos comentarios de ánimo. No sabéis lo especial que me hacéis sentir.

A Rubén, María José, Katty, Luna, Adriana, Lidia y a todos los chicos que trabajan en Starbucks, con quienes he compartido tantos y tantos momentos y cafés durante el verano. También para la gente de las cafeterías HD y Van Gogh.

Muchísimas gracias a Jaime Roldán: eres un genio con un guion en la cabeza y un gran amigo. Y a Robin, una artista de los pies a la cabeza como cantante y como persona.

Para mis amigos de la residencia Leonardo Da Vinci, con quienes me he vuelto a reencontrar. Gracias, Yayo, Patri, Maia, Xama, María, Nerea, Henar, Toni, Carlos, Álvaro, Rocío, Gallego, Chano, Lucas, Cristina, Chiqui, Laura, Marga, Belén, Patricia, Jon, Alvarito, Migue, Chema, Judith, Rocío, Alba, Rafa, Jaime, Ramón, Sierra, Pepe, Marcos... Fuisteis y sois muy especiales para mí y me acuerdo mucho de vosotros en un momento tan feliz.

Gracias a la gente de Carmona, el pueblo donde nací y del que me siento orgulloso.

También mi agradecimiento a Lorenzo, a Miguel y a todo Palestra Atenea, mi segunda casa desde hace unos años, y a todos los chavales que he tenido durante este tiempo por cómo me habéis hecho disfrutar.

Gracias a la gente que se acercó e hizo cola en las distintas firmas y presentaciones del libro. Para mí esto era inimaginable hace poco.

Y, finalmente, gracias a todas las personas que habéis leído *Canciones para Paula*, que compartís esta historia conmigo, porque sin vosotros no habría visto cumplido hoy el sueño de ver también en papel *¿Sabes que te quiero?*